KB044560

이상문학 대사전

이상문학 대사전

권영민 지음

문학사상

이상의 모든 것

1

이상은 누구인가?

이 질문은 다시 '이상 문학이란 무엇인가'로 바꿀 수 있다. 이상이라는 문제적 인간은 그가 남긴 문학을 통해서 독자들에게 언제나 문제적인 상태로 다가온다. 이상 문학에 접근하기 위해서는 그가 남겨 놓은 작품의 양보다 훨씬 많은 다양한 해석들을 다시 헤아려 보아야만 한다. 그가 문학 작품을 위해 동원한 언어마다 여기저기 붙어 있는 갖가지 주석도 따져 보아야만 한다. 그의 짧은 생애에 대해서도 그 자신이 남긴 자취와는 상관없이 이채롭게 장식된 설명들을 참조해야 한다. 그렇기 때문에 이상 문학은 그 실체에 접근하는 일이 늘 까다롭다.

이상에 대한 평가는 언제나 새로움을 요구한다. 한국 근대문학 연구가 학문적인 체계를 갖추기 이전부터 이상은 늘 예술적 새로움의 아이콘으로 취급되어 왔다. 문학 연구의 방법에서 제기되는 새로운 문제들을 가장 먼저 감당해야 했던 것이 이상이다. 문학적 상상력의 창조성을 논의하기 위해서는 먼저 이상의 예술적 천재의 의미를 따져야만 했다. 문학비평의 경우 프로이트에서 라캉에 이르는 정신분석 방법은 이상을 통해서 그 논리적 가능성을 인정받아야만 했다. 한국문학이 추구해 온 모더니티의 문제 역시 이상을 논하지 않고서는 그 해명이 불가능할 정도였다.

이상은 희대의 천재 예술가로 평가된다. 그의 문학이 드러내고 있는 파격적인 기법을 중시하는 경우는 그를 전위적 실험주의자로 지목한다. 그가 철저하게 19세기를 거부한 반전통주의자였다고 지목하는 사람도 있고, 한국문학의 모더니티의 문제성을 초극하기 위한 그의 노력을 높이 평가한 사람도 있다. 물론 그의 문학이 보여주는 난해성에 노골적 반감을 표시했던 사람도 없지 않다. 하지만 어떤 경우에도 이상의 문학은 하나의 테두리 안에서 그 성격이 고정되는 것을 거부한다. 해마다 수많은 평문과 연구 논문이 이상 문학을 위해 발표되고 있지만, 그 관심과 새로운 접근에도 불구하고 이상 문학의 실체는 여전히 오리무중이다.

이상의 본명은 김해경金海卿이다. 1910년 서울에서 태어났으며, 신명학교를 졸업하고 동광학교(중학과정)에 입학했으나 1922년 동광학교가 해체되면서 보성고보에 편입했다. 소년 시절부터 그림에 소질을 보이면서 화가에 대한 꿈을 혼자서 키웠다. 보성고보 시절에는 이헌구, 임화 등과 동기였고, 김기림, 김환태 등은 1년 후배였다. 1926년 경성고등공업학교 건축과에 입학한 후에도 그는 그림 그리기에 열중했다. 1929년 경성고등공업학교 건축과를 수석 졸업한 후, 조선총독부 내무국 건축과 기수로 특채되었다. 이상은 일본인 건축전문가들로 구성된 조선건축회의 회원이 된 후 1929년 12월 조선건축회의 일본어 기관지《조선과 건축朝鮮と建築》표지 도안 현상 모집에 1등과 3등으로 당선되었다. 1930년 조선총독부 기관지《조선朝鮮》에 장편소설《12월 12일》을 연재하면서 문학적 재능을 과시했던 그는 1931년 조선총독부가 주관하던 조선미술전람회 서양화 부문에 유화 〈자상自像〉이 입선하면서 그가 지닌 미술 실력을 객관적으로 인정받을 수 있게 되었다. 이해 7월《조선과 건축》에 일본어 시 〈이상한 가역반응〉을 발표하고, 8월호에 일본어 시 〈조감도〉를, 10월호에 〈삼차각설계도〉를 발표했다.

그런데 이상은 그림 그리기와 글쓰기의 모든 가능성을 크게 열어놓고 엄청난 시련에 직면하게 되었다. 그는 자신이 폐결핵 중증 환자라는 사실을 뒤늦게 진단받으면서 좌절감에 빠져들 수밖에 없었다. 그는 가족들의 강권에 의해 그림 그리기를 포기한 채 글쓰기에만 진력했다. 1932년 《조선》 4월호에 소설 〈지도의 암실〉을, 《조선과 건축》 7월호에는 일본어 시 〈건축무한육면체〉를 발표하였다. 1933년 이상은 병으로 인하여 조선 총독부 기사를 사퇴하고 황해도 배천온천으로 요양을 떠났다. 요양생활을 마치고 서울로 돌아온 후에 그는 종로 2가에 다방 '제비'를 개업했고 배천온천의 술집에서 만난 기생 금홍이를 불러올려 함께 동거하기 시작했다.

이상은 1934년 7월 박태원, 이태준, 정지용 등의 도움으로 《조선중앙일보》에 연작시 《오감도》를 연재하다가 독자들의 비난으로 중단했다. 《오감도》는 비록 연재가 중단되었지만 그 파격적인 실험성으로 당대 문단에 충격을 던져주었다. 당시 이상은 박태원이 《조선중앙일보》에 연재하던 소설 《소설가 구보 씨의 일일》에 직접 삽화를 그렸다. 이 무렵에 이태준, 정지용, 김기림 등이 주도하던 '구인회'에 회원으로 가입함으로써 본격적인 문단 활동이 가능해졌다. 그러나 1935년 동거하던 금홍이와 결별한 후 다방 '제비'의 문을 닫게 되면서 경제적 파탄에 빠졌다.

이상의 재기를 도와준 것은 그의 친구인 화가 구본웅이었다. 구본웅은 그의 부친이 운영하던 인쇄소 창문사에 이상의 일자리를 주선해 주었다. 이상은 생활의 안정을 찾게 되자, 1936년 창문사에서 구인회 동인지 《시와 소설》을 편집하면서 시 〈지비紙碑〉, 〈가외가전〉, 〈위독〉, 소설 〈지주회시〉, 〈날개〉, 〈봉별기〉, 〈동해〉 등을 잇달아 발표했다. 이해 여름에 변동림과 결혼한 후 10월 하순 일본으로 혼자서 떠났다. 그는 동경의 하숙집에서 사후 발표작인 소설 〈종생기〉, 수필 〈권태〉 등을 썼다. 1937년 일경에 의해 검거되어 2월 12일부터 3월 16일까지 구금되었다가 병세 악화로 풀려나 동경대학 부속병원에 입원했으나 4월 17일 사망했다.

이상의 짧은 생애는 삶의 모든 가능성을 보여주는 극적인 요소가 강하다. 그의 개인적인 행적과 문단 활동은 객관적으로 서술되기보다는 오히려 과장되거나 신비화되어 왔다. 특히 그의 문단 진출 과정, 특이한 행적과 여성 편력, 결핵과 동경에서의 죽음 등은 모두 일종의 일화처럼 이야기되고 있을 뿐이다. 더구나 이상의 문학 텍스트 자체도 이러한 삶의 특징과 결부되어 잘못 해석되거나 왜곡 과장된 경우가 허다하다. 이상의 삶은 명확한 사실관계의 규명이 없이 어물쩍 넘어가거나 엉뚱하게 포장되면서 그가 살았던 삶 자체가 하나의 스캔들이 되고 말았다. 기왕의 연구자들이 그런 식으로 설명하지 않았다면 그대로 자명해졌을 문학 텍스트마저 엉뚱한 설명이 더해지고 해석이 과장되면서 애매모호한 상태를 그대로 방치하게 된 경우도 적지 않다. 실제로 이상 문학은 그 텍스트에 대한 깊이 있는 독해 작업도 없이 연구자나 평자의 자의적 해석에 이끌려 엉뚱한 의미로 과장되고 왜곡된 경우가 많이 있다. 그리고 모든 평가는 특이하게도 그의 천재성에 집중된다. 객관적으로 해석되지 않은 이 천재성(?)으로 인하여 이상 문학은 더욱 미궁으로 빠져들게 되었던 것이다.

2

이상은 사물에 대한 인식을 둘러싼 사회문화적 조건의 변화에 일찍 눈을 뜬 예술가였다고 할 수 있다. 그는 어린 시절부터 미술에 관심을 두면서 근대 회화의 기본적 원리를 터득하였고, 경성고등공업학교에서 건축학을 전공하는 동안 근대적 기술 문명을 주도해 온 물리학과 기하학 등에 관한 깊은 이해를 가지게 된다. 그리고 새로운 예술 형태로 주목되기 시작한 영화에 유별난 취미를 키워나간다. 이상이 지니고 있었던 예술의 모든 영역에 대한 폭넓은 관심과 지식은 그가 남긴 문학의 구석구석에 잘 드러나 있다. 일본 식민지 시대 한국 내에서 과학 기술 분야의 최고 수준에 해당하던 경성고등공업학교에서 이상은 3년 동안 수학, 물리학, 응용역학 등의 기초적인 이론 학습의 과정을 거쳤고, 건축학 분야에 관련된 건축사, 건축 구조, 건축 재료, 건축 계획, 제도, 측량, 시공법 등을 공부했다. 이러한 수학 과정을 거치면서 이상은 과학 기술의 발달과 그 변화 과정에 대한 폭넓은 식견을 쌓을 수 있었다.

여기서 주목해야 할 것은 현대 과학 기술과 문명이 주로 19세기 말부터 20세기 초에 이르는 동안 획기적인 발달과 변화를 겪었다는 사실이다. 예컨대 미국의 에디슨이 1879년 수명이 40시간이나 지속되는 '실용 탄소 전기'를 발명하였다든지, 독일의 뢴트겐이 1845년에 음극선 연구를 하다가 우연하게도 투과력이 강한 방사선이 있음을 확인하게 되어 X선이라고 부르게 된 것 등은 모두 19세기 말의 일이다. 활동사진이라는 이름으로 처음 영화가 만들어진 것도 19세기 말의 일이며, 가솔린 자동차가 처음 등장한 것도 비슷한 시기의 일이다. 1903년 라이트 형제의 비행기가 등장하여 새처럼 하늘을 날아가고 싶어 했던 인간의 오랜 꿈이 실현되었다. 이 모든 새로운 발명과 창조가 한꺼번에 이루어지면서 이것들이 새로운 인간의 삶의 물질적 기반을 형성하게 된 것이다. 더구나 세기말을 거치면서 프로이트의 정신분석 이론이 등장하여 심리학의 획기적인 발전이 이루어졌으며, 아인슈타인의 상대성 이론으로 시간과 공간에 대한 인식의 대전환을 가져왔다. 예술 분야에서도 표현주의 이후 입체파가 등장하고, 문학의 경우 의식의 흐름이라는 새로운 기법을 활용하는 심리주의적 경향이 강하게 나타나게 된다. 이상은 바로 이러한 과학 문명과 예술의 전환기적 상황을 깊이 있게 관찰하면서 그 자신의 예술 세계를 새롭게 구축하고자 했던 것이다.

그런데 여기서 한 가지 덧붙여야 할 것은 이상이 곤궁한 친부모 곁을 일찍 떠나 엄격한 백부의 훈도 아래 성장하면서 학창생활을 보냈다는 사실이다. 특히 그는 폐결핵 환자로서 죽음에 대한 공포에 불안해하면서 생에 대한 환멸에서 벗어나지 못했다. 이상의 문학에서 가장 충격적으로 그려진 것은 병든 육체와 그 고통이다. 그는 스물두 살의 젊은 나이에 폐결핵 환자가 되어 죽음에 대한 공포에 떨며, 때때로 찾아오는 객혈의 고통 속에서 훼손되어 가는 육체에 대한 특이한 자기 몰입의 과정을 겪게 된다. 그리고 병의 고통스런 체험을 시적 모티프로 활용하여 훼손된 육체를 상상적으로 재구성한다.

이상의 대표작인 연작시 《오감도》에는 폐결핵의 고통 속에서 자기 몰입의 성향을 강하게 드러내고 있는 작품들이 많다. 병의 고통과 그 기호적 표상은 이상 문학의 본질적 영역에 속하는 문제임을 알 수 있다. 그의 시에 자주 등장하는 객혈의 이미지는 육체의 물질성에 대한 시적 인식의 지평을 열어 놓는다. 그리고 때로는 육체의 본질에 대한 추구 과정을 집요하게 드러내기도 하고 그 물질성의 한계를 넘어서고자 하는 욕망을 강하게 드러내기도 한다. 이상의 시에서 그려지는 인간의 육체는 정신적 가치라든지 사회적 이념을 벗어남으로써 육체에 관한 전통적인 의식으로부터 자유로워진다. 이러한 육체의 물질성과 그 도구적 기능성에 대한 새로운 인식은 이상이 추구하는 모더니티 문제의 중심 영역에 자리함으로써 중요한 시적 주제로 발전하고 있다.

이상은 1930년대 경성이라는 도시 공간에 등장한 최초의 '모더니스트'였으며, 삶의 뿌리가 뽑힌 채 사회 현실로부터 소외된 지식인이었다. 이상의 문학에는 특이하리만치 자연에 대한 관심이나 묘사가 전혀 드러나지 않는다. 이상의 시와 소설은 산과 들, 하늘과 강, 나무와 꽃 등과 같이 인간의 삶을 둘러싸고 있는 자연이 배제되어 있다. 외적 현실로서의 자연이 더 이상 실재로서의 경험으로 인정되지 못하고 있는 것이다. 대신에 그는 경성이라는 도시 공간 안에서 자기 삶과 예술을 정초시키기 위해 자기 언어에 매달려 텍스트를 새롭게 조합하고 구성하고 거기에 미학적인 옷을 입힌다. 그가 보여주고 있는 상상력의 감각적 여행은 결국 도시 공간에서 이루어지는 것이다. 경성이라는 도시 공간을 오가는 사람들의 모습에서 그가 발견한 것은 그것이 긍정적이든 부정적이든 근대화되고 있는 도시로서의 경성과 거기에 살고 있는 사람들의 삶에 대한 어떤 전망을 내포한다. 그는 경성이라는 도시 자체가 인간의 힘에 의해 새롭게 조성되고 확대되고 조직화된 하나의 구성물이라는 사실을 발견했던 것이 아닌가 생각된다. 이러한 경향은 그가 모사적인 자연 현실의 실재적 반영을 최고로 내세웠던 전통적인 문학적 관습에서 벗어나 있음을 말해 준다. 그의 문학은 자연을 기초로 삼지 않는 대신에 자의식의 세계 또는 자아의 위상을 자신의 문학을 통해 강조하고자 한다. 그는 철저하게 자기 정신, 자기 의식의 내면과 같은 주체의 의식 구성에 의해 만들어지는 예술로서의 문학을 추구한 셈이다.

이상은 그의 문학을 통해 관습적으로 사용되어 온 언어와 그 담론 방식을 전복시켜 놓았다. 그는 자신의 시와 소설에서 자신이 의도하고 있는 어떤 의미를 제대로 표현하기 위해 일상적 언어의 한계에 도전하면서, 자신의 상상력과 특이한 정서를 구체화하기 위해 모든 가능성을 동원하고 있다. 그의 시와 소설에서 볼 수 있는 문학적 상상력은 언어에 대한 탐구로부터 비롯된 것이라고 말할 수 있다. 이상은 언어를 통해 표현되는 것을 중시하기보다 언어로 표현할 수 없는 것에 관심을 기울인다. 이것을 달리 말한다면 언어로 표현할 수 없는 것에 대한 표현에 관심을 기울인다고 해도 좋다. 그는 사물에 대한 감각을 구별하고 그것을 명명하는 일에 유별난 관심을 보여주면서 자신의 인식을 구체화하기 위한 새로운 언어를 찾아낸다. 이 작업은 일상적인 언어의 질서를 파괴하고 규범을 넘어서면서 언어가 만들어낸 의미체계를 교란시키기도 한다. 그러므로 이상의 언어는 사회 문화적 투쟁이라고 할 만하다.

실제로 이상의 언어는 기표와 기의의 관습적 결합을 거부하고 새로운 조어법을 실험하면서 기존의 표현법과 충돌한다. 이상의 시 텍스트에는 언어가 아닌 기호들이 동원된다. 이것은 언어를 통해 표현하고자 하는 욕망과 그 표현의 불가능성을 동시에 보여준다. 여기에는 말하기와 말할 수 없음이 동시에 존재하며 언어표현에 대한 고의적 지연이나 방해도 포함된다. 외견상으로 볼 때 그렇게 말할 필요가 없어 보이는 진술 내용을 반복하는 경우도 많고, 언어적 진술 대신에 어떤 기호를 대체시키기도 한다. 이 기호들은 대개 어떤 도형이나 수식 같은 것들인데, 거기에는 말로써 설명하지 못함을 지시하는 기능까지 포함되어 있다. 언어를 포기하고 언어에 의한 구체적 표현을 스스로 거부하고 있는 이런 추상적 태도는 이해하기 어려운 측면도 없지 않지만, 이것은 사회적 현실과 개인의 내면적 질서가 와해될 것 같은 불안과 당혹감의 결과가 아닌가 생각된다. 이상의 시와 소설에서 언어는 자연스런 구어체의 발화와는 달리 그 어투가 뒤틀리고 왜곡된 것들이 많다. 이러한 언어 표현법이 하나의 문체처럼 고정되어 시적 화자의 부조리한 관념과 생각들을 표현한다. 바로 거기에 이상 문학이 암시하는 자기 규정의 비밀이 스며들어 있다.

이상이 만들어낸 시와 소설을 보고 당대의 지식층 독자들이 보여주었던 경악의 표정과 거기서 비롯된 파문은 적지 않다. 그러나 이것은 당대 현실에 직접적인 반향을 불러일으키지 못한 채, 문단 일각의 기행奇行이나 해프닝 정도로 끝난다. 그의 문학은 비록 그것이 가지는 전위성을 인정한다고 하더라도 맹목적이고도 상대주의적인 그리고 역설적이게도 자족적 성격을 지닌다. 그의 예술적 재능과 문학적 상상력은 그 전위성을 이해하고 그 예리한 감수성을 인정한 몇몇 사람들의 지인들에게만 개방적인 것이었다고 할 수 있다. 그가 시를 통해 시도했던 '보는 시'의 형식, 시적 대상을 향한 다양한 시각의 실험, 관습적 언어 표현의 전복과 의미의 해체 등이 조작해 내는 기이한 긴장이 당대 현실에서 삶의 리얼리티의 감각을 어떻게 살려내고 있는지를 알아차린 경우는 정지용, 김기림, 박태원 등 일부의 문인에 지나지 않는다. 그러므로 선구적이라든지 실험적이라고 지적되는 예술적 창작 행위는 언제나 개인적인 고립된 성격을 지닐 수밖에 없게 되었으며 항상 외로운 투쟁을 이어갈 수밖에 없었던 것이다.

이상 문학은 그 실험성과 전위성에도 불구하고 '정치적'이라고 할 수 있는 어떤 기능을 발휘하는 데까지 확대되지는 못하였다. 그것은 다양한 비평적 담론을 야기하면서 그 해석을 둘러싼 논쟁을 가열시켰지만 그 정신을 기반으로 하여 어떤 목표를 지향하는 사회적 실천으로 이어지지 못한 것이 사실이다. 그러나 이상 문학의 전위성은 보기 드문 파격과 일탈을 드러내면서도 그 나름대로의 자기 논리를 분명하게 지니고 있다. 이상은 자신이 구사하고 있는 언어와 기법의 변화를 통해 일상적인 규범에 얽매여 살고 있는 사람들의 감성과 사고를 변화시킬 수 있다고 믿었다. 1930년대 한국 사회에서 문학은 여전히 사회 현실에 대한 발언으로서 항상 일차적이고도 지배적인 지위를 누리는 형식이었던 것이다. 하지만 이 불행한 천재는 자신이 꿈꾸던 세계를 끝내 보지 못한 채 날개를 접어야만 했다. 이상 문학이 미완의 실험이 될 수밖에 없었던 이유가 여기 있다.

3

이번에 이상 80주기를 맞아 펴내는《이상문학대사전》은 이상이 남긴 모든 예술적 자취를 사전식으로 망라하여 새롭게 정리한 책이다. 이 책의 제1부는 이상의 문학 작품(시, 소설, 수필 및 산문)의 서지 사항과 그 내용에 대한 해설을 중심으로 꾸몄다. 모든 작품은《이상전집 1~4》(권영민 편)에 수록된 텍스트를 정본으로 삼았으며 작품 분류도 이 전집을 그대로 따랐다. 이상의 글쓰기는 조선총독부 건축기사 시절인 1930년 잡지《조선朝鮮》에 장편소설《12월 12일》을 국문으로 연재하고, 1931년《조선과

건축朝鮮と建築》에 일본어 시 〈이상한 가역반응異常ナ可逆反應〉 등을 발표하면서 적극적으로 전개되기 시작한다. 이 초기 단계의 글쓰기는 한국어와 일본어를 양식에 따라 선택적으로 활용함으로써 이른바 이중언어적二重言語的 글쓰기 양상을 드러낸다. 그런데 이상은 1934년 연작시《오감도》를 발표한 시기를 전후하여 문단권에 진입하자 일본어 글쓰기를 중단한다. 그렇기 때문에 이상의 문학 세계를 대표하는 작품들은 국문 글쓰기를 통해 독자들과 만날 수 있게 된다. 1937년 일본 동경에서 세상을 떠날 때까지 그는 연작시《오감도》를 비롯하여 연작시《역단》과《위독》 등을 발표했으며, 단편소설 〈지주회시〉, 〈날개〉, 〈동해〉 등을 발표하면서 평단의 주목을 받았다. 그리고 비평과 에세이 등에 이르기까지 다양한 형태의 국문 글쓰기에 주력하였다.

그런데 이상의 문학 작품 가운데에는 그가 1937년 세상을 떠난 후에 여러 신문과 잡지들이 유작遺作으로 공개된 작품들과 습작시대의 글들이 포함되어 있다. 이상의 소설 가운데 〈환시기幻視記〉, 〈실화失花〉, 〈봉별기逢別記〉, 〈단발斷髮〉 등은 모두 유작의 형태로 공개된 것이며, 〈실낙원失樂園〉, 〈동경東京〉, 〈권태〉 등의 산문도 모두 유고라는 이름으로 발표되었다. 해방 이후 임종국이 펴낸《이상전집 1, 2, 3》(1956)에 이상의 일본어 유고시 〈거리距離〉, 〈육친의 장肉親の章〉 등이 원문과 함께 번역 소개된 바 있다. 그런데 여기서 문제가 되는 것은 그의 사후에 공개된 작품들 가운데 일부가 작품 전집의 편자들에 의해 자의적으로 구분되고 서로 다르게 분류된 경우가 많다는 점이다. 특히 1966년 이후 소개된 창작 노트의 발굴 자료들은 작품으로서의 완결성을 제대로 갖추지 못하고 있는 습작 단계의 자료에 불과한 것들인데도 불구하고 하나의 완결된 작품으로 인정되고 있는 경우도 있다. 예컨대 임종국 편《이상전집》에서 수필의 영역 속에 포함되었던 〈최저낙원最低樂園〉, 〈실낙원失樂園〉, 〈공포恐怖의 기록記錄〉 등과 뒤에 유고로 발굴된 〈불행不幸한 계승繼承〉 등이 그 후에 출간된 전집의 편자들에 의해 혹은 소설로 혹은 시로 혹은 수필로 구분되는 혼란을 겪기도 하였다. 이러한 현상은 이상 문학 텍스트의 본질이 연구자들에 의해 자의적으로 왜곡될 우려가 있음을 말해 주는 것이다.

여기서 한 가지 언급하고자 하는 것은 이 책에서 조연현 교수가 발굴한 이상의 창작 노트의 일본어 자료들에 대한 내용 설명을 모두 제외했다는 점이다. 1966년부터 《현대문학》에 번역 소개된 자료뿐만 아니라 그 후 《문학사상》에 소개된 자료들을 모두 합하면 적잖은 규모가 된다. 이상의 유작으로 소개된 이 자료들은 그 텍스트의 일본어 원문을 공개하지 않은 채 번역문만을 실어 놓았기 때문에 그 자료의 형태와 내용을 전혀 확인할 수 없다. 자료 자체의 보존 상태라든지 입수 경위 등이 제대로 밝혀져 있지 않기 때문에 그 집필 시기라든지 그 성격을 제대로 판단하기 어렵다. 특히 발굴 자료로 소개된 창작 노트의 글들은 대부분 습작 단계의 단상들을 기록해 놓은 것으로 볼 수 있는 것들이 많은데, 이들을 완결된 작품으로 인정할 수는 없는 일이다. 앞으로 이상의 습작 노트 원문이 소장자에 의해 공개된다면 일본어 원문과 함께 번역 자체도 정밀하게 조사할 필요가 있다.

제2부는 이상이 남긴 미술 작품에 대한 정리 소개로 꾸며졌다. 이상이 직접 그린 몇 편의 초상화, 이상이 도안한 잡지 표지화, 작품 속의 삽화 등을 복원하여 수록했다. 특히 박태원의 《소설가 구보 씨의 일일》의 신문 연재 당시 이상이 그린 삽화를 확대 복원하여, 연재 당시의 소설 원문의 내용을 통해 박태원이 소설 속에서 서술하고 있는 내용과 이상이 자신의 삽화를 통해 보여주고 싶었던 내용이 어떤 관계였는지 설명하고자 했다. 이러한 새로운 시도는 화가를 꿈꾸었던 이상의 미술에 대한 열망과 함께 사물을 보는 이상의 독특한 시각을 이해하는 데에 도움을 줄 수 있을 것으로 생각한다.

제3부는 이상의 작품 속에서 여러 가지 방식으로 언급되었던 인명과

작품에 대한 조사 내용을 사전식으로 배열한 것이다. 이상은 자신의 글 가운데에서 특이한 패러디의 방식으로 다른 문인의 이름이나 작품을 인 유引喩한 경우가 많다. 그리고 자기 문학의 세계와 대비하기 위해 다른 문 인들의 작품들을 언급한 경우도 많이 있다. 이러한 특징은 이상 문학이 지니고 있는 특징적인 경향을 이해하는 데에 참고할 수 있는 자료로서 유 용하다고 생각한다. 이상이 자신의 작품 속에서 가장 많이 언급했던 문인 은 시인 정지용과 그의 시이다. 이상은 자신의 애송시로 정지용의 시 〈유 리창〉을 손꼽기도 했다. 외국 소설가 중에서는 러시아의 문호로 손꼽히 는 도스토옙스키를 가장 많이 언급했다. 이상의 작품 속에서는 또한 영화 에 대한 언급이 많이 등장한다. 1920년대 말부터 1930년대 중반까지 서 울과 동경에서 개봉된 서구 영화를 많이 감상했던 것으로 보인다. 특히 그의 소설 가운데에는 영화의 스토리를 패러디하여 소설적 장면의 하나 로 배치하고 있는 예가 많다는 사실은 흥미로운 일이다.

　제4부에서는 이상의 출생에서부터 죽음에 이르기까지의 모든 행적을 연대기적으로 정리하고 이를 입증할 수 있는 자료들을 최대한 조사 공 개하였다. 이 책에서 이상의 호적부 제적등본을 다시 공개했으며, 그 부 친의 이름을 '김영창'(김연창이라고 소개된 책이 많음)으로 바로잡았다. 이 상의 경성고등공업학교 학적부를 통해 그가 건축학과 수석 졸업자였음 을 공식 확인하였고, 1929년 일본인 중심의 '조선건축회' 정회원으로 입 회했던 사실도 자료를 통해 다시 밝혔다. 1936년 이상이 동경으로 떠 난 날짜도 10월 24일로 새롭게 추정했으며, 그가 묵었던 동경 간다〔神 田〕의 하숙집 주소도 필자가 조사 정정한 대로 '동경 간다구 진보정 3정 목 10-1번지 4호'로 확정해 놓았다. 이러한 사실들을 정밀하게 확인하 여 공개한 것은 이상의 개인적인 행적과 문단 활동 자체가 객관적인 규 명 대신에 오히려 신화화되면서 사실과 다르게 왜곡되고 있기 때문이다. 이상의 문학에 대한 객관적인 평가를 위해서도 역사적 사실로서의 개인

사의 복원이 필수적이라는 점을 강조해 두고 싶다.

이 책의 부록으로 경성고등공업학교 졸업기념 사진첩 '추억의 가지가지'(1929)를 공개한다. 이 사진첩은 현재 (주)문학사상 자료실에서 보관하고 있는 것으로 1929년도 경성고등공업학교 졸업생 가운데 한국인 학생 17명을 위해 이상이 직접 손으로 만들었다. 물론 전문 사진사의 도움으로 사진을 촬영하였지만, 기성품 앨범을 구입하여 일일이 사진을 오려붙이고 사진 설명을 덧붙여 놓은 귀한 자료이다. 이 사진첩의 구성과 편집을 보면 이상이 얼마나 조밀한 성격의 소유자였는지를 확인할 수 있다. 이 사진첩과 함께 이상의 모친과 누이동생 김옥희의 사진도 함께 수록한다. 모두 (주)문학사상이 보관하고 있는 자료들이다. 그리고 이상 연구에 참고해야 하는 중요 연구서와 자료를 목록화하여 추가했다.

4

이상의 문학 작품 가운데에는 여전히 원전의 불확정성이 문제로 남아 있는 작품들이 적지 않다. 이상 문학 작품에 대한 일차적인 정리 작업은 필자가 엮은 《이상전집 1~4》를 통해 어느 정도 완결된 수준에 이르게 되었지만 아직도 이상의 시와 소설 가운데에는 그 의미를 제대로 밝히지 못한 이른바 난해 구절들이 적지 않다. 필자는 그동안 《이상 문학 연구 60년》(1997), 《이상 텍스트 연구》(2009), 《이상 문학의 비밀 13》(2012), 《오감도의 탄생》(2014), 《한국 모더니즘 문학의 탄생》(2017) 등을 통해 이상 문학 텍스트에 대한 정밀한 분석을 반복적으로 시도한 바 있다. 이러한 연구 성과가 이 새로운 책의 출간을 가능하게 하였지만, 이상 문학에 대한 비평적 논의가 여전히 현재진행형이라는 점을 강조해 두고 싶다.

이 책의 출판을 적극 지원해 준 (주)문학사상 임홍빈 회장님께 특별한 감사 인사를 드리고자 한다. (주)문학사상은 월간 《문학사상》을 통해 이상에 관한 자료의 수집·정리에 늘 앞장서 왔고, 이상 문학에 대한 다양한 비평적 논의를 위해 많은 지면을 제공해 왔다. 그리고 〈이상문학상〉을 제정하여 이상 문학의 새로운 도전과 그 진취적 성과를 계승해 나아가는 일을 도맡아 왔다. 특히 이 책을 위해서 그동안 부분적으로 소개된 경성고등공업학교 기념사진첩 '추억의 가지가지'를 완전 공개할 수 있도록 허가해 주었다. 까다로운 작업을 잘 마무리해 준 (주)문학사상 편집부에도 다시 한 번 고마움을 전한다. 이상을 사랑하는 모든 독자들에게 이 책을 바친다.

이상 80주기에
권영민 쓰다

제1부 **문학 작품**

1. 시

■ 국문 시

2. 소설

3. 산문

제2부 미술 작품

1. 자화상 및 초상

2. 도안 및 삽화

3. 박태원 소설 《소설가 구보 씨의 일일》 연재 삽화

제3부 작품 속의 인명 및 작품명

제4부 이상의 삶과 문학

부록 **이상의 사진 자료와 이상 연구 참고 문헌**

제1부

문학
작품

시

1

국문 시

꽃나무

벌판한복판에 꽃나무하나가잇소 近處에는 꽃나무가하나도업소 꽃나무
는제가생각하는꽃나무를 熱心으로생각하는것처럼 熱心으로꽃을피워가
지고섯소. 꽃나무는제가생각하는꽃나무에게갈수업소 나는막달아낫소
한꽃나무를爲하야 그러는것처럼 나는참그런이상스러운숭내를내엿소.

[작품 해설]

이상의 국문 시 가운데 가장 먼저 잡지《가톨닉靑年》(1933. 7)에 발
표된 작품이다. 이상은 당시 이 잡지의 편집에 관여하고 있던 시인 정
지용鄭芝溶의 주선으로 〈꽃나무〉, 〈이런 詩〉, 〈一九三三, 六, 一〉 등 세
편의 시를 발표함으로써 본격적인 문단 활동을 시작하게 된다. 이 작
품의 텍스트에는 두 가지의 시적 진술이 담겨 있다. 하나는 시적 대상
인 '꽃나무'에 관한 것이고 다른 하나는 시적 화자인 '나'에 관한 것이
다. '꽃나무'를 통해 사물의 존재 방식을 설명하고 거기에 '나'의 경우
를 견주어 보고 있다. 말하자면 현실적인 것과 이상적인 것의 거리 문
제를 놓고 사물의 존재 방식과 인간의 존재 방식을 대비하여 제시하
고 있는 셈이다.

이런 詩

역사를하노라고 쌍을파다가 커다란돌을하나 쓰집어내여놋코보니 도
모지어데서인가 본듯한생각이들게 모양이생겻는데 목도들이 그것을
메고나가드니 어데다갓다버리고온모양이길내 쏘차나가보니 危險하
기짝이업는큰길가드라.
그날밤에 한소낙이하얏스니 必是그돌이쌔긋이씻겻슬터인데 그잇흔
날가보니까 變怪로다 간데온데업드라. 엇던돌이와서 그돌을업어갓슬
가 나는참이런悵량한생각에서 아래와가튼作文을지엿도다.
「내가 그다지 사랑하든 그대여 내한平生에 참아 그대를 니즐수업소이
다. 내차레에 못올사랑인줄은 알면서도 나혼자는 쑤준히생각하리다.
자그러면 내내어엿부소서」
엇던돌이 내얼골을 물쓰럼이 치여다보는것만갓서 이런詩는 그만씨
저버리고십드라.

[작품 해설]

이 시는 《가톨닉靑年》(1933. 7)에 발표된 작품이다. 시적 텍스트 자
체가 일종의 알레고리를 구축하고 있다. 이 작품의 전반부는 일터에
서 파낸 '돌'에 관한 이야기를 담고 있다. 공사장 인부들이 커다란 돌
을 파내어 큰길가에 버린다. 그날 밤 소나기가 내려 돌에 묻은 흙이
모두 씻겨 버렸을 것으로 생각하고 시적 화자는 다음 날 길가로 나가
본다. 그런데 누군가 그 돌을 치워 버려 자리에 없다. 작품의 후반부
는 없어져 버린 돌에 대한 아쉬움의 감정을 '사랑하면서도 자신이 그
사랑을 차지하지 못한 안타까움'에 빗대어 표현한다.

이 작품의 텍스트에서 '돌'을 일반적인 사물이라고 한다면, 그 사물

의 본질이나 실체를 제대로 알아보는 일이 중요하고 또 그것을 알아
보게 되었을 때 그것을 취할 수 있는 기회를 포착하고 그것을 소유하
는 용기도 필요하다는 것을 암시한다. '돌'의 의미는 옥구슬일 수도
있고, 연모의 대상일 수도 있다. 그러나 그 대상을 제대로 알아보지
못하고 적극적으로 취하지 못하면 다른 데로 가 버려서 아무 소용이
없어진다.

一九三三, 六, 一

天秤우에서 三十年동안이나 살아온사람 (엇던科學者) 三十萬個나넘
는 별을 다헤여놋코만 사람 (亦是) 人間七十 아니二十四年동안이나 쌘
々히사라온 사람(나)
나는 그날 나의自敍傳에 自筆의訃告를 揷入하얏다 以後나의肉身은 그
런故鄕에는잇지안앗다 나는 自身나의詩가 差押當하는꼴을 目睹하기
는 참아 어려웟기쌔문에.

[작품 해설]

　이 시는《가톨닉靑年》(1933. 7)에 발표된 작품이다. 시적 텍스트는
크게 전반부와 후반부로 구분된다. 전반부에서는 역사상 위대한 업
적을 남긴 과학자들의 생애와 발자취를 생각한다. 중력의 법칙을 발
견한 뉴턴이라든지 수많은 별들의 크기와 움직임을 관측해 낸 갈릴
레오의 연구를 떠올린다. 그리고 24세에 이르기까지 시적 화자 자신
이 살아온 초라한 삶이 얼마나 부끄러운 것인가를 대비해 본다. 후반

부의 경우는 시적 화자가 자신의 삶에 대해 가지게 된 일종의 자괴감 같은 것을 드러낸다. 시적 화자는 스스로 자신의 육신에 대해 사망을 선고(訃告를 揷入)하면서 더 이상 일을 하는 자리에 자신이 서 있지 않음을 밝힌다.

이 작품은 시인 자신의 사적 체험을 중요한 시적 모티프로 활용한다. 텍스트 상에서 지시하고 있는 '그날'이란 작품의 제목에 해당하는 '1933년 6월 1일'이라고 할 수 있다. 이것은 경험적 자아로서의 시인 이상 자신의 삶에 연관되는 날짜에 해당하는 것으로 추측이 가능하다. 이상이 《가톨릭靑年》에 시를 발표하게 된 날짜와 관련된다면, 시인으로서의 새로운 출발이 이루어진 날 자기반성의 자세를 보여주고 있는 것으로 설명이 가능하다. 그가 조선총독부 내무국의 건축기사 직을 정식으로 사퇴한 날짜일 수도 있다.

거울

거울속에는소리가업소
저렷케까지조용한세상은참업슬것이오

◇

거울속에도 내게 귀가잇소
내말을못아라듯는딱한귀가두개나잇소

◇

거울속의나는왼손잡이오
내握手를바들줄몰으는─握手를몰으는왼손잡이오

◇

거울쌔문에나는거울속의나를만저보지를못하는구료만은
거울아니엿든들내가엇지거울속의나를맛나보기만이라도햇겟소

◇

나는至今거울을안가젓소만은거울속에는늘거울속의내가잇소
잘은모르지만외로된事業에골몰할쎄요

◇

거울속의나는참나와는反對요마는
쏘쇄닮앗소
나는거울속의나를근심하고診察할수업스니퍽섭ㅅ하오

[작품 해설]

이 시는《가톨닉靑年》(1933. 10)에 발표된 작품이다. 이 시에서 다
루어지고 있는 '거울'은 이상의 작품 세계에서 자주 등장하는 소재이
며 중요한 시적 상징이다. '거울'은 빛의 반사에 의하여 사물의 영상
을 만들어낸다. 시적 화자는 거울 속의 영상을 대상으로 현실적 존재

로서의 '나'와 '거울 속의 나'를 대립적으로 인식하고 있다. 여기서 드러나는 '나'의 이중성은 자아의 분열 또는 대립의 의미로 해석된다.

　이 작품의 텍스트는 모두 여섯 개의 단락으로 구분되어 있는데, 각 행에서는 어절 단위의 띄어쓰기를 하지 않고 있다. 시상의 전개 과정을 놓고 본다면 전반부의 세 단락은 '거울 속의 나'를 중심으로 시적 진술이 이루어지고 있으며, 후반부의 세 단락은 '현실 속의 나'와 '거울 속의 나'의 관계를 서술하고 있다.

普通紀念

市街에 戰火가닐어나기前
亦是나는 「뉴―톤」이 갈으치는 物理學에는 퍽無智하얏다

나는 거리를 걸엇고 店頭에 苹果 山을보면은每日가치 物理學에 落第하는 腦髓에퍼가무든것처럼자그만하다

계즙을 信用치안는나를 계즙은 絶對로 信用하려들지 안는다 나의말이 계즙에게 落體運動으로 影響되는일이업섯다

계집은 늘내말을 눈으로드럿다 내말한마데가 계즙의눈자위에 썰어저본적이업다.

期於코 市街에는 戰火가닐어낫다 나는 오래 계즙을니젓섯다 내가 나

를 버렷든까닭이엿다.

주제도 덜어웟다 째찌인 손톱은길엇다
無爲한日月을 避難所에서 이런일 저런일
「우라까에시」(裏返) 裁縫에 골몰하얏느니라

조희로 만든 푸른솔닙가지에 쏘한 조희로 만든흰鶴胴體한개가 서잇다
쓸々하다

火爐가해ㅅ볏갓치 밝은데는 熱帶의 봄처럼 부드럽다 그한구석에서 나
는地球의 公轉一週를 紀念할줄을 다알앗드라

[작품 해설]

이 작품은 매일신보사에서 발간하던 월간 종합지《월간매신月刊每
申》1934년 7월호에 발표되었다. 시적 텍스트가 모두 8연으로 구분
되어 있다. 시적 화자인 '나'를 중심으로 하여 그 상대역에 해당하는
여성을 '계집'이라고 지칭하면서 둘 사이의 불화관계를 복잡한 역학
관계로 빗대어 설명하고 있다. 첫째 연과 둘째 연은 '나'와 '계집' 사이
의 관계를 간단히 예시한다. 여기서 근거로 내세워져 있는 것이 뉴턴
의 만유인력이다. 뉴턴의 이론에 따르면 모든 물체 사이에는 만유인
력이 작용한다. 하지만 시적 화자인 '나'는 '계집'과의 관계에서 어떠
한 형태의 끌림을 느끼지 못한다. 뉴턴의 '물리학에 대한 무지'라는
것이 이를 의미한다. 길거리를 지나면서 사과가 쌓여 있는 것을 보고
이 같은 자신의 문제에 대해 고심한다. 셋째 연과 넷째 연은 '나'와 '계
집' 사이의 불화 관계를 구체적으로 진술한다. 둘 사이의 신뢰가 무너
지면서 불신이 커지고, 상대에 대한 사랑이나 상대를 존중하는 뜻이

모두 사라진다. 그 결과 둘 사이에 생겨난 파탄의 과정은 다섯째 연에서 '전화戰火가 일어났다'는 말로 우회적으로 서술된다. 여섯째 연에서는 다시 돌아온 '계집'의 추레한 모습과 자신의 행동을 변명하며 거짓으로 꾸며대는 모습을 묘사한다. 이 작품의 결말 부분에서는 자기 본색을 드러내지 않는 '계집'의 모습에도 불구하고 둘 사이의 관계가 지속되면서 일 년의 세월을 보내게 되었음을 술회한다. 그러나 시적 화자는 실체가 없는 삶에서 외로움을 느끼고 있다. 이 시에서 그려 내고 있는 남녀의 갈등 관계는 소설 〈봉별기〉를 비롯한 여러 작품을 통해 다양한 방식으로 형상화되기도 한다.

運動

一層 우의二層 우의三層 우의屋上庭園에를올라가서 南쪽을보아도 아모것도업고 北쪽을보아도 아모것도업길래 屋上庭園아래 三層아래 二層아래 一層으로나려려오닛가 東쪽으로부터 떠올은太陽이 西쪽으로저서 東쪽으로써서 西쪽으로저서 東쪽으로써서 하눌한복판에와잇길래 時計를 끄내여보닛가 서기는 섯는데 時間은맛기는하지만 時計는나보다나히 젊지안흐냐는 것보다도 내가時計보다 늙은게아니냐고 암만해도 꼭그런것만 갓해서 그만나는時計를 내여버렷소.

[작품 해설]

이 작품은 1934년 7월 19일 《조선일보》 학예면에 게재되었다. 김기림이 자신의 평론 〈현대시의 발전〉을 위해 특별하게 인용해 놓은 작품이다. 김기림의 글 가운데 이상에 대해 설명하고 있는 대목을 보면 다음과 같다. "이상은 사실 우리들 중에서 누구보다도 가장 뛰어난 '쉬르레알리슴'의 이해자다. 이 시도 적시 '쉬르레알리슴'의 시라고 규정해도 좋을 것 같다. 그러나 이 시인은 '쉬르레알리슴'의 가장 현저한 방법상의 특색을 형태에 대한 추구, 즉 가시적인 언어의 외적 형태에는 얼마 비약적 시험을 하지 않고 그보다도 오히려 언어 자체의 내면적인 에너지를 포착하여 그곳에서 내면적 운동의 율동을 발견하려고 한 점에 그 독창성이 있는가 한다. 그러한 점에서 이상은 '스타일리스트'다. 한 가지 흘려버린 것은 독자가 이 시를 대할 때는 위선 과거의 전통적인 어법이나 문법의 고색창연한 정규定規를 내던지라는 것이다. 시인은 오히려 거진 고의로 그러한 것들을 이 시 속에서는 무시하였다." 이 시에서는 자연의 질서가 아닌 시계라는 물리적 도구를 통해 표시되고 있는 시간을 거부하고자 하는 시인의 태도를 엿볼 수 있다.

참고로 이상이 일본어로 발표했던 시 가운데 〈運動〉이라는 작품이 포함되어 있음을 주목할 필요가 있다. 일본어 시 〈運動〉은 조선건축회朝鮮建築會의 기관지《조선과 건축朝鮮と建築》(1931. 8)에 수록되어 있다.

烏瞰圖

《오감도》는 시인 이상이 1934년《조선중앙일보朝鮮中央日報》에 발표한 연작시이다. 첫 작품인 〈시제1호〉는 7월 24일에 수록되었고, 마지막 작품이 된 〈시제15호〉는 1934년 8월 8일자 신문에 발표된다. 이렇게《오감도》는 열 차례에 걸쳐 전체 15편의 작품으로 그 연재를 마감한다. 이상은 시인 정지용과 소설가 박태원, 그리고 이태준 등의 호의적인 주선에 의해 신문 연재의 방식으로 연작시《오감도》를 발표한다. 이 연작시는 특이한 시적 상상력과 사물을 보는 새로운 시각으로 인하여 시인으로서 이상의 문단적 존재를 새롭게 각인시킨 화제작이 된다.

　이 작품은 시라는 양식에서 가능한 모든 언어적 진술 방식을 동원하고 독특한 기법을 실험하면서 사물을 보는 새로운 시각의 가능성을 보여주고 있다. 그렇지만 이상의《오감도》는 그 실험적인 구상과 문제의식에도 불구하고 당시 문단에서 철저하게 외면당했고, 독자 대중은 누구도 이상이 추구하고자 했던 연작시《오감도》의 새로운 상상력과 그 창조적 정신을 이해하려 들지 않았다. 그들은 이 작품의 텍스트가 드러내고 있는 파격적인 기법의 실험과 거기서 비롯된 난해성을 두고 '정신이상자의 잠꼬대'라고 비판하면서 그런 원고를 게재하는 신문사의 무책임을 성토하였다. 독자의 항의가 빗발치듯 이어지자 신문사에서도 이러한 항의를 무시하기 어려웠다. 결국《오감도》는 원래 계획의 절반 정도 연재가 진행되는 도중에 아무런 예고 없이 그 연재를 중단하였다. 독자 항의로 작품 연재를 중단한 이 특이한 사건은 당시 문단에서는 보기 드문 일이었다.

　《오감도》에서 그 제목인 '오감도'라는 말은 이상이 만들어낸 신조어新造語이다. 이 말의 의미는 '조감도鳥瞰圖'라는 말을 놓고 보면 어느 정도 이해가 가능하다. 조감도는 원래 미술 용어로서 공중에 떠 있는 새가 아래를 내려다본다는 것을 가정하여 넓은 범위의 지형, 건물과 거리 등의 형상을 상세하게 그려 내는 그림을 말한다. 건축에서는 조감도를 투시도의 한 종류로 설명하기도 한다. 투시 투상透視投象 중에서 '조감적 투시'를 생략해서 조감도라고 말한다. 공중에 뜬 새처럼 시점을 높이 하면 높은 곳에서 아래를 내려다보는 것과 동일한 도형을 구할 수 있다. '오감도'라는 말은 이상이 '조감도'라는 한자의 글자 모양을 변형시켜 새로운 단어를 만들어낸 것이다. 한자로 쓸 경우 '오감도鳥瞰圖'는 '조감도鳥瞰圖'와 글자 모양이 아주 흡사하다. '조鳥'라는 한자에서 획(-) 하나를 제거하면 바로 '오鳥' 자가 된다. 이 글자는 명사인 경우 '까마귀'라는 뜻을 지닌다.

이런 방식은 전통적으로 한자의 자획字劃을 나누거나 합쳐서 전혀 다른 글자를 만들어내는 '파자破字' 놀이를 패러디한 것이다. 탁자拆字, 해자解字라고도 하는 이 파자 방법의 '문자놀이paronomasia'는 일종의 지적 유머의 형태를 드러내기도 한다. 예를 든다면, 천자문을 처음 익힐 때 사용하던 일종의 글자놀이 가운데 한자의 형상을 따라, '양羊의 뿔이 빠지고 꽁지도 빠진 글자'가 무엇인가 라고 물으면, '왕王' 자라고 답하는 수수께끼가 바로 그것이다. 이상은 이러한 파자 방식을 시적으로 변용하여 '오감도'라는 새로운 단어를 만들어낸다. 그러나 이 단어는 파자에 의한 것이지만 단순한 우스갯말로 만들어낸 것이 아니다. 이 말은 '까마귀'가 환기하는 독특한 분위기를 통해 암울한 현대인들의 삶의 모습을 전체적으로 암시하고 있기 때문이다. 《오감도》는 '새가 공중에서 아래로 내려다본 모습'이 아니라 '까마귀가 공중을 날면서 땅을 내려다본 모습'으로 바뀐다. 이런 변용을 통해 얻어내고 있는 의미의 변화를 시인 이상은 스스로 즐겼던 것이 아닌가 생각된다.

연작시 《오감도》에서 시적 화자는 스스로 '까마귀'를 자처하여 공중에 떠 있다. 물론 새처럼 하늘 높이 날아다니기 위한 것은 아니다. 공중에 떠 있는 '까마귀'의 시선과 각도로 인간 세계를 내려다보기 위해서이다. 이 새로운 시각은 모든 사물이 공중에 높이 날고 있는 '까마귀'의 눈(또는 시선)에 집중되어 있음을 뜻한다는 점에서 매우 중요하다. 공중에 떠 있는 '까마귀'의 위치에서 가질 수 있는 시선의 높이와, 그 각도로 인하여 지상의 모든 사물의 새로운 형태와 그 지형도가 드러난다. 그리고 그 위치와 거리가 감지된다. 결국 공중에 떠 있는 '까마귀'의 시선과 각도를 가진다는 것은 사물에 대한 감각적 인지를 전체적으로 가능하게 하는 시선과 각도를 가진다는 것을 말한다. 그리고 이것은 사물의 세계를 그보다 높은 시각에서 장악할 수 있게 됨을 암시하는 것이다. 이렇게 본다면,《오감도》는 한 마리의 '까마귀'가 공중에 떠서 땅을 내려다본 그림에 해당한다고 할 수 있다.

《오감도》는 주제의 중첩과 병렬이라는 특이한 구조를 드러내고 있는 연작시의 형식을 유지하고 있다. 각각의 작품들은 〈시제1호〉에서부터 순번을 달고 이어진다. 새로운 작품이 추가되는 순간마다 새로운 정신과 기법과 무드가 전체 시적 정황을 조절한다. 물론《오감도》의 작품들이 소제목처럼 달고 있는 순번은 작품의 연재 방식이나 연작으로서의 결합에서 필연적으로 요구하는 순서 개념을 말해주는 것은 아니다. 이 연속적인 순번은 각 작품의 제목을 대신하면서 시적 주제의 병렬과 반복과 중첩을 말해 준다. 그러므로《오감도》의 연작 형식은 이질적인 정서적 충동을 직접으로 드러낼 수 있도록 고안된 '병렬'의 수사와 그 미학을 추구하는 것이라고 할 수 있다. 물론《오감도》는 모든 작품들이 그 전체적인 외형적 틀 속에 계기적으로 연결되고 있지 않다. 모든 작품은 시적 주제를 놓고 어떤 순서 개념에 따라 배열된 것이 아니라 테마의 반복을 실험한다.《오감도》의 연작 형식은 시적 주제와 그 공간의 확대와도 연관된다. 연작의 형태로 묶여진 작품들이 각각의 독자성을 기반으로 하면서도 연작의 요건에 의해 더 큰 덩어리의 작품이 되고 있기 때문이다. 실제로 하나하나의 작품들은 일단 연작으로 묶이는 순간부터 이미 독립된 성격보다는 연작이 추구하는 더 큰 덩어리의 작품 형식에 종속된다. 다시 말하면, 각각의 작품들이 지켜 나가고자 하는 분절성의 특징과 함께 더 큰 작품으로 묶이고자 하는 연작성의 특징을 공유하는 것이다. 그러므로 연작의 형식은 작은 것과 큰 것, 부분과 전체의 긴장 속에서 연작으로 확장된 시적 공간을 기반으로 하여 삶의 다양성과 전체성을 동시에 표출하게 되는 것이다.

《오감도》에 연작의 형식으로 포함되어 있는 15편의 작품들은 다양한 시적 구성을 보여준다. 시적 진술 자체는 고백적 정조를 형성하고 있는데 그러한 시적 무드와 호흡을 지켜 나갈 수 있는 형태의 특성을 유지하고 있다. 시적 심상의 구조와 그 짜임새 역시 매우 복합적이다. 시적 진술의 주체와 대상의 거리 역시 상당한 변주가 드러난다. 시적 진술 방식도 고정되어 있지 않다. 물론 모든 시적 진술은 서정적 자아인 '나'와 시적 대상 사이에 이루어지는 정서적 교감을 기반으로 하고 있다. 시적 대상에 대한 인식은 함께 묶인 다른 작품을 통해 다시 유사한 주제가 덧붙여짐으로써 더욱 강렬해지며 그 정서는 그것이 다시 반복되면서 더욱 깊어지기도 한다. 시적 정서의 폭과 깊이를 생각할 때에 《오감도》의 연작성과 테마의 중첩구조는 정서의 확대와 심화를 추구하기 위한 기법이라고 할 수도 있을 것이다.

《오감도》의 작품들은 시적 지향 자체가 두 가지 계열로 크게 구분된다. 하나는 인간과 사물을 대상으로 하여 그 존재 의미와 가치를 깊이 있게 추구하는 작품들이다. 인간의 삶과 그 존재에 대한 회의와 함께 현대 문명에 대한 불안 의식을 표출하고 있는 경우도 있다. 〈시제1호〉를 비롯하여 〈시제2호〉, 〈시제3호〉, 〈시제6호〉, 〈시제7호〉, 〈시제13호〉 등이 여기에 속한다. 또 다른 하나는 주체로서의 자아를 시적 대상으로 하는 일련의 작품들을 들 수 있다. 이 작품들은 자의식의 탐구에서부터 병에 대한 고뇌와 죽음에 대한 공포에 이르기까지 그 주제의 폭이 넓다. 시적 자아의 범위를 넘어서 가족과의 불화와 갈등 등을 그려 낸 작품도 있다. 또 다른 〈시제4호〉, 〈시제5호〉, 〈시제8호〉,

〈시제9호〉,〈시제10호〉,〈시제13호〉,〈시제15호〉 등이 이에 해당한다. 그러므로《오감도》의 시적 형식으로서 주목되는 연작 형태는 주제의 유기적 통일성이나 형식의 구조적 일관성을 전제한 것은 아니다.《오감도》에 포함되어 있는 15편의 시는 각각의 작품이 지니는 시적 주제와 그 형식의 독자성을 유지하면서 내적으로 연결되어 있기 때문이다.

이상의 연작시《오감도》가 난해시로 지목된 이유는 시적 진술 내용의 단순화 또는 추상화抽象化 기법에 기인한다. 이상은 시적 대상을 그려 내면서 그 대상의 복잡한 형상과 구체적인 디테일을 과감하게 생략하거나 제거한다. 그리고 자신이 새로운 시각과 관점을 통해 착안해 낸 한두 가지의 특징만을 중심으로 하는 단순화한 시적 진술을 이어간다. 이와 같은 특징 때문에 독자들이 작품에서 그려 내고 있는 시적 정황에 쉽게 접근할 수가 없다. 그는 대상에 대한 주관적 감정이나 정서적 반응을 철저하게 절제하고 시적 진술 내용에서 구체적인 설명이나 감각적 묘사 대신에 한두 가지의 중심 명제를 찾아내어 이를 반복적으로 진술한다. 어떤 경우에는 일체의 언어적 진술 대신에 특징적인 기호나 도형과 같은 파격적인 이미지를 사용하기도 한다. 이러한 방법은 눈에 보이는 것을 넘어서서 상상의 영역 속으로 독자를 끌어들여 새로운 세계와 그 법칙을 인식할 수 있도록 유도하는 것이다. 결국 이상은 사물에 대한 보다 직접적이고 감각적인 접근법을 《오감도》를 통해 실험해 보임으로써 예술의 미적 자율성이라는 새로운 개념에 도달하게 된다.

《오감도》에서 주목되는 것은 시적 대상을 보는 시각의 전환과 그 시적 기법의 새로움이라고 할 수 있다. 시적 대상으로서의 사물에 대한 인식 혹은 지각은 무수한 원근법적 시선의 무한한 총합으로 가능해진다. 하나하나의 시선에 따라 대상이 지각되기는 하지만 그것은 항상 대상으로서 사물의 어떤 한 측면만 보이게 된다. 대상은 그것을 보는 관점이나 장소에 따라 다르게 보이기 때문이다. 대상의 전체적인 모습이나 그 형태를 한눈으로 '본다'는 것은 거의 불가능하다. 이러한 한계는 대상 자체의 문제가 아니라 그것을 보는 사람의 시각에서 드러나는 제약에 기인하는 것이라고 할 수 있다.

《오감도》에서 시적 화자는 스스로 '까마귀'를 자처하여 공중에 떠 있다. 일반적인 의미에서 '보다'라는 지각의 행위는 언제나 자기 육체에 속하는 '눈'의 위치와 그 높이에 의해 결정된다. '눈'으로 보지 않고서는 그 사물의 실체를 이해하기 어렵다. 그렇지만 보이는 것이 그 사물의 전체는 아니다. 지각된 대상은 실제적으로 주어져 있는 것 이상의 어떤 것을 포함한다. 그러므로 '보다'라는 말은 일종의 역설을 드러낸다. 시인 이상이 《오감도》를 통해 표현하고자 한 것도 바로 이 같은 사물을 보는 시각의 역설적 의미가 아닌가 생각된다. 대상을 본다는 것은 단순히 눈앞에 존재하는 사물의 외적 형상을 인지하는 것만은 아니다. 그것은 사물을 관찰하는 과정과 함께 주체를 둘러싸고 있는 환경 속에서 관찰자로서의 주체까지도 포함하는 여러 개의 장場을 함께 파악하는 일이다. 이상은 사물에 대한 물질적 감각을 정확하게 파악하기 위해 사물의 전체적인 형태나 중량감 윤곽, 색채와 그 속성까지도 설명할 수 있는 특이한 시선과 각도를 찾아낸다. 그가 끊임없이 발전해 가는 기술 문명의 세계를 놓고 그것의 정체를 포착하면서 동시에 주체의 의식의 변화까지도 드러내기 위해 상상해 낸 새로운 그림이 바로 《오감도》라고 할 수 있다.

이상의 《오감도》는 '보는 시' 또는 '시각시visual poetry'라는 새로운 시적 양식 개념에 대한 도전과 실험의 결과라고 할 수 있다. '보는 시'는 시적 텍스트를 시각적 형태로 구현하고자 하는 시도의 산물이다. 간단히 말하자면 시적 텍스트 자체가 무엇인가를 드러내어 보이도록 고안된다. 여기서 시적 텍스트 자체의 물질성을 드러내는 문자, 문장 부호, 띄어쓰기, 행의 구분, 행의 배열, 여백 등의 시각적 요소들을 해체하기도 한다. 그리고 텍스트 자체가 무엇인가를 보여줄 수 있도록 문자 텍스트에 삽화, 사진, 도형 등과 같은 회화적 요소를 첨부하여 새로운 변형을 시도하기도 한다.

《오감도》의 첫 작품인 〈시제1호〉를 보면, 시적 텍스트를 구성하고 있는 문자의 배열과 텍스트의 전체적인 짜임새 자체가 타이포그래피의 속성을 활용하여 시각적인 특징을 강조하고 있다. 텍스트 구성에 동원되고 있는 인쇄 활자의 모습 자체는 굵은 고딕체의 글자로 이루어져 있는데, 일반적인 띄어쓰기 방식을 무시한 채 각각의 시적 진술이 일정한 규칙에 따라 배열되어 있다. 전체 5연으로 구분되어 있는 시적 텍스트에서 전반부의 각 행은 13개의 글자로 이루어진 문장 단위로 반복되고 있는 것이다. 〈시제4호〉의 경우에는 시적 텍스트 자체가 특이한 형태를 드러낸다. 일반적으로 시적 텍스트는 언어의 통사적 배열에 따라 그 구조가 결정된다. 그러나 이 작품은 언어 텍스트로만 구성되어 있지 않다. 아주 간단한 언어 텍스트 사이에 '1 2 3 4 5 6 7 8 9 0'이 뒤집힌 채 열한 줄로 반복 배열된 특이한 숫자의 도판을 하나 끼워놓고 있다. 다시 말하면 언어 텍스트 사이에 시각적 도판이 삽입되어 있다고 설명할 수 있다. 그러므로 언어적 진술과 시각적 도판의 결합에 의해 구조화된 시적 텍스트의 혼성적 특징을 이해하지 않으면 안 된다.

《오감도》에서 실험하고 있는 '보는 시'라는 새로운 개념은 언어 텍스트로 이루어지는 시의 형태에 시각적 요소를 부여함으로써 텍스트 자체가 시각적 형태를 드러내도록 구성된다. '프린스턴 시학사전The New Princeton Encyclopedia of Poetry and Poetics'에서는 '보는 시'의 기능을 '귀'를 위해서가 아니라 '눈'을 위해서 구성된 것이라고 규정하고 있다. 시의 텍스트는 활자화함으로써 어느 정도 시각성을 가지게 되는데, 텍스트의 언어 문자는 단순히 언어적 연쇄체의 한 단위가 아니라, 커다란 하나의 영상의 한 부분으로 작용한다. '보는 시'에서의 텍스트의 시각성은 단순한 타이포그래피의 문제만은 아니다. 시적 텍스트 자체가 하나의 이미지를 형성하면서 시각적 인식의 대상으로서 작용하기 때문이다. 이러한 속성은 어떤 경우에는 시적 형태의 통일성이나 자율성을 강조하기도 하고 어떤 경우에는 시적 형태를 해체하기도 한다. 그러므로 '보는 시'에서는 그 시각적 요소가 구현하는 이미지 자체가 어떤 의미를 지니고 있는가를 밝히는 일이 중요하다. 이를 위해서는 언어적 메시지를 해독해 나가는 방식과는 달리 그 영상의 전체적 이미지를 추적해야 한다.

그런데 '보는 시'에서 볼 수 있는 시각적인 요소로서의 영상과 언어 문자의 결합은 단순히 그림과 시가 결합되는 것을 의미하지 않는다. 두 가지 매체의 밑바닥에 깔려 있는 심미적 요소가 통합되는 것이기 때문이다. 이 새로운 방식의 결합은 문자 문명에서 오랫동안 지켜져 내려온 '보기'와 '읽기'라는 이항적 대립 자체를 폐기시킨다. 시적 텍스트에서 '읽기'와 '보기'라는 두 가지 차원의 접근법 사이에 지속적인 내적 대화가 이루어지면서 언어적 텍스트의 공간적 확대를 통해 새로운 미적 경험의 폭과 깊이를 증대시킨다. 그리고 궁극적으로는 시각적 요소가 시적 텍스트의 핵심적인 요건이 되는 것이다.

이상이 《오감도》를 통해 지향하고자 했던 '보는 시'는 그 실험성만이 아니라 실제로 그 자신이 언어와 문자 행위를 통해 얻어낸 어떤 관념과 의미의 공유 의식에 근거한다는 점을 더욱 주목할 필요가 있다. 그가 사용하고 있는 어떤 언어의 표현, 어떤 문자적 기술은 자연적이거나 직접적인 것이 많지 않다. 그의 언어는 각각의 텍스트 내에서 독자적인 일종의 기호 체계를 지향한다. 이상의 시적 텍스트는 하나의 기호 체계로서의 자기 통제적 규칙을 지니고 있다. 그리고 현실이나 경험의 영역이 함부로 끼어들지 못하게 차단한다. 그 결과 그의 기호는 자의적일 수밖에 없다. 그리고 기호들의 내적 관계를 통해서만 어떤 인식의 의미화를 가능하게 할 뿐이다. 그러나 이상의 시가 어떤 기호 체계를 지향한다고 해서 그것이 경험의 영역과 완전히 차단되어 있다고 보기는 어렵다. 그의 언어와 문자가 기호화하고 있는 것들은 경험적 현실과 사회적 활동의 영역과 내밀하게 연관되어 있다. 그리고 그것은 물질적 사회적 행위에 대한 의미화의 과정 자체를 벗어나고 있는 것은 아니다. 그가 조작해 내고 있는 기호들의 텍스트화 과정은 오히려 경험과 현실을 스스로 차단함으로써 더 다양한 인식의 공간을 열어 놓는다. 이상 텍스트의 모든 언어와 문자가 지향하고 있는 기호적 전략은 기호 자체의 유희성에서부터 출발하는 것처럼 보이는 경우가 많다. 하지만 그것은 언제나 하나의 사회문화적 행위로 확산된다. 그 이유는 텍스트를 구성하고 있는 기호 자체의 물질적이며 사회적인 관계들이 실질적으로 작용하면서 더 넓게 의미의 지평을 열어 놓고 있기 때문이다.

이상의 《오감도》 연작은 시인 자신의 개인적인 삶을 텍스트 속에 직접적으로 투영하는 방식을 통해 시적 주체의 객관적 인식에 도달하게 된다. 자신이 창작하고 있는 작품 속에 시적 대상으로 자기 주체를 등장시키기도 하는 것이다. 물론 이러한 형식 자체는 전통적인 의미의 서정적 진술과는 전혀 다르기 때문에 존재론적인 차원에서 별도의 논의를 가능하게 한다. 그런데 시적 텍스트에 시적 대상으로 등장하는 경험적 주체로서의 시인 자신은 텍스트 속에 등장하는 순간 그 실재성의 의미를 상실한다. 그것은 텍스트의 언어에 의해 조작되는 것이기 때문이다. 이러한 현상은 시인 자신과 창작으로서의 텍스트 사이에 저자로서의 주체와 대상으로서의 작품이라는 입장이 서로 뒤바뀌면서 서로가 서로를 창조하고 서로가 서로의 입장을 파괴한다는 점을 통해 확인된다. 이것은 단지 텍스트의 인위성과 현실의 삶의 인위성을 강조하기 위해 활용하는 하나의 기법에 불과한 것이다.

《오감도》는 '공중에 떠 있는 까마귀의 눈으로 인간 세계를 내려다본 그림'이라는 거대한 상상적 구도의 완성을 목표로 한 것이지만 그 연재가 중단되면서 새로운 시적 실험의 완결된 형태를 보여주지 못했다. 그런데 이 미완의 작품은 1936년 두 편의 연작시《역단》과《위독》을 통해 시적 주제와 형태의 완성을 보게 된다. 이상은《오감도》의 연재 중단 직후 2천여 편의 작품에서《오감도》를 위해 30여 편을 골랐다고 밝힌 적이 있다. 이 진술을 그대로 받아들일 경우 연작시《오감도》는 신문에 연재된 15편 외에도 상당수의 작품이 발표되지 못한 채 폐기되었음을 알 수 있다.《오감도》의 연재 중단으로 남게 된 미발표작은 1936년 연작시《역단》의 5편과 연작시《위독》의 12편으로 나뉘어 발표된 것으로 추정된다. 이상이 당초에 계획했던 30편 정도로 구성된 연작시《오감도》는《역단》과《위독》이라는 새로운 연작시를 모두 포함시킬 경우 그 전체적인 규모가 구체적으로 드러나기 때문이다. 그러므로《오감도》는《조선중앙일보》에 연재되었던 15편만이 아니라 연작시《역단》의 5편과 연작시《위독》의 12편을 모두 함께 연작의 특성에 근거하여 새롭게 음미하지 않으면 안 된다.

이상의《오감도》연작은 한국 모더니즘 문학운동의 중심축에 자리잡고 있다.《오감도》연작에서 확인할 수 있는 중요한 특징은 모더니티의 시적 추구 작업이다. 언어적 감각과 기법의 파격성을 바탕으로 자의식의 시적 탐구, 이미지의 공간적인 구성에 의한 일상적 경험의 동시적 구현, 도시적 문명과 모더니티의 추구 등을 드러내는 모더니즘적 시의 경향이 바로 그것이다. 하지만 이상은 여기에 머무르지 않고 자신의 시적 창작을 통해 그가 추구했던 모더니티의 초극에까지

나아가고자 한다. 그는 현대 과학 문명의 비인간화의 경향에 반발하면서 인간 존재와 그 가치에 대한 시적 추구 작업에 몰두하기도 하였고, 개인적 주체의 붕괴에 도전하여 인간의 생명 의지를 시적으로 구현하고자 하였다. 그러므로《오감도》연작은 그 텍스트의 표층에 그려진 경험적 자아의 병과 고통, 가족과의 갈등 문제를 인간의 존재와 삶, 생명과 죽음의 문제, 고독과 의지와 같은 본질적인 주제로 심화시켜 시적 형상성을 획득하고 있다.

烏瞰圖 詩第一號

十三人의兒孩가道路로疾走하오.
(길은막달은골목이適當하오.)

第一의兒孩가무섭다고그리오.
第二의兒孩도무섭다고그리오.
第三의兒孩도무섭다고그리오.
第四의兒孩도무섭다고그리오.
第五의兒孩도무섭다고그리오.
第六의兒孩도무섭다고그리오.
第七의兒孩도무섭다고그리오.
第八의兒孩도무섭다고그리오.
第九의兒孩도무섭다고그리오.
第十의兒孩도무섭다고그리오.

第十一의兒孩가무섭다고그리오.

第十二의兒孩도무섭다고그리오.

第十三의兒孩도무섭다고그리오.

十三人의兒孩는무서운兒孩와무서워하는兒孩와그러케뿐이모혓소.(다른事情은업는것이차라리나앗소)

그中에一人의兒孩가무서운兒孩라도좃소.

그中에二人의兒孩가무서운兒孩라도좃소.

그中에二人의兒孩가무서워하는兒孩라도좃소.

그中에一人의兒孩가무서워하는兒孩라도좃소.

(길은뚫닌골목이라도適當하오.)

十三人의兒孩가道路로疾走하지아니하야도좃소.

[작품 해설]

〈오감도 시제1호〉는 1934년 7월 24일《조선중앙일보朝鮮中央日報》
학예면에 발표되었다. '오감도'라는 표제 아래 한데 묶인 15편의 작
품 가운데 첫 번째 작품에 해당한다. 당시의 신문 지면을 보면, 이 시
의 텍스트는 전체적인 짜임새 자체가 타이포그래피의 속성을 활용하
여 외형상 시각적인 속성을 강조하고 있다. 텍스트 구성에 동원되고
있는 인쇄 활자의 모습 자체는 굵은 고딕체의 글자로 이루어져 있으
며, 일반적인 띄어쓰기 방식을 무시한 채 각각의 시적 진술이 일정한
규칙에 따라 배열되어 있다. 전체 5연으로 구분되어 있는 시적 텍스
트에서 전반부의 1, 2연은 각 행이 모두 13개의 글자로 이루어진 문
장을 단위로 하여 반복되고 있다.
　〈오감도 시제1호〉의 시적 진술 내용은 의외로 단순하다. 시의 텍스
트는 '도로'에서 '13인의 아해'가 '질주'하고 있는 상황을 제시하고 있
다. 그런데 '13인의 아해'들은 모두가 자신들이 처해 있는 상황을 '무
섭다'라고 말한다. 그리고 각각 스스로 무서운 존재로 변하기도 하고
무서워하는 존재가 되기도 한다. 여기서 '13인의 아해'가 누구인가를
따지는 것은 큰 의미가 없어 보인다. 왜냐 하면 여기 등장하는 '아해'
는 실제의 아이가 아니라 공중에서 내려다보이는 사람들에 불과하기
때문이다. 하늘에 떠서 지상을 내려다보면 모든 사물들은 실제의 크
기보다 작게 보인다. 이러한 시각과 거리의 감각을 염두에 둔다면 '아
해'는 아이들처럼 작게 보이는 사람들임에 틀림없다. '13'의 경우도
숫자 자체의 상징성이 문제가 되기도 하지만 지상에 있는 많은 사람들
을 가리킨다고 보아도 크게 의미에서 벗어나지는 않는다. 이 작품에서
문제가 되는 것은 도로를 질주하며 느끼게 되는 공포의 실체가 무엇이
며 그 대상은 무엇인가를 확인하는 작업이다. 이 작품은 이러한 문제
의식으로부터 다시 읽어가야만 그 시적 의미에 도달할 수 있다.

烏瞰圖 詩第二號

나의아버지가나의겨테서조을적에나는나의아버지가되고또나는나의
아버지의아버지가되고그런데도나의아버지는나의아버지대로나의아
버지인데어쩌자고나는작고나의아버지의아버지의아버지의……아버
지가되니나는웨나의아버지를껑충뛰어넘어야하는지나는웨드듸어나
와나의아버지와나의아버지의아버지와나의아버지의아버지의아버지
노릇을한꺼번에하면서살아야하는것이냐

[작품 해설]

　〈오감도 시제2호〉는 1934년 7월 25일 《조선중앙일보朝鮮中央日報》에
발표되었다. 이 작품은 전체 텍스트가 하나의 문장으로 이어져 있다.
띄어쓰기를 거부하고 있는 이 같은 표기 방법은 사물에 대한 인식 방
법과 연관된다. 언어와 문자의 표현에서 본질적으로 드러나는 선조
성線條性에 대한 부정에 해당하기 때문이다. 다시 말하면 말을 하거나
글을 쓸 때 언어 요소들이 앞뒤에 계기적으로 연결되는 성질에 대한
일종의 거부 반응이다.

　이상 자신은 사물에 대한 인식이 순간적(동시적)으로 이루어지는
것임에도 불구하고 그 언어 표현이 시간적 계기성에 묶이는 것에 대
해 소설 〈지도의 암실〉에서 다음과 같이 불만을 표시한 적이 있다.

　'무슨까닭에 한번늙어지나가면 도무소용인글자의고정된기술방법
을채용하는 흡족지안은버릇을쓰기를버리지안을까를그는생각한다
글자를저것처럼가지고그하나만이 이랫다저랫다하면 쏘생각하는것
은 사람하나 생각둘말 글자 셋 넷 다섯 또다섯 또또다섯 또또또다섯
그는결국에시간이라는것의무서운힘을 믿지아니할수는업다.'

이와 같은 태도는 결국 감각적으로 인식되는 대상 전체를 동시적으로 화폭에 제시하고자 하는 회화의 속성을 염두에 둔 말이 아닌가 생각된다.

〈오감도 시제2호〉는 '나'라는 시적 주체를 전면에 내세운다. 하지만 '나'의 존재 의미와 그 역할과 위상에 대한 다양하고도 구체적인 설명은 시적 텍스트에서 모두 제거된다. 그리고 이 복잡한 내용을 아주 단순화하여 '나'라는 시적 주체와 시적 대상으로서의 '아버지'와의 관계만을 반복적으로 진술하고 있다. '나'를 통해 시적 텍스트 내에서 진술하고자 하는 것은 '아버지'에 관한 일이다. 여기서 '아버지'는 시적 진술의 대상이 된다. 시적 주체인 '나'를 시인 자신이라고 한다면, '아버지'는 시인 이상 자신의 아버지라고 상정해 볼 수도 있다. 그렇지만 시적 텍스트 내의 모든 진술 내용을 경험적 현실 속에서 이루어지는 시인 자신의 삶과 직결시켜 그 의미를 축소 제한할 필요는 없다. '아버지'는 가족적 혈연관계로 본다면 '나'의 존재를 가능하게 만들어 준 선대先代에 해당한다. '아버지'가 없다면 '나'라는 존재도 없다. 그만큼 '아버지'는 '나'의 존재에 절대적인 의미를 지닌다.

그런데 이 시에서 설정하고 있는 시적 정황을 보면, '아버지'는 현재 '나'의 곁에서 졸고 있다고 그 형상을 단순화하여 그려 놓고 있다. 다시 말하면 아무런 활동도 하지 않는 무기력한 아버지의 모습을 '나의 곁에서 졸고 있는 아버지'의 형상으로 그려 내고 있는 것이다. 이렇게 그려 낸 아버지의 형상은 가족 안에서의 '부성父性'의 역할 부재 또는 부성적 기능의 상실을 암시한다. '아버지'가 가족 구성원들을 위해 아무런 역할도 하지 못하고 무기력한 상태에 빠져들어 있음을 말해 주는 것이다.

아버지의 역할 부재라는 상황 속에서 시적 화자인 '나'는 스스로 '아버지'로서의 역할을 감당하지 않으면 안 된다. 시인은 이를 두고

'나는나의아버지가되고또나는나의아버지의아버지가되고……'라고
진술한다. 하지만 문제는 '아버지'를 대신하는 '나'의 역할에도 불구하
고 '아버지'가 가지는 '아버지'로서의 존재 의미와 그 권위는 여전히
변함이 없다는 것이다. '나의아버지는나의아버지대로나의아버지'인
것이다. 이 같은 엄연한 사실을 놓고 '나'는 갈등에 빠져든다. 자신이
'아버지'의 역할을 대신하면서도 '아버지'의 존재와 그 의미와 권위를
인정해야 하기 때문이다.

이 시의 결말 부분은 '나는왜드디어나와나의아버지와나의아버지
의아버지와나의아버지의아버지의아버지노릇을한꺼번에하면서살
아야하는것이냐'라는 의문형으로 맺어진다. 여기서 '아버지'는 단순
한 '나'의 '아버지'로 국한되지 않는다. '나의아버지와나의아버지의아
버지와나의아버지의아버지의아버지'로까지 선대의 조상으로 거슬
러 올라가고 있기 때문이다. 시인은 '아버지의 아버지'와 같은 중첩重
疊의 표현을 통해 '부성' 자체의 막중한 의미만이 아니라 그 역사와 전
통의 무게까지도 강조하면서 그 모든 무게를 감당해야 하는 자신의
난감한 처지를 자문自問하고 있는 것이다.

여기서 시적 화자가 '나의아버지가되고또나는나의아버지의아버
지가되고……'라고 진술한 내용을 보면, 이러한 진술 자체가 '나'를
중심으로 가계의 계통을 일련의 세대 개념으로 단순하게 구조화한
것이며 부계제도의 질서를 그려 낸 것임을 알 수 있다. 특히 흥미로운
것은 '나는 나의 아버지가 된다'라는 진술이다. 이 진술은 시간의 논
리로 본다면 명백한 사실적 모순을 드러낸다. 시간의 흐름을 따라가
면 할아버지에서 아버지로 그리고 아버지에서 나로 이어지는 세대교
체가 자연스런 것이다. 시간은 언제나 과거로부터 현재로 이행하며
결코 과거로 돌아갈 수 없는 불가역성의 속성을 지니기 때문이다.

그런데 '나는 나의 아버지가 된다'라는 진술은 '나'를 기준으로 할

때 현재의 '나'로부터 과거의 '아버지'로 거슬러 올라감을 보여준다. 이른바 시간의 불가역성이라는 논리를 거부하고 있는 셈이다. 이것은 시간적 논리로는 분명 모순이지만 인간의 삶에서는 얼마든지 가능한 일이다. '나'는 스스로 '아버지'로서의 역할을 감당해야 하고 '아버지의 아버지' 역할도 감당해야 하는 것이다. 하지만 문제는 '아버지'를 대신하는 '나'의 역할에도 불구하고 '아버지'가 가지는 '아버지'로서의 존재 의미와 그 권위는 여전히 변함이 없다. '나의아버지는나의아버지대로나의아버지'인 것이다. 이 같은 엄연한 사실을 놓고 시적 주체인 '나'는 갈등에 빠져든다. 자신이 '아버지'의 역할을 대신하면서도 '아버지'의 존재와 그 의미와 권위를 인정해야 하기 때문이다.

〈오감도 시제2호〉는 주체로서의 '나'의 존재와, 그 역할과 위상에 대한 질문을 단순화하여 표현한 것이라고 할 수 있다. 여기서 좀더 '나'의 존재와 그 정체성의 인식 문제를 검토할 필요가 생긴다. 자아 정체성이라는 관점에서 볼 때 이 시의 진술 주체인 '나'는 '주격의 나/목적격의 나'라는 정체성의 논리 구조를 되묻게 한다. '목적격의 나'는 개인의 심리적 발달 과정에서 '주격의 나'가 의식하게 되는 정체성이다. '주격의 나'는 개인의 능동적이면서도 원초적인 의지이며 이 의지는 사회적 유대의 반영이라고 할 수 있는 '목적격의 나'를 장악한다. 그러므로 '나'는 '나'이며, '나' 이외의 다른 어느 것도 아니다. 하지만 이 시에서 '나'는 '목적격인 나'를 '아버지'와 '아버지의 아버지'와 '아버지의 아버지의 아버지'로 대체한다. 여기서 '나'의 존재가 '나'가 아닌 다른 어떤 존재로 대체됨으로써 자기 정체성의 혼란이 야기되는 것이다. 현재의 '나'에 대응하는 '아버지, 아버지의 아버지, 아버지의 아버지의 아버지……'는 가족 또는 가문의 차원에서는 '조상祖上', '선조先祖'에 해당하며, 세대의 차원에서는 '기성세대'를 말한다. 시간상으로는 '과거'라고 할 수 있다.

그러므로 이 작품에서 '나'는 가문의 전통이나 기성세대의 권위나 과거의 역사에 대한 자신의 역할에 대해 의문을 표시하면서 이들로부터 벗어나고자 한다. 하지만 이 시에서 '나'라는 개인은 과거로부터 유래되는 제도와 관습과 전통의 무게를 결코 쉽게 벗어날 수 없다. 오히려 그 모든 역사적 책무를 감당하면서 살아가야 한다. 다시 말하자면, '나'는 '나' 자신의 존재를 분명하게 하기 위해서 '나'에게 부여된 아버지 역할을 수행해야만 하고, 과거의 역사와 전통이라는 커다란 굴레 안에서 그 무게를 감당해 내야만 하는 것이다.

烏瞰圖 詩第三號

싸홈하는사람은즉싸홈하지아니하든사람이고또싸홈하는사람은싸홈하지아니하는사람이엇기도하니까싸홈하는사람이싸홈하는구경을하고십거든싸홈하지아니하든사람이싸홈하는것을구경하든지싸홈하지아니하는사람이싸홈하는구경을하든지싸홈하지아니하든사람이나싸홈하지아니하는사람이싸홈하지아니하는것을구경하든지하얏으면그만이다.

[작품 해설]
〈오감도 시제3호〉는 〈오감도 시제2호〉와 함께 1934년 7월 25일 《조선중앙일보朝鮮中央日報》에 발표되었다. 이 작품은 인간 존재와 그 행위에 대한 인식 방법을 시간의 차원에서 단순화하여 탐색하고자 한다.

이 작품도 텍스트 전체가 띄어쓰기를 거부한 줄글로 이어져 있으며, 인간 행위의 모든 구체적인 디테일과 복잡한 과정을 아주 단순화하고 추상화하여 '싸훔(움)하는사람'으로 표시하고 있다. 여기서 '싸움하는 사람'이라는 구절을 '사람이 싸움하다'라는 서술형 문장으로 바꾸어 보면 그 존재와 행위의 의미가 분명해진다. '싸움하는 사람'은 현재라는 시간적 위상을 통해 그 행위의 구체성을 드러낸다. 그러나 현재라는 시간적 위상을 떠나서 생각할 경우, '싸움하는 사람'은 과거에 '싸움하지 아니하던 사람' 또는 '싸움하지 아니하는 사람'이었음을 추론해 볼 수 있다.

〈오감도 시제3호〉는 사물에 대한 인식이 시간의 위상에 따라 얼마든지 다양하게 달라질 수 있음을 단순화하여 제시한다. 물론 시간이라는 것이 주관에 속하면서 모든 인식을 가능하게 하는 초월적 관념에 해당하지만 그 자체가 경험적 실재성이라는 사실을 직시할 필요가 있다. 여기서 주목되는 것이 시적 대상의 존재에 대한 인식의 양상이다. 모든 실재하는 대상의 가능/불가능, 현존/부재, 필연/우연의 구분은 시간 조건과의 결합에 의해 결정된다. 그러므로 현재 '싸움하는 사람'은 과거에는 '싸움하지 아니하던 사람'이라는 인식이 가능하다. 시적 대상에 대한 인식은 객관적인 사물에 대한 인식 그 자체에 해당한다. 그러나 그 대상의 존재는 객관적 시간, 즉 계기를 본질로 하는 시간 속에 존재함을 뜻한다. 바로 여기서 어떤 동작을 행하는 대상을 인식하는 데에 있어서 시간이 절대적인 조건이 된다는 사실을 확인할 수 있게 된다.

烏瞰圖 詩第四號

患者의容態에關한問題。

```
1234567890·
123456789·0
12345678·90
1234567·890
123456·7890
12345·67890
1234·567890
123·4567890
12·34567890
1·234567890
·1234567890
```

診斷 0 : 1

　26. 10. 1931

　　以上　責任醫師　李　　箱

[작품 해설]

　〈오감도 시제4호〉는 1934년 7월 28일 《조선중앙일보朝鮮中央日報》에 발표되었다. 이 작품은 텍스트 자체가 특이한 형태를 드러내고 있다. 일반적으로 시적 텍스트는 언어의 통사적 배열에 그 구조가 결정되는 것이지만 이 작품은 숫자판을 텍스트에 삽입해 놓고 있다. 다시 말하면 텍스트의 언어적 진술에 시각적인 도판이 삽입되어 있는 것이다. 그러므로 시적 텍스트는 언어적 진술과 시각적 도판의 결합에 의해 추상화되면서 혼성적 특징을 드러낸다.

　여기서 주목해야 할 것이 이상이 새로이 고안하고 있는 '보는 시' 또는 '시각시visual poetry'라는 새로운 시적 양식 개념이다. '보는 시'는 시적 텍스트를 시각적 형태로 구현하고자 하는 시도의 산물이다. 간단히 말하자면 시적 텍스트 자체가 무엇인가를 스스로 드러내어 보이도록 고안된다. 여기서 시적 텍스트 자체의 물질성을 드러내는 문자, 문장부호, 띄어쓰기, 행의 구분, 행의 배열, 여백 등의 시각적 요소들을 새롭게 해체하기도 한다. 그리고 텍스트 자체가 무엇인가를 보여줄 수 있도록 문자 텍스트에 삽화, 사진, 도형 등과 같은 회화적 요소를 첨부하여 새로운 변형을 시도하기도 한다.

이 작품의 시적 진술 내용을 보면, 텍스트의 첫 머리에는 '환자의용태에관한문제'라는 짤막한 어구가 배치되어 있다. 이 짤막한 진술은 환자의 병환이 어떤 상태인지에 대한 의문을 내포한다. 이 어구의 바로 뒤에 숫자의 도판이 뒤집힌 채 삽입되어 있다. 이 숫자의 도판은 시의 텍스트에서 진술하고자 하는 '환자의용태에관한문제'와 어떤 연관성을 가지는 것이라고 짐작된다. 이 시의 텍스트는 말미에서는 환자의 용태에 대한 진단 결과를 '0 : 1'이라는 숫자로 다시 정리해 놓고 있다. 이 진단 결과는 1931년 10월 26일에 나왔으며, 이 결과를 진단한 의사는 '이상' 자신이다. 시인 자신이 자기 이름을 의사로 표시하고 있음을 알 수 있다.

〈오감도 시제4호〉에서는 먼저 시적 대상인 '환자'와 그 '환자'를 진단하고 있는 '의사 이상'의 관계를 정확하게 파악할 필요가 있다. 텍스트 안에서는 시적 대상으로 내세우고 있는 '환자'가 어떤 인물인지 확인할 수 있는 근거를 찾아볼 수 없다. 그런데 시적 진술의 주체를 '이상'이라고 내세움으로써 경험적 자아로서의 시인 자신이 작품의 내적 상황에 개입하고 있음을 말해 준다. 이러한 시적 정황으로 보면, 이 시는 시인 자신인 '이상'에게 의사라는 자격을 부여하여 진술의 주체로 내세우면서 어떤 '환자의 용태'를 진단하고 있는 것이라고 설명할 수 있다.

일반적으로 서정시의 시적 진술은 서정적 주체에 해당하는 시인 자신에 의해 이루어진다. 그러므로 시적 진술의 주체가 시인 자신임을 내세우지 않더라도 독자들은 그 사실을 쉽게 인지하게 된다. 물론 시적 정황 속에 어떤 인물을 내세워 시적 자아인 시인의 존재를 숨기고 자기 목소리를 감출 수도 있다. 이 시에서 시적 진술의 주체를 '이상'이라고 드러내 놓고 있는 점은 주목을 요한다. 이 시의 텍스트에서 시적 대상인 환자가 누구인지를 확인할 수 있는 징표는 텍스트에 명기되어 있다. 그것은 '1931. 10. 26'이라는 날짜와 관련된다. 이 날짜는 시 속에서 '책임의사 이상'이 '환자'를 진단한 날로 표시되고 있지만, 1931년은 이상이 조선총독부의 건축기사로 근무하던 경험적 시간에 속한다. 이해 가을 이상은 공사장에서 객혈을 하며 쓰러진 후 병원에 옮겨져 의사로부터 폐결핵이 중증이라는 사실을 처음 알게 되었다. 10월 26일이 바로 그날이다. 이러한 사실을 놓고 본다면, 이 시에서 시적 대상이 되고 있는 '환자'는 결국 시인 이상 자신임을 알 수 있다. 결국 〈오감도 시제4호〉는 시인이 시적 화자로 등장하여 자신의 병환과 그 용태에 관하여 스스로 조심스럽게 진단해 보고 있는 내용이 중심을 이루고 있는 셈이다.

〈오감도 시제4호〉의 텍스트에서 해결해야 하는 또 하나의 문제는 '1 2 3 4 5 6 7 8 9 0 ·'이라는 숫자가 열한 번이나 반복적으로 배열된 뒤집어져 있는 숫자의 도판이다. 이 도판에서 확인되는 숫자의 배열과 그 반복이 어떤 의미를 지니는 것인지 밝혀야만 전체적인 시적 텍스트의 의미에 도달할 수 있다. 물론 이 같은 숫자의 반복 배열 자체의 의미를 따지기 전에 이 숫자 전체가 어떤 사실(환자의 용태)에 대한 언어적 진술을 단순화 혹은 추상화하여 만들어낸 도판에 해당한다는 점을 다시 강조해 둘 필요가 있다. 이 도판은 언어 텍스트의 진술 내용과 연관되는 어떤 문제를 추상화하여 시각적으로 제시한 것이기 때문이다.

〈오감도 시제4호〉에서 '1 2 3 4 5 6 7 8 9 0 ·'이라는 숫자의 배열은 십진법十進法에서 각각의 자리수인 1, 2, 3, 4, 5, 6, 7, 8, 9, 0을 그대로 나타내고 있다. 십진법의 기수법에서는 9가 가장 큰 숫자이다. 9보다 하나가 더 큰 수를 표시하는 숫자는 따로 없다. 10이라고 쓰지만 이는 1과 0으로 표시된 것이다. 여기서 십진법의 위치값 기수법으로 수를 표현하는 경우 특정한 위치가 수의 표현에서 필요하지 않는 경우가 생긴다는 것을 알 수 있다. 이때 그 위치가 의미를 가지지 않는다는 것을 나타내기 위해서 0의 개념이 필요하다. 그러므로 십진법에서는 1, 2, 3, 4, 5, 6, 7, 8, 9, 0으로 수를 표시하게 된다. 〈오감도 시제4호〉의 숫자 도판은 1부터 0까지 숫자의 순차적 배열을 열한 번이나 반복하여 표시해 놓고 있다. 이것은 어떤 일의 순서, 진행 과정, 변화 단계 등을 기호화한 것이며, 동일한 작업이 여러 차례 반복되었음을 의미한다.

그런데 이 숫자의 도판은 내리읽기를 할 경우 오른편 끝에 '1'이라는 숫자가 줄지어 있고, 왼편 끝에는 '0'이라는 숫자가 마찬가지로 줄지어 있다. 중간에 배열된 숫자의 변화가 어떻게 표시되든지 간에 결과적으로 이 숫자 도판은 왼쪽과 오른쪽에 '1'과 '0'이라는 두 숫자만 나타낸다. 이 시의 말미에 제시되어 있는 '진단 0 : 1'이라는 문구는 바로 이 같은 도판의 숫자 배열의 특징을 압축해 놓은 것이다. 이를 달리 말하면 '1, 2, 3, 4, 5, 6, 7, 8, 9, 0'이라는 십진법의 기수법으로 표시했던 숫자 배열을 '0, 1'이라는 이진법二進法의 두 개의 숫자로 바꾸어 단순하게 표시하고 있다고 할 수 있다. 이진법은 관습적으로 0과 1의 기호를 쓴다. 0과 1이라는 두 가지의 숫자만을 이용한다는 특징 때문에 논리적인 이분법二分法과 서로 상통하는 바가 있다. 그러므로 논리와 관련된 상당 부분의 수학적 표현이 이진법으로 이루어지기도 한다. 이진법은 있음(1)과 없음(0)을 나타내는 방식으로도 쓰이고, 참true과 거짓false을 나타내는 방식으로도 사용된다. 사물의 세계에서 '1'은 유일한 하나의 존재를 표시한다.

이와 같은 해석을 종합해 보면, 〈오감도 시제4호〉는 경험적 자아로서의 시인 이상이 폐결핵 환자인 자신을 대상화하여 스스로 자기 진단을 수행하는 과정을 숫자로 단순 추상화하고 시각화한 것이라고 할 수 있다. 시인 이상은 자신의 건강 상태와 병환의 진전 상황을 수없이 스스로 진단하며 병든 육체에 대한 자기 몰입에 빠져들고 있었던 것이다. 이 과정을 단순 추상화하여 시각적인 기호로 대체해 보여 주는 것이 뒤집혀진 십진법의 기수법으로 배열된 숫자의 도판이다. 물론 여기서 숫자의 도판이 뒤집혀져 있는 것은 거울을 통해 자기 모습을 들여다보고 있음을 말해 준다.

그런데 수없이 되풀이하여 자기 진단을 해보지만 그 결과는 '0'과 '1'이라는 이진법의 숫자로 간단명료하게 논리화된다. '있음'을 의미하는 '1'은 정상적으로 작동하고 있는 한쪽의 폐를 말하고, 병으로 훼손된 다른 한쪽의 폐는 '없음'을 의미하는 '0'으로 표시하고 있는 것이다. 자신의 감정을 절제하면서도 자기 집착을 드러내 보이는 이 시에서 이상 자신이 빠져들었던 병적 나르시시즘의 징후를 밝혀내는 것은 이 시를 보고 그 숫자 도판의 시각적 이미지가 환기하는 의미를 '읽는' 독자의 몫이다. 그리고 그것이 바로 '보는 시'로서의 〈오감도 시제4호〉의 가능성을 말해 주는 것이다.

烏瞰圖 詩第五號

其後左右를除한唯一한痕迹이있어서

翼殷不逝　目大不覩

胖矮小形의神의眼前에我前落傷한故事를有함.

臟腑라는것은浸水된畜舍와區別될수잇슬른가.

[작품 해설]

　〈오감도 시제5호〉는 1934년 7월 28일《조선중앙일보朝鮮中央日報》
에 〈오감도 시제4호〉와 함께 발표되었다. 〈오감도 시제4호〉가 보여
주는 '보는 시'의 새로운 가능성은 〈오감도 시제5호〉로 이어지면서
더욱 구체성을 획득한다. 이 시는 이상 자신이 폐결핵을 진단받은 후
에 겪어야 했던 병에 대한 공포와 죽음에 대한 두려움의 심경을 단순
추상화하여 시각적으로 제시하고 있다.

　이상의 대표적인 난해시의 하나로 치부되어 온 이 작품은 텍스트
의 전체적인 짜임새 자체가 타이포그래피의 속성을 활용하여 외형상
시각적인 속성을 강조한다. 이 작품은 시적 진술 자체가 해독하기 힘
든 한문 구절로 이루어져 있는데, 둘째 행은 그 글자 모양을 크고 진
하게 표시했다. 더구나 독특한 기하학적 도형을 문자 텍스트 중간에
삽입해 두고 있다. 말하자면 언어적 진술과 기하학적 도형이라는 이
질적 요소가 서로 결합되어 하나의 시적 텍스트를 시각적으로 구성

하고 있는 셈이다. 이 같은 시적 텍스트의 구성은 현대미술의 새로운 기법으로 각광을 받았던 콜라주Collage의 방법을 원용하고 있는 것이라고 할 수 있다. 문자 텍스트와 기하학적 도형의 결합을 통해 새로운 시적 텍스트를 구성해 내고 있기 때문이다.

〈오감도 시제5호〉는 이상의 일본어 연작시《건축무한육면각체建築無限六面角體》(조선과 건축朝鮮と建築, 1932. 7)에 포함되어 있는 〈二十二年〉을 패러디한 것이다. '22년'은 시적 화자의 나이가 '22세'되던 해를 가리킨다. 이해에 시인 자신은 객혈을 한 후 폐결핵이 심각한 상태임을 진단을 통해 알게 된다. 이 시에서 시적 화자는 자신의 악화된 건강 상태를 놓고 절망감에 빠져들었던 심경을《장자莊子》의 구절을 빌어 표현한다. 그리고 폐가 상해 버린 상태를 촬영한 X선 사진을 추상화한 이미지로 변용하여 시각적으로 제시하고 있다.

기왕의 연구에서는 대부분 일본어 시 〈二十二年〉과 〈오감도 시제5호〉의 텍스트가 동일한 것으로 설명하고 있지만, 두 텍스트 사이에 미묘한 변화가 있음을 주목해야 한다. 시적 텍스트에서 첫 행은 '그 뒤 좌우를 제거한 유일한 흔적이 있어서'라고 읽힌다. 이 구절은 폐결핵으로 인하여 훼손된 육체를 암시하는데, 바로 뒤에 이어지는 둘째 행의 '익은불서翼殷不逝 목대부도目大不覩'와 자연스럽게 이어지면서 그 진술 내용의 인과관계를 이해할 수 있게 된다. 여기 등장하는 '익은불서翼殷不逝 목대부도目大不覩'라는 한문 구절은 중국의 대표적인 고전《장자》의 '산목편'에 나오는 한 대목을 패러디한 것임은 널리 알려진 사실이다. 이상은 장주가 한 말을 시적 화자인 '나'의 말로 바꾸어 놓고 있다. 시의 텍스트에서 이 한문 구절을 굵은 글씨로 크게 써 놓은 것은 이 구절이 시적 문맥 속에서 패러디의 기법을 통해 새롭게 획득한 의미를 강조하기 위한 타이포그래피적 고안이라고 할 수 있다. 이 패러디의 과정에서 본래 뜻은 모두 사라지고 대신에 '익은불서翼殷

不逝'라는 구절은 시적 문맥 속에서 '큰 뜻을 품었지만 그것을 펼치지 못하게 되었다'라는 의미로 읽히며, '목대부도目大不覩'의 경우에도 '눈이 큰데도 제대로 살피지 못했다'라는 뜻으로 읽게 되는 것이다. 결국 '익은불서翼殷不逝 목대부도目大不覩'는 폐결핵으로 인하여 건강을 상실함으로써 자신의 꿈을 이루지 못하게 되었음을 토로하면서 병의 진행 과정이나 몸의 상태를 자신이 전혀 알아채지 못했음을 탄식하는 말로 해석할 수 있는 것이다.

'胖矮小形의神의眼前에我前落傷한故事를有함'이라는 셋째 행을 보면 '반왜소형의 신'이라는 어구가 등장한다. 글자 그대로 풀이할 경우 '살이 찌고 키가 작은 모습을 한 신'이라는 의미가 된다. 필자는 '반왜소형의 신'을 시적 화자를 진찰했던 병원 의사의 모습을 묘사한 것으로 생각한다. 이상은 수필 〈병상 이후〉의 서두에서 병원에 입원한 환자에게 의사의 존재가 얼마나 위대하게 생각되는지를 잘 그려 내고 있다. 이 시에서 병들어 죽어가는 사람을 살려낼 수 있는 능력을 가진 의사를 '신神'이라는 말로 지칭하고 있는 것은 과장적인 표현이 아니다. '내가 낙상한 고사가 있어서'라는 구절은 시적 화자가 결핵 진단을 받은 후 그 충격으로 의사 앞에서 졸도했다는 뜻으로 읽힌다. 이상이 폐결핵을 진단받으면서 자신의 병이 심각한 상태임을 알게 된 후에 엄청난 충격을 받고 쓰러졌던 일을 요약적으로 진술하고 있다. 이상의 유작으로 발굴 소개된 바 있는 일본어 작품 〈1931년—작품 제1번〉에도 이러한 사실이 암시되고 있다.

〈오감도 시제5호〉의 셋째 행 뒤에는 추상적인 기하학적 도형 하나가 아무 설명 없이 삽입되어 있다. 이 도형이 어떤 의미를 지니는 것인지에 대해서도 그 해석이 구구하다. 어떤 연구자는 이것을 시적 주체의 성격, 또는 욕망과 연결시켜 해석하기도 하고, 어떤 연구자는 일종의 성적性的 상징물로 해석하기도 한다. 하지만 이러한 해석은 전체적인 텍스트의 연결 관계를 지나치게 확대하거나 시적 문맥을 초월해 버린 결과라고 할 것이다. 이 도형이 상징하고 있는 의미는 시의 텍스트 내에서 재문맥화의 과정을 거쳐야만 분명하게 드러난다. 이 도형은 첫 행에서 설명하고 있는 대로 '그 후 좌우를 없앤 흔적' 그 자체에 해당한다. '익은불서 목대부도翼殷不逝 目大不覩'라는 구절과도 어떤 맥락을 지니고 연결되어 있으며, '반왜소형의 신'과도 관련되어 있다.

이 시각적 도형은 병원에서 찍은 흉부 X선 사진을 평면 기하학적으로 추상화하여 도식화한 것이다. 도형을 이루고 있는 선은 X선 사진의 윤곽을 표시하며 안쪽으로 굽어 들어간 화살표는 폐부와 연결되는 혈관에 해당한다. 그러나 정작 이 혈관과 연결되어야 할 폐가 손상되어 그 흔적이 제대로 드러나지 않는다. 폐결핵이 중증 상태라는 것을 여기서 확인할 수 있다. X선 사진에 드러난 폐부의 상태로 보아 병은 상당히 심각한 정도로 진전되어 있다.

시적 화자는 X선 촬영 사진을 보고는 한창 젊은 시기에 폐결핵 환자가 된 자신의 처지를 놓고 날개가 큰데도 멀리 날아갈 수 없다고 말한다. 더구나 폐부에서 진행된 병은 겉으로 드러나는 외상外傷이 전혀 없기 때문에 아무리 눈이 커도 어떤 상태에 이르고 있는지를 알아볼 수 없다고 탄식한다. 이러한 의미로 앞뒤의 문맥을 연결하여 보면 이 도형이 병에 의한 '신체 내부의 훼손과 결여 상태'를 보여주는 흉부 X선 사진의 영상을 기하학적 도표로 표상하여 시각적으로 제시한 것임을 알 수 있게 된다. 이 시의 마지막 행은 '臟腑타는 것은浸水된畜舍와區別될수잇슬른가'라는 자문自問의 형식을 취하고 있다. X선 사진의 영상을 보면서 그 희끄무레한 모양이 마치 물속에 잠긴 축사畜舍의 모습처럼 엉성하다는 생각을 하고 있음을 보여준다. 병으로 인한 폐부의 손상 상태를 사진을 통해 살펴보고 있는 시적 화자의 망연한 심경을 엿볼 수 있는 대목이다.

이와 같은 분석을 통해 보면, 〈오감도 시제5호〉는 시적 화자가 자신의 병환인 폐결핵이 심각한 상태에 있음을 X선 검사를 통해 자신의 눈으로 직접 확인하게 되는 과정을 단순 추상화하여 압축적으로 제시한다. 여기서 자기 육체 내부에 자리하고 있는 장부臟腑가 병으로 인하여 훼손되어 버렸다는 사실을 시각적으로 인식하는 순간 시적 화자가 느꼈을 병에 대한 공포와 삶에 대한 절망감이 어떤 것이었을까는 설명할 필요조차 없는 일이다.

시적 화자는 병으로 인한 육체의 훼손과 그 기능의 결여 상태를 《장자》의 한 대목을 패러디하여 간략하게 그려 내고, X선 사진을 기하학적 도형으로 추상화하여 그 절망적인 상태를 묵언默言으로 보여 주고 있다. 이 추상화된 도형으로 그려 내고자 하는 감각은 언어적 등가물이 없다. 가슴 터지는 고통, 다시 일어서지 못할 것 같은 절망감, 죽음에 대한 엄청난 공포를 아무리 소리치고 목청껏 외친다 해도 그 아픔의 크기를 표현할 수 있는 말은 없는 셈이다. 시적 화자는 바로 이 장면에서 언어를 포기하고 도형으로 대체한다. 이 특이한 도형은 모든 것을 한꺼번에 다 보여준다. 육신의 저 깊은 곳에서 나온 이 간략한 이미지 하나가 어떤 말보다도 감각적으로 앞서 있기 때문이다.

烏瞰圖 詩第六號

鸚鵡 ※ 二匹

　　　二匹

　　※ 鸚鵡는哺乳類에屬하느니라.

내가二匹을아아는것은내가二匹을아알지못하는것이니라. 勿論나는希
望할것이니라

鸚鵡　　二匹

「이小姐는紳士李箱의夫人이냐」「그러타」

나는거기서鸚鵡가怒한것을보앗느니라. 나는붓그러워서 얼굴이붉어
젓섯겟느니라.

鸚鵡　　二匹

　　　　　二匹

勿論나는追放당하얏느니라. 追放당할것까지도업시自退하얏느니라.
나의體軀는中軸을喪尖하고또相當히蹌踉하야그랫든지나는微微하게
涕泣하얏느니라.

「저기가저기지」「나」「나의―아―너와나」

「나」

sCANDAL이라는것은무엇이냐. 「너」「너구나」

「너지」「너다」「아니다 너로구나」나는함

뿍저저서그래서獸類처럼逃亡하얏느니라. 勿論그것을아아는사람或은
보는사람은업섯지만그러나果然그럴는지그것조차그럴는지.

[작품 해설]

　〈오감도 시제6호〉는 1934년 7월 31일《조선중앙일보朝鮮中央日報》
에 발표했다. 이 작품은 '앵무鸚鵡새'를 등장시켜 시적 화자인 '나'와
'아내'의 불화 그리고 그에 따른 세간의 풍문을 비유적으로 그려 내고
있다. 앵무새는 다른 새의 울음소리나 사람의 말소리를 잘 흉내 낸다.
여기서 진정한 자신의 목소리를 내지 못하고 남의 말소리만 따라 하
는 '앵무'는 거짓된 말로 변명만 하는 '아내'를 가리킨다. 이 작품에서
'앵무'로 지칭되고 있는 아내는 밖에 나가서는 '나'와의 부부관계를

감추고자 한다. 시적 화자인 '나'는 이 같은 아내의 태도에 대해 모멸 감을 느끼게 된다. 그리고 결국은 둘 사이가 벌어지게 된다. '나'는 세간의 풍설을 피해 도망한다.

기존의 연구자들은 대부분 '앵무鸚鵡 이필二匹'을 '나'와 '아내' 두 사람을 암시하는 것으로 풀이하고 있다. 그러나 여기서 '이필二匹'이라고 쓴 것은 '앵무鸚鵡'라는 말 자체가 '앵무새'를 의미하는 '앵鸚'과 '무鵡'라는 두 글자로 표시된 것에 대하여 일종의 '말놀이'를 하고 있는 것으로 볼 수 있다. '앵무'는 거짓된 말과 이중적인 태도를 보이고 있는 '아내'를 기호화하여 상징한다. 실제 작품 텍스트를 보면 이러한 사실을 암시하기 위해 '앵무' 다음에 '※'표를 하고 그 내용을 설명하고 있다. 전체적인 문맥상으로도 '앵무'를 아내로 국한시켜 놓을 때 의미가 분명해진다.

烏瞰圖 詩第七號

久遠謫居의地의一枝·一枝에피는顯花·特異한四月의花草·三十輪·三十輪에前後되는兩側의 明鏡·萌芽와갓치戲戲하는地平을向하야금시금시落魄하는滿月·淸澗의氣가운데 滿身瘡痍의滿月이劓刑當하야渾淪하는·謫居의地를貫流하는一封家信·나는僅僅히遮戴하얏드라·濛濛한月芽·靜謐을蓋掩하는大氣圈의遙遠·巨大한困憊가운데의一年四月의空洞·槃散顚倒하는星座와 星座의千裂된死胡同을 跑逃하는巨大한風雪·降霜·血紅으로染色된岩鹽의粉碎·나의腦를避雷針삼아沈下搬過되는光彩淋漓한亡骸·나는塔配하는毒蛇와가치 地平에植樹

[작품 해설]

〈오감도 시제7호〉는 1934년 8월 1일《조선중앙일보朝鮮中央日報》에 발표했다. 시의 텍스트 전체가 난해한 한문투로 구성된 의고법擬古法을 수사적으로 활용하고 있다. 그러므로 이 시의 외형적 특징만을 보게 되면 시적 진술 자체가 낯설고 까다롭기 때문에 텍스트의 내적 공간으로 접근하기 어렵다. 이 작품에 대한 해설이 제대로 이루어지지 않은 것은 바로 이 때문이다. 그런데 이 시의 텍스트의 한문 구절들은 의도적으로 ' • '(가운뎃점)에 의해 분절되고 있다. 이 특이한 문장부호의 활용을 통해 한문 구절의 문맥을 어느 정도 가늠할 수 있도록 고안한 것이다. 한문 구절의 중간중간에 표시되어 있는 이 가운뎃점은 독자의 접근을 어렵게 만드는 난해한 한문 구절을 시각적으로 분절시켜 놓음으로써 그 의미의 전후 관계를 따져볼 수 있도록 만들고 있다. 하지만 이 시의 의미 구조를 이해하기 위해서는 한문 구절의 정확한 해독이 반드시 전제되어야 한다.

〈오감도 시제7호〉의 텍스트에는 '나'라는 시적 화자가 등장한다. '나'는 모든 시적 진술의 주체로서 텍스트의 내적 구조를 지탱하는 중심에 자리잡고 있다. 그런데 전체 텍스트 가운데 '나'를 서술의 주체로 내세우고 있는 경우는 전반부와 후반부의 두 문장이 있을 뿐이다. 이 두 개의 문장을 중심으로 시적 텍스트의 구조도 전반부와 후반부로 양분된다. 전반부는 '구원적거久遠謫居의지地의일지一枝'에서부터 '나는근근僅僅히차대遮戴하였더라'까지이며, 이 뒤로 이어지는 부분이 후반부가 된다.

시적 텍스트의 전반부를 먼저 살펴보면, '구원적거의 지'는 시적 정황을 알 수 있도록 하는 어떤 장소를 암시하고 '4월'은 바로 그곳에서 어떤 일이 생겨난 때를 말해 준다. 그리고 '삼십륜'은 해가 서른 바퀴를 도는 동안이라는 '기간'을 표시한다. 이러한 요소들을 통해 '나'라는 시적 화자가 먼 유적流讁의 땅에서 4월 한 달 동안을 지냈다는 사실을 어느 정도 확인할 수 있다. 먼 유적의 땅에 서 있는 한 가지에 꽃이 피어 있다. 특이한 4월의 꽃이다. 여기서 '꽃'은 여인을 암시한다고 해도 무방하다. '나'는 해가 서른 바퀴를 도는 동안 그 꽃과 서로 대면하면서 아무것도 헤아릴 수 없는 상태가 되도록 깊이 빠져든다. 이 한 달 정도의 기간은 '만월滿月'에서 '만월'까지로 구체화되어 있다. 하지만 '나'는 이와 같은 시간의 흐름을 전혀 의식하지 못한 채 '만신창이'가 되어 버린다. 이때 가족들이 보낸 편지〔一封家信〕가 이 유적의 땅에 날아온다. '나'는 간신히 그 편지를 받는다. 이러한 진술 내용은 유적의 땅에서 이루어진 한 여인과의 만남이 핵심을 이룬다고 볼 수 있다. 이 만남은 한 달 가량 지속되었지만, 행복한 것도 아니고 예사로운 일도 아니다. 시적 화자인 '나'는 이 여인에게 빠져들어 만신창이가 되고 코를 베는 형벌을 받은 것처럼 체면을 크게 잃게 되었다고 고백하고 있기 때문이다.

그런데 이러한 시적 진술 내용은 시인 자신이 23세가 되던 해의 봄에 폐결핵으로 황해도 배천온천에 요양했던 개인적인 체험과 상당 부분 겹쳐 있다. 이상 자신이 요양지인 배천온천에서 '금홍'이라는 기생을 만나 깊은 인연을 맺게 된 사연은 널리 알려진 일이다. 이상이 폐결핵이라는 병으로 직장을 사직하고 요양을 떠났던 곳이 배천온천이므로 이곳을 '구원적거의 지'라는 말로 시 속에서 표현하는 것이 별로 어색하지 않다. 가족과 헤어져 낯선 곳에서 혼자 지내면서 병으로 인한 고통과 싸워야 했기 때문이다. 이 고통의 시기에 만나게 된 '꽃'이 바로 기생 '금홍'임은 의심이 여지가 없다.

이 작품의 후반부는 전반부와는 다른 시적 정황을 그려 낸다. 여기서도 어떤 상황이 지속된 기간을 '1년 4월'이라는 말로 표시한다. 그리고 그 기간이 거대한 곤비困憊의 시기였고, 공동空洞에 해당하였음을 밝히고 있다. 특히 헤어날 길이 없는 각박한 현실을 막다른 골목을 의미하는 '사호동死胡同'이라는 말로 규정한다. 시적 화자를 둘러싸고 있는 상황은 '거대한풍설·강매降霾·혈홍으로염색된암염岩鹽의분쇄粉碎' 등의 거칠고 세찬 느낌을 주는 이미지로 묘사되어 있다. 그리고 '나'는 '탑배塔配하는독사毒蛇'에 비유되어 밖으로 나갈 수 없이 탑 안에 갇힌 채로 기동할 수 없는 상태에 빠져들었음을 보여준다. '나'는 이 혼동과 고통의 세월 속에서 다시 새벽이 되어 날이 밝기까지 기다린다. 이 후반부의 진술 내용은 결국 '거대한 곤비 가운데의 1년 4월의 공동'이라는 기간 동안 '나'의 삶으로 요약된다. 시적 텍스트의 전반부 내용과 이어지는 맥락을 고려해 보면 실제로 시인 이상이 1933년 봄 배천온천에서 금홍을 처음 만난 시기부터 1934년 연작시《오감도》를 발표할 무렵까지의 기간이 그대로 일치하고 있음을 보게 된다. 이상은 배천온천에서 요양 생활을 마친 후 서울로 올라와 다방 '제비'를 개업하고 금홍과의 동거 생활을 시작하면서《오감도》를 준비했던 것이다.

〈오감도 시제7호〉에서 암시되고 있는 시적 모티프들은 앞에서 살펴본 대로 시인 이상 자신의 사적인 체험과 연결되어 있다. 그가 폐결핵으로 직장을 쉬게 된 후 배천온천으로 요양을 떠났다가 그곳에서 '금홍'이라는 여인을 만나게 된 과정, 서울로 올라온 후 다방 '제비'를 개업하면서 금홍과 동거했던 사실 등은 널리 알려진 일이다. 이러한 시적 체험의 영역을 고백의 형식을 빌어 시적 텍스트로 바꾸어 놓은 것이 바로 〈오감도 시제7호〉라고 할 것이다. 이 시에서 볼 수 있는 시적 진술은 난해한 한문 구절의 압축을 통해 시적 주체의 감정이나 정서적 파장 등을 절제하고 있다는 점을 그 특징으로 손꼽을 수 있다.

이 시에서 자기모멸과 회한의 정서는 낯선 한문 구절의 기표 속에 감춰진다. 이상의 시 가운데 이러한 표현 문체를 사용하고 있는 예를 달리 찾아보기 어렵다. 이 짤막한 시적 텍스트에는 시적 화자가 겪어야 했던 고통과 괴로움이 깊이 함축되어 있다. 이것은 자기 내면의 의식을 숨기기 위한 일종의 '낯설게 하기'의 방법이라고 할 수 있다.

烏瞰圖 詩第八號 解剖

第一部試驗　　　手術臺　　　　　　　一
　　　　　　　　水銀塗沫平面鏡　　　一
　　　　　　　　氣壓　　　　　　　　二倍의平均氣壓
　　　　　　　　溫度　　　　　　　　皆無

爲先痲醉된正面으로부터立體와立體를爲한立體가具備된全部를平面鏡에映像식힘. 平面鏡에水銀을現在와反對側面에塗沫移轉함.(光線侵入防止에注意하야) 徐徐히痲醉를解毒함.一軸鐵筆과一張白紙를支給함.(試驗擔任人은被試驗人과抱擁함을絶對忌避할것) 順次手術室로부터被試驗人을解放함.翌日.平面鏡의縱軸을通過하야平面鏡을二片에切斷함.水銀塗沫二回.
ETC 아즉그滿足한結果를收拾치못하얏슴.

第二部試驗　　　直立한 平面鏡　　　一
　　　　　　　　助手　　　　　　　　數名

野外의眞實을選擇함. 爲先痲醉된上肢의尖端을鏡面에附着식힘. 平面鏡의水銀을剝落함. 平面鏡을後退식힘. (이때映像된上肢는반듯이硝子를無事通過하겟다는 것으로假說함) 上肢의終端까지. 다음水銀塗沫.(在來面에) 이瞬間公轉과自轉으로부터그眞空을降車식힘. 完全히二個의上肢를接受하기까지. 翌日. 硝子를前進식힘. 連하야水銀柱를在來面에塗沫함 (上肢의處分) (或은滅形) 其他. 水銀塗沫面의變更과前進後退의重複等.
ETC 以下未詳

[작품 해설]

〈오감도 시제8호〉는 1934년 8월 2일 《조선중앙일보朝鮮中央日報》에 발표했다. 이 작품에는 '해부解剖'라는 부제가 붙어 있다. 이 부제가 암시하는 바와 같이 이 작품에서 그려 내고 있는 시적 공간은 병원이다. 실제로 텍스트 내에 병원과 관련되는 '해부', '수술대', '마취' 등의 술어가 등장한다.

그러나 병원에서 이루어지는 해부 장면을 그리는 것은 아니다. 이 시는 두 차례의 이색적인 X선 촬영 과정과 그 결과로 얻어진 영상 자료에 대한 검토 과정을 마치 수술대에서 마취를 하고 수술을 하는 것처럼 유추하여 설명하고 있을 뿐이다. 이 시가 X선 검사를 위한 준비 작업, 촬영 과정, 그리고 촬영 후의 사진 필름에 대한 판독 등의 모든 절차를 요약적으로 제시하고 간략하게 설명하고 있다는 것은 시적 텍스트에 동원하고 있는 몇몇 시어를 통해 확인된다.

제1부에 등장하는 '평면경'이라는 말은 재래식 X선 촬영기기에 부착시키는 필름을 넣은 판을 말한다. 빛이 들어가지 않도록 조치하면서 촬영을 하고 그 다음 그 필름을 인화한 후 그 영상을 통해 병변을 진단할 수 있게 된다. '평면경에 광선침입방지' 등의 설명이 붙어 있는 것을 통해 이를 확인할 수 있다. '마취운동'이라는 말은 X선 검사

를 할 때 피검사자가 촬영기기에 흉부를 밀착시키고 숨을 멈춘 채 몸을 고정하는 동작을 암시한다. 이 시의 텍스트는 '제1부 시험'과 '제2부 시험'이라는 두 개의 단락으로 크게 구분된다. 이 두 개의 단락은 전체적인 텍스트의 구성이나 의미 내용이 서로 연결되면서 매우 간략하게 'X선 촬영 검사 과정'을 설명적으로 제시하고 있다.

이상이 〈오감도 시제8호〉에서 그려 내고 있는 X선 검사는 살아 있는 인간 육체의 내부 장기臟器의 특정 부위를 눈으로 볼 수 있도록 만들어 주는 검사 방법이다. X선 검사가 의학에 적용된 것은 그리 오래된 일은 아니다. X선 검사를 이용한 병에 관한 진단은 주로 X선이 인체를 투과하는 작용, 필름을 감광시키는 사진작용, 형광물질에 해당하는 형광을 내는 형광작용 등을 이용하여 행해지는데, 인체를 손상하지 않고 그 내부 구조 및 거기에 생긴 병변을 정확하게 판단할 수 있다는 장점을 지닌다.

독일의 물리학자 렌트겐Wilhelm Conrad Roentgen이 X선을 발견한 것은 1895년이다. 뢴트겐은 이 광선의 정체를 알 수 없다는 뜻으로 'X선'이라고 이름 붙인다. X선은 빛과 같은 전자기파이지만 그 파장이 원자의 크기 정도로 작다. 그러나 에너지가 크기 때문에 물질에 대한 형광작용이 강하며, 물질을 쉽게 투과할 수 있고, 투과할 때 물질을 이온화시킨다. X선은 인체를 구성하는 물질의 종류, 밀도, 두께 등에 따라 흡수율이 다르다. 이 성질을 이용해서 만든 X선 검사 장치가 1910년대에 들어서면서 외과 분야에 적용되기 시작한다. 그러면서 손가락에 박힌 유리 조각을 찾아내기도 하고, 머리에 박힌 총알을 확인하기도 한다. 그리고 인체 내부를 촬영하여 필름 위에 농도의 차로서 그 특징을 나타내기에 이른 것이다.

〈오감도 시제8호〉는 흉부 X선 검사라는 특이한 체험을 바탕으로 한다. X선 촬영을 통해 얻어지는 영상은 살아 있는 인간 육체의 외부와 내부라는 구분을 사실상 넘어선다. 시각적 영상을 통해 병으로 훼손된 육체의 내부 형태를 단일한 평면 위에 펼쳐 보이기 때문이다. 실제로 이러한 시각적 형상은 앞서 설명한 바 있는 〈오감도 시제5호〉의 텍스트에서 기하학적 도형의 이미지로 추상화되어 제시된 바 있다. 이 작품에서 X선 사진의 모습을 추상적인 기하학적 도형으로 바꾸어 놓음으로써 언어 텍스트가 구축하는 공간과 시간의 제약을 뛰어 넘고 있다. 그러므로 〈시제8호〉는 인간의 육체에 부여된 모든 가치론적 의미를 벗어나서 육체의 물질성 자체를 그대로 드러내어 보여주는 과학 기술의 수준에 대한 새로운 인식과도 연관된다는 점을 알아둘 필요가 있다.

烏瞰圖 詩第九號 銃口

每日가치列風이불드니드듸여내허리에큼직한손이와닷는다. 恍惚한指紋골작이로내땀내가슴숨어드자마자쏘아라. 쏘으리로다. 나는내消化器官에묵직한銃身을늣기고내담으른입에맥근맥근한銃口를늣긴다. 그리드니나는銃쏘으듯키눈을감이며한방銃彈대신에나는참나의입으로무엇을내여배앗헛드냐.

[작품 해설]

〈오감도 시제9호〉는 1934년 8월 3일《조선중앙일보_{朝鮮中央日報}》에 발표했다. 이 작품에는 '총구_{銃口}'라는 부제가 붙어 있는데 텍스트 전체가 다섯 개의 문장으로 구성되어 있다. 시의 텍스트에 '총', '총신',

'총구', '총탄' 등의 시어가 유별나게 눈에 띈다.

이 작품에서 시적 텍스트를 구성하는 첫 문장은 '매일같이열풍列風이불더니드디어내허리에큼직한손이와닿는다'라는 짤막한 진술로 이루어져 있다. 여기서 주목되는 것이 비유적으로 사용하고 있는 '열풍'과 '큼직한 손'이라는 두 개의 시어이다. '열풍'이라는 말은 몇몇 선집에서는 그 한자를 '열풍烈風'으로 고쳐 써 놓은 곳도 있다. '맹렬하게 부는 바람'이라는 뜻으로 해석할 수 있기 때문이다. 하지만 여기서는 원전의 표기대로 '열풍列風'이라고 쓴다. 물론 이 말은 사전에 등재되어 있지 않다. 시인 이상이 만들어낸 신조어에 해당한다. 이 경우에는 '열列'은 '거듭되다', '연이어지다'라는 뜻으로 읽을 수 있으므로 '열풍'은 '그치지 않고 계속되는 바람'이라는 뜻으로 풀이할 수 있다. 이것은 '거듭되는 기침'을 비유적으로 표현한 말이다. '내 허리에 큼직한 손이 와 닿는다'라는 구절은 기침이 그치지 않고 계속 이어지게 되면서 허리에 느끼는 묵직한 동통疼痛 같은 감촉을 말한다. 심하게 감기에 걸려 기침에 시달려 본 사람은 대개 이 느낌이 어떤 것인지 짐작할 수 있을 것이다.

시적 텍스트의 둘째 문장은 '황홀恍惚한지문指紋골짜기로내땀내가스머드자마자 쏘아라'로 이어진다. 그리고 바로 뒤에 '쏘으리로다. 나는내소화기관消化器官에묵직한총신銃身을느끼고내다물은입에매끈매끈한총구銃口를느낀다'라는 비교적 긴 설명적 진술로 이어진다. 문장의 중간에 끼어 있는 '쏘아라. 쏘으리로다'라는 구절은 무엇인가 목구멍에서 터져 나올 것 같은 긴박한 느낌을 강조하기 위한 것이다. '황홀恍惚한지문指紋골짜기로내땀내가스머드자마자'에서 '황홀한지문골짜기'는 손바닥에 나 있는 손금과 지문 사이를 지시한다. 그 의미는 기침이 계속되면서 '손바닥에도 식은땀이 나게 되자'라고 읽을 수 있다.

'나는내소화기관消化器官에묵직한총신銃身을느끼고내다물은입에매 끈매끈한총구銃口를느낀다'라는 구절은 목구멍으로부터 무엇인가가 넘어오면서 입으로 터져 나오는 것처럼 느껴지는 것을 묘사한다. 이 장면은 실제로 기침 끝에 목구멍을 거쳐 입으로 피가 터져 나오는 객 혈喀血의 순간을 나타낸다. 객혈의 순간에 느끼는 육체적 고통을 그 려 내기 위해 일체의 감정을 억제한 채 실제로 몸에서 일어나는 변화 를 간략하게 묘사하고 있는 것이다. 물론 그 격렬함을 강조하기 위해 '총'이라는 파격적 의미의 이미지를 끌어들인다. 그 결과로 객혈의 순 간이 마치 총구에서 총탄이 격발되는 순간처럼 묘사되고 있다. 방아 쇠를 당겨 탄환을 발사하는 격발의 순간은 최고조의 긴장을 수반한 다. 손가락으로 총의 방아쇠를 당기면 탄약이 폭발하면서 총탄이 발 사된다. 표적을 명중시키려면 정조준이 필요하고 방아쇠를 당기는 손가락에 너무 힘을 주어서는 안 된다. 시적 화자인 '나'는 이 긴장된 순간을 유추의 방법을 통해 시적 정황으로 끌어들임으로써 자신의 몸 안에서 일어나는 고통과 그 고통에 이어지는 객혈의 과정에 대치 시켜 놓고 있다.

이 시의 텍스트의 마지막 구절에서 '그리더니나는총銃쏘으드키눈 을감으며한방총탄銃彈대신에나는참나의입으로무엇을내어배앝었더 냐'라는 의문형 문장으로 종결된다. 팽팽하게 유지되어 오던 시적 긴 장을 한순간에 해소시켜 놓고 있는 이 구절은 객혈의 고통을 견디기 위해 눈을 감고 입으로 피를 토하게 되는 순간을 묘사한다. 물론 여기 서는 과녁을 겨냥하기 위해 마치 한 눈을 감고 총을 쏘는 모양으로 그 려진다. 총탄이 총구에서 격발되는 순간 번쩍 불꽃이 튄다. 여기서 불 꽃 속으로 튕겨나가는 총탄의 모습은 목구멍을 격하게 넘어와 입 밖 으로 내뱉게 되는 피와 겹쳐진다.

결국 〈오감도 시제9호〉는 폐결핵으로 인해 고통스럽게 지속되는 기침과 거기 수반되어 나타난 객혈의 증상을 시적 묘사의 대상으로 삼기 위해 총탄을 발사하는 격발의 긴장된 순간을 비유적으로 끌어들이고 있다. 이 시에서 시적 화자는 사람의 목구멍과 입으로 이어지는 '소화기관'에서 유추類推를 통해 끌어낸 '총구'라는 파격적인 이미지를 시적 텍스트의 전면에 배치한다. 물론 이것은 일종의 수사적 장치로 텍스트에 동원한 것이지만, 이 작품이 폐결핵의 증상 가운데 하나인 기침과 거기에 이어지는 '객혈喀血'의 순간을 감각적으로 포착해내기 위한 고안임을 주목할 필요가 있다.

烏瞰圖 詩第十號 나비

찌저진壁紙에죽어가는나비를본다. 그것은幽界에絡繹되는秘密한通話口다. 어느날거울가운데의鬚髥에죽어가는나비를본다. 날개축처어진나비는입김에어리는가난한이슬을먹는다. 通話口를손바닥으로꼭막으면서내가죽으면안젓다이러서듯키나비도날러가리라. 이런말이決코밧그로새여나가지는안케한다.

[작품 해설]

〈오감도 시제10호〉는 〈오감도 시제9호〉와 함께 1934년 8월 3일 《조선중앙일보朝鮮中央日報》에 발표했다. 이 작품에는 '나비'라는 부제가 붙어 있다. 이 제목은 일종의 은유에 해당하지만, 시적 공간을 넘나드는 하나의 상징으로 활용하고 있다. '나비'라는 시어를 중심으로 하여 두 가지의 서로 다른 시적 진술을 통합하는 특이한 유추 과정을 텍스트 내에서 드러내고 있다.

이 작품은 모두 여섯 개의 문장을 시적 진술에 동원한다. 맨 앞의 두 문장은 '찢어진벽지壁紙에죽어가는나비를본다.그것은유계幽界에낙역絡繹되는비밀秘密한통화구通話口다'라고 되어 있다. 여기서 '나비'는 공중을 날고 있는 살아 있는 '나비'가 아니다. '찢어진 벽지에 죽어가는 나비를 본다'라는 진술에서 확인할 수 있듯이 '찢어진 벽지'가 곧 '나비'라는 유추가 성립된다. 벽을 발라놓은 벽지 일부가 찢어진 채로 늘어져 붙어 있는 모양이 '죽어가는 나비'의 형상을 연상하게 하는 것이다. 그리고 바로 그 벽지가 찢어진 부분은 '유계와 낙역되는 비밀한 통화구'로 인식된다. 벽지가 찢어진 상태로 늘어져 붙어 있는 것을 보고 죽어가는 나비를 연상하고, 그것이 바로 현실의 세계와 죽음의 세계를 연결하는 통로라고 유추하고 있는 것이다.

시적 텍스트 중간의 두 문장은 '어느날거울가운데의수염鬚髥에죽어가는나비를본다. 날개축처어진나비는입김에어리는가난한이슬을먹는다'라고 되어 있다. 이 두 개의 문장에서 진술되고 있는 내용은 서두의 두 문장과는 전혀 다른 시적 정황을 그려 낸다. 이 대목은 거울 속의 자신의 모습을 보면서 자기 얼굴에 돋아난 수염의 형상을 통해 '나비'의 모습을 유추해 내고 있는 것이다. 여기서도 '나비'는 살아서 날고 있는 것이 아니라 '죽어가는 나비'로 묘사된다. 물론 여기서 '나비'라는 시어는 처져 있는 수염의 모양을 비유적으로 표현한 것이다. 입 주변에 돋아나 있는 수염을 보면서 그것이 '입김에 어리는 가난한 이슬'을 먹고 있는 '날개 축 처진 나비'와 같다고 생각하고 있는 것이다.

이와 같이 시적 텍스트의 서두에서 진술하고 있는 내용과 중반의 진술 내용은 외견상 서로 아무런 관련성을 지니고 있지 않다. 하지만 서두와 중반부에서 확인되는 시적 진술의 공통점이 하나 있다. 그것이 바로 '죽어가는 나비'라고 하는 이미지이다. '찢어진 벽지'를 통해 연상된 것도 '죽어가는 나비'이고, 거울을 통해 비춰본 자신의 초라한 '수염'에서도 '죽어가는 나비'를 연상하게 되는 것이다. 결국 이 작품의 텍스트에서 서두와 중반부의 시적 진술은 '죽어가는 나비'라고 하는 이미지를 통해 내적 연관성을 획득하게 된다.

〈오감도 시제10호〉의 후반부는 '통화구通話口를손바닥으로꼭막으면서내가죽으면앉았다일어서드키나비도날라가리라. 이런말이결決코밖으로새어나가지는않게한다'라는 두 개의 문장으로 구성되어 있다. 이 두 문장이 암시하고 있는 의미를 이해하기 위해서는 '통화구'라는 시어를 다시 주목해야 한다. '통화구'라는 시어는 이미 서두에 한 번 등장한 바 있고, 벽지가 찢어진 부분을 비유적으로 표현한 것이다. 그런데 시적 텍스트의 후반부에서 '날개 축 처진 나비'의 형상을 하고 있는 수염의 볼품없는 모습을 놓고 생각한다면, 이 '통화구'라는 시어는 시적 화자의 초라한 삶을 이끌어가는 '입'을 암시하는 것으로 해석할 수 있다.

호흡이 이루어지고 음식을 먹는 곳이 바로 입이다. 입이 막히면 사람은 살 수가 없다. 그러므로 입은 삶과 죽음을 이어주는 '통화구'에 해당한다. 여기서 '통화구通話口를손바닥으로꼭막으면서내가죽으면앉았다일어서드키나비도날라가리라'라는 문장은 손으로 입을 막고 내가 죽게 될 경우를 가정한다. 내가 입을 손으로 막고 죽게 되면 나비 모양의 수염도 보이지 않게 된다. 수염이 모두 손으로 가려졌기 때문이다. 시적 화자는 이러한 상황을 놓고 나의 죽음과 함께 '나비'가 날아가 버린 것으로 설명한다.

이 시의 텍스트에서 '가난한 이슬'을 받아먹으면서 '날개 축 처진 채 죽어가는 나비'는 결국 시적 화자의 정신세계의 위축 상태를 암시한다. 그러나 이 '나비'는 '통화구를 손바닥으로 꼭 막으면서 내가 죽

'으면' 나의 육신을 떠나게 된다. 내가 살아 있는 동안에는 '가난한 이슬을 먹으면서' 죽어가던 '나비'는 내가 죽으면 '앉았다 일어나드키' 나를 떠나 버린다. 그러므로 여기서 '나비'는 그 존재 자체가 하나의 역설에 해당한다. 내가 살아 있는 동안에 나비는 죽어가고, 내가 죽으면 나비는 살아서 날아가기 때문이다. 이 시의 마지막 문장인 '이런말이결?코밖으로새어나가지는않게한다'라는 구절은 시적 화자의 자기 의지를 보여준다. 이 구절은 '통화구를 손바닥으로 꼭 막으면서 내가 죽으면'이라고 설명했던 자기 행위에 대한 일종의 메타적 진술에 해당하는 것이지만 자신의 생각을 누구에게도 말하지 않을 것임을 스스로 다짐하는 의지의 표현으로 읽을 수도 있다.

〈오감도 시제10호〉에서 '나비'는 시적 화자인 '나'의 육신의 죽음에 대응하는 상징적 의미를 지니고 있다. 그것은 육체의 죽음 혹은 소멸과는 전혀 다른 지향점을 드러낸다는 점에서 정신적 부활을 의미할 수도 있고 새로운 삶을 향한 환생의 의미로 해석할 수도 있다. 가난한 이슬을 먹으면서 죽어가던 '나비'는 나의 죽음과 함께 나를 떠난다. 육신의 죽음으로부터 벗어나게 되는 것이다. 결국 '나비'는 나의 죽음을 통해 살아난다. 나의 죽음 앞에서 '나비'의 환생이 극적으로 이루어지는 셈이다. 이러한 방식으로 '나비'의 상징적 의미를 이해하게 된다면, 〈오감도 시제10호〉는 육신의 죽음과 정신의 환생을 특이한 역설의 언어로 유추해 내고 있는 셈이 된다.

烏瞰圖 詩第十一號

그사기컵은내骸骨과흡사하다。 내가그컵을손으로꼭쥐엿슬때내팔에서는난데업는팔하나가接木처럼도치드니그팔에달린손은그사기컵을번적들어마루바닥에메여부딧는다。 내팔은그사기컵을死守하고잇스니散散히깨어진것은그럼그사기컵과흡사한내骸骨이다。 가지낫든팔은배암과갓치내팔로기어들기前에내팔이或움즉엿든들洪水를막은白紙는찌저젓으리라。 그러나내팔은如前히그사기컵을死守한다。

[작품 해설]

〈오감도 시제11호〉는 1934년 8월 4일 《조선중앙일보朝鮮中央日報》에 발표했다. 이 작품에서는 '몸의 상상력'을 통해 경험적 현실공간과 초현실적 환상공간을 동시에 하나로 통합해 내는 특이한 시적 공간을 제시한다. 이 시에서 시적 대상으로 내세우고 있는 것은 '사기 컵'이다. 이것은 현실공간에 배치되어 있는 실재적인 대상이다. 시적 화자가 대상인 '사기 컵'을 손에 쥐고 있기 때문이다. 그런데 이러한 시적 대상을 중심으로 이루어지는 시상이 상상적 공간에서 새로운 방향으로 전개된다. 팔 하나가 돋아나 거기 달린 손이 사기 컵을 마룻바닥에 메어 부딪쳐 그 컵이 깨어졌기 때문이다. 이러한 시상의 전환은 실재적 공간과 환상적 공간의 대조와 병치를 통해 가능해진다.

이 시에서 먼저 주목할 것은 육체의 물질성과 그 감각에 대한 시적 화자인 '나'의 인식이다. '나'는 손에 잡고 있는 '사기 컵'을 '해골'에 비유하고 있다. '그사기컵은내해골骸骨과흡사하다'라는 첫 문장의 진술을 보면, '사기 컵'은 곧장 시적 화자의 '해골'에 비유되고 있다. 사기 컵의 외형, 특히 그 흰 색깔에서 해골과의 유사성이 인정된다. 이러한 비유적 진술은 인간 육체의 물질적 인식을 기반으로 하여 가능해진 것임을 알 수 있다. 그런데 이 시적 공간은 두 번째 문장에서 경험적 현실공간으로부터 초현실적 환상공간으로 바뀌고 있다. '내가그컵을손으로꼭쥐었을때내팔에서는난데없는팔하나가접목接木처럼돋히더니그팔에달린손은그사기컵을번쩍들어마룻바닥에메어부딪는다'라는 문장은 경험적 현실의 실재공간과 초현실적인 환상공간을 하나의 시적 진술로 묶어놓고 있다. '내가그컵을손으로꼭쥐었을때'라는 시적 상황은 경험적 현실 속의 실재적 상황에 해당한다. 그러나 '내팔에서는난데없는팔하나가접목接木처럼돋히더니그팔에달린손은그사기컵을번쩍들어마룻바닥에메어부딪는다'라는 문장의 후반부는 전혀 경험적 현실의 실재공간과는 아무런 관계가 없다. 멀쩡한 내 팔에 또 하나의 팔이 돋아나고 그 팔에 달린 손이 사기 컵을 번쩍 들어 마룻바닥에 내던져 떨어트리고 있기 때문이다. 이러한 상황은 팔과 손의 기능적 연장을 가능하게 하는 몸의 상상력을 통해서만 가능한 일이다. 신체의 일부가 마치 어떤 하나의 물체처럼 변형되고 연장되어 자신의 의지와는 상관없이 움직이는 것은 경험적 현실 속의 실재공간에서는 불가능한 일이다. 그러므로 이 구절은 몸의 감각을 상상력을 통해 시적 환상의 언어로 재구성한 것이라고 할 수 있으며 몸에 대한 일종의 환상적 이미지를 구현한 것이라고 할 수 있다.

이 시의 텍스트는 다시 세 번째 문장에서 현실 공간으로 바뀐다. '내팔은그사기컵을사수死守하고있으니 산산散散이깨어진것은그럼그사기컵과흡사한내해골骸骨이다'라는 문장에서 '내팔은그사기컵을사수死守하고있으니'라는 전반부의 진술을 보면, '사기 컵'이 손에 쥐어져 있음을 밝히고 있기 때문이다. 하지만 초현실적 환상공간에서는 이미 손에 들고 있던 '사기 컵'을 마룻바닥에 내던져 버렸기 때문에 마룻바닥 위에서 '사기 컵'이 산산이 깨어졌음을 알 수 있다. 그러므로 '산산散散이

깨어진것은그럼그사기컵과흡사한내해골骸骨이다'라는 진술이 가능해진다. 현실공간 안에서는 '사기 컵'이 여전히 손에 쥐어져 있음을 밝히고 있으므로 마룻바닥 위에 산산이 깨어진 것은 '사기 컵'은 아니다. 시적 화자는 이를 자신의 육체의 일부인 '해골'이 깨어진 것이라고 상상한다. 이 시의 네 번째 문장은 '가지났던팔은배암과같이내팔로기어들기전前에내팔이혹或움직였던들홍수洪水를막은백지白紙는찢어졌으리라'라는 진술로 이루어져 있다. 이것은 앞서 제시했던 시적 공간과는 달리 '내팔이혹或움직였던들'이라는 반대의 상황을 설정하는 방식으로 시적 진술을 전개한다. 그리고 실제로 팔이 움직였다면 당연히 '홍수洪水를막은백지白紙는찢어졌으리라'라고 설명한다. 이 대목에서 '홍수를 막은 백지'는 그대로 '사기 컵'의 은유에 해당한다. 시적 화자는 손의 움직임에 따라 사기 컵이 실제로 깨어질 수도 있음을 암시하고 있다.

이 시에서 시상의 결말은 '그러나내팔은여전如前히그사기컵을사수死守한다'라는 문장으로 이루어진다. 여전히 '내' 손 안에는 '사기 컵'이 쥐어져 있는 것이다. 결국 이 시는 물이 들어 있는 '사기 컵'을 손에 쥐고서서 그 컵의 형상을 마치 '나'의 뼈의 일부인 것처럼 생각하면서 그 컵을 마룻바닥에 내려뜨려 깨어지는 광경을 환상적인 수법으로 그려 낸다. 동일한 사물의 존재를 경험적 실재공간과 초현실적 환상공간의 대비를 통해 상이하게 그려 내고 있는 셈이다. 이 시에서 주목되는 부분은 일종의 '환상의 기법'을 통해 육체의 물질성에 대한 새로운 인식을 보여준다는 점이다. 시적 텍스트에서 다루고 있는 것은 손에 쥐고 있던 사기 컵이며 그것을 마룻바닥에 내려뜨려 깨치는 장면이다. 이러한 극적인 순간을 컵을 손에 꼭 쥐고 있는 실재의 장면과 그것을 내려뜨려 깨어지게 하는 환상적 장면을 대비하여 보여준다. 이 과정에서 신체의 일부 기관의 확장 변형 등을 자유롭게 구사하여 환상의 현실을 만들어내는 초현실주의적 상상력이 돋보인다.

烏瞰圖 詩第十二號

때무든빨내조각이한뭉탱이空中으로날너떠러진다. 그것은흰비닭이의 떼다. 이손바닥만한한조각하늘저편에戰爭이끗나고平和가왓다는宣傳 이다. 한무덕이비닭이의떼가깃에무든때를씻는다. 이손바닥만한하늘 이편에방맹이로흰비닭이의떼를따려죽이는不潔한戰爭이始作된다. 空 氣에숫검정이가지저분하게무드면흰비닭이의떼는또한번이손바닥만 한하늘저편으로날아간다.

[작품 해설]

〈오감도 시제12호〉는 〈오감도 시제11호〉와 함께 1934년 8월 4일 《조선중앙일보朝鮮中央日報》에 발표했다. 이 작품에서 그려 내고 있는 시적 공간은 빨래터이다. 아낙네들이 빨래터에서 빨래하는 장면은 평화로운 일상적 삶을 암시한다. 그런데 이 시의 텍스트에는 빨래터 라는 공간에 두 개의 장면이 포개진다. 하나는 안식과 평화의 장면이 고 다른 하나는 혼란과 투쟁의 장면이다. 이 두 개의 장면에 구체적으 로 대응하고 있는 것이 텍스트의 전반부에 그려 놓고 있는 비둘기 떼 와 텍스트의 후반에 그려 놓고 있는 빨래터에서 이루어지는 빨래 방 망이질이다. 이것들은 표면상 아무런 관련성을 지니지 않고 있지만 유추의 방법에 의해 하나의 세계로 통합되고 있다.

〈오감도 시제12호〉는 '빨래'라는 일상적 일과의 한 장면을 시적으 로 변용시킨다. 그것은 바로 빨래터에 날아와 앉는 비둘기 떼의 모습 을 통한 특이한 연상 작용과 유추의 방법을 통해서 이루어진다. 도심 의 하늘을 날아다니는 비둘기는 일상생활에서도 흔히 볼 수 있는 자 연물에 불과하다. 이 시에서는 바로 이러한 자연물로서의 비둘기를 빨래터로 끌어들인다. 시적 텍스트의 첫 문장은 '때묻은빨래조각이 한뭉텅이공중空中으로날라떨어진다'라는 진술로 이루어져 있다. 그리고 바로 뒤에서 이 첫째 문장의 비유적 의미를 '그것은흰비둘기의떼다'라는 문장을 통해 암시적으로 드러낸다. 이 두 개의 문장을 연결시켜 보면, 흰 비둘기 떼가 마치 공중에서 때묻은 빨래조각 한 뭉텅이가 떨어지는 것처럼 내려앉고 있음을 알 수 있다. 이 비둘기 떼가 내려앉은 곳이 바로 동네의 빨래터임은 물론이다. 일반적으로 비둘기는 '평화'를 뜻하는 하나의 상징으로 널리 활용된다. 시적 텍스트의 세 번째 문장에서 '이손바닥만한한조각하늘저편에전쟁戰爭이끝나고평화平和가왔다는선전宣傳이다'라는 진술은 하늘을 날고 있는 비둘기가 '평화로움의 상태'를 암시한다. '한무더기비둘기의떼가깃에묻은때를씻는다'라는 네 번째 문장에서 이러한 의미가 더욱 구체적으로 드러나고 있다.

그런데 이 시에서 비둘기를 통해 암시되는 '전쟁'과 '평화'의 대립적 의미는 빨래를 통해 드러나는 '더러운 것'과 '깨끗한 것'의 대응관계와 서로 병치되면서 일상의 차원을 넘어서는 새로운 의미를 만들어낸다. '이손바닥만한하늘이편에방망이로흰비둘기의떼를때려죽이는불결不潔한전쟁이시작始作된다'라는 다섯째 문장은 더럽혀진 빨래를 방망이로 두드리는 장면을 그려 낸다. 더러운 빨래를 방망이로 두드리는 것이 마치 비둘기를 방망이로 때리는 무자비한 학살의 장면처럼 그려진다. 빨래터에 내려앉았던 비둘기 떼는 빨래 방망이 소리에 놀라 하늘 저편으로 다시 날아가 버린다. 이러한 장면을 시적 텍스트의 마지막 문장에서는 '그공기空氣에숯검정이가지저분하게묻으면흰비둘기의떼는또한번이손바닥만한하늘저편으로날아간다'라고 기술하고 있다.

이 시에서 그려 내는 빨래하는 장면은 빨래터로 날아와 내려앉은 비둘기 떼의 모습과 겹쳐지면서 평화로운 일상을 그대로 보여주고 있지만, 이 겹쳐진 장면 속에는 놀랍게도 '전쟁'과 '평화'라는 새로운 의미의 긴장관계가 작용한다. 그것은 바로 '빨래 방망이질'이라는 행위가 암시하는 외형적 폭력성 때문이다. 실제로 비둘기 떼는 방망이 소리에 놀라 하늘로 날아가 버리고 만다. 이 방망이질은 위험스럽게도 비둘기를 때려죽이는 장면으로 느껴졌던 것이다. 시적 화자는 평화롭게 일상적으로 되풀이되는 빨래의 장면을 놓고 거기에 잠재되어 있는 폭력과 전쟁의 의미를 들춰낸다. 이 과정에서 이루어지는 시적 이미지의 중첩과 환치의 기법이 이채롭다.

〈오감도 시제12호〉에서 주목해야 할 것은 유추의 방법을 통해 사물에 대한 동시성의 감각을 통합하는 과정이다. 시적 대상에 대한 인식과 그 언어적 진술 사이에는 반드시 시간적 격차의 문제가 생긴다. 하지만 인간의 눈은 시야에 들어오는 모든 대상들을 동시적으로 포착하기 때문에 한꺼번에 시야가 채워진다. 눈을 뜨는 순간 모든 것들이 한눈에 들어온다는 뜻이다. 영화의 모든 장면들도 이와 비슷하다. 이 동시성의 감각은 말을 하거나 그림을 직접 손으로 그려 나가는 경우와는 근본적으로 구별된다. 화가가 그림을 그릴 때는 하나의 선, 하나의 형체를 만들어가면서 어떤 순서에 따라 서서히 캔버스를 채워간다. 시인이 어떤 사물을 묘사하고자 할 때도 바로 이러한 과정을 거친다. 하나하나의 단어를 선택하고 이를 결합시켜 문장을 만들고 그 문장의 선후 관계를 고려하여 배열한다. 이렇게 화가나 시인은 자신이 그려 내고자 하는 대상을 자신의 의식 속에서 스스로 통제하면서 순차적으로 시간적 선후관계를 고려하여 그려 나가는 것이다.

그런데 이 시에서는 빨래터의 장면이 시야에 들어오는 순간 거기서 이루어지는 모든 것을 동시에 재현하고자 한다. 이러한 시적 진술법을 가능하도록 하기 위해 시인은 우연성에 의존하고 있다. 빨래터로 내려앉는 비둘기 떼의 모습과 빨래 방망이질을 하는 장면은 아주 우연하게 겹쳐진 것이다. 마치 사진을 찍을 때 일어나는 것처럼 의도하지 않은 장면들이 화면 속에 포착된다. 시적 맥락에서 벗어난 우연성의 개입은 크게 주목되지 않지만 현실 속에서 이루어지고 있는 일상적인 삶 자체가 언제나 우연적인 것들의 연속임을 생각한다면 이것을 그리 간단하게 넘겨 버릴 수는 없는 일이다. 〈오감도 시제12호〉의 경우 바로 이 같은 장면의 우연성을 동시적으로 포착하는 시각을 통해 전쟁과 평화의 의미를 시적으로 구현하는 놀라운 성취에 도달하고 있다.

烏瞰圖 詩第十三號

내팔이면도칼을든채로끈어저떨어젓다. 자세히보면무엇에몹시威脅당하는것처럼샛팔앗타. 이럿케하야일허버린내두개팔을나는燭臺세움으로내방안에裝飾하야노앗다. 팔은죽어서도오히려나에게怯을내이는것만갓다. 나는이런얇다란禮儀를花草盆보다도사량스레녁인다.

[작품 해설]

〈오감도 시제13호〉는 1934년 8월 7일《조선중앙일보朝鮮中央日報》에 발표했다. 이 시에서 '내 팔이 면도칼을 든 채로 끊어져 떨어졌다'라는 첫 문장은 육체의 일부가 절단 분리되었음을 말해 준다. 이러한 특이한 체험은 물론 현실 속에서는 불가능하다. 그러나 초현실주의 이후의 미술에서는 이와 같은 육체의 변형이 자주 등장한다. 시적 대상으로서의 인간의 육체에 대한 왜곡과 변형도 이러한 초현실주의적 상상력의 소산이라고 할 수 있다.

여기서 '끊어진 팔'은 인간의 육체 가운데 팔이 수행하던 기능의 상실을 의미하고 있다는 점에서 여러 가지 방향으로 그 해석이 가능해진다. 물론 이 시에서 '끊어진 팔'은 아주 폐기된 것은 아니다. '이렇게 하여 잃어버린 내 두 개 팔을 나는 촉대燭臺 세움으로 내 방 안에 장식裝飾하여 놓았다'라는 문장의 진술에서처럼 팔을 촉대처럼 세워 방 안에 장식하여 두었다는 것이다. 그런데 여기서 주목해야 할 것은 내 육체로부터 절단되어 분리된 '팔'과 '나' 자신의 관계이다. '팔'은 무엇인가에 위협당하는 것처럼 파랗게 질려 있고, 나에게 겁을 내는 것처럼 느껴지기도 한다. 그렇지만 나는 오히려 이러한 모양을 사랑스레 여긴다고 밝히고 있다. 자신의 육체의 일부를 절단 분리시켜 놓고 그것을 대상화하고 있는 이 시에서 시적 화자인 '나'는 자신의 육체 가운데 '팔'로 할 수 있는 중요한 모든 활동이 중단된 상태임을 전제하고 있는 것이다.

〈오감도 시제13호〉에서 그려 내고 있는 시적 정황을 보면 '팔'의 절단 분리라는 가혹한 육체적 훼손과 그에 따르는 고통을 내면화하고 있음을 알 수 있다. 인간이 자신의 팔을 면도칼로 잘라 버린다는 것은 상상하기 힘든 일이다. 그러나 마치 칼로 팔을 자르듯이 어떤 기능을 수행하지 못하도록 스스로 억제하는 경우는 얼마든지 가능하다. 이런 가정에서 출발한다면 이 시가 시인 자신의 체험 영역에서 억제된 내적 욕망과 관련되어 있다는 사실을 부인하기 어렵다. 다시 말하면, 이 시의 내용 자체가 시인 자신의 특별한 체험 영역에 대한 몸을 통한 상상적 재현과 관련되는 것이 아닌가 생각된다. 시인 이상은 화가를 꿈꾸었다. 하지만 집안의 어른들은 그가 관심을 두고 있는 미술을 이해하려 하지 않았다. 그는 경성고등공업학교에서도 혼자서 미술을 그렸고, 총독부 건축기사가 된 후에도 미술에 대한 꿈을 버리지 못하였다. 그는 자신이 폐결핵을 심하게 앓고 있다는 사실을 알고 나서야 그림을 포기한다. 그림물감의 지독한 냄새가 몸에 해로울 것이라는 가족들의 걱정도 한몫을 했던 것이다.

이러한 개인사적 체험을 전제할 때 〈오감도 시제13호〉에서 그려내고 있는 환상적인 이미지는 캔버스를 앞에 놓고 나이프를 들고 페인트 물감으로 그림을 그렸던 시인의 경험을 바탕으로 하는 것이 아닌가 생각된다. 그림을 그릴 때는 물감이 옷소매 자락에 묻는 것을 막기 위해 손목에서부터 팔꿈치까지 닿는 '토시'를 하는 경우가 많다. 그림 그리기를 마치면 '토시'를 벗어 나란히 걸어 놓는다. 그런데 회화용 나이프 옆에 '토시'를 벗어 놓은 것이 마치 자신의 팔이 칼을 든 채로 잘린 것처럼 보이게 된다. 이상 자신이 그림 공부에 집착했던 사실을 놓고 본다면 그림을 그린다는 것 자체를 언제나 소중하게 여겼으리라는 것을 쉽게 짐작할 수 있다. 이 작품의 마지막 대목에서 이를 확인할 수 있다.

그림을 더 이상 그릴 수 없게 된 것은 마치 '팔'을 끊어낸 것처럼 고통스런 일이다. 스스로 꿈을 포기하면서 빠져들게 되는 절망감을 감당하기 어려웠을 것이다. 그는 그림을 더 이상 그리지 못하게 되자, 그림 그릴 때 사용했던 나이프와 토시를 함께 촛대처럼 세워둔다. 그러고는 화가로서의 꿈을 키웠던 지난날들을 돌이켜보곤 하는 것이다. 하지만 잘려나간 '팔'이 '나' 자신에 대하여 겁을 내는 것처럼 느껴진다. 병으로 인하여 미술에 대한 꿈과 욕망을 스스로 포기해 버린 이상은 자신의 내면에 담겨져 있는 미술에 대한 갈망과 애착을 이렇듯 환상적으로 그려 내고 있는 것이다.

烏瞰圖 詩第十四號

古城압풀밧이잇고풀밧우에나는내帽子를버서노앗다. 城우에서나는내
記憶에꽤묵어운돌을매여달아서는내힘과距離껏팔매질첫다. 抛物線을
逆行하는歷史의슱흔울음소리. 문득城밋내帽子겻혜한사람의乞人이장
승과가티서잇는것을나려다보앗다. 乞人은城밋헤서오히려내우에잇
다. 或은綜合된歷史의亡靈인가. 空中을向하야노힌내帽子의깁히는切
迫한하늘을불은다. 별안간乞人은慄慄한風彩를허리굽혀한개의돌을내
帽子속에치뜨려넛는다. 나는벌서氣絶하얏다. 心臟이頭蓋骨속으로옴
겨가는地圖가보인다. 싸늘한손이내니마에닷는다. 내니마에는싸늘한
손자옥이烙印되여언제까지지어지지안앗다.

[작품 해설]

〈오감도 시제14호〉는〈오감도 시제13호〉와 함께 1934년 8월 7일
《조선중앙일보朝鮮中央日報》에 발표했다.

이 시에 동원하고 있는 '고성古城', '모자', '걸인', '장승', '돌'과 같은
시어들은 모두 낡은 것, 단단한 것, 닫힌 것, 고정된 것 등의 상징적
이미지를 드러낸다. '풀밭', '공중'과 같은 시어에서 느낄 수 있는 열린
것, 부드러운 것 등의 이미지와는 상반된다. 시적 화자인 '나'는 이 상
반되는 이미지들이 작동하는 공간 속에서 '걸인'의 억압에 눌려 자기
욕망을 실현하지 못한 채 '기절'해 버림으로써 '고성'의 테두리에서
벗어나지 못한다. 여기서 주목되는 것이 바로 몸의 감각이다. 전통과
인습에서 벗어나고자 하는 시적 화자의 내적 욕망은 몸의 움직임, 몸
의 감각 등을 통해 인상적으로 표출되고 있다.

이 시의 텍스트는 '고성 앞 풀밭이 있고 풀밭 위에 나는 내 모자를

벗어 놓았다'라는 첫 문장의 진술을 통해 시적 정황을 드러낸다. 시적 화자는 '고성' 앞의 풀밭에 자신이 쓰고 있던 '모자'를 벗어 놓는다. 여기서 중요한 것이 '고성'과 '모자'라는 두 개의 시어가 지니는 상징적 의미이다. '성'은 닫혀 있는 하나의 영역을 표시한다. 경계가 분명하여 안과 밖이 서로 나뉜다. 이 첫 문장에서 화자는 '고성' 앞에 펼쳐진 풀밭에 서서 자신의 모자를 벗어 놓고 있으므로, 이미 성 밖에 서 있었던 셈이다. 이러한 정황으로 본다면 '고성'은 시적 화자를 가두어 두었던 닫힌 공간이었다고 할 수 있다. '모자'는 인간의 머리 위에 씌우는 것이라는 점에서 인간의 신분이나 지위 등을 뜻하기도 하고 머릿속에 담아 두고 있는 모든 사고와 가치를 암시하기도 한다. 그러므로 '모자'를 풀밭 위에 벗어 놓았다는 것은 시적 화자가 지녀온 기존의 자기 위상은 물론 자신이 지켜온 사고와 가치의 틀을 벗어 던졌다고 해석할 수 있다.

결국 이 시의 텍스트에서 시적 정황을 암시하는 첫 문장의 진술 내용은 기성의 권위와 관습과 가치와 구속으로부터 벗어나 끝없이 탈출하고자 하는 '나'의 자의식의 내면을 보여주고 있다고 할 것이다. 실제로 이 시의 의미는 첫 문장에 이어지는 '성 위에서 나는 내 기억에 꽤 무거운 돌을 매어달아서는 내 힘과 거리껏 팔매질 쳤다'라는 진술을 통해 그 내용이 확장되고 구체화된다. 이 문장은 자신의 머릿속에 담겨진 모든 낡은 가치와 그 인식을 떨쳐 버린다는 뜻을 드러내기 위해 무거운 돌을 매달아 멀리 힘껏 내던져 버린다는 몸의 움직임을 보여주는 것이다.

그런데 뒤에 이어지는 '포물선을 역행하는 역사의 슬픈 울음소리'라는 구절은 그 의미가 단순하지 않다. 이 문장은 힘껏 내던진 돌이 획 하는 바람소리를 내며 멀리 공중에서 날아가는 장면 그 자체를 연상시킨다. 하지만 이러한 표면적인 현상 자체를 통해 현재와 과거의 거리를 공간화하면서 자신이 떨쳐 버리고자 하는 기존의 가치와 사고의 공간적 반향을 비유적으로 표현하고 있는 것으로 이해할 수 있다. 시적 화자가 버리고자 하는 기억들에 대한 느낌은 '슬픈 울음소리'라는 감각적 이미지로 구체화된다.

그런데 모든 기성적인 것으로부터 벗어나고자 시적 화자의 욕망은 쉽게 실현되지 못한다. 그 이유는 다음과 같은 진술을 통해 확인된다. '문득 성 밑 내 모자 곁에 한 사람의 걸인이 장승과 같이 서 있는 것을 내려다보았다. 걸인은 성 밑에서 오히려 내 위에 있다. 혹은 종합된 역사의 망령인가.' 여기서 '걸인'은 시적 화자인 '나'의 의식을 억압하고 있는 어떤 존재의 환영幻影에 해당한다. 하지만 '걸인'을 '종합된 역사의 망령'이라고 비유함으로써 단순한 개인적 차원을 넘어서는 역사적 의미를 획득하고 있다. 특히 '걸인은 성 밑에서 오히려 내 위에 있다'라는 진술에서 볼 수 있듯이 시적 화자는 '걸인'의 위상을 공간적으로는 비록 성 아래에 있지만 '나'보다 정신적 우위를 점하고 있는 존재로 인식하고 있음을 알 수 있다. 여기서 몸의 감각을 통해 '나'보다 높은 '걸인'의 위상을 제시하고 있다. 그렇기 때문에 시적 화자인 '나'는 '걸인'과의 구속적인 상하관계에서 벗어나고 싶어 한다. 뒤에 이어지는 '공중을 향하여 놓인 내 모자의 깊이는 절박切迫한 하늘을 부른다'라는 문장은 하늘을 향해 구원을 간구하는 '나'의 간절한 욕망을 암시하고 있다.

하지만 '나'의 구원에 대한 간곡한 소망은 실현되지 못한다. '별안간 걸인은 율률한 풍채를 허리 굽혀 한 개의 돌을 내 모자 속에 치뜨려 넣는다.' '걸인'은 '나'의 의식을 짓누르듯이 힘을 다해 멀리 내던져 버린 무거운 돌을 다시 '나'의 모자 속에 치뜨려 넣고 있다. 말하자면 '걸인'은 내가 벗어던져 버리고자 했던 굴레를 '나'에게 다시 씌워놓고 있는 것이다.

이 시의 결말 부분에서 시적 화자는 '나는 벌써 기절하였다'라고 진술하고 있다. 이러한 절박한 상황에 직면한 '나'의 의식의 가위눌림 상태를 암시하는 대목이다. '나'는 아무리 노력해도 결코 '걸인'의 속박에서 벗어날 수 없다. '심장이 두개골 속으로 옮겨가는 지도가 보인다'라는 진술은 육체의 내부에 대한 투시를 감각적으로 표현하고 있다. 실제로는 머리끝으로 피가 솟구쳐 오르는 격렬한 느낌을 구체화한 이 표현은 그대로 몸의 언어에 해당한다. 기성적 가치와 그 권위를 대표하는 '걸인'과 거기서 벗어나고자 하는 '나'의 격렬한 거부반응이 대조적으로 드러난다. 그렇지만 '나'는 '걸인'의 요구와 걸인이 부여하는 의무를 거부할 수도 없고 그것을 넘어설 수도 없다. '싸늘한 손이 내 이마에 닿는다'라는 시적 진술에서 볼 수 있는 것처럼 '싸늘한 손'은 '나'의 격렬한 반발과 그 열정을 식어 버리게 만드는 '걸인(망령)'의 손이기 때문이다. 이 시의 마지막 문장에서 '내 이마에는 싸늘한 손자국이 낙인되어 언제까지 지워지지 않았다'라는 진술은 기성적 권위와 그 억압으로부터 벗어날 수 없게 된 '나'의 입장을 암시하고 있다고 할 것이다.

〈오감도 시제14호〉에서 시적 화자인 '나'는 '나' 자신을 억압하고 있는 '걸인'의 존재와 대립한다. 이 작품에서 '걸인'은 낡은 사고와 기성적인 가치에 얽혀 있는 '나'의 또 다른 모습일 수 있다. 그러므로 끝없는 자유와 해방을 갈구하는 '나'는 낡은 사고와 이념, 틀에 박힌 윤리와 가치에서 벗어나지 못하고 있는 '걸인'의 입장과 대립한다. '나'는 도피와 탈출을 꿈꾸고 '걸인'은 '나'를 억압한다는 이 대립적 양상은 욕망과 그 억압이라는 내면 의식의 표출에 다름 아니다.

烏瞰圖 詩第十五號

1

나는거울업는室內에잇다. 거울속의나는역시外出中이다. 나는至今거울속의나를무서워하며떨고잇다. 거울속의나는어디가서나를어떠케하랴는陰謀를하는中일가.

2

罪를품고식은寢床에서잣다. 確實한내꿈에나는缺席하얏고義足을담은軍用長靴가내꿈의白紙를더럽혀노앗다.

3

나는거울잇는室內로몰래들어간다. 나를거울에서解放하려고. 그러나거울속의나는沈鬱한얼골로同時에꼭들어온다. 거울속의나는내게未安한뜻을傳한다. 내가그때문에囹圄되어잇듯키그도나때문에囹圄되여떨고잇다.

4

내가缺席한나의꿈. 내僞造가登場하지안는내거울. 無能이라도조흔나의孤獨의渴望者다. 나는드듸어거울속의나에게自殺을勸誘하기로決心하얏다. 나는그에게視野도업는들窓을가르치엇다. 그들窓은自殺만을

爲한들窓이다. 그러나내가自殺하지아니하면그가自殺할수업습을그는
내게가르친다. 거울속의나는不死鳥에갓갑다.

5

내왼편가슴心臟의位置를防彈金屬으로掩蔽하고나는거울속의내왼편
가슴을견우어拳銃을發射하얏다. 彈丸은그의왼편가슴을貫通하엿스나
그의心臟은바른편에잇다.

6

模型心臟에서붉은잉크가업즐러젓다. 내가遲刻한내꿈에서나는極刑을
바닷다. 내꿈을支配하는者는내가아니다. 握手할수조차업는두사람을
封鎖한巨大한罪가잇다.

[작품 해설]

〈오감도 시제15호〉는 1934년 8월 8일《조선중앙일보朝鮮中央日報》
에 발표했다. 이 작품을 마지막으로 연작시《오감도》의 연재가 마감
된다. 〈오감도 시제15호〉에서 핵심적인 의미를 함축하고 있는 '거울'
은 이상문학에서 가장 중요한 상징의 하나로 자주 등장하고 있다. 시
적 화자인 '나'는 '거울'을 들여다보면서 '거울 속의 나'와 마주한다. 이
때 현실 속에 존재하고 있는 경험적 자아로서의 '나'와 '거울 속의 나'
사이에는 외형상 아무런 차이가 없음에도 불구하고 근접할 수 없는
거리감과 부조화가 드러난다. 이 시에서 몸의 상상력을 구현하기 위
해 시적 상징으로 활용하고 있는 것이 '거울'이다. 현실 속에 존재하
고 있는 경험적 자아로서의 '나'는 '거울 속의 나(위조된 나)'와 대립된

다. 이러한 내적 갈등은 현실에서 겪게 되는 병의 고통과 좌절의 삶에 의해 더욱 촉발된 것이라고 할 수 있다.

〈오감도 시제15호〉의 텍스트는 외형적으로 모두 여섯 개의 연으로 구분되어 있다. 그러나 이 시의 의미구조를 형성하는 시적 공간은 크게 두 가지로 나누어진다. 하나는 1연과 2연에서 펼쳐지는 '거울 없는 실내'이다. 이 공간에서는 '거울 속의 나'와 만날 수 없다. '나'는 '거울 속의 나'의 존재를 확인할 수 없는 상태에서 '부재에 대한 두려움'을 느끼게 된다. 그리고 침상에서 잠을 청하지만 '의족을 담은 군용장화'로 표상되고 있는 더 큰 공포에 질려 잠을 이루지 못한다. 결국 '거울 없는 실내'라는 시적 공간에는 자기 자신의 참모습을 발견할 수 없는 것에 대한 두려움의 정서가 자리 잡는다. 제3연부터 제6연까지는 '거울 있는 실내'로 시적 공간이 바뀐다. '나'는 거울을 들여다보면서 '거울 속의 나'를 발견한다. 그러나 거울에 비치는 '나'는 하나의 영상에 불과하다. 이것은 실체로서의 '나'가 아니며 거울이라는 도구에 의해 위조된 것일 뿐이다. 시적 화자는 이러한 위조된 '나'가 아닌 진정한 '나'의 모습을 찾길 원한다. 결국 '거울 있는 실내'라는 시적 공간은 진정한 '나'의 모습이 아니라 위조된 '나'를 거울을 통해 보여준 셈이다. 그러므로 진정한 '나'의 모습을 찾기 위해 '위조'된 '나'를 거부하고 그 존재를 부인할 수밖에 없다.

〈오감도 시제15호〉에서 시적 화자인 '나'는 현실 속에 실제로 살아 움직이고 있는 경험적 자아로서의 '나'이며, 모든 사고와 행동의 주체로서 몸의 감각을 스스로 체현할 수 있는 살아 있는 '나'이다. '나'와 상대를 이루고 있는 '거울 속의 나'는 '거울'이라는 반사면에 나타나는 '나'의 '허상'에 불과하다. 현실 속의 '나'는 '거울'이 없이는 자신의 모습을 대상화하여 볼 수 없다. '거울'을 통해서만 '나'의 모습을 확인할 수 있는 것이다. '나'는 '거울' 속에 나타나는 '나'의 허상을 보고 그것이 바로 '나' 자신의 참모습이라고 생각하게 된다. 현실 속의 실재하는 '나'는 '거울' 속에 맺어지는 '허상'으로서의 '나'의 모습을 보고 그것을 자신의 참모습과 동일시하게 되는 것이다. 바로 여기서 시적 화자인 '나'와 '거울 속의 나' 사이에 야기되는 실재와 허상 사이의 본질적인 불일치가 드러난다. 이 시에서는 이러한 불일치가 일종의 자기 분열적 현상처럼 묘사되면서 더욱 증폭되고 내적인 갈등 상태로 발전하고 있는 것이다.

1연에서 그려 내고 있는 시적 공간은 '거울 없는 실내'이다. 시적 화자인 '나'는 '거울 없는 실내'에 있다. 그렇기 때문에 '나' 자신의 모습을 확인하여 볼 수가 없다. 다시 말하자면 이 공간에서 '나'는 '거울 속의 나'와 만날 수 없다. 시적 텍스트에서는 이러한 상황을 '거울속의나는역시외출중이다'라고 설명하고 있다. 그런데 여기서 '거울 속의 나'의 부재는 결국 실재하는 '나'의 모습과 그 존재를 확인할 수 없는 상태를 암시한다. 그러므로 '거울속의나를무서워하며떨고있다'라는 진술은 결국 자기 존재를 확인할 수 없는 상태에 대한 불안과 공포를 의미하는 것이다. 제1연의 마지막 문장에서 '거울속의나는어디가서 나를어떠케하려는음모를하는중일까'라고 하는 질문은 자기 존재를 확인할 수 없는 상황에서 느끼게 되는 존재에 대한 두려움의 정서를 공간적으로 확장하고 있는 것이다.

이 시의 2연은 '죄를품고식은침상에서잤다. 확실한내꿈에나는결석하였고의족을담은군용장화가내꿈의백지를더럽혀놓았다'라는 두 문장으로 이어진다. 첫 문장은 시적 진술의 주체인 '나'라는 화자가 '죄罪를 품고' 식은 침상에서 잠을 잤다는 내용이다. 여기서 '죄를 품고'라는 구절의 해석이 문제다. '나'라는 화자가 어떤 형벌이나 재앙을 당한 채로 식은 침상에서 잤다고 풀이할 경우, 그 '형벌과 재앙'의 정체가 무엇인지를 알아야만 의미를 파악할 수 있다. 뒤로 이어지는 두 번째 문장은 '확실한내꿈에나는결석하였고'라는 어절과 '의족을

담은군용장화가내꿈의백지를더럽혀놓았다'라는 어절로 나누어진다. '확실한내꿈에나는결석하였고'라는 표현은 모순 어법을 이용한 진술이다. '내꿈에나는결석하였고'라는 설명은 '나'에 대한 꿈을 꿀 수 없는 상태를 말하는 것으로 볼 수도 있고, 주체가 부재하는 꿈을 뜻하는 것으로 볼 수도 있다. '의족을담은군용장화가내꿈의백지를더럽혀놓았다'에서 '의족을담은군용장화'는 고도의 비유적 의미와 상징성을 지닌다. 여기서 '의족'은 다리가 절단된 사람이 나무나 고무로 만들어 붙인 인공의 다리 또는 발을 말한다. '의족'을 붙였다면 발과 다리가 자연 상태로 온전하지 못함을 알 수 있다. 결국 '의족을 담은 군용장화'는 온전하지 못하여 나무나 고무로 만들어 붙인 인공의 발에 신겨진 커다란 군용장화를 의미한다고 할 수 있다. 물론 이러한 설명은 동어반복에 불과하여 이것만으로 그 속에 담겨진 비유적 의미나 상징성에 접근하기는 어렵다. 하지만 이 둘째 문장에서 시적 화자인 '나'는 꿈을 꿀 수 없게 되었으며, 온전하지 못한 인공의 발에 신겨진 군용장화로 인하여 '나'의 꿈이 모두 망가져 버렸음을 말해 주고 있다.

그런데 2연에서 '죄'라는 시어가 의미하는 '형벌 또는 재앙'을 어떻게 이해할 것인가 하는 문제는 '의족을 담은 군용장화'로 비유되고 있는 것이 대체 무엇인가 라는 질문과 함께 여전히 미궁에 갇혀 있다. '죄를 품고'라는 구절은 1연에서 '무서워하며 떨고'라는 말로 표현된 바 있는 시적 화자의 심리 상태를 암시한다. 무언가 두려움과 공포를 느끼면서 잠자리에 들고 있음을 말한다. '의족을 담은 군용장화'는 이상의 소설 《12월 12일》에서부터 등장하는 아픈 다리의 이미지와 연결시켜 볼 수도 있을 것이다. 그러나 이러한 설명이 여전히 불만스럽다. 여기서는 '죄'라는 말과 '의족을 담은 군용장화'라는 구절의 어떤 연관성을 상정하고 이에 대한 새로운 해석을 시도해 보려고 한다. 우선 '군용장화'라는 말을 어떤 추상적인 개념이나 의미로 읽는 것보다는 구체적인 사물로서의 '군용장화'의 형태와 그 이미지로 보는 것이 좋겠다고 생각한다. 이와 유사한 이미지는 시 〈가외가전〉의 '어디로 피해야저어른구두와어른구두가맞부딧는꼴을안볼수있스랴'라는 구절에 등장하는 '구두'에서도 발견된다. 이 대목은 그대로 인간 육체의 장기臟器 가운데 '폐肺'의 형상을 이미지화한 것으로 유추해 볼 수 있다. '의족을 담은 군용장화'도 온전하지 못한 '폐'의 형상을 구체적인 사물인 '군용장화'의 형상으로 단순화하여 시각적 이미지로 바꾸어 놓은 것이 아닌가 생각된다. 이러한 해석을 놓고 보면 '죄를 품고'라는 구절에서 '죄'가 암시하는 형벌과 재앙의 의미가 곧바로 폐결핵이라는 육체의 병환을 뜻한다는 점도 이해할 수 있는 것이다. 결국 2연은 폐결핵이라는 병환에 시달리는 온전하지 못한 육체로 인하여 시의 화자는 자신의 꿈을 펼칠 수가 없게 되었고, 그 병환 자체가 꿈을 망쳐 버렸다는 것을 말해 준다고 해석할 수 있다.

〈오감도 시제15호〉의 3연부터 6연까지는 '거울 있는 실내'로 시적 공간이 바뀐다. '나'는 거울을 들여다보면서 '거울 속의 나'를 발견한다. 거울을 통해 자신의 모습을 확인하는 것이다. 제3연에서는 이러한 자기 확인으로서의 '거울보기'를 그대로 설명하고 있다. '나는거울있는실내로몰래들어간다. 나를거울에서해방하려고. 그러나거울속의나는침울한얼굴로동시에꼭들어온다'라는 구절에서 볼 수 있듯이 '나'는 자기 존재에 대한 두려움으로부터 벗어나기 위해 아무도 모르게 가만히 거울을 들여다본다. 그러나 거울을 보는 순간 '거울 속의 나'는 피곤한 모습으로 거울에 나타난다. 그리고 '나'를 향하여 미안하다는 뜻을 표시한다. 이같이 거울에서 '나'의 모습을 확인하게 되는 자기 발견의 방식을 통해 '나'는 자신의 존재로부터 벗어날 수 없다는 사실을 인식하게 된다. '내가그때문에영어되어있듯키그도나때문에영어되어떨고있다'라는 마지막 문장이 이를 설명하고 있다.

4연에서는 2연과 3연에서 이루어진 진술 내용을 놓고 시적 의미의 전환을 시도한다. 이미 설명한 대로 '내가결석한나의꿈'은 꿈속에 그 꿈의 주체인 '나'가 없음을 말한다. '꿈'이라는 것이 어떤 구체적인 목표에 대한 갈망을 의미하는 것이라면, 그 '꿈'을 향해 실현하고자 하는 주체로서의 '나'의 부재는 결국 꿈 자체의 실현이 불가능함을 뜻한다. 그러므로 '나'는 '내위조가등장하지않는내거울'을 생각한다. '나'의 참모습을 발견하고 싶은 것이다. 하지만 이것도 불가능하다. 여기서 시적 화자인 '나'는 새로운 방법을 찾아낸다. 그것이 바로 '거울 속의 나'를 제거하는 방법으로서의 자살이다. '나는드디어거울속의나에게자살을권유하기로결심하였다'라는 진술을 통해 이를 확인할 수 있다. '나는그에게시야도없는들창을가리키었다. 그들창은자살만을위한들창이다'라는 두 개의 문장은 자살의 방법을 행동으로 지시하는 대목이다. 여기서 '시야도없는들창'이란 '거울' 그 자체를 말한다. 거울은 속이 들여다보이는 것처럼 거울 바깥의 사물을 그대로 반사시켜 보여주지만 실상은 앞이 탁 트인 것은 아니다. '시야도없는들창'이라는 은유는 바로 이 같은 거울의 속성을 그대로 말해 주는 셈이다. 이러한 설명을 그대로 따른다면 '나는그에게시야도없는들창을가리키었다'라는 구절은 거울을 향해 손가락질을 하는 행위를 그대로 설명한 것이라고 할 수 있다. 그런데 바로 그러한 행위 자체가 '거울 속의 나'를 향해 총을 겨냥하는 행동처럼 드러난다. 뒤에 이어지는 5연에서 총을 발사하는 장면을 묘사하고 있는 것은 바로 이 대목을 통한 유추와 연상聯想 작용으로 이해할 수 있다. 하지만 '거울 속의 나'의 자살은 가능하지 않다.

5연과 6연은 '나'의 '자살'을 시도하는 장면을 묘사한다. '나'는 '거울 속의 나'의 왼쪽 가슴을 겨누고 권총을 발사한다. 탄환이 '거울 속의 나'의 왼쪽 가슴을 관통한다. 그러나 '거울 속의 나'의 심장을 꿰뚫는 데에는 실패한다. 거울 속에 비친 '나'의 모습은 반사의 원리에 따라 좌우가 바뀌어 보이므로 바른편에 있는 심장을 겨냥할 수가 없기 때문이다. 그런데 6연의 첫 문장에서는 '모형심장에서붉은잉크가엎질러졌다'라고 진술하고 있다. 이 대목은 총탄에 맞아 심장에서 피가 흘러나오는 장면을 선명하게 묘사한 것처럼 보이지만 실상은 그렇지 않다. 이 대목을 제대로 이해하기 위해서는 〈오감도 시제9호 총구〉를 다시 읽을 필요가 있다. 이 작품은 폐결핵의 증상 가운데 하나인 기침과 거기에 수반하는 '객혈喀血'의 고통스런 순간을 감각적으로 포착해 내고 있다. 이 시의 마지막 구절 '그러더니나는총쏘으드키눈을감으며한방총탄대신에나는참나의입으로무엇을내어배앝었더냐'라는 의문형 문장은 객혈의 고통을 견디기 위해 눈을 감고 입으로 피를 토하게 되는 순간을 묘사한 대목이다. 과녁을 겨냥하기 위해 한 눈을 감고 총을 쏜다. 총탄이 총구에서 격발되는 순간 번쩍 불꽃이 튄다. 여기서 불꽃 속으로 튕겨나가는 총탄의 모습을 목구멍을 격하게 넘어와 입 밖으로 내뿜게 되는 객혈의 피와 겹쳐 놓고 있다. 객혈의 순간이 마치 총구에서 총탄이 격발되는 순간처럼 격렬하게 묘사되고 있는 것이다. 극한의 고통과 격렬한 파괴의 이미지가 여기에 덧붙여지고 있음을 알 수 있다.

이처럼 〈오감도 시제9호 총구〉에서 볼 수 있는 극렬한 고통의 장면은 '모형심장에서붉은잉크가엎질러졌다'라는 〈오감도 시제15호〉의 구절과 연결시켜 보면 그 의미가 분명해진다. 여기에 제시되고 있는 '모형심장'은 '거울 속의 나'의 심장을 가리킨다. 거울에 비친 '허상'이기 때문에 '모형심장'이라는 표현을 쓰고 있다. '붉은잉크가엎질러졌다'라는 장면은 '기침'을 하는 순간 '객혈'이 일어나면서 피가 튀겨 '거울' 위로 흘러내리는 것을 은유적으로 표현한 것이다. 이 객혈의 순간을 넘기면서 시적 화자인 '나'는 '내가지각한내꿈에서나는극형을받

았다. 내꿈을지배하는자는내가아니다. 악수할수조차없는두사람을
봉쇄한거대한죄가있다'라고 진술하면서 시적 의미의 매듭을 짓는다.
결국 이 시의 마지막 대목은 거울을 보고 있는 순간 기침이 일어나
고 객혈하게 되어 거울에 핏방울이 묻어 흐르는 장면을 보면서 느끼
는 처절한 비애와 부정적 자기 인식을 보여준다. 시적 화자가 겪는 현
실적 고통으로서의 기침과 객혈의 과정을 암시하는 대목으로 결말을
매듭짓고 있는 것은 현실 속의 '나'에게 가장 큰 '죄'가 바로 병이라는
재앙임을 암시한다고 할 수 있다.

　〈오감도 시제15호〉는 병든 육체의 고통을 견디면서 살아야 하는
'나'라는 시적 화자가 거울을 통해 자신의 모습을 확인하고 거기에 집
착하는 일종의 '병적 나르시시즘'을 보여주고 있다. 현실 속의 '나'는
자신의 병을 커다란 죄업으로 여길 정도로 병든 자신의 모습을 견디
기 어렵다. 그렇기 때문에 '나'는 자꾸만 거울을 들여다보며 '거울 속
의 나'를 확인해 보고 그 존재를 부정한다. 여기서 반복되는 '거울 보
기'는 자기 확인을 위한 몸의 언어이며 몸의 감각과 통한다. 그리고
'거울'은 시적 화자인 '나' 자신을 응시하고 그 존재 의미를 확인할 수
있는 자기 투시와 자기 인식의 존재론적 공간이 된다.

·素·榮·爲·題·

1

달빛속에있는네얼굴앞에서내얼굴은한장얇은皮膚가되

어녀를칭찬하는내말씀이發音하지아니하고미닫이를간
지르는한숨처럼冬柏꽃밭내음새지니고있는네머리털속
으로기어들면서모심드키내설움을하나하나심어가네나

2

진흙밭헤매일적에네구두뒤축이눌러놓은자국에비내려
가득괴었으니이는온갖네거짓말네弄談에한없이고단한
이설움을哭으로울기전에따라놓아하늘에부어놓는내억
울한술잔네발자국이진흙밭을헤매이며헤뜨려놓음이냐

3

달빛이내등에묻은거적자국에앉으면내그림자에는실고
추같은피가아물거리고대신血管에는달빛에놀래인冷水
가방울방울젖기로니너는내벽돌을섭어삼킨원통하게배
고파이지러진헝겊心臟을들여다보면서魚항이라하느냐

[작품 해설]

이상이 연작시《오감도》의 연재 중단 후에 발표한 시가〈·소·영·
위·제·〉(中央, 1934. 9)이다. 이 작품에서 시적 화자는 여인과의 사랑과
그 배반에 대한 비통한 심정을 애절한 어조로 노래한다. 이 시는 이상
이 발표한 모든 시 작품 가운데에서 시인의 주관적 감정과 서정적 요소
가 가장 강하게 표현되어 있다. 죽음에 대한 공포와 병의 고통마저 철
저하게 자기감정의 절제를 통해 객관화하고자 했던 이상은 이 시에서
그동안 억제했던 감정을 통곡처럼 풀어낸다. 물론 이 시에서 시적 텍스

트의 짜임새까지도 타이포그래피의 고안에 의해 엄격하게 규제해 놓고 있는 것을 보면 이 같은 서정적 어조의 진술 방법 자체가 자기감정에 대한 위장의 수법일 수도 있다.

'소영위제'라는 시의 제목은 이상이 만들어낸 말이다. 한자 그대로 해석한다면 '소영素榮을 위한 글'이 된다. 여기서 '소영'은 다시 '헛된 꽃' 또는 '헛된 사랑'으로 풀이된다. 한 여인과의 이별을 노래하고 있는 이 시의 모티프는 이상의 실제 생활 속에서 동거녀였던 금홍이와의 이별과 겹쳐진다. 이상의 삶과 그 운명의 변전에서 금홍이와의 만남과 사랑과 이별은 거의 치명적이었다고 말할 수 있다. '왜 그럴까?'라는 질문에 답하기 위해서는 소설 〈봉별기逢別記〉(여성, 1936. 12)에서 그려 낸 금홍이라는 여인상을 먼저 확인하는 작업이 필요하다. 소설의 주인공 '나'는 스물셋의 나이에 결핵 요양을 위해 온천지의 여관에 머물다가 그곳 술집에서 '금홍'이라는 여인과 만난다. 두 사람은 서로 가까워진다. '나'는 온천장을 떠나 서울로 돌아온 후에 금홍을 서울로 불러올린다. 그리고 함께 살게 된다. 그러나 두 사람의 생활은 서로 조화를 이루지 못한다. 금홍은 몇 차례의 출분을 거듭하다가 결국은 가출한다. 그리고 이들은 서로 헤어진다. 이 소설의 이야기에 등장하는 '나'와 '금홍'의 관계는 경험적 현실 속에서 이루어진 이상과 금홍이라는 두 남녀의 관계와 거의 그대로 일치한다. 그리고 부분적으로 희화화戱畵化된 여주인공 금홍의 행동을 통해 실제 인물 금홍의 성격이 암시되고 있다.

하지만 이 소설에서 작중 화자를 겸하고 있는 남성 주인공은 결코 아내의 일탈과 부정을 원망하거나 증오하지 않는다. 모든 이야기는 절제된 감정으로 간략하게 서술되고 있을 뿐이다. 자신의 과거 행적을 한 여인과의 관계를 통해 보여주고 있는 것임에도 불구하고 서술적 주체이기도 한 '나'는 철저하게 자기 내면을 감춘다. 그리고 어떤 감정적 굴곡도 드러내지 않고 담담하게 그 정황을 간략하게 서술한다. 그러므로 소설 〈봉별기〉는 전형적인 고백체로 발전하지 않는다. 간결한 문장, 서술적 주체의 감정에 대한 절제, 담담하게 전개되는 사건 등은 모두 서사적 상황과의 거리두기를 위해 적절하게 고안된다. 인간의 인연으로 만났다가 서로 헤어지게 되는 여인과의 삶에 묻어나는 고통과 회한을 담백하게 서술하고 있을 뿐이다.

〈•소•영•위•제•〉에서 시적 화자인 '나'는 그 상대가 되는 여인을 두고 '너'라고 지칭한다. 그러므로 자연스럽게 시적 진술 내용은 '너'에게 향하는 '나'의 말을 그대로 옮긴다. 여기서 '너'는 '나'의 사랑의 대상이었음을 쉽게 알 수 있다. 그러나 '나'의 사랑이 순탄하지는 않다. 아니 순탄하지 않은 것이 아니라 숨이 막힐 정도다. 사랑한다는 것, 그리고 그 사랑의 믿음을 잃어버린다는 것. 이 심경의 격동과 그 고통을 억제하며 내뱉은 말은 단 한 번의 호흡도 용납하지 않고 길게 한 개의 문장으로 이어지고 있는 것이다.

〈•소•영•위•제•〉의 텍스트는 전체 3연으로 구분된다. 통사적으로 각 연이 한 개의 문장으로 이루어져 있으며, 그 문장의 길이를 동일하게 짜 맞춰 놓고 있다. 각 연이 모두 똑같이 24음절의 4행으로 배열된 '96' 음절로 짜 맞춰진 것은 그대로 넘길 수 있는 일이 아니다. 아주 세심하게 그리고 절묘하게 그 길이를 맞추고 의도적으로 글자 수를 따지지 않고서는 이런 일이 가능할 수 없다. 아흔 여섯 개의 글자, 그 글자를 띄어쓰기 없이 조합하여 끊이지 않게 넉 줄씩 이어놓은 시적 텍스트, 그리고 그 텍스트의 짜임새를 통해 연출하는 내면의 풍경— 여기서 '96'이라는 숫자는 범상하지 않다. 이 숫자가 지시하는 기호적 의미는 타이포그래피적 공간 안에서만 작동한다. 96개의 글자들이 만들어 낸 공간이 시인의 내면에 현존하는 복잡한 심정의 갈등을 기호적으로 엮어낸다. 그리고 이 공간 속에서 빚어내는 이야기가 심적 통곡의 등가물이 된다. 그러므로 이 시를 일상적인 텍스트로만 읽어나가는 사람들의 눈에는 이 새로운 텍스트의 물질적 공간이 눈에 띄지 않는다. 더구나 이상의 개인사個人史를 떠나서는 '96'이라는 숫자가 이해되기 어렵다.

이 시에서 각 연마다 네 개의 행에 24음절씩 배열한 '96'개의 글자 맞추기는 시인이 어떤 특별한 의도를 드러내기 위한 타이포그래피적 고안이라고 할 수 있다. 이에 대해서는 약간의 설명이 필요하다. 시〈•소•영•위•제•〉를 발표할 무렵 이상은 다방 '제비'의 문을 닫는다. 그리고 '69'라는 숫자로 이름을 붙인 다방을 새로 연 적이 있다. 그러나 다방 '69'는 그 옥호가 드러내는 기호적 의미의 '불순함'으로 인하여 소문만 풍성하게 남긴 채 두어 달 뒤에 문을 닫는다. 이상의 시〈•소•영•위•제•〉는 바로 이 다방 '69'의 숫자를 새로운 형태로 패러디하면서 그 내용이 구성된다. 이 작품의 각 연을 구성하는 글자의 수(음절수)에 해당하는 '96'이라는 숫자는 다방 '69'의 숫자와는 반대의 형상을 보여 준다. '69'라는 숫자가 '남녀의 성적 교합'을 의미한다고 쑥덕거렸던 것을 생각한다면 '96'은 '69'의 숫자를 서로 바꾸어 놓은 것이 된다. 이 숫자의 기호적 형상은 '남녀의 성적 교합 상태'를 암시하는 것이 아니라 그 반대로 '남녀가 서로 등을 돌린 상태'를 기표화한다. 결국 이 작품은 텍스트를 구성하고 있는 글자 수 '96'이 기표화하고 있는 그대로 '결별'의 의미를 표출한다. 그리고 제목에 표시된 '소영素榮'이라는 말의 의미를 헤아린다면 이것이 '헛된 사랑을 위한 시'임을 알 수 있다.

〈•소•영•위•제•〉에 드러나 있는 내면적 정서를 시인 이상의 자의식의 반영이라고 보는 것은 전혀 어색하지 않다. 사랑의 배반에 대한 한 사내의 회한과 통곡이라고 할 만하다. 그러나 떠나가는 여인을 향한 사내의 울음이므로, 소리없이 고통스럽게 울어야 한다. 바로 이 몸의 느낌과 통하는 울음의 언어가〈•소•영•위•제•〉의 텍스트에 그대로 찍혀 있는 것이다.

正式

正式 Ⅰ

海底에가라앉는한개닷처럼小刀가그軀幹속에滅形하야버리드라完全
히달아없어졌을때完全히死亡한한개小刀가位置에遺棄되여있드라

正式 Ⅱ

나와그아지못할險상구즌사람과나란이앉아뒤를보고있으면氣象은다
沒收되여없고先祖가늣기든時事의證據가最後의鐵의性質로두사람의
交際를禁하고있고가젔든弄談의마즈막順序를내여버리는이停頓한暗
黑가운데의奮發은참秘密이다그러나오즉그아지못할險상구즌사람은
나의이런努力의氣色을어떠케살펴알았는지그따문에그사람이아모것
도모른다하야나는또그따문에억쩌로근심하여야하고地上맨끝整理인
데도깨끗이마음놓기참어렵다.

正式 Ⅲ

웃을수있는時間을가진標本頭蓋骨에筋肉이없다

正式 IV

너는누구냐그러나門밖에와서門을두다리며門을열나고외치니나를찾
는一心이아니고또내가너를도모지모른다고한들나는참아그대로내여
버려둘수는없어서門을열어주려하나門은안으로만고리가걸닌것이아
니라밖으로도너는모르게잠겨있으니안에서만열어주면무엇을하느냐
너는누구기에구타여다친門앞에誕生하였느냐

正式 V

키가크고愉快한樹木이키적은子息을나았다軌條가平偏한곳에風媒植
物의種子가떨어지지만冷膽한排斥이한결같아灌木은草葉으로衰弱하
고草葉은下向하고그밑에서青蛇는漸々瘦瘠하야가고땀이흘으고머지
않은곳에서水銀이흔들리고숨어흘으는水脈에말둑박는소리가들녔다

正式 VI

時計가뻑꾹이처럼뻑꾹그리길내처다보니木造뻑꾹이하나가와서모으
로앉는다그럼저게울었을理도없고제법울가싶지도못하고그럼앗가운
뻑꾹이는날아갔나

[작품 해설]
이상의 시 〈정식正式〉은《가톨닉青年》(1935. 4)에 발표한 작품이다.
이 시는 일본어 시 〈LE URINE〉(朝鮮と建築, 1931. 8)과 마찬가지로 '변

소'라는 장소를 시적 공간으로 설정하고 있다. 이러한 사실은 〈정식 Ⅱ〉에 나타나는 '나와 그 알지 못할 험상궂은 사람과 나란히 앉아 뒤를 보고 있으면'이라는 구절을 통해 직접적으로 확인된다. '뒤를 보다'라는 말은 '뒤쪽 방향을 쳐다본다'는 뜻이 아니다. 똥을 누는 것을 점잖게 이르는 말이다. 이상은 소설 〈지도의 암실〉에서도 배변의 행위를 '그의 뒤는 그의 천문학이다'라고 서술한 바 있다.

이 작품은 전체 텍스트가 모두 6연으로 나뉘어 있는데, 각 연마다 다시 소제목을 〈정식 Ⅰ〉부터 〈정식 Ⅵ〉까지로 이어붙이고 있기 때문에 각 연이 독자적 성격을 유지하는 일종의 연작시 형태로 볼 수 있다. 그러나 이 작품은 전체 텍스트가 하나의 시적 공간을 유지하고 있으며 그 의미가 서로 연결되어 있다. 〈정식 Ⅰ〉과 〈정식 Ⅴ〉에서는 배설 행위 자체가 직접 묘사되고 있으며, 나머지 부분들은 모두 '나'라는 시적 화자가 변소에 앉아 대변을 보면서 펼치는 공상의 세계를 함께 그려 내고 있다.

시 〈정식〉에서 그려 내고 있는 배설의 욕망과 그 해소 과정은 쾌락의 원칙에 따라 정교하게 구조화되어 있다. 배설의 욕망은 생물학적 충동, 또는 본능적인 욕구에 해당한다. 이것은 무의식적인 영역에서 출발하지만, 결과적으로는 인간의 존재를 인간과 사물의 영역으로 구별지어 끌어올린다. 배설 행위는 자기중심적으로 행해지는 본능적인 것이지만 외부적 조건들에 의해 억제되거나 조절된다. 시인이 이 시에서 배설 행위를 통해 실험하고 있는 쾌락의 원칙은 자기중심성을 초월하는 힘을 필요로 한다. 그러므로 무의식적인 욕망의 충동과 의식적 조절 사이의 균형이 어떻게 가능해지고 있는지를 발견하지 못한다면, 이 시에서 암시하고 있는 무의식적 욕망의 기호화 과정을 이해할 수 없게 되는 것이다.

紙碑

내키는커서다리는길고왼다리압흐고안해키는적어서다리는짧고바른
다리가압흐니내바른다리와안해왼다리와성한다리끼리한사람처럼걸
어가면아아이夫婦는부축할수업는절름바리가되어버린다無事한世上
이病院이고꼭治療를기다리는無病이끗끗내잇다

[작품 해설]

시 〈지비紙碑〉는 1935년 9월 15일 《조선중앙일보朝鮮中央日報》에 발
표했다. 이 시의 시적 진술 내용을 검토하면서 먼저 문제 삼게 되는
것이 바로 '지비紙碑'라는 말이다. 이 말은 글자 그대로 해석할 경우,
'종이로 만든 비碑'라는 뜻으로 풀이된다. 물론 이 말은 우리말 사전에
등재되어 있지는 않다. 일본어에서는 '세상에 잘 알려져 있지 않은 사
물이나 잊혀진 사람의 생애를 적어 놓은 글'이라는 뜻으로 쓰인다.

일반적으로 사용하는 '비碑'라는 말은 어떤 사실을 기념하기 위해
돌이나 쇠붙이나 나무 등에 글을 새겨 세우는 것을 말한다. 대개는 오
랜 세월 그 자취를 남길 수 있도록 돌에 새겨두는 것이 보통이다. 그
러므로 '비'는 대개 '석비石碑'를 뜻한다. 그런데 이 시에서 쓰고 있는
'지비'라는 말은 종이로 비를 만들었다는 뜻이 된다. 어떤 사실을 오
랫동안 기념하기 위해 돌에 글을 새겨두는 '석비'와는 달리 그것을 종
이로 만들어 놓는 경우 오래 보존하기 힘들다. 그런데도 불구하고 '지
비'라는 말을 만들어 쓴 것은 분명 이 말이 지니는 반어적 의미를 드
러내고자 한 것이 아닌가 생각된다. 어떤 일을 기념하기 위해 종이에
글을 기록하여 비로 만들어 세워놓을 수 없는 일이기 때문이다.

이 작품은 '나'와 '아내'의 부조화를 서로 길이가 다른 두 사람의 다

리를 소재로 하여 비유적으로 표현한다. 이 시에서 그려 내고 있는 아내와의 순탄치 않은 가정생활은 시인 이상이 수년간 동거했던 금홍과의 결별이라는 사적인 경험 영역과 서로 연관되어 있다는 것을 알수 있다. 시인은 자신이 겪었던 고통스런 개인사적 경험을 시적 소재로 끌어들이면서 이 사연이야말로 오래 기억하고 싶지 않다는 생각을 했을 가능성이 매우 크다. 그러므로 이 사연을 '종이로 만든 비碑' 위에 기록하고 있는 것이다. 결코 오래 두고 생각할 일이 아니라는 의미가 여기 숨겨 있다. 어쩌면 빨리 잊어버려야 할 사연을 말한다고 할수 있을지도 모르겠다. 결국 '지비'는 오래도록 기억하고 싶지 않은일들을 기록해 둔 것이라는 뜻으로 해석하는 것이 좋을 듯하다.

紙碑
—어디갓는지모르는안해—

○ 紙碑 一

안해는 아츰이면 外出한다 그날에 該當한 한男子를 소기려가는것이다 順序야 밧귀어도 하로에한男子以上은 待遇하지안는다고 안해는말한다 오늘이야말로 정말도라오지안으려나보다하고 내가 完全히 絶望하고나면 化粧은잇고 人相은없는얼골로 안해는 形容처럼 簡單히돌아온다 나는 물어보면 안해는 모도率直히 이야기한다 나는 안해의日記에 萬一 안해가나를 소기려들었을때 함즉한速記를 男便된資格밖에서 敏捷하게代書한다

○ 紙碑 二

안해는 정말 鳥類엿든가보다 안해가 그러케 瘦瘠하고 거벼워젓는데도
나르지못한것은 그손까락에 낑기웟던 반지때문이다 午後에는 늘 粉을
바를때 壁한겹걸러서 나는 鳥籠을 느낀다 얼마안가서 없어질때까지
그 파르스레한주둥이로 한번도 쌀알을 쪼으려들지안앗다 또 가끔 미
다지를열고 蒼空을 처다보면서도 고흔목소리로 지저귀려들지안앗다
안해는 날를줄과 죽을줄이나 알앗지 地上에 발자죽을 남기지안앗다
秘密한발을 늘보선신ㅅ고 남에게 안보이다가 어느날 정말 안해는 업
서젓다 그제야 처음房안에 鳥糞내음새가 풍기고 날개퍼덕이든 傷處가
도배우에 은근하다 헤트러진 깃부스러기를 쓸어모으면서 나는 世上에
도 이상스러운것을어덧다 散彈 아아안해는 鳥類이면서 엄체 닷과같은
쇠를 삼켯드라그리고 주저안젓섯드라 散彈은 녹슬엇고 솜털내음새도
나고 千·斤무게드라 아아

○ 紙碑 三

이房에는 門牌가업다 개는이번에는 저쪽을 向하야짓는다 嘲笑와같이
안해의버서노흔 버선이 나같은空腹을表情하면서 곧걸어갈것갓다 나
는 이房을 첩첩이다치고 出他한다 그제야 개는 이쪽을向하여 마즈막
으로 슬프게 짓는다

[작품 해설]

〈지비紙碑〉는 이상의 시 가운데에는 '아내의 가출'이라는 구체적인
모티프를 바탕으로 하고 있는 작품이다. 이 시에는 '어디 갓는지 모르
는 안해'라는 부제가 붙어 있으며, 1936년 1월 종합지《중앙中央》에

발표했다.

원래 이 작품은 '신춘수필新春隨筆'란에 임화, 김광섭, 백신애, 이헌구, 장덕조, 장혁주 등의 수필과 함께 발표된 것이다. 그런데 이후 이상의 작품들이 다양한 형태로 편집되면서 모두 '시詩'의 영역에 포함시켜 오고 있다. 이상의 시 작품들이 산문시의 형태가 대부분인 점을 생각한다면 이 같은 기존의 분류법에 무리가 있어 보이지 않는다.

이 작품의 텍스트는 '지비 1', '지비 2', '지비 3'으로 구분되어 있다. 하지만 이 세 부분이 하나의 의미 내용으로 이어지기 때문에 각각의 부분을 독립된 작품으로 구분할 필요는 없을 것이다. 전체 작품 텍스트의 제1연, 제2연, 제3연에 해당하는 것으로 보는 것이 자연스럽다. 이 시는 '나'와 '아내'의 부조화와 그 결별의 과정에서 느끼게 된 괴로움을 담담하게 서술하고 있다.

1연은 아내의 잦은 외출과 그것을 지켜보는 '나'의 심정을 그린다. 아내는 자신이 유부녀라는 사실을 숨긴 채 다른 남자와 만나고 있다. '나'는 그것을 알면서도 아내의 거짓된 행동을 지켜볼 뿐이다. 그리고 오히려 아내가 외출한 후 귀가가 늦어지는 경우 혹시 아내가 아주 돌아오지 않으면 어쩌나 초조한 마음으로 절망감에 빠져든다. 아내는 짙은 화장 아래 본래의 얼굴 표정을 모두 감추고 집에 돌아온다. 아내는 늦은 귀가에도 불구하고 화장에 가려진 모습대로 아무런 거리낌을 드러내지 않는다. '나'는 아내가 들려주는 말 가운데 혹시 자신의 일기에만 몰래 기록하고 '나'에게는 속이려드는 내용이 있는지를 생각하면서 마음속에 재빠르게 새겨둘 뿐이다.

2연은 아내의 가출을 새장에서 탈출한 한 마리의 새로 비유하고 있다. 아내는 마치 조롱 속에 갇힌 한 마리 새처럼 날아가지 못한다. '나'는 그 이유가 아내의 손가락에 끼워진 '반지' 때문이라고 생각한다. 여기서 '반지'는 '결혼 또는 약혼'이라는 사회적 제도의 굴레를 상징한다. '나'는 아내가 자신의 방에서 화장을 할 때 그 방이 아내를 가두고 있는 '조롱(새장)'이라고 생각한다. 아내는 한동안 집에서 식사를 하지 않고 집을 나가기 전 얼마 동안 '나'에게 아무 말도 하지 않는다. 그리고는 아무런 족적도 남기지 않고 집을 나가 버린다. 아내가 방에 벗어놓은 '버선'은 아내의 가출을 상징한다. '나'는 아내가 떠난 후에야 그녀가 남겨놓은 체취와 흔적을 느낀다. 그리고 아내가 몹시도 고통스럽게 지냈다는 사실을 알아차린다. 아내가 당했던 상처의 흔적도 발견한다. 아내는 가정이라는 테두리 안에서 일상에 닻을 내리고 살아보고자 했지만 결국은 모든 것을 버리고 떠난 것이다.

3연은 아내가 떠나 버린 후 텅 빈 방 안을 그려 놓는다. 이 방은 '나'와 아내가 함께 지내온 삶의 공간이다. 그러나 이제는 문패가 없는 것처럼 그 주인이 없다. 여기서 '개가 짖는다'는 것은 세상 사람들의 손가락질과 수근대는 말들을 비유적으로 표현한다. 그리고 집을 나가 버린 아내에 대한 나쁜 소문들이 나돌기 시작한다. '나'는 결국 아내와의 모든 생활을 청산할 수밖에 없게 된다. '이쪽을 향하여 짖는 개'는 '나'를 흉보기도 하고 측은하게 여겨 동정하기도 하는 사람들의 말을 뜻하는 것이라고 할 수 있다.

이처럼 시 〈지비〉에서 아내는 날개를 달고 새장 바깥세상으로 날아가 버린다. 새장처럼 갇혀 있던 가정이라는 울타리 안에서 아내는 끊임없이 탈출을 꿈꾸어 왔던 것이다. 이것을 놓고 아내로서의 역할을 저버린 부도덕한 행동으로 치부한다면 지나치게 단순한 사회 윤리적 기준에 매달리는 것이 된다. 남녀의 이별이란 그 이유가 무엇이든지 간에 언제나 고통스럽고 괴로운 일일 수밖에 없다.

이 시에서 새장을 벗어나 공중으로 날아가 버린 새라는 특이한 모티프는 이상의 경험적 삶 속에서 지울 수 없는 상처가 된 '금홍'이라는 여인과의 결별을 그 바탕에 깔고 있다. 그리고 이것은 남성과 그 속박으로부터 벗어나고자 하는 여성적 본능을 암시하기도 하고 부조화의 관계 속에서 파탄에 이르는 남녀 관계로 발전한다.

이상이 사랑한 여인 금홍에 대해서는 어떤 하나의 기준으로 설명하기가 불가능하다. 배천온천의 술집 기생 금홍에게는 이상이라는 인물이 그녀를 거쳐 간 많은 사내 가운데 하나였을 가능성이 크다. 그러나 숫된 도회의 청년 이상에게는 순수한 욕망의 대상으로서의 첫 여성이었음을 확인할 수 있다. 그러므로 이 두 사람의 만남은 운명적인 것이 될 수밖에 없다. 여기서 '운명적'이라는 말은 피할 수 없는 필연적인 굴레를 뜻하는 것이 아니라 그 시초와 결말이 당연히 그렇게 짜여질 수밖에 없음을 뜻하는 말이다.

금홍이라는 여인의 실체를 놓고 본다면 이상과 금홍이의 관계는 그녀가 스스로 원하든 원하지 않든 간에 그 파탄을 예비하고 있었던 것이다. 그런 의미에서 금홍이라는 여성은 하나의 '팜 파탈femme fatale'에 해당한다. 배천온천의 술집 기생에 불과하던 이 여성은 이상이라는 한 남성을 자신의 품안에서 벗어날 수 없게 만든 특이한 매력의 소유자였고, 이상이 보유하고 있는 이지와 정서를 모두 압도하는 강인한 성격의 소유자였던 것이다. 이상이 그의 시에서 그려 낸 운명적 여인상이 금홍이의 맨얼굴로 비춰지는 까닭이 여기 있다.

易斷

이상이《오감도》의 연재 중단 후에 1936년 2월 잡지《가톨닉靑年》에 발표한 연작시가《역단易斷》이다. 이 작품은 '역단'이라는 표제 아래 〈화로火爐〉, 〈아츰〉, 〈가정家庭〉, 〈역단易斷〉, 〈행로行路〉 등 다섯 편의 시를 연작의 형식으로 이어놓고 있다. 비록 작품의 제목은 다르지만, 《역단》은 그 형식과 주제, 언어 표현과 기법 등이 모두 《오감도》의 경우와 그대로 일치한다. 이러한 특징은 연작시 《역단》이 미완의 《오감도》를 완결짓기 위한 후속 작업일 가능성이 크다는 것을 암시한다. 연작시 《역단》의 발표가 예사롭지 않게 느껴지는 이유가 여기에 있는 것이다.

연작시 《역단》의 표제가 된 '역단易斷'이라는 말은 '오감도'의 경우와 마찬가지로 이상 자신이 만들어낸 신조어로 사전에 올라 있지 않다. '역易'이란 한자는 그 음이 두 가지가 있다. 하나는 '역(바꾸다)'이고, 다른 하나는 '이(쉽다)'이다. 여기서 '역'이라는 말은 명사로 쓰일 경우 대개 〈주역周易〉을 일컫는다. 〈주역〉의 괘를 이용하여 인간의 길흉화복을 따지는 점복占卜의 의미를 갖는다. 그러므로 미래의 운명을 점친다는 뜻으로 풀이할 수 있다. '단斷'은 '끊다', '결단하다' 등의 의미를 가진다. 이렇게 읽는다면 '역단'은 '운명에 대한 거역'이라는 뜻을 지니는 것으로 본다. 물론 '역易' 자를 '이易'로 읽을 수도 있다. 이 경우에는 '쉽다'라는 뜻을 가진다. '이단易斷'이라는 말은 '쉽게 자르다' 또는 '손쉽게 끊어내다' 등의 뜻으로 풀이된다. 그러나 연작시에 포함된 작품 〈역단〉을 보면 그 주제가 운명에 대한 거역을 뜻하는 것으로 풀이하는 것이 자연스럽기 때문에 '역易' 자로 읽어야 한다. 이 '역단'이라는 표제 아래 묶여진 〈화로火爐〉, 〈아츰〉, 〈가정家庭〉, 〈역단易斷〉, 〈행로行路〉라는 다섯 편의 작품은 모두 이상 자신의 개인사個人史와 관련된 소재들─투병, 사업의 실패, 가족의 문제 등을 다루고 있다.

火爐

방거죽에極寒이와다앗다.極寒이房속을넘본다.房안은견된다.나는讀書의뜻과함께힘이든다.火爐를꽉쥐고집의集中을잡아땡기면유리창이움폭해지면서極寒이혹처럼房을눌은다.참다못하야화로는식고차접기때문에나는적당스러운房안에서쩔쩔맨다.어느바다에潮水가미나보다.잘다져진房바닥에서어머니가생기고어머니는내아픈데에서화로를떼어가지고부엌으로나가신다.나는겨우暴動을記憶하는데내게서는억지로가지가돗는다.두팔을벌리고유리창을가로막으면빨내방망이가내등의더러운衣裳을뚜들긴다.極寒을걸커미는어머니—奇蹟이다.기침藥처럼따끈따끈한火爐를한아름담아가지고내體溫우에올라스면讀書는겁이나서근두박질을친다.

[작품 해설]

　〈화로火爐〉는 1936년 2월 잡지《가톨닉靑年》에 발표한 연작시《역단易斷》에 묶여 있는 첫 작품이다. '역단易斷'이라는 표제 아래 모두 5편의 시가 함께 수록되어 있다. 이 작품은 이상 자신이 겨울 추운 방 안에서 추위에 시달리며 책을 읽다가 기침을 하고 객혈을 했던 경험을 그려 낸 것으로 보인다. 이상은 이 작품을 발표할 무렵 심하게 결핵을 앓고 있었기 때문에 미열, 기침, 도한盜汗 등과 함께 객혈의 고통을 수없이 경험한다. 이 고통스런 경험 속에서 환상처럼 등장하는 것이 어머니의 모습이다. 따뜻하게 몸을 덥혀 줄 수 있는 '화로'를 '어머니'의 이미지에 겹쳐 놓고 있다. 말하자면 시인의 상상력을 통해 '화로=어머니'의 관계가 성립되고 있는 셈이다. 몸으로 느끼는 한기와 신열의 고통을 다양한 시각적 표현을 동원하여 구체적으로 형상화하는 기법도 매우 뛰어나다.

아츰

캄캄한공기를마시면肺에해롭다.肺壁에끄름이앉는다.밤새도록나는음
살을알른다.밤은참많기도하드라.실어내가기도하고실어들여오기도
하고하다가이저버리고새벽이된다.肺에도아츰이켜진다.밤사이에무엇
이없어졌나살펴본다.習慣이도로와있다.다만내侈奢한책이여러장찢겠
다.憔悴한결론우에아츰햇살이자세히적힌다.영원히그코없는밤은오지
않을듯이.

[작품 해설]

〈아츰〉은 1936년 2월 잡지 《가톨닉靑年》에 발표한 연작시 《역단易
斷》에 묶여 있는 두 번째 작품이다. 이 작품에서도 시적 화자는 긴 밤
의 어둠 속에서 병의 고통에 시달린다. 어두운 밤을 밤새도록 몸살을
앓으면서 견디어내면 어둠이 물러가고 새벽이 된다. 빛나는 아침에
는 병의 고통도 다시 사라지고 예사로운 일상을 맞이하는 것이다. 병
고에 시달리면서 밤을 지내고 나서 아침을 맞아 그 어둠의 고통으로
부터 벗어나는 과정을 시각적인 이미지의 대조를 통해 감각적으로
형상화하고 있다.

家庭

門을암만잡아단여도않열리는것은안에生活이모자라는까닭이다.밤이

사나운꾸즈람으로나를졸른다.나는우리집내門牌앞에서여간성가신게 아니다.나는밤속에들어서서제웅처럼작구만減해간다.식구야封한窓戶 어데라도한구석터노아다고내가收入되어들어가야하지않나.지붕에서 리가내리고뾰족한데는鍼처럼月光이무덨다.우리집이알나보다그러고 누가힘에겨운도장을찍나보다.壽命을헐어서典當잡히나보다.나는그냥 門고리에쇠사슬늘어지듯매여달렸다.門을열려고안열리는門을열려고.

[작품 해설]

〈가정家庭〉은 1936년 2월 잡지《가톨릭靑年》에 발표한 연작시《역단 易斷》에 묶여 있는 세 번째 작품이다. 이 작품은 어두운 밤 집 안으로 들 어서지 못하고 문밖에서 서성대고 서 있는 '나'라는 시적 화자의 심경을 그려 놓고 있다. 여기서 집(가정)은 밤의 바깥세상과는 다르게 식구들이 모여 있는 곳이다. 그러나 '나'는 문을 열지 못한다. 이러한 장면은 '나' 와 '가족'과의 단절과 간격을 암시한다. 집안의 어려운 형편도 함께 암 시됨으로써 '나'의 '귀가'가 순조롭지 않음을 보여주고 있다.

이 시에서 시적 자아인 '나'는 어두운 밤 집 안으로 들어서지 못하 고 문밖에서 서성대고 있다. 문이 열리지 않기 때문이다. 바깥은 밤이 되어 어둡고 춥다. 집 안은 식구들이 모여 있는 곳이지만, '나'는 집 안 으로 들어설 수가 없다. '나'는 가정으로부터 소외되어 있고 그 고립 감으로 인하여 더욱 위축되어 있다. 이 시에서 시적 화자인 '나'와 집 안 사이의 단절을 어떻게 이해할 수 있을까? 이 시의 진술 내용을 보 면, '나'와 가족 사이의 문제는 경제적 궁핍에 의해 생겨난 것이다. 따 라서 이 궁핍의 현실을 타개하지 않고서는 '나'와 집안의 화해가 가능 하지 않으며 '나'의 귀가가 쉽지 않음을 알 수 있다. '우리집이앓나보 다그러고누가힘에겨운도장을찍나보다.壽命을헐어서典當잡히나보 다'라는 진술은 집안의 경제가 파탄의 지경에 이르러 있음을 암시한다. '나'는 안에서 누구도 '나'를 위해 문을 열어주는 사람이 없다는 사실을 알면서도 문을 잡아당기고 열리지 않는 문을 열고자 한다. 이러한 내용을 보면, 이 시는 금홍과의 동거 생활로 인한 '나'와 가족과의 갈등, 다방 '제비'의 운영을 둘러싼 경제적 위기를 암시하고 있다는 것을 짐작할 수 있다.

易斷

그이는백지우에다연필로한사람의運命을흐릿하게草를잡아놓았다.이렇게홀홀한가.돈과과거를거기다가놓아두고雜踏속으로몸을기입하야본다.그러나거기는타인과約束된握手가있을뿐,다행히空欄을입어보면長廣도맛지않고않들인다.어떤빈터전을찾아가서실컨잠잣고있어본다.배가압하들어온다.苦로운發音을다생켜버린까닭이다.奸邪한文書를때려주고또먹살을잡고끌고와보면그이도돈도없어지고피곤한과거가멀거니앉어있다.여기다座席을두어서는않된다고그사람은이로位置를파헤처놋는다.비켜스는惡息에虛妄과複讐를느낀다.그이는앉은자리에서그사람이평생을살아보는것을보고는살작달아나버렸다.

[작품 해설]

〈역단易斷〉은 1936년 2월 잡지《가톨닉靑年》에 발표한 연작시《역단易斷》의 표제작이다. 이 작품의 시적 진술 내용을 보면, 인간의 삶의 운명을 정초해 주는 '그이'라는 존재가 등장한다. '그이'는 백지 위에 한 사람의 운명을 초 잡아 놓고 있다. 이런 점에서 '그이'는 인간의 운명을 주재하는 초월적 존재로 이해할 수 있다. 그런데 '그이'가 초 잡아 놓은 운명을 거부한 '그 사람'이 등장한다. '그 사람'은 '그이'가 그려 놓은 삶의 과정을 따르지 않고 돈도 버리고 지내온 삶도 물리치고 너절한 현실(잡답)에 발을 내딛는다. 그러나 모든 것이 자신과 제대로 맞지 않는다. 고통을 견디며 살아오다가 다시 제자리로 돌아온다. 그러나 그 자리에는 재물도 사라지고 성가신 과거만 남아 있다. '그 사람'은 그 자리에 주저앉아 살아서는 안 된다고 생각하면서 그 위치를 파헤쳐 버린다. 그러나 허망함과 복수심을 버릴 수가 없다.

이 작품에서 그려 내고 있는 것은 인간의 삶과 그 운명이다. 하지만 인간의 삶은 인간 스스로 어찌하지 못한다. 그것은 이미 그렇게 진행되도록 정해진 것이다. 이 운명에 대한 거역을 시인 자신은 '역단'이라는 말로 요약하고 있는 셈이다. 이 시에서 자신에게 부여된 운명을 거역하고 있는 '그 사람'이라는 존재는 시적 진술의 주체가 되는 이상 자신에 해당한다. 자기가 꿈꾸었던 삶을 살지 못하고 화가가 되는 것을 포기했던 그는 조선총독부 건축기사로 안정된 생활을 보장받게 되지만 결핵으로 직장을 포기하기에 이르는 것이다. 그리고 금홍이와 다방 〈제비〉를 운영하면서 일상적 삶의 현실에 파묻히게 된다. 이러한 과정을 돌아보면서 그는 허망감을 느끼면서 스스로 그 운명에 대한 복수를 꿈꾸게 되는 것이다.

行路

기침이난다.空氣속에공기를힘들여배앗하놓는다.답답하게걸어가는길

이내스토오리요기침해서찍는句讀를심심한空氣가주물러서삭여버린
다.나는한章이나걸어서鐵路를건너질를적에그때누가내經路를되는
이가있다.아픈것이匕首에버어지면서鐵路와열十字로어얼린다.나는문
어지느라고기침을떨어트린다.우슴소리가요란하게나드니自嘲하는表
情위에독한잉크가끼언친다.기침은思念위에그냥주저앉어서떠든다.기
가탁막힌다.

[작품 해설]

〈행로行路〉는 1936년 2월 잡지《가톨닉靑年》에 발표한 연작시《역
단易斷》의 마지막 작품이다. 이 시의 경우는 시적 화자인 '나'의 고통
스런 삶의 과정을 암시적으로 그려 낸다. 이상 자신의 개인사와 관련
지어 본다면, 폐결핵에 걸려 투병하는 과정에서 반복적으로 경험했
던 심한 기침과 객혈의 고통이 그대로 드러나 있다고 할 것이다. 특히
'기침'이라는 말은 그 고통을 집약시켜 놓은 하나의 상징이 되고 있는
데, 시의 텍스트에 '기침'이라는 시어가 네 차례나 반복적으로 등장한
다. 기침은 공기 속에 공기를 힘들여 뱉어 놓는 것으로 설명되기도 하
고, 답답하게 걸어가는 길에 찍는 '구두점句讀點'으로 비유되기도 한다.
그리고 기침으로 인해 아무것도 제대로 할 수 없는 상태를 타이포그래
피의 '구두점'이라는 기호로 변형시켜 놓기도 한다. 이러한 표현은 기
침의 고통을 감각적으로 구체화하기 위한 기법적 고안에 해당한다.

이 시의 텍스트는 '행로'라는 제목 자체가 암시하고 있는 것처럼
'나'의 삶의 중요한 고비를 메타적 진술법에 의해 설명하고 있다. '나
는한章이나걸어서鐵路를건너질를적에그때누가내經路를되는이
가있다.아픈것이匕首에버어지면서鐵路와열十字로어얼린다'라는 구
절이 바로 이에 해당한다. 여기서 시적 화자는 자신의 삶의 과정 가운
데 운명적인 고비를 이룬 스물두 살의 나이를 그 숫자의 기호적 표상

을 통해 교묘하게 표시하고 있다. '한 장이나 걸어서 철로를 건너지를 적'이라고 표현한 구절은 삶의 과정과 나이를 암시한다. '철로'는 두 개의 선로로 이루어진 길이다. 이것은 한자의 '二'라는 글자와 유사한 기호적 표상을 드러낸다. '철로를 건너지를'이라는 동작은 '二' 자를 가로지르는 '≠'과 같은 기호로 그려진다. 이 기호는 수학에서 'a ≠ b'라고 표시하는 데에 쓰인다. 이것은 'a'라는 전항이 'b'라는 후항과 등치관계를 이루지 않는 상태임을 의미한다. 다시 말하면 'a'와 'b'는 서로 일치하지 않으며, 그 값이 서로 다르다는 것을 의미한다. 시적 화자의 운명이 어떤 전환점을 맞게 되었음을 암시한다고 할 수 있다.

'그때 누가 내 경로를 되듸는 이가 있다'라는 구절은 '나'를 따라오고 있는 정체를 알 수 없는 존재가 있었음을 말해 준다. 그것이 바로 병이다. 죽음의 그림자가 드리우기 시작한 것이다. 그렇기 때문에 여기서 그 대상에 대한 두려움의 정서가 환기된다. 실제로 시인은 스물두 살에 객혈을 시작하면서 심각한 결핵을 앓고 있음을 확인한 바 있다. '아픈 것이 비수에 버어지면서 철로와 열십자로 어얼린다'라는 구절은 '二十二'라는 나이를 표시하는 숫자의 형상을 병의 진전 상황과 연결하여 설명하고 있는 것으로 볼 수 있다. 철로를 건너지를 적에 '아픈 것이 비수에 베어지면서'라고 서술하고 있는 부분은 '二十二'라는 숫자의 기호적 형상을 만들어내기 위한 전제에 해당한다. 철로(=)를 건널 때(≠)에 아픈 것이 비수에 베어진다. 그래서 철로는 두 도막으로 잘라져 '二'와 '二'의 형태로 나누어진다. 결국 '二'라는 글자가 둘이 생겨난 셈이다. '철로와 열십자로 어울린다'라는 구절은 곧바로 '二 十 二'라는 기호로 도식화할 수 있다. 이 기호는 그대로 '이십 이二+二'라는 숫자와 일치한다. 그리고 이것은 곧 '스물두 살'이라는 시적 화자의 나이를 의미하는 것으로 해석된다.

이 시의 결말 부분은 심한 기침과 객혈의 장면을 그려 낸다. '독한

잉크'는 바로 객혈을 의미한다. 기침을 하는 동안에는 아무것도 할 수 없다. 연거푸 계속되는 기침의 고통을 '기침은 사념思念 위에 그냥 주저앉아서 떠든다'라고 묘사한다. 결국 스물두 살이 되던 해부터 병고에 시달리면서 살아야 했던 고통스런 삶의 모습을 처절하게 묘사하고 있는 것이다.

街外街傳

喧噪때문에磨滅되는몸이다. 모도少年이라고들그린는데老爺인氣色이많다. 酷刑에씻기워서算盤알처럼資格넘어로튀어올으기쉽다. 그렇니까陸橋우에서또하나의편안한大陸을나려다보고僅僅이삺다. 동갑네가시시거리며떼를지어踏橋한다. 그렇지안아도陸橋는또月光으로充分히天秤처럼제무게에끄덱인다. 他人의그림자는위선넓다. 微微한그림자들이얼떨김에모조리앉어버린다. 櫻桃가진다. 種子도煙滅한다. 偵探도흐지부지―있어야옳을拍手가어째서없느냐. 아마아버지를反逆한가싶다. 黙黙히―企圖를封鎖한체하고말을하면사투리다. 아니―이無言이喧噪의사투리리라. 쏟으랴는노릇―날카로운身端이싱싱한陸橋그중甚한구석을診斷하듯어루많이기만한다. 나날이썩으면서가르치는指向으로奇蹟히골목이뚤렸다. 썩는것들이落差나며골목으로몰린다. 골목안에는侈奢스러워보이는門이있다. 門안에는金니가있다. 金니안에는추잡한혀가달닌肺患이있다. 오―오―. 들어가면나오지못하는타잎기피가臟腑를닮는다. 그우로짝바뀐구두가비철거린다. 어느菌이어느아랫배를앓게하는것이다. 질다.

反芻한다. 老婆니까. 마즌편平滑한유리우에解消된政體를塗布한조름오는惠澤이뜬다. 꿈—꿈—꿈을짓밟는虛妄한勞役—이世紀의困憊와殺氣가바둑판처럼넓니깔였다. 먹어야사는입술이惡意로구긴진창우에서슬멋이食事흉내를낸다. 아들—여러아들—老婆의結婚을거더차는여러아들들의육중한구두—구두바닥의징이다.

層段을몇벌이고아래도나려가면갈사록우물이드믈다. 좀遲刻해서는텁텁한바람이불고—하면學生들의地圖가曜日마다彩色을곷인다. 客地에서道理없어다수굿하든집웅들이어믈어믈한다. 卽이聚落은바로여드름돈는季節이래서으쓱거리다잠꼬대우에더운물을붓기도한다. 渴—이渴때문에견듸지못하겠다.

太古의湖水바탕이든地積이짜다. 幕을버틴기둥이濕해들어온다. 구름이近境에오지않고娛樂없는空氣속에서가끔扁桃腺들을알는다. 貨幣의스캔달—발처럼생긴손이염치없이老婆의痛苦하는손을잡는다.

눈에띠우지안는暴君이潛入하얏다는所聞이있다. 아기들이번번이애총이되고되고한다. 어디로避해야저어른구두와어른구두가맞부딋는꼴을안볼수있스랴. 한창急한時刻이면家家戶戶들이한데어우러저서멀니砲聲과屍斑이제법은은하다.

여기있는것들은모두가그尨大한房을쓸어생긴답답한쓰레기다. 落雷심한그尨大한房안에는어디로선가窒息한비들기만한까마귀한마리가날어들어왔다. 그렇니까剛하든것들이疫馬잡듯픽픽씰어지면서房은금시爆發할만큼精潔하다. 反對로여기있는것들은통요사이의쓰레기다.

간다.「孫子」도搭載한客車가房을避하나보다. 速記를펴놓은床几웋
에알뜰한접시가있고접시우에삶은鷄卵한개—또—크로터뜨린노란자위
겨드랑에서난데없이孵化하는勳章型鳥類—푸드덕거리는바람에方眼
紙가찌저지고氷原웋에座標잃은符牒떼가亂舞한다. 卷煙에피가묻고
그날밤에遊廓도탔다. 繁殖한고거즛天使들이하늘을가리고溫帶로건
는다. 그렇나여기있는것들은뜨뜻해지면서한꺼번에들떠든다. 尨大
한房은속으로골마서壁紙가가렵다. 쓰레기가막붙ㅅ는다.

[작품 해설]

〈가외가전街外街傳〉은 이상의 시 가운데 대표적인 난해시의 하나로
지목되고 있다. 이상은 '구인회'의 기관지《시詩와 소설小說》(1936. 3)의
발간을 주도하면서 이 잡지에 〈가외가전街外街傳〉을 발표했다. 이 시는
함께 발표된 정지용의 시 〈유선애상〉, 박태원의 소설 〈방란장 주인〉
등과 함께 '구인회'가 지향했던 문학 정신과 그 기법적 실험을 유감없
이 보여준다.

〈가외가전〉은 그 제목부터 의미를 제대로 이해하기 어렵다. 작품
속에서 그려 내고 있는 시적 대상과 그 정황도 분명하지 않다. 묘사의
대상이나 진술하고 있는 내용이 무엇인지 직접 지시하는 말을 생략
하거나 문맥 속에 숨겨 두고 있기 때문이다. 이 특이한 생략의 수사법
은 그대로 시적 텍스트의 난해성을 조장한다. 여기서 '가외가전'이라
는 말은 이상 자신이 만들어낸 신조어에 해당한다. 한자의 뜻을 글자
그대로 풀이한다면 '길 밖의 길에 관한 이야기'라는 의미로 해석할 수
있다. 일반적인 의미에서 '길'은 사람이 지나다닐 수 있도록 땅 위에
만든 일정한 너비의 공간을 뜻한다. 물론 동물이 지나다니는 곳도 길
이라고 한다. 그런데 '길 밖의 길'은 이런 식의 의미를 거부한다. 통상
적으로 일컬어지는 길이 아닌 길이기 때문이다. 여기서 암시하는 것

이 바로 '숨길'이다. 인간의 육체에서 외부 세계와 서로 통하도록 연결되어 있는 것이 숨길이다. 숨을 쉴 때 외부의 공기가 허파로 들어갔다가 나오는 기도氣道로서의 숨길은 입과 코를 통해 외부와 통하지만 인간 육체의 내부에서 자리잡고 있는 폐부肺腑에서 그 길이 소멸되는 아주 특이한 구조를 지닌다. 숨길이 막히면 숨을 쉴 수가 없게 되고 숨을 쉬지 못하면 목숨이 끝난다. 그러므로 인간의 생명을 좌우하는 가장 중요한 길이 바로 숨길임을 알 수 있다.

이상의 〈가외가전〉은 몸의 느낌과 몸의 상상력에 의해 만들어낸 공상의 산물이다. 인간 생명의 출발이면서 동시에 끝에 해당하는 '숨길'에 관한 공상을 '길 밖의 길의 이야기'라고 명명하고 있는 이 시의 복잡한 우의성寓意性을 이해하지 못한다면 시적 의미의 심층에 접근하기 어렵다. 외형상 6연으로 구분되어 있는 이 시의 텍스트에서 각 연에 등장하는 시적 대상은 '숨길'에서 만나는 육체의 내부 기관들이지만 특유의 비유와 암시적 진술로 그 형태와 기능이 묘사되거나 서술되고 있다. 더구나 일종의 몽타주의 기법을 활용하여 각 연을 서로 연결하고 있으므로 의미 구조의 전체적인 맥락을 조심스럽게 파악해야 한다. 이 작품의 시적 의미를 제대로 파악하기 위해서는 텍스트의 언어에 대한 정밀한 독법과 분석을 통해 그 비유적 표현의 원관념과 보조 관념의 관계를 정확하게 이해하는 것이 중요하다.

이 작품에서 각각의 연은 '입에서부터 가슴의 허파'에 이르기까지 인간의 호흡기관의 모양과 역할을 특유의 비유와 암시로 그려 낸다. 제1연과 2연은 입 안의 '치아'를 대상으로 삼고 있다. 충치가 되어 금니를 만들어 끼운 대목도 있다. 그리고 제3연과 4연은 구강에서부터 후두에 이르는 길을 그려 낸다. 여기서는 돌림병인 홍역을 결부시켜 놓고 있다. 제5연과 6연은 허파에서 생기는 병을 묘사한다. 특히 마지막 6연에서 허파가 정상적 기능을 작동하지 못하는 경우를 비유적으로 보여주고 있는 것은 시인 자신의 병환과도 연관되는 것이라고 할 수 있다. 이 작품에서처럼 인간의 호흡기관의 구조와 기능을 병적인 것과 결부시켜 시로 그려 낸다는 것은 매우 그로테스크한 취향에 속하는 일이지만, 이 작품이 시인 자신의 병환과 연관되는 우울한 '공상空想'의 산물이라는 점을 부인할 수는 없다.

明鏡

여기 한페—지 거울이있으니
잊은季節에서는
엎은머리가 瀑布처럼내리우고

울어도 젖지않고
맞대고 웃어도 휘지않고
薔薇처럼 착착 접힌
귀
디려다보아도 디려다 보아도
조용한世上이 맑기만하고
코로는 疲勞한 香氣가 오지 않는다.

만적 만적하는대로 愁心이平行하는
부러 그렇는것같은 拒絶
右편으로 옮겨앉은 心臟일망정 고동이

없으란법 없으니

설마 그렇랴? 어디觸診……
하고 손이갈때 指紋이指紋을 가로막으며
선뜩하는 遮斷뿐이다.

五月이면 하로 한번이고
열번이고 外出하고 싶어하드니
나갔든길에 안돌아오는수도있는법

거울이 책장같으면 한장 넘겨서
맞섰던 季節을 맞나렸만
여기있는 한페—지
거울은 페—지의 그냥表紙—

[작품 해설]

　〈명경明鏡〉은 1936년 5월 대중잡지《여성女性》에 발표했다. 이 작품
은 이상 자신이 즐겨 활용해 온 '거울'이라는 이미지를 통하여 자신의
지난날들을 잔잔하게 돌아보며 한 여인에 대한 그리움과 회한의 심
경에 젖어드는 모습을 그려 내고 있다.

　이 시에서 시적 화자는 '거울'을 '책장'의 한 페이지에 비유하여 그
려 낸다. '거울'을 볼 때마다 그 페이지 위에 지나간 날들의 추억이 서
려 있기 때문이다. 그러나 '거울'은 언제나 현재 눈앞에 존재하는 것
만을 보여준다는 점에서 지나간 일들을 기록해 놓은 책장처럼 넘겨
다 볼 수는 없다. '거울'의 이미지를 통해 시간의 비가역성非可逆性을 암
시하고 있는 셈이다.

이 작품의 텍스트는 모두 6연으로 구성되어 있다. 제1연과 2연은 거울 속에 떠오르는 여인의 모습을 보며 생각에 잠기는 장면이다. 제3연과 4연은 거울 속의 여인과의 접촉을 꾀하지만 차디찬 거울 때문에 접근할 수 없음을 보여준다. 제5연은 거울 속의 여인에 대한 환상에서 벗어나 여인이 떠나 버린 사실 자체를 다시 확인하는 대목이다. 제6연은 여인과의 만남과 헤어짐이 이제는 돌이킬 수 없는 과거의 일임을 술회한다. 이상의 시들이 대체로 지적知的인 태도를 바탕으로 기지機智와 역설을 드러내는 실험적인 작품들이 많은데, 이 작품은 짙은 서정성을 자랑한다.

危篤

연작시《위독》은 이상이 1936년 가을 동경행을 준비하는 동안 마지막으로 정리하여 발표한 작품이다. 이 연작시는 10월 4일부터 9일까지《조선일보朝鮮日報》에 연재 형식으로 발표했는데, 여기에는 〈금제禁制〉, 〈추구追求〉, 〈침몰沈歿〉, 〈절벽絶壁〉, 〈백화白晝〉, 〈문벌門閥〉, 〈위치位置〉, 〈매춘買春〉, 〈생애生涯〉, 〈내부內部〉, 〈육친肉親〉, 〈자상自像〉 등 12편의 시가 이어져 있다. 이 작품들은 자아의 형상 자체를 시적 대상으로 삼아 다양한 시각을 통해 이를 해체하고 있는 경우가 많으며, 자신을 둘러싸고 있는 아내와 가족에 대한 자기 생각과 내면 의식의 반응을 그려 내는 경우도 있다.

연작시《위독》에서 볼 수 있는 시인의 사물을 보는 시각과 판단은《오감도》의 특이한 자기 투사 방식과 상호 연관성을 통해 그 의미가 더욱 분명하게 드러난다. 자신의 병과 죽음에 대한 절박한 인식, 자기 가족에 대한 책임 의식과 갈등, 좌절의 삶을 살아가는 자신에 대한 혐오 등을 말하고 있는 시적 진술 방법이 《오감도》의 연장선상에 놓여 있기 때문이다. 이상은 연작시 《위독》의 연재를 마친 후 동경행을 택한다. 그러므로 연작시 《위독》은 국내에서 이루어진 이상 자신의 시적 글쓰기 작업의 마지막을 장식한다. 1934년에 발표한 미완의 연작시 《오감도》는 1936년 《위독》을 통해 그 연작 자체의 완성에 도달한 셈이다.

이상 자신은 연작시 《위독》의 《조선일보朝鮮日報》 연재에 관해 김기림에게 다음과 같은 사신私信을 보낸 적도 있다.

起林 兄

兄의 글 받았오. 퍽 반가웠오.

北日本 가을에 兄은 참 儼然한 存在로구려!

워—밍엎이 다 되었것만 와인드엎을 하지 못하는 이몸이 兄을 몹씨 부러워하오.

지금쯤은 이 李箱이 東京사람이 되었을 것인데 本町署高等係에서 「渡航マカリナラヌ」의 吩咐가 지난달 下旬에 나렸구려! 우습지 않소? 그러나 지금 다시 다른 方法으로 渡航證明을 얻을 道理를 차리는 中이니 今月中旬—下旬 頃에는 아마 李箱도 東京을 헤매는 白面의 漂客이 되리다.

拙作 「날개」에 對한 兄의 多情한 말씀 骨髓에 스미오. 方今은 文學千年이 灰燼에 돌아갈 地上最終의 傑作 「終生記」를 쓰는 中이오. 兄이나 부디 억울한 이 內出血을 알아주기 바라오!

三四文學 한部 저 狐小路집으로 보냈는데 원 받았는지 모르겠구려!

요새 朝鮮日報學藝欄에 近作詩「危篤」連載中이오. 機能語. 組織
語. 構成語. 思索語. 로 된 한글文字 追求試驗이오. 多幸히 高評을 비
오. 요다음쯤 一脈의 血路가 보일 듯하오.

芝溶, 仇甫 다 가끔 만나오. 튼튼히들 있으니 또한 天下는 泰平聖
代가 아직도 繼續된것 같소.

煥泰가「宗橋禮拜堂」에서 結婚하였오.

이상의 사신 가운데 연작시《위독》에 관한 내용은 '朝鮮日報 學藝
欄에 近作詩「危篤」連載中이오. 機能語. 組織語. 構成語. 思索語로
된 한글 文字 追求 試驗이오. 多幸히 高評을 비오. 요다음쯤 一脈의
血路가 보일 듯하오'라고 말한 부분이다. 이상은 이 대목에서 연작시
《위독》의 언어 실험을 분명하게 지목하고 있다. 그는 자신의 작업을
'기능어, 조직어, 구성어, 사색어로 된 한글 문자 시험'이라고 말하면
서 일맥의 '혈로'가 여기서 보일 듯하다고 스스로 자평하고 있다.

여기서 말하고 있는 '기능어, 조직어, 구성어, 사색어'란 무엇을 뜻
하는지가 궁금하다. 먼저 '기능어'라는 용어를 생각해 보자. 기능어는
단어와 단어, 어구와 어구, 또는 문장과 문장 사이에서 문법적인 기능
을 드러내는 말을 지시하는 용어이며 구조어라고도 한다. 구체적으
로 조사나 접속사 등이 이에 속한다. 하나의 문장에서 어떤 사물을 지
시하거나 개념을 나타내는 말을 내용어라고 하는데, 체언, 용언, 수식
언, 독립언 등에 속하는 말은 모두 내용어이다. 기능어는 이 내용어를
통일되게 엮는 데 쓰이는 조사, 어미, 접속어 등을 말한다. 한국어는
그 특징 가운데 하나로서 기능어가 매우 발달되어 있다. 조직어라는
말은 단어, 문장, 문단 등을 연결하면서 담화 생성에 관여한다는 점에
서 기능어를 포함한다. 그런데 문단과 문단의 연결, 문장 전체의 구성
과 조직 등을 뜻으로 본다면 그 지시 범위가 넓어진다. 구성어는 하나

의 문장을 구성하는 데에 쓰이는 주어, 목적어, 서술어, 보어 등과 같
은 문장 구성 성분 언어를 통칭하는 말이며, 사색어는 관념어와 동의
어로서 추상어라고 한다.

이상이 연작시《위독》을 통해 강조하고 있는 이 용어들은 시적 진술
에서 문제가 되는 언어 표현과 그 기법의 문제임은 물론이다. 시의 텍
스트는 말 그대로 언어 문자의 결합으로 이루어진다. 그러므로 언어
문자의 속성과 기능을 제대로 이해하고 그 관계를 정확하게 맺어주는
일이 중요하다.

禁制

내가치든개〔狗〕는튼튼하대서모조리實驗動物로供養되고그中에서비
타민E를지닌개〔狗〕는學究의未及과生物다운嫉妬로해서博士에게흠씬
어더맛는다하고십흔말을개짓듯배아터노튼歲月은숨엇다. 醫科大學허
전한마당에우뚝서서나는必死로禁制를알는〔患〕다. 論文에出席한엇울
한髑髏에는千古에는氏名이업는法이다.

[작품 해설]

이 시는 1936년 10월 이상이 일본으로 건너가기 직전《조선일보
朝鮮日報》에 발표한 연작시《위독》가운데 첫 번째 작품이다. 1936년
10월 4일《조선일보》에 발표했다.

이 시의 제목인 '금제禁制'라는 말은 어떤 행위를 하지 못하게 하는 일
또는 그러한 규칙을 의미한다. 이 작품에는 시적 화자로서의 '나'와 '나'

에 의해 사육된 '개'가 등장한다. 그러나 이 '개'는 의과대학의 실험동물이 되거나 박사에게 얻어맞기만 한다. '나'와 '개'의 관계를 놓고 본다면, '박사'와 '의과대학'은 '개 짖듯 하고 싶은 말을 내뱉는 것'을 할 수 없도록 만드는 억압적인 권위와 제도를 상징한다. 이러한 관계는 이상이 자신의 작품에 대한 평단의 비판을 감수할 수밖에 없었던 상황을 암시하기도 한다.

追求

안해를즐겁게할條件들이闖入하지못하도록나는窓戶를닷고밤낮으로꿈자리가사나워서가위를눌린다어둠속에서무슨내음새의꼬리를逮捕하야端緒로내집內未踏의痕跡을追求한다.안해는外出에서도라오면房에들어서기전에洗手를한다.닮아온여러벌表情을벗어버리는醜行이다.나는드듸어한조각毒한비누를發見하고그것을내虛僞뒤에다살작감춰버럿다.그리고이번꿈자리를豫期한다.

[작품 해설]

〈추구追求〉는 연작시《위독》의 두 번째 작품으로 1936년 10월 4일 《조선일보》에 발표했다. 이 작품은 시적 화자인 '나'와 '아내'의 불신과 갈등이 작품 내용을 이루고 있다. '나'는 '아내'가 쓸데없는 바깥일에 관심을 두지 않게 하려고 애를 쓴다. 하지만 '아내'의 행실을 의심하기 시작하면서 그 단서를 찾아내고자 한다. 그러나 '아내'는 밖에서 돌아오면 세수를 하고 화장을 지워 버린다. '나'는 '아내'의 행동이 밖에서 남들에게 보였던 여러 가지 표정을 모두 지워 버리기 위한 것이라고 생각한다. 그리고 '아내'가 사용하는 비누를 몰래 감춰 버린다. 하지만 이러한 시도 자체가 '나'에게는 한없이 괴롭고 두려운 일이다.

'나'와 '아내'의 거리를 극복하지 못하고 괴로워하는 심경을 그려내고 있는 이 작품에서 핵심이 되는 것은 '아내'에 대한 의심과 불신이다. 그리고 이러한 의심은 '아내'의 이중적 태도에서 비롯된 것이지만 이것이 시적 화자의 불안으로 이어지고 있는 것이다.

沈殁

죽고십흔마음이칼을찻는다.칼은날이접혀서펴지지안으니날을怒號하는焦燥가絶壁에끈치려든다.억찌로이것을안에떼밀어노코또懇曲히참으면어느결에날이어듸를건드렷나보다.內出血이뻑뻑해온다.그러나皮膚에傷차기를어들길이업스니惡靈나갈門이업다.가친自殊로하야體重은점점무겁다.

[작품 해설]

〈침몰沈殁〉은 연작시《위독》의 세 번째 작품으로 1936년 10월 4일 《조선일보》에 발표했다. 이 작품의 경우는 '침몰沈殁'이라는 한자 제목이 주목된다. 원래 '침몰沈沒'은 '물에 빠지다', '물속으로 가라앉다' 등으로 쓴다. 그런데 시인은 이 단어의 한자 가운데 '몰沒'이라는 글자를 음은 같지만 그 뜻이 전혀 다른 '몰殁' 자로 바꿔 놓았다. 그러므로 '물속으로 가라앉다'라는 의미가 '물에 빠져 죽다'라는 뜻으로 바뀌게 된 것이다. '죽음'의 의미를 제목에 덧붙이고 있는 셈이다.

〈침몰〉의 시적 화자인 '나'는 자신의 내적 갈등을 '칼'이라는 상징물을 통해 형상화하고 있다. 여기서 '칼'은 날이 접혀 펴지지 않는다. 닫혀져 있는 '칼'은 아무런 기능을 가지지 않는다. 이것은 마치 자신의 뜻을 굽히고 모든 일을 참고 견디어야 하는 '나'의 상황과 그대로 대응한다. 그러므로 날이 닫혀져 있는 '칼'은 그대로 '나'의 상징인 셈이다. 그러나 속으로 닫혀져 있는 칼날이 속에서 몸 안의 어딘가에 상처를 내버림으로써 '나'의 내적 고뇌는 안에서 폭발하고 만다. '나'는 절망의 늪에 빠져 헤어나지 못한 채 점점 깊이 죽음의 세계로 빠져드는 것이다.

絶壁

꽂이보이지안는다.꽂이香기롭다.香氣가滿開한다.나는거기墓穴을판다.墓穴도보이지안는다.보이지안는墓穴속에나는들어안는다.나는눕는다.또꽂이香기롭다.꽂은보이지안는다.香氣가滿開한다.나는이저버리고再처거기墓穴을판다.墓穴은보이지안는다.보이지안는墓穴로나는꽂을깜빡이저버리고들어간다.나는정말눕는다.아아.꽂이또香기롭다.보이지도안는꽂이─보이지도안는꽂이.

[작품 해설]

〈절벽絶壁〉은 연작시 《위독》의 네 번째 작품으로 1936년 10월 6일 《조선일보》에 발표했다. 이 시는 '나'의 죽음에 이르는 과정을 환상적 수법으로 그려 내고 있다. 이 작품에서 '나'라는 시적 화자는 보이지도 않는 '꽃'의 향기를 맡고는 그 자리에 묘혈을 파고 그 속으로 <u>스스로</u> 들어간다. <u>스스로</u> 구덩이를 파고 그 속으로 자신을 밀어넣는 셈이다. 이 형체를 알 수 없는 '꽃'의 향기를 죽음의 향기라고 말할 수 있다.

그런데 이 시가 그려 내고 있는 묘혈과 주검의 장면은 그 모티프가 노르웨이의 화가 뭉크(E. Munk, 1863~1944)의 그림 〈썩어가는 시체〉와 그대로 일치한다. 뭉크는 1896년 프랑스의 파리에서 당대의 시인 보들레르를 만나 그의 시집《악惡의 꽃》의 삽화를 의뢰받는다. 그러나 그가 그린 그림은 너무나 기괴한 것이어서 시집의 표지화로 채택되지 못한다. 뭉크가 시집《악의 꽃》을 위해 제작한 그림은 모두 세 편. 이 그림들은 지상의 삶과 지하의 죽음을 동시에 보여주는 특이한 구도를 드러낸다. 꽃이 장식된 땅 위에서 짙은 사랑의 키스를 나누는 두 남녀가 서 있고, 땅 속에는 썩어가는 시체가 묻혀 있다. 이들 그림에 뭉크는 〈썩어가는 시체〉라는 제목을 달고 있다. 이상이 뭉크의 그림에 대해 알고 있었는지를 따지는 것은 여기서 그리 중요한 문제가 아니다. '조선의 악의 꽃'을 꿈꾸었던 이상의 경우라면 뭉크와 보들레르의 이야기를 몰랐을 리 없다.

이 시에서 시적 화자가 '보이지 않는 꽃'의 향기를 맡으면서 자신이 파놓은 묘혈에 들어가 눕는다는 것 자체가 죽음의 향기를 감지하고 있는 시인 자신의 퇴영적 감성을 그대로 보여주는 것이라고 할 수 있다.

白畵

내두루매기깃에달린貞操빼지를내어보엿드니들어가도조타고그린

다.들어가도조타든女人이바로제게좀鮮明한貞操가잇으니어떠냐다.나더러世上에서얼마짜리貨幣노릇을하는세음이냐는뜻이다.나는일부러다홍헌겁을흔들엇드니窈窕하다든貞操가성을낸다.그리고는七面鳥처럼쩔쩔맨다.

[작품 해설]

〈백화白晝〉는 연작시 《위독》의 다섯 번째 작품으로 1936년 10월 6일 《조선일보》에 발표했다.

이 시의 제목 '백화白晝'는 기존의 전집이나 선집에서 〈백주白晝〉라고 적어 놓은 것들이 많다. 그러나 작품 발표 당시에 〈백화〉로 표시되어 있다. 이 제목은 글자 그대로 '흰색으로 그린 그림' 또는 '하얀 그림'을 뜻한다. 여기서 '하얀 그림'이란 아무런 형상이 없는 것을 의미한다. '헛된 것'일 수도 있다.

이 작품은 시적 화자인 '나'의 이야기를 전달하는 방식 자체가 특이한 어조로 전개된다. '나'와 '여인'의 관계를 '정조'를 놓고 서로 흥정하는 사이로 그려 낸다. 이 이야기 속에는 현실에 만연되어 가는 물질주의에 대한 특유의 조소嘲笑가 담겨 있다. 여인의 정조마저도 화폐로 계산되는 것을 보고 시적 화자는 모든 진정한 가치가 사라져 버린 현실을 야유하고 있는 것이다.

門閥

墳塚에게신白骨까지가내게血淸의原價償還을强請하고잇다.天下에달

이밝아서나는오들오들떨면서到處에서들킨다.당신의印鑑이이미失效
된지오랜줄은꿈에도생각하지안으시나요—하고나는으젓이대꾸를해
야겟는데나는이러케실은決算의函數를내몸에진인내圖章처럼쉽사리
끌러버릴수가참업다.

[작품 해설]

〈문벌門閥〉은 연작시《위독》의 여섯 번째 작품으로 1936년 10월
6일《조선일보》에 발표했다. 이 작품은 '나'라는 시적 화자를 통해 한
개인이 가문의 전통과 그 굴레를 쉽사리 벗어나기 어렵다는 점을 이
야기하고 있다.

여기서 '분총에 계신 백골'은 이미 세상을 떠난 선대의 조상들을 의
미한다. 시인 이상 자신에게 국한시킨다면 가까이는 세상을 떠난 백
부에서부터 그 윗대의 조상이 모두 포함된다고 할 수 있다. 이들이
'나'에게 요구하고 있는 것은 후손으로서 가계를 이어가야 할 의무이
다. 가계의 계승은 특히 가부장적 가족 제도를 유지해 온 한국 사회에
서는 매우 특이한 전통에 해당한다. 이것은 윤리와 도덕이라는 이름
으로 가계라는 울타리 안에 개인을 속박한다. 이 작품에서 시적 화자
는 결코 이 가족의 테두리를 벗어날 수 없는 자신의 처지를 놓고 고뇌
한다. 이 굴레를 화자는 '당신의 인감'과 '내 몸 안에 지닌 내 도장'이
라고 표현한다. 이미 그 효력은 사라졌는데도 '나'는 이 굴레를 벗어
나기 어려운 것이다. 가족이라는 혈연적 제도의 틀 안에서 결국 '나'
는 갈등하며 방황할 수밖에 없다.

位置

重要한位置에서한性格의심술이悲劇을演繹하고잇슬즈음範圍에는他人이업섯든가.한株一盆에심은外國語의灌木이막돌아서서나가버리랴는動機오貨物의方法이와잇는椅子가주저안저서귀먹은체할때마츰내가句讀처럼고사이에낑기어들어섯스니나는내責任의맵씨를어떠케해보여야하나.哀話가註釋됨을따라나는슬퍼할準備라도하노라면나는못견데帽子를쓰고박그로나가버럿는데왼사람하나가여기남아내分身提出할것을이저버리고잇다.

[작품 해설]

〈위치位置〉는 연작시《위독》의 일곱 번째 작품으로 1936년 10월 8일《조선일보》에 발표했다. 이 작품은 '나'라는 시적 화자가 처했던 특이한 상황과 그 상황 속에서의 자신의 위치를 비문법적인 문장을 통해 의도적으로 왜곡 진술하고 있다.

모두 세 개의 문장으로 구성되어 있는 시적 텍스트에서 특히 문제가 되는 것은 다음의 둘째 문장이다. '한株一盆에심은外國語의灌木이막돌아서서나가버리랴는動機오貨物의方法이와잇는椅子가주저안저서귀먹은체할때마츰내가句讀처럼고사이에낑기어들어섯스니나는내責任의맵씨를어떠케해보여야하나.' 이 같은 문장의 특이한 진술법은 시적 언어의 통사적 결합 과정에서 볼 수 있는 비문법성을 통해 의미의 맥락을 혼동시키면서 환상 속으로 이야기를 이끌어 간다. '나'의 입장과 처지가 이러지도 저러지도 못하게 되었음을 암시하는 대목으로 짐작되지만, 이 자리를 벗어나기는 어렵다는 것이 화자의 판단이다.

買春

記憶을마타보는器官이炎天아래생선처럼傷해들어가기始作이다.朝三
暮四의싸이폰作用.感情의忙殺.
나를너머트릴疲勞는오는족족避해야겟지만이런때는大膽하게나서서
혼자서도넉넉히雌雄보다別것이여야겟다.
脫身.신발을벗어버린발이虛天에서失足한다.

[작품 해설]

〈매춘買春〉은 연작시《危獨》의 여덟 번째 작품으로 1936년 10월
8일《조선일보》에 발표했다. 이 작품의 제목은 '매춘賣春'이라는 단어
에서 '매(賣, 팔다)'를 '매(買, 사다)'로 바꿔놓아 '매춘買春'이라는 새로운
의미의 말을 만든 것이 특이하다. 언뜻 보기에 '매춘賣春'으로 읽힐 가
능성이 있어서 기존의 여러 선집이 이를 잘못 풀이한 경우가 많다. 이
상 자신이 만들어낸 말이다. 이 새로운 단어는 '젊음을 사오다'라는
의미로 읽을 수 있다. 실제로 이 작품은 기억력이 쇠퇴하고 정서가 불
안정한 상태(정신적인 노화)와 밀려오는 피로(육체적인 노화)로 인하여
정신을 잃고 쓰러진 장면을 그려 놓고 있다. 병약한 상태에서 건강과
젊음에 대한 갈망이 내면화한 것이라고 하겠다.

이 시에서 전반부의 첫 문장은 '記憶을마타보는器官이炎天아래생
선처럼傷해들어가기始作이다'라고 하는 비유적 진술로 이루어져 있
다. 여기서 '記憶을마타보는器官'은 사람의 머리 또는 두뇌를 말한다.
점차 기억력이 감퇴되는 것을 생선이 상하는 것에 비유하여 표현하
고 있다. 둘째 문장은 '朝三暮四의싸이폰作用'이라는 명사구로 이루
어져 있다. '朝三暮四'는 중국의 고사에서 온 말이지만, 여기서는 어

떤 사실을 제대로 알지 못하고 균형을 잃거나 기준이 무너져서 아침 저녁으로 이랬다 저랬다 하는 상태를 말한다. '싸이폰siphon'은 압력을 이용하여 높낮이가 다른 두 곳의 물을 이동시키는 관을 말하는데 '싸이폰 작용'이라는 것도 사고와 감정이 일정하지 않고 균형이 깨진 상태를 비유적으로 표현하고 있는 것으로 볼 수 있다. 셋째 문장의 경우도 '感情의忙殺'라는 명사구로 표현되어 있는데, 시적 주체의 정서적 불안 상태를 암시한다. 넷째 문장은 길이가 길고 구조가 복잡하다. '나를너머트릴疲勞는오는족족避해야겟지만'이라는 전반부는 그 해석에서 문제가 될 것이 없다. 그러나 '이런때는大膽하게나서서혼자서도넉넉히雌雄보다別것이여야겟다'라는 표현이 문제다. 특히 '雌雄보다別것이여야겟다'라는 서술부는 비문법적인 데다가 모호성을 지닌다. 일반적으로 '雌雄'은 암컷과 숫컷을 의미한다. 그리고 비유적으로 '强弱, 優劣 등을 겨루다'라는 뜻으로 쓰이기도 한다. 여기서는 후자의 경우를 택하여 '당당하게 맞서서 겨루다'라는 뜻으로 이해할 수 있다. '別것이어야겠다'라는 말은 '―보다는 다른 것(다른 방식)이어야 한다'라고 읽을 수 있다. 이렇게 놓고 본다면, 넷째 문장은 '피로가 덮쳐올 때 그걸 피하는 것이 좋겠지만, 이런 때는 당당하게 거기에 맞서서 겨루며 그것을 이겨내야 한다'는 뜻으로 읽힌다.

　이 시의 후반부는 '脫身.신발을벗어버린발이虛天에서失足한다'라는 두 구절로 이루어져 있다. '脫身'이라는 말은 '상관하던 일에서 몸을 빼다' 또는 '위험에서 벗어나다'라는 뜻으로 쓰인다. 그러나 여기서는 이러한 일반적인 의미가 그대로 적용되기는 어렵다. 글자 그대로의 뜻에 따라 '몸에서 빠져 나가다' 즉, '정신이 육체로부터 빠져 나가다'라는 의미로 읽어야 한다. '정신이 아찔하여 몸의 균형을 제대로 잡지 못하는 상태'를 암시한다. 뒤에 이어지는 구절은 '마치 텅빈 하늘虛天을 디딘 것처럼 발을 헛디며 넘어지다'라고 풀이할 수 있다.

이 시의 텍스트는 정신세계의 내면을 보여주는 전반부와 외부적인 육체를 묘사하는 후반부로 구분된다. 전반부에서는 시적 주체가 기억력도 없어지고 정신이 몽롱해지면서 정서가 불안정한 상태에 놓여 있음을 비유적으로 표현한다. 정신적 피폐 현상에 빠져 있는 주체의 내면 의식을 드러내고 있다. 후반부는 몰려오는 피로를 이겨내지 못하는 병약한 육체를 그려 낸다. 피로를 물리치지 못한 채 정신을 잃고 쓰러지는 장면이 하나의 짤막한 문장으로 묘사되어 있다. 결국 이 시는 정신적 피폐 현상을 겪으면서 육체적으로 병약한 상태에서 벗어나지 못하는 시적 주체의 자기 표백에 해당한다고 할 수 있다.

이 시는 '젊음(건강)'에 대한 시적 주체의 갈망을 내면화하고 있다. 이 시의 제목인 '買春'이라는 말도 바로 이러한 시적 주제를 그대로 암시한다. 이 새로운 단어는 '젊음을 사오다'라는 의미로 읽어야 한다. 결핵이라는 병고에 시달렸던 시인의 개인사를 염두에 둘 경우 이 같은 내적 욕망을 충분히 이해할 수 있다.

生涯

내頭痛우에新婦의장갑이定礎되면서나려안는다.써늘한무게때문에내頭痛이비켜슬氣力도업다.나는견디면서女王蜂처럼受動的인맵시를꾸며보인다.나는已往이주추돌미테서平生이怨恨이거니와新婦의生涯를浸蝕하는내陰森한손찌거미를불개아미와함께이저버리지는안는다.그래서新婦는그날그날까므라치거나雄蜂처럼죽고죽고한다.頭痛은永遠히비켜스는수가업다.

〈생애生涯〉는 연작시《위독》의 아홉 번째 작품으로 1936년 10월 8일《조선일보》에 발표했다. 이 작품에서는 시적 화자인 '나'와 '신부'의 관계를 꿀벌들의 삶에서 드러나는 특이한 '여왕봉'과 '웅봉雄蜂'의 관계로 도치시켜 압축적으로 제시한다.

다시 말하면 '나'를 여왕봉으로 설명하고 아내는 '웅봉'으로 묘사한다. '나'와 '신부'의 역할을 뒤바꾸어 놓고 있는 셈이다. 이러한 역할의 전도顚倒 자체가 두 사람의 관계에 내재되어 있는 문제성을 말해 주는 것이라고 할 수 있다.

작품에 사용되고 있는 시어들이 대체로 부정적 의미를 드러내는 '두통', '원한', '죽다'와 같은 단어를 주축으로 하고 있다는 것 자체가 삶에 대한 부정적 태도를 암시하는 것이라고 할 수 있다. '나'와 '신부' 사이의 불화와 불신과 갈등이 '두통'이라는 말 속에 함축되어 있다.

內部

입안에짠맛이돈다.血管으로淋漓한墨痕이몰려들어왔나보다.懺悔로벗어노은내구긴皮膚는白紙로도로오고붓지나간자리에피가롱저매첫다.尨大한墨痕의奔流는온갖合音이리니分揀할길이업고다므른입안에그득찬序言이캄캄하다.생각하는無力이이윽고입을뼈겨제치지못하니審判바드려야陳述할길이업고溺愛에잠기면버언저滅形하야버린典故만이罪業이되어이生理속에永遠히氣絶하려나보다.

〈내부內部〉는 연작시《위독》의 열 번째 작품으로 1936년 10월 9일
《조선일보》에 발표했다. 이 작품은 병고에 시달리는 시적 자아의 정
신적 좌절 상태를 노래하고 있다는 점에서 〈침몰〉과 유사하다.

이 시에서 '묵흔墨痕'이라는 시어는 일차적으로 폐결핵으로 인하여
생기는 객혈에 해당한다고 할 수 있지만, 자기 내면의 고통과 그 분출
하고자 하는 응어리를 함축적으로 드러낸다. 그리고 그 분출의 순간
은 자신의 내부에서 갈망하고 있는 숱한 언어가 한꺼번에 쏟아져 나
오는 것으로 비유되고 있다. 실제로 이 시에서는 하고 싶은 일을 제대
로 하지 못하고 말하고 싶은 것들을 제대로 말하지 못하는 억압된 삶
이 병에 시달리는 육체적인 고통과 연결되면서 더욱 선명한 이미지
로 부각되고 있는 것이다.

이 시는 프로이트적 개념으로서의 '죽음 충동', 혹은 '타나토스'라고
말할 수 있는 특이한 의식과 감정 상태를 보여준다. 여기서 시적 화자
가 자신에게 다가오고 있는 죽음에 대응하는 방식은 병으로 인한 죽
음 자체에 대한 두려움에서부터 출발한다. 이 두려움은 여러 가지 심
리적 실체와 연관되면서 시적 화자의 내면 의식을 조직하는 주된 원
리가 되고 있다.

죽음은 삶에 대한 궁극적인 상실을 의미한다. 그러므로 죽음에 대
한 두려움 자체가 삶에 대한 애착도 저버리게 만든다. 이러한 충동은
자신을 삶의 영역으로부터 몰아내면서 죽음에도 상처받지 않을 정도
로 스스로 자기 감정을 소진시켜 버린다. 이러한 정신적이고 육체적
인 자기 파괴 행위가 스스로 경험적 삶의 영역으로부터 자신을 격리
시키고자 하는 욕망으로 이어지면서 이상은 죽음의 길로 들어선다.

肉親

크리스트에酷似한襤褸한사나이가잇스니이이는그의終生과殞命까지
도내게떠맛기랴는사나운마음씨다.내時時刻刻에늘어서서한時代나訥
辯인트집으로나를威脅한다.恩愛—나의着實한經營이늘새파랗게질린
다.나는이육중한크리스트의別身을暗殺하지안코는내門閥과내陰謀를
掠奪당할까참걱정이다.그러나내新鮮한逃亡이그끈적끈적한聽覺을벗
어버릴수가업다.

[작품 해설]

〈육친肉親〉은 연작시《위독》의 열한 번째 작품으로 1936년 10월
9일《조선일보》에 발표했다. 이 작품은 시적 화자인 '나'의 '육친'에
대한 은애恩愛의 정을 역설적으로 그려 내고 있다. 이 작품에는 '나'와
'나'를 억압하는 '사나이'가 등장한다. 그리고 이 두 사람의 관계를 설
명하는 말들이 '위협하다', '질리다', '암살하다', '약탈당하다'와 같은
격렬한 의미의 단어로 서술된다. 하지만 이것은 일종의 반어적인 표
현에 불과하다. 이 시에 등장하는 '은애恩愛'라는 말은 못난 부모에 대
한 원망이나 자신의 처지에 대한 탄식 자체를 모두 무색하게 만들고
있다. 그러므로 '나'는 가족들을 위해 희생한 육친의 존재를 결코 거
역할 수 없다. 실제로 이상 자신은 가족과 가정으로부터 도피하고자
한 것이 아니라 가족을 제대로 돌보지 못하고 있음을 늘 후회하고 있
음을 확인할 수 있다.

이 시에서 그려 내고 있는 '육친' 혹은 '아버지'를 정신분석의 논리
를 통해 설명한다는 것은 간단한 일이 아니다. 그러나 '크리스트에酷
似한襤褸한사나이'라든지 '육중한크리스트의別身'이라는 이미지들

은 분명 시적 주체가 '아버지'의 주변에 환상적으로 만들어 놓은 상상적 구조물이다. 이것은 물론 실재의 아버지와 관련이 없지만 하나의 이상적인 아버지(상상적 아버지)로 해석될 수 있는 여지가 많다. 시적 화자인 '나'는 종교적인 의미에서 절대 전능의 '크리스트'라는 신의 형상을 아버지에게 부여하고 있지만 기실은 아버지를 암살하고 싶은 욕망을 감추지 못한다.

自像

여기는어느나라의떼드마스크다.떼드마스크는盜賊맞았다는소문도있다.풀이極北에서破瓜하지않던이수염은絶望을알아차리고生殖하지않는다.千古로蒼天이허방빠져있는陷穽에遺言이石碑처럼은근히沈沒되어있다.그러면이곁을生疎한손짓발짓의信號가지나가면서無事히스스로워한다.점잖던內容이이래저래구기기시작이다.

[작품 해설]

〈자상自像〉은《위독》연작의 마지막 작품으로 1936년 10월 9일《조선일보》에 발표했다. 이 작품에서 먼저 주목해야 할 것은 〈자상〉이라는 제목 자체이다. 이상이 화가를 꿈꾸며 그렸던 그림 가운데 〈자상〉이라는 표제의 자화상이 있기 때문이다. 자신의 붓 끝으로 자기 얼굴을 그려 내는 자화상自畫像이라는 특별한 형식의 그림은 그리 단순하게 이루어지는 것은 아니다. 자신의 얼굴은 자기 눈으로 직접 들여다볼 수가 없다. 거울을 통하여 비춰진 영상을 통해서만 간접적으로 인지할 수 있을 뿐이다. 거울 속의 얼굴 모습은 사실적 형상의 입체성을 제대로 드러내지 못한다. 거울은 모든 것을 평면적 영상으로 재현하기 때문에, 거울을 통해 보이는 코의 높이도 눈의 깊이도 제대로 가늠하기 어렵다. 그러나 사람들은 누구나 거울을 보면서 자기 얼굴 모습에 관심을 기울이고 거기에 집착한다. 물론 다른 사람의 얼굴을 바로 눈앞에 대놓고 보듯이 그렇게 생생하게 거울을 통해 자기 얼굴 모습을 알아볼 수 없는 일이다. 자기 얼굴을 그리는 작업은 초상화肖像畵의 사실주의와는 상당한 거리가 있다. 자기가 특히 관심을 기울이고 있는 부분이 더욱 강조되고, 관심을 두지 않고 있는 부분은 소홀하게 취급되기 일쑤다. 그러므로 자화상은 자기 집착을 드러내는 욕망의 기표로도 읽힌다. 이상의 유화 〈자상〉은 1931년 제10회 조선미술전람회 입선작이다. 이상은 전문적인 미술 교육을 받지 못했지만 조선미술전람회의 입선을 통해 미술에 대한 자신의 능력을 어느 정도 스스로 입증할 수 있게 되었다. 이 그림은 〈제10회 조선미술전람회도록朝鮮美術展覽會圖錄〉(조선사진통신사, 1931) 속에 작은 사진으로만 남아 있다.

〈자상〉에서 시적 텍스트의 첫 문장은 '여기는어느나라의떼드마스크다'라고 진술되어 있다. 시적 화자는 자신의 얼굴을 '데드마스크'에 비유함으로써, 얼굴을 통해 표현되는 생의 이미지를 제거한다. 표정이 없는 얼굴은 살아 있는 느낌을 주지 못한다. '데드마스크'라는 말은 생기를 잃고 있는 무표정한 자기 모습에 대한 자조적인 느낌을 그대로 드러내고 있다. 하지만 '데드마스크는 도적맞았다는 소문도 있다'라는 둘째 문장의 진술을 통해 첫 문장의 내용을 반어적으로 돌려 버린다. 아직은 죽지 않고 살아 있는 얼굴이라는 것을 말하기 위해 '데드마스크'를 도적맞았다고 언급하게 된 것으로 보인다.

이 시에서 얼굴의 표정을 묘사하면서 관심을 집중하고 있는 부분은 바로 귀 밑과 입 언저리에 돋아나 있는 '수염'이다. 수염은 많아도 문제이고 적어도 문제인데, 늘 자라나는 것이기 때문에 이를 손질하여 모양을 낸다. 그러나 이 시에 그려진 얼굴의 수염은 '생식하지 않는다'. 새로 더 돋아나지 않는다는 말이다. 여기서 '풀'은 그대로 '수염'의 비유적 표현에 해당한다. 풀이 땅에 뿌리를 내리고 돋아나와 자라는 것처럼 수염도 피부에 뿌리를 박고 자라나기 때문이다.

시적 텍스트의 세 번째 문장에서 '풀이 극북極北에서 파과破瓜하지 않던 이 수염'이라는 구절은 수염의 모양을 비유적으로 설명해 준다. '극북'은 '수염의 끝' 부분을 말한다. 뒤에 이어지는 '파과破瓜하지 않다'라는 말의 뜻에 유의할 필요가 있다. '파과破瓜'는 '파과지년破瓜之年'의 준말이다. '과瓜'라는 한자는 파자破字할 경우, 그 형태가 '팔八'과 '팔八'로 나누어진다. 그러므로 '파과지년'은 '과瓜' 자를 파자하여 생기는 두 개의 '팔八' 자를 합친 나이, 또는 곱한 나이를 의미한다. 여자를 두고 말할 경우에는 '16세'의 젊은 여자 또는 생리를 시작하는 여자의 나이를 지칭하는 말로 쓰이기도 하고, 남자의 경우는 '64세'의 나이를 뜻하기도 한다. 하지만 이 시에서 '파과破瓜'라는 말은 관용적으로 쓰이는 '16'이나 '64'라는 숫자의 의미와는 거리가 멀다. '파과破瓜'라는 말이 지시하고 있는 그대로 '과瓜' 자를 파자하여 생기는 '팔八'이라는 글자의 형태 자체를 시각적 기호로 제시하고 있기 때문이다. 그러므로 '파과破瓜하지 않다'라는 말은 달리 해석될 여지가 없다. '수염의 꼬리가 팔八 자의 모양을 이루지 못한다'는 뜻으로 자연스럽게 읽히게 되기 때문이다. 시적 화자는 근사한 '팔八' 자 모양으로 갈라져 자라지 않고 덥수룩하기만 한 수염에 대해 스스럽다. 자신의 수염에서 어떤 위엄도 발견하지 못하며, 그저 점잖지 못한 인상에 불만을 털어놓고 있을 뿐이다.

이 시의 다섯째 문장은 덥수룩한 수염에 둘러싸여 있는 입의 모양을 암시한다. '천고千古로 창천蒼天이 허방 빠져 있는 함정陷穽'은 바로

움푹 들어간 입을 말한다. 그리고 '유언遺言이 석비石碑처럼 은근히 침몰沈沒되어 있다'는 것은 말을 하지 않고 입를 다물고 있는 모양을 그려놓은 것으로 볼 수 있다. 이 시의 마지막 구절은 입언저리의 수염을 손으로 쓰다듬어 보아도 도무지 위엄스런 기품이나 점잖은 모습을 찾을 수 없는 자기 모습을 바라보는 망연한 화자의 심경을 드러낸다.

시 〈자상〉은 언어로 그려 낸 자화상에 해당한다. 시인이 그려 내고 있는 그대로 자신의 얼굴 모습을 시적 대상으로 삼고 있는 것이다. 이상의 시에서 흔히 볼 수 있는 특이한 자기 탐구의 방식은 대체로 자기 부정의 의미를 드러낸다. 이러한 경향은 특이한 성장 과정이라든지 폐결핵으로 인한 고통스런 투병 생활 등에서 영향을 받은 것으로 짐작할 수 있다. 때로는 병적인 자기 몰입으로 나타나기도 하고 자기 혐오의 방식을 보여주기도 하는 이유가 여기 있는 것이 아닌가 생각된다.

I WED A TOY BRIDE

1 밤

작난감新婦살결에서 이따금 牛乳내음새가 나기도한다. 머(ㄹ)지아니하야 아기를낳으려나보다. 燭불을끄고 나는 작난감新婦귀에다대이고 꾸즈람처럼 속삭여본다.
「그대는 꼭 갓난아기와 같다」고……
작난감新婦는 어둔데도 성을내이고대답한다.
「牧場까지 散步갔다왔답니다」

작난감新婦는 낮에 色色이風景을暗誦해갖이고온것인지도모른다. 내 手帖처럼 내가슴안에서 따근따근하다. 이렇게 營養分내를 코로맡기만 하니까 나는 작구 瘦瘠해간다.

2 밤

작난감新婦에게 내가 바늘을주면 작난감新婦는 아모것이나 막 찔른다. 日曆. 詩集. 時計. 또내몸 내 經驗이들어앉어있음즉한곳.
이것은 작난감新婦마음속에 가시가 돋아있는證據다. 즉 薔薇꽃 처럼……
내 거벼운武裝에서 피가좀난다. 나는 이 傷차기를곷이기위하야 날만 어두면 어둠속에서 싱싱한密柑을먹는다. 몸에 반지밖에갖이지않은 작난감新婦는 어둠을 커―틴열듯하면서 나를찾는다. 얼른 나는 들킨다. 반지가살에닿는것을 나는 바늘로잘못알고 아파한다.
燭불을켜고 작난감新婦가 密柑을찾는다.
나는 아파하지않고 모른체한다

[작품 해설]

이 시는 문학 동인지《三四文學》(제5집, 1936. 10)에 발표했다. 이상의 시 가운데 생전에 발표한 마지막 작품에 해당한다. 시의 제목은 '나는 장난감 신부와 결혼하다'라는 뜻으로 풀이된다. 작품의 텍스트가 크게 둘로 나뉘어 '1 밤', '2밤'으로 구분되어 있다. 각각 독립된 작품으로 보아도 크게 무리가 되지 않는다. 시적 화자인 '나'는 그 상대역에 해당하는 '작난감신부'를 맞아 아늑하고도 따스한 일상을 회복한다. '1 밤'의 경우 '작난감신부'의 앞에서 '나'는 일종의 유아적 본능을 감추지 못하고 그녀를 탐닉한다. '내 수첩처럼 내 가슴 안에서 따근따근하다'와 같은 표현에서처럼 사랑의 감정이 넘쳐흐르고 있음을 볼 수 있다. '2 밤'의 경우는 '작난감신부'가 '나'를 채근하고 일상의 품으로 돌아와 다시 시작詩作 활동을 할 것을 재촉한다. '일력, 시집, 시계'를 열거한 것은 이러한 뜻으로 풀이할 수 있다. 그리고 그녀는 '나'의 과거를 들춰내어 따지기도 한다. '나'는 가끔 이로 인해 상처를 받기도 하지만 육체적인 위무慰撫를 통해 이를 보상받는다.

이 작품은 이상이 생전에 발표한 마지막 소설 작품인 〈동해童骸〉(조광, 1937. 2)와 의미상 연결되어 있다. 유사한 모티프가 〈동해〉의 서두 부분에 등장한다. 두 작품이 발표된 시기의 선후 관계를 놓고 본다면, 이 시가 소설보다 앞선다. 그러나 텍스트의 상호 관계는 그리 간단하게 설명될 수 없다. 이상의 글쓰기에서 확인할 수 있는 이른바 상호 텍스트성의 특징은 보다 면밀한 조사와 분석이 요청된다.

破帖

1

優雅한 女賊이 내뒤를밟는다고 想像하라
내門 빗장을 내가질으는소리는내心頭의凍結하는錄音이거나 그「겹」이거나……
—無情하구나—
燈불이 침침하니까 女賊 乳白의裸體가 참 魅力있는汚穢—가안이면乾淨이다

2

市街戰이끝난都市 步道에「麻」가어즈럽다. 黨道의命을받들고月光이
이「麻」어즈러운우에 먹을즐느니라
(色이여 保護色이거라) 나는 이런일을흉내내여 껄껄 껄

3

人民이 퍽죽은모양인데거의亡骸를남기지안았다 悽慘한砲火가 은근
히 濕氣를불은다 그런다음에는世上것이發芽치안는다 그러고夜陰이
夜陰에繼續된다
猴는 드디어 깊은睡眠에빠젓다 空氣는乳白으로化粧되고
나는?
사람의屍體를밟고집으로도라오는길에 皮膚面에털이소삿다 멀리 내
뒤에서 내讀書소리가들려왔다

4

이 首都의廢墟에 왜遞信이있나
응? (조용합시다 할머니의下門입니다)

5

쉬―트우에 내稀薄한輪廓이찍혓다 이런頭蓋骨에는解剖圖가參加하지
않는다
내正面은가을이다 丹楓근방에透明한洪水가沈澱한다

睡眠뒤에는손까락끝이濃黃의小便으로 차겁드니 기어 방울이저서떨
어젓다

6

건너다보히는二層에서大陸게집들창을닫어버린다 닫기前에춤을배알
었다
마치 내게射擊하듯이…….
室內에展開될생각하고 나는嫉妬한다 上氣한四肢를壁에기대어 그 춤
을 디려다보면 淫亂한
外國語가허고많은細
菌처럼 꿈틀거린다
나는 홀로 閨房에病身을기른다 病身은각금窒息하고 血循이여기저기
서망설거린다

7

단초를감춘다 남보는데서「싸인」을하지말고……어디 어디 暗殺이 부
형이처럼 드새는지—누구든지모른다

8

……步道「마이크로폰」은 마즈막 發電을 마첫다
夜陰을發掘하는月光—
死體는 일어버린體溫보다훨신차다 灰燼우에 시러가나렷건만……

별안간 波狀鐵板이넌머졌다 頑固한音響에는 餘韻도업다
그밑에서 늙은 議員과 늙은 敎授가 번차례로講演한다
「무엇이 무엇과 와야만되느냐」
이들의상판은 個個 이들의先輩상판을달멋다
烏有된驛構內에 貨物車가 웃둑하다 向하고잇다

9

喪章을부친暗號인가 電流우에올나앉어서 死滅의「가나안」을 指示한다
都市의崩落은 아──風說보다빠르다

10

市廳은法典을감추고 散亂한 處分을拒絶하엿다.
「콩크리──토」田園에는 草根木皮도업다 物體의陰影에生理가없다
──孤獨한奇術師「카인」은都市關門에서 人力車를나리고 항용 이거리를
緩步하리라

[작품 해설]

〈파첩〉은 이상이 세상을 떠난 1년 후에 시 동인지《자오선子午線》
(1937.10)에 수록된 유고遺稿이다. 이 동인지는 1937년 11월 10일 민
태규閔泰奎를 편집 겸 발행인으로 하여 창간되었다. 박재륜朴載崙·서정
주徐廷柱·김광균金光均·윤곤강尹崑崗·오장환吳章煥·이육사李陸史·신석초
申石艸·함형수咸亨洙·이성범李成範·이병각李秉珏·신백수申百秀 등이 동인
으로 참가하였다. 창간호는 국판 57쪽. 창간호에는 오장환의 〈황무
지〉, 이육사의 〈노정기〉, 서정주의 〈입맞춤〉 등 33편의 창작시와 C.

D. 루이스의 〈시에 대한 희망〉이 실려 있다. 통권 1호로 종간된 동인지이다. 이 동인지에서는 이성범의 〈이상 애도〉라는 작품과 함께 이상의 유고시 〈파첩〉을 수록하고 있다.

이 작품은 산문시 형식으로 모두 10연으로 구성되어 있다. 이 시에서 그려 내고 있는 것은 어떤 '도시'의 소란과 그 붕괴이다. 그러나 여기서 묘사되고 있는 '도시都市'는 실제의 도시가 아니다. 고도의 비유와 암시와 기지機智와 위트를 동원하고 있는 이 작품은 이상이 발표한 일본어 시 〈出版法〉(〈朝鮮と建築, 1932. 7, 26면)과 서로 의미상 연관을 가지고 있다. 〈출판법〉의 텍스트를 패러디parody하고 있기 때문이다. 이 작품의 시적 화자인 '나'는 '인쇄활자'를 의인화한 것이고, '도시'는 '조판을 위한 판'에 해당한다. 인쇄소에서 이루어지는 문선공의 채자採字에서부터 조판組版과 교정 그리고 지형紙型의 제작 후 조판을 헐어 버리는 일련의 과정을 '활자'의 눈을 통해 묘사·서술하고 있다. 하나하나의 활자들이 모여 새로운 하나의 '글'이 조판되는 과정을 '시가전'에 비유하고 지형을 뜬 후에 조판된 판을 헐어 버리는 것을 '도시의 붕락崩落'에 비유하고 있다. 이 같은 시법을 통해 시인은 인간에 의해 발명된 언어와 문자가 인간의 문명을 만들고 그것이 숱하게 신의 뜻을 거절하면서 스스로 멸망을 부르게 되었던 과정을 고도의 비유로 암시하고 있다.

이 작품에서 묘사하고 있는 내용을 정확하게 이해하기 위해서는 이전의 활판 인쇄의 과정을 단계별로 미리 알아둘 필요가 있다. 인쇄 과정은 원고가 완료되고 편집 지시가 끝난 뒤부터 이루어진다. 원고의 편집 지시대로 인쇄소의 문선공들이 활자 케이스에서 활자를 뽑아(채자) 상자에 모으는 일이 문선 작업이다. 원고가 보기 쉽게 잘 정리되어 있을 경우 채자의 속도가 빨라져 문선의 능률이 높아진다. 활자 케이스에는 다양한 크기의 활자가 배열되어 있다. 문선 작업에서는 구두점이나 행갈이 등에는 신경을 쓰지 않고 단지 문자만을 골라내며, 골라낸 활자를 조판을 위해 식자공에게 넘겨준다. 식자공들은 문선 작업에 의해서 골라낸 활자와 구두점·기호·공목·약물約物·인테르·루비활자·괘선 등을 식자대植字臺 위에 준비하고, 원고를 보면서 필요한 활자나 공목·약물 등을 골라서 '스틱'이라고 하는 소형 도구 안에 몇 행분을 짜놓고, 이것을 '게라'라고 하는 테두리가 있는 판자에 옮겨 1페이지 분을 모아 끈으로 잡아맨다. 이 과정이 조판 작업의 핵심에 해당한다. 1페이지씩 조판이 되면 이것을 간단한 인쇄기에 올려놓고 시험 인쇄를 한다. 이렇게 인쇄된 종이를 '교정쇄'라고 한다. 이 교정쇄를 보고 원고 내용과 대조하여 잘못된 글자(오식)를 바로 잡고 편집 지시 내용을 검토하는 것이 교정 작업이다. 교정 작업은 인쇄소와 인쇄를 주문한 쪽이 함께한다. 최초의 교정을 초교, 2회째 이후를 재교·3교·4교……라 하며, 교정 종료를 교료校了, 인쇄소의 책임 아래 바로잡는 지시를 책임 교료라 한다.

교정 작업이 모두 완료되면 인쇄 작업이 이루어진다. 교료가 된 각 페이지는 8페이지·16페이지·32페이지라는 식으로 늘어놓은 상태로 인쇄한 뒤 접지를 하고 이것을 몇 개 모아 철하면 책이 된다. 이때 활자 등을 짜놓은 판을 원판原版이라 하고 이것으로 인쇄한 것을 원판쇄라 한다. 원판쇄는 수천 부까지 인쇄할 수 있으며, 그 이상인 경우 활자가 마모되므로 복판을 만든다. 복판이란 원판과 같은 판을 만드는 일로서 활판의 경우 연판鉛版이 이에 해당된다. 활판 위에 특수 가공한 용지를 깔고 압력을 가해 판과 요철이 반대되는 지형紙型을 만들고 여기에 납을 부어넣으면 원래의 활판과 같은 연판이 만들어진다. 지형을 만든 후에는 조판된 활자를 모두 헐어 버린다. 인쇄 작업에서는 연판을 인쇄 기계에 걸어 종이에 인쇄한다. 이러한 방식으로 이루어지던 활판인쇄는 최근 컴퓨터가 인쇄 과정에 도입되면서 문선·조판·교정 등의 과정을 모두 컴퓨터에서 처리한다.

〈파첩〉의 시적 텍스트는 그 의미 구조에 따라 제1연에서 제4연까지의 조판 과정, 제5연에서 제8연까지의 지형 제작, 그리고 제9연과 제10연의 원판 해체라는 세 부분으로 크게 나누어 볼 수 있다. 타이포그래피의 핵심 과정에 해당하는 조판은 매우 정밀한 여러 단계의 기술적 작업을 요구한다. 이 과정을 통해 글쓰기의 결과물인 원고의 내용대로 활자가 배열되어 하나의 텍스트의 근간이 구축된다. 이러한 작업 과정은 최종적으로 산출되는 인쇄 텍스트에는 전혀 드러나지 않지만, 수많은 활자를 원고의 편집 지시에 따라 골라내어 인쇄 원판을 짜기 위해서는 엄청난 시간과 집중적인 노동이 요구된다. 하나의 텍스트를 구축하기 위해 진행되는 이 복잡한 절차와 방법은 궁극적으로 글쓰기의 소산인 원고라는 문자 텍스트를 물질적인 활자 공간으로 바꾸는 작업이다. 여기저기 숱한 활자들이 어지럽게 놓여 있다가도 그것들이 모두 원고 위에 표시된 편집 지시대로 자리잡으면서 질서화한다. 그리고 낱낱의 문자 기호가 합쳐져 하나의 문장, 하나의 단락, 한 페이지로 합쳐지며 의미 있는 텍스트를 생산하게 된다. 여기서 새롭게 구축된 타이포그래피의 공간은 전란과 같은 무질서의 세계를 벗어나 질서화하면서 거대한 문명의 공간, 하나의 도시처럼 태어나는 것이다.

〈파첩〉은 '孤獨한 奇術師 카인'의 모습을 거리 위에 세움으로써 타이포그래피에 기대어 이루어진 시적 진술의 대미를 장식한다. 에덴에서 추방된 카인. 이는 신을 거역한 인간을 의미한다. '태초에 말씀이 있었다'라는 경전의 구절은 오직 신의 말씀만을 유일의 실재로 규정하는 것이다. 그런데 타이포그래피는 신의 말씀이 아닌 인간의 언어를 조작한다. 이 엄청난 거역을 우리는 문명이라고 말한다. 도시의 거리에 나도는 숱한 인간의 언어들, 타이포그래피가 쏟아내는 이 시

대의 '카인'을 이상은 그의 상상력 속에서 아득하게 만나고 있었던 것
이다.

無題

내 마음에 크기는 한개 卷煙 기러기만하다고 그렇게보고,
處心은 숫제 성냥을 그어 卷煙을 부쳐서는
숫제 내게 自殺을 勸誘하는도다.
내 마음은 果然 바지작 바지작 타들어가고 타는대로 작아가고,
한개 卷煙 불이 손가락에 옮겨 붙으렬적에
果然 나는 내 마음의 空洞에 마지막 재가 떨어지는 부드러운 音響을 들
었더니라.

處心은 재떨이를 버리듯이 大門밖으로 나를 쫓고,
完全한 空虛를 試驗하듯이 한마디 노크를 내 옷깃에남기고
그리고 調印이 끝난듯이 빗장을 미끄러뜨리는 소리
여러번 굽은 골목이 담장이 左右 못 보는 내 아픈 마음에 부딪쳐
달은 밝은데
그 때부터 가까운 길을 일부러 멀리 걷는 버릇을 배웠 드니라.

[작품 해설]
　이 작품은 1938년 10월 시 동인지《맥貘》제3호에 소개된 유고이
다. 제목이 없는 상태의 유고에 '무제'라고 제목을 붙인 것이다. 작품

의 텍스트는 2연으로 구분되어 있다. 시적 화자인 '나'의 괴로움과 고통을 '담배'에 비유하여 노래하고 있다. 제1연의 경우는 담배에 불을 붙여 태우는 모습을 '나'의 심경에 견주어 감각적으로 묘사하고 있으며, 제2연의 경우는 담배 연기가 가슴속으로 깊이 들이켜졌다가 다시 내뱉어지는 모습을 그려 놓고 있다.

이 시를 처음 소개한 동인지 《맥》에는 '이 詩는 李箱氏 遺稿인데 題가 없으므로 不得已 編輯人이 無題라는 이름 밑에 發表함. 널리 容恕를 바랍니다'라는 편집자 주가 붙어 있다. 시 동인지인 《맥》은 1938년 6월 15일 김정기金正琦를 편집 겸 발행인으로 하여 창간되었다. 창간호는 국판 38쪽. 창간호에는 김진세金軫世의 〈운명〉, 김남인金嵐人의 〈종다리〉, 황민黃民의 〈경〉, 박노홍朴魯洪의 〈울분〉, 조인규趙仁奎의 〈지표〉, 김우철金友哲의 〈사의 흑단 앞에서〉, 김대봉金大鳳의 〈이향자〉, 이석李石의 〈이깔나무〉, 함윤수咸允洙의 〈앵무새〉, 〈유성〉, 박남수朴南秀의 〈행복〉, 김광섭金珖燮의 〈옴두꺼비〉 등이 실려 있다. 1938년 12월 통권 4호까지 발간하였다.

無題(其二)

先行하는奔忙을실고 電車의앞窓은
내透思를막는데
出奔한안해의歸家를알니는「페리오드」의 대단원(大團圓)이었다.

너는엇지하여 네素行을 地圖에없는 地理에두고

花辨떨어진 줄거리 모양으로香料와 暗號만을 携帶하고돌아왔음이냐.
時計를보면 아모리하여도 一致하는 時日을 誘引할수없고
내것 않인指紋이 그득한네肉體가 무슨 條文을 내게求刑하겠느냐

그러나 이곳에出口와 入口가늘開放된 네私私로운 休憩室이있으니 내
가奔忙中에라도 네그즛말을 적은片紙을「데스크」우에놓아라.

昭和八年十一月三日

[작품 해설]

이 작품은 1938년 12월 시 동인지《맥貘》제4호에 소개된 유고이
다. 이 작품에서 〈무제〉라는 제목은 동인지의 편집자가 임의로 붙인
것이다. 시적 화자인 '나'와 대상이 되는 '아내'와의 불화를 그려 놓고
있다. 여기서 가장 중요한 모티프가 되는 것은 '아내의 출분出奔'이다.
'나'는 아내의 부정을 눈치채지만 언제나 거짓을 말하는 아내를 제대
로 추궁하지 못한다. 다만 아내가 언제든 진실을 이야기하길 바라고
있을 뿐이다.

목장

송아지는 저마다
먼산바래기

할말이 잇는데두

고개 숙이구
입을 다물구

새김질 싸각싸각
하다 멈추다

그래두 어머니가
못잊어라구
못잊어라구

가다가 엄매—
놀다가두 엄매—

산에 둥실
구름이가구
구름이오구

송아지는 영 영
먼산바래기

[작품 해설]

이 작품은 《가톨릭少年》 1권 2호(1936년 5월호)에 발표된 동시이다. 이 상은 창문사에 재직하면서 이 잡지의 표지를 직접 도안했고, 이 동시를 '해경'이라는 이름으로 발표했다. 이 작품은 전체 7연 17행으로 구성되어 있는 짧은 동시이다. 각 연이 2행과 3행으로 반복적으로 교체되면서 리듬의 묘미를 살렸으며 '싸각싸각', '엄매', '둥실' 등 자연스러운 의성어, 의태어를 활용했다. 이 동시에서 송아지를 가리켜 '먼산바래기'라 지칭하고 있다. 송아지가 먼 산을 우두커니 바라보는 모습을 그려 낸 말이지만, 어미소를 그리워하는 모습이 그대로 드러나 있다.

일본어 시

異常한 可逆反應

[원문 번역]

任意의半徑의圓 (過去分詞의時勢)

圓內의一點과圓外의一點을結付한直線

二種類의存在의時間的影響性
(우리들은이것에관하여무관심하다)

直線은圓을殺害하였는가

顯微鏡
그밑에있어서는人工도自然과다름없이現象되었다.

×

같은날의午後

勿論太陽이存在하여있지아니하면아니될處所에存在하여있었을뿐만
아니라그렇게하지아니하면아니될步調를美化하는일까지도하지아니
하고있었다.

發達하지도아니하고發展하지도아니하고
이것은憤怒이다.

鐵栅밖의白大理石建築物이雄壯하게서있던
眞眞5″의角바아의羅列에서
肉體에對한處分法을센티멘탈리즘하였다.

目的이있지아니하였더니만큼冷靜하였다.

太陽이땀에젖은잔등을내려쪼였을때
그림자는잔등前方에있었다.

사람은말하였다.
「저便秘症患者는富者ㅅ집으로食鹽을얻으러들어가고자希望하고있는
것이다」
라고
....

[작품 해설]

　　이상의 일본어 시 가운데 첫 작품에 해당하는 〈이상한 가역반응異
常十可逆反應〉은 1931년 7월 《조선과 건축朝鮮と建築》에 발표했다. 이 시의

제목에 등장하고 있는 '가역반응可逆反應'이라는 용어를 주목할 필요가 있다. 화학 반응에서 두 물질이 반응하여 새로운 다른 두 물질이 생길 경우 이를 정반응이라 하는데, 이들의 온도·농도를 바꾸면 원래의 두 물질로 복귀하는 역반응을 일으키기도 한다. 정반응과 역반응이 모두 가능한 경우가 가역반응에 해당한다. 이러한 점에서 볼 때 가역반응이란 화학평형이 유지되고 있는 반응에 해당하지만, 정반응만 일어나고 나면 원래 상태로 돌이킬 수 없는 비가역반응도 있다. 예를 들면 종이가 다 타버리고 난 후에 남는 재는 다시 종이로 되돌아오는 반응이 일어나지 않는다. 이 경우 종이의 연소는 비가역반응에 해당한다.

물리학에서 가역성이라는 개념은 화학의 경우와 그 원리가 비슷하지만 성격이 다르다. 시간이 흐르는 동안 물체의 운동이 변화했을 때 시간을 거꾸로 되돌린다면 처음의 물체 상태로 되돌아갈 수 있는 성질을 가역성이라고 한다. 이때 외부나 자신 모두에게 어떤 변화를 남기지 않아야 한다. 바꾸어 말하면 어떤 물체나 그 상대가 모양은 변하지만, 그 근본적인 성격은 변하지 않는다는 것을 의미한다. 그런데 자연계에서 일어나는 모든 과정은 한 방향으로만 진행되는 비가역변화를 보여준다. 비가역변화란 자발적으로 한쪽 방향으로만 일어나는 변화이다. 즉, 특정 순서로만 일어나고 역방향으로는 절대 일어나지 않는 일방통행의 변화이다.

일본어 시 〈이상한 가역반응〉에서 시적 화자가 문제삼고 있는 '가역반응'은 화학 반응을 염두에 두고 있는 것이 아니다. 여기서 말하는 '가역반응'은 물리적인 현상으로서의 시간의 비가역성 문제와 연관된 것으로 생각된다. 시간은 한 방향으로만 흘러가는 것처럼 인식된다. 바닥에 떨어져 깨어져 버린 유리컵의 조각들이 다시 한곳으로 모여져서 원래의 유리컵으로 되돌아가는 일이란 불가능하다. 하지만 상대성 이론 이후에 이러한 시간의 비가역성에 대한 새로운 도전이 이루어진다. 시간 대칭 이론이 수학적으로 가능하다는 사실들이 입증되고 있기 때문이다. 그러므로 〈이상한 가역반응〉이라는 제목에서 보듯이 '이상한'이라는 수식어를 사용하고 있는 셈이다.

〈이상한 가역반응〉은 시적 텍스트가 크게 전반부와 후반부로 나누어져 있으며, 각각 서로 다른 시적 정황을 그려 내고 있다. 전반부는 이른바 '기하학적 상상력'의 소산이라고 할 수 있는 시적 모티프들이 중심을 이룬다. 여기서 핵심이 되는 것이 점, 선, 원이다. 이 세 가지 요소가 모든 사물의 근본적인 형태임을 암시한다. 후반부는 화장실에 앉아서 철책 너머로 쏟아지는 햇살을 보면서 떠올리는 여러 가지 상념을 그려 놓고 있다. 철책 너머에 눈부시게 비치는 햇살과 지붕 틈새로 들어와 등 뒤로 비치는 햇살을 묘사하고 있는 대목이 눈에 띈다. 이상의 시적 상상력의 단서를 보여주는 작품이라고 할 수 있다.

이처럼 이 시는 과학 문명의 발달과 그 변화에 대한 개인적 상념을 자유롭게 보여주기도 하고 자기 내면의 욕망을 드러내기도 한다. 여기서 드러나는 난해한 어구의 나열, 상상력의 비약, 그리고 경험의 충동적 결합 등은 이상 시가 파격을 통해 구축하고자 하는 새로운 시법의 실험적 출발에 해당한다고 할 수 있다.

破片의 景致——

△은나의AMOUREUSE이다

[원문 번역]

나는하는수없이울었다

電燈이담배를피웠다
▽은1/W이다

　　　×

▽이여! 나는괴롭다

나는遊戲한다
▽의슬립퍼어는菓子와같지아니하다
어떠하게나는울어야할것인가

　　　×

쓸쓸한들판을생각하고
쓸쓸한눈나리는날을생각하고
나의皮膚를생각지아니한다

記憶에對하여나는剛體이다

정말로
「같이노래부르세요」
하면서나의무릎을때렸을터인일에對하여
▽는나의꿈이다

스틱크! 자네는쓸쓸하며有名하다

어찌할것인가

    ×

마침내▽을埋葬한雪景이었다

1931. 6. 5.

[작품 해설]

이 작품은 1931년 7월《조선과 건축朝鮮と建築》에 발표했다. 시적 텍스트는 모두 네 부분으로 구분되어 있다.

작품 속에 등장하는 '나'라는 시적 화자는 경험적 자아로서의 시인과는 직접적으로 연관되어 있지 않다. 그 이유는 이 작품의 시적 대상이면서 그 진술의 주체에 해당하는 것이 '양초'이기 때문이다. '나'를 '양초'로 볼 수 있는 근거는 시적 진술 가운데 '나의 피부皮膚를 생각지 아니한다'라든지, '기억記憶에 대對하여 나는 강체剛體이다'와 같은 구절에서 암시되고 있다. 이 작품에서 '양초'의 타오르는 불꽃은 '▽'으로 기호화하여 표시된다.

이 작품은 밤에 갑자기 전등이 깜박거리다가 정전이 되어 전깃불이 나가자 방 안을 밝히기 위해 양초를 꺼내어 불을 밝히는 과정을 시적 정화의 출발점으로 삼고 있다. 시인은 그 촛불에 인격을 부여하여 '나'라는 화자로 등장시킨다. 양초 위에 켜진 촛불은 온전한 자신의 육체를 녹여 불꽃으로 타오르며 방 안을 밝혀준다. '나'는 스스로를 불사르는 촛불의 입장에서 자기 존재의 의미를 음미한다.

▽의 遊戲—

△은나의AMOUREUSE이다

[원문 번역]

종이로만든배암을종이로만든배암이라고하면

▽은배암이다

▽은춤을추었다

▽의웃음을웃는것은破格이어서우스웠다

슬립퍼어가땅에서떨어지지아니하는것은너무나소름끼치는일이다

▽의눈은冬眠이다

▽은電燈을三等太陽인줄안다

$$\times$$

▽은어디로갔느냐

여기는굴뚝꼭대기냐

나의呼吸은平常的이다

그러한데탕그스텐은무엇이냐

(그무엇도아니다)

屈曲한直線
그것은白金과反射係數가相互同等하다

▽은테이블밑에숨었느냐

           ×

1
2
3

3은公倍數의征伐로向하였다
電報는아직오지아니하였다

           1931. 6. 5.

[작품 해설]

이 작품은 1931년 7월《조선과 건축朝鮮と建築》에 발표했다. 이 시의 내용은 함께 발표된 일본어 시 〈破片의 景致—△은나의 AMOUREUSE이다〉와 서로 연관되어 있다.

이 작품에도 '나'라는 시적 화자가 등장한다. 여기서도 '나는 ' 양초' 를 의인화한 것이라고 할 수 있는데, '▽'(촛불)을 시적 대상으로 하여 그 밝음과 어둠의 변화를 대비시켜 묘사하고 있다.

이 시의 텍스트는 모두 세 부분으로 나누어진다. 첫째 단락에서는 촛불의 모양과 밝기를 묘사한다. 둘째 단락은 촛불이 꺼진 장면이다. 촛불이 꺼지면서 나오는 연기와 검게 타다 남은 심지 모양을 묘사한 다. 셋째 단락은 다시 촛불을 켜는 장면이다. 촛불의 불꽃이 점점 커지면서(1, 2, 3이라는 숫자는 시간의 흐름과 밝기를 동시에 기호적으로 해체하여 보여줌) 사방이 밝아지는 모습을 '광학적' 관점으로 묘사한다.

수염—
(鬚 • 鬍 • 그밖에수염일수있는것들 • 모두를이름)

[원문 번역]

1

눈이있어야하지아니하면아니될자리에는森林인웃음이存在하고있었다

2

홍당무

3

아메리카의幽靈은水族館이지만大端히流麗하다
그것은陰鬱하기도하다

4

溪流에서—

乾燥한植物性인
가을

5

一小隊의軍人이東西의方向으로前進하였다고하는것은
無意味한일이아니면아니된다
運動場이破裂되고龜裂될따름이니까

6

三心圓

7

조〔粟〕를그득넣은밀가루布袋
簡單한須臾의달밤이었다

8

언제나도둑질할것만을計劃하고있었다
그렇지는아니하였다고한다면적어도求乞이기는하였다

9

疎한것은密한것의相對이며 또한

平凡한것은非凡한것의相對이었다
나의神經은娼女보다도더욱貞淑한處女임을바라고있었다

10

말[馬]―
땀[汗]―

　　나는, 事務로써散步라하여도無妨하도다
　　나는, 하늘의푸르름에지쳤노라이같이閉鎖主義로다

[작품 해설]

　이 작품은 1931년 7월《조선과 건축朝鮮と建築》에 발표했다. 이상이 육체의 물질성에 대한 인식에 어떤 방식으로 도달하고 있는가를 보여주는 흥미로운 작품이다.

　이 작품의 일본어 원문을 보면 '수염'이라는 제목 아래 부제로 '수鬚·자髭·그 밖에 수염일 수 있는 것들·모두를 이름'(鬚·髭·ソノ外ひげデアリ得ルモノラ·皆ノコト)이라는 구절이 (　　) 속에 묶여 있다. 이것은 귀밑이나 입언저리에 난 수염을 지시하기 위한 표시라고 할 수 있다.

　시〈수염〉은 텍스트 자체가 모두 열 개의 단락으로 구분되어 있다. 이러한 시적 형태의 단락 구분은 특별한 고안을 염두에 둔 것으로 보이지는 않는다. 그러나 시적 공간 자체를 일종의 몽타주 기법으로 질서화한다. 사람의 얼굴에 나 있는 수염을 포함한 여러 가지 형태의 털을 대상으로 하여 그 특징적인 인상을 병렬적으로 나열하고 있기 때문이다.

　이 시의 전반부에 해당하는 1~4단락은 얼굴의 윗부분에 돋아나는 머리털과 눈썹을 묘사의 대상으로 삼고 있다. 첫 단락의 진술은 고도의 비유와 암시를 포함한다. '눈이있어야하지아니하면아니될자리'라는 말은 인간의 얼굴에서 시각의 기능을 담당하는 '눈'이 붙어 있는 위치를 뜻한다. 일반적으로 동물의 눈은 머리 꼭대기나 앞쪽에 붙어 있다. 사람의 경우는 전면을 향하여 얼굴 중앙에 좌우로 한 쌍의 눈이 있고 그것을 보호하도록 눈 주변에 눈썹이 나 있다. '森林인웃음이存在하고있었다'라는 말 속에는 몇 가지의 비유적 표현이 겹쳐 있는데, 먼저 '웃음'이라는 말을 주목할 필요가 있다. 눈은 웃음과 밀접한 관계가 있다. '눈웃음'이라는 말도 널리 쓰인다. 그런데 눈을 깜박거리거나 실제로 웃음을 웃는 경우 그 동작은 눈을 둘러싸고 있는 눈꺼풀과 눈썹의 움직임을 통해 감지된다. 이런 사실을 통해 여기서 비유적으로 쓰이고 있는 '삼림'이라는 말이 '눈썹'을 뜻한다는 것을 유추해 볼 수 있다.

둘째 단락은 '홍당무'라는 하나의 명사가 제시되어 있다. 일본어로 발표한 원문을 보면 이 대목이 '人參'이라고 표시된 것을 확인할 수 있다. 일본어에서 이 말은 '당근(홍당무)'을 뜻한다. 여기서 당근의 잎이 무성한 모습을 덥수룩한 사람의 머리 모양을 암시하는 것이 아닌가 생각된다.

셋째 단락에서는 '아메리카 유령幽靈'은 1930년대 새로운 헤어스타일로 유행한 여성들의 '길게 풀어헤쳐 늘어트린 머리 모양'을 비꼬아 표현한 말이다. 한국에서는 전통적으로 혼전의 여성인 경우는 머리를 땋지만 결혼 후에는 쪽머리를 한다. 그런데 서양의 풍습이 전래되면서 한국 여성들도 단발을 하거나 파머 머리를 한다. 그리고 머리를 풀어헤쳐서 길게 늘어트린 모양도 하게 된다. 여기서 '아메리카 유령'이라는 말도 생겨난다. 길게 풀어헤쳐 늘어뜨린 머리가 유려한 모양이긴 하지만 어딘지 음울한 느낌을 준다고 설명하고 있다.

넷째 단락에서는 머리털의 속성을 비유적으로 설명하고 있다. 머리털은 마치 골짜기를 흐르는 물처럼 부드럽지만 실상은 물이 없이도 자라난다. 머리털이 자라나는 것은 식물과 비슷하다. 털의 성장 속도는 나이를 먹으면서 빨라지고 털이 자라는 영역 또한 계속 넓어진다. 또한 털이 나는 속도도 계절에 따라 다르다. 식물처럼 겨울보다 여름에 털이 나는 속도가 빠르다. 그리고 가을에 풀과 나뭇잎에 단풍이 드는 것처럼 나이가 들면 머리 색깔이 희게 된다.

이 시의 중반부라고 할 수 있는 5~6단락은 눈썹에 돋아난 털과 눈의 모양을 시적 묘사의 대상으로 삼고 있다. 두 눈썹이 미간을 사이에 두고 양쪽으로 벌어져 있는 모양을 '一小隊의軍人이東西의方向으로 前進하였다'라고 비유적으로 묘사하고 있다. 두 개의 눈썹은 머리에 비해 털이 많지 않다. '일 소대의 군인'이라는 표현이 여기서 비롯된다. 그리고 두 눈썹이 양쪽으로 벌어진 채 눈 위에 자리하고 있는 모양을 놓고 '동서의 방향으로 전진'하고 있다고 묘사한다. 사람 얼굴의 인상을 말할 때 눈썹의 위치와 모양에 따라 미간이 넓다든지 좁다고 하는 표현이 여기서 생긴다. 얼굴을 찌푸리고 눈을 부릅뜨고 눈초리를 치켜세우는 등의 모든 얼굴 표정의 변화(운동장이 파열하고 균열하는 것)가 눈썹의 움직임과 그 모양에 따라 가능해진다는 점을 주목할 필요가 있다.

여섯 째 단락에 등장하는 '삼심원三心圓'이라는 말은 시인이 만들어 낸 용어이다. 기하학적인 개념으로는 '삼심원'이란 존재하지 않는다. 평면 위의 두 정점으로부터의 거리의 합이 일정한 점을 이루는 궤적을 타원橢圓이라고 하는데, 이 두 정점을 타원의 초점이라고 한다. 타원은 두 개의 초점을 가지기 때문에 '이심원'에 해당한다. 그러나 초점이 세 개가 되는 원은 존재하지 않는다. 그럼에도 불구하고 '삼심원'이라는 용어를 쓴 것은 얼굴 위에 나 있는 털과 관련된 어떤 형상에서 착안한 것이 아닌가 생각된다. 여기서 둥근 얼굴에 자리하고 있는 두 개의 동그란 눈(눈꺼풀의 가장자리에 속눈썹이 나와 있음)의 형상을 떠올릴 수 있다. 커다란 하나의 원(얼굴의 둥근 모양)에 두 개의 작은 원(동그란 두 눈)이 나란히 자리하고 있으므로 '삼심원'이라는 표현을 쓴 것이라고 할 수 있다.

시 〈수염〉의 후반부인 7~10단락에서는 수염 자체가 묘사의 대상이 된다. 수염을 깎은 모양과 수염이 자라나는 과정을 특이한 비유적 방법으로 묘사하고 있다. 일곱째 단락은 수염을 면도질하여 깎아낸 후의 모양을 묘사하고 있다. 수염을 면도칼로 밀어내면 피부가 뽀얗게 드러난다. 그러나 곧 수염이 자라나게 되어 그 털 자국이 가뭇가뭇 드러나 보인다. 이 모양을 비유적으로 표현한 대목이 '조를 가득 넣은 밀가루 포대'이다. 면도질을 자주 해본 사람이면 이 표현의 감각을 충분히 이해할 수 있을 것이다. 뒤에 이어지는 '간단한須臾의달밤이었다'라는 구절은 이러한 감각을 다시 비유적으로 표현한 대목이다. '수유須臾'는 '잠시 동안'을 뜻하는 말인데, 수염을 깎고 나서 하룻밤만 지나면 어느새 다시 수염이 돋아나는 것을 암시한다. 여기서 '수須' 자는 원래 '혈頁', 즉 얼굴에 수염, 즉 '삼彡'이 자라나다는 뜻을 가진 말이므로, '수須'라는 한자어를 가지고 일종의 '기호 놀이'를 하고 있는 것으로 볼 수도 있다. 여기서는 면도한 자리가 오래가지 못하고 곧바로 수염이 가뭇가뭇하게 돋아나는 모양을 시간적·공간적으로 비유하여 표현하고 있는 셈이다.

여덟째 단락은 바로 앞의 일곱째 단락과 서로 대조를 이루는 부분이다. 면도를 하지 않아 텁수룩하게 자라난 수염 털의 모양을 묘사하고 있다. '언제나도둑질할것만을計劃하고있었다'라는 표현은 수염이 더부룩하고 무성하게 돋아난 모습을 말한다. 흔히 이럴 경우 '산적山賊 같다'라고 비유적으로 표현한다. 뒤로 이어지는 '그렇지는아니하였다고한다면적어도求乞이기는하였다'라는 구절은 수염을 제대로 손질하지 않아 보기에 지저분함을 암시한다. '거지 같다'라는 표현에 잘 어울린다.

아홉째 단락에서는 수염이 많이 난 것과 듬성듬성 난 것을 대조하고, 특이한 수염의 모습과 평범한 모습을 상대적으로 하여 말하기도 한다. 대개의 남성들은 누구나 수염을 잘 간수하고 다듬어 깨끗하게 유지하고 싶어 하는 마음을 가진다. 이 대목은 수염을 잘 기르고 간수하기를 바라는 심정을 비유적으로 표현한 것이라고 할 수 있다.

시 〈수염〉은 열째 단락에서 모든 시상을 종결한다. 여기 쓰인 '말'과 '땀'이라는 두 단어는 수염의 형태를 연상하도록 유도하고 있다. '말'이라는 단어는 길게 자라난 턱수염을 놓고 말의 등줄기에 돋아난 말갈기를 연상하게 한다. '땀'이라는 말은 물을 마시거나 술을 마실 때 그것이 흘러내려서 수염에 방울처럼 맺히는 것을 암시한다. 사람들은 물을 마시거나 술을 마신 후에 수염을 쓰다듬는다. 입에서 흘러나와 수염에 맺힌 물방울을 마치 땀방울을 씻어내듯 씻어 버리기 위해서이다.

마지막에 제시된 '나는, 事務로써散步라 하여도無妨하도다 / 나는, 하늘의푸르름에지쳤노라이같이閉鎖主義로다'라는 두 개의 구절에서는 시적 어조의 변화가 드러난다. 이 대목에서 '나'는 얼굴에 나 있는 수염 털을 인격화하여 '나'라고 지칭한 것이다. 수염이 자라는 것은 무슨 특별한 역할이 있는 것도 아니고, 대단한 생리적 기능을 논할 수 있는 일도 아니다. 수염을 기르는 것은 일에 비유한다면 가볍게 산보하는 것 정도에 지나지 않는다. 수염 털은 그 색깔이 하늘과 같은 푸른색이 아니고 돋아나는 식물처럼 초록빛도 아니다. 처음부터 어둔 검정색으로 돋아나며 나이 든 후에 늙어지면 그 색깔이 회색과 흰색으로 변한다. 검정색과 회색, 그리고 하얀색을 고집하는 수염의 성격을 비유한다면 '폐쇄주의자'의 성격과 같은 것이 아닐까 생각하게 된다.

앞에서 살펴본 대로, 일본어 시 〈수염〉에서 시적 진술의 대상이 되고 있는 것은 머리에서부터 턱에 이르기까지 사람의 얼굴에서 볼 수 있는 여러 가지 형태의 '털'이다. 특히 귀밑과 입언저리에 돋아나는 수염이 관심의 초점을 이룬다.

머리카락이나 수염은 인간의 육체의 표피에 돋아나는 것이지만 피부가 지니고 있는 감각적 기능이 소멸된 죽어 버린 조직이다. 이 작품은 머리카락, 눈썹 그리고 수염이라는 특수한 육체의 조직을 대상으로 인간 육체의 물질성에 대한 시인의 관심을 파격적인 비유로 표현하고 있다. 머리카락과 수염은 잘라내도 다시 돋아나는 육체의 조직이다. 이것들은 훼손이 되어도 재생한다. 살아 있는 것처럼 성장을 하면서도 죽은 것처럼 아무 감각이 없는 이 조직은 인간 육체의 물질성을 그대로 보여준다.

시인 이상은 바로 이러한 육체의 물질성을 수염을 통해 주목한다. 병에 의해 훼손된 자신의 폐부肺腑는 다시 재생이 불가능하다. 그러나 머리털과 수염은 깎아내도 귀찮게 다시 자라난다. 몸에 돋아나지만 별로 소용이 없어 다시 깎아야 하는 수염, 깎아도 아무런 느낌이 없이 다시 자라나곤 하는 머리털—삶과 죽음의 의미를 동시에 담고 있는 이 수염 기르기와 깎기를 놓고 이상은 한가로운 '산보散步'를 떠올리고 있는 것이다.

BOITEUX·BOITEUSE

긴것

짧은것

열十자

     ×

그러나 CROSS에는 기름이묻어있었다

墜落

不得已한平行

物理的으로아팠었다
    (以上平面幾何學)

     ×

오렌지

大砲

匍匐

　　　×

萬若자네가重傷을입었다할지라도피를흘리었다고한다면참멋적은일이다

오—
沈黙을打撲하여주면좋겠다
沈黙을如何히打撲하여나는洪水와같이騷亂할것인가
沈黙은沈黙이냐

메쓰를갖지아니하였다하여醫師일수없을것일까

天體를잡아찢는다면소리쯤은나겠지

나의步調는繼續된다
언제까지도나는屍體이고저하면서屍體이지아니할것인가

1931. 6. 5.

[작품 해설]

　이 작품은 1931년 7월《조선과 건축朝鮮と建築》에 발표했다. 시적 텍스트 자체는 모두 네 개의 단락으로 구분되어 있다. 그러나 시적 의미는 전반부의 두 단락과 후반부로 크게 나누어진다. 전반부에 해당하는 첫째 단락과 둘째 단락은 이상 자신이 즐겨 쓴 일종의 '말놀이'의 수법을 활용하여 불균형 상태에 빠진 자신의 건강 상태를 암시하고

있다.

우선 이 작품의 제목을 보면 'BOITEUX · BOITEUSE'라는 프랑스
어로 되어 있다. 이 말은 두 단어가 모두 '절름발이'라는 뜻을 가지는
데, 앞의 것이 남성형이고 뒤의 것이 여성형이다. 같은 뜻을 지닌 단
어임에도 성에 따라 그 표기가 달라지고 있는 것에 착안하여 이들을
나란히 배열함으로써 '절름발이'라는 말을 기호적으로 표상하고 있
다. 작품의 전반부의 내용은 구원의 의미를 표상하는 '십+'이라는 글
자에서 두 개의 획이 서로 떨어져 '이ㄷ'와 같은 형태의 불완전한 평행
상태에 이르게 됨을 일종의 파자破字의 방식을 통해 기호적으로 해체
하여 보여준다. 그리고 스스로 이 과정을 '평면기하학'의 방법에 견주
고 있다.

이 작품의 후반부에 해당하는 셋째 단락과 넷째 단락은 병으로 인
한 육체적 훼손의 과정을 제대로 극복하지 못하고 고통스러워하는
인간적 고뇌를 진술하고 있다.

셋째 단락에서 병을 치료하기 위해 복용하는 약의 모양과 색깔을
보여준다. 그리고 겉으로는 아무런 표시가 없이 내부에서 소리 없이
진행되고 있는 병세의 악화 과정을 고통스럽게 묘사하고 있다. '천체
天體를 잡아 찢는다면 소리쯤은 나겠지'라든지, '나는 시체屍體이고자
하면서 시체屍體이지 아니할 것인가'와 같은 표현에서 고통의 심도를
감지해 낼 수 있다.

空腹—

[원문 번역]

바른손에菓子封紙가없다고해서
왼손에쥐어져있는菓子封紙를찾으려只今막온길을五里나되돌아갔다

×

이손은化石하였다

이손은이제는이미아무것도所有하고싶지도않다所有된물건의所有된
것을느끼기조차하지아니한다

×

只今떨어지고있는것이눈(雪)이라고한다면只今떨어진내눈물은눈(雪)
이어야할것이다

나의內面과外面과
이件의系統인모든中間들은지독히춥다

左 右
이兩側의손들이相對方의義理를저바리고두번다시握手하는일은없이
困難한노동만이가로놓여있는이整頓하여가지아니하면아니될길에있
어서獨立을固執하는것이기는하나

추우리로다
추우리로다

       ×

누구는나를가리켜孤獨하다고하느냐
이群雄割據를보라
이戰爭을보라

       ×

나는그들의軋轢의發熱의한복판에서昏睡한다
심심한歲月이흐르고나는눈을떠본즉
屍體도蒸發한다음의고요한月夜를나는想像한다

天眞한村落의畜犬들아 짖지말게나
내體溫은適當스럽거니와
내希望은甘美로웁다

[작품 해설]

이 작품은 1931년 7월《조선과 건축朝鮮と建築》에 발표했다. 시적 텍스트 자체는 모두 다섯 개의 단락으로 구분되어 있다. 시적 화자인 '나'는 병으로 인하여 생긴 육체적인 훼손과 불균형 그리고 거기에 부수되는 고통을 심도 있게 묘사하고 있다.

텍스트의 표층에서 병으로 인한 육체적인 훼손은 서로 대조적으로 그려진 '바른손'과 '왼손'의 기능을 통해 암시된다. '바른손'은 이미 기능을 상실한 상태로 그려지고 있으며, '왼손'의 경우만 정상적인 기능을 수행하는 것으로 나타난다. 그리고 병세의 진전은 체온의 변화를 통해 감각적으로 그려진다. 인간 육체의 병과 그 증상을 육체의 물질성에 착안하여 묘사하고 있는 이 작품에서 병의 증상은 '전쟁'으로, 그 고통은 '발열'과 '혼수'라는 말로 표현되고 있다.

鳥瞰圖

연작시 《조감도鳥瞰圖》는 1931년 8월 《조선과 건축朝鮮と建築》에 일본어로 발표한 작품이다. 이 작품은 '조감도鳥瞰圖'라는 큰 제목 아래 〈二人……1……〉, 〈二人…… 2……〉, 〈신경질적으로 비만한 삼각형神經質に肥満した三角形—▽ハ俺ノAMOUREUSEデアル〉, 〈LE URINE〉, 〈얼굴〉, 〈운동運動〉, 〈광녀의 고백狂女の告白〉, 〈흥행물천사興行物天使—或る後日譚として—〉 등 8편의 시를 한데 묶어 놓고 있다. 여기서 '조감도鳥瞰圖'는 새가 공중에서 날며 지상을 내려다본 것처럼 지표의 형태와 지상의 물체를 비스듬히 내려다보았을 때의 모양을 상상하여 그린 그림이다. 건축에서는 시점 위치가 높은 투시도의 일종으로 본다. 조감도는 지표 모양을 입체적으로 표현하고 원근 효과를 나타내어 회화적인 느낌을 준다. 지상의 건물이나 수목 등은 실물에 가까운 모양으로 나타내기 때문에 관광 안내도, 공사 계획도 등에 사용된다.

연작시 《조감도》는 연작으로 묶은 각각의 작품들이 시적 주제와 내용에서 일련의 연관성을 지니고 있지는 않다. 각각의 작품들이 독립성이 강하다. 그럼에도 불구하고 연작의 틀 속에 작품들을 묶은 것은 대상을 보는 시적 주체의 시각 문제가 유별난 특징을 지니고 있기 때문이다.

二人……1……

[원문 번역]

基督은襤褸한行色하고說教를시작했다.
아아들·카오보네는橄欖山을山채로拉撮해갔다.

一九三〇年以後의일──.
네온싸인으로裝飾된어느教會의門깐에서는뚱뚱보카아보네가볼의傷
痕을伸縮시켜가면서入場券을팔고있었다.

1931. 8. 2.

[작품 해설]

이 작품은 연작시《조감도鳥瞰圖》의 첫 작품으로 1931년 8월《조선
과 건축朝鮮と建築》에 일본어로 발표했다. '조감도鳥瞰圖'의 시각으로 현실
세계의 타락상을 단순화하여 그려 내고 있다. 이 시에서 소재로 삼고
있는 내용은 미국의 악명 높았던 마피아의 두목 알 카포네(Al Capone,
1899~1947)가 1929년 2월 14일 성 밸런타인데이에 시카고에서 일으켰
던 대학살 사건이다. 기독으로 표상되는 선과 알 카포네로 표상되는
인간의 악의 대립 양상이 첫째 단락에서 제시된다. 그리고 둘째 단락
에서는 끔찍한 사건이 있은 후 오히려 교회는 타락하고 악이 교회를
지배하고 있음을 암시적으로 비판하고 있다.

알 카포네는 미국 뉴욕 출신으로 1925~1931년 시카고를 중심으
로 조직범죄단을 움직인 미국의 유명한 갱단 두목이다. 카포네의 부
모는 1893년 이탈리아의 나폴리에서 미국으로 이주했으며, 9명의
자녀 중 넷째였던 카포네는 브루클린에서 초등학교를 다니다가 학업

을 중단한 후 조니 토리오의 제임스가街 소년 갱단에 가입, 마침내 주요 5대 갱의 반열에 올랐다. 청년 시절에 싸움하던 중 젊은 깡패가 카포네의 왼쪽 뺨을 칼로 그었는데, 이것이 후일 그에게 '흉터 난 얼굴 Scarface'이라는 별명을 갖게 했다. 갱 두목인 토리오의 휘하에 들어간 카포네는 1920년 토리오의 보스였던 빅 짐 콜로시모를 암살하여 암흑가에서 토리오 시대의 문을 열었으며, 금주법이 발효되면서 새로운 주류 밀조 활동을 개시해 막대한 부를 쌓았다. 1925년 토리오가 은퇴하자 카포네는 시카고 범죄계의 1인자가 되어 도박, 매춘, 밀주 암시장 등을 운영했고, 경쟁자들과 경쟁 갱단을 무력으로 평정해 자신의 구역을 확대해 갔다. 1927년 그의 재산은 약 1억 달러로 추산되었다. 가장 악명 높은 유혈극은 1929년 2월 14일 시카고 시내에서 버그스 모런의 갱단원들을 기관총으로 사살한 '성 밸런타인데이 학살' 사건이었다. 1931년 6월 카포네는 연방소득세법 위반으로 기소되었다. 11년 징역을 언도받고 1932년 5월 애틀랜타 주립교도소에 수감되었다. 그는 1939년 11월 병으로 고생하다가 석방되었으며, 플로리다 주에 있는 자신의 농장에서 은둔 생활을 하다가 1947년에 죽었다.

二人⋯⋯ 2⋯⋯

[원문 번역]

아아르·카오보네의貨幣는참으로光이나고메달로하여도좋을만하나基督의貨幣는보기숭할지경으로貧弱하고해서아무튼돈이라는資格에서는一步도벗어나지못하고있다.

카오보네가프렛상이래서보내어준프록·코오트를基督은最後까지拒絶
하고말았다는것은有名한이야기거니와宜當한일이아니겠는가.

1931. 8. 11.

[작품 해설]

이 작품은 연작시《조감도鳥瞰圖》의 둘째 작품으로 1931년 8월
《조선과 건축朝鮮と建築》에 일본어로 발표했다. 첫 작품인〈二人……
1……〉과 내용상 연관성을 갖고 있다. 이 작품에서도 기독의 선과 알
카포네의 악을 대비시켜 보여준다. 알 카포네가 불법적으로 축적한
엄청난 재산, 그러나 그 물질적 유혹을 뿌리치는 기독의 정신의 의미
를 강조하고 있다. 불법적으로 축적된 물질적인 재산의 위력과 그 유
혹을 기독교의 정신에 대비하여 설명하고 있다.

神經質的으로 肥滿한 三角形
▽은나의AMOUREUSE이다

[원문 번역]

▽이여 씨름에서이겨본經驗은몇번이나되느냐.

▽이여 보아하니外套속에파묻힌등덜미밖엔없고나.

▽이여 나는그呼吸에부서진樂器로다.

나에겐如何한孤獨은찾아올지라도나는××하지아니할것이다.　오직
그러함으로써만.
나의生涯는原色과같하여豊富하도다.

그런데나는캐라반이라고.
그런데나는캐라반이라고.

1931. 6. 1.

[작품 해설]

　이 작품은 연작시《조감도鳥瞰圖》의 셋째 작품으로 1931년 8월
《조선과 건축朝鮮と建築》에 일본어로 발표했다. 앞서《조선과 건축朝
鮮と建築》(1931. 7)에 발표한 〈파편의 경치〉, 〈▽의 유희〉라는 작품과
그 시적 대상이 동일하다. 부제로 붙인 '▽은나의AMOUREUSE이
다'라는 〈파편의 경치〉, 〈▽의 유희〉의 부제로 붙어 있는 '△은 나의
AMOUREUSE이다'와 흡사하다. 다만 '△'의 모양이 '△'에서 '▽'으
로 바뀐 것을 볼 수 있다. 그런데 여기서 한 가지 주목되는 것은 작품
의 말미에 적은 창작 시기이다. 이 작품은 '1931. 6. 1'이라고 표시되
어 있어서, 앞의 두 작품이 창작된 '1931. 6. 5'과 그 시기가 근접해 있
음을 알 수 있다. 시적 소재 역시 '양초'와 '촛불'을 대상으로 하고 있
는 점이 공통적이다. 이 작품은 양초의 불꽃을 보면서 느끼는 상념의
세계를 다양한 비유적 표현으로 그려 낸다. 양초에 불을 붙여 세워 놓
기가 쉽지 않다는 점, 불이 타들어가면서 초가 녹는 모습 등을 섬세하
게 그려 낸다.

LE URINE

[원문 번역]

불길과같은바람이불었건만불었건만얼음과같은水晶體는있다. 憂愁는
DICTIONAIRE와같이純白하다. 綠色風景은網膜에다無表情을가져오
고그리하여무엇이건모두灰色의明朗한色調로다.

들쥐(野鼠)와같은險峻한地球등성이를匍匐하는짓은大體누가始作하였
는가를瘦瘠하고矮小한ORGANE을愛撫하면서歷史冊비인페이지를넘
기는마음은平和로운文弱이다. 그러는동안에도埋葬되어가는考古學은
과연性慾을느끼게함은없는바가장無味하고神聖한微笑와더불어小規
模하나마移動되어가는실(糸)과같은童話가아니면아니되는것이아니면
무엇이었는가.

진綠色납죽한蛇類는無害롭게도水泳하는瑠璃의流動體는無害롭게도
半島도아닌어느無名의山岳을島嶼와같이流動하게하는것이며그럼으
로써驚異와神秘와또한不安까지를함께빝어놓는바透明한空氣는北國
과같이차기는하나陽光을보라. 까마귀는恰似孔雀과같이飛翔하여비늘
을秩序없이번득이는半個의天體에金剛石과秋毫도다름없이平民的輪
廓을日沒前에빗보이며驕慢함은없이所有하고있는것이다.

이러구려數字의COMINATION을忘却하였던若干小量의腦髓에는雪
糖과같이淸廉한異國情調로하여假睡狀態를입술우에꽃피워가지고있
을즈음繁華로운꽃들은모다어데로사라지고이것을木彫의작은羊이두
다리잃고가만히무엇엔가귀기울이고있는가.

水分이없는蒸氣하여왼갖고리짝은말르고말라도시원찮은午後의海水浴場近處에있는休業日의潮湯은芭蕉扇과같이悲哀에分裂하는圓形音樂과休止符, 오오춤추려나, 日曜日의뷔너스여, 목쉰소리나마노래부르려무나日曜日의뷔너스여.

그平和로운食堂또어에는白色透明한MENSTRUATION이라門牌가붙어서限定없는電話를疲勞하여LIT우에놓고다시白色呂宋煙을그냥물고있는데.
마리아여, 마리아여, 皮層는새까만마리아여, 어디로갔느냐, 浴室水道콕크에선熱湯이徐徐히흘러나오고있는데가서얼른어젯밤을막으렴, 나는밥이먹고싶지아니하니슬립퍼어를蓄音機우에얹어놓아주려무나.

無數한비가無數한추녀끝을두드린다두드리는것이다. 분명上膊과下膊과의共同疲勞임에틀림없는식어빠진點心을먹어볼까──먹어본다. 만도린은제스스로包裝하고지팽이잡은손에들고그작으마한삽짝門을나설라치면언제어느때香線과같은黃昏은벌써왔다는소식이냐, 수탉아, 되도록巡査가오기前에고개숙으린채微微한대로울어다오, 太陽은理由도없이사보타아지를恣行하고있는것은全然事件以外의일이아니면아니된다.

1931. 6. 18.

[작품 해설]

이 작품은 연작시《조감도鳥瞰圖》의 넷째 작품으로 1931년 8월《조선과 건축朝鮮と建築》에 일본어로 발표했다. 〈LE URINE〉은 프랑스어로 '오줌(소변)'에 해당한다. 바른 표기는 L'urine이다. 이상의 일본어 시

가운데 대표적인 난해시로 알려져 있다. 그러나 작품의 제목 자체가 암시하듯이 인간의 일상생활 가운데 가장 중요한 생리 작용의 하나인 배설의 문제를 육체의 물질성에 근거하여 고도의 비유와 기지를 바탕으로 진술하고 있음을 볼 수 있다.

이 시에는 공개적으로 말하는 것을 금기시하는 변소라는 장소가 시적 공간으로 고정된다. 작품의 텍스트에서 시상의 전개 과정을 암시하는 것은 시간의 흐름과 함께하는 시적 화자의 공상의 변화이다. 한여름 오후의 풍경 속에서 그려지는 변소는 배설이라는 본능적이고도 생리적인 행위를 통해 억압된 욕망의 분출을 가능하게 하는 새로운 상상의 공간이 된다. 이 작품에서 배설 행위와 변소의 밑바닥에 쌓이는 배설물은 모두 비유적이고 암시적인 언어로 묘사된다. 예컨대 남자들이 소변을 볼 때 손으로 잡게 되는 남성 성기(페니스)를 '수척瘦瘠하고 왜소矮小한 ORGANE'이라고 명명하였고, 엉덩이는 '만도린'으로 바꾸어 표현하고 있다. 변소 바닥에 쌓인 똥과 오줌을 '매장되는 고고학考古學'이라고 명명하면서 그 형상을 '진녹색의 사류蛇類'와 '산악山岳과 도서島嶼'로 묘사하기도 한다. 이 밖에도 시인의 놀라운 상상력과 기지機智를 엿볼 수 있는 비유적 표현이 많다. 이 작품에서 확인할 수 있는 기발한 시적 발상법은 인간의 욕망에 대한 억압과 그 실현의 의미를 육체의 물질성에 근거하여 고도의 비유와 기지를 활용하여 진술하고 있음을 알 수 있다.

〈LE URINE〉에서 그려 내고 있는 변소라는 공간은 오늘날의 수세식 화장실과는 전혀 다르다. 변소는 사람이 거주하는 실내 공간과 일정하게 떨어져 있어야 하고, 되도록이면 사람의 눈에 띄지도 않아야 한다. '처갓집과 변소는 멀리 있을수록 좋다'는 속담이 생길 정도로 격리된 공간성이 강조된다. 변소는 그 바닥에 커다란 항아리나 드럼통 같은 것을 묻어 놓거나 시멘트로 큰 구덩이를 만든다. 그리고 그 위에 사람이 디디고 쪼그려 앉을 수 있도록 나무판자로 디딤틀을 만들어 올려놓는다. 허름하게 판자로 벽을 둘러치고 엉성하게 지붕을 덮지만 변소는 생활의 뒷그늘에 숨겨져 있는 은밀한 공간이다. 변소에는 두 사람이 함께 들어서서 일을 볼 수가 없다. 혼자서 변소에 들어서서 옷을 벗어 내리고 엉덩이를 드러낸다. 그리고 자신이 입으로 먹은 음식물들이 체내에서 모두 소화되고 영양분이 흡수된 후 남은 찌꺼기들을 배설한다. 배설의 장면이 공개되는 경우는 극히 드물지만, 변소에서 인간의 적나라한 모습이 가장 잘 드러난다. 사람은 배설을 하는 동안 자연 속의 동물에 가까워진다. 비록 야생의 동물처럼 아무 데서 먹고 아무 곳에서나 배설하는 것은 아니지만, 맨살을 드러내고는 자신의 입으로 들어왔던 음식의 찌꺼기를 항문을 통해 참지 않고 배출해 버리기 때문이다.

작품의 텍스트는 모두 8단락으로 구분되어 있다. 1~3단락의 경우는 배설의 과정을 보여준다. 재래식 화장실에 들어가서 일을 보는 동안 화장실 바닥을 들여다보고 또 엉성한 지붕과 벽 틈으로 스며드는 햇살을 받으면서 머리에 스쳐가는 여러 가지 상념을 '말놀이'의 방식으로 표현하고 있다. 4~7단락은 화장실 안에서 느끼는 허기와 휴식의 욕망을 이색적인 식당과 침실이라는 공간을 상상적으로 그려 냄으로써 해소시킨다. 8단락은 일을 마치고 화장실을 나서는 대목이다. 바깥은 황혼이 깔리고 비가 내린다.

이처럼 시 〈LE URINE〉는 인간의 본능적 생리적 욕구인 배설의 문제를 변소라는 닫힌 공간 속에서 환상적으로 그려 낸다. 이 작품에서 서술되고 있는 배설은 생리적으로 내적 긴장의 근원을 제거함으로써 그 억제되었던 욕망의 해소를 가져온다. 그러므로 배설 행위는 긴장 해소의 쾌락을 환상적으로 경험하는 과정으로 묘사된다. 욕망의 분출과 억압이라는 심리적 기제를 통해 드러나는 무의식적 상념의 의식화 과정은 일종의 몽타주 기법에 의해 아무 관계없는 장면들이 연결되는 것처럼 시상의 비약, 의미의 생략, 이미지의 충돌 등으로 나타난다. 그러나 이것은 아무 의미 없는 것처럼 늘어놓은 것이 아니다. 이것들은 모두 아래로부터 위로 솟아오르려고 한다든지(하늘, 구름, 햇살 등의 이미지), 위로부터 아래로 밀려내리게 한다든지(수도꼭) 하는 역동적이고도 드라마틱한 상황을 보여준다. 이들의 결합에서 드러나는 의미의 왜곡을 통해 우리는 억압된 욕망의 무의식적 표출을 읽어낼 수 있는 것이다.

얼굴

[원문 번역]

배고픈얼굴을본다.

반드르르한머리카락밑에어쩨서배고픈얼굴은있느냐.

저사내는어데서왔느냐.
저사내는어데서왔느냐.

저사내어머니의얼굴은薄色임에틀림없겠지만저사내아버지의얼굴은
잘생겼을것임에틀림없다고함은저사내아버지는워낙은富者였던것인
데저사내어머니를聚한後로는급작히가난든것임에틀림없다고생각되
기때문이거니와참으로兒孩라고하는것은아버지보담도어머니를더닮

는다는것은그무슨얼굴을말하는것이아니라性行을말하는것이지만저사내얼굴을보면저사내는나면서以後大體웃어본적이있었느냐고생각되리만큼험상궂은얼굴이라는점으로보아저사내는나면서以後한번도웃어본적이없었을뿐만아니라울어본적도없었으리라믿어지므로더욱더험상궂은얼굴임은即저사내어머니의얼굴만을보고자라났기때문에그럴것이라고생각되지만저사내아버지는웃기도하고하였을것임에는틀림없을것이지만대체大體로兒孩라고하는것은곧잘무엇이나숭내내는性質이있음에도불구하고저사내가조금도웃을줄을모르는것같은얼굴만을하고있는것으로본다면저사내아버지는海外를放浪하여저사내가제법사람구실을하는저사내로장성한後로도아직돌아오지아니하던것임에틀림이없다고생각되기때문에또그렇다면저사내어머니는大體어떻게그날그날을먹고살아왔느냐하는것이問題가될것은勿論이지만어쨌든간에저사내어머니는배고팠을것임에틀림없으므로배고픈얼굴을하였을것임에틀림없는데귀여운외톨자식인지라저사내만은무슨일이있든간에배고프지않도록하여서길러낸것임에틀림없을것이지만아무튼兒孩라고하는것은어머니를가장依支하는것인즉어머니의얼굴만을보고저것이정말로마땅스런얼굴이구나하고믿어버리고선어머니의얼굴만을熱心으로숭내낸것임에틀림없는것이어서그것이只今은입에다金니를박은身分과時節이되었으면서도이젠어쩔수도없으리만큼굳어버리고만것이나아닐까고생각되는것은無理도없는일인데그것은그렇다하드라도반드르르한머리카락밑에어째서저험상궂은배고픈얼굴은있느냐.

1931. 8. 15.

[작품 해설]

이 작품은 연작시 《조감도鳥瞰圖》의 다섯째 작품으로 1931년 8월

《조선과 건축朝鮮と建築》에 일본어로 발표했다. 작품의 제목 그대로 일종의 시로 쓴 '자화상自畵像'에 해당한다. 작품의 텍스트는 의미상 전반부와 후반부로 크게 나누어 볼 수 있다. 전반부는 시적 진술의 도입 과정에 해당한다. 시적 화자는 자신의 모습을 들여다보면서 자기 존재의 실체에 대해 스스로 질문한다. 여기서 가장 중요한 것은 관상학에서 말하는 '빈상貧相'을 뜻하는 '배고픈 얼굴'에 대한 자기 질문이다. 후반부에 해당하는 '저사내얼굴은—배고픈얼굴은있느냐' 부분은 모든 진술 내용이 하나의 문장으로 포섭되어 있다. 시인은 의도적으로 문장의 주어와 서술어의 통사적 관계를 중첩시키면서 아버지와 어머니 그리고 사내 아이의 혈연적 요소들을 진술한다. 이 진술 속에서 아버지의 출향出鄕, 집안의 빈곤貧困, 어머니의 고생苦生과 자식에 대한 희생犧牲 등이 서술되고 있는데, 이러한 요소들은 그 선후 관계를 따질 것이 없이 동시적으로 그리고 통합적으로 '배고픈 얼굴'을 통해 유추된 것들이다. 문장 내용 가운데 '아해兒孩라고하는것은'이라는 구절을 세 차례 반복시킴으로써 의미상의 혼란을 피하여 맥락을 구분할 수 있도록 배려하고 있음에 착안한다면, 전체적인 진술 내용을 이해하는 데에는 무리가 없어 보인다. 이상 자신의 개인사個人史에서 백부의 집안으로 양자를 들어가 성장한 사실이 이 작품의 중요 모티프가 되고 있음을 알 수 있다.

인간은 자신의 몸을 통해 자기감정과 그 변화를 직접적으로 드러낸다. 몸을 통한 자기표현이 얼굴의 표정을 통해 가장 실감나게 전달된다. 인간의 몸은 대부분 옷이라는 껍데기로 감추어져서 그것이 스스로 말할 수 있는 기회를 잃었지만, 얼굴만이 맨살을 그대로 드러내면서 자기 내면의 표정을 보여줄 수 있게 된다. 얼굴의 표정은 언어 이전에 이미 인간의 본능적인 모든 욕망을 그대로 드러낸다. 기쁘면 얼굴을 펴고 웃고 괴로울 때는 이마를 찌푸리고 입을 다문다. 그러므로 얼굴의 표정은 인간의 가장 중요한 주관적 표현이라고 할 수 있다. 언어보다도 더욱 깊고 감각적이며, 결코 어떤 것에도 지배되지 않는 다. 그만큼 주관적이고 개인적인 것이다.

運動

[원문 번역]

一層우에있는二層우에있는三層우에있는屋上庭園에올라서南쪽을보 아도아무것도없고北쪽을보아도아무것도없고해서屋上庭園밑에있는 三層밑에있는二層밑에있는一層으로내려간즉東쪽에서솟아오른太陽 이西쪽에떨어지고東쪽에서솟아올라西쪽에떨어지고東쪽에서솟아올 라西쪽에떨어지고東쪽에서솟아올라하늘한복판에와있기때문에時計 를꺼내본즉서기는했으나時間은맞는것이지만時計는나보담도젊지않 으냐하는것보담은나는時計보다는늙지아니하였다고아무리해도믿어 지는것은필시그럴것임에틀림없는고로나는時計를내동댕이쳐버리고 말았다.

1931. 8. 11.

[작품 해설]

이 작품은 연작시 《조감도鳥瞰圖》의 여섯째 작품으로 1931년 8월 《조 선과 건축朝鮮と建築》에 일본어로 발표했다. 전체 텍스트가 하나의 문장 으로 구성되어 있다. 지구가 자전自轉하면서 태양을 중심으로 공전하는 과정을 통해 시간의 흐름을 자연스럽게 감지하게 됨을 암시적으로 드러낸다. 인위적인 시간으로서의 '시계'에 대한 거부가 인상적이다.

이 작품에서 시적 화자는 1층에서 3층 옥상을 오르내리면서 동서 남북의 방향을 헤아려 보고 태양의 고도와 움직임의 방향을 가늠해 본다. 그리고 태양이 하늘의 한복판에 와 있는 순간에 자신의 위치를 헤아려 보게 된다. 공간 속에서 고도(상하), 위도(남북), 경도(동서)라는 세 가지 요소를 바탕으로 자신의 위치를 규정하고자 하는 것이다. 이 같은 시도는 존재의 평면성을 극복하기 위한 노력과 연관되고 있다 는 점에서 '공간적 상상력'이라고 명명해도 무방할 듯하다.

시적 진술 가운데 '시계가 서기는 하였지만 시간이 맞다'는 진술은 언뜻 보기에 모순된 것처럼 생각된다. 그러나 시곗바늘은 그것을 보 는 순간은 언제나 정지된 것처럼 바로 어떤 '구체적인 시각' 그 자체 를 표시해 준다. 그러므로 어떤 순간의 시각이란 시계가 움직이지 않 는 것이나 마찬가지로 보인다. 이러한 현상은 시계라는 것이 자연적 시간의 흐름을 물리적으로 토막 내어 표시하는 것이라는 사실을 말 해 주는 것이기도 하다. 시계는 하루(1회의 지구 자전운동)를 24시간으 로 토막 내어 반복적으로 보여준다. '시계를 내동댕이쳤다'는 것은 시 계를 통해 인지되는 인위적인 물리적인 시간을 거부함을 말한 것이 아닌가 생각된다.

狂女의 告白

[원문 번역]

　　　여자인S玉孃한테는참으로未安하오. 그리고B君자네한테

感謝하지아니하면아니될것이오. 우리들은S玉孃의前途
에다시光明이있기를빌어야하오.

蒼白한여자
얼굴은여자의履歷書이다. 여자의입(口)은작기때문에여자는溺死하지
아니하면아니되지만여자는물과같이때때로미쳐서騷亂해지는수가있
다. 온갖밝음의太陽들아래여자는참으로맑은물과같이떠돌고있었는데
참으로고요하고매끄러운表面은조약돌을삼켰는지아니삼켰는지항상
소용돌이를갖는褪色한純白色이다.

등쳐먹으려고하길래내가면첨한대먹여놓았죠.

잔내비와같이웃는여자의얼굴에는하룻밤사이에참아름답고빤드르르
한赤褐色쵸콜레이트가無數히열매맺혀버렸기때문에여자는마구대고
쵸콜레이트를放射하였다. 쵸콜레이트는黑檀의사아벨을질질끌면서照
明사이사이에擊劍을하기만하여도웃는다. 웃는다. 어느것이나모다웃
는다. 웃음이마침내엿과같이녹아걸쭉하게쩐더거려서쵸콜레이트를다
삼켜버리고彈力剛氣에찬온갖標的은모다無用이되고웃음은散散이부
서지고도웃는다. 웃는다. 파랗게웃는다. 바늘의鐵橋와같이웃는다. 여
자는羅漢을밴(孕)것을다들알고여자도안다. 羅漢은肥大하고여자의子
宮은雲母와같이부풀고여자는돌과같이딱딱한쵸콜레이트가먹고싶었
던것이다. 여자가올라가는層階는한층한층이더욱새로운焦熱氷結地獄
이었기때문에여자는즐거운쵸콜레이트가먹고싶다고생각하지아니하
는것은困難하기는하지만慈善家로서의여자는한몫보아준心算이지만
그러면서도여자는못견디리만큼답답함을느꼈는데이다지도新鮮하지
아니한慈善事業이또있을까요하고여자는밤새도록苦悶苦悶하였지만

여자는全身이갖는若干個의濕氣를띤穿孔(例컨대눈其他)近處먼지는떨어버릴수없는것이었다.

여자는勿論모든것을抛棄하였다. 여자의姓名도, 여자의皮膚에붙어있는오랜歲月中에간신히생긴때(垢)의薄膜도甚至於는여자의睡腺까지도, 여자의머리로는소금으로닦은것이나다름없는것이다. 그리하여溫度를갖지아니하는엹은바람이참康衢煙月과같이불고있다. 여자는혼자望遠鏡으로SOS를듣는다. 그리곤덱크를달린다. 여자는푸른불꽃彈丸이벌거숭이인채달리고있는것을본다. 여자는오오로라를본다. 덱크의勾欄은北極星의甘味로움을본다. 巨大한바닷개(海狗)잔등을無事히달린다는것이여자로서果然可能할수있을까, 여자는發光하는波濤를본다. 發光하는波濤는여자에게白紙의花瓣을준다. 여자의皮膚는벗기고벗기인皮膚는仙女의옷자락과같이바람에나부끼고있는참서늘한風景이라는點을깨닫고사람들은고무와같은두손을들어입을拍手하게하는것이다.

이내몸은돌아온길손, 잘래야잘곳이없어요.

여자는마침내落胎한것이다. 트렁크속에는千갈래萬갈래로찢어진POUDRE VERTUEUSE가複製된것과함께가득채워져있다. 死胎도있다. 여자는古風스러운地圖위를毒毛를撒布하면서불나비와같이날은다. 여자는이제는이미五百羅漢의불쌍한홀아비들에게는없을래야없을수없는唯一한아내인것이다. 여자는콧노래와같은ADIEU를地圖의에레베에슌에다告하고No.1〜500의어느寺刹인지向하여걸음을재촉하는것이다.

[작품 해설]

이 작품은 연작시 《조감도鳥瞰圖》의 일곱째 작품으로 1931년 8월

《조선과 건축朝鮮と建築》에 일본어로 발표했다. 이 작품의 텍스트는 시적 진술을 주재하고 있는 '화자'의 층위와 '여자'라는 행위 주체의 층위가 서로 중첩되어 있다. 실제로 텍스트 자체도 두 가지의 '목소리'로 구성된 이중적 특성을 드러낸다. 이 작품의 텍스트에는 시적 화자의 모습이 드러나 있지는 않지만, 서두의 '여자인 S옥양嬢한테는 참으로 미안未安하오. 그리고 B군君 자네한테 감사感謝하지 아니하면 아니 될 것이오. 우리들은 S옥양嬢의 전도前途에 다시 광명光明이 있기를 빌어야 하오'라는 진술을 통해 그 존재를 확인할 수 있다. 여기서 시적 진술의 대상은 'S옥양'이며, 'B군'은 텍스트 상의 가상적 독자이며, '우리들'은 시적 화자(일인칭 화자인 '나'라고 할 수 있음)를 포함한 일반 독자라고 할 수 있다. 텍스트 내에서 'S옥양'은 두 차례 자신의 목소리를 들려줌으로써 텍스트의 의미 구조에 간섭한다. '등쳐 먹으려고 하길래 내가 먼첨 한 대 먹여 놓았죠'라는 말과 '이내 몸은 돌아온 길손, 잘래야 잘 곳이 없어요'라는 말이 바로 그것이다. 시적 화자의 진술 속에 끼어든 이 두 마디의 말은 전체적으로 시적 의미의 전환을 암시하는 중요한 역할을 담당한다.

이 작품에서 텍스트의 표층에 그려지고 있는 'S옥양'을 서술적 주체로 놓고 본다면, 이 작품은 한 여인의 처절한 삶의 과정을 그려 놓고 있는 것처럼 읽힌다. 여인의 관능적인 얼굴 모습, 초콜릿의 환상, 나한의 잉태와 낙태, 그리고 버림받은 여자의 쓸쓸한 뒷모습 등은 모두가 거리의 여인이 겪어야 하는 삶의 장면들이기 때문이다. 특히 '여자'를 주체로 하는 모든 진술이 관능적인 요소의 감각적 묘사로 이어지고 있는 부분이 많기 때문에, 이 시의 내용을 대부분 남녀 간의 섹스와 관련지어 해석한 연구자들이 많다. 그러나 이 텍스트의 표층 구조는 시적 대상의 실체를 숨기기 위한 고도의 수사적 전략에 따라 이루어진 것이라는 것을 알아둘 필요가 있다. 텍스트에 드러나 있는 시적 진술의 두 가지 층위에서 다양한 기표들의 상호 연관성이 의미의 혼동을 초래하도록 교묘하게 조작되어 있다는 점을 주목하지 않고서는 그 의미의 심층구조를 규명할 수가 없다. 이 작품의 텍스트에 대한 분석이 까다롭게 생각되는 이유가 여기 있다.

이 작품에서 시적 진술의 대상이 되고 있는 'S옥양' 또는 '여자'의 실체는 무엇인가? 이 질문에 답을 구하기 위해서는 '여자'에 대해 묘사하거나 서술하고 있는 몇 가지의 중요한 대목들을 면밀하게 검토할 필요가 있다. 예컨대, '매끄러운 표면', '웃는 여자의 얼굴', '초콜레이트의 방사', '흑단의 사아벨', '나한羅漢을 밴 것', '박막薄膜', '타선唾線', '소금으로 닦은 것' 등과 같은 구절이 모두 '여자'와 관련되는 진술을 내포하고 있다. 이들이 공통적으로 암시하고 있는 것은 '눈동자'이다. 특히 눈동자 속에 어리는 사람의 형상을 지시하는 '눈부처'라는 말을 '나한을 밴 것'이라는 진술로 바꾼 대목은 '여자'가 바로 '눈동자'를 말한다는 사실을 그대로 입증한다. 눈에 눈곱이 생기는 것을 '초콜레이트의 방사'라고 표현한다든지, 매끄러운 눈동자가 늘 맑은 물에 떠돈다고 묘사한 대목에서도 이를 확인할 수 있다. 눈곱이 붙은 속눈썹을 '흑단의 사아벨'이라고 말한 대목도 재미있다.

이 작품은 인간의 육체에서 가장 중요한 감각을 담당하고 있는 눈동자(눈)를 시적 대상으로 삼고 있다. 인간의 육체에 대한 관심은 이상의 시와 소설에서 여러 가지 방식을 통해 드러나고 있다. 이상에게 있어서 육체는 어떤 가치나 이념에 의해 그 속성이 규정되는 것이 아니라 육체가 구현해 내는 물질성 자체에 의해 규정된다. 이 작품은 눈에 티가 들어가게 되는 경우를 하나의 모티프로 삼아 그 견디기 힘든 고통의 과정을 그려 낸다. 눈과 눈동자의 물질성에 비추어 볼 때 눈 안으로 이물질인 티가 들어가는 것은 아주 작은 일이며 흔한 일이지만 '육체의 훼손'이라는 것이 가지는 의미가 얼마나 견디기 어려운 고통인가를 가장 예민하게 감지할 수 있도록 해 준다. 이 고통을 '눈' 자체가 어떻게 견디며 결국 그 이물질을 눈 밖으로 어떻게 내보내게 되는가를 면밀하게 추적하여 묘사하고 있는 것이 이 작품의 내용이다. 이러한 일련의 과정을 텍스트의 표층에서 'S옥양'이라는 '여자'의 일생으로 꾸며내어 제시하고 있는 것은 이상 자신의 육체에 대한 인식의 폭과 깊이를 생각하게 한다.

興行物天使
─어떤후일담後日譚으로─

[원문 번역]

整形外科는여자의눈을찢어버리고形便없이늙어빠진曲藝象의눈으로 만들고만것이다. 여자는싫것웃어도또한웃지아니하여도웃는것이다.

여자의눈은北極에서邂逅하였다. 北極은초겨울이다. 여자의눈에는白夜가나타났다. 여자의눈은바닷개(海狗)의잔등과같이얼음판우에미끄러져떨어지고만것이다.

世界의寒流를낳는바람이여자의눈에불었다. 여자의눈은거칠어졌지만 여자의눈은무서운氷山에싸여있어서波濤를일으키는것은不可能하다.

여자는大膽하게NU가되었다.汗孔은汗孔만큼의荊莿이되었다. 여자는 노래를부른다는것이찢어지는소리로울었다. 北極은鍾소리에戰慄하였던것이다.

◇   ◇

거리의音樂師는따스한봄을마구뿌린乞人과같은天使. 天使는참새와같
이瘦瘠한天使를데리고다닌다.

天使의배암과같은회초리로天使를때린다.
天使는웃는다,天使는고무風船과같이부풀어진다.
天使의興行은사람들의눈을끈다.
사람들은天使의貞操의모습을지닌다고하는原色寫眞版그림엽서를산
다.

天使는신발을떨어뜨리고도망한다.
天使는한꺼번에열個以上의덫을내어던진다.

◇   ◇

日曆은쵸콜레이트를늘인(增)다.
여자는쵸콜레이트로化粧하는것이다.

여자는트렁크속에흙탕투성이가된스로오스와함께엎드러져운다. 여자
는트렁크를運搬한다.

여자의트렁크는蓄音機다.
蓄音機는喇叭과같이紅도깨비靑도깨비를불러들였다.

紅도깨비靑도깨비는펜긴이다. 사루마다밖에입지않은펜긴은水腫이다.

여자는코끼리의눈과頭蓋骨크기만큼한水晶눈을縱橫으로굴리어秋波를濫發하였다.

여자는滿月을잘게잘게썰어서饗宴을베푼다. 사람들은그것을먹고돼지같이肥滿하는쵸콜레이트냄새를放散하는것이다.

[작품 해설]

이 작품은 연작시 《조감도鳥瞰圖》의 여덟째 작품으로 1931년 8월 《조선과 건축朝鮮と建築》에 일본어로 발표했다. 이 작품은 〈狂女의 告白〉과 그 내용이 연관성을 지니고 있으며, 시적 대상도 '여자의 눈'으로 명시되어 있다. 텍스트의 구성을 보면 전체 내용이 세 부분으로 나뉘어져 있다. 첫 문장에서 '정형외과整形外科는 여자의 눈을 찢어버리고 형편없이 늙어빠진 곡마단 코끼리의 눈으로 만들고 만 것이다'라는 진술을 통해 이 작품이 그려 내고자 하는 내용이 무엇인가를 암시한다. 여기서 문제가 되는 것이 '눈'에 생겨난 다래끼(麥粒腫, 눈시울에 나는 작은 부스럼)이다. 다래끼는 대개 생겨났다가 저절로 없어지지만 그것을 잘못 손 댈 경우 덧이 나면 눈꺼풀에 흉터가 생기기도 한다. 텍스트의 첫 문장이 바로 이를 말해 준다. 실제로 이 작품의 제목에 등장하는 '흥행물'은 바로 '눈 다래끼'를 말하며, '천사'는 '눈꺼풀'을 비유적으로 말한 것으로 볼 수 있다.

이 작품의 서두에는 '정형외과整形外科는 여자의 눈을 찢어버리고 형편없이 늙어빠진 곡예상曲藝象의 눈으로 만들고 만 것이다. 여자는 실컷 웃어도 또한 웃지 아니하여도 웃는 것이다'라는 '여자의 눈'에 대한 설명적 진술이 제시된다. 이 대목은 '여자'와 '눈'에 관련되는 어떤 일을 암시하고 있다. 정형외과에서 여자의 눈을 찢어 놓아 곡마단의 늙은 코끼리 눈으로 만들었다는 것. 그리고 그 결과로 여자의 눈은 웃어도 웃지 않아도 언제나 웃는 모습이라는 것이다. 이러한 진술이 구체적으로 어떤 이야기를 뜻하는 것인지는 뒤로 이어지는 텍스트의 내용을 통해 자연스럽게 드러난다. 그러나 '눈이 웃는다'라는 구절은 이미 〈광녀의 고백〉에서 밝혀진 대로 '눈'과 관련된 '깜박거리다' 또는 '찡그리다'와 같은 동작을 암시한다는 사실을 상기할 필요가 있다.

시의 중반부에서 '천사天使'가 시적 대상으로 등장한다. 시간적 배경을 '봄'으로 바꾸어 놓고, '여자의 눈'에서 '천사'에 대한 이야기로 시적 진술을 전환하면서 그 내용이 더욱 극적으로 전개된다. 그러나 이러한 텍스트 표층에서 이루어지는 이야기의 전환은 모두가 일종의 우의적寓意的 고안에 불과하다. 여기에 등장하는 '천사'는 일종의 비유적 상징에 해당한다. '천사'는 눈을 감을 때 눈동자를 덮어주는 '눈꺼풀'을 비유적으로 표현한 말이다. 눈꺼풀은 눈을 감게 하기도 하고 뜨게 하기도 한다. 눈꺼풀로 눈동자를 덮으면 아무것도 보이지 않는다. 눈을 감는 것은 곧 죽음을 의미한다. 이러한 특징 때문에 인간의 죽음에 관여하는 '천사'의 이미지를 눈꺼풀에서 찾아낸 것이 아닌가 생각된다.

그런데 '천사는 참새와 같이 수척瘦瘠한 천사를 데리고 다닌다'라고 설명하고 있다. 이것은 눈을 감을 때나 뜰 때 위쪽 눈꺼풀에 맞춰 아래쪽 눈꺼풀이 항상 같이 움직이는 모양을 말하고 있는 것으로 볼 수 있다. '천사의 배암과 같은 회초리로 천사를 때린다'라는 진술은 눈을 깜박거릴 때 위쪽 눈꺼풀이 아래 눈꺼풀에 닿으면서 속눈썹이 서로 부딪치는 것을 비유적으로 묘사한 대목이다. 그리고 눈을 자꾸만 찡그리거나 깜박거리는 것을 '천사는 웃는다'라고 표현하고 있는데 이것은 눈시울에서 이물감을 느끼고 있음을 암시한다. 실제로 아래쪽 눈꺼풀에 이상이 생겨나 '고무풍선과 같이 부풀어진다'라는 설명이 뒤에 이어지고 있다. 이 대목에서 눈시울에 '고무풍선과 같이 부풀어진 것'은 무엇일까? 이것은 우리가 알고 있는 눈 다래끼를 말하는 것이 아닌가 생각된다. 눈시울에 생겨나는 눈 다래끼는 아주 흔하게 볼 수 있는 작은 부스럼이다. 대개는 저절로 낫지만, 함부로 손을 대어 덧날 경우 부어오르며 화농을 일으키고 그 흉터가 남기도 한다. 바로 뒤에 등장하는 '천사의 흥행'이란 곧 눈꺼풀의 가장자리인 눈시울에 생겨난 '눈 다래끼'를 비유적으로 표현한 말에 불과하다. 눈시울에 눈 다래끼가 난 것은 금방 드러나 보인다. 남의 눈에 쉽게 띄는 것을 의식할 수밖에 없게 된다. 어린애들 사이에는 눈 다래끼가 난 것을 서로 놀리기도 한다. 말하자면 하나의 '흥행물興行物'이 되는 셈이다. 눈 다래끼가 생기면 이것을 남에게 팔아 버려야 쉽게 낫는다는 속설도 전해 온다. 그래서 눈 다래끼를 쳐다보고 먼저 말을 거는 사람에게 이것을 팔아넘기기도 한다. 이런 민간 속설에서 비롯된 눈 다래끼 팔아넘기기를 이 시에서는 '원색 사진판 그림엽서를 산다'는 특이한 행위로 묘사한다. 눈 다래끼가 생겨난 눈시울 근처의 속눈썹을 뽑아서 사람들이 많이 다니는 길 위에 작은 돌멩이로 덮어 놓기도 한다. 속눈썹을 덮어 놓은 그 작은 돌멩이를 누군가가 발로 차거나 밟고 지나가면 눈 다래끼가 그 사람에게 옮아가게 되어 곧 눈 다래끼가 낫는다는 속설이 있기 때문이다. 이러한 속설은 넷째 단락에서 '신발을 떨어뜨리고 도망한다'든지 '열 개 이상의 덫을 내어던진다'라는 설명을 통해 암시되고 있다.

이 시의 후반부는 눈 다래끼가 저절로 아물지 않고 화농을 일으키게 되는 과정을 서술한다. 그리고 여러 가지 다양한 비유를 끌어들여 그 견디기 어려운 고통스런 상황을 특이한 시적 정황으로 변용하고 있다. 눈 다래끼가 부풀어 오른 모양은 펭귄의 통통한 몸집에 비유된다. 눈 다래끼는 '펭귄'의 모양이고 '수종水腫'처럼 부어오른다. 수종은 몸의 조직 간격이나 체강體腔 안에 림프액·장액漿液 따위가 괴어 몸이 붓는 병을 말하는데, 여기서는 화농이 생겨서 불거져 나온 눈 다래끼의 모습을 지적한 것이다. 이렇게 눈 다래끼의 상태가 악화되면 눈망울을 굴리기도 힘들어진다. 눈 다래끼가 동그랗게 켜져 화농을 일으킨 상태를 '만월'에 비유하고 있으며, 눈 다래끼가 곪아 터져 고름이 나오는 것을 초콜릿을 방사하는 것으로 비유한다.

이 시에서 상세하게 묘사하고 있는 눈 다래끼는 아주 흔하게 생겨나는 안질환이다. 대개 생겨났다가 저절로 없어지고 일정 기간이 지나면 그 자국도 사라진다. 그러나 이것을 잘못 손댈 경우 덧나면 눈꺼풀에 흉터가 생기기도 한다. 근래에는 이런 일이 별로 없지만 예전에는 눈 다래끼를 민간에서 잘못 치료하여 눈꺼풀에 흉터를 남기게 되는 일이 많았다. 이 시의 텍스트에서 서두의 첫 문장에 '정형외과整形外科는 여자의 눈을 찢어 버리고 형편없이 늙어빠진 곡예상曲藝象의 눈으로 만들고 만 것이다. 여자는 실컷 웃어도 또한 웃지 아니하여도 웃는 것이다'라고 진술하고 있는 것은 바로 이 같은 사실을 설명하는 것이라고 할 수 있다. 눈 다래끼를 고치기 위해 병원에 갔다가 그만 수술이 잘못되면 눈시울에 흉터가 남는다. 그 흉터 때문에 눈꺼풀이 늘어져서 곡마단의 늙은 코끼리의 눈 모양으로 흉하게 된다. 그리고 눈을 깜박거릴 때나 눈을 뜨고 있을 때나 눈을 찡그린 모습으로 보일 수밖에 없게 된 것이다.

시 〈흥행물천사〉는 〈광녀의 고백〉과 마찬가지로 사물에 대한 인식의 과정에서 '눈'이라는 감각의 중추가 그 자체의 존재를 소외시키고 있는 현상을 시적으로 형상화하고 있다. 이 두 편의 시에서 고도의 비유를 통해 재현하고 있는 '눈'은 단순한 육체의 한 부분을 의미하는 것은 아니다. 이것은 외부 세계에 대한 인식의 기반이 되는 시각

視覺의 문제에 대한 관심에서 비롯된 것으로 볼 수 있다. 여기서 눈은 시적 진술의 대상이면서 동시에 주체가 되기도 한다. 눈은 외부 세계를 향한 시각의 중심에 자리하고 있으며 언제나 양방향으로 작용한다. 밖을 내다볼 수도 있고, 안으로 들어가 볼 수도 있다. 그러나 눈은 모든 것을 보면서 자신은 보지 못한다. 눈은 그 육체적 물질적 요소의 장애가 생겨날 때 비로소 그 존재의 의미를 드러낼 뿐이다. 시인 이상은 바로 이 같은 문제성을 눈의 질병 또는 정상적 상태를 벗어난 눈의 기능성을 통해 새롭게 질문한다. 눈의 이상異常 또는 질병이라는 것은 그것이 아무리 사소한 것일지라도 매우 예민하게 작용한다. 그리고 인간의 정신과 사고뿐만 아니라 인간 존재 자체를 뒤흔드는 근본적인 경험으로 작용하기도 한다. 이 육체의 문제성을 중심으로 시인 이상은 '말하는 눈'을 고안하고 '눈이 하는 말'을 듣고자 한다. 이러한 기호적 전략은 '눈'이라는 감각기관을 통해 인간의 삶과 거기서 비롯되는 문화의 영역에 육체가 어떻게 자리매김할 수 있는지를 보여주게 된다.

三次角設計圖

연작시《삼차각설계도三次角設計圖》는《조선과 건축朝鮮と建築》(1931. 10)에 김해경이라는 본명으로 발표했다. '삼차각설계도'라는 큰 제목 아래 〈선에 관한 각서 1線に關する覺書1〉, 〈선에 관한 각서 2線に關する覺書2〉, 〈선에 관한 각서 3線に關する覺書3〉, 〈선에 관한 각서 4線に關する覺書4〉, 〈선에 관한 각서 5線に關する覺書5〉, 〈선에 관한 각서 6線に關する覺書6〉, 〈선에 관한 각서 7線に關する覺書7〉 등의 7편의 작품이 포함되어 있다. 시적 텍스트 속에 도

표와 수식을 함께 써 넣음으로써 일종의 '보는 시visual poetry'의 형태를 시도하고 있다.

이 작품의 제목으로 사용하고 있는 '삼차각'이라는 말은 기하학이나 건축학에서도 찾아볼 수 없는 용어이다. 이 용어가 어디서 비롯되었고, 그것이 무엇을 의미하는지에 대해서는 아직도 논의가 분분하다. '삼차각'이라는 말은 이상의 시에서만 등장한다. 이상은 어떻게 '삼차각'이라는 말을 생각해 냈을까? 그리고 이 말은 어떠한 의미를 지니는 것일까? 이 낯선 용어로 된 시의 제목을 이해하기 위해서는 먼저 이 제목 아래 한데 묶여 〈선에 관한 각서〉라는 일곱 편의 시의 텍스트 자체를 자세히 검토할 필요가 있다.

이 작품들은 현대 과학의 중요 명제와 기하학의 개념들을 다양한 수식과 기호를 통해 시적 텍스트의 구성에 동원하고 있다. 이러한 시적 기표들은 모두 추상적인 속성을 지니고 있는 것들이기 때문에 그 자체만으로는 정확한 의미를 이해할 수가 없다. 특히 단편적인 상념들을 위주로 하여 기술하고 있는 작품에서는 이 특이한 개념과 수식과 기호들이 수사적 장치로 활용되고 있기 때문에 쉽게 그 내면의 구조를 설명할 수가 없다. 그러므로 작품 텍스트를 보는 순간 오히려 더 큰 혼란에 빠져들게 된다. 이 작품에서 볼 수 있는 과학의 명제나 기하학의 개념은 현실적 상황의 논리적 해석에 대한 일종의 제유提喩에 해당한다고 할 수 있다. 그리고 이것이 예술적 상상력을 고양시키면서 새로운 의미의 시적 창조에까지 이르게 되는 것이다. 이것이 시적 텍스트에서 환기하는 '낯설게 하기'의 과도한 효과로 인하여 텍스트의 내적 공간으로부터 독자들을 소외시키는 경우도 있지만, 이상의 문학에서 이 과학적 명제와 기하학의 도식과 수학의 기호들은 그 자체가 문학적 상상력의 기반을 이루고 있다는 점을 부인할 수 없다.

여기서 이상이 제안한 '삼차각'이라는 말의 의미를 다시 생각해 볼 필요가 있다. '삼차각'이란 말은 기하학에서는 사용된 적이 없다. '각角'은 '2차원 평면에서 이루어지는 특수한 도형'을 의미한다. 이상이 만들어낸 '삼차각'이라는 말은 '삼차'라는 말과 '각'이라는 말을 결합한 합성어이다. '삼차'라는 말은 '삼차원三次元'이라는 말의 준말로 보는 것이 타당할 것 같다. 흔히 '일차원'이나 '이차원'이라는 말을 '일차' 또는 '이차'라고 줄여서 부르기도 하기 때문이다. 수학의 경우 삼차원이라는 말은 '입방체를 길이·넓이·두께의 자리표로 나타냄과 같은 세 개의 차원'을 말한다. 이것을 좀더 자세히 설명해 보면, 길이와 넓이의 개념을 중심으로 하는 평면에 높이 또는 두께의 개념이 결합되면 입체 또는 공간이 된다. 그러므로 '삼차원' 또는 '삼차'는 입체 공간을 의미한다. 이러한 의미대로라면 '삼차각'이라는 말도 '삼차원 공간에서의 각'을 뜻한다고 할 수 있을 것이다. 그러나 '삼차각'이란 말은 기학학적 개념이라고 할 수 없다. 각이라는 개념은 이차원 평면 위에서 이루어지는 도형의 하나다. 평면 위의 한 점 O는 언제나 그 위치를 정확하게 표시할 수 있으며, O에서 시작되는 반직선 OA와 OB의 경우도 마찬가지다. 이것을 삼차원 공간으로 옮겨 놓을 경우 그 위치와 크기를 한정하기 어렵다. 이차원적인 평면 기하학에서의 각의 개념을 삼차원적인 입체 공간으로 확장한다는 것은 그렇게 간단한 일은 아니다. 그렇기 때문에 이상이 내세운 '삼차각'이라는 개념은 실체를 입증하기 어려운 하나의 추론에 불과하다. 이 같은 새로운 기하학은 아직까지 성립된 적이 없다.

하지만 이상은 사물을 바라보는 주체의 시각과 빛의 속성을 통하여 그 '삼차각'의 가능성에 도전한다. 연작시 《삼차각설계도》가 도달하고자 하는 지점은 삼차원의 공간을 넘어서는 자리이다. 이러한 사고의 확장은 아인슈타인의 '상대성 원리'를 통해 가능해진다. 아인슈타인은 처음으로 시간 차원을 제4차원으로 간주하였고, 4차원에서 통합된 공간과 시간은 서로 대칭성을 가지며 또한 회전(이것은 특수 상대성 이론에서 말하는 공간과 시간의 휘어짐으로 나타난다) 가능하다고 주장한 바 있다. 이상은 이러한 아인슈타인의 '시공간성'을 주목하면서 빛의 속성과 물체의 움직임에 대해 사고하고 이것이 주체에 의해 인식되는 '시각'의 문제성을 강조하기에 이른다. 결국 이상은 연작시《삼차각설계도》를 통해 현대 과학 문명이 도달한 적이 없는 미지의 세계에 대한 도전을 시작하고 있다. 이상의 '삼차각설계도'는 존재하지 않는 것에 대하여 그 존재의 가능성을 열어 보이는 하나의 상상적 모험이라고 할 수 있다.

線에 關한 覺書1

[원문 번역]

	1	2	3	4	5	6	7	8	9	0
1	•	•	•	•	•	•	•	•	•	•
2	•	•	•	•	•	•	•	•	•	•
3	•	•	•	•	•	•	•	•	•	•
4	•	•	•	•	•	•	•	•	•	•
5	•	•	•	•	•	•	•	•	•	•
6	•	•	•	•	•	•	•	•	•	•
7	•	•	•	•	•	•	•	•	•	•
8	•	•	•	•	•	•	•	•	•	•
9	•	•	•	•	•	•	•	•	•	•
0	•	•	•	•	•	•	•	•	•	•

(宇宙는冪에依하는冪에依한다)

(사람은數字를버리라)

(고요하게나를電子의陽子로하라)

스펙톨

軸X軸Y軸Z

速度etc의統制例컨대光線은每秒當300,000키로메—터달아나는것이
確實하다면사람의發明은每秒當600,000키로메—터달아날수없다는
法은勿論없다. 그것을幾十倍幾百倍幾千倍幾萬倍幾億倍幾兆倍하면사
람은數十年數百年數千年數億年數兆年의太古의事實이보여질것이아
닌가, 그것을또끊임없이崩壞하는것이라고하는가, 原子는原子이고原
子이고原子이다. 生理作用은變移하는것인가, 原子는原子가아니고原
子가아니고原子가아니다, 放射는崩壞인가, 사람은永劫인永劫을살릴
수있는것은生命은生도아니고命도아니고光線인것이라는것이다.

臭覺의味覺과味覺의臭覺

(立體에의絶望에依한誕生)

(運動에의絶望에依한誕生)

(地球는빈집일境遇封建時代는눈물이날이만큼그리워진다)

[작품 해설]

이 작품의 큰 제목은 '삼차각설계도'로 표시되어 있으며, 《조선과
건축朝鮮と建築》(1931. 10)에 발표된 〈선에 관한 각서 1~7〉이라는 일곱

편의 '연작시' 가운데 첫 작품이다. 이 작품의 전반부에 제시되고 있는 도표의 성격은 연구자에 따라 여러 가지 방식으로 설명하고 있다. 그러나 여기서는 이 도표를 유클리드 기하학이라고 불리는 고전 기하학의 약점들을 극복하고 기하학의 대상을 대수 기호화함으로 새로운 기하학의 지평을 열게 된 해석 기하학의 기본 개념을 도표화한 것으로 보고자 한다. 시적 텍스트에 도표를 삽입하여 일종의 '보는 시'의 형태를 실험하고 있다.

프랑스의 철학자 데카르트(R. Descartes, 1596~1650)는 유클리드 및 고전 기하학의 개념들을 추상적 개념으로 일반화했으며, 오늘날 해석 기하학이라고 하는 기하학의 한 분야를 만들어낸다. 한 점은 그 위치를 나타내는 수들로 설명할 수 있다는 것이 해석 기하학의 기본 개념이며, 이런 방법에 의해 기하학의 대상을 대수 기호화 과정으로 설명하였다. 데카르트는 대수학을 기하학에 적용하여 한 점의 위치를 1쌍의 수로 표현했으며, 방정식으로 직선과 곡선을 표현했다. 이 같은 해석 기하학의 원리는 뒤에 대수 기하학으로 발전하여 기하도형의 평면적 2차원적 위상을 입체적이고 공간적인 3차원에서 다룰 수 있는 다양한 대수 기하학의 원리를 발전시켰다.

이 작품에서 제시되고 있는 도표는 평면 위의 한 점의 위치를 표시하는 방법을 도식화한 것이다. 여기서 x, y축은 1부터 0까지의 숫자로 나타나 있고, 평면상에는 무수한 점(●)이 표시되어 있다. 이 표에서 각 점의 위치는 2개의 직선 x축과 y축의 거리로 나타낸다. 예컨대 점 P의 위치는 P(x, y)로 표시한다. 그리고 점과 점을 잇는 직선은 방정식 y=mx+b로 나타낸다. 여기서 m과 b는 상수이고 x와 y는 각 축위에서의 거리를 표시한다.

이 같은 도식을 전제하면서 이 작품은 우주의 광대무변함에 비해 인간의 한계가 분명함을 제시한다. '우주宇宙는 멱冪에 의依하는 멱冪에의依한다'는 말은 우주의 무한함을 나타낸 말이다. 인간이 아무리 숫자를 가지고 모든 자연현상을 합리적으로 계산하고 표시할 수 있다고 하더라도 그것은 우주의 무한함에 비하면 아무런 의미도 가지지 못한다. 하지만, 이 작품의 시적 화자는 '양자陽子'라는 원자핵의 최소 구성 입자가 모든 사물의 기본적인 속성(원자의 종류)을 결정하는 것처럼 그렇게 우주 공간의 주체로 서고자 하는 욕망을 표시한다.

이 작품 텍스트의 중반부에서부터는 시적 화자가 우주 과학의 시대를 열어준 아인슈타인의 '상대성 원리'와 관련되는 여러 가지 개념들에 대한 자신의 상념을 직설적으로 표현한다. 빛의 속도보다 물체가 더 빠른 속도로 이동할 수 있다는 가정이라든지, 모든 물질의 핵심이라고 생각했던 원자가 원자핵을 변화(분열 또는 붕괴)시켜 방사능이 생기게 할 수 있다는 사실에 대해서도 스스로 반문하고 있다. 그리고 인간이 영겁을 살 수 있으려면, 그것은 생명에 의해서가 아니라 빛보다 빠르게 이동하여 시간이 없어지는 상태일 경우에 가능하다는 점을 말하기도 한다. 이 작품은 유클리드 기하학의 한계를 극복한 해석 기하학의 등장이라든지, 뉴턴의 중력 법칙의 한계를 넘어선 아인슈타인의 상대성이론의 등장으로 인하여 절대적인 시간 개념이 모두 무너지게 되었음을 암시하는 것으로 끝난다.

線에 關한 覺書 2

[원문 번역]

1 + 3

3 + 1

3 + 1   1 + 3

1 + 3   3 + 1

1 + 3   1 + 3

3 + 1   3 + 1

3 + 1

1 + 3

線上의一點 A

線上의一點 B

線上의一點 C

A + B + C = A

A + B + C = B

A + B + C = C

二線의交點 A

三線의交點 B

數線의交點 C

3 + 1

1 + 3

1 + 3   3 + 1

3 + 1   1 + 3

3 + 1   3 + 1

1 + 3   1 + 3

1 + 3

3 + 1

(太陽光線은,凸렌즈때문에收斂光線이되어一點에있어서爀爀히빛나고 爀爀히불탔다,太初의僥倖은무엇보다도大氣의層과層이이루는層으로 하여금凸렌즈되게하지아니하였던것에있다는것을생각하니樂이된다, 幾何學은凸렌즈와같은불작난은아닐른지,유우크리트는死亡해버린오 늘유우크리트의焦點은到處에있어서人文의腦髓를마른풀과같이燒却 하는收斂作用을羅列하는것에依하여最大의收斂作用을재촉하는危險 을재촉한다,사람은絶望하라,사람은誕生하라,사람은誕生하라,사람은絶 望하라)

[작품 해설]

이 작품은《조선과 건축朝鮮と建築》(1931. 10)에 발표한 연작시《삼차 각설계도三次角 設計圖》에서 둘째 작품이다.

이 시에서는 고전 기하학으로 명명되는 유클리드 기하학이 데카르 트 이후 해석 기하학을 기점으로 새롭게 발전하여 상대성 이론에까 지 이르게 되는 과정을 기호와 수식으로 표현하면서 시적 화자의 상 념을 함께 진술해 놓고 있다.

이 작품의 텍스트에서 전반부를 이루는 수식과 기호를 먼저 살펴 보기로 하자. '1+3'이라는 수식은 '1'이라는 숫자가 의미하는 것과 '3'이라는 숫자가 의미하는 것의 결합 상태를 암시한다. 여기서 '1' 은 1차원의 세계를 상징한다. 1차원의 세계는 시간처럼 전후의 개 념만을 지닌 선線과 같은 성질을 띠는 것으로 볼 수 있다. '3'은 3차원 의 세계를 의미한다. 이것은 공간空間의 세계이다. 그러므로 '3+1' 또 는 '1+3'은 1차원의 시간과 3차원의 공간의 결합을 의미한다. 이것은

4차원의 세계이며, 곧 인간의 세계와는 다른 새로운 세계를 말하는 셈이다. 아인슈타인의 상대성 이론의 핵심은 바로 이 같은 시간(1차원)과 공간(3차원)의 새로운 결합 가능성을 암시한다.

그런데 여기서 한 가지 지목하고 싶은 것은 '3+1'과 '1+3'이라는 수식이 단순히 1차원의 세계와 3차원의 세계의 결합만이 아니라 사영 기하학射影幾何學에서 이론화된 'field theory'와의 관련성을 가지는 것처럼 보인다는 점이다. 사영 기하학의 개념은 매우 다양한 대수계에서 좌표들을 선택하여 확장시킬 수 있는 이점이 있다. 사영 기하학에서는 더하고 빼고 곱하고 나눌 수 있는 기호 집합을 '체(體, field)'라고 한다. 그리고 이 '체'에서 좌표를 선택할 때 하나의 기하학을 얻을 수 있다. 예를 들면, 1이나 3과 같은 실수는 하나의 '체'이다. 대수학은 더하고 빼고 곱하고 나눌 수 있는 기호 체계를 제공하지만, 기호들의 곱 ab가 반드시 ba와 같지는 않다. 이런 체계를 비가환체(非可換體, skew field)라고 한다. 비가환체에서 연구할 때, 보통의 합 관계와 교차 관계는 타당하지만 다른 정리들은 더 이상 참이 아닌 하나의 기하학이 만들어질 수 있다.

실제로 이 작품의 텍스트에서 '線上의一點 A / 線上의一點 B / 線上의一點 C'는 '임의의 한 직선 위에 점 A, 점 B, 점 C를 표시한다'라고 이해할 수 있다. 'A+B+C=A / A+B+C=B / A+B+C=C'라는 것은 앞서 표시한 세 점의 위치와 그 관계를 표시한 수식에 해당한다. 그런데 평면상에 위치하고 있는 A, B, C라는 점들이 A+B+C=A, A+B+C=B, A+B+C=C와 같은 식을 성립시키려면, 세 점이 동일한 위치에 놓인 점일 경우에만 가능하다. 점은 크기를 따지지 않는 것이므로, 위치가 같다면 같은 점이다. 그러나 A, B, C가 각각 위치가 다른 임의의 한 점이라면 이 수식은 모순이다. 하지만 이 수식이 성립 가능한 경우도 있다. 평면 위에서가 아니라 공간 속에서 세 점이 일정한 각도를 유지하여 직선으로 연결되는 경우는 세 점이 동일한 한 점으로 보이는 경우가 얼마든지 가능해진다. 이러한 현상은 직진하는 빛의 성질을 전제해야만 이해가 된다.

작품 속에서 바로 뒤에 이어지는 '二線의交點 A / 三線의交點 B / 數線의交點 C'라는 진술은 앞에 전제되어 있는 조건들에 비추어 볼 때, 두 가지의 사실을 말해 준다. 첫째, 수식 'A+B+C=A / A+B+C=B / A+B+C=C'에서 얻어진 값으로서의 A, B, C라는 점들은 평면상에 위치한 것이 아니다. 둘째, A, B, C는 공간(입체) 속에서 공간을 통과하는 임의의 직선이 서로 교차하는 점이 된다. 결과적으로 각 점 A, B, C는 두 직선 또는 세 개의 직선, 그리고 무수한 직선들의 교점에 해당한다. 이러한 사실은 공간에서 두 개 이상의 직선이 얼마든지 한 점에서 서로 만날 수 있음을 말해 주는 것이다.

이 작품의 텍스트 후반부에서는 바로 이 같은 수식을 통해 제시된 사실을 '볼록렌즈'를 통해 이루어지는 빛의 굴절과 수렴 현상을 통해 다시 입증해 보이고 있다. 여러 가닥의 빛이 '수렴광선속'을 이루어 한 점에서 만날 때 이 점에 빛이 집중되므로 열을 내게 된다. 볼록렌즈로 빛을 굴절시켜 수렴광선속을 만들어 모든 빛이 한 점에 모이면 그 초점에서 불이 붙는 것을 볼 수 있다. 그러나 지구가 생성된 때부터 태양 광선은 대기층을 통과하면서 직진하여 지구에 비치고 있기 때문에 빛이 수렴되지 않는다. 시적 화자는 이를 천만다행이라고 여긴다. 만일 이 같은 수렴 현상이 지구 위에서 나타났다면 지구는 그대로 폭발하고 말았을 것이다.

오늘날의 기하학은 유클리드 기하학에서 내세운 공리들이 점차 부정되면서 이른바 '비유클리드 기하학'으로 발전한다. 그리고 아인슈타인의 일반 상대성 원리의 골격을 세우는 데 중요한 역할을 하게 된다. 그렇지만 이 일반 상대성 원리로 인하여 시공간구조時空間構造의 개

넘이 근본적으로 바뀌게 된 것이 오히려 인간 세계의 재앙을 불러올지 모르는 '불장난'이 아닌가 자문하기도 한다. 그렇기 때문에 시적 화자는 이러한 문제들과 관련지어 인간의 삶의 현실에서 요구되는 새로운 인간관과 가치의 정립을 주장하고 있다.

線에 關한 覺書 3

[원문 번역]

	1	2	3
1	●	●	●
2	●	●	●
3	●	●	●

	3	2	1
3	●	●	●
2	●	●	●
1	●	●	●

$$nPr = n(n-1)(n-2)\cdots\cdots(n-n+1)$$

(腦髓는부채와같이圓에까지展開되었다,그리고完全히廻轉하였다)

[작품 해설]

이 작품은《조선과 건축朝鮮と建築》(1931. 10)에 발표한 연작시《삼차각설계도三次角設計圖》에서 셋째 작품이다. 이 작품은 유클리드 기하학

이후 발전을 거듭해 온 현대 기하학의 속성을 이용하여, 공간에서의 한 점의 위치를 어떻게 수식으로 표시할 수 있는지를 간단한 도표와 식으로 표현하고 있다.

여기서 특히 주목되는 것은 현대 기하학의 한 영역인 사영 기하학射影幾何學의 기본 원리가 이 도표와 그 뒤에 제시된 순열 공식에 적용되고 있는 것처럼 보인다는 점이다. 사영 기하학의 특징적인 과정은 한 직선이나 평면 위에 있지 않는 한 점에서 투시도법으로 다른 직선이나 평면에 사상시키는 것이다. 이 과정은 한 물체를 외부점에서 그리거나 사진 촬영할 때 하는 것과 근본적으로 일치한다. 사영 기하학의 개념은 매우 다양한 대수계에서 좌표들을 선택하여 확장시킬 수 있다.

이 작품의 텍스트에서 전반부의 도표는 〈선에 관한 각서 1〉의 도표와 유사성을 띠고 있지만 그 성질이 다르다. 〈선에 관한 각서 1〉의 경우는 평면 위의 한 점을 수식으로 표시하는 법을 도표화한 것인데, 이 작품에서는 3차원의 세계, 즉 공간 속에 한 점의 위치를 표시하는 법을 보여준다. 이 도표는 수직을 이루면서 만나는 두 개의 평면을 하나의 평면 위에 펼쳐 놓은 것이다. 표의 중간에 끼워진 '3 2 1'은 바로 두 평면이 수직으로 만나는 부분을 의미한다. 여기서 '3'은 꼭지점에 해당한다.

이 도표를 보면 공간에서의 점의 위치는 평면의 경우와는 달리 무한하게 표시될 수밖에 없다. 그리고 공간 속에 위치하고 있는 임의의 두 점을 골라 연결(한 줄로 세우는)하는 경우의 수는 텍스트에 제시된 $P(n,r)=n(n-1)(n-2)\cdots\cdots(n-n+1)$과 같은 순열의 공식으로 해결할 수 있다. 순열順列은 서로 다른 n개의 원소 중에서 r개를 뽑아서 한 줄로 세우는 경우의 수를 말한다. nPr, 혹은 $P(n,r)$이라고 쓴다. $P(n,r)$은 다음과 같이 정의된다. $P(n,r)=n(n-1)(n-2)\cdots\cdots(n-n+1)$. 그런데 사실은 여기 제시된 공식을 이용한다 하더라도 사실은 답을 구할 수 없다. 왜냐하면 공간 속에서 점의 수(여기서는 'n')는 한정할 수 없기 때문이다. 말하자면 이 순열의 공식에 의거하여 문제를 풀 경우 답은 무한하다. 이 작품에서 이러한 문제를 제기하고 있는 것은 결국 해석 기하학이나 대수 기하학에서 미분 기하학에 이르면, 결국 모든 현상이 미궁으로 빠지거나 추상화되어 버림을 말하기 위한 것으로 생각된다. 그렇기 때문에 이 작품은 '腦髓는부채와같이圓에까지展開되었다, 그리고完全히迴轉하였다'라는 말로 그 결말이 이루어진다.

線에 關한 覺書 4(未定稿)

[원문 번역]

彈丸이一圓壔를疾走했다(彈丸이一直線으로疾走했다에있어서의誤謬等의修正)

正六雪糖(角雪糖을稱함)

瀑筒의海綿質填充(瀑布의文學的解說)

[작품 해설]

이 작품은《조선과 건축朝鮮と建築》(1931. 10)에 발표한 연작시《삼차각설계도三次角設計圖》에서 넷째 작품이다. 이 작품은 아인슈타인의 상대성 원리 이후의 절대 시간과 공간의 개념이 바뀜에 따라 거기서 야기되는 여러 가지 문제들에 대한 상념들을 나열하고 있다. '미정고未定稿'라는 부제를 붙이고 있는 것으로 보아 텍스트의 완결성을 갖추지 못하고 있음을 짐작할 수 있다.

　이 작품에서 텍스트의 첫 문장 '탄환彈丸이 일원도—圓壔를 질주疾走
했다'는 진술은 문자 그대로 '탄환彈丸이 일직선—直線으로 질주疾走했
다'라는 진술에 나타나는 오류誤謬 등等의 수정修正을 의미한다. 이 대
목은 아인슈타인의 일반 상대성 이론에서 제기된 '휘어진 공간'(스티
븐 호킹, 시간의 역사, 전대호 역, 까치, 61~65면 참조)의 개념을 구체적으로
설명한 부분이다. 일반 상대성 이론에서 물체는 항상 4차원 시공 속
에서는 측지선을 따라서 움직인다. 물질이 없으면 4차원 시공에서의
측지선은 3차원 공간에서의 직선과 동일하다. 물질이 있으면 4차원
시공은 변형되고 3차원 공간 속의 물체의 경로는 휘어진다. 그러므로
탄환이 일직선으로 질주한다는 것은 엄격히 말하면 잘못된 표현이
다. 오히려 측지선에 해당하는 '일원도'를 질주한다고 표현해야 한다.

　둘째 문장에서 문제가 된 것은 '각설탕角雪糖'이라는 말이다. '각'은
평면 위에서 두 직선이 서로 만나는 경우에 생겨나는 교차점에서의
간격을 말한다. 그런데 '각설탕'은 그 형태가 입체형이므로 '각설탕'이
라는 용어는 부적절하다. 오히려 정육면체의 설탕이라는 뜻으로 '정
육설탕'이라고 말하는 것이 옳다고 진술하고 있다.

　마지막 문장에서 진술하고 있는 것은 '폭포'이다. 폭포라는 것을 두
고, 물거품 통이 해면질처럼 물을 빨아들여서 그 통을 가득 채운 모습
이라고 설명하고 있다. 문학적 해석이라는 단서를 달고 있다. 폭포는
인력과 중력 작용에 따라 높은 곳에 있는 물이 낮은 곳으로 떨어지는
현상을 말하는데, 물거품 기둥에서 삼투압 작용으로 물이 빨려 올라
가는 것이라고 하는 특이한 해석을 제기하고 있다.

線에 關한 覺書 5

사람은光線보다빠르게달아나면사람은光線을보는가, 사람은光線을본
다, 年齡의眞空에있어서두번結婚한다, 세번結婚하는가, 사람은光線보
다도빠르게달아나라.

未來로달아나서過去를본다, 過去로달아나서未來를보는가, 未來로달
아나는것은過去로달아나는것과同一한것도아니고未來로달아나는것
이過去로달아나는것이다. 擴大하는宇宙를憂慮하는者여, 過去에살으
라, 光線보다도빠르게未來로달아나라.

사람은다시한번나를맞이한다, 사람은보다젊은나에게적어도相逢한
다, 사람은세번나를맞이한다, 사람은젊은나에게적어도相逢한다, 사람
은適宜하게기다리라, 그리고파우스트를즐기거라, 메퓌스트는나에게
있는것도아니고나이다.

速度를調節하는날사람은나를모은다, 無數한나는말(譚)하지아니한다,
無數한過去를傾聽하는現在를過去로하는것은不遠間이다, 자꾸만反復
되는過去, 無數한過去를傾聽하는無數한過去, 現在는오직過去만을印
刷하고過去는現在와一致하는것은그것들의複數의境遇에있어서도區
別될수없는것이다.

聯想은處女로하라, 過去를現在로알라, 사람은옛것을새것으로아는도
다, 健忘이여, 永遠한忘却은忘却을모두求한다.

來到할나는그때문에無意識中에서사람에一致하고사람보다도빠르게나
는달아난다, 새로운未來는새로움게있다, 사람은빠르게달아난다, 사람
은光線을드디어先行하고未來에있어서過去를待期한다, 于先사람은하
나의나를맞이하라, 사람은全等形에있어서나를죽이라.

사람은全等形의體操의技術을習得하라, 不然이라면사람은過去의나의
破片을如何히할것인가.

思考의破片을反芻하라, 不然이라면새로운것은不完全이다, 聯想을죽
이라, 하나를아는者는셋을아는것을하나를아는것의다음으로하는것을
그만두어라, 하나를아는것은다음의하나의것을아는것을하는것을있게
하라.

사람은한꺼번에한번을달아나라, 最大限달아나라, 사람은두번分娩되
기前에××되기前에祖上의祖上의星雲의星雲의星雲의太初를未來에
있어서보는두려움으로하여사람은빠르게달아나는것을留保한다, 사람
은달아난다, 빠르게달아나서永遠에살고過去를愛撫하고過去로부터다
시過去에산다, 童心이여,童心이여, 充足될수없는永遠의童心이여.

[작품 해설]

이 작품은《조선과 건축朝鮮と建築》(1931. 10)에 발표한 연작시《삼차
각설계도三次角設計圖》에서 다섯째 작품이다. 이 작품은 아인슈타인의
상대성 원리에서 입증된 '모든 움직임은 빛의 속도를 넘을 수 없다'는
원리를 놓고 사물에 대한 인식과 그 정보의 전달을 다양한 방식으로
재질문하면서 떠오르게 되는 시인의 상념을 서술하고 있다.

인간에게 있어서 시간의 본질에 대한 관념은 아인슈타인의 상대성

이론이 등장하면서 크게 바뀐다. 유일한 절대적 시간의 존재에 대한 신념은 상대성 이론에 의해 밀려난다. 모든 물질의 이동 속도는 물론, 힘의 매개체인 보존도 빛의 속도를 넘어서 전달될 수 없다. 질량이 없는 물체는 빛의 속도로 전파된다. 이는 인과율에 중요한 영향을 준다. 예컨대 어떤 정보에 대한 인식과 그 전달이 빛보다 빨리 일어날 가능성이 있다고 하자. 그러면 이 경우 내가 보낸 정보가 보내기도 전에 상대방에게 도착하게 되는 역설에 빠지게 되고 심지어는 자신의 탄생을 두 번 경험하게 된다. 이 작품에서 시인은 바로 이러한 여러 가지 상념들을 떠올리면서 인간 존재의 의미를 새롭게 질문하고자 한다.

이 작품에서 제기하고 있는 가장 중요한 문제는 비가역적인 현상으로 인식되어 온 시간의 흐름을 놓고 과거나 미래로의 여행을 꿈꾸는 것이다. 물론 상대성 이론에서는 시간 여행이란 것이 불가능하다고 전제한다. 상대성 이론에 의하면 물체가 광속에 가까워질수록 질량은 점점 빠르게 증가한다. 따라서 좀 더 속도를 높이기 위해서는 더 많은 에너지가 필요하게 된다. 이런 식으로 물체의 속도가 광속에 도달하면 그 물체의 질량은 무한대가 된다. 또한 질량과 에너지의 등가원리에 의해 물체를 광속에 도달시키려면 무한대의 에너지가 필요하다는 계산이 나온다. 이런 이유 때문에 일반적인 물체는 결코 광속과 같거나 더 빠르게 움직인다는 것은 불가능하다. 그러나 이 작품에서 시적 화자는 과거의 시간으로 돌아가거나 미래의 시간으로 점프하는 상황을 상상하고 있으며, 그 가능성 위에서 인간 존재의 의미를 새롭게 따져 보고 있는 것이다.

線에 關한 覺書 6

數字의 方位學

4   4   4   4

數字의 力學

時間性(通俗思考에依한歷史性)
速度와座標와速度

4 ＋ 4
4 ＋ 4
4 ＋ 4
4 ＋ 4

etc

사람은靜力學의現象하지아니하는것과同一하는것의永遠한假說이다,
사람은사람의客觀을버리라.

主觀의體系의收歛과收歛에依한凹렌즈.

4 第四世

4 一千九百三十一年九月十二日生.

4 陽子核으로서의陽子와陽子와의聯想과選擇.

原子構造로서의一切의運算의研究.

方位와構造式과質量으로서의數字와性狀性質에依한解答과解答의分類.

數字를代數的인것으로하는것에서數字를數字的인것으로하는것에
서數字를數字인것으로하는것에서數字를數字인것으로하는것으로
(1 2 3 4 5 6 7 8 9 0의疾患의究明과詩的인情緒의棄却處)
(數字의一切의性態 數字의一切의性質 이런것들에依한數字의語尾의活用에依한數
字의消滅)

數式은光線과光線보다도빠르게달아나는사람과에依하여運算될것.

사람은별—天體—별때문에犧牲을아끼는것은無意味하다, 별과별과의
引力圈과引力圈과의相殺에依한加速度函數의變化의調査를于先作成할
것.

[작품 해설]

이 작품은《조선과 건축朝鮮と建築》(1931. 10)에 발표한 연작시《삼차
각설계도三次角設計圖》에서 여섯째 작품이다.

이 작품에서는 고전 물리학의 기초가 되는 요소들, 힘, 시간, 방향,
속도 등의 개념을 도식화하여 제시하면서 새로운 4차원 시공계의 가
능성에 대한 여러 가지 상념을 기록하고 있다.

아인슈타인의 상대성 이론에서 제시하고 있는 3차원의 세계를 넘
어서는 4차원의 시공계는 이 작품에서 '4(1+3)'로 기호화되어 있다.

여기서 4는 〈선에 관한 각서 2〉에서 제시했던 '3+1'의 값에 해당하며, 3차원의 공간에 속도의 개념이 덧붙여져서 만들어진 것이다. 이러한 인식을 기반으로 할 때 '삼차각'의 의미도 그 범위가 정해진다. 왜냐하면 삼차각이라는 개념을 3차원 공간에서의 각의 의미로 규정할 경우 그것은 결국 빛의 속성을 전제하지 않고서는 설명할 수 없는 것이다.

線에 關한 覺書 7

[원문 번역]

空氣構造의速度—音波에依한—速度처럼三百三十메―터를模倣한다 (光線에比할때참너무도劣等하구나)

光線을즐기거라, 光線을슬퍼하거라, 光線을웃거라, 光線을울거라.

光線이사람이라면사람은거울이다.

光線을가지라.

——

視覺의이름을가지는것은計畫의嚆矢이다. 視覺의이름을發表하라.

□ 나의이름

△ 나의안해의이름(이미오래된과거에있어서나의AMOUREUSE는이와같이도
聰明하니라)

視覺의이름의通路는設置하라,그리고그것에다最大의速度를附與하라.

――――

하늘은視覺의이름에對하여서만存在를明白히한다(代表인나는代表인一
例를들것)

蒼空,秋天,蒼天,靑天,長天一天,蒼弓(大端히갑갑한地方色이나아닐른지)하늘
은視覺의이름을發表하였다.

視覺의이름은사람과같이永遠히살아야하는數字的인어면一點이다. 視
覺의이름은運動하지아니하면서運動의코오스를가질뿐이다.

――――

視覺의이름은光線을가지는光線을아니가진다. 사람은視覺의이름으로
하여光線보다도빠르게달아날必要는없다.

視覺의이름들을健忘하라.

視覺의이름을節約하라.

사람은光線보다빠르게달아나는速度를調節하고때때로過去를未來에
있어서淘汰하라.

[작품 해설]

이 작품은《조선과 건축朝鮮と建築》(1931. 10)에 발표한 연작시《삼차
각설계도三次角設計圖》에서 일곱째 작품이다. 연작시 전체의 시적 결말
에 해당한다. 작품의 텍스트는 모두 네 부분으로 구분되어 있다. 첫째
단락은 인간의 감각 가운데 시각이라는 것이 빛과 밀접한 관련을 가
지며 삶의 모든 과정이 빛을 통한 시각에서 이루어진다는 점을 강조
한다. 둘째 단락은 인간의 사물에 대한 인식이 시각을 통해 이루어지
는 것임을 설명한다. 셋째 단락은 모든 사물의 존재를 드러내는 이름
이라는 것이 결국 시각의 표현임을 설명한다. 넷째 단락은 사물에 대
한 인식 태도에서 지나치게 현상적인 것에 집착하지 말도록 권고한
다.

建築無限六面角體

이상이 1932년 7월《조선과 건축朝鮮と建築》에 발표한 연작시이다.
'이상李箱'이라는 필명을 사용하고 있다.

《건축무한육면각체建築無限六面角體》라는 큰 제목 아래〈AU
MAGASIN DE NOUVEAUTES〉,〈열하약도 No. 2熱河略圖 No.2 未定稿〉,
〈진단 0 : 1診斷 0 : 1〉,〈22년二十二年〉,〈출판법出版法〉,〈차8씨의 출발且8氏
の出發〉,〈대낮〉등 7편을 묶어 놓고 있다.

'육면각체'라는 용어는 수학에서 통용되지 않는 말이다. 우리가 흔히 볼 수 있는 정육면체나 정사면체는 말하자면 '삼면각체'에 해당한다. 물론 여섯 개의 면이 만나는 입체라고 억지로 해석할 수 있다. 그리고 '무한'이라는 수식어를 붙여서, '무한육면각체'를 여섯 개의 면이 한 점에서 만나고 반대쪽으로 무한이 벌어진 입체라고 볼 경우 그 존재의 가능성을 인정할 수 있다. (김명환, 이상 시에 나타나는 수학기호와 수식의 의미,《이상문학연구 60년》, 권영민 편, 180~181면 참조).

  이와는 달리 '육면각체'라는 말을 '육면체'로 볼 수 있다면, 수많은 육면체가 결합된 형태로 이루어진 현대 건축의 기하학적 모형을 상징하는 말로도 이해할 수 있다. 현대식 건축물의 전면에 드러나는 외양은 수많은 사각형들이 겹쳐진 모양이다. 건축물은 엄청난 크기의 직육면체일 것이다. 이상은 'AU MAGASIN DE NOUVEAUTES'라는 시에서 현대식 건축인 백화점 건물의 입체적 형상을 평면적으로 해체시켜 놓는다. 현대식 건축물의 설계도에서 볼 수 있는 것처럼 '사각형의 내부의 사각형의 내부의……'로 이어지는 건물의 외형을 기하학적으로 해체하여 '사각형'이라는 지배적 인상을 포착해 내고 있는 것이다. 이러한 이상의 새로운 관점에 따른다면 그가 자신의 연작시의 제목으로 사용한 '건축무한육면각체'라는 말은 무한한 숫자의 사각형으로 해체되어 표시되는 현대식 건축물의 기하학적 특성을 지시한 것으로 볼 수 있다. 여기서 '육면각체'는 '삼차각'이라든지 '정육설탕'이라든지 하는 말과 같이 물체의 형상에 대한 시각적 인식을 새롭게 규정하고자 하는 시도에 해당한다. '직육면체' 또는 '정육면체'라는 말이 가지는 개념상의 문제에 대한 이상 자신의 불만의 표시이기도 하다.

AU MAGASIN DE NOUVEAUTES

[원문 번역]

四角形의內部의四角形의內部의四角形의內部의四角形의內部의四角形。

四角이난圓運動의四角이난圓運動의四角이난圓。

비누가通過하는血管의비눗내를透視하는사람。

地球를模型으로만들어진地球儀를模型으로만들어진地球。

去勢된洋襪。(그女人의이름은워어즈였다)

貧血緬袍。당신의얼굴빛깔도참새다리같습네다.

平行四邊形對角線方向을推進하는莫大한重量。

마루세이유의봄을解纜한코티의香水의마지한東洋의가을。

快晴의空中에鵬遊하는Z伯號。蛔蟲良藥이라고쓰여져있다.

屋上庭園猿猴를흉내내이고있는마드무아젤。

彎曲된直線을直線으로疾走하는落體公式。

時計文字盤에XII에내리워진二個의浸水된黃昏。

도아―의內部의도아―의內部의鳥籠의內部의카나리야의內部의嵌殺
門戶의內部의인사。

食堂의門깐에方今到達한雌雄과같은朋友가헤여진다。

검은잉크가엎질러진角砂糖이三輪車에積荷된다.

名啣을짓밟는軍用長靴。街衢를疾驅하는造花金蓮。

위에서내려오고밑에서올라가고위에서내려오고밑에서올라간사람은
밑에서올라가지아니한위에서내려오지아니한밑에서올라가지아니한
위에서내려오지아니한사람。

저여자의下半은저남자의上半에恰似하다.(나는哀憐한邂逅에哀憐하는나)

四角이난케―스가걷기始作이다。(소름끼치는일이다)

라지에―타의近傍에서昇天하는꼰빠이。

바깥은雨中。發光魚類의群集移動。

[작품 해설]

이 작품은 1932년 7월《조선과 건축朝鮮と建築》에 발표한 연작시 《건축무한육면각체建築無限六面角體》의 첫 작품이다. 작품 제목인 'AU MAGASIN DE NOUVEAUTES'는 프랑스어 표기 그대로 '새로운 상품들이 신기하게 진열되어 판매되고 있는 상점'이라는 뜻을 지닌다. 우리가 알고 있는 '양품점'을 이렇게 말하기도 한다. 여기서는 이 같은 관용적 의미보다는 새롭게 선뵈는 상품들이 사람들의 호기심을 자극할 수 있도록 진열되어 있는 백화점을 말하는 것으로 본다. 굳이 이 제목을 '신상품들이 진열된 가게에서'라고 번역하지 않는 것은 프랑스어 표기 자체가 기호적으로 환기하는 이국적 취향을 그대로 살려두기 위한 것이 아닌가 생각된다.

시 〈AU MAGASIN DE NOUVEAUTES〉는 도회의 가을 어느 날에 이루어진 한가로운 백화점 구경을 소재로 한다. 이 시에는 제목 그대로 백화점의 신기한 새 상품들이 시적 대상으로 등장한다. 그리고 백화점에 진열된 상품들과 상품 광고 등을 통해 대상을 보는 시적 화자의 섬세한 감각을 드러내어 준다.

백화점의 모든 장식과 상품의 진열과 광고와 선전물들은 그 자체가 스스로 말을 건네듯 자신을 드러낸다. 진열장의 화려한 조명과 함께 사치스럽게 놓인 화장품과 여성용품, 환상을 불러일으키는 코티의 향기, 광고 문안과 함께 하늘에 떠 있는 비행선, 여기저기 길거리에 떨어져 있는 광고 전단지들, 상품 상자를 실어 나르는 삼륜차, 바쁜 걸음으로 거리를 오가는 사람들 그리고 빗속을 달리는 자동차……더 이상 거론하기조차 가슴 벅찬 이 도회의 한복판 백화점은 그 자체가 하나의 커다란 상품 광고처럼 그려진다. 그러나 감각적으로 인지되고 있는 새로운 상품들이 시적 화자와 일정한 거리를 느끼게 한다는 점을 부인할 수 없다. 현대적인 도시 공간에 새롭게 등장한 백화점에서 이루어지는 고급한 소비문화의 행태에 대하여 시적 화자는 냉소적인 태도를 감추지 않고 있기 때문이다.

이 시에서 그려 내고 있는 백화점은 그 외양에서부터 평면 기하학적 개념으로 해체되고 있으며, 시선의 이동 자체도 구조 역학의 기본 개념으로 추상화되기도 한다. 그러나 시적 텍스트는 백화점을 구경하는 화자의 위치에 따라 건물의 외양과 내부의 공간적 특성을 인상적으로 묘사해 낸다. 이 시에서는 우선 백화점 건물의 외부에서 내부로 시선의 이동이 일어난다. 또 아래에서 위로 일층에서 옥상으로 이동한다. 또 옥상 위에서 하늘을 쳐다보기도 하고 건너편 건물을 건너다보기도 하면서 거리의 풍경을 내려다보기도 한다. 이러한 시선의 이동과 각도의 변화를 통해 사물을 보는 여러 가지 시각이 공간적으로 형상화되고 있는 것이다.

시적 화자는 먼저 백화점 건물을 보고 구조 역학을 적용하여 그 구조를 투시한다. 백화점 건물은 수많은 사각형으로 해체되어 드러난다. 그리고 내부의 층계와 엘리베이터의 모습을 통해 백화점 공간의 내적 역동성을 보여주기도 한다. 그러므로 이 작품은 백화점 구경이라는 일상적 소재를 통해 사물을 보는 새로운 시선과 그 각도를 다양하게 작동시켜 보고 있는 시적 감수성의 실험에 해당한다고 할 수 있다. 거기에는 당연히 대상으로서의 백화점과 상품들 그리고 구경꾼으로써의 시적 화자의 시선과 각도가 드러난다.

이 시에서 이루어지는 시적 대상에 대한 감각적 인식은 대상 자체에만 의존하는 것이 아니라 대상과 주체의 상호작용에 의존한다. 여기서 문제가 되는 것이 바로 사물을 보는 시선과 그 시선의 이동이다. 결국 이 시는 백화점에 진열된 상품들을 대상으로 하여 그것을 보는 관점과 그 각도의 문제가 어떻게 하나의 공간적 형식으로 형상화되고 있는가를 이해하는 것이 핵심적인 과제임을 알 수 있다.

熱河略圖 No. 2 (未定稿)

[원문 번역]

1931年의風雲을寂寂하게말하고있는탱크가早晨의大霧에赤褐色으로 녹슬어있다.

客席의기둥의內部. (實驗用알콜램프가燈불노릇을하고있다)

벨이울린다.

兒孩가二十年前에死亡한溫泉의再噴出을報導한다.

[작품 해설]

이 시는 1932년 7월《조선과 건축朝鮮と建築》에 발표한 연작시《건축무한육면각체建築無限六面角體》의 두 번째 작품이다.

이 작품은 텍스트 자체가 완결성을 보이지는 않는다. '미정고'라고 써 놓은 것으로 보아 정리되지 않은 상념들을 모아 놓듯이 기록한 듯하다.

이 작품에서 '열하熱河'는 중국의 만주 지역에 있는 지명이다. 1931년 일본이 만주 대륙에서 전쟁을 일으키면서 대륙 진출을 시도하게 된 사건을 염두에 두고 있다. 이 작품의 내용은 영화관에서 보게

된 시사 뉴스에 대한 느낌을 적어 놓고 있지만 전체적으로 어떤 뚜렷
한 주제 의식이 직접적으로 드러나 있지는 않다.

診斷 0 : 1

[원문 번역]

어떤患者의容態에關한問題

1 2 3 4 5 6 7 8 9 0 ·

1 2 3 4 5 6 7 8 9 · 0

1 2 3 4 5 6 7 8 · 9 0

1 2 3 4 5 6 7 · 8 9 0

1 2 3 4 5 6 · 7 8 9 0

1 2 3 4 5 · 6 7 8 9 0

1 2 3 4 · 5 6 7 8 9 0

1 2 3 · 4 5 6 7 8 9 0

1 2 · 3 4 5 6 7 8 9 0

1 · 2 3 4 5 6 7 8 9 0

· 1 2 3 4 5 6 7 8 9 0

診斷 0 : 1

26. 10. 1931

以上　責任醫師　　李 箱

[작품 해설]

이 시는 1932년 7월 《조선과 건축朝鮮と建築》에 발표한 연작시 《건축무한육면각체建築無限六面角體》의 세 번째 작품이다. 이 작품은 텍스트 자체가 숫자판과 함께 제시되는 간략한 몇 개의 진술로 구성되어 있다. 이상이 시도했던 '보는 시visual poetry'의 형태에 해당한다. 이 작품은 1934년 7월 28일 《조선중앙일보朝鮮中央日報》에 발표한 〈오감도 시제4호〉로 개작된 바 있다.

이 작품의 시적 진술 내용을 보면, 텍스트의 첫머리에는 '환자의용태에관한문제'라는 짧막한 어구가 배치되어 있다. 이 짧막한 진술은 환자의 병환이 어떤 상태인지에 대한 의문을 내포한다. 이 어구의 바로 뒤에 '1 2 3 4 5 6 7 8 9 0 · '이라는 숫자를 반복적으로 기록해 놓은 도판이 삽입되어 있다. 이 숫자의 도판은 시의 텍스트에서 진술하고자 하는 '환자의용태에관한문제'와 어떤 연관성을 가지는 것이라고 짐작된다. 이 시의 텍스트 말미에서는 환자의 용태에 대한 진단 결과를 '0 : 1'이라는 숫자로 다시 정리해 놓고 있다. 이 진단 결과는 1931년 10월 26일에 나왔으며, 이 결과를 진단한 의사는 '이상' 자신이다. 시인 자신이 자기 이름을 의사로 표시하고 있음을 알 수 있다. 이 작품은 '환자의 용태에 관한 문제'라는 진술과 '진단 0 : 1 / 26. 10. 1931 / 이상 책임의사 이상'이라는 진술 사이에 삽입되어 있는 숫자의 도판이 어떤 시적 맥락을 형성하고 있는지를 먼저 규명해야만 한다. 그래야만 시적 텍스트 자체의 시각적 특징을 정확하게 이해할 수 있게 된다.

이 시는 경험적 자아로서의 시인 이상이 폐결핵 환자인 자신을 대상화하여 스스로 자기진단을 수행하는 과정을 숫자로 단순 추상화하여 시각화한 것이라고 할 수 있다. 시인 이상은 자신의 건강 상태와 병환의 진전 상황을 수없이 스스로 진단하며 병든 육체에 대한 자기 몰입에 빠져들고 있었던 것이다. 이 과정을 단순 추상화하여 시각적인 기호로 대체해 보여주는 것이 십진법의 기수법으로 배열된 숫자의 도판이다. 수없이 되풀이하여 자기진단을 해보지만 그 결과는 '0'과 '1'이라는 이진법의 숫자로 간단명료하게 논리화된다. '있음'을 의미하는 '1'은 정상적으로 작동하고 있는 한쪽의 폐를 말하고, 병으로 훼손된 다른 한쪽의 폐는 '없음'을 의미하는 '0'으로 표시하고 있는 것이다.

二十二年

[원문 번역]

前後左右를除한唯一한痕迹이있어서

翼段不逝 目大不覩

胖矮小形의神의眼前에내가落傷한故事가있어서

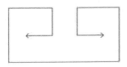

(臟腑그것은浸水한畜舍와다를것인가)

[작품 해설]

이 시는 1932년 7월 《조선과 건축朝鮮と建築》에 발표한 연작시 《건축무한육면각체建築無限六面角體》의 네 번째 작품이다. 이 작품은 텍스트 자체가 간략한 몇 개의 문장 중간에 추상적 도형을 삽입해 놓고 있다. 이상이 시도했던 '보는 시visual poetry'의 형태에 해당한다. 이 작품은

1934년 7월 28일 《조선중앙일보朝鮮中央日報》에 발표한 〈오감도 시제 5호〉로 개작된 바 있다.

이 작품에서 제목이 되고 있는 '二十二年'은 시인 자신이 폐결핵을 처음 진단받은 나이를 말한다. 이 작품은 결핵 진단을 받은 후의 충격과 병에 대한 공포를 동시에 드러낸다. 제목에서 '二十二'라는 숫자가 흥미롭다. '二十二'는 글자 그대로 놓고 보면 좌우 균형을 이룬 건강한 상태를 암시한다. 그런데 여기서 좌우를 없애 버리면 '十'이라는 글자만 남는다. 전후와 좌우를 없애 버린 하나의 흔적이 있다는 시구가 바로 일종의 '말놀이' 또는 '글자놀이'의 출발점에 해당함을 알 수 있다.

텍스트 중간의 '익단불서翼段不逝 목대부도目大不覩'라는 구절은 중국의 대표적인 고전 〈장자莊子〉의 '산목편'에 나오는 '익은불서 목대부도翼殷不逝目大不覩'라는 구절을 패러디한 것이다. 원전에서의 뜻은 '날개가 커도 날지 못하고 눈이 커도 보지 못한다'는 의미를 지닌다. 그런데 이 문구 가운데 '날개가 크다'는 의미를 지니는 '익은翼殷'을 시인은 '익단翼段'으로 바꾸어 놓았다. '은殷' 자의 획을 두 개 제외시켜 '단段' 자를 만들어 놓았던 것이다. 바로 앞 구절에서 '전후좌우를 없애 버린 하나의 흔적이 있다'고 암시한 그대로이다. 이러한 일종의 '파자破字' 방법을 통해 시인은 새로운 어구를 만들게 된다. 〈장자〉의 원전과는 달리 '익단불서翼段不逝 목대부도目大不覩'라는 새로운 문구가 만들어진 것이다. 이 새로운 문구는 '날개는 부러져서 날지 못하고 눈은 커도 보지 못한다'는 의미로 해석된다. 이 문구의 내용을 제1행과 연결하여 해석해 보면 그 의미가 더욱 분명해진다. '전후좌우를 없앤 하나의 흔적이 있어서, 날개는 부러져 날지 못하고 눈은 커도 보지 못한다'라는 뜻이 된다. 이 대목은 폐결핵으로 인하여 건강을 상실하고 정신적으로 좌절감에 빠져든 시인의 내면 심리를 그대로 드러낸다.

이 작품의 텍스트에 삽입되어 있는 추상적 도형에 대해서는 그 해석이 구구하다. 어떤 연구자는 이 도표를 시적 주체의 성격, 또는 욕망과 연결시켜 해석하기도 하고, 어떤 연구자는 일종의 성적性的 심볼로 해석하기도 한다. 이 도형은 병원에서 찍은 흉부의 X선 사진의 모양을 평면 기하학적으로 추상화하여 그려 본 것이다. 이것은 제1행에서 설명한 대로 '전후좌우를 없앤 흔적'에 해당하는 병에 의한 '신체적 결여'의 기호적 표상에 해당한다.

出版法

[원문 번역]

I

虛僞告發이라는罪名이나에게死刑을言渡하였다。자취를隱匿한蒸氣속에몸을記入하고서나는아스팔트가마를睥睨하였다。

──直에關한典古一則──

其父攘羊 其子直之

나는아아는것을아알며있었던典故로하여아알지못하고그만둔나에게의執行의中間에서더욱새로운것을알지아니하면아니되었다。

나는雪白으로曝露된骨片을줏어모으기始作하였다。

「筋肉은이따가라도附着할것이니라」

剝落된膏血에對하여나는斷念하지아니하면아니되었다。

II 어느警察探偵의秘密訊問室에있어서

嫌疑者로서檢擧된사나이는地圖의印刷된糞尿를排泄하고다시그것을

嚥下한것에對하여警察探偵은아아는바의하나를아니가진다.發覺當하는일은없는級數性消化作用.사람들은이것이야말로卽妖術이라말할것이다.

「물론너는鑛夫이니라」

參考男子의筋肉의斷面은黑曜石과같이光彩가나고있었다고한다.

Ⅲ 號外

磁石收縮을開始

原因極히不明하나對內經濟破綻에因한脫獄事件에關聯되는바濃厚하다고보임.斯界의要人鳩首를모아秘密裡에硏究調査中.

開放된試驗管의열쇠는나의손바닥에全等形의運河를掘鑿하고있다.未久에濾過된膏血과같은河水가汪洋하게흘러들어왔다.

Ⅳ

落葉이窓戶를滲透하여나의正裝의자개단추를掩護한다.

$$\boxed{暗\ 殺}$$

地形明細作業의只今도完了가되지아니한이窮僻의地에不可思議한郵遞交通은벌써施行되었다.나는不安을絶望하였다.

日曆의反逆的으로나는方向을紛失하였다.나의眼睛은冷却된液體를散散으로切斷하고落葉의奔忙을熱心으로幇助하고있지아니하면아니되었다.

(나의猿猴類에의進化)

[작품 해설]

　이 시는 1932년 7월《조선과 건축朝鮮と建築》에 발표한 연작시《건축무한육면각체建築無限六面角體》의 다섯 번째 작품이다. 이 작품에서 제목으로 내세워지고 있는 '출판법'은 글자 그대로 인쇄 출판의 방법을 의미하는 이른바 타이포그래피typography의 문제를 서술하고 있지만, 출판과 인쇄에 대한 사회적 규제를 의미하는 각종 규범들, 특히 식민지 시대 일본의 조선총독부가 강행하였던 언론 출판에 관한 검열제도 censorship의 문제를 우회적迂廻的으로 비판하고 있는 것으로 볼 수 있다.

이 작품의 텍스트는 전체적인 구성 자체가 네 부분(Ⅰ~Ⅳ)으로 구분되어 있으며, 신문의 인쇄 과정에서 특히 중시되는 교정과 인쇄 과정을 순서대로 서술하고 있다. 그런데 이 과정은 모두 '나'라는 1인칭 화자가 전면에 등장하여 그 내적 정황을 진술하는 방식으로 전개된다. Ⅰ, Ⅲ, Ⅳ의 경우는 '나'라는 화자가 모든 진술의 주체로 등장하여 텍스트의 내용을 구성하고 있으며, Ⅱ의 경우에는 '나'라는 화자가 주체로서 표면에 등장하지 않는다. 관찰자의 입장에 서 있는 화자가 객관적으로 작품 내적 정황을 서술한다. 이 작품의 텍스트에 등장하는 '나'는 실제적인 인물이 아니다. 인쇄에 필수적인 '활자活字'를 의인화하여 가상적인 인물로 등장시켜 놓았기 때문이다.

이 작품이 그려 내고 있는 것은 제목 그대로 '출판법'에 관련되어 있다. 이 작품의 텍스트를 '나'의 진술을 따라가면서 읽게 되는 경우, 작품의 텍스트 구성 자체가 신문 인쇄 과정에서 중시되는 몇 가지 단계를 구체적으로 보여준다. Ⅰ, Ⅱ는 문선 과정과 교정, 그리고 조판과 정판의 단계를 보여준다. 그리고 Ⅲ, Ⅳ에서는 판을 인쇄기에 걸고 기계를 작동시켜 종이 위에 인쇄를 하게 되는 과정을 보여준다. 오늘날은 컴퓨터를 이용한 전자 인쇄가 성행하고 있기 때문에 채자, 식자, 교정, 정판, 지형 등의 단계가 대부분 생략되고 있지만, 이러한 활판인쇄活版印刷의 과정을 이해하지 못한다면 이 작품의 텍스트를 제대로 읽어낼 수 없다.

첫째 단락인 'Ⅰ' 부분에서는 인쇄 과정에서의 교정 작업이 먼저 그려진다. 오식된 글자를 원고대로 바로잡는 교정 작업을 놓고 '기부양양其父攘羊 기자직지其子直之'라는 《논어論語》의 한 대목을 패러디하고 있는 것이 흥미롭다. 텍스트에서는 '직直에 관關한 전고일칙典古一則'이라고 하여 '곧고 바르다는 것에 대한 전고典古 한 가지'를 제시한다는 점을 밝히고 있다. 《논어論語》 '자로子路편'에 다음과 같은 이야기가 나온다. 섭공이 공자에게 말한다. "우리들 중에 정직한 사람이 있는데, 그 아버지가 남의 양을 훔친 것을 아들이 증언했습니다." 이에 공자께서 말씀하시길, "우리들 중의 정직한 사람은 그와 다릅니다. 아버지가 아들을 위해 숨겨주고 아들이 아버지를 위해 숨겨주는데, 정직한 것은 그 속에 있습니다."(葉公語孔子曰吾黨有直躬者 其父攘羊 而子證之 孔子曰吾黨之直者 異於是 父爲子隱 子爲父隱 直在 其中矣.) 여기서 《논어》의 이야기에 등장하는 '其父攘羊 而子證之(기부양양 이자증지)'라는 대목이 이 작품 텍스트에는 '其父攘羊 而子直之(기부양양 이자직지)'라고 고쳐져 있음을 확인할 수 있게 된다. 이렇게 고침으로써, '아버지가 양을 훔쳤는데 그 아들이 그것을 증언하였다'는 뜻에서 '아버지가 양을 훔쳤는데(잘못을 저지르다) 그 아들이 그것을 바로잡았다'라는 뜻으로 바뀌고 있다. 여기서 《논어》 문구의 패러디는 식자공植字工이 활자를 잘못 조판한 것을 원고에 따라 바로잡아 가는 교정 과정의 메커니즘을 그대로 암시한다. 이것은 텍스트의 구축에 동원되는 문자 기호의 물질성이 엄격한 자기 규율에 의해 조정되는 것임을 의미한다.

둘째 단락인 'II 어느 경찰탐정警察探偵의 비밀신문실秘密訊問室에 있어서'는 교정지의 지시대로 오식된 활자를 판에서 찾아내는 정판의 과정을 보여준다. 활자가 거꾸로 뒤집혀 식자된 것을 놓고 '발각당發覺當하는 일은 없는 급수성소화작용級數性消化作用'이라고 비유적으로 진술하고 있다. 식자공의 작업을 '광부鑛夫'에 비유하고 있는 대목도 흥미롭다.

셋째 단락인 'Ⅲ 호외號外' 부분은 정판 작업이 끝난 후 인쇄기에 판을 걸어 인쇄를 개시하는 과정을 보여준다. 활판인쇄의 일반적인 절차로 본다면 지형을 뜨고 연판을 만들어 그것을 인쇄기에 걸게 되지만 여기서는 원판을 그대로 직접 인쇄하고 있다. 이러한 방식은 신문사에서 긴급 뉴스나 사건 상황을 빠르게 보도하기 위해 '호외號外'를 발행할 경우 절차를 줄여 시간 절약을 하기 위해 행하는 방식이다. 물론 인쇄 물량이 많지 않은 경우에도 원판을 직접 사용한다.

넷째 단락인 'Ⅳ' 부분에서는 종이에 인쇄가 시작되는 광경을 서술한다. 네모 속에 '암살暗殺'이라는 활자가 찍힌 것을 보면 '호외號外'로 내보내는 뉴스가 매우 절박한 사건임을 암시한다.

이처럼 이 작품 텍스트를 통해 우의적으로 묘사하고 있는 신문 인쇄의 과정은 실제의 '타이포그래피'를 염두에 두고 있는 것으로 읽을 수 있다. 작품의 마지막 문장에서 '나의 원후류猿猴類에의 진화進化'라고 적고 있는 것은 인간이 언어와 문자를 가지고 문명을 발전시켜 온 과정을 암시한다고 할 수 있다.

그런데 이 작품의 텍스트는 총독부에서 강제 시행하던 '출판법'의 출판 인쇄물에 대한 사전 검열제도의 문제점을 암시적으로 비판하고 있는 것으로 읽을 수 있다. 이 텍스트에는 신문의 인쇄 과정에서 시행하던 강제 검열의 과정이 교묘하게 숨겨져 있다. 실제 작품 텍스트를 보면, Ⅰ, Ⅱ는 기사 원고 내용에 대한 검열 과정을 마치 오식을 바로잡는 교정의 단계처럼 위장하여 진술하고 있으며, Ⅲ, Ⅳ는 검열 통과 뒤의 기사의 인쇄 작업과 신문의 호외 발행을 우회적으로 그려 내고 있는 것이다.

且8氏의 出發

[원문 번역]

龜裂이生긴莊稼泥濘의地에한대의棍棒을꽂음。

한대는한대대로커짐。

樹木이盛함。

　　　以上 꽂는것과盛하는것과의圓滿한融合을가르침。

沙漠에盛한한대의珊瑚나무곁에서돝과같은사람이산葬을當하는일을當하는일은없고심심하게산葬하는것에依하여自殺한다。

滿月은飛行機보다新鮮하게空氣속을推進하는것의新鮮이란珊瑚나무의陰鬱한性質을더以上으로增大하는것의以前의것이다。

　　輪不輾地　　展開된地球儀를앞에두고서의設問一題。

棍棒은사람에게地面을떠나는아크로바티를가르치는데사람은解得하는것은不可能인가。

地球를掘鑿하라

　　同時에

生理作用이가져오는常識을抛棄하라

熱心히疾走하고 또 熱心으로疾走하고 또 熱心으로疾走하고 또 熱心으로疾走하는 사람은 熱心으로疾走하는 일들을停止한다。

沙漠보다도靜謐한絶望은사람을불러세우는無表情한表情의無智한한대의珊瑚나무의사람의脖頸의背方인前方에相對하는自發的인恐懼로부터이지만사람의絶望은靜謐한것을維持하는性格이다。

地球를掘鑿하라

　　同時에

사람의宿命的發狂은棍棒을내어미는것이어라 *

* 事實且8氏는自發的으로發狂하였다. 그리하여어느듯且8氏의溫室
에는隱花植物이꽃을피워가지고있었다. 눈물에젖은感光紙가太陽
에마주쳐서는히스므레하게光을내었다.

[작품 해설]

이 시는 1932년 7월《조선과 건축朝鮮と建築》에 발표한 연작시《건축
무한육면각체建築無限六面角體》의 여섯 번째 작품이다. 이 작품은 제목
에 드러나 있는 '且8氏'에 대한 수많은 해석과 함께 이상 작품 가운데
대표적인 난해시의 하나로 지목되어 왔다. 특히 이 작품을 성적 이미
지로 확대하여 해석한 경우가 많다. 그러나 이 작품은 이상 자신이 그
와 가장 절친하게 지냈던 친구의 한 사람인 화가 구본웅具本雄을 모델
로 하여 그의 미술 활동을 친구의 입장에서 재미있게 그려 낸 것이다.
제목에 등장하는 '且8氏'는 구본웅의 성씨인 '구具씨'를 의미한다. 아
라비아 숫자로 표시된 '8'을 한자로 고치면 '팔八' 자가 된다. 그러므로
'구具' 자를 '차且'와 '팔八'로 파자破字하여 놓은 것이라는 점을 쉽게 알
수 있다. 더구나 '차且' 자와 '8' 자를 글자 그대로 아래위로 붙여 놓을
경우에는 그 모양이 구본웅의 외양을 형상적으로 암시한다. 이것은
구본웅이 늘 쓰고 다녔던 높은 중산모의 모양인 '且'와 꼽추의 기형적
인 모양을 본뜬 '8'을 합쳐 놓은 것으로 보이기 때문이다.

이 작품에서 구본웅을 지시하는 말은 또 있다. '곤봉棍棒'과 '산호珊
瑚나무'가 그것이다. '곤봉'은 그 형태로 인하여 남성의 상징으로 풀이
된 경우가 많지만, 가슴과 등이 함께 불룩 나온 구본웅의 외양을 보고
이를 비유적으로 표현한 것으로 볼 수 있다. 특히 이 말은 '구본웅'이
라는 이름을 2음절로 줄여서 부른 것이므로, '말놀이'의 귀재였던 이
상의 언어적 기법을 확인할 수 있는 사례가 되기도 한다. '산호나무'
라는 말도 역시 구본웅의 마른 체구와 기형적인 곱사등이의 형상을

'산호나무'의 모양에 빗대어 지칭한 것으로 볼 수 있다.

　이 작품의 전반부는 구본웅이 당시로서는 사회적으로 인정받기 어려운 낯선 영역인 미술 공부에 뜻을 두고 노력하게 되는 과정을 압축적으로 제시한다. 구본웅은 자신이 택한 미술 영역에서 재능을 발휘하게 되고 재력가인 그의 부친도 불구의 아들이 집념을 보이고 있는 미술 공부를 지원한다. 중반부에서는 구본웅의 외양과 성격을 묘사한다. 구본웅의 외양과 걸음걸이 모습을 묘사하기 위해《장자莊子》의 '천하편'에서 인유引喩하고 있는 '윤부전지輪不輾地'라는 구절의 패러디 수법이 놀랍다.《장자莊子》의 원문은 '윤부전지輪不蹍地'이다. 이 구절은 그 의미가 매우 흥미롭다. 수레바퀴는 땅 위를 굴러가는 것이지만 실상은 그 바퀴가 땅에 닿는 부분은 한 점에 지나지 않는다. 기하학에서는 원둘레의 한 점과 직선이 만나는 지점을 '접점'이라고 한다. 이 인유의 의미는 작품의 제목에서 '구具씨'를 '且8씨'로 파자하여 놓은 점으로부터 유추하지 않고서는 설명하기 어렵다. '차且'와 '8'이라는 글자를 그대로 결합시켜 놓을 경우에는 '차且'라는 한자 아래에 '8' 자가 바로 세워져 붙게 된다. 이때 '차且' 자는 수레의 윗부분의 형상을 드러내고 '8' 자는 바퀴 모양에 해당하게 된다. 그런데 '차且' 자 아래에 '8' 자가 바로 서 있게 되면 수레바퀴가 땅 위로 굴러가는 모양을 이룰 수 없다. '8' 자가 옆으로 누워 있는 모양('oo')이 되어야만 두 바퀴가 땅 위로 굴러가는 형태를 이루기 때문이다. 결국 구본웅의 경우는 '차且' 자 아래에 '8' 자가 서 있는 모양이 되고 있으므로 '수레바퀴는 땅에 구르지 않는다'라는 구절이 이에 부합되는 것이다. 참으로 재미있게 '말놀이'를 하고 있는 셈이다. 이 구절에서 드러나는 패러디의 방식은 바로 뒤에 오는 '棍棒은사람에게地面을떠나는아크로바티를가르치는데사람은解得하는것은不可能인가'로 이어진다. 구본웅이 걸어가는 모습이 마치 '차且' 자 아래 '8' 자가 서 있는 모습이기 때문에

'地面을떠나는아크로바티를가르치는' 것으로 묘사되고 있다.

이 작품의 텍스트 후반부는 구본웅의 외양 묘사에 이어 조각에도 관심을 두면서(지구를 천착하다) 자기 예술에 더욱 정진하는 그의 노력이 서술된다. 구본웅은 그의 기형적인 외모에 대한 사람들의 경계심('珊瑚나무의사람의脖頸의背方인前方에相對하는自發的인恐懼')에도 불구하고, 여기에 절망하지 않고 자기 본연의 예술적 기질을 마치 '숙명적 발광'이라도 하듯 그렇게 드러낸다. 그리고 그의 작업실(온실)에는 그가 그려 낸 아름다운 그림(은화식물)들이 쌓이게 된다.

이 시는 텍스트에 드러나 있는 '말놀이'의 희화적인 속성에도 불구하고, 화가 구본웅의 예술적 감각에 대한 상찬과 함께 그 불구의 모습에 대한 연민의 정을 깊이 있게 표현하고 있다. 두 사람 사이의 두터운 우정이 아니고서는 이 같은 기술 방식이 용납될 수 없는 것임을 짐작할 수 있다. 구본웅(具本雄, 1906. 3. 7~1953. 2. 2)은 서울의 부유한 가정에서 태어났지만 어릴 때 척추를 다쳐 불구의 꼽추가 되었다. 아버지는 창문사 彰文社 사장을 지낸 언론인이자 기업인 구자혁이고, 숙부가 YMCA 총무로 활동한 기독교계의 유력 인사 구자옥이다. 이상과는 어릴 때부터 경복궁 서쪽 동네에 이웃해 살면서 신명新明학교 동기생으로 자란다. 구본웅은 경신고보 재학 중에 고려화회의 고희동에게서 서양화를 배웠고, 이후 김복진에게 사사한다. 1921년 조각 부문에서 조선미술전람회(선전)에 특선으로 입상했으나, 일본에 유학해 유화를 공부하게 된다.

이상이 배천온천으로 요양을 떠났을 때 온천장에 맨먼저 나타난 친구가 바로 구본웅이며, 미술에 대한 이상의 관심을 지속적으로 이끌어 낸 것도 구본웅이라고 할 수 있다. 구본웅은 이상이 건축기사 일을 그만둔 후 창문사에서 편집과 교정 관련 일을 할 수 있도록 주선한다.

화가로서 구본웅의 화풍은 기본적으로 다양한 작품 세계를 보여주고 있으나, 강렬한 색채와 힘찬 선으로 인하여 야수파로 분류되기도 한다. 그가 그린 작가 이상의 초상인 〈친구의 초상〉(1935)은 대표작으로 손꼽힌다. 1938년 종합예술잡지《청색지》를 발행한 적도 있다.

대낮
―어느ESQUISSE―

[원문 번역]

○

ELEVATER FOR AMERICA

○

세마리의닭은蛇紋石의階段이다。룸펜과毛布。

○

삘딩이吐해내는新聞配達夫의무리。都市計畫의暗示。

○

둘째번의正午싸이렌。

○

비누거품에씻기워가지고있는닭。개아미집에서모여서콩크리―트를먹
고있다。

○

男子를車般挪하는石頭。
男子는石頭를백정을싫어하드키싫여한다。

○

얼룩고양이와같은꼴을하고서太陽群의틈사구니를쏘다니는詩人。
꼭끼요。
瞬間 磁器와같은太陽이다시또한個솟아올랐다。

○

[작품 해설]

이 시는 1932년 7월《조선과 건축朝鮮と建築》에 발표한 연작시《건
축무한육면각체建築無限六面角體》의 일곱 번째 작품이다. 이 작품은 전체
적으로 텍스트의 완결성을 보여주지는 않고 있지만 몇 가지 중요한
장면들을 몽타주의 방법으로 연결시켜 놓고 있다. 부제로 하나의 스
케치에 불과하다는 사실을 밝히고 있다.

이상 자신의 주변에 친하게 지내던 닭띠생(1909년생, 己酉생)의 하루

생활을 간단하게 그려 낸다. 이 텍스트에서 세 마리의 닭은 이상보다 나이가 바로 한 살 위에 속하는 '닭띠생'의 세 친구를 비유적으로 지칭하는 것이라고 본다. 모두가 룸펜이고 모던 보이들이다. 이들이 함께 만나서 밤새도록 도시를 헤매고 돌아다니는 모습이 이 작품 속에 묘사된다. 지하층에 자리한 카페나 레스토랑(개아미집)에 가서 빵(콘크리트)을 먹는 모습도 보인다. 이들이 도심을 쏘다니는 동안 날이 새고 자기磁器와 같은 태양이 떠오른다. 이 작품의 제목인 '대낮'이라는 말도 한밤중에도 대낮처럼 쏘다니는 군상들을 그려 내기 위해 붙인 것으로 보인다.

蜻蛉

[원문 번역]

건드리면손끝에묻을듯이빨간鳳仙花
너울너울하마날아오를듯하얀鳳仙花
그리고어느틈엔가南으로고개를돌리는듯한一片丹心의해바라기—
이런꽃으로꾸며졌다는고호의무덤은참얼마나美로우리까.

山은맑은날바라보아도
늦은봄비에젖은듯보얗습니다.
포푸라는마을의指標와도같이
실바람에도그뽑은듯헌출한키를
抛物線으로굽혀가면서眞空과같이마알간大氣속에서
遠景을縮小하고있읍니다.

몸과나래도가벼운듯이잠자리가活動입니다.

헌데그것은果然날고있는걸까요.

恰似眞空속에서라도날을법한데

或누가 눈에보이지않는줄을이리저리당기는것이나아니겠나요.

[작품 해설]

이 작품은 김소운金素雲이 일본에서 펴낸《젖빛 구름乳色の雲》(1940)에
이상의 시로 소개한 작품이다. 임종국이 펴낸《李箱全集》(1966)에 번역
수록되었다. 작품 제목 '청령'은 '잠자리'를 말한다. 이 작품과 〈한 개의
밤〉을 함께 수록하고 있다. 한낮의 풍경 속에서 공중을 날고 있는 잠자
리의 모습을 시각적 이미지를 중심으로 묘사하고 있는 작품이다. 텍스
트의 2연에서 '늦은봄비에젖은듯보얗습니다'라는 번역은 일본어 원문
과 차이를 드러낸다. 일본어 원문에서는 '時雨'라고 표시되어 있는데,
'시우'는 '초가을에 내리는 지나가는 비' 정도의 의미로 쓰이는 말이다.
이것을 '늦은 봄비'라고 번역했는데, 앞뒤의 문맥으로 보아 봉선화와
해바라기가 피고 잠자리가 날아다니는 계절임을 생각한다면, '봄비'라
는 번역이 적절치 못하다. 이상이 쓴 시 가운데 거의 유일하게 자연 풍
경을 시적 대상으로 하고 있는 점이 특기할 만하다.

한個의 밤

[원문 번역]

여울에서는滔滔한소리를치며

沸流江이흐르고있다.

그水面에아른아른한紫色層이어린다.

十二峰봉우리로遮斷되어

내가서성거리는훨씬後方까지도이미黃昏이깃들어있다

으스름한大氣를누벼가듯이

地下로地下로숨어버리는河流는검으틱틱한게퍽은싸늘하구나.

十二峰사이로는

빨갛게물든노을이바라보이고

鐘이울린다.

不幸이여

지금江邊에黃昏의그늘

땅을길게뒤덮고도 오히려남을손不幸이여

소리날세라新房에窓帳을치듯

눈을감은者나는 보잘것없이落魄한사람.

이젠아주어두워들어왔구나

十二峰사이사이로

하마별이하나둘모여들기始作아닐까

나는그것을보려고하지않았을뿐

차라리草原의어느一點을凝視한다.

門을닫은것처럼캄캄한色을떠운채

이제沸流江은무겁게도도사려앉는것같고

내肉身도千斤
주체할道理가없다.

隻脚

목발의길이도歲月과더불어漸漸길어져갔다.
신어보지도못한채山積해가는외짝구두의數爻를보면슬프게걸어온距
離가짐작되었다.
終始제自身은地上의樹木의다음가는것이라고생각하였다.

정원, 육친의 장, 내과, 골편에 관한 무제, 가구의 추위, 아침, 최후) 중의 하나이다. 임종국이 펴낸《이상전집》(1956)에 번역 수록되었다. 임종국은 이 작품들을 이상의 사진첩 속에 담겨 있던 원고를 찾아내어 이를 번역하고 일본어 원문과 함께 수록하였다고 밝혔다. '척각隻脚'이라는 제목은 '외짝다리'를 뜻한다. 이 '외짝다리'의 이미지는 이상의 소설《12월 12일》에서부터 여러 곳에 등장한다. 한쪽 다리를 쓰지 못하는 불구의 상태를 이상은 자신의 삶의 문제로 비유하여 표현하였다. 이 작품에서는 한쪽 다리를 쓰지 못하여 짚게 된 목발이 나이가 들어가면서 그 길이가 길어지는 과정과, 구두 가운데 한 짝만 신게 되니 나머지 한 짝은 신어보지도 못한 채 그냥 쌓여 가는 것을 교묘하게 대비시켜 불구의 삶의 고달픈 과정을 그려 낸다.

距離
―女人이 出奔한 境遇―

[원문 번역]

白紙위에한줄기鐵路가깔려있다. 이것은식어들어가는마음의圖解다. 나는每日虛僞를담은電報를發信한다. 명조도착이라고. 또나는나의日用品을每日小包로發送하였다. 나의生活은이런災害地를닮은距離에漸漸낯익어갔다.

[작품 해설]

임종국이 펴낸《이상전집》(1956)에 번역 수록된 작품이다. 이 작품은 부제에서 암시하고 있는 것처럼 떠나버린 여인에 대한 그리움과 안타까움을 그려 낸다. 제목인 '거리'는 '두 곳 사이의 떨어진 정도', '두 점을 연결하는 직선의 길이', '사람과 사귀는 데 있어서의 간격', '어떤 기준으로 보아 드러나는 둘 사이의 차이' 등을 의미한다. 여인과의 거리를 드러내는 '철로'가 홀로 남은 '나'의 심정을 암시한다. 이 시에서 '철로'는 여러 가지 의미를 지니는 하나의 상징에 해당한다. 이것은 여인이 떠나간 길이며, '나'와 여인의 심정의 거리를 암시한다.

그러나 이 철로는 백지 위에 그려 놓은 선線에 불과하다. 이 철로를 따라 여인의 곁으로 간다는 것은 불가능하다. 철로를 보면서 '나'는 여인의 곁으로 기차를 타고 떠나고 싶다. 그래서 '명조도착'이라는 전보를 마음속으로 보내 보기도 한다. 그리고 '나의 일용품'을 소포로 발송하였다는 것은 여인에 대한 생각으로 인하여 모든 일상적인 것들이 없어져 버렸음을 말한다.

囚人이 만들은 小庭園

[원문 번역]

이슬을아알지못하는다―리야하고바다를아알지못하는金붕어하고가繡놓여져있다. 囚人이만들은小庭園이다. 구름은어이하여房속으로야들어오지아니하는가. 이슬은들窓琉璃에닿아벌써울고있을뿐.

季節의順序도끝남이로다. 算盤알의高低는旅費와一致하지아니한다. 罪를내어버리고싶다. 罪를내어던지고싶다.

[작품 해설]

  임종국이 펴낸《이상전집》(1956)에 번역 수록된 작품이다. 이 작품의 제목에서 '수인囚人'은 '죄수'이며 '소정원小庭園'은 죄수들이 만들어 놓은 정원(유리 상자 안에 모형으로 만들어 놓은 정원)을 의미한다. 유폐된 공간에 자신의 육신을 영어囹圄한 채 자유로운 바깥세상을 꿈꾸는 수인의 심정을 그려 내고 있다. 이 작품은 이상 자신이 건축 관계로 형무소 견학을 갔던 이야기를 쓴 〈구경〉(매일신보, 1936. 10. 14~28)이라는 수필의 내용과 관련되어 있다. 〈추등잡필秋燈雜筆〉이라는 표제 아래 연재했던 5편 수필 중의 한 작품인 〈구경〉에서 이상은 죄수들의 모습을 제대로 쳐다보기 어려웠음을 토로한 바 있다.

肉親의 章

[원문 번역]

나는24歲. 어머니는바로이낫새에나를낳은것이다. 聖쎄바스티앙과같이아름다운동생·로오자룩셈불크의木像을닮은막내누이·어머니는우리들三人에게孕胎分娩의苦樂을말해주었다. 나는三人을代表하여—드디어—

  어머니 우린 좀더 형제가 있었음 싶었답니다

—드디여어머니는동생버금으로孕胎하자六個月로서流産한顚末을告했다.

  그녀석은 사내댔는데 올에는 19 (어머니의 한숨)

三人은서로들아알지못하는兄弟의幻影을그려보았다. 이만큼이나컸

지─하고形容하는어머니의팔목과주먹은瘦瘠하여있다. 두번씩이나喀
血을한내가冷淸을極하고있는家族을爲하여빨리안해를맞아야겠다고
焦燥하는마음이었다. 나는24歲 나도어머니가나를낳으드키무엇인가
를낳아야겠다고생각하는것이었다.

[작품 해설]

임종국이 펴낸 《이상전집》(1956)에 번역 수록된 작품이다. 이 작품은
부모와 자식 간의 뗄 수 없는 사랑과 형제 사이의 우애를 담고 있다. 시
적 화자는 특히 자식을 낳아 기르는 어머니의 심정을 헤아리면서 자기
자신도 이제는 자식된 도리로서 배우자를 얻어야 하겠다고 생각한다.
이상은 남동생인 운경, 여동생 옥희와 함께 삼남매였다. 이상 자신이
24세였던 1933년 무렵 가족들이 모두 이상의 병환(결핵)에 대해 걱정하
는 표시를 드러내지 않고 속으로만 안타까워했음을 암시하는 대목도
있고, 자기 스스로 아들 노릇을 하겠다는 다짐도 드러내고 있다.

內科
  ―自家用福音
  ―或은 엘리엘리 라마싸박다니

[원문 번역]

하이한天使　이鬚髥난天使는큐피드의祖父님이다
　　　　　鬚髥이全然(?)나지아니하는天使하고흔히結婚하기도한다.
나의肋骨은2떠─즈(ㄴ). 그하나하나에노크하여본다. 그속에서는海綿

에젖은더운물이끓고있다. 하이한天使의펜네임은聖피―타―라고. 고
무의電線 뚝뚝뚝뚝 버글버글열쇠구멍으로盜聽.

(發信) 유다야사람의임금님 주므시나요?

(返信) 찌―따찌―따따찌―찌―(1)찌―따찌―따따찌―찌―(2)찌―따찌―따따
찌―찌―(3)

흰뼁끼로칠한十字架에서내가漸漸키가커진다. 聖피―타―君이나에게
세번式이나아알지못한다고그런다. 瞬間 닭이활개를친다……

　　어억 크 더운물을 엎질러서야 큰일 날 노릇―

[작품 해설]

　　임종국이 펴낸《이상전집》(1956)에 번역 수록된 작품이다. 이 작품
은 시적 화자가 내과병원에서 진찰받던 장면을 회화적으로 그려 내
고 있다. 이 같은 시적 소재는〈二十二年〉,〈오감도 시제5호〉,〈객혈의
아침〉등에서도 반복적으로 다루어진 것으로 시인 자신의 병원 체험
과 투병 생활에서 자연스럽게 얻어진 것이라고 할 수 있다.

　　시의 부제로 쓰인 '엘리엘리 라마싸박다니'라는 말은 예수가 십자
가에 못박혀 죽게 되자 마지막 외친 말로 널리 알려져 있다. 'Eli Eli
Lama Sabachtani'의 뜻은 '주여 왜 나를 버리시나이까'이다. 이 작품
에서는 예수의 외침을 시인이 자신의 말로 바꿔 병마와 싸우는 절박
한 심경을 드러내고자 하였다. '흰뼁끼로칠한十字架'라는 구절은 시
적 화자의 자의식을 암시하는 것으로 읽을 수도 있고, 자기 구제의 불
가능을 알고 난 뒤 기독교의 정신(부활과 영생)을 거부하고 있는 심정
을 그린 것으로 볼 수 있다. 실제로 이 장면은 X선 촬영 사진과 연관
된다. 흉부의 골격과 장기의 상태를 음영으로 드러내는 X선 촬영 사
진에서 하얀 부분(등뼈와 늑골의 연결 부위가 십자가 모양으로 하얗게 보임)

과 검은 부분(폐부의 병환)이 대조된다.

이 작품에서 전반부는 청진기로 진찰하는 장면을 그려 낸다. 후반부는 객혈의 장면을 암시한다. 시적 화자인 '나'는 예수의 최후의 만찬과 죽음의 과정을 패러디하여 자신의 병에 대한 절박한 심경을 그려 낸다. 예수는 제자들과 함께 성만찬의 자리에서 '오늘 밤 너희들이 다 나를 버리고 도망할 것이다'라고 말한다. 그때 베드로는 '다른 사람들은 다 주님을 버릴지라도 나는 주님을 버리지 않겠나이다'라고 했다. 예수는 '새벽닭이 울기 전에 나를 세 번 부인할 것이다'라고 다시 말한다. 베드로는 '죽는 한이 있어도 주님을 버리지 않겠나이다'라고 하면서 다짐한다. 그러나 그날 밤 예수가 붙잡혀 심문당할 때 베드로는 세 번이나 예수를 모른다고 부인했던 것이다.

骨片에 關한 無題

[원문 번역]

신통하게도 血紅으로 染色되지아니하고하이한대로
뻥끼를칠한사과를톱으로쪼갠즉속살은하이한대로
하느님도亦是뻥끼칠한細工品을좋아하시지―사과가아무리빨갛더라도
속살은亦是하이한대로. 하느님은이걸가지고人間을살작속이겠다고.
墨竹을寫眞撮影해서原板을햇볕에비쳐보구료― 骨骼과 같다(?)
頭蓋骨은柘榴같고 아니 柘榴의陰畵가頭蓋骨같다(?)
여보오 산사람骨片을보신일있우? 手術室에서―그건죽은거야요 살아있는骨片을보신일있우? 이빨! 어머나―이빨두그래骨片일까요. 그렇

담손톱도骨片이게요?

난人間만은植物이라고생각됩니다.

[작품 해설]

임종국이 펴낸《이상전집》(1956)에 번역 수록된 작품이다. 이 작품
은 인간의 골격(뼈)을 대상으로 하여 그 '하얀 것'의 속성을 인간적인
것으로 인식하고 있음을 보여준다. 인간의 피가 붉은데도 불구하고
그 뼈대는 하얀 것을 놓고, 붉은 사과의 속살, 석류알의 속 등이 겉은
붉으면서도 하얀색으로 이루어진 것과 대비한다. 그리고 살아 있는
인간의 경우는 사과나 석류나 다 마찬가지로 절대 하얀 뼈를 보이지
않음을 설명한다. 인간의 존재가 겉으로 보이는 피와 살에 의해서가
아니라 그 근간을 이루는 하얀 뼈에 의해 규정될 수밖에 없다는 인식
에 이르면서 결국 인간은 자라나는 '식물'이라는 결론을 이끌어낸다.

街衢의 추위
—一九三三, 二月十七日의室內의件

[원문 번역]

네온사인은쌕스폰과같이瘦瘠하여있다.

파릿한靜脈을切斷하니샛빨간動脈이었다.

　　—그것은파릿한動脈이었기때문이다—

—아니! 샛빨간動脈이라도저렇게皮膚에埋沒되어있는限……

보라! 네온사인인들저렇게가만—히있는것같어보여도其實은不斷히네온가스가흐르고있는게란다.

—肺病쟁이가쌕스폰을불었드니危險한血液이檢溫計와같이
—其實은不斷히壽命이흐르고있는게란다

[작품 해설]

임종국이 펴낸《이상전집》(1956)에 번역 수록된 작품이다. 이 작품은 병으로 인하여 앙상하게 마른 체구에 드러나 보이는 핏줄(정맥)을 거리의 네온사인에 비유하고 있다. 가느다란 핏줄을 보면서 가지게 된 상념들을 간결하면서도 감각적인 방식으로 기술하고 있다.

아침

[원문 번역]

안해는駱駝를닮아서편지를삼킨채로죽어가나보다. 벌써나는그것을읽어버리고있다. 안해는그것을아알지못하는것인가. 午前十時電燈을끄려고한다. 안해가挽留한다. 꿈이浮上되어있는것이다. 석달동안안해는回答을쓰고자하여尙今써놓지는못하고있다. 한장얇은접시를닮아안해의表情은蒼白하게瘦瘠하여있다. 나는外出하지아니하면아니된다. 나에게付託하면된다. 자네愛人을불러줌세 아드레스도알고있다네

임종국이 펴낸《이상전집》(1956)에 번역 수록된 작품이다. 이 작품은 이상의 작품에 자주 등장하는 시적 화자인 '나'와 '아내'의 불화 관계를 소재로 하고 있다. 이 작품에 등장하는 '낙타'의 이미지는 이상의 소설 〈지도와 암실〉에서도 등장한다. 낙타가 비밀스런 사연이 적힌 편지를 먹는 장면을 그려 낸 대목이다. 이 시에서는 '아내'가 비밀스런 편지를 그대로 먹어버린 채 죽어갈지 모른다는 생각을 하고 있다. '아내'는 '나'에게 무언가를 숨긴 채 말을 못하고 속으로 혼자 앓고 있다. '아내'의 고민을 눈치채고 있으면서도 이를 묵인하고 있는 '나'의 고통스런 내면 풍경이 암시된다.

最後

[원문 번역]

사과한알이떨어졌다. 地球는부서질그런정도로아펐다. 最後.
이미如何한精神도發芽하지아니한다.

[작품 해설]

임종국이 펴낸《이상전집》(1956)에 번역 수록된 작품이다. 이 작품은 근대적 과학의 등장을 배경으로 하는 인간 문명이 오히려 인간의 정신을 억압할 수 있다는 점을 간명하게 드러내고 있는 작품이다. 이상 문학의 중심적 주제와 맞닿아 있는 문제가 무엇인가를 확인할 수 있다.

소설

2

十二月 十二日

　이상이 발표한 첫 소설이며 유일한 장편소설이다. 이 작품은 '이상李箱'이라는 필명으로 1930년 2월부터 12월까지 조선총독부 홍보용 기관지인 《조선朝鮮》의 국문판에 연재된다. 월간지 《조선》은 조선총독부의 식민지 지배 정책을 대중적으로 선전하기 위해 발간했던 종합지이다. 이 잡지는 일본어판과 국문판으로 간행되어 총독부 산하의 각 기관과 지방 관서에 배포되었던 것으로, 당시 문단권과는 아무 연계도 갖고 있지 않다. 이러한 잡지 매체의 특성과 그 한계로 인하여 이상이 시도한 소설쓰기가 문단의 관심 대상이 되지는 못했다.

　소설 《12월 12일》의 주인공인 '그'는 산후병으로 아내가 죽은 뒤 자식마저 잃는다. 가난 속에서 고생을 견디지 못한 그는 노모를 모시고 동생인 'T'의 가족들과 서로 헤어져 일본으로 건너간다. 그러나 일본에서 한해 겨울을 보내는 사이에 노모까지 세상을 떠나자 단신의 몸이 된다. 그는 막노동자로 떠돌기도 하고, 음식점 주방에서 일하기도 하다가 사할린의 탄광까지 흘러간다. 그리고 탄광 사고로 다리를 다친 채 다시 도회로 굴러들어온다. 그는 다리의 치료를 위해 의학서적을 넘기며 지내다가 하숙집 주인의 호의로 그 유산을 물려받는다. 이 뜻하지 않은 횡재를 안고 그는 귀국을 결행한다.

이러한 소설 전반부의 이야기는 모두 6통의 편지 속에 요약되어 제시된다. 그는 일본으로 떠나면서 가장 친한 친구인 'M'에게 동생네 가족을 돌보아줄 것을 부탁한 바 있고, 일본에서의 생활 내역을 'M'에게 편지로 알렸던 것이다. 동생 'T'의 가족에 관한 이야기는 '업'이라는 조카애가 똑똑하게 자라나고 있다는 점, 'M'의 도움으로 '업'이 중학 과정까지 학업을 지속하게 된다는 점, 그리고 '업'이 음악학교에 진학하겠다는 것을 'M'이 만류하고 있다는 사실 정도가 간략하게 소개된다.

이 소설의 중반부는 그의 귀국과 함께 새로운 국면으로 이어진다. 그의 동생인 'T'는 형이 상당한 돈을 들고 귀국한 것을 알고는 은근히 자기네 식구들을 위해 그 돈을 나누어 줄 것으로 기대한다. 그러나 그는 새로이 병원을 개업하고 'M'과 함께 그 병원을 운영할 것이라는 계획을 말해 준다. 다만 병원의 수익 가운데 일정액을 'T'에게도 배분하겠다는 것을 약속한다. 하지만 아우는 이러한 형의 계획을 수긍하지 않고 오히려 형의 모든 호의를 거부한다. 이로 인하여 형제간의 갈등이 지속된다. '업'도 음악을 공부하겠다는 자신의 희망이 좌절되자 가족들에게 크게 반발한다.

이 소설의 이야기는 형에게 한을 품게 된 아우 'T'가 공사장에서 큰 부상을 당하고 자리에 눕게 되면서 파국으로 치닫는다. 더구나 병원에 근무하는 간호사 'C' 양의 존재가 부각되면서 또 다른 갈등으로 발전한다. 'C' 양은 그가 일본에서 함께 지냈던 친구의 여동생이다. 그 친구는 불의의 사고로 세상을 떠났는데, 우연이긴 하지만 그 여동생이 간호사가 되어 그의 병원에 근무하게 된 것이다. 그는 'C' 양에 대해 일종의 이성적 호감마저 느끼게 된다. 그런데 이야기는 엉뚱하게 발전한다. 'C' 양이 병원에 가끔 들르던 그의 조카 '업'을 사랑하게 된 것이다. 스물한 살의 청년 '업'은 가족으로부터 멀어지면서 자신을 이해해 줄 수 있는 새로운 도피처가 필요하였고, 스물여섯의 연상인 'C' 양은 옛 연인의 외모를 닮아 있는 '업'의 고뇌와 방황을 모성적 사랑으로 끌어안는다. 두 사람은 여름철 휴가 기간을 이용하여 해수욕장으로 놀러가기로 약속하고 그 허락을 얻기 위해 그의 앞에 함께 나타난다. 그는 두 사람에 대해 엄청난 배반감을 느낀다. 그리고 업이 사들고 들어온 수영용품들을 모두 책상 위에 올려놓고는 불질러 버린다. 이것을 보고 충격을 받은 업은 병석에 눕게 되고 백부가 자신에게 했던 그대로 수영용품을 사다달라고 한 뒤 백부 앞에서 그것을 마당에 쌓아놓고 불을 지르게 한다. 그리고 업은 세상을 떠난다. 이 소설은 집과 병원에 불을 질러 버린 'T'의 방화 행위, 그리고 철길 위에서 자살하는 그의 모습을 그려 내면서 비극적 결말에 도달한다.

장편소설《12월 12일》은 이상의 처녀작이라는 의미 자체만으로도 비평적 관심의 대상이 되고 있다. 그러나 이 작품이 보여주는 소설적 성취는 처녀작이라는 한계를 넘어서지 못한다. 그것은 서사적 기법의 미숙성에 기인한다. 특히 서술적 시각의 균형 감각을 유지하지 못하는 데에서 오는 여러 가지 문제성을 드러낸다. 이 작품은 장편으로서의 서사 구조를 유지하고 있지만, 그 서사성을 풍부하게 살려내지 못하고 있다. 인물의 설정이 도식적으로 이루어져 있으며 이야기의 짜임새와 그 전개 방식도 단조롭다. 이 작품이 이상 소설의 원점 또는 그 기원의 형태로 존재한다는 점은 부인할 수 없는 사실이지만 소설적 기법과 정신의 수준 자체를 문제삼기에는 여러 가지 문제성을 지닌다.

이 소설은 주인공의 탈향脫鄕과 귀환歸還이라는 모티프를 중심으로 이야기를 구성하고 있다. 특히 소설의 전반부는 여섯 통의 편지를 통해 그 서사 내용을 압축적으로 제시하고 있다는 점이 특징이다. 이 소설의 전반부 내용을 구성하고 있는 여섯 통의 편지는 주인공의 일본 체험이 얼마나 험난한 고통으로 이어졌는지를 요약적으로 제시하는 데에 집중된다. 고향을 떠나는 장면에서부터 오랜 세월을 보낸 후 귀향의 소식을 알리는 데에 이르기까지의 시간적 경과와 공간적 이동의 과정이 주인공의 의식을 통해 모두 편지 속에 압축된다.

이러한 서간체 형식의 진술법은 서사적 자아의 내면 풍경을 쉽사리 드러낼 수 있는 회상적 서술을 가능하게 한다. 그리고 사적인 고백을 위장함으로써 독자에 대한 소설적 감응력을 높일 수 있다는 이점이 있다. 그렇지만 이 진술법은 소설 내적 공간에서 극적인 장면을 모두 사상捨象시켜 버림으로써 '보여주기'의 방식이 가지는 긴장을 전혀 살릴 수 없게 된다. 모든 장면은 볼 수 있도록 제시되는 것이 아니라 들을 수 있도록 설명될 뿐이다. 이러한 치명적 약점은 소설의 이야기가 중반에 접어들면서 서서히 극복되고 있지만, 전반부에서 이미 그 서술적 균형을 잃고 있는 이야기의 방향을 제대로 끌어가지 못한다.

소설《12월 12일》은 두 가지의 갈등의 축을 중심으로 이야기를 구성한다. 그중의 하나는 주인공인 '그'와 아우인 'T'의 사이에서 빚어지는 동기간의 갈등과 대립이다. 이 갈등의 기저에는 물론 궁핍한 삶과 물질적인 것에 대한 개인적인 욕망이 가로 놓여 있다. 다른 하나의 경우는 '그'와 조카에 해당하는 '업' 사이에 야기된다. 이것은 매우 복잡한 여러 가지 요소들이 함께 작동하는 과정에서 서서히 드러나 극적으로 폭발한다. 특히 'C'라는 여성을 가운데 두고 일어나는 백부와 조카의 대결 양상은 그 내면 심리의 투사 과정을 정밀하게 분석할 것을 요구한다. 그런데 이러한 갈등 대립의 구조는 어떤 결말에 이르더라도 승자와 패자를 구분하기 어려운 파국을 낳을 수밖에 없게 된다. 이 무서운 결과를 놓고 작가 이상은 '복수'라고 말한다. 그러나 인생 자체의 철저한 파멸을 결말의 단계에서 보여주는 이 소설의 이야기가 결국은 생에 대한 환멸에 머물러 있다는 것은 부인할 수 없는 사실이다.

이 소설은 작가 스스로 언급하고 있는 것처럼 '무서운 기록'으로서의 자기규정에 접근할 수 있는 갈등 구조의 구축에 어느 정도는 성공한다. 작가 이상은 작품의 연재 도중에 다음과 같은 작가의 의도를 밝힌 바 있다.

나의 지난날의 일은 말갛게 잊어 주어야 하겠다. 나조차도 그것을 잊으려 하는 것이니 자살은 몇 번이나 나를 찾아왔다. 그러나 나는 죽을 수 없었다. 나는 얼마 동안 자그마한 광명을 다시금 볼 수 있었다. 그러나 그것도 전연 얼마 동안에 지나지 아니하였다. 그러나 또 한번 나에게 자살이 찾아왔을 때에 나는 내가 여전히 죽을 수 없는 것을 잘 알면서도 참으로 죽을 것을 몇 번이나 생각하였다. 그만큼 이번에 나를 찾아온 자살은 나에게 있어 본질적이요, 치명적이었기 때문이다.

나는 전연 실망 가운데 있다. 지금에 나의 이 무서운 생활이 노(繩) 위에 선 도승사渡繩師의 모양과 같이 나를 지지하고 있다. 모든 것이 다 하나도 무섭지 아니한 것이 없다. 그 가운데에도 이 '죽을 수도 없는 실망'은 가장 큰 좌표에 있을 것이다. 나에게, 나의 일생에 다시없는 행운이 돌아올 수만 있다 하면 내가 자살할 수 있을 때도 있을 것이다. 그 순간까지는 나는 죽지 못하는 실망과 살지 못하는 복수, 이 속에서 호흡을 계속할 것이다.

나는 지금 희망한다. 그것은 살겠다는 희망도 죽겠다는 희망도 아무 것도 아니다. 다만 이 무서운 기록을 다 써서 마치기 전에는 나의 그 최후에 내가 차지할 행운은 찾아와 주지 말았으면 하는 것이다. 무서운 기록이다. 펜은 나의 최후의 칼이다.

이 글에서 말하고 있는 '무서움'의 정체가 무엇인가를 밝히는 일은 이상 문학 전체의 주제에 접근하는 일이 될 수 있다. 소설《12월 12일》은 그 문제의 핵심이 가족 구성원 사이의 대립과 갈등, 그리고 거기서 비롯된 원한과 관련될 수 있다는 사실을 그 서사의 맥락을 통해 암시한다. 그렇기 때문에 이 작품의 서사 구조를 작가 자신의 개인적인 경험의 영역에 곧바로 대입시켜 놓는 연구들이 많다.

이야기의 주인공을 작가 이상의 백부로 놓고 그 아우인 'T'를 이상의 생부로 읽어간다면, '업'은 곧바로 작가 이상의 분신이 되고 만다. 그러나 이런 식의 설명은 이 소설이 가지는 텍스트적 속성을 지나치게 경험론적 인과관계에 얽어놓음으로써 텍스트의 서사 구조와 그 내적의 의미를 이해할 수 없도록 만든다. 작가 이상이야말로 가장 철저한 텍스트주의자였다는 점을 간과해서는 안된다.

지도地圖의 암실暗室

〈지도의 암실〉은 이상이 '비구比久'라는 필명으로 조선총독부의 월간 홍보지 《조선朝鮮》(1932. 3)의 국문판에 발표한 단편소설이다. 이 작품은 이상의 소설적 글쓰기의 영도零度에 자리한다고 할 수 있다. 이 작품에서 비로소 이상 소설의 성격이 분명해지고 있기 때문이다. 첫 소설 《十二月 十二日》에서 드러나고 있던 성격의 결핍도 상당 부분 극복되고 있으며, 서사 구성의 미숙성도 거의 눈에 띄지 않는다. 이 작품은 패러디와 메타 픽션의 기법을 활용한 소설 내적 공간의 확충, 도시적 공간을 배회하는 '산책자散策者'라는 특이한 성격의 창조, 개인의 삶과 그 존재를 통한 내면 의식의 탐구, 일상성의 의미에 대한 새로운 천착 등을 골고루 보여준다. 이러한 문제적 요건들은 이상의 소설 문학에서 반복적으로 실험되면서 그 주제 의식의 무게와 깊이를 더하게 된다.

〈지도의 암실〉에서 서사 구조의 기반을 이루고 있는 하루 동안이라는 제약된 시간은 소설 속의 주인공인 '그'라는 인물의 사적 체험 속에서 재 구성된 실제 경험의 시간이다. 이 사적인 시간성의 의미를 서사 구조와 연관하여 보면 그 본질적인 속성을 쉽게 확인할 수 있다. 이 소설은 하루 동안의 시간을 다음과 같은 몇 가지 단계로 구분하고 있다.

이 작품의 첫째 장면은 주인공이 새벽 네 시가 되어서야 잠자리에 드는 모습을 그린다. 그리고 아침 열 시쯤에 일어난다. 좀 늦은 시간이긴 하지만 아침 식사를 마친다. 둘째 장면은 아침나절에 화장실에 들어가서 상당한 시간을 보낸다. 온갖 생각들이 뒤엉킨다. 정오의 사이렌 소리를 듣고 나서야 밖으로 나온다. 셋째 장면은 도회의 시가지로 나선다. 혼자 걷다가 영화관에 들어가 'LOVE PARADE'라는 영화를 구경한다. 넷째 장면은 영화관을 나와서 가끔 들르는 레스토랑에 간다. 그 레스토랑에 들어서다가 문 앞에서 넘어져 얼굴을 다친다. 레스토랑의 여급이 다친 얼굴을 돌봐준다. 그녀에게 기대고 싶어진다. 마지막 장면은 밤에 집에 돌아와 밤이 늦도록 무언가 일을 한다. 레스토랑의 여자를 생각한다. 새벽 네 시가 되어서야 잠자리에 든다.

이러한 시간 구분은 어떤 계기적인 행위와 사건을 중심으로 이루어지는 것은 아니다. 이야기 자체가 행위와 사건을 주축으로 삼기보다는 주인공의 머릿속에서 일어나고 있는 여러 가지 상념을 중심으로 전개되고 있기 때문이다. 실제로 이 작품에는 주인공과 어떤 관계를 형성하고 있는 다른 등장인물이 없다. 이야기의 마지막 단계에 등장하는 레스토랑의 여급이 유일하며, 친구인 K라는 인물이 간간이 거명되고 있을 뿐이다. 주인공의 존재를 사회적으로 고립시켜 놓음으로써, 타자와의 관계에서 이루어지는 사건이 제거된 대신에 의식 내면의 공간을 크게 확장시켜 놓고 있는 것이다.

소설 〈지도의 암실〉은 이상 문학의 좌표가 정교하게 수놓아진 작품이다. 이 소설은 박태원의 중편소설 《소설가 구보 씨의 일일》(조선중앙일보, 1934. 8. 1~9. 19)에서 볼 수 있는 다양한 모더니즘적 기법을 한 발 앞서 실험하고 있다는 점에서 특히 주목된다. 서사의 중심축을 형성하고 있는 하루 동안의 시간이 주인공의 개인적 습성에 의해 그 공적인 속성을 모두 제거한 채 사적 경험의 시간으로 재구성되고 있는 점은 이 소설이 보여주는 특징적인 대목이다. 이상의 소설 가운데 서사의 시간을 하루 동안으로 한정하면서 그 내면적 공간의 확장을 기도했던 작품으로는 〈지주회시〉, 〈동해〉, 〈종생기〉, 〈실화〉 등이 있다. 그리고 도시의 공간을 배회하는 주인공의 모습은 소설 〈날개〉에서도 드러나고 있다.

소설 〈지도의 암실〉의 서사 구조를 이해하기 위해서는 작품의 텍스트 중간에 끼워 넣은 몇 개의 한문 구절의 정확한 해독이 필요하다. 이 특이한 한문구들은 대개 소설 속의 특정 장면을 요약하거나 압축하여 제시하는 메타적 기능을 수행하고 있지만 그 난해성으로 인하여 이야기의 진행 자체를 지체시킨다. 이 작품에서 난해한 문구로 지목되어 온 부분들을 다시 읽어보기로 하자.

(1)

태양이양지짝처럼나려쏘이는밤에비를퍼붓게하야 그는레인코오트가업스면 그것은엇써나하야방을나슨다.

離三茅閣路 到北停車場 坐黃布車去

엇던방에서그는손까락씃을걸린다

이 대목은 소설의 서두에 등장한다. 소설의 주인공은 새벽 서너 시가 되어 잠자리에 들기 전에 방을 나선다. 여기서 '태양이 양지짝처럼 나려 쏘이는 밤'은 전등불이 환하게 비치는 밤을 말한다. '離三茅閣路 到北停車場 坐黃布車去(이삼모각로 도북정거장 좌황포차거)'라는 구절은 '방을 나선' 주인공의 행로를 가리킨다고 할 수 있다. 기존의 연구자들은 이 한문 구절을 '삼모각로를 떠나서 북정거장에 도착하여 황포차에 올라 앉아 간다'라고 해석(이어령 편, 전작집 1, 172면, 김윤식 편, 전집 2, 176면)하고 있다. 여기서 문제가 되는 것은 '삼모각로', '북장거장', '황포차' 등이 무엇을 의미하는가 하는 점이다. '삼모각'은 식구들이 기거하던 집이며, '정거장'은 화장실을 말하는 것으로 이해할 수 있다. 마지막 구절인 '坐黃布車去'는

'황포차에 올라앉아 가다'로 해석된다. 이 대목은 변소에 들어가서 일을 보기 위해 자리에 앉은 장면을 말한다고 할 수 있다. '황포차'는 허름한 화장실을 말한다. 앞서 화장실을 '정거장'이라고 비유한 것과 서로 의미상 연결을 가지게 하기 위해 만들어낸 비유적인 고안이다. 이로 미루어 본다면, 이 구절은 밤에 잠자리에 들기 전에 화장실에 가서 쭈그리고 앉는 장면을 그려 놓은 것임을 짐작할 수 있다.

이러한 해석이 가능하다면, 이 한문 구절에 이어지는 '엇던방에서그는 손까락끗을 걸린다'라는 구절도 쉽게 그 의미를 파악할 수 있다. 주인공이 변소에 앉아서 하늘의 별들을 손가락질하며 헤어보고 있음을 말하기 때문이다. 여기에 이어지는 '손까락끗은질풍과갓치지도우를거읏는데'라는 대목에서 '지도'는 별들이 떠 있는 '하늘'을 말한다. 엄청난 간격으로 서로 떨어져 있는 별과 별 사이를 손가락으로 이리저리 헤아리는 것을 두고 손가락이 질풍처럼 걷는다고 표현하고 있다. '그 마안흔 은광銀光'이라는 것도 '하늘에 빛나는 별빛, 또는 수많은 별들'을 의미한다. 깜깜한 밤중에 화장실에 앉아 밤하늘의 별들을 헤아리는 이 서두의 장면은 소설의 제목에 등장하는 '지도地圖'라는 말과 '암실暗室'이라는 말의 의미까지도 암시하고 있다.

　(2)
　그는리상의가는곳에서 하는일까지를못지는안앗다 섭섭한글자가하나식 하나식섯다가 씰어지기위하야 나암는다.
　你上那兒去 而且. 做甚麽

이 대목은 주인공이 아침에 일어나 세수를 하고 거울을 들여다보고는 밖으로 나서는 장면을 묘사한 부분이다. 맨 마지막에 써놓은 '你上那兒去 而且. 做甚麽'라는 구절이 문제다. 백화문白話文 식으로 이루어진 이 구절의 해석은 이미 이어령 교수가 《이상소설전작집 1》(갑인출판사, 1977)에서 정확하게 제시한 바 있다. 이 교수는 '니상 너는 어딜가며 무엇을 하려느냐'라고 풀이한다. '你上'이라는 말을 '이상'이라는 이름의 발음을 따서 쓴 듯하다는 풀이도 설득력이 있다. 이 구절의 의미는 바로 앞에서 묘사하고 있는 문장에 그대로 나타난다. '리상은어데가서하로종일잇단말이요'라든지 '리상의가는곳에서 하는일까지를뭇지는안앗다'라는 문장은 이 한문 구절의 풀이에 해당한다. 그러므로 이 한문 구절은 앞서 묘사한 대목을 그대로 압축시켜 써 놓은 메타적인 기표임을 알 수 있다.

(3)

잔등이묵어워들어온다 죽엄이그에게왔다고 그는놀라지안아본다 죽엄이묵직한것이라면 남어지얼마안되는시간은 죽엄이하자는대로 하게내여버려두어 일생에업든 가장위생적인시간을향락하야보는편이 그를위생적이게하야 주겟다고그는생각하다가 그러면그는죽엄에 견데는세음이냐못 그러는세음인것을자세히알아내이기어려워고로 위한다 죽엄은평행사변형의법측으로 보일르샤알르의법측으로 그는 압흐로 압흐로걸어나가는데도왓다 써밀어준다.

活胡同是死胡同 死胡同是活胡同

이 대목은 주인공이 집을 나와 길을 걸으면서 느끼는 육체적인 피로감을 죽음의 과정과 관련시켜 생각하고 있는 장면이다. 길을 걸어가는 데도 계속 밀려드는 피로를 '죽음이 평행사변형의 법칙'으로 밀려온다고 적고 있다. 이러한 느낌을 다시 요약하여 말하고 있는 것이 '活胡同是死胡同 死胡同是活胡同'이라는 구절이다. 이 구절의 의미에 대한 해석에 있어서도 의견이 분분하다. 이어령 교수는 '사는 것이 어째서 이와 같으며, 죽음이 어째서 같은가, 죽음이 어째서 이와 같으며 삶이 어째서 같은

가'(《이상소설전작집 1》, 181~182면)라고 했다. 김윤식 교수는 '사는 것이 어찌하여 이와 같으며, 죽음이 어째서 같은가. 죽음이 어째서 이와 같으며, 사는 것이 같은가'(김윤식 편, 전집 2, 177면)라고 이어령 교수와 비슷하게 풀이하였다. 그러나 이 구절의 의미는 바로 앞의 '잔등이—밀어준다'라는 설명에서 드러나 있듯이 '살아 있다는 것이 곧 죽은 것과 같고, 죽은 것이 곧 살아 있는 것 같다'라는 중국어 관용구를 그대로 옮긴 것으로 본다.

(4)
그는무서움이 일시에치밀어서성내인얼골의성내인 성내인것들을 헤치고 홱압흐로나슨다 무서운간판저어뒤에서 기우웃이이쪽을내여다보는 틈틈이들여다보이는 성내엿던것들의 싹둑싹둑된모양이 그에게는한업시 가엽서보혀서 이번에는그러면가엽다는데대하야 장적당하다고 생각하는것은무엇이니 무엇을내여거얼가 그는생각하야보고 그럿케한참보다가 우숨으로하기로작정한그는그도 모르게얼는그만우서버려서 그는다시거더드리기어려웟다 압흐로나슨우숨은화석과갓치 화려하얏다.
笑怕怒

이 대목의 마지막에 등장하는 '소파노笑怕怒'라는 한문구는 글자 그대로 '웃음(웃다)', '두려움 혹은 공포(무서워하다)', '노여움(성내다)'을 뜻한다. 그리고 이 한문구의 의미는 바로 앞의 문장에 서술되고 있는 내용 자체를 요약적으로 제시하는 메타적 속성을 드러낸다. 주인공은 자신의 육체가 분리되어 떨어져 나가는 환상에 사로잡혀 있다가 실제로 그런 현상이 일어나서 육신이 해체되면 어쩌나 하는 무서움에 빠져든다. 그리고 성낸 표정 위로 그 두려워하는 모습이 드러난다. 그러다가 모든 것을 웃음으로 넘겨 버린다.

(5)

그는그의행렬의마즈막의 한사람의위치가 끗난다음에 지긋지긋이
생각하야보는것을 할줄모르는 그는그가아인 그이지 그는생각한다
그는피곤한다리를잇끌어불이던지는불을밟아가며불로갓가히 가보
려고불을작고만밟앗다.

我是二 雖說沒給得三也我是三

이 대목은 도회의 '무덤'으로 비유된 극장에서 영화 구경을 마치고 나
온 주인공이 어둠을 밝히는 불빛이 환한 거리를 배회하는 모습을 보여
준다. 여기에 등장하는 '我是二 雖說沒給得三也我是三'이라는 한문 구
절이 무슨 의미인지 명확하지 않다. 이어령 교수는 '나는 둘이다. 비록 셋
을 줄 수 없다고 말한다 하더라도 역시 나는 셋이다'(이어령 편,《이상소설전
작집 1》, 184면)라고 해석하였고, 뒤의 연구자들이 모두 이를 따르고 있다.
이 구절이 어떤 정황과 연관되는 것인지를 알아내기 위해서는 바로 앞부
분의 '불이 던지는 불을 밟아가며 불로 갓가히 가보려고 불을 작고만 밟
앗다'라는 구절을 주목해야 한다. 거리에 늘어선 가로등 불빛, 그리고 여
기 저기 상점에서 내걸어 놓은 불빛으로 인하여 길거리가 환하다. 이런
경우 땅바닥을 보면 자신의 그림자가 여기저기에 어른거린다. 그림자가
둘이 되기도 하고 셋이 되기도 한다. 자기 육신의 형체가 여러 개로 나뉘
어 있는 듯한 느낌을 불러일으킨다. '나는 둘이구나'라고 생각한다. 그러
다가 그림자가 셋으로 늘어나는 것을 보고는 생각을 바꾼다. '나는 셋이
로구나'라고 말이다.

여기서 문제가 되는 것이 '雖說沒給得三也'라는 구절이다. 이 구절을
다시 두 부분으로 나누어 '雖說沒給이라도 得三也면'이라고 읽을 것을
제안한다. 그럴 경우에는 '비록 주지 않았더라도 셋을 얻으면'이라는 해
석이 가능해진다. 결국 이 대목은 '나는 둘이다. 비록 주지 않았더라도 셋

을 얻으면 나는 셋이다'로 해석된다. 이러한 해석이 정통 한문의 해독 방식에서 벗어난다 하더라도 크게 문제가 될 것 같지는 않다.

(6)

LOVE PARRADE

그는답보를게속하얏는데 페브멘트는후을훌날으는 초콜레에트처럼훌훌날아서 그의구두바닥밋흘밋그러히쏙쏙쌔저나가고잇는것이그로하야금더욱더욱 답보를식케한원인이라면 그것도원인의하나가 될수도잇겟지만 그원인의대부분은 음악적효과에잇다고안이볼수업다고 단정하야버릴만치 이날밤의그는음악에 적지안이한편애를 가지고잇지안을수업슬만치 안개속에서라이트는스포츠를하고 스포츠는그에게잇서서는 마술에갓가운기술로 밧게는안이보이는것이엿다.

이 대목에 등장하는 'LOVE PARRADE'는 일본 한국문학연구자 사에쿠사 교수(한국문학연구, 베틀북, 347면)가 'The Love Parade'라는 영화 제목임을 밝힌 적이 있다. 소설 〈지도의 암실〉의 주인공은 시가지 한복판에 새로 생긴 극장(무덤)에 들어간다. 거기서 감상한 영화가 바로 1929년 미국 파라마운트사에서 만든 뮤지컬 코미디 영화인 'The Love Parade'이다. 언스트 루비치Ernst Lubitsch 감독의 이 영화에는 모리스 슈발리에Maurice Chevalier와 자넷 맥도널드Jeanette MacDonald가 출연한 바 있다.

이 영화는 실바니아의 루이스 여왕으로 등장하는 자넷 맥도널드와 여왕의 남편이 된 모리스 슈발리에 사이의 까다로운 로맨스를 그려 내고 있다. 루이스 여왕이 나이가 들자 그 신하들이 그녀를 결혼시키고자 한다. 이때 파리에서 여성 스캔들로 소환된 대사(모리스 슈발리에)가 여왕의 배우자로 간택되어 두 사람은 결혼을 하게 된다. 그러나 고집이 강한 여왕의 배우자가 된 슈발리에는 점차 아무 하는 일 없이 여왕 곁에 들러리로 서 있어야 하는 자신의 처지에 염증을 느끼게 되면서 둘 사이에 갈등이 커진다. 슈발리에의 노래와 춤이 일품이다. 주인공이 감상한 영화 'The Love Parade'가 뮤지컬 코미디 영화였기 때문에 배우들의 노래와 춤이 화면을 장식한다. 주인공은 영화관을 나와서도 여전히 영화의 흥취에 젖어 있기 때문에 페이브먼트를 걸어가면서도 발걸음이 가볍고 미끄러지듯 한다. 이 영화는 원제 그대로 1931년 10월 17일부터 경성 조선극장에서 상영된 바 있다.

〈지도의 암실〉에서 작품 제목인 '지도의 암실'은 여러 가지의 의미로 해석이 가능하다. 우선 이 작품 속에 등장하는 구체적인 장면과 연결시킬 경우, '암실'은 어둔 화장실, '지도'는 별들이 떠 있는 하늘의 모습을 연상케 한다. 그러나 일상적으로 반복되는 무의미한 생활의 공간(암실) 속에서 앞으로 나아가지 못하고 있는 주인공의 처지가 상징적으로 드러나 있는 것으로 볼 수도 있다. 암실 속에서는 아무리 정교한 좌표가 표시된 '지도'를 가지고 있어도 그 방향과 위치를 알아낼 수 없는 일이다. 그러므로 이 제목은 정신의 좌표로서의 지도와 방향을 알 수 없는 암실과 같은 삶의 현실 사이에 가로놓인 본질적인 상호 모순 관계를 보여준다고 해석할 수 있다. 이상의 글쓰기는 이 모순의 삶을 정교하게 기호화하여 배열하는 작업에 해당한다.

휴업休業과 사정事情

〈휴업과 사정〉은 조선총독부의 홍보지 《조선朝鮮》(1932. 4) 국문판에 '보산甫山'이라는 필명으로 발표된다. 이상의 두 번째 단편소설에 해당한다.

이 작품의 이야기는 '보산'(이상이 사용했던 필명을 주인공의 이름으로 쓰고 있음)이라는 등장인물의 개인적 삶의 과정에 기대고 있다. '보산'은 작중에서 시를 쓰는 사람으로 그려져 있지만 외부세계와는 단절된 자신의 일상에 갇혀 있다. 이러한 존재의 특이성은 그가 이웃하여 살고 있는 'SS'라는 사내와의 대비를 통해 분명하게 드러난다.

주인공 '보산'에게 유일하게 문제가 되는 것은 'SS'의 침 뱉는 버릇이다. 주인공이 살고 있는 집 마당을 향하여 침을 뱉는 그 버릇 때문에 주인공은 늘 신경이 거슬린다. 그러나 'SS'는 이런 정도의 일에는 거의 무감각이다. 주인공이 삐쩍 마른 사내인데 반하여 'SS'는 몸집이 뚱뚱하다. 이 뚱뚱한 몸집에 대해서도 주인공은 증오의 시선으로 바라본다. 그 몸집이라면 분명 머리가 나쁘리라고 추측하기도 한다. 그리고 이 뚱뚱이와 함께 살고 있는 여인을 측은하게 여기고 그 사이에서 태어난 어린 계집아이를 보고 안타까워한다.

그러나 이러한 대비는 주인공인 '보산'의 입장만을 내세운 것에 불과하다. 'SS'는 지극히 정상적인 평범한 사람이다. 신체 건강하고 결혼하여 아내가 있고 자식까지 낳아 기른다. 이러한 일상적 인간형을 기준으로 한다면 주인공 '보산'이라는 인물이야말로 일상을 벗어난 비상식적 존재로 비칠 수밖에 없다. 주인공에게는 특별히 하는 일이 없다. 낮에는 늦게까지 잠을 자고 오후에야 겨우 일어나 빈둥댄다. 나이가 들었지만 결혼도 못하고 있으니 자식이 있을 리가 없다. 결국 주인공 '보산'은 오히려 'SS'의 존재에 대비됨으로써 그 일탈된 습관과 삶의 모습이 확연하게 드러나는 것이다.

이 소설에서 주인공의 삶을 통해 드러나는 특이한 문제성은 공적 시간의 규범을 모두 무시하고 있는 생활 태도이다. 이것은 시간의 사적 소유화 또는 사사화私事化의 특징을 말한다. 일상적인 시간은 모든 사람들에게 공통적인 여러 가지 관습을 가능하게 만든다. 하지만 주인공은 이러한 일반적 관습을 무시하고 자기대로의 생활을 유지한다. 주인공은 타자와의 관계가 단절된 상황 속에서 고립된 주체가 될 수밖에 없다. 더구나 주인공의 태도에서 느낄 수 있는 행동의 구체성이라든지 리얼리티라는 것도 드러나 있지 않다. 그 이유는 이야기 자체가 주인공의 내적 독백에 의존하여 서술되고 있기 때문이다. 여기서 내적 독백은 어떤 의도나 지표를 드러내기 위한 것이 아니다. 일정한 방향도 없고 성격도 없는 자잘한 생각들과 연상들이 끊임없이 이어지고 있을 뿐이다. 그러므로 소설 문장은 앞뒤가 뒤틀리고 두서가 없고 통사적 규범과 논리를 넘나든다. 이러한 문투가 이상의 초기작에서 볼 수 있는 서툰 글쓰기의 문제라고 판단할 수도 있지만 일종의 자동기술법과 유사한 글쓰기의 전략이 아닌가 생각된다. 그 이유는 이상의 소설 가운데 〈날개〉의 감각적이고도 간결한 문체가 있는가 하면, 〈지주회시〉의 경우에서 볼 수 있는 난삽한 어투가 문체론적 고안으로 자리 잡혀 있기 때문이다.

이 작품은 단편소설의 양식이 요구하는 구성의 원리를 생각한다면 서사의 기법이 균형 잡혀 있다고 보기 어렵다. 두 인물의 대비 과정이 지나치게 작위적인 것도 문제이고 서술 시점의 불균형도 문제이다. 이러한 서사의 문제성은 〈날개〉에 이르면 대체로 극복된다.

지팡이 역사 轢死

〈지팡이 역사〉는 《월간매신月刊每申》(1934. 8)에 발표한 작품으로 여행 중에 겪은 하나의 에피소드를 이야기의 형식으로 적어 놓고 있다. 발표 당시의 원문에는 '희문戲文'이라고 표시되어 있다. 편자에 따라서는 수필의 영역에 넣은 경우도 있지만 여기서는 소설로 분류한다.

이 작품의 이야기는 크게 두 장면으로 구분된다. 이야기의 전반부는 여행지에서 겪은 아침 풍경을 적어 놓고 있다. '나'와 함께 여행하고 있는 친구 S가 등장하고 있지만 서사의 성격을 좌우할 수 있는 행동이나 사건이 등장하는 것은 아니다. 그러나 이야기의 후반은 특이한 서사적 상황을 설정한다. 황해선 기차 안의 풍경을 그려 놓고 있기 때문이다. 이 기차 풍경은 움직이는 공간이라는 특성과 함께 익명의 다수 인물이 기차라는 공간에 다양한 포즈로 배치된다는 점이 특징이다.

작중 화자인 '나'를 통해 묘사되고 있는 기차 안의 풍경은 1930년대 초반 황해도 지역을 오가는 기차 승객의 일상적 풍모를 그대로 살려낸다. 특히 각각의 인물들이 보여주는 입성을 통해 당대의 옷차림이나 여행 풍속의 일면을 쉽게 확인할 수 있다. 특히 다양한 모습의 승객들의 면면을 그 익명성을 이용하여 오히려 특징적으로 성격화하고 있는 장면은 매우 인상적이다. 이러한 수법은 1930년대 후반 최명익이 발표한 바 있는 단편소설 〈장삼이사張三李四〉의 기차 안의 풍경과 대비해 볼 만하다. 이 작품의 핵심을 이루고 있는 것은 시골 노인의 지팡이가 기차 바닥의 구멍으로 빠져나가 버린 사건이다. 어리숙한 영감은 그런 사실도 알지 못하고 있는데, 주변의 시선을 함께 관찰하면서 영감의 행동거지에 초점을 모아놓는 묘사의 방식이 흥미롭다. 이상의 소설 가운데 유머 감각을 살리고 있는 특징적인 작품이라고 할 수 있다.

지주회시 _{䵷䵱會豕}

단편소설 〈지주회시〉는 조선중앙일보사에서 발간하던 종합잡지 《중앙中央》(1936. 6)에 발표된 작품이다. 이 작품은 순국문이지만 의미상의 혼동을 야기할 수 있는 단어의 경우 드물게 한자로 표기하고 있다. 띄어쓰기를 의도적으로 무시하면서 문장의 흐름과 호흡을 고려하여 어구에 따라 띄어 쓴 경우도 많다.

이 소설의 제목으로 쓰고 있는 '지주회시 䵷䵱會豕'라는 말은 작가 이상이 만들어낸 한문구이다. 이 제목에서부터 의미의 모호성이 드러난다. 여기서 '지䵷'와 '주䵱'는 모두 '거미'를 뜻하는 한자이다. 일반적으로는 '지주蜘蛛'라고 쓰는데, 이상은 이 한자들을 굳이 '지주䵷䵱'라고 표기한다. 두 글자가 모두 각각 '거미'를 의미하는 것인데도 '거미'라는 실제 대상을 지시하기 위해서는 '지'라든지 '주'라는 글자 하나만을 쓰는 경우가 없다. 언제나 두 글자를 결합하여 '지주'라고 쓴다. 이러한 글자 자체의 의미와 속성을 놓고 본다면 이 소설에서 '지주'라는 말은 한 마리의 거미를 뜻하는 단수單數 명사로 사용하고 있는 것이 아님을 알 수 있다. '지'와 '주'라는 '두 마리의 거미'라는 뜻으로 그 의미를 해석해야만 한다. 실제로 소설 속의 주인공으로 등장하는 '그'와 '그'의 '아내'가 모두 '거미'에 비유되고 있다. 〈지주회시 䵷䵱會豕〉에서 '회시會豕'라는 말도 그 뜻이 복잡하다. 여기서

'회會'는 '만나다'라는 뜻을 가지며, '시豕'는 '돼지'라는 뜻으로 해석된다. 옥편을 찾아보면 '시豕'는 7획의 '부수자部首字'이다. '시豕' 部에 해당하는 글자들은 파(豝, 암돼지), 액(豟, 큰 돼지), 종(豵, 새끼 돼지), 희(豨, 멧돼지), 해(豥, 네 발굽 흰 돼지), 회(豗, 돼지가 흙을 파다) 등에서 볼 수 있는 것처럼 모두가 '돼지'와 관련되어 있다. 따라서 '시'라는 부수자는 '돼지들'이라는 복수複數의 의미로 풀이할 수 있다. 이러한 의미 관계를 따지고 보면, '지주회시'라는 제목은 '거미와 거미(거미 두 마리)가 돼지들을 만나다'라는 뜻으로 풀이할 수 있다.

〈지주회시〉의 서사는 '거미 두 마리가 돼지들을 만나다'라는 이 해괴한 제목의 의미를 메타적으로 해석·서술하는 과정에 대응한다. 먼저 '거미' 두 마리의 존재를 알아내야 하고, 이 두 마리의 거미가 만나게 되는 '돼지들'의 정체를 밝혀야 한다. '거미'는 곤충과 흡사하면서도 날개와 가슴을 갖고 있지 않다. 그러므로 곤충으로 분류되지 않는다. 이 특이한 동물은 적당한 크기의 살아 있는 작은 동물이라면 어느 것이나 잡아먹는 육식성이다. 개체가 단독 생활을 하는 것이 특징이며 먹이 사냥을 위해서 거미줄을 활용한다. 거미줄을 쳐놓고 있다가 거기에 작은 곤충이 걸려들면 달려들어 갉아먹는다. 그리고 다시 또 다른 먹잇감이 거미줄에 걸려들기를 기다린다. 이렇게 단순한 삶을 유지하고 있는 '거미'가 어떻게 '돼지들'과 만날 수 있는가? '거미'가 '돼지들'까지 잡아먹을 수 있겠는가? 소설 〈지주회시〉의 이야기는 바로 이 같은 우의적寓意的인 질문에 대한 흥미로운 답안이 된다.

소설 〈지주회시〉에는 '그'라는 주인공과 그의 아내가 등장한다. 이 부부가 살아가는 모습은 이상의 여러 소설에서 유사한 형태로 등장하고 있다. 아내는 술집 여급으로 밤마다 회관에 나가 손님들의 술시중을 들면서 돈을 번다. 소설의 주인공은 하는 일도 없이 아내에게 얹혀서 아내가 벌어온 돈으로 먹고산다. 그러나 이 부부가 살아가는 모습은 그리 순탄

치 않다. 거듭되는 아내의 출분과 귀가 때문이다. 하지만 아내의 심상치
않은 행동에도 불구하고 주인공은 면전에서 아내를 탓하지 않는다. 아내
는 출분했다가 다시 집으로 돌아와서는 아무것도 하지 못하고 있는 그를
먹여 살리겠다고 팔을 걷어붙이고 나서는 것이다. 이러한 아내를 주인공
은 한 마리의 '거미'라고 규정한다. 그리고 자기 자신도 그 거미의 집안에
서 살아가는 거미가 된다.

〈지주회시〉의 전체 텍스트는 전반부와 후반부로 구분되어 있다. 그리
고 전반부와 후반부가 모두 똑같이 그 서두에 '그날 밤에 안해가 층계에
서 굴러 떨어진 사건'을 이야기의 실마리로 내세운다.

> (1)
> 그날밤에그의안해가층게에서굴러떨어지고―공연히내일일을글
> 탄말라고 어느눈치빠른어른이 타일러놓었다. 옳고말고다. 그는하루
> 치씩만잔뜩산(生)다. 이런복음에곱신히그는 덩어리(속지말라)처럼말
> [言]이없다. 잔뜩산다. 안해에게무엇을물어보리오? 그러니까안해는
> 대답할일이생기지않고 따라서부부는식물처럼조용하다.

> (2)
> 그날밤에안해는멋없이층게에서굴러떨어졌다. 못났다. 도저히알아
> 볼수없는이킹가망가한吳와그는어디서술을먹었다. 분명히안해가다
> 니고있는R회관은아닌그러나역시그는그의안해와조금도틀린곳을찾
> 을수없는너무많은그의안해들을보고소름이끼쳤다. 별의별세상이다.

앞의 인용에서 확인할 수 있는 것처럼 '아내가 층계에서 굴러 떨어진
사건'은 이 소설의 텍스트를 전반부와 후반부로 분할하는 데에 결정적인
작용을 하게 된다. 이 사건이 벌어지게 된 경위는 전반부에서 서술된다.

그리고 소설의 후반부에서는 이 사건이 어떤 식으로 해결되었는지를 서술한다. 그리고 이야기의 결말에서 이 사건에 대한 주인공의 반응을 보여준다. 〈지주회시〉는 결국 '아내가 층계에서 굴러 떨어진 사건'이 일어난 바로 그날의 이야기를 그려 낸다.

〈지주회시〉의 서사는 '그'와 아내를 중심으로 하는 거미의 세계와 친구인 '오'를 중심으로 하는 돼지들의 세계를 교묘하게 겹쳐서 보여준다. 개체로서의 삶에 자족하면서 자기 자신을 갉아먹고 살아가는 그와 아내는 약자에 대한 착취 구조를 근거로 하는 돼지들의 탐욕과 그 비리의 세계를 감당할 수 없다. 이 소설에서 그려 내고 있는 현실 가운데 흥미로운 요소는 1920년대 일제 강점기에 광풍처럼 몰아쳤던 이른바 '미두米豆'라는 투기 행위를 소재로 끌어들인 점이다. 한국 내에서 생산되는 쌀의 매매에 뛰어든 일본인들은 쌀의 거래에서 실제로 돈을 치르고 현물을 인도받는 것이 아니라, 일본 내의 쌀값의 시세 등락을 이용해 돈을 걸고 형식상으로만 매매하는 투기 행위를 시작했다. 그리고 주식회사 인천미두거래소를 설립한 후 한국인 재산가들을 '미두장'으로 유인하였다. 이와 같은 투기에 빠진 재산가 가운데 상당수가 재산을 날리고 파산 지경에 빠지게 되었고, 또 지주들 중에는 그들의 토지를 날리거나 또는 그들의 토지를 조선식산은행의 신탁관리에 맡기는 등 패가망신하는 자가 속출하게 되었다.

소설 속의 주인공이 만나게 되는 '오'라는 친구는 바로 그 부친이 미두에 손을 댔다가 파산했고 주인공이 아내를 통해 빌린 돈 100원까지 모두 날렸다. '오'는 그 돈을 갚을 생각을 하지 않고 여전히 비슷한 투기 노름에 빠져 있으며 자신이 번 돈도 유흥가에서 모두 탕진하고 있을 뿐이다. 그렇기 때문에 주인공의 아내는 빌린 돈을 갚기 위해 여전히 밤마다 회관에 나가 술시중을 드는 여급 노릇을 하지 않을 수 없게 된다. 한국 사회에 정착하기 시작한 초기 자본주의 체제가 식민지 근대의 후진성과 모순을 그대로 노출하고 있는 부분이 바로 이 대목이다. 이상은 개인의 무의미한 일상 속에서 그 개인이 몸담고 있는 사회 현실의 어두운 그림자를 그대로 펼쳐 보인다. 그러므로 이 작품에서 일반적인 가치 규범이나 보편적 윤리 의식을 찾아내려는 시도는 당치 않다.

이 작품에 그려진 주인공은 사회적 존재로서의 의미를 상실한 인물이다. 그는 특별히 하는 일도 없이 술집 여급 노릇을 하는 아내에 빌붙어 살고 있다. 이러한 삶의 방식을 놓고 주인공은 스스로 자신들의 부부관계를 서로를 갉아먹고 있는 거미의 세계라고 규정한다. 주인공을 둘러싸고 있는 모든 인간관계는 크고 작은 돈으로 연결되어 있다. 아내를 팔아 빌린 돈 100원을 둘러싼 주인공과 친구 '오'와의 갈등은 허황된 돈을 꿈꾸었던 주인공의 욕망과 '오'의 허풍과 투기의 실패에 기인한다. 아내를 밀려 다치게 만든 뚱뚱보 전무는 돈으로 모든 것을 해결하려고 하고 R회관의 뚱보 주인도 이에 합세한다. 친구인 '오'는 이들 곁에서 여전히 거간꾼 노릇에 열중이다. 이러한 소설적 장면들은 당대의 현실 속에서 가정과 사회에 만연해 있던 허황된 물질적 욕망과 그 비리와 병폐를 그대로 표출하고 있는 셈이다.

이 작품에서 주인공이 뚱뚱보 전무가 아내에게 준 위자료 20원을 전부 꺼내가지고 술을 마시러 간다는 결말은 이상 소설이 보여주는 역설적 언어의 극치에 해당한다. '거미는 나밖에 없구나'라고 하면서, 아내가 몸을 다치고 얻은 돈을 다시 탕진해 버리고자 하는 그의 일탈된 행위는, 퇴폐와 병리의 극단에 몸을 던짐으로써 그 추악함의 본질을 드러내는 하나의 역설에 해당한다. 이 역설의 언어가 결국 근대 사회에서의 자본주의적 착취 구조의 연결 고리를 풍자적으로 그려 내는 데에까지 이른다고 말하더라도 그것은 결코 지나친 해석은 아니다. 인간의 개인적 유대 의식의 상실과 그 물신화의 현상을 이처럼 환멸적으로 그려 낸 소설을 어디에서도 찾아볼 수 없기 때문이다.

날개

단편소설 〈날개〉는 조선일보사에서 발간하던 종합잡지 《조광朝光》 (1936. 9)에 발표된 작품이다. 이 작품은 문장의 호흡과 띄어쓰기가 정제 되어 있으며 감각적이고도 간결한 문체가 돋보인다. 이 작품이 발표된 후에 당대의 평단에 드러난 열띤 반응은 수많은 논의가 거듭된 오늘날까 지도 그대로 이어진다. 이 작품이 그 기법과 정신면에서 보여주는 문제 성을 그대로 말해 주는 것이라고 할 만하다.

소설 〈날개〉의 서두에는 에피그램적 성격을 띤 짤막한 머리글이 붙어 있다. 이 글에 등장하는 '나'는 작가 자신을 위장한다. 그러므로 소설 〈날 개〉의 서사를 주도하고 있는 작중 화자 '나'와도 그 목소리를 일정 부분 공유하고 있다. 경험적 자아로서의 '나'와 위장된 작가로서의 '나', 그리고 서사적 자아로서의 '나'가 각각 작용하고 있다는 말이다. 더구나 이 글 속 에는 '나'의 진술 내용을 듣고 있던 가상의 독자가 '나'를 향하여 던지는 충고의 말도 함께 싣고 있다. 그러므로 '나'는 가상의 독자에게 말을 건네 고, 그 가상의 독자는 다시 '나'를 향하여 '그대'라고 호칭하며 화답한다. 이 극적인 진술 방식을 통해 작가와 독자 사이에 이루어질 수 있는 새로 운 대화적 공간을 열어 놓고 있는 것이다.

'剝製가되어버린天才'를 아시오? 나는 愉快하오. 이런때 戀愛까지 가愉快하오.

肉身이흐느적흐느적하도록 疲勞했을때만 精神이 銀貨처럼 맑소 니코틴이 내 蛔ㅅ배알는 배ㅅ속으로숨이면 머리속에 의례히 白紙가 準備되는법이오. 그우에다 나는 윗트와 파라독스를 바둑 布石처럼 느러놓소. 可恐할常識의病이오.

나는또 女人과生活을 設計하오. 戀愛技法에마자 서먹서먹해진 智性의極致를 흘낏 좀 드려다본일이있는 말하자면 一種의 精神奔逸者말이오. 이런女人의半─그것은온갖것의半이오─만을 領受하는 生活을 設計한다는말이오 그런生活속에 한발만 드려놓고 恰似두개의太陽처럼 마조처다보면서 낄낄거리는 것이오. 나는 아마 어지간히 人生의諸行이 싱거워서 견댈수가없게쯤되고 그만둔모양이오. 꾿빠이.

꾿빠이. 그대는 있다금 그대가 제일실여하는 飮食을貪食하는 마일로니를 實踐해 보는것도 좋을것같ㅅ오. 윗트와파라독스와…….

그대 自身을 僞造하는것도 할만한일이오. 그대의作品은 한번도 본일이없는 旣成品에依하야 차라리 輕便하고高邁하리다.

十九世紀는 될수있거든 封鎖하야버리오. 도스토에프스키精神이란 자칫하면 浪費인것같ㅅ오, 유─고─를 佛蘭西의 빵한조각이라고는 누가그랫는지 至言인듯싶ㅅ오 그러나 人生 或은 그 模型에있어서 띠테일때문에 속는다거나해서야 되겠오? 禍를보지마오. 부디그대께 告하는 것이니…….

(테잎이끊어지면 피가나오. 傷차기도 머지안아 完治될줄믿ㅅ오. 꾿빠이)

感情은 어떤 포─스. (그 포─스의素만을 指摘하는것이아닌지나모르겠오) 그 포―스가 不動姿勢에까지 高度化할때 感情은 딱 供給을停止합데다.

나는내 非凡한發育을回顧하야 世上을보는 眼目을 規定하얏오.

女王蜂과未亡人―世上의 허고많은女人이本質的으로 임이 未亡人아닌이가있으리까? 아니!女人의全部가 그日常에있어서 개개「未亡人」이라는 내 論理가 뜻밖에도 女性에對한冒瀆이되오? 굿빠이.

이 글은 전체 내용을 크게 세 부분으로 구분할 수 있다. 첫째는 '박제가되어버린…… 그만둔 모양이오 굿빠이' 부분이다. 이 부분에는 경험적세계의 작가 자신이 '나'라는 화자로 등장한다. '나'는 '나'의 말을 들어줄수 있는 가상의 독자 또는 상대자를 향하여 이야기를 전개한다. 여기서주목되는 것은 '나' 자신의 의식의 내면을 드러내면서 새롭게 설계하고있는 소설의 내용이다. 백지를 준비하고 위트와 패러독스를 바둑판처럼포석하는 새로운 소설은 그 내용이 '여인과의 생활'을 다루는 것이다. 바로 소설 〈날개〉의 소재 내용에 해당한다. 이 대목만으로도 이미 소설 〈날개〉의 세계는 그 전모가 드러난다.

둘째는 '굿빠이 그대는…… 완치될 줄 믿소. 굿빠이' 부분이다. 이 부분은 앞에서 '나'의 진술을 들은 가상의 독자가 '나'에게 건네는 일종의 충언忠言을 가장한다. 그러므로 그 어조도 바뀌고 있다. 이러한 서술적 장치를 암시하기 위해 이 대목에서는 앞 단락의 맨 끝에 나오는 '굿빠이'라는말을 그대로 다시 받아 이야기를 시작하는 것으로 꾸민다. 작가인 '나'를'그대'라는 호칭을 사용하여 부르기도 한다. 가상의 독자의 입을 통해 진술되고 있는 것은 '나'로부터 들은 소설 창작의 설계, 다시 말하면 '여인과의 생활 설계'에 대해 의견이다. 여기서 '자신을 위조하는 일'이라는 이상의 소설 시학이 간접적으로 제시된다. 러시아의 도스토옙스키라든지프랑스의 빅토르 위고라든지 하는 작가로 대변되는 19세기 소설의 방법과 정신을 넘어서야 하고 디테일의 과잉에도 주의해야 한다는 점을 주문한다. 이것이야말로 자기 관점에 대한 객관적 검증을 시도하는 대목이라고 할 만하다.

셋째는 '감정은 어떤…… 모독이 되오? 끝빼이' 부분이다. 여기서 다시 작가로서의 '나'가 등장한다. 디테일의 과잉을 경계한 독자의 말에 대해 '나'는 감정과 포즈의 문제를 거론한다. 이 말은 달리 내면 의식과 그 외현의 방법을 의미한다고 할 수 있다. 이 점에 있어서만은 사실 작가 이상을 따를 자가 없다. 소설의 새로운 설계를 여인과의 생활 문제로 한정할 경우 문제가 되는 것이 여성의 존재에 대한 인식이다. 이 문제를 거론하게 되면 벌써 이상 문학의 핵심에 들어서는 셈이다. 작가는 '여왕봉女王蜂'이라는 상징물을 내건다. 그리고 이것을 다시 '미망인未亡人'으로 환치한다. 이 둘 사이에 내재하고 있는 존재의 모순을 이해하는 길, 그것이 바로 소설 〈날개〉의 세계인 것이다.

소설 〈날개〉는 자아의 형상과 그 존재 방식에 대한 회의와 그로부터의 탈출 욕망을 공간화의 기법으로 형상화한다. 이 소설의 화자는 '나'라는 지식인이다. 나는 도시의 병리를 대표하는 매춘부인 '아내'와 기형적인 삶을 살아가고 있다. 아무런 희망도 비판적 자각도 없는 무기력한 주인공이 좁은 방으로 표상되는 비정상적인 삶으로부터 탈출하고자 하는 욕망이 이 소설의 주제를 형성하고 있다. 이 작품에서 방이라는 닫힌 공간의 폐쇄성과 바깥세상이라는 열린 공간의 개방성은 서사 구조 내에서도 상반된 성격을 드러낸다. 방으로부터 바깥세상으로의 공간 이동은 존재론적으로 불완전한 개인의 자아 인식의 과정과 대응한다. 방 안에서 주인공은 스스로 자신이 살아 있음을 내부로부터 확신하고 있는 경우가 별로 없다. 그리고 가장 기본적인 경험적 요건으로서 시간의 불연속성이 자주 나타난다.

이 작품의 이야기에서 시간은 어떤 연속적인 서사성을 인지하기 어렵게 분리되어 있다. 앞의 경험과 뒤의 경험이 서로 연관되어 있다기보다는 별개의 것으로 떨어져 있는 듯한 느낌으로 시간이 인지되고 있기 때문이다. 그러나 그 방 안을 벗어나기 시작하면서 주인공은 이 같은 시간적 경험의 분열 과정으로부터 어느 정도 자유로워지고 있다. 물론 주인공은 외부적으로 자신에게 가해 오는 또는 가해 올지도 모르는 위협을 스스로 차단하지 못하는 데에서 오는 불안감에 사로잡혀 있다. 그 결과로 자신의 온전함 자체에 대한 스스로의 신뢰를 잃어버리게 되며, 자기 행동과 사고 자체를 끊임없이 반복하여 다시 돌아본다. 그가 꿈꾸는 것은 자기 존재의 정체성을 위협하는 현실적 공간으로부터 벗어나는 일이다.

소설 〈날개〉의 서두에서는 '나의 방'에 갇혀 있던 주인공의 무기력한 삶이 '박제'로 상징된다. 그러나 이 작품의 결말에서 '나의 방'을 벗어난 주인공은 한낮 거리에서 아예 하늘로 비상을 꿈꾼다. 이 탈출에의 의지가 '날개'로 상징된다. '날개야 다시 돋아라. 날자. 날자. 날자. 한 번만 더 날자꾸나'라는 절규가 그것이다. 하지만 이 탈출에의 의지는 미래로의 적극적인 투기라기보다는 결코 행동화될 수 없는, 자의식 속에서만 드러나는 간절한 내적 원망의 표백에 더 가까운 것이다.

봉별기 逢別記

소설 〈봉별기〉는 잡지 《여성女性》(1936. 12)에 발표된 작품이다. '나'라는 주인공은 결핵 요양을 위해 온천장에 갔다가 그곳 술집에서 '금홍'이라는 여인과 만난다. 두 사람은 서로 가까워진다. '나'는 온천장으로 떠나서울로 돌아온 후에 금홍을 서울로 불러올린다. 그리고 함께 살게 된다. 그러나 두 사람의 생활은 서로 조화를 이루지 못한다. 금홍은 몇 차례의 출분을 거듭하다가 결국은 가출한다. 그리고 이들은 서로 헤어진다.

이 작품에 등장하는 '나'는 경험적 자아로서의 작가 이상의 삶의 과정을 그대로 보여준다. 그리고 '나'의 상대역인 금홍의 경우에도 이상이 한때 같이 살았던 실제의 인물이라는 점을 확인할 수 있다. 이처럼 작품 속에서 허구적 자아와 경험적 자아를 일치시켜 놓고 있는 것은 당대 일본의 이른바 사소설私小說 형식에서 흔히 볼 수 있는 방식이다. 그러나 소설〈봉별기〉의 서사 내적인 요소들을 그대로 작가 자신의 경험적 현실과 직결시켜 보는 것은 이 소설의 이야기에 담겨져 있는 상상력의 폭과 깊이를 축소시킬 우려가 있다.

소설 〈봉별기〉는 그 텍스트가 모두 네 부분으로 나누어져 있다. 그리고각 부분은 소설 속의 이야기의 전개 과정에 따라 '나'와 금홍의 만남—사랑—갈등—헤어짐의 단계를 분명하게 보여준다.

이 소설의 첫 단계에서 그려 내고 있는 '나'와 금홍의 만남의 장면은 희화적으로 그려진다. '나'는 병을 얻어 스물세 살의 나이가 되던 해 봄 조용한 온천장으로 요양을 떠난다. 그리고 온천장에서 뜻하지 않게도 한 여인을 만나게 된다. 그녀가 바로 금홍이다. '나'와 금홍의 만남은 예사로운 남녀의 만남과는 그 성격이 다르다. 금홍이가 여염집의 규수가 아니라 거리의 여인이었기 때문이다. 그러므로 이 만남의 과정 자체도 희화적으로 서술된다. 장난처럼 만나고 농弄처럼 이야기가 진전된다. '나'는 일종의 객기를 부리듯 금홍과의 비정상적 관계를 유지한다. 그리고 전혀 자기 내면의 심적적 반응을 드러내 보이지 않는다. 금홍이라는 여인의 존재 자체를 객관적인 거리에 놓고 그려 놓고 있을 뿐이다.

　　스물세살이오—三月이요—咯血이다. 여섯 달 잘 길른 수염을 하로 면도칼로 다듬어 코밑에다만 나비만큼 남겨가지고 藥 한 제 지어들고 B라는 新開地 閒寂한 溫泉으로 갔다. 게서 나는 죽어도 좋았다.
　　그렇나 이내 아즉 길을 펴지 못한 靑春이 藥탕관을 붓들고 늘어저서는 날 살리라고 보채는 것은 어쩌하는 수가 없다. 旅館 寒燈아래 밤이면 나는 늘 억울해했다.
　　사흘을 못참고 기어 나는 旅館主人영감을 앞장세워 밤에 長鼓소리나는 집으로 찾어갔다. 게서 맞난 것이 錦紅이다.
　　「몇살인구?」
　　體大가 비록 풋고초만하나 깡그라진 게집이 제법 맛이 맵다. 열여섯 살? 많아야 열아홉살이지하고 있자니까
　　「스믈한살이예요」
　　「그럼 내 나인 몇살이나돼뵈지?」
　　「글세 마흔? 서른아홉?」
　　나는 그저 흥! 그래버렸다 그리고 팔짱을 떡 끼고 앉어서는 더욱더

욱 점잖은 체했다.

소설 〈봉별기〉의 둘째 단계는 '나'와 금홍의 동거 생활이 그려진다. '나'
는 서울로 올라온 후에 금홍을 서울로 불러올린다. '나'는 금홍의 과거를
묻지 않기로 하고 함께 살게 된다. 두 사람의 동거 생활은 결혼을 하고 이
루어지는 정상적인 부부 관계는 아니지만 사랑으로 이어진다. 금홍은 겨
우 스물한 살이었지만 나이 서른이 넘은 것처럼 세상 물정에 밝았고, '나'
는 여나믄 살을 먹은 아이처럼 그 밑에서 살아간다. 두 사람의 모습은 절
름발이의 형상처럼 부조화와 불균형으로 그려진다. 금홍은 이러한 생활
에 금방 흥미를 잃고 삶의 테두리를 벗어나는 일탈을 시작한다.

이 소설의 세 번째 단계는 '나'와 금홍의 관계가 갈등으로 치달으며 결
국은 파국에 이르게 됨을 서술한다. '나'는 금홍이가 다른 사내들과 어울
리며 밖으로 나도는 것을 알아차리고는 '천하의 여성은 다소간 매춘부의
요소를 품고 있다'라고 생각한다. 그리고는 더 이상 금홍을 찾으려 하지
않고 금홍과의 생활을 모두 청산한 후 본가로 돌아온다.

소설 〈봉별기〉의 결말은 금홍이와의 해후의 한 장면을 보여준다. 그러
나 이 장면은 새로운 이야기의 연결을 위한 것이 아니라 '나'와 금홍의 관
계가 이미 끝났음을 확인하는 자리로 제시된다. 풍파에 시달리며 살아가
는 금홍의 모습과 함께 새로운 삶을 설계하면서 동경행을 꿈꾸고 있는
'나'의 모습이 대비되고 있을 뿐이다.

소설 〈봉별기〉는 회고적 진술에 의해 서사 내적인 모든 행동과 사건을
서술한다. 서사에서 회고적 진술 방식은 언제나 서술자의 자기 내면에
대한 섬세한 분석을 가능하게 한다. 그러므로 회고적 진술은 '고백체'가
되기 쉽다. 이미 지나 버린 일들을 현재의 상황 속으로 끌어들여 다시 논
의할 수 있기 때문이다. 그런데 이 소설에서 회고적 진술은 자기 분석을
대담하게 생략한다. 자신의 과거 행적을 한 여인과의 관계를 통해 보여

주고 있는 것임에도 불구하고 서술적 주체이기도 한 '나'는 철저하게 자기 내면을 감춘다. 그리고 어떤 감정적 굴곡도 드러내지 않고 담담하게 그 정황을 간략하게 서술한다. 구체적인 설명이나 수식이 별로 없다.

소설 〈봉별기〉는 그 서술 방식이 고백체로 발전하지 않는다. 간결한 문장, 서술적 주체의 감정에 대한 절제, 담담하게 전개되는 사건 등은 모두 서사적 상황과의 거리두기를 위해 적절하게 고안된다. 인간의 인연으로 만났다가 서로 헤어지게 되는 여인과의 삶에 묻어나는 희열과 고통을 담백하게 서술하고 있다. 이 소설과 유사한 모티프를 시적 형식으로 형상화하고 있는 것이 〈오감도 시제7호〉, 〈지비紙碑〉이다. 이 작품들에서 볼 수 있는 시적 화자의 회한의 정서는 소설적 정황과 좋은 대조를 보인다고 할 수 있다.

동해童骸

　소설 〈동해〉는 작가 이상이 생존해 있던 시절에 발표한 마지막 작품이다. 이상은 이 작품을 《조광朝光》(1937. 2)에 발표하면서 "〈동해〉는 작년 6, 7월경에 쓴 냉한삼곡冷汗三斛의 열작劣作입니다. 그 작품을 가지고 지금의 이상을 촌탁忖度하지 말아주십시오"(사신 9)라고 김기림에게 밝힌 바 있다. 소설 〈동해〉의 이야기는 하루 동안이라는 제약된 시간 위에 펼쳐지는 아주 간단한 에피소드를 담고 있다.

　이 작품의 중심에는 '나'라는 인물이 자리하고 있다. 그리고 어느 날 가방을 싸들고 '나'를 찾아온 '임姙'이라는 여인이 그 상대역을 담당한다. '임'은 '나'의 친구인 '윤尹'이라는 사내와 살고 있던 여인이다. 세 사람은 서로 이미 잘 알고 지내던 사이이다. 이런 식의 인물 설정이라면, 쉽게 애정 갈등의 삼각 구도를 떠올릴 수 있다. 그러나 문제는 그리 간단하지는 않다. 작가는 이 흔해 빠진 주제의 통속성을 벗어나기 위해 다채로운 서사 기법을 동원한다.

　이 작품에서 돋보이는 메타소설적 특성을 제대로 이해하기 위해서는 '동해童骸'라는 난해한 제목의 의미에 대한 올바른 해석이 전제되어야 한다. 어떤 사전에도 나와 있지 않은 '동해童骸'라는 말을 놓고 일찍이 다음과 같은 해석이 제기된 바 있다.

'환각의 인'이란 무엇인가. 인간고의 근원에 해당하는 이 환각의 인이란 회색(관념)의 세계에 갇혀 있는 수인囚人이다. '색소 없는 혈액'의 세계와 녹색으로 된 생명의 황금 나무의 세계. 이 이항대립의 형식 체계 속에 놓여 당황하고 있는 모습이 〈동해〉에서 선명히 드러나 있거니와, 그는 이 두 세계를 잇는 열쇠를 장만해 놓았다. 이것은 《오감도》의 방법론과 한 치도 다르지 않다. '童孩(아이)'를 '童骸(아이의 해골)'로 바꾸어 놓은 것이 그것. 글자 획수 하나를 빼거나 첨가함으로써 전혀 다른 의미를 획득케 하는 이러한 방식이란 순수관념 세계와 현실 세계의 차이를 갈라내기 위한 열쇠로 고안된 이상 문학의 눈부신 독창성이다.(김윤식, 이상텍스트연구, 300면)

'동해童骸'라는 한자어가 '동해童孩'에서 비롯되었을 가능성에 대해서는 그동안 앞의 설명대로 별다른 이의 없이 받아들여 왔다. 이상 자신이 즐겨 시도했던 '파자破字'의 방식과 패러디의 기법을 여기서도 사용했을 가능성이 있기 때문이다. 그런데 '童孩(아이)'를 '童骸(아이의 해골)'로 바꾸어 놓은 것이라는 설명을 그대로 받아들이고 보면 이 한자 제목의 '아이의 해골'이라는 뜻이 소설의 내용과 전혀 부합되지 않는다는 사실에 당혹할 수밖에 없다. 여주인공의 일탈을 소재로 하고 있는 이 소설에 왜 하필이면 '아이의 해골'이라는 제목을 달고 있는지 이해하기 힘들다.

'동해'라는 소설의 제목이 함축하고 있는 의미를 새롭게 해석해 낼 수 있는 흥미로운 단서는 이상의 수필 〈행복幸福〉(여성, 1936. 10)의 한 대목에서 찾아볼 수 있다.

월광(月光)에 오르내리는 검은 한 점, 내가 척 늘어진 선이를 안아 올렸을 때 선이 몸은 아직 따뜻하였다.
오호 너로구나.

너는 네 평생(平生)을 두고 내 형상(形象)없는 형벌(刑罰) 속에서 불행하리라. 해서

우리 둘은 결혼하였던 것이다.

규방(閨房)에서 나는 신부에게, 행형(行刑)하였다. 어떻게?

가지가지 행복의 길을 가지가지 교재(敎材)를 가지고 가르쳤다. 물론 내 포옹의 다정한 맛도.

그러나 선이가 한번 미엽(媚靨)을 보이려 드는 순간 나는 영상(嶺上)의 고목(枯木)처럼 냉담하곤 하는 것이다. 규방에는 늘 추풍(秋風)이 소조(簫條)히 불었다.

나는 이런 과로(過勞) 때문에 무척 야위었다. 그러면서도 내 눈이 충혈(充血)한 채 무엇인가를 찾는다. 나는 가끔 내게 물어본다.

'너는 무엇을 원하느냐? 복수(復讐)? 천천히 천천히 하여라. 네 운명(殞命)하는 날에는 끝날 일이니까.'

'아니야! 나는 지금 나만을 사랑할 동정(童貞)을 찾고 있지. 한 남자 혹 두 남자를 사랑한 일이 있는 여자를 나는 사랑할 수 없어. 왜? 그럼 나더러 먹다 남은 형해(形骸)에 만족하란 말이람?'

'허, 너는 잊었구나? 네 복수가 필(畢)하는 것이 네 낙명(落命)의 날이라는 것을. 네 일생은 이미 네가 부활(復活)하던 순간부터 제단(祭壇) 위에 올려 놓여 있는 것을 어쩌누?'

그만해도 석 달이 지났다. 형리(刑吏)의 심경(心境)에도 권태(倦怠)가 왔다.

'싫다. 귀찮아졌다. 나는 한번만 평민으로 살아보고 싶구나. 내게 정말 애인(愛人)을 다고.' 마호멧 것은 마호멧에게로 돌려보내야 할 것이다. 일생을 희생(犧牲)하겠다는 장도(壯圖)를 나는 석 달 동안에 이렇게 탕진(蕩盡)하고 말았다.

앞에 인용한 수필 〈행복〉은 이상 자신이 1936년 초여름 변동림과 결혼한 후 신혼 생활의 감회를 적은 글이다. 소설 〈동해〉의 서사를 이해할 수 있는 몇 가지 모티프가 각각의 텍스트 상에 서로 겹쳐 있다. 이 상호 텍스트적 관계를 근거 삼아 〈동해〉라는 제목의 뜻을 찾아볼 수 있다. 앞의 인용 가운데에는 '아니야! 나는 지금 나만을 사랑할 동정童貞을 찾고 있지. 한 남자 혹 두 남자를 사랑한 일이 있는 여자를 나는 사랑할 수 없어. 왜? 그럼 나더러 먹다 남은 형해形骸에 만족하란 말이람?'이라는 구절이 포함되어 있다. 이 구절에 나오는 단어 가운데 '동정童貞'이라는 말과 '형해形骸'라는 말을 놓쳐서는 안 된다. 이 두 개의 단어는 글의 문맥상 그 의미가 서로 대립된다. 앞의 '동정童貞'은 '숫된 처녀'를 의미하고, 뒤의 '형해形骸'는 글자 그대로 '앙상하게 남은 잔해'로서의 다 낡아버린 '헌 계집'을 뜻한다. 실제로 인용 구절 자체에서도 그 의미를 그대로 확인할 수 있다.

'동해'라는 제목에서 '동童'이라는 한자와 '해骸'라는 한자는 각각 '동정童貞'의 앞 글자와 '형해形骸'의 뒷 글자에 해당한다. '동정童貞'의 앞 글자와 '형해形骸'의 뒷 글자를 각각 한 글자씩을 따내어 이를 합쳐 놓으면 '동해'가 된다. 이 말의 뜻을 구태여 풀이한다면 '동정童貞의 형해形骸'가 된다. 이를 달리 말한다면 속되게 널리 쓰이고 있는 '헌 계집'이라는 뜻이 된다. 이렇게 본다면 소설이 그려 내고 있는 서사의 내용과도 '동해童骸'라는 말의 의미가 더 잘 어울린다. '童孩'를 '童骸'로 바꾼 것이라는 설명보다는 '동정童貞과 형해形骸'를 축약하여 만든 새로운 단어가 '동해'라고 풀이하는 것이 훨씬 설득적임을 알 수 있다.

소설 〈동해〉의 이야기는 하루 동안에 이루어진 아주 간단한 에피소드를 담고 있다. 그러나 '촉각觸角', '패배敗北 시작始作', '걸인乞人 반대反對', '명시明示', 'TEXT', '전질顛跌' 등 여섯 개의 소제목에 따라 각 단락의 서사 내용이나 텍스트적 성격이 변화를 드러낸다. 이 작품의 중심에는 작중 화자를 겸하고 있는 '나'라는 인물이 자리하고 있다. 그리고 어느 날 가방을 싸들고 '나'를 찾아온 '임姙'이라는 여인이 그 상대역을 담당한다. '임'은 '윤尹'이라는 사내와 살고 있던 여인이다. 이런 식의 인물 설정이라면, 쉽게 애정 갈등의 삼각 구도를 떠올릴 수 있다. 그러나 문제는 그리 간단하지는 않다.

〈동해〉의 전반부는 '촉각觸角'이라는 첫 단락과 '패배敗北 시작'이라는 둘째 단락으로 이루어진다. '촉각'은 대상에 대한 감각적 인지 방법을 의미한다. 그리고 긴장이 거기 수반된다. 작중 화자인 '나'에게 '임'이라는 여인이 찾아온다. 옷가방까지 싸들고 '나'에게 온 것이다. '윤'이라는 사내와 살다가 이제 헤어지게 되었다는 것이다. 당연히 '나'는 긴장해야 하고 '임'의 행동거지를 살펴야 한다. 이 첫째 단락에서 '나'는 '임'의 실체를 감지한다. 그녀의 반응을 떠보면서 '나'는 그녀가 여러 남자를 두루 거친 경험을 가졌다는 사실을 그대로 확인한다. 그리고 함께 밤을 지낸다. '패배敗北 시작'이라는 둘째 단락은 다음 날 아침의 정경을 보여준다. '나'의 집에 찾아온 '임'이 제법 신부 노릇을 하려 든다. '나'의 손톱을 깎아주고 '나'에 끼니를 채울 수 있도록 먹을 것도 준비해 온다. '나'는 '임'이 '윤'의 사무실에 이른 아침부터 나와 앉아 있던 모습을 떠올린다. 그리고 이 두 남녀의 사이에 끼어든 '나'의 입장을 생각하며 스스로 갖추어야 할 태도를 생각한다. 하지만 '나'는 '임'에게서 드러나는 여인의 모습에 빠져들 수밖에 없게 된다.

〈동해〉의 이야기는 '걸인乞人 반대反對'와 '명시明示'라는 제목을 붙이고 있는 셋째 단락과 넷째 단락에서 중반부로 들어선다. '나'는 '임'을 데리고 거리로 나선다. '임'은 거리에 나서자 은행에 들러 10원짜리 지폐를 모두 10전짜리로 바꾼다. 기념품 가게에 들러서는 'DOUGHTY DOG'이라는 장난감 개를 하나 산다. 그리고 '윤'의 집으로 찾아간다. 그러나 '나'는 '윤'의 의연함에 놀란다. 더구나 두 사내를 건드렸다 말았다 하면서도 이 엄청난 장면에 너무도 덤덤한 '임'의 모습에 질린다. '윤'은 아주 간단하게 '일착—着한 선수'로서의 자기 입장을 설명하고는 돈 10원을 건네주면서 'T' 군과 함께 한잔하라고 권한다. 자기는 '임'을 데리고 키네마에 갔다 오겠다는 것이다. 이때 '임'이 은행에서 바꾸어온 10전짜리 잔돈을 한줌 '나'에게 내밀어 준다. 나는 '임'의 돈을 받지 않을 수 없게 된다. 결국 소설 〈동해〉에서 중반부의 이야기는 '임'의 행동이 하나의 장난질에 지나지 않음을 암시한다. 그리고 두 사람 사이에 어정쩡하게 끼어들어 10전짜리 동전을 받아들게 된 '나'의 모습이 'DOUGHTY DOG'이라는 장난감으로 환치된다.

〈동해〉의 이야기는 'TEXT'라는 소제목을 붙이고 있는 다섯째 단락에서 서사 자체에 대한 메타적 해체를 시도하면서 전환의 장면으로 이어진다. 여기서 주목되는 것이 서술적 어조의 변화와 함께 이루어진 메타적인 글쓰기 방식이다. 이 다섯째 단락에서는 소설 〈동해〉의 중반부에 이르기까지 드러나고 있는 '임'의 일탈된 행동과 '나'의 반응을 돌이켜보면서 여성과 정조 문제를 담론의 중심으로 끌어들인다. 그리고 마치 '임'이 자신의 태도를 해명하고 있는 것처럼 가정하여 그녀가 들려주었음직한 말을 만들어 보인다. 그리고 거기에 '나'의 의견을 덧붙인다. 이 다섯째 단락에서 '나'와 '임'의 여성의 정조 관념에 대한 서로 다른 태도를 보여주는 논쟁적인 대화를 '조직'하여 놓음으로써 이 소설의 결말을 어느 정도 암시해 준다.

소설 〈동해〉는 마지막 단락인 '전질順跌'에서 희화적戲畵的인 매듭을 장식한다. 이 소설의 마지막 장면은 '내 卑怯을 嘲笑하듯이 다음 순간 내 손에 무엇인가 뭉클 뜨뜻한 덩어리가 쥐어졌다. 그것은 서먹서먹한 表情의 나쓰미깡, 어느틈에 T君은 이것을 제 주머니에다 넣고 왔든구. 입에 침이 쫘르르 돌기전에 내눈에는 식은 컾에 어리는 이슬처럼 방울지지 안는 눈물이 핑 돌기 시작하였다'라고 서술된다. 여기 등장하는 '나쓰미깡'이야말로 소설의 첫 장면에서 '임'이 껍질을 벗겨주던 그 '나쓰미깡'과

다를 것이 없다. 이상의 글쓰기가 노리고 있던 감각적 인지 방법으로서의 서사화 전략은 이 작품의 결말에서 '달착지근하면서도 쓰디쓰고 시디신' '나쓰미깡'의 맛으로 귀결된다.

여기서 한 가지 주목해야 할 것은 소설 〈동해〉의 결말 부분에서 등장인물들이 모두 극장 단성사 앞에 나타나는 장면을 그려 놓고 있는 점이다. 이 장면의 극적 의미를 이해하기 위해서는 이야기의 전체적인 흐름 속에서 소설 속 화자인 '나'의 내면 의식을 좀 더 섬세하게 헤아려 보아야만 한다. '나'는 더 이상 못 살겠다면서 집을 나와 '나'를 찾아온 '임'을 데리고 그녀가 함께 살았던 '윤' 군을 찾아간다. 그리고 그녀를 '윤' 군에게 돌려보낸다. 두 남녀가 영화 구경을 위해 단성사 극장으로 들어간 후 '나'는 'T' 군과 술을 마시면서 온갖 상념에 사로잡힌다. 영화가 끝날 무렵 '나'는 '키네마'를 보러 들어갔던 '임'과 '윤' 군을 단성사 앞에서 기다린다. 두 사람이 영화 구경을 마치고 함께 극장 밖으로 나오자 '나'는 '임'을 거들떠보지 않은 채, '윤' 군이 '임'을 데리고 가도록 말해 준다. '임'의 눈에 '독화'가 피었다고 했지만, 극장을 빠져나온 두 사람은 '나'를 뒤로하고는 인파 속으로 사라진다. 그런 다음 '나'도 'T' 군과 함께 영화 〈만춘晩春〉의 시사를 보겠다며 극장 안으로 들어간다.

소설 〈동해〉의 주인공들이 극장 단성사 앞에서 서로 만나 영화를 구경하는 것은 특별한 일이 아닐 수도 있다. 영화가 이미 소설 속에서 그려 내는 일상의 한 요소가 되어 버렸음을 뜻하기 때문이다. 하지만 이 소설의 결말 장면에서 그려 내는 극장 단성사와 거기서 구경한 영화 이야기는 단순한 일상의 한 장면이 아니다. 그것은 소설의 이야기를 매듭짓기 위해 작가가 고안한 일종의 패러디에 해당하기 때문이다. 그렇기 때문에, 소설 속으로 끌어들인 극장 단성사의 개봉영화 〈만춘〉이 궁금하다. 이야기의 극적 결말을 위해 동원하고 있는 영화 〈만춘〉의 이야기는 작가가 만들어낸 허구가 아니다. 이 영화는 실제로 1936년 6월 23일부터 5일간

단성사에서 상영된 바 있던 미국 영화 〈The Flame within〉을 말한다. 당시 신문의 영화 광고(동아일보, 1936. 6. 20)에서는 '새암솟듯 열정은 넘치네 / 부질없는 사랑에 우는 여성의 가지가지의 모양 / 이지理智와 정염情炎의 야상곡夜想曲 / 아름다운 걸작傑作'이라고 이 영화를 광고하고 있다. 영화 〈만춘〉은 1936년 3월 일본에서도 이미 개봉한 바 있는데, 영화의 원제 〈The Flame Within〉을 개봉 당시 일본인들이 〈만춘〉이라고 고쳤다(20세기아메리카영화사전, 일본 카다로쿠하우스, 2002 참조). 소설의 주인공 '나'는 단성사 극장 안의 갤러리에 앉아 영화 〈만춘〉을 보면서 '신발 바꿔 신은 인간 코미디'라고 한마디로 그 성격을 규정해 놓은 바 있다.

미국의 MGM사가 1935년 제작한 영화 〈만춘〉의 감독은 에드먼드 골딩Edmund Goulding이다. 지성파 여배우로 평판을 얻었던 앤 하딩Ann Harding이 정신과 의사 메리 화이트로 등장하는데, 그녀의 곁에는 그녀를 사랑하는 동료 의사 고든 필립스(Herbert Marshall 조연)가 있다. 의사 메리는 새로이 등장한 심리치료의 방법에 몰두하면서 결혼에는 관심이 없다. 자신이 결혼하게 된다면 한 가정의 주부가 되어 의사로서의 자기 일을 할 수 없을지 모른다고 생각했기 때문이다.

영화의 이야기는 어느 날 고든이 메리에게 한 여성 환자를 소개하면서부터 시작된다. 그 여성 환자는 부유한 집안의 딸인 린다 벨튼(Maureen O'Sullivan이 열연함)이다. 그녀는 다량의 약을 복용하고 자살을 시도했었다. 고든은 그녀의 주치의로서 정신과 치료가 필요하다고 판단하여 메리에게 심리치료를 위해 그녀를 보낸 것이다. 메리는 린다와 상담을 하면서 자살을 시도한 동기가 무엇인가를 밝혀내려고 한다. 메리는 린다가 잭 케리(Louis Hayward 조연)와 약혼한 사이라는 것을 알고는 린다와 상담하던 중에 진료실에서 잭에게 전화를 걸게 한다. 그러나 린다는 전화를 걸다가 갑자기 유리창 문을 열고 진료실 밖으로 뛰어내리려고 한다. 메리는 황급하게 이를 저지하면서 린다를 진정시킨다. 그 뒤 메리는 린다의 약혼자 잭이 알코올 중독자라는 사실을 밝혀내고, 그녀의 정신적 상처의 요인이 바로 알코올 중독자인 잭에 있다는 사실을 확인한다. 잭은 알코올에 찌든 채 자신을 진정으로 사랑하고 있는 린다를 전혀 돌보지 않고 있었던 것이다. 의사 메리는 린다에 대한 심리치료를 진행하면서 그녀의 약혼자 잭을 설득시켜 재활 프로그램을 통해 알코올 중독을 고치도록 한다. 메리의 적극적인 진료 덕분에 잭은 약 8개월 후에 전혀 몰라보게 건강해져 돌아온다. 그리고 린다와 잭은 결혼에 골인한다. 두 사람은 이제 겉보기에는 아주 행복해 보이는 부부가 된다. 이들이 모두 참석한 연회에서 잭은 의사 메리와 춤을 출 기회를 갖게 된다. 잭은 자신의 알코올 중독을 치료해 준 메리에게 자기가 그녀를 사랑하고 있다고 말한다. 메리는 의사의 입장에서 자신의 환자였던 잭의 사랑 고백을 탓하지 않는다. 그런데 린다가 이를 보고, 의사인 메리를 향한 잭의 태도가 심상치 않다는 것을 눈치챈다. 그리고 메리에 대한 질투에 사로잡힌다. 그녀는 의사인 메리가 자신으로부터 잭을 빼앗으려 하고 있으며, 둘 사이를 갈라놓고 있다고 비난한다. 이 같은 상황이 벌어지자 메리는 혼란에 빠진다. 메리는 자신의 치료법을 잘 따라준 잭에게 깊은 호감을 가지고 있지만 그의 사랑을 받아들일 수 없다는 것을 잘 알고 있다. 더구나 의사의 신분으로서 자신의 또 다른 환자였던 린다를 지켜주어야 한다는 책임감도 여전히 느끼고 있다. 이 영화는 메리가 잭에게 린다와의 결혼에 대해 책임이 있음을 상기시키는 장면에서 절정에 도달한다. 우여곡절을 겪었지만 메리의 권유에 따라 잭과 린다는 다시 화해한다. 그리고 동시에 메리 또한 이들 두 남녀의 갈등을 치료하는 과정을 통해 동료 의사인 고든과의 사랑을 생각할 수 있게 된다.

이와 같은 영화 〈만춘〉의 이야기는 소설 〈동해〉의 서사와 유사한 구조를 보여준다. 남녀 관계의 갈등과 그 해결의 과정에서 드러나는 사랑의 삼각 구도가 바로 그것이다. 그러나 유사한 두 가지 이야기를 단순하게 병치시키는 데에 만족하지 않는다. 영화 〈만춘〉에서 갈등에 빠져든 두 남녀로 인하여 곤경에 직면했던 정신과 여의사 메리의 입장을 내세워 소설 속의 주인공 '나'의 경우를 스스로 설명하도록 장치되어 있기 때문이다. 소설의 주인공 '나'는 '임'의 앙탈을 달래고 '윤'과 다시 만나 화해하도록 만들어준다. 하지만 '나'에게 찾아와 자신의 사랑을 받아달라고 했던 '임'이 다시 '윤'에게 태연하게 돌아가는 모습에 질려 버린다. 이 같은 극적인 결말에 영화 〈만춘〉의 장면들이 겹침으로써 소설 〈동해〉는 결국 그 서사 내적 공간이 영화의 장면들을 끌어안으며 확대되고 있는 셈이다.

〈동해〉의 이야기는 영화 〈만춘〉을 끌어들임으로써 그 희화적戱畵的 이야기의 전개 과정을 서사 내적 공간의 확장을 통해 매듭짓고 있다.

종생기終生記

단편소설 〈종생기〉는 《조광朝光》(1937. 5)에 발표된 작품이다. 이상의 죽음(1937. 4. 17)을 알리는 소식과 함께 비슷한 시기에 잡지에 소개된 것이다. 물론 '유고遺稿'의 형태로 발표된 것은 아니다. 이상이 생전에 이미 이 작품을 완성하여 잡지사로 보냈던 것으로 보이기 때문이다.

소설 〈종생기〉는 이상의 작품 가운데 메타픽션metafiction의 특성을 잘 보여주고 있다. 이 소설은 작가 자신을 이야기 속에 등장시켜 하나의 소설이 만들어지는 과정 자체를 텍스트 안에서 다채로운 수사와 서술 기법을 통해 제시한다. 그리고 스스로를 향한 자학과 냉소를 감추지 않고 자신의 글쓰기와 삶의 고뇌를 솔직하게 이야기하고 있다. 이 소설은 메타적 진술법과 패러디의 방식을 함께 활용하고 있기 때문에 그 서사 구조의 중층성을 제대로 이해하기가 쉽지 않다. 하지만 이 작품이 이상 소설이 지향하고 있는 서사의 궁극적인 지점에 해당한다는 것을 부인할 수 없다.

소설 〈종생기〉는 이렇게 시작된다.

郤遺珊瑚—요 다섯字동안에 나는 두字以上의 誤字를 犯했는가싶다. 이것은 나스스로 하늘을 우러러 부끄러워할일이겠으나 人智가발

달해가는面目이 실로 躍如하다.

　　죽는한이 있드라도 이 珊瑚채찍을랑 꽉 쥐고죽으리라 내 廢袍破笠
우에 退色한亡骸우에 鳳凰이 와 앉으리라

　　나는 내「終生記」가 天下 눈있는선비들의 肝膽을 서늘하게해놓기
를 애틋이 바라는 一念아래의만큼 吝嗇한 내맵씨의 節約法을 披瀝하
야보인다. (후략)

　　이 서두 부분은 소설 〈종생기〉의 이야기가 서사화되는 과정을 미리 암
시한다. 그리고 작가 자신의 의도를 교묘하게 감추기도 하고 드러내기
도 한다. 〈종생기〉의 서사에 대한 일종의 메타적인 진술로 이야기를 시작
하고 있는 것이다. 이와 같은 작가의 개입은 자신의 글쓰기에 대한 독자
의 관심을 끌어 모으기 위한 전략이다. 실제로 이 소설에 작가는 '나는 내
「終生記」가 天下 눈있는 선비들의 肝膽을 서늘하게 해놓기를 애틋이 바
라는 一念 아래의만큼 吝嗇한 내 맵씨의 節約法을 披瀝하야 보인다'라고
독자들을 향하여 자기 의도를 밝혀 두고 있다. 이것은 마치 '제가 만드는
새로운 이야기를 제 방식대로 끝낼 수 있도록 참고 읽어주시기 바랍니
다'라고 말하는 것이나 다름이 없다.

　　〈종생기〉의 이야기 속에는 작가 자신의 이름과 동일한 '이상'이라는 주
인공이 등장한다. 그러므로 이 소설의 이야기에 등장하는 '나'는 작가 자
신과 혼동되기도 한다. 서사를 주도하고 있는 작중 인물인 '나(이상)'와 경
험적 자아로서의 '나(작가 이상)'의 목소리가 서로 뒤섞여 나타나고 있기
때문이다. 이러한 글쓰기 방식으로 인하여 독자들은 이 작품을 읽으면서
이야기의 내용이 작가의 자전적인 요소를 담고 있다고 생각하기 쉽다.
하지만 작가는 이야기 내용이 실제가 아니라 자기 의도대로 이야기를 꾸
며 내고 있다는 사실을 지속적으로 환기하고자 한다.

　　소설 〈종생기〉의 첫 문장은 '극유산호郤遺珊瑚'라는 한문 구절로 시작된

다. 이 구절이 당나라 시인 최국보崔國輔의 〈소년행少年行〉이란 시에서 인유한 것(여영택, 이상의 산문에 대한 고구, 국어국문학 39. 40호, 1968)임은 일찍부터 알려져 왔다. 한시의 전체적인 텍스트 내용이 이 소설의 이야기와 어떤 관련성을 지니고 있는지를 검토하는 작업이 필요하다.

> 遺卻珊瑚鞭(유극산호편)   산호 채찍을 잃고 나니
> 白馬驕不行(백마교불행)   백마가 교만해져 가지 않는다.
> 章臺折楊柳(장대절양유)   장대(지명, 유곽 있는 곳)에서 여인을 희롱하니
> 春日路傍情(춘일노방정)   봄날 길가의 정경이여.

이 시의 전체 내용을 따라 읽어보면 작품 속에 그려지는 정경이 드러난다. 시적 화자는 '산호 채찍'을 갖고 있었지만 채찍을 잃은 채 백마를 타고 간다. 채찍이 없으니 말을 제대로 몰아갈 수가 없다. 말이 주인의 뜻을 거스르고 가던 길을 멈춘 곳이 장대章臺라는 지역이다. 이곳은 술집과 유곽이 즐비한 환락의 장소였던 것이다. 주인공은 여기서 거리의 여인과 만나 서로 희롱하게 된다. 모든 것이 봄날의 정취와 어울린다. 이 시에서 말하고자 하는 것은 어느 봄날 거리의 여인을 만나 희롱하게 된 '소년행'의 일탈이다. 그런데 작품 속에서 주인공은 자신의 일탈을 산호편을 잃은 것과 자신이 타고 있던 말이 교만해서 주인의 지시를 제대로 듣지 않은 탓으로 돌리고 있다. 하지만 이런 식의 핑계에도 불구하고 '소년행'에서 이야기하고 있는 주인공의 일탈은 '산호 채찍'을 잃은 탓도 아니고 백마가 교만해서도 아니라는 점을 쉽게 짐작할 수 있다. 봄날의 흥취와 함께 거기에 젊음이 함께 있었던 것이다.

〈종생기〉는 〈소년행〉의 첫 구절 '遺卻珊瑚鞭'을 의도적으로 바꾸어 놓는 패러디의 방식으로 이야기를 시작하고 있다. 이 한시의 첫 구절은 '遺卻珊瑚鞭'이라는 다섯 글자다. 그런데 〈종생기〉에서는 첫머리의 두 글자

인 '유극遺郤'은 그 순서를 바꾸어 써 놓고, 마지막의 '편鞭' 자를 탈락시켜 버린 채 '극유산호郤遺珊瑚'라고 쓰고 있다. 그러면서 바로 뒤에 '다섯 자 동안에 나는 두 자 이상의 오자를 범했는가 싶다'고 밝힌다. 이 의도적인 글자 바꾸기의 패러디 방식 속에 〈종생기〉의 이야기를 이해하는 데에 필요한 '산호편'의 열쇠가 숨겨져 있다.

여기서 '산호편'은 산호로 만든 말채찍을 뜻하지만, 자신의 신분과 위상을 암시하기도 한다. 〈종생기〉의 작중 화자로 분장한 작가는 '죽는 한이 있더라도 이 산호珊瑚 채찍일랑 꽉 쥐고 죽으리라'라고 진술한 바 있다. 그렇지만 이러한 진술 자체가 자기 의지에 대한 일종의 위장술에 지나지 않는 것은 실제 텍스트를 통해 확인된다. '산호편'을 절대로 놓지 않겠다고 말하고 있지만, 실상은 이 작품의 첫 대목에서 벌써 '산호편'의 '편鞭' 자를 빼놓고 있다. 이 기호적 변형은 텍스트의 차원에서 이루어진 작위적인 탈락이며 서사 내적 공간에서는 '산호편'의 상실 또는 부재를 암시하며 이미 '산호편'을 잃어버렸음을 말해 준다. 절대로 놓지 않겠다는 '산호편'이지만 이미 텍스트 상에서는 하나의 탈락된 기호에 불과할 뿐이다. 그러므로 소설 〈종생기〉는 그 서사 속에 최국보의 〈소년행〉의 구절 내용을 메타픽션의 속성 그대로 재현할 수밖에 없게 된다. 〈소년행〉에서 그려 낸 내용 그대로 거리의 한 여인을 만나 자신의 체통과 위신을 잃어버린 채 서로 희롱했던 봄날의 정경이 서사적으로 재현되면서 소설 〈종생기〉가 만들어지게 되는 것이다.

소설 〈종생기〉의 이야기는 〈소년행〉의 서사적 패러디를 주축으로 하여 '종생기'라는 이름의 자기 파멸의 과정을 메타픽션의 형태로 그려 낸다. 일반적으로 '종생終生'이라는 말은 두 가지 의미를 가진다. 하나는 '한 평생을 마치다'라는 뜻으로 이해할 수 있다. 생을 마감한다는 '죽음'의 의미가 여기에 담긴다. 또 다른 하나는 '목숨을 다하기까지의 동안'이라는 뜻이다. '살아 있는 동안 내내'라는 뜻으로 본다면 '평생 동안'이라는 의미가 여기 덧붙여진다. 여기서 〈종생기〉는 이 두 가지의 뜻을 동시에 담고 있는 중의적인 것임을 주목할 필요가 있다.

〈종생기〉는 작가 자신이 서두에서 밝힌 의도대로 그 서사의 출발을 위해 다음과 같이 이른 봄날의 시냇가에 한 여성을 등장시킨다. 이 장면은 텍스트 내에서 구조화된 서사의 출발점에 해당한다. 이 장면에 그려져 있는 '소녀'의 모습은 이른 봄의 정경과 한데 어울린다. '훈풍'이 불면서 소녀의 스커트를 건드리고 붉은 댕기 머리를 스친다. 그러나 이 대목은 실재적 현실의 모방이 아니라 〈소년행〉이 암시한 바 있는 '봄날 길가의 정경春日路傍情'을 위해 꾸며 낸 장면이라고 할 수 있다. 이러한 봄날의 정경에 맞춰 주인공으로 등장하게 되는 것은 작중 화자인 '나'이다. 그러나 '나'는 이 훈풍의 봄을 맞이할 자세를 제대로 갖추고 있지 못하다. 작품 속에서는 이 같은 상황의 부조화를 '나는 가을. 소녀少女는 해동기解凍期'라고 표현하고 있다.

소설의 이야기는 이 '소녀'가 보낸 한 통의 속달편지에서부터 시작된다. 이 '소녀'가 바로 여주인공으로 등장하는 '정희'이다. '나'는 별로 하는 일도 없이 집안에 틀어박혀 지내던 중에 정희로부터 사랑을 고백하는 편지를 받게 된다. 이 속달편지가 '나'에 배달되는 순간부터 상황이 긴박하게 전개된다. '나'는 정희가 보낸 편지의 내용을 크게 신뢰하지 않는 듯이 하다가 결국 약속된 날짜(3월 3일)에 만나기로 한 장소를 찾아가기 위해 이발소에서 머리를 깎고 외출을 준비한다. 여기서 이미 주인공인 '나'는 소설의 서두에서 반드시 놓치지 않겠다고 다짐했던 '산호편'을 잃어버린 형국을 그대로 재현하고 있는 셈이다. 정희의 유혹을 뿌리치지 못했기 때문이다. '나'는 정희를 약속 장소에서 만난다. 두 사람은 겉보기에는 '이 땅을 처음 찾아온 제비 한 쌍처럼 잘 앙증스럽게 만보漫步'하는 여유를 드러낸다. '나'는 사랑을 고백하는 편지를 보내온 정희의 속내를 떠본다. 그런데 정희는 일체 반응을 드러내지 않는다. 나는 자신의 우스운 꼴을 돌아보면서 정희의 도도한 태도에 눌려 버린다. 그리고 이제 자신은 죽은 것이나 다름없음을 이렇게 한 줄의 묘지명으로 그려 낸다.

一世의鬼才 李箱은 그通生의大作「終生記」一篇을남기고 西歷紀元後一千九百三十七年丁丑三月三日未時 여기 白日아래서 그 波瀾萬丈(?)의生涯를 끝막고 문득 卒하다. 享年 滿 二十五歲와 十一個月. 嗚呼라! 傷心커다. 虛脫이야 殘存하는 또하나의 李箱 九天을우러러號哭하고 이寒山 一片石을세우노라. 愛人貞姬는 그대의 歿後 數三人의 秘妾된바있고 오히려 長壽하니 地下의 李箱아! 바라건댄 瞑目하라.

정희의 냉정한 태도에 주눅이 든 채로 써 놓은 이 '묘지명'은 '나' 자신의 죽음에 대해 서술하고 있긴 하지만 실제로는 하나의 자기 위장술에 지나지 않는다고 할 수 있다. '나'는 이 묘지명을 통해 이전의 '나'를 죽은 것으로 치부하고 '나'로부터 벗어난다. '산호편'을 절대로 놓치지 않겠다고 했던 다짐은 여기서 모두 수포로 돌아간다. '나'는 담배를 피워 물고는 다시 재빠르게 정희에게 다가가서는 그녀와 보조를 맞춘다. 그리고 두 사람은 다정하게 걷는다. '나'는 '내 반생半生의 진용陣容 후일後日에 관해 차근차근 고려考慮하기로 한다'라는 자기변명을 늘어놓으면서 정희에게 접근하는 것이다.

소설 〈종생기〉의 이야기는 '나'의 삶과 정희의 삶의 과정을 인유引喻적으로 대비하여 서술하면서 그 중반을 넘어선다. '나'의 삶이 보여주는 피폐함은 모파상의 단편 〈비게덩어리〉를 패러디한 정희의 삶과 대비되면서 더욱 선명하게 부각된다. '나'는 정희의 어깨에 손까지 얹으면서 은근히 호감을 표시한다. '나'는 정희를 이끌고 흥천사 구석방으로 함께 들어서기까지 수없이 자신의 삶을 회의하고 반성하지만, 그렇게 지켜보고자 했던 '산호편'은 이미 사라져 버린 지 오래다. 더 이상 꾸물거릴 필요가 없다. 홍천사 구석방에서 벌어지는 두 사람의 격렬한 정사 장면은 마치 전투처럼 묘사되고 있다.

그런데 이 소설의 이야기는 이 격정의 장면으로 끝나지 않는다. '나'는 정사를 마친 후 술을 마시고 정희의 속셈을 알아내기 위해 크게 주정을 부린다. 그때 '나'의 술주정을 말리던 정희의 스커트 자락 속에서 방바닥으로 엽서 한 장이 떨어진다. 그것은 바로 이날 저녁 정희와의 만남을 확인하는 다른 사내의 편지였던 것이다. 그 내용을 훔쳐본 나는 그 자리에서 혼절한다. 여기서 독자들은 소설 〈종생기〉의 대단원과 마주친다. 정희라는 여인의 간교한 연애에 속아 거기에 사랑이라는 의미를 붙이고자 했던 어리석은 '나'의 종생을 확인할 수 있기 때문이다. 죽을 때까지 '산호편'을 놓지 않겠다고 다짐했던 '나' 자신은 정희의 배신, 사랑에 대한 배반감에 치를 떤다. 그렇지만 '나'는 정희와의 정사를 통해 느꼈던 훗훗한 여인의 호흡과 그 육체의 감각을 떨치지는 못한다. '나'는 눈을 뜬다. 하지만 정희는 이미 그 자리를 떠나 버린 상태다. 여기서 어리석은 '나'의 헛된 사랑은 마감된다.

소설 〈종생기〉의 이야기는 한 여인의 사랑에 대한 배반을 〈소년행〉의 패러디를 통해 구체화한다. 그러나 이 소설의 중심을 이루는 것은 이 같은 통속적 서사 내용 자체가 아니라 메타픽션의 방법으로 전개하고 있는 서사 구성의 방식이다. 이 소설은 메타픽션의 방식 그대로 서사의 전개 방향 자체를 텍스트 안에서 제시한다. 그리고 '나'라는 주인공이 절대로 손에서 놓치지 않겠다고 다짐했던 '산호편'을 잃어버리게 되는 과정을 그려 낸다. 특히 '나'의 내면 의식에 대한 고백적 진술을 통해 작가로서의 삶에 대한 회의와 반성, 삶과 죽음, 사랑과 연애 등에 대한 단상 등을 서사의 표층에 드러내고 있다. 하지만 소설 〈종생기〉에서 작가가 그려 내고 있는 것은 개인의 삶에 대한 절망적인 회고만은 아니다. 그것은 개인의 의미를 가장 크게 부각시킨 근대적 주체의 붕괴를 함께 암시해 준다. 이 작품에서 서사의 기반을 형성하는 요소는 기실 사랑도 연애의 실패도 아니다. 그것은 사랑 또는 연애를 가장하여 보여주는 인간 존재의 신뢰에 대한 붕괴라고 할 수 있다. 절대적인 자아를 근거로 하는 개인의 존재와 그것에 대한 신뢰가 붕괴되고 있다는 것은 새로운 시대를 살아가야 하는 인간의 운명이다. 작가 이상은 바로 그 같은 근대적인 가치의 종언을 예고하고 있는 셈이다.

환시기幻視記

소설 〈환시기〉는 작가 이상이 세상을 떠난 뒤에 유고의 형식으로 발표된 작품이다. 이 작품을 수록한 잡지는 이상의 절친한 친구였던 화가 구본웅具本雄이 주재한 《청색지青色紙》(1938. 6)이다. 이 잡지는 〈환시기〉 외에도 〈김유정金裕貞〉(청색지, 1939. 5)을 비롯하여 수필 〈병상病床 이후以後〉(1939. 5)를 이상의 유작으로 공개한 바 있다.

이 작품의 이야기 줄거리는 비교적 단순하지만 그 서사 기법은 그리 간단하지는 않다. 이 작품 텍스트의 서두에는 '太昔에 左右를 難辨하는 天痴 있더니 / 그 不吉한 子孫이 百代를 겪으매 / 이에 가지가지 天刑病者를 낳았더라'라고 하는 일종의 에피그램epigram이 나붙어 있다. 이 짤막한 텍스트의 의미를 제대로 읽어내지 않고는 소설 〈환시기〉의 텍스트 구조를 이해하기 어렵다. 여기서 가장 주목되는 대목이 '좌우左右를 난변難辨하는 천치天痴'와 '천형병자天刑病者'이다. 이 두 가지 사항은 동일한 의미를 지닌다. '좌우를 구별 못하는 천치'와 '타고난 병신 못난이'는 동어 반복에 불과하기 때문이다.

〈환시기〉의 서사는 일인칭 화자인 '나'를 중심으로 전개된다. 이러한 서사 전략은 여러 가지 의미로 해석될 수 있는 여지를 보여준다. 작가 이상이 즐겨 활용하고 있는 내적 분석이라는 서사 기법을 가장 확실하게 보장해 주는 방식은 일인칭 화자를 주인공으로 내세우는 것뿐이다. 그리고 여기서 이른바 리얼리티에 대한 환상이라는 것도 가능해진다. 물론 어리석은 독자들이 경험의 영역과 허구의 영역을 혼동하게 만들기도 하지만.

〈환시기〉의 텍스트 첫 장면에는 주인공 '나'와 친구인 '송 군'이 등장한다. 송 군은 나에게 '암만 봐두 여편네 얼굴이 왼쪽으로 좀 삐뚤어징 거 같단 말야 싯?' 하고 아내가 된 '순영'의 얼굴 모습을 묻는다. 결혼하여 새살림을 시작한 지 한 달 정도 된 '송 군'이 고리키 전집을 내다 팔려고 나온 터다. '순영'이 고리키를 좋아하여 결혼하기 전에 그것을 모두 탐독했다는 것이 송 군에게는 큰 자랑이었다. 그러나 두 사람이 결혼하여 함께 살게 되니 각각 소장했던 고리키 전집 가운데 한 질은 소용이 없어진 것이다. '나'는 '송 군'에게 책을 내다팔면 그 돈으로 술을 한잔 사라고 조른다. 그러나 송 군은 그 돈을 아내에게 가져다 주어야 한단다.

〈환시기〉의 서사는 송 군이 묻고 있는 아내 순영의 얼굴 모습을 단서로 하여 그 심층의 한 장면을 드러낸다. 거기에는 '나'와 순영의 관계가 집을 나간 아내의 존재와 함께 문제적인 상태로 숨겨져 있다. 순영은 결혼하기 전 술집에서 여급으로 일했던 여성이다. '나'는 순영의 모습에 빠져든다. '나'의 심정은 다음과 같은 숨가쁜 묘사로 순영을 그려 낸 대목에서 잘 드러난다. '성벽에 가 기대 선 순영의 얼굴은 월광 속에 있는 것처럼 아름다웠다. 항라적삼 성긴 구멍으로 순영의 소맥빛 호흡이 드나드는 것을 나는 내 가장 인색한 원근법에 의하여서도 썩 가쁘게 느꼈다. 어떻게 하면 가장 민첩하게 그러면서도 가장 자연스럽게 순영의 입술을 건드리나.' 그러나 '나'는 더 이상 순영에게 접근하기 어렵다. 그 이유는 기실 '나'의 아내의 존재 때문이다. '나'의 아내는 가출한 상태이다. '나'는 가출한 아내를 핑계 삼아 '나'의 고통과 고독을 과장하며 순영에게 접근하였던 것이다. 순영이 잠깐 서울을 떠나게 되자, '나'는 '순영의 치맛자락을 잡아 찢고 싶었다'라고 술회하기도 한다. 그러나 순영이 떠난 후, '나'의 아내가 귀가한다. '나'는 순영에 대한 그리움 때문에 오히려 사랑하지 않던 아내에게 집착한다. 그런데 반년이 지나 순영이 다시 서울로 돌아온다. '반년 만에 돌아온 순영이 돌아서서 침을 탁 배앝는다. 반년 동안 외출했던 아내를 말한마디 없이 도로 맞는 내 얼굴 위에다.' 이 대목에서 순영이 '나'에게 보여 준 경멸을 더 설명할 필요가 없다. 오히려 이 작품의 서두에 제시되어 있던 '좌우左右를 난변難辨하는 천치天痴' 그리고 '천형병자天刑病者'라는 말을 떠올리는 것이 서사의 맥락을 제대로 짚어내는 일이 된다. 순영의 입장에서 본다면, '이런 못난 병신!'이라는 말이 얼마든지 가능하니까.

〈환시기〉의 서사에서 그 심층의 또 다른 장면은 '나'와 '순영'과 '송 군'의 관계로 바뀐다. '나'의 아내가 아주 집을 나가 버렸고, '나'는 어지러웠던 생활을 청산한다. 그리고 '일급 일원사십전'의 노동자가 된다. '나'는 감히 순영의 앞에 나서기조차 어려웠지만, 친구인 '송 군'을 내세워 다시 순영이 일하는 술집에 드나든다. 그리고 순영에게 접근한다. 이번에는 '송 군'의 고독을 핑계댄다. 어둑한 인쇄공장에서 '우중충한 활자처럼 똑같은 인생을 찍어내면서도' 순영에 대한 '나'의 마음을 누르지 못한다. 그런데 사태가 급변한다. '나'의 들러리로 동원되었던 '송 군'이 순영에게 빠져 버린 것이다. '송 군'은 '나'의 존재 때문에 자기 심정을 제대로 말하지도 못하고 그만 음독자살을 시도한다. 이 사건으로 순영은 '송 군'의 곁에 다가선다.

내가 밥을 먹고 와도 송군은 역시 깨지 않은 채다. 오전중에 송군 회사에 전화를 걸고 입원 수속도 끝내고 내가 있는 공장에도 전화를 걸고 하느라고 나는 병실에 없었다. 오후 두시쯤 해서야 겨우 병실로 돌아와 보니 두 사람은 손을 맞붙들고 낮은 목소리로 이야기를 하고 있다. 나는 당장에 눈에서 불이 번쩍 나면서,

망신——아니 나는 대체 지금 무슨 ‘역할’을 하고 있는 것이냐. 순간 나 자신이 한없이 미워졌다. 얼마든지 나 자신에 매질하고 싶었고 침 뱉으며 조소하여 주고 싶었다.

나는 커다란 목소리로,

자네는 미친놈인가? 그럼 천친가? 그럼 극악무도한 사기한인가? 부처님 허리토막인가?

이렇게 부르짖는 외에 나는 내 맵시를 수습하는 도리가 없지 않은 가. 울음이 곧 터질 것 같았다. 지난밤에 풀린 아랫도리가 덜덜 떨려 들어왔다.

이 장면이야말로 〈환시기〉의 서사가 도달한 하나의 정점이다. ‘어째서 나는 하는 족족 이 따위 못난 짓밖에 못 하나——그렇지만 이 허리가 부러 질 희극두 인제 아마 어떻게 종막이 되었나 보다’라고 말하는 ‘나’의 말 은 자신에게 던지는 질책에 다름 아니다. 그리고 바로 이 질책이 작품 서 두에 제시되었던 ‘좌우左右를 난변難辨하는 천치天痴’ 그리고 ‘천형병자天刑 病者’라는 대목으로 연결된다. 〈환시기〉의 서사는 결국 ‘나’를 중심으로 하 여 ‘순영’과 ‘아내’라는 삼각 구도에서 ‘순영’과 ‘송 군’이라는 새로운 삼각 구도로 전환된다. 그 삼각 구도의 꼭지점에 서 있는 ‘나’의 역할이야말로 ‘좌우左右를 난변難辨하는 천치天痴’ 그리고 ‘천형병자天刑病者’의 그것임을 어찌하겠는가?

소설 〈환시기〉의 결말은 서두의 첫 장면에 대한 해답의 형식으로 꾸며 진다. ‘아내의 얼굴이 삐뚤어져 보이더래두——’라는 전제 아래 제시되는 ‘나’의 대답 자체는 사실 다 끝나 버린 이야기에 덧칠하는 헛된 짓에 불과 하다.

마누라 얼굴이 왼쪽으루 삐뚤어져 보이거든 슬쩍 바른쪽으루 한번

비켜 서 보게나—

흥—

자네 마누라가 회령서 났다능 건 거 정말이든가—

요샌 또 블라디보스톡에서 났다구 그러데—내 무슨 수작인지 모르지—그래 난 동경서 났다구 그랬지—좀더 멀찌감치 해둘 걸 그랬나봐—

블라디보스톡허구 동경이면 남북이 일만 리로구나 굉장한 거리다—

자꾸 삐뚤어졌다구 그랬더니 요샌 곧 화를 내데—

아까 바른쪽으루 비켜 서란 소리는 괜헌 소리구 비켜서기 전에 자네 시각을 정정—그 때문에 다른 물건이 죄다 바른쪽으루 비뚤어져 보이더래두 사랑하는 아내 얼굴이 똑바루만 보인다면 시각의 직능은 그만 아닌가—그러면 자연 그 블라디보스톡 동경 사이 남북 만 리 거리두 베제처럼 바싹 맞다가서구 말 테니.

〈환시기〉의 마지막 대목을 보면 작가 이상은 이 희극적 스토리에 기하학적 상상력을 덧붙여 놓고 있다. 사랑이란 일상적인 사물을 바라보는 것과는 다르다는 점—이것은 시각의 문제에 해당한다. 소설의 제목 자체도 〈환시기〉라고 하지 않았는가? 아내라는 존재는 언제나 바로 보아야만 한다는 사실, 아니 바로 볼 수 있도록 자기 시각을 조정해야 한다는 것이 작가 이상의 결론이다. 그러나 무엇보다도 중요한 것은 시각 자체를 없애는 일. '베제(키스)'처럼 아내에게 언제나 다가선다면 시각의 의미는 사라지는 법이니까. 이 '거리(간격) 좁히기'의 수법이야말로 가장 기하학적인 동시에 가장 관능적인 결론이다. 두 사람이 '키스'의 순간처럼 하나의 접점에 붙어 있는 동안은 시각도 사라지고 거리도 없어진다.

이 소설의 내용은 이상의 친구였던 정인택(1909~1953, 소설 속의 '송 군')

과 그의 부인인 권영희(소설 속의 순영)의 이야기를 소재로 하고 있다. 정인택은 구한말 제국신문사장을 거쳐 일제 식민지 초기에 총독부 기관지《매일신보》의 주필을 지낸 정운복鄭雲復의 아들이다. 정운복은 일본에서 중학 과정을 마친 후 일찍이 영국 유학에 올랐던 개화지식인이다. 한때 대한자강회, 대한협회 등에 참여하여 사회계몽운동에 활발하게 참여했지만 식민지 시대에 접어들면서부터 친일적인 언론 활동에 앞장섰다. 정인택은 경성제일고등보통학교에 입학하여 박태원과 동기가 되었고 1927년 졸업했다. 1928년 4월 경성제국대학 예과에 입학했으나 중퇴했고 일본에 유학한 것으로 알려지기도 했지만 확인된 바 없다. 1930년 《매일신보》에 〈나그네 두 사람〉을 발표하면서 문단에 데뷔했으며 〈시계〉, 〈불효자식〉, 〈눈보라〉 등을 잇달아 발표했다. 1936년 발표한 〈촉루〉, 1939년 작품인 〈준동〉, 〈미로〉 등이 있다. 일제 말기에는 《국민문학》 등의 잡지에 친일적인 경향의 작품을 여러 편 발표했다. 해방 직후 소설집 《연련기》(금룡도서, 1948)를 발간했으며 한국전쟁 당시 북으로 갔다가 병으로 죽었다. 정인택은 경성제일고보 동기생이었던 박태원朴泰遠과 절친했으며, 이상李箱과도 가깝게 지냈다. 정인택이 권영희와 결혼하게 되었을 때 이상이 사회를 맡아본 것으로 알려져 있으며 그 결혼식의 축하 사진도 전한다. 정인택이 한국전쟁 당시 월북했다가 곧 세상을 떠난 후 미망인이 된 권영희가 북으로 끌려간 박태원과 재혼한 것으로 알려졌다. 정인택은 〈불쌍한 이상李箱 ─ 요절夭折한 그의 면영面影〉(조광, 1939. 12)이라는 이상에 대한 회고기를 발표한 바 있다.

실화失花

소설 〈실화〉는 잡지 《문장》(1939.3)에 유고의 형태로 소개된 작품이다. 이상의 소설 가운데 동경 생활을 배경으로 하여 엮어진 것은 이 작품이 유일하다. 특히 이야기의 배경 속에 '1936년 12월 23일'이라는 날짜가 나타나는 것으로 보아 이상 자신이 동경 체류 당시에 써 놓은 작품임을 짐작할 수 있다.

이 소설에서 그려 내고 있는 '나'라는 주인공의 동경행은 한 여인과의 애정 갈등에서 비롯된다. 그러나 그것은 실패한 도피 행각임이 드러난다. 소설 속에서 간음姦淫이라는 이름으로 지적하고 있는 여인의 부정한 행실은 이상의 문학 속에서 두루 다루어지고 있는 모티프이다. 이것은 경험적 현실 속에서의 작가 이상의 사적 체험 영역과도 관련되어 있다. 그러나 이러한 서사의 표층구조만으로 이 소설의 이야기를 모두 설명할 수는 없다. 왜냐하면 이 소설의 이야기에서 서사화되고 있는 것은 주인공인 '나'의 동경행 그 자체만이 아니다. 거기에는 주인공의 자의식을 보여주는 여러 가지 이야기의 장면들이 교묘하게 감춰져 있다. 이 소설이 감추고 있는 상호 텍스트성의 그물망과 그 내적 속성을 제대로 이해하지 못하는 경우에는 특이한 패러디의 정신과 그 의미의 중층성을 제대로 파악하기 어렵다.

소설 〈실화〉의 첫째 단락은 '사람이 / 비밀秘密이 없다는 것은 재산財産 없는 것처럼 가난하고 허전한 일이다'라고 하는 하나의 문장을 에피그램처럼 내세워 놓고 있다. 이 문장에서 '비밀'이라는 말이 지니는 의미가 유별나다. 그 이유는 이 문장이 〈실화〉의 텍스트에서 네 차례나 반복적으로 등장하고 있으며, 이 문장이 지시하고자 하는 내용 자체가 바로 이 소설의 이야기의 핵심을 이루고 있기 때문이다. 여기서 말하고 있는 '비밀'의 의미를 알아내기 위해서는 비슷한 시기에 집필한 것으로 추측되는 이상의 수필 〈19세기식〉(三四文學, 1937. 4)을 자세하게 읽어볼 필요가 있다. 아내의 애정과 정조의 문제를 하나의 토픽으로 삼아 직접적으로 거론하고 있는 이 수필 속에 소설 〈실화〉의 첫 단락을 이루고 있는 '사람이 / 비밀秘密이 없다는 것은 재산財産 없는 것처럼 가난하고 허전한 일이다'라는 문장과 흡사한 문장이 처음 등장하고 있다. 이 짤막한 수필의 전문을 인용해 보면 다음과 같다.

정조(貞操)

이런 경우—즉, '남편만 없었던들,' '남편이 용서만 한다면,'하면서 지켜진 안해의 정조(貞操)란 이미 간음이다. 정조는 금제(禁制)가 아니요 양심(良心)이다. 이 경우의 량심이란 도덕성(道德性)에서 우러나오는 것을 가르치지 않고 '절대(絶對)의 애정(愛情)' 그것이다.

만일 내게 안해가 있고 그 안해가 실로 요만 정도의 간음을 범한 때, 내가 무슨 어려운 방법으로 곧 그것을 알 때, 나는 「간음한 안해」라는 뚜렷한 죄명(罪名) 아래 안해를 내쫓으리라.

내가 이 세기에 용납되지 않는 최후의 한 꺼풀 막(幕)이 있다면 그것은 오직 「간음한 안해는 내쫓으라.」는 철칙(鐵則)에서 영원히 헤어나지 못하는 내 곰팡내 나는 도덕성(道德性)이다.

비밀(秘密)

비밀이 없다는 것은 재산 없는 것처럼 가난할 뿐만 아니라 더 불쌍하다. 정치세계(情痴世界)의 비밀—내가 남에게 간음한 비밀, 남을 내게 간음시킨 비밀, 즉 불의(不義)의 양면—이것을 나는 만금(萬金)과 오히려 바꾸리라. 주머니에 푼전이 없을망정 나는 천하를 놀려먹을 수 있는 실력을 가진 큰 부자일 수 있다.

이유(理由)

나는 내 안해를 버렸다. 안해는 '저를 용서하실 수는 없었습니까.' 한다. 그러나 나는 한번도 '용서'라는 것을 생각해본 일은 없다. 왜? '간음한 계집은 버리라'는 철칙에 의혹(疑惑)을 가지는 내가 아니다. 간음한 계집이면 나는 언제든지 곧 버린다. 다만 내가 한참 망서려가며 생각한 것은 안해의 한 짓이 간음인가 아닌가 그것을 제정하는 것이었다. 불행히도 결론은 늘 '간음이다.' 였다. 나는 곧 안해를 버렸다. 그러나 내가 안해를 몹시 사랑하는 동안 나는 우습게도 안해를 변호하기까지 하였다. '될 수 있으면 그것이 간음은 아니라는 결론이 나도록' 나는 나 자신의 준엄(峻嚴) 앞에 애걸(哀乞)하기까지 하였다.

악덕(惡德)

용서한다는 것은 최대의 악덕(惡德)이다. 간음한 계집을 용서하여 보아라. 한번 간음에 맛을 들인 계집은 두 번째도 세 번째도 간음하리라. 왜? 불의라는 것은 재물보다도 매력적(魅力的)인 것이기 때문에.

계집은 두 번째 간음이 발각되었을 때 실로 첫 번째 때 보지 못하던 귀곡적(鬼哭的) 기법(技法)으로 용서를 빌리라. 번번이 이 귀곡적 기법은 그 묘(妙)를 극(極)하여 가리라. 그것은 여자라는 동물 천혜(天惠)의 재질이다.

어리석은 남편은 그때 마다 새로운 감상(感傷)으로 간음한 안해를 용서하겠지—이리하여 실로 남편의 일생이란 '이놈의 계집이 또 간음하지나 않을까.'하고 전전긍긍하다가 그만 두는 가엾이 허무(虛無)한 탕진(蕩盡)이리라.

내게서 버림을 받은 계집이 매춘부(賣春婦)가 되었을 때 나는 차라리 그 계집에게 은화(銀貨)를 지불하고 다시 매춘(賣春)할망정 간음한 계집을 용서하지도 버리지도 않는 잔인(殘忍)한 악덕은 범하지 말아야 한다고 나는 나 자신에게 타이른다.

수필 〈19세기식〉에서 이상이 문제 삼고 있는 것은 매우 흥미로운 주제이다. '아내의 간음'에 대한 사실적 인식과 그것에 대한 윤리적 판단 문제에 대한 자신의 견해를 피력하고 있기 때문이다. 이상은 이 글에서 자신이 아내를 버렸음을 공개한다. 그리고 절대로 아내의 간음을 용서할 수 없음을 분명히 한다. 여기서 언급하고 있는 것이 〈봉별기〉에서 그려낸 '금홍'과의 결별을 말하는 것인지 아니면 '변동림'과의 결혼 후 혼자서 동경으로 떠나온 자신의 처지를 고백하는 것인지 분명하지 않다. 그러나 이상 자신에게는 그 누구이든지 간에 '아내가 간음한 경우라면' 특히 그 사실을 알게 될 경우에는 이를 용납할 수 없음을 분명히 한다. 물론 이 주장은 작가 또는 지식인으로서 이상이 지니고 있는 도덕관이나 성에 대한 윤리 의식의 일단을 피력한 것으로 볼 수 있다. 하지만 이 수필에서 논의하고 있는 문제가 이상의 사적 생활 속에서 이루어진 자기 경험의 고백과 관련된다고 하면 문제가 달라진다.

이 글의 요지는 '간음한 아내'를 용서하지 말고 버려야 한다는 점이다. 그런데 '치정 세계'에서 이루어진 일이란 '비밀'이어야 한다는 점을 강조한 점이 특이하다. 여기서 말하는 '비밀'이란 거짓을 가장한다는 의미보다는 사적 영역에 대한 자기 보호와 같은 의미로 해석할 수 있다. 비밀이 지켜지지 않을 때 신뢰가 무너지기 마련이다. '비밀'이라는 말은 어떤 방법으로도 그 사실을 밝힐 수 없는 것을 의미한다. 이를 달리 표현한다면 자기만이 간직할 수 있는 비밀한 사랑일 수 있고, 연애의 감정일 수 있다. 이러한 정서의 영역은 누구에게나 가능한 부분이다. 그러나 어떤 경우에도 절대로 밝혀서는 안 되는 것이어야 한다. 그래야만 자기에게 소중한 재산이 된다는 해석도 가능하다.

소설 〈실화〉의 이야기는 수필 〈19세기식〉에서 강조하고 있는 '비밀이 없다는 것은 재산 없는 것처럼 가난할 뿐만 아니라 더 불쌍하다'라는 문장의 패러디 방식으로 시작된다. 그리고 '비밀'의 내용을 밝혀내는 과정을 소설 속에서 그대로 재현하게 된다. 특히 아내를 버렸다고 공개한 수필 〈19세기식〉의 내용을 놓고 본다면, 〈실화〉의 경우에도 이상의 사적 체험 영역이 상당한 비중을 차지하게 된다는 점을 짐작할 수 있다. 그러나 이 사적 체험의 영역은 허구적 서사로서의 텍스트 위에 그대로 미끄러져 들어오는 것은 아니다. 때로는 사실 자체가 왜곡되기도 하고 때로는 패러디의 장치를 통해 걸러지기도 한다. 매우 섬세한 소설적 장치와 치밀하게 계산된 서사화의 전략에 의해 새로운 이야기 공간을 만들어내고 있기 때문이다. 그렇기 때문에 〈실화〉를 중심으로 여기 저기 흩어져 있는 서로 다른 텍스트들이 서로 겹쳐 있는 상호 텍스트적 관계를 정밀하게 규명하지 않을 경우, 경험적 요소를 곧바로 허구적 서사 영역에 대입시키는 오류를 겪을 수밖에 없는 일이다.

소설 〈실화〉는 전체 텍스트를 모두 아홉 개의 단락으로 구획해 놓고 있다. 소설 속의 이야기는 주인공인 '나(작품 속에서는 작가 자신의 이름인 '이상'이라고 호칭됨)'를 중심으로 이루어지는 동경에서의 하루의 일과로 국한된다. 소설의 전반부에서 주인공인 '나'는 동경에서 'C' 양의 집에 놀러온다. 그리고 'C' 양으로부터 학교에서 공부하고 있는 소설 이야기를 들으며, 두 달 전에 서울에서 있었던 '연㛀'이라는 여인과의 갈등과 그 헤어짐의 과정을 떠올린다. 'C' 양의 이야기를 듣고 있는 '나'의 의식 속에서는 과거(서울)와 현재(동경)의 대조적인 두 개의 공간이 서로 교차하면서 대비된다. 이 두 개의 공간은 주인공의 내면 의식과 함께 자연스럽게 연상되고 있는 것처럼 보이지만, 남녀의 애정 관계에서 정조貞操와 간음姦淫의 문제를 중심으로 하는 갈등의 국면을 사랑의 비밀이라는 교묘한 명제를 통해 숨기고 드러내는 과정을 보여준다.

이 소설의 후반부는 동경의 밤풍경을 보여준다. 'C' 양의 집을 나온 '나'는 하숙집으로 돌아오는 길에서 우연스럽게도 법정대학 유학생인 'Y' 군을 만나 함께 커피숍에서 커피를 마신 후 신쥬쿠의 '노바'라는 카페로 자리를 옮긴다. 'Y' 군과의 대화 속에서도 '나'는 갑작스럽게 결행했던 자신의 동경행을 다시 떠올린다. 사랑이라는 이름으로 동경행을 말렸던 '연'이라는 여인의 모습과 함께 문단의 우정으로 동경행을 만류했던 '유정'의 모습을 생각하기도 한다. '나'는 제국의 도시가 서구 문명을 뒤쫓기에 바쁜 하나의 모조품에 불과하다는 것을 짤막한 몇 개의 장면을 통해 보여준다. 이 소설은 서울에서 날아온 두 통의 편지를 소개하는 것으로 끝난다. 하나는 '연'이라는 여인으로부터, 다른 하나는 유정으로부터 온 것이다. 모두가 서울로 다시 돌아올 것을 권유한다.

이 소설은 이처럼 표면적으로는 매우 단조로운 하루 동안의 일과를 그려 놓고 있다. 그러나 주인공의 의식 속에서는 서울에 남겨두고 온 여인과 문우들에 대한 상념들이 동경에서 이루어지고 있는 무료한 생활과 뒤섞인다. 여기서 주목되는 것이 이 소설의 내적 공간을 확대시키고 있는 패러디의 기법과 그 상호 텍스트성의 특징이다. 특히 영화적 몽타주와 쇼트 커팅의 방식으로 각각의 단락이 서로 결합됨으로써 겉보기에 단순해 보이는 이 소설의 텍스트를 중층 구조의 서사로 발전시키고 있다는 점도 주목된다. 소설 〈실화〉에서 패러디의 기법과 상호 텍스트성의 문제는 작품 속에 드러나 있는 다른 텍스트에 대한 직접적인 인용이라든지 언급을 통해 확인된다. 어떤 경우에는 텍스트의 상호 관계가 패러디의 방식으로 드러나기도 하고 메타적 글쓰기를 통해 암시되기도 한다. 이러한 특징은 텍스트의 연원이나 영향 관계를 이해하기 위해서도 그 성격이 규명되어야 할 문제이지만, 텍스트 상호 간의 인과적 관계만이 아니라 텍스트 자체의 의미 구조에 대한 새로운 해석을 위해서도 그 속성을 제대로 밝혀내야 한다.

소설 〈실화〉는 개인사적 동기에서 비롯된 작가 자신의 동경행에 대한 반성과 후회로 끝이 난다. '꽃을 잃다'라는 이 작품의 제목이 암시하는 세계는 사랑이라든지 연애라든지 하는 사적 공간에만 국한되는 것은 아니다. 그것은 현대적인 문명 공간을 꿈꾸던 작가 자신의 열정의 상실을 의미하기도 한다. 사적인 내면세계를 객관화하기 위해 타자의 텍스트를 수없이 끌어들이고 있는 이 작품은 결국 하나의 커다란 패러디를 구축한 채 끝난다. 작가 이상이 꿈꾸던 공간은 누군가의 발길에 짓밟힌 한 송이 국화꽃처럼 참담할 뿐이다.

단발斷髮

　소설 〈단발〉은 1939년 4월 《조선문학》(제17집)에 '유고遺稿'라는 이름
으로 소개된다. 국문에 일부 한자를 혼용한 이 작품의 원고가 《조선문학》
에 발표될 수 있었던 연유에 대해서는 편집 후기에 간단하게 밝혀 놓고
있다. "구하기 어려운 고故 이상 씨의 유고를 임화林和 씨의 후의로 기재케
된 것을 이번 달의 큰 자랑"이라고 적어 놓고 있는 것이다. 이상과 보성고
보의 동문인 임화가 어떤 경로로 이 원고를 보관할 수 있었는지 확인할
길은 없다. 이 작품에 이어 수필 〈최저낙원最低樂園〉도 1939년 5월 《조선
문학》에 유고 형태로 공개된 바 있다.

　〈단발〉은 비교적 단순한 서사 구조를 드러낸다. 여기서 단순하다는 것
은 인물의 설정이나 사건의 진전 등만을 두고 말하는 것은 아니다. 이 작
품은 '나'라는 작중 화자를 거부한다. 이상의 소설 가운데 상당수가 1인
칭 소설로 이루어진 점에 미루어본다면, 서사의 방식과 시각의 문제를
이 작품에서 조절하고 있음을 볼 수 있다. 이것은 작품의 서사적 상황과
작가가 일종의 거리두기를 실험하고 있음을 의미한다. '서사적 거리두
기'란 실상은 자기 객관화의 방법이지만, 소설을 읽는 독자의 입장에서
도 서사의 내부에 상상적 참여가 용이하다.

　소설 〈단발〉의 서사에는 '연衍'이라는 이름으로 지칭되는 남성 주인공

(그)이 등장한다. 그리고 그 상대역에 '선仙'이라는 여성(소녀)이 배치된다. 이러한 주동적 인물 설정은 〈날개〉 이후 이상 소설의 기본 구도를 그대로 보여준다. 여기서 주목되는 것은 두 사람 사이에 이루어지고 있는 날카로운 '감정의 대결'이다. '그'는 소녀와 천변을 거닐다가 사랑을 고백한다. 물론 그 고백에는 진정성이 결여되어 있다. '음란한 충동'에서 비롯된 것이기 때문이다. 하지만 의외로 소녀는 '그'의 사랑을 받아들이겠다는 태도다. '그'는 그만 겁을 먹고는 다시 뒷걸음친다. 그리고 엉뚱하게도 소녀에게 애인이 생기기를 바란다는 등의 이야기를 지껄인다. 소녀는 이 같은 '그'의 거짓된 행동을 그대로 꿰뚫어 읽고 있다. 이처럼 '그'는 '소녀'를 좋아하면서도 거리를 재고 자신의 감정을 드러내지 않으려고 애를 쓴다. '소녀'는 이러한 '그'의 내면을 그대로 알아차리고는 '그'에게 헛점을 보이지 않으려고 노력한다.

　이들이 보여주는 감정의 팽팽한 대결이 무너지기 시작하는 것은 소녀의 태도 변화에서부터 비롯된다. 소녀에게는 그녀가 오직 믿고 의지하며 따르던 오빠가 있다. 그 오빠에게 애인이 생겼다. 오빠는 소녀가 가장 좋아하던 친구를 애인으로 만들었다. 소녀는 자신의 고독을 느끼며 새삼 세월이라는 것을 실감한다. 소녀는 다음 날 '그'와 또 만난다. 교외의 조용한 방에서 둘은 다시 승부를 건다. 소녀는 자신이 친구와 함께 동경으로 떠난다고 거짓말을 한다. 그러나 이들이 걸었던 도박은 글자 그대로 '타기唾棄'와 '모멸侮蔑'로 끝난다. 둘은 여전히 그 평행선의 심리적 대립에서 누구도 손을 들지 않는다. 그때 등장한 것이 소녀의 오빠다. 오빠는 소녀의 진심을 '그'에게 전한다. 그리고 오히려 그 자신이 소녀의 친구와 함께 먼저 동경으로 떠난다면서 소녀의 '뒷갈망'을 부탁한다. '그'는 소녀의 오빠를 만난 후 바로 소녀에게 편지를 보낸다. 그리고 '세월'이라는 것을 느끼게 되는 슬픈 심정을 고백하면서 그들도 함께 동경으로 가자고 프러포즈한다. 이 소설의 결말은 소녀의 답장과 함께 끝난다. 애정을 계산하는 버릇을 버리고 함께 세월을 느끼며 사랑을 받아들인다는 것이다. 그리고 소녀는 단발했음을 고백한다. 자신의 차디찬 감정이 미웠다는 말과 함께.

소설 〈단발〉은 '감정의 연습'이라는 말로 표현되고 있는 두 남녀의 피곤한 연애 장면이 서사의 핵심을 이룬다. 두 사람은 그 심정적 거리를 '세월'이라는 것을 빌미삼아 건너 뛸 수 있게 된다. 그리고 '동경'행을 함께 결심한다. 이 소설의 마지막 장면에서 소녀는 '단발'을 통해 얽혀 있는 감정의 꼬리를 잘라낸다. 그리고 두 사람에게 따라붙는 세월의 흐름도 토막을 낸다. 그렇지만 '그'는 이 소녀의 행동을 놓고 '소녀의 고독! 혹은 이 시합은 승부없이 언제까지라도 계속하려나' 하고 다시 계산한다. 소설 〈단발〉의 이야기는 결국 다시 이어질 수밖에 없게 된다. 이들이 꿈꾸던 동경행의 실상은 소설 〈실화失花〉를 통해 확인해 볼 수 있다.

김유정金裕貞

　소설 〈김유정〉은 잡지 《청색지青色紙》(1939. 5)에 유고 형태로 소개된 작품이다. 잡지 소개 당시 '소설체로 쓴 김유정金裕貞론, 작고한 작가가 본 죽은 작가'라는 소제를 붙여 놓고 있다. 수필의 영역에 포함시키기도 한다. 그러나 '실명소설實名小說'에서 볼 수 있는 것처럼 실존 인물의 성격화 characterization 방식 자체의 서사적 특성을 고려한다면 소설에 포함시킬 수 있다.

　김유정의 문단적 존재는 그가 소설을 통해 형상화하고 있는 토속적 공간의 특징을 통해 널리 알려져 있다. 그의 소설은 어둡고 삭막한 농민들의 삶을 때로는 희화적으로 때로는 해학적으로 그려 냄으로써 농민들의 끈질긴 생명력의 저변을 질박하게 펼쳐 놓고 있다. 그의 작품 가운데 〈소낙비〉(1935), 〈금따는 콩밭〉, 〈노다지〉, 〈만무방〉, 〈봄·봄〉, 〈동백꽃〉(1936), 〈땡볕〉(1937), 〈따라지〉 등은 대부분 그 무대를 농촌으로 설정하고 있으며, 무지하고도 가난한 농민들을 등장시킨 것이 많다. 그렇지만 그의 소설들은 가난한 사람들의 삶을 통해 비참한 현실의 문제를 비판적으로 그려 내는 데에만 목표를 두지 않고 있다. 농민의 궁핍한 삶을 초래하고 있는 착취 구조에 대한 비판이나 분노가 강하게 표현된 경우도 많지 않다. 오히려 그의 관심은 토속적인 구어와 생동하는 문체를 바탕으로 하는 해학과 반어의 기법을 통해, 농민들의 순수한 삶과 끈질긴 생명력을 그려 내는 데에 있다. 그의 소설 속에 등장하는 인물들은 대체로 암울한 현실 속에서의 좌절과 분노를 보여주기보다는 끈질기게 삶에 집착하는 강한 생존 본능을 드러내고 있는 것이다.

김유정 소설은 해학적 관점에 의한 인물 설정과 이야기의 구성이 가장 두드러진 특징을 이룬다. 소설의 등장인물에서 볼 수 있는 성격의 대조라든지, 이야기의 역설적 구조 등이 이 같은 특징을 가능하게 하고 있다. 그의 소설 〈동백꽃〉과 〈봄·봄〉은 연작으로서의 구성적 공통점을 지닌다. 이 두 작품에서 이야기의 갈등을 해학적으로 풀어 나가는 데 결정적인 역할을 하는 장치가 1인칭 화자의 설정이다. 이들 작품의 화자인 '나'는 어리숙하면서도 순박한 눈을 통해 약삭빠른 점순의 행동을 그려 낸다. '나'는 점순에게 놀림을 받으며 속고 있음에도 불구하고 정작 그걸 전혀 모르고 있다는 투로 이야기가 서술된다. 그러므로 소설의 독자들이 화자보다 더 높은 위치에서 화자의 어리석고 굼뜬 진술을 듣게 되는 것이다. 이 같은 서술적 관점의 차이가 해학의 성립을 가능하게 한다. 특히 이야기의 서술에 직접적으로 표출되는 투박한 방언이나 속어 등의 토속적 어휘가 이 소설의 해학성을 구현해 내는 언어적 재료가 되고 있다.

김유정의 소설에서 이야기의 핵심을 이루는 요소는 경제적인 궁핍과 가난이다. 물론 작가 자신은 이야기의 갈등 속에서 농촌 사회의 착취 구조를 읽어내도록 요구하는 법이 없다. 오히려 그는 가난 자체를 이야기의 요소로 끌어들이면서도 농촌 사람들의 우둔함을 통해 역설적으로 그들의 가난을 강요하고 있는 시대 상황의 문제성을 대조적으로 부각시키기도 한다. 물론 소설 〈땡볕〉과 같은 작품에서 느낄 수 있는 웃음은 비극적인 요소와 맞물려 있다. 이 작품의 이야기는 주인공이 직면해 있는 궁핍한 삶의 현실과 그 고통에서부터 비롯된 것이다. 쌀 한 되도 꾸어다 먹어야 하는 가난, 죽게 된 아내의 병으로 팔자를 고쳐 보리라 기대하는 무지와 그나마 좌절되어 아내와 벌이를 모두 잃게 된 절망적인 상황이, '중복허리의 쇠뿔도 녹이려는 뜨거운 땡볕'으로 상징화되어 있다.

이 작품의 결말부에 이르면, 아내를 변변히 먹이지 못한 것을 후회하며 '동네 닭이라도 훔쳐다 먹였을 걸' 하는 엉뚱한 발상, 쌀 꾸어 먹은 걸 잊지 말고 갚으라는 아내의 하찮은 유언은 더 이상 웃음을 자아내지 않는다. 오히려 독자에게는, 극한적인 궁핍이라는 냉엄한 현실 앞에서 무기력할 수밖에 없었던 그들 삶의 비극성이 선명하게 각인될 뿐이다.

김유정의 문학 세계는 이상의 소설 세계와 대조적이다. 이상이 그려 내고 있는 도시 공간이라든지 자의식에 빠져들어 있는 개인의 내면세계는 김유정의 소설에서는 찾아볼 수 없다. 이상의 도시문학과 김유정의 토속문학은 1930년대 서사 공간의 극단적인 양면에 해당한다고 할 수 있다. 그러나 이러한 차이에도 불구하고 두 작가가 그려 내는 공간은 식민지 근대의 문제성을 서로 다른 각도에서 제시한다는 점을 주목할 필요가 있다.

소설 〈김유정〉에서 작가가 초점을 두고 있는 것은 그 성격의 형상화라고 할 수 있다. 여기서는 주로 김유정이 지니고 있는 가식이 없는 순박성 또는 열정이라고 할 수 있다. 이러한 인간적 풍모는 소설 〈실화〉의 한 장면에서도 허구적 장치를 통해 조명된다. 이상은 그만큼 김유정이라는 인간에 대한 정서적 공감을 깊이 간직하고 있었던 것으로 보인다. 이 작품은 일종의 '실명소설'이라는 형식을 갖춤으로써 1930년대 심경소설의 특징적인 단면을 보여준다는 점을 부기해 둘 필요가 있다.

산문

3

혈서삼태血書三態

　　1934년 6월 여성지《신여성新女性》에 발표한 이상의 첫 수필이다. 이 수필의 제목으로 사용하고 있는 '혈서'는 자기 몸의 일부에 상처를 내어 피가 나오게 해서 그 피로 자신의 결심이나 맹세 등을 글로 쓴 것을 말한다. 자기 결심의 진정성을 드러내기 위해 흔히 무명지를 깨물어 거기서 흐르는 피로 글을 쓰기도 한다.

　　이 수필은 세 가지 이야기가 서로 이어져 있다. 전반부는 '오스카 와일드', '관능위조'라는 소제목으로 구분되어 있는데, 매춘부에게 동정을 바친 친구의 이야기를 오스카 와일드의 쾌락주의에 빗대어 서술한다. 중반부는 '하이드 씨'와 '악령의 감상感傷'이라는 소제목으로 자기 자신의 견해를 설명하고 있다. 여기서 영국의 소설가 스티븐슨Robert Louis Stevenson이 1886년에 발표한《지킬 박사와 하이드 씨The Strange Case of Dr. Jekyll and Mr. Hyde》의 이야기를 통해 인간의 이중인격의 실체를 설명하고 있다. 물론 이 글에서는 1931년 영화화되어 널리 흥행한 영화《지킬 박사와 하이드 씨》를 관람한 감상과 이어진다. 이 영화는 미국의 루벤 마물리안 Rouben Mamoulian 감독의 작품으로 프레드릭 매취Fredric March가 출연하였으며 1932년 오스카상 남우주연상을 받았다. 1932년 7월 9일부터 경성 조선극장朝鮮劇場에서 상영되었다.(조선일보, 1932. 7. 9) 학식이 높고 교양과 덕성을 겸비한 지킬 박사는 인간의 내면에 감추어진 선악의 이중적 품성을 분리할 수 있는 약품을 만든다. 그리고 그 약을 복용한 후 추악한 하이드로 변신한다. 그리고 점차 악이 강해져서 선을 이겨내게 되어 하이드로 변신한 후 지킬 박사로 되돌아갈 수 없게 된다. 하이드는 살인을 저지른 뒤 경찰에게 쫓기다가 자살하면서 모든 사실을 유서로 고백한다. 여기 하이드가 남긴 유서가 수필에서 설명하고 있는 '혈서'의 또 다른 모티프가 된다.

이 글의 후반부는 '혈서기삼血書其三'이라는 소제목 아래 서술하고 있는 카페 여급의 자살과 관련되어 있다. 자동차 운전사가 여급에게 보내온 사랑 고백의 혈서를 보고 오히려 여급이 먼저 한강에 투신하여 자살했다는 이야기이다. 인간 심리의 이중성과 그 내면적 욕망의 폭발적 분방함을 제어하기 어려운 상황을 언급하고 있다.

산책散策의 가을

　　1934년 10월 종합잡지 《신동아新東亞》에 발표한 이상의 수필이다. 이 수필에는 '산보散步·가을·예例'라는 부제를 붙여 놓고 있다. 글 전체가 모두 9개의 단락으로 구분되어 있는데 도시의 산보를 통해 가을의 정취를 그려 내고 있다. 압축된 문장과 감각적인 표현 방식으로 보아 일종의 산문시의 형태로 볼 수도 있다.

　　전반부의 네 개 단락은 모두 백화점의 풍경을 그려 내고 있다. 진열장 안에 놓인 물건들과 마네킹(쇼윈도 안의 석고상)을 보면서 백화점을 구경하는 여인의 모습과 대비해 보는 감각적 표현이 돋보인다. 일본어 연작시 《건축무한육면각체建築無限六面角體》에 포함되어 있는 〈AU MAGASIN DE NOUVEAUTES〉(조선과 건축朝鮮と建築, 1932. 7)와 시적 모티프가 서로 연관되어 있다.

　　후반부의 경우는 사진관, 과일 가게, 인쇄소 앞을 지나면서 느낀 소감을 그려 낸다. 그리고 청계천변에서 놀고 있는 가난에 찌든 아이들의 모습, 롤러스케이트장의 풍경 등이 뒤에 이어진다. 롤러스케이트장을 모조 얼음판으로 묘사하고 있는 대목이 흥미롭다.

문학文學을 버리고 문화文化를 상상想像할 수 없다

1935년 1월 6일 《조선중앙일보朝鮮中央日報》에 발표한 평문이다. 이상이 발표한 산문 가운데 시사적인 단평에 해당한다. 이 글은 《조선중앙일보》가 1935년 신년을 맞이하면서 학예면 특집으로 꾸민 '사회와 문단에도 일고—顧를 보내라—우리들에겐 생활이 없다—작가들은 드디어 전 조선에 호소함'이라는 기사의 하나이다.

김동인의 〈사회는 예술가에게 사례할 의무가 있다〉(1. 1), 이무영의 〈출판사업자들 너머 잔인치 않은가〉(1. 1), 박태원의 〈조선문학건설회나 조선작가 옹호회를〉(1. 2), 박화성의 〈교육자들에게 감히 무를 바 있다〉(1. 3), 김억의 〈문화사업을 하는 비문화인들이여〉(1. 4)에 이어 발표된 글이다.

당대 문학의 위기를 사회에 널리 알리기 위해 기획된 이 특집에서 이상은 문학인들이 처해 있는 경제난과 생활고를 견디기 힘들다는 점을 고백한다. 그러나 문학이 없이는 결코 사회 문화를 논할 수 없는 일이라고 주장하면서, 고통 속에서도 가장 진실하고 행동적인 문학으로 남을 수 있어야 한다는 점을 강조하고 있다.

산촌여정山村餘情

1935년 9월 27일부터 10월 11일까지《매일신보毎日申報》에 연재한 이상의 수필이다. 이 글은 '성천 기행成川紀行 중의 몇 절節'이라는 부제가 붙어 있다. 이상의 산문 가운데 도쿄에서 쓴 수필〈권태〉(1936)와 함께 이상의 특이한 산문체를 대표하는 글이다.

이상이 평안남도 성천을 여행하게 된 것은 보성고보와 경성고공 동기생이었던 원용석(1906~1989)과 연관된다. 원용석은 충남 당진 태생이지만 경성고공 섬유과를 졸업한 후 평안남도 도청 산업기사로 취직하여 성천군에 발령을 받았다. 성천은 대부분이 산간 지역으로 특히 성천초成川草라는 담배와 함께 양잠업도 성하여 성천 명주가 전국적으로 유명했다. 원용석은 이곳에서 양잠과 명주 제조에 관한 기술자로 근무하면서 주민들에게 양잠 기술과 명주 직조 방식 등을 지도하였다. 이상은 금홍이와의 동거 생활을 청산하고 다방 '제비'의 문을 닫은 후 1935년 여름 친구 원용석이 산업기사로 근무하던 성천을 찾았다. 이 같은 내용은 원용석이 쓴〈이상의 회고〉(대한일보, 1966. 8. 25)와〈내가 마지막 본 이상〉(문학사상, 1980. 11)에 자세히 소개되어 있다.

이상이 남긴 유고 자료 가운데에도 '성천 기행'에 관한 기록들이 많이 남아 있다. 경성이라는 도회에서만 자란 이상의 경우 성천과 같은 산골 체험은 이색적인 것이었고 모든 것이 낯설었다. 이상은 원시적인 자연 속에서 보게 된 토속적인 풍물을 흥미롭게 관찰하면서 그 특징을 자신의 몸에 익은 도시적 감각을 바탕으로 묘사하였다. 그는 특히 비유적 표현에서 원관념을 묘사 설명하기 위해 눈에 익은 도회의 사물을 보조 관념으로 자주 동원하였다. 그 결과 석유 등잔에서 나는 냄새를 '도회지의 석간에서 나는 그윽한 냄새'라고 표현한 것처럼 이색적인 감각과 묘사가 돋보이는 문장을 자주 쓰게 되었다. 도회의 여차장이 차표 찍는 소리 같은 그 성악(베짱이 울음), 새빨간 잠자리가 병균처럼 활동, '르네쌍스' 응접실에서 들리는 선풍기 소리, 박하보다도 훈훈한 '리그레추잉껌' 내음새, '하도롱' 빛 피부皮膚, '코코아' 빛 입술 등과 같은 표현이 바로 그 예에 해당한다.

산골의 자연과 토속적 풍물에 대한 원시적 체험을 도시적 감각을 통해 재현하고 있는 이 글의 흥미로운 표현은 해방 후 조연현의 발굴 자료 속에 남아 있는 일본어로 된 '첫 번째 방랑', '공포의 기록', '어리석은 석반', '이 아해들에게 장난감을 주라' 등의 제목이 붙어 있는 자료에서도 두루 확인된다.

조춘점묘早春點描

1936년 3월 3일부터 3월 26일까지《매일신보每日申報》에 발표한 이상 수필의 표제이다. 봄을 맞은 도회의 풍경과 세상사를 자유롭게 그려 내고 있다. 〈보험 없는 화재〉, 〈단지斷指한 처녀〉, 〈차생윤회此生輪廻〉, 〈공지空地에서〉, 〈도회의 인심〉, 〈골동벽骨董癖〉, 〈동심행렬童心行列〉 등 7편의 글이 연재의 형식으로 발표되었다. 이 글은 이상이 인쇄소 창문사에 재직하던 당시에 발표한 것이다.

보험 없는 화재

1936년 3월 3일《매일신보每日申報》에 '조춘점묘早春點描 1'이라는 표제 아래 발표한 이상의 산문으로 이웃에서 화재가 발생했던 일을 생각하면서 쓴 일종의 생활 수필이다.

자신의 가난한 살림살이를 돌아보며, 불이 더 번졌을 때 자기 집 세간 중에 불을 피해 꺼내 놓아야 할 만한 것이 없었다고 고백한다. 그리고 모두 불타버린 후에 가족과 함께 피신해 갈 곳도 없다는 것을 생각하면서 삶의 허망함과 적막감을 표현한다.

단지斷指한 처녀

1936년 3월 5일《매일신보每日申報》에 '조춘점묘早春點描 2'라는 표제 아래 발표한 이상의 둘째 산문이다.

자신의 누이동생의 친구되는 처녀가 그 모친의 임종을 보면서 자신의 손가락을 잘랐다는 이야기를 소재로 삼고 있다. 그 처녀의 효심을 높이 평가하여 돈 3원을 주고 이를 표창했다는 소식을 소개하면서 '가련한 무지無智와 가증可憎한 전통이 이 새악씨로 하여금 어머니를 잃고 또 저는 종생의 불구자가 되게 한 이중의 비극을 낳게 한 것'이라고 적고 있다.

이 글은 '불행히 시대에서 비켜선 지고한 효녀 그 새악씨! 그래 돈 삼원에다 어느 신문 사회면 저 아래에 칼표 딱지만한 우메구사(여백 메꾸기 기사)를 장만해 준 밖에 무엇이 소저小姐의 적막해진 무명지無名指 억울한 사정을 가로맡아 줍디까. 당신을 공경하면서 오히려 단지斷指를 미워하는 심사 저 뒤에는 아주 근본적으로 미워해야 할 무엇이 가로놓여 있는 것을, 소저! 그대는 꿈에도 모르리다'라고 끝맺고 있다. 도덕에 대한 어리석은 판단과 효도라는 이름으로 강요되어 온 잘못된 인습을 비판하는 뜻이 담겨 있는 글이다.

차생윤회此生輪廻

1936년 3월 7일《매일신보每日申報》에 '조춘점묘早春點描 3'이라는 표제 아래 발표한 이상의 셋째 산문이다.

길거리에서 자주 만나게 되는 걸인들을 보면서 가지게 되었던 복잡한 심정을 그린 글이다. 종로 거리를 걷다가 하루에 세 차례나 걸인을 만나 적선을 베풀었던 경험을 바탕으로 거리의 부랑자와 걸인들에 대한 자신의 인식과 그 해결 방안 등에 관한 생각을 자유롭게 피력한다.

1936년 2월 경성 극장에서 상영한 바 있는 영화 〈죄와 벌〉(도스토옙스키 원작)에 관한 인상도 곁들여 놓고 있다. 그리고 영화 〈프랑켄슈타인〉에 대한 이야기도 나온다. 이 영화는 1933년 2월에 처음 경성에서 상영된 바 있다.

공지空地에서

1936년 3월 12일 《매일신보每日申報》에 '조춘점묘早春點描 4'라는 표제 아래 발표한 넷째 산문이다.

얼음이 풀리기 전의 도심의 풍경을 자신의 심경과 대비해 보이고 있는 글이다. 덕수궁 연못에 얼음이 아직 얼어붙어 있어서 사람들이 거기서 스케이팅을 즐기는 모습이 활기차다. 어떤 건물의 이층에서 내려다보니 새로 건축을 하는 공사장의 공터가 마른 잡초만 보인다. 아직 봄이 오기에는 이르다. 그러나 집의 방 안에 둔 작은 화분에 심어둔 왜짜리나무에서 이제 잎이 돋아나려고 한다. 작은 공지에 봄기운이 들기 시작한 것이다.

도회都會의 인심人心

1936년 3월 20일 《매일신보每日申報》에 '조춘점묘早春點描 5'라는 표제 아래 발표한 다섯째 산문이다.

도회의 인심 세태가 점차 각박해져서 이웃끼리 인사 왕래도 없이 지내는 한심스런 상황을 꼬집고 있다. 연립주택에 붙어 살면서도 이웃에 누가 살고 있는지 무슨 일을 하는지 서로 아무 관심이 없고 서로 알려고 하지도 않는 무관심이 이미 이 시절부터 생겨나고 있음을 알 수 있다.

일제 강점기에 도시에 등장한 다세대주택인 '나가야長屋'는 일종의 연립주택이다. 이상이 빚에 졸리면서 부모와 함께 그런 집에서 세 들어 살았음을 알 수 있다.

골동벽骨董癖

1936년 3월 24일과 25일에 걸쳐《매일신보每日申報》에 '조춘점묘早春點描 6'이라는 표제 아래 나누어 발표한 여섯째 산문이다.

세간에 유행하고 있는 골동품에 대한 관심과 그 화폐 가치만을 따지는 잘못된 태도를 비판하는 글이다. 골동품에 대한 올바른 이해와 함께 가짜 골동품의 유통 문제 등을 언급하고 있다.

이 글에서는 오히려 개인이 골동품을 한두 개씩 소장하는 것보다는 박물관 같은 곳에 기증하여 그 고고학적 가치를 제대로 인정받을 수 있도록 하는 것이 좋겠다는 뜻도 밝히고 있다.

동심행렬童心行列

1936년 3월 26일《매일신보每日申報》에 '조춘점묘早春點描 7'이라는 표제 아래 발표한 일곱째 산문이다.

아침 등굣길 어린이들의 모습을 보고 느낀 점을 기록한 글이다. '란도셀'이라고 불리는 등에 메는 가방들을 모두 메고 가는 모습을 보면서 여자 어린이들의 단발머리가 귀엽고 교복을 차려입은 남자 어린이들의 모습도 늠름해 보인다. 그런데 안경 쓴 어린이들이 많이 눈에 띈다. 근시안이 저렇게 늘어가는 것은 열악한 독서 환경 탓이 아닌가 생각한다. 교과서의 너무 작은 글씨, 어두운 불빛 아래에서의 책 읽기를 걱정하고 있다.

서망율도西望栗島

1936년 3월 조선일보사에서 발간하던 종합지《조광朝光》에 발표한 산문이다.

이른 봄날 한강 밤섬이 건너다보이는 강가에 앉아 느끼는 정취를 감각적으로 그려 놓고 있다. 강가에서 느끼는 계절적 감각보다는 자신의 내면을 떠나지 않는 어떤 고민 같은 것이 서려 있다. 이 글 속에 다음과 같은 짧은 시 한 편이 포함되어 있다.

郷邦의 風土는 毛髮같아
건드리면 새빨개진다
血族이 점으도록
내 아픈 데가 닿아서
부드러운 구두 속에서도
일마다 아리다

여상女像 사제四題

1936년 4월 대중지《여성女性》에 발표한 산문이다.

봄의 정취와 함께 다홍 댕기를 들인 산골 처녀의 모습을 함께 묘사하고 있는 짤막한 글이다. 여기서 그려 내고 있는 이야기는 이상 자신이 친구 원용석이 산업기사로 근무했던 평안남도 성천 지역을 여행하던 당시에 보고 느꼈던 내용과 연관되어 있다. 특히 자신이 '배천온천'에서 처음 만났던 기생 금홍이에 대한 인상에 대해서도 간접적으로 언급하고 있는 점이 눈에 띈다.

약수藥水

　1936년 7월 조선중앙일보사에서 발행하던 종합지《중앙中央》에 발표한 산문이다.

　백부의 죽음, 금홍이와의 결별 등 자신의 사생활과 관련된 이야기를 소개하는 글이다. 백부가 뇌일혈로 쓰러진 후 자신이 백모의 지시에 따라 악박골 약수터에서 약수를 길어왔는데 그것을 마신 다음 날 백부가 세상을 떴다는 것이다.

　이상의 백부 김연필은 1932년 5월 7일 사망했다. 그 뒤 아내가 아프다고 약수를 떠오라는 말을 듣지 않았던 사실도 밝히고 있다. 자신은 약수보다 '약주'가 좋단다.

EPIGRAM

　　1936년 8월 대중지 《여성女性》에 발표한 산문이다. 이 글의 제목인 'EPIGRAM'은 경구警句라는 뜻이다.

　　이 글에서 이상은 자신의 새로운 결혼을 처음으로 언급하고 또 동경행을 준비하고 있음을 밝힌다. 글 속에 등장하는 '임姙'은 이상이 1936년 여름 정식으로 결혼한 변동림卞東琳을 지칭하고 있는 것으로 볼 수 있다. 결혼 전에 있었던 '임'의 남성 편력을 암시하는 대목이 주목된다.

　　이 내용은 이상이 발표한 단편소설 〈동해〉에서 변형된 모티프로 활용하고 있으며 단편소설 〈실화〉 속의 여주인공의 남성 편력과 그대로 일치한다.

동생 옥희玉姬 보아라

1936년 9월 조선중앙일보사에서 발간하던 종합지《중앙中央》에 발표한 사신이다.

이 편지글에는 '세상의 오빠들도 보시오'라는 부제도 붙어 있다. 1936년 8월 부모의 명을 거역하고 자신이 사랑하는 남성을 따라 집을 나가 버린 여동생 김옥희에게 쓴 편지를 잡지에 그대로 공개했다. 이상이 가지고 있던 부모에 대한 친애의 정과 동생에 대한 사랑을 느낄 수 있는 글이다. 특히 이 당시 가난했던 이상의 친부모의 경제 상태도 짐작할 수 있다.

이상은 집을 나가 버린 여동생을 향해 '축복한다. 내가 화가를 꿈꾸던 시절 하루 오전 받고 모델 노릇 하여 준 옥희, 방탕불효放蕩不孝한 이 큰오빠의 단 하나 이해자인 옥희, 이제는 어느덧 어른이 되어서 그 애인과 함께 만리 이역 사람이 된 옥희, 네 장래를 축복한다'라고 적고 있다. 이상 자신도 이 글에서 동경행을 준비하고 있음을 밝히고 있다.

김옥희는 대정 5년(1916) 11월 28일 생이다. 평안북도 선천군 심천면深川面 고군영동古軍營洞 713번지 문병준文炳俊과 1942년 6월 5일 혼인 신고하였으며, 해방 후 1970년대까지 서울에서 살았다. 〈나의 오빠 이상〉이라는 회고담을 남겼다.

추등잡필秋燈雜筆

이상이 1936년 10월 14일부터 10월 28일까지《매일신보每日申報》에 연재했던 산문의 표제가 '추등잡필秋燈雜筆'이다. 여기에는〈추석秋夕 삽화插話〉,〈구경求景〉,〈예의禮儀〉,〈기여寄與〉,〈실수失手〉라는 다섯 편의 글이 포함되어 있다. 이상이 10월 23일 무렵 동경으로 떠난 것으로 생각해 본다면 국내에 거주하면서 발표한 마지막 산문으로 추측된다.

추석秋夕 삽화插話

이상이 1936년 10월 14일부터 10월 28일까지《매일신보每日申報》에 연재했던 '추등잡필秋燈雜筆'이라는 표제의 산문 가운데 첫 번째로 발표한 글이다.

10월 14일에서 15일까지 이틀간에 걸쳐 분재되었다. 추석을 앞두고 미아리 공동묘지의 삼촌(김연필) 묘소에 성묘했던 감회를 적은 글이다. 이상이 자신의 백부를 '삼촌'이라고 지칭한 것은 이 글이 처음이다.

구경求景

1936년 10월 14일부터 10월 28일까지《매일신보每日申報》에 연재했던 '추등잡필秋燈雜筆'이라는 표제 아래 발표한 글이다. 10월 16일에 발표했다.

경성고공 시절에 마포 벽돌 공장을 견학했던 경험을 바탕으로 쓴 글이다. 마침 그 공장에서 일하는 사람들이 형무소에 수감 중인 죄수들이었다는 사실을 기록하고 있다.

일본어로 쓴 〈수인이 만들은 소정원囚人の作った箱庭〉이라는 시가 이 산문의 내용과 연관되어 있는 것처럼 보인다.

예의禮儀

1936년 10월 14일부터 10월 28일까지《매일신보每日申報》에 연재했던 '추등잡필秋燈雜筆'이라는 표제 아래 발표한 글이다. 10월 21일에 발표했다.

당시 경성에서 유행하기 시작한 '끽다점'의 풍경을 재미있게 설명하고 있는데, 대중들이 담소를 나누며 휴식을 즐기기 위해 들르는 다방에서 지켜야 할 기본적인 예의 문제가 주된 관심사이다.

기여寄與

1936년 10월 14일부터 10월 28일까지《매일신보每日申報》에 연재했던 '추등잡필秋燈雜筆'이라는 표제 아래 발표한 글이다. 10월 22일에 발표했다.

이상 자신이 1931년 10월 병원에서 폐결핵 진단을 받던 당시를 회상하면서 쓴 글이다. 병원의 침대에 누워 있는데 학생들이 실습을 위해 주임교수와 함께 자기 주변에 둘러섰던 모습을 돌이켜보면서 당시의 민망했던 심정을 밝히고 있다.

실수失手

1936년 10월 14일부터 10월 28일까지 《매일신보每日申報》에 연재했던 '추등잡필秋燈雜筆'이라는 표제 아래 발표한 글이다. 10월 27일부터 28일까지 분재했다.

1930년대까지 유행했던 인력거에 대하여 자신의 견해를 피력하고 있다. 동경에서는 인력거를 법으로 금지했다는 소식을 전하면서 경성의 거리에서 흔히 보는 인력거와 거기 올라탄 외국인의 거만한 모습을 문제삼고 있다. 외국인들이 거리 이곳저곳을 인력거를 타고 돌면서 손가락질을 해대는 오만한 모습에 마음이 편하지 않았음을 밝히고 있다.

행복幸福

1936년 10월 대중지《여성女性》에 발표한 산문이다. 서사적 요건을 갖추고 있는 콩트 형식의 수필이다.

이 글에서는 화자인 '나'와 결혼한 '선仙'이라는 여인이 등장한다. 그러나 '선'이가 가까이 지냈던 과거의 남자 때문에 '나'의 심경이 매우 복잡하다. 결혼한 지 겨우 석 달이 지났지만 '나'는 결코 행복하지 않다. 이 글의 이야기는 이상이 쓴 소설 〈동해〉와 〈실화〉 속에서 중요한 모티프로 자리잡고 있다. 수필 〈EPIGRAM〉, 〈19세기식十九世紀式〉과도 내용상 상관성을 지닌다.

19세기식 十九世紀式

　　1937년 4월 주영섭, 이시우, 신백수, 한태천 등이 중심이 되어 발간하던 동인지 《삼사문학三四文學》에 발표한 산문이다. 작품의 발표 시기로 본다면 이상이 생전에 발표한 마지막 산문이 된다.

　　이 글의 내용은 이상이 쓴 소설 〈동해〉와 〈실화〉 속에서 중요한 모티프로 자리잡고 있으며 수필 〈EPIGRAM〉, 〈행복〉과도 상관성을 지닌다. 남녀 간의 연애사는 언제나 비밀이어야 한다는 것을 주장하면서도 아내의 간음을 용서할 수 없다는 점을 강조한다. 특히 자신이 간음한 아내를 버렸다고 진술한 대목이 주목된다.

　　이 글을 발표한 동인지 《삼사문학三四文學》의 동인들은 한국문단에서 초현실주의 문학을 주창하면서 이상의 《오감도》에 크게 공감했던 젊은 이들이다. 이들 가운데 주영섭, 한태천 등은 이상이 동경에 있을 때 동경 유학생이었다. 이상의 소설 〈실화〉에 등장하는 C 군은 주영섭을 모델로 삼고 있다.

공포恐怖의 기록記錄

1937년 4월 25일부터 5월 15일까지 모두 6회에 걸쳐《매일신보每日申報》에 유고遺稿의 형태로 연재했던 글이다.

이 글은 연구자에 따라서는 소설의 형태로 보기도 하지만 여기서는 자전적 형식의 수필로 본다. 이 글의 내용은 '서장序章', '불행한 계승繼承', '추악한 화물貨物', '불행의 실천' 등으로 구분되어 있는데, 완결된 형태라고 보기 어렵다.

이 글의 내용은 1935년 무렵의 이상 자신의 삶의 변화를 그려 내고 있다. '불행한 계승'에서는 자신을 키워준 큰집을 떠나오는 심사를 그려 낸다. 이상의 백부 김연필은 본처와의 사이에 소생이 없었다. 강릉 김씨 양반을 자처하던 집안 장손의 후대가 끊어지게 되자 김연필은 아우 김영창의 장남 김해경(이상)으로 하여금 자신의 후사를 이어가게 할 계획을 세웠다. 이상은 세 살 무렵에 큰집으로 보내져 백부 김연필의 보호 아래 성장하면서 학업을 닦았다. 총독부 하급직 관리로 일했던 김연필은 본처와의 사이에 자식을 두지 못하자 김영숙을 소실로 맞았다. 이 집안에 본처가 살고 있는데 소실인 김영숙이 들어와 한동안 함께 지내게 되자 이상에게는 큰어머니가 두 분이 있었던 셈이다. 하지만 김연필은 1926년 본처를 버리고 정식 재판을 거쳐서 김영숙을 처로 입적시켰으며 이때 김영숙에게 딸려 있던 아들을 자신의 친자로 입적시켰다. 그가 바로 김문경金汶卿이다. 그런데 1932년 김연필이 뇌일혈로 사망하면서 김문경이 법적으로 호주를 상속받고 모든 재산을 물려받게 된다. 이상은 재산 상속 등의 문제로 법적 승계자가 된 김문경의 모친인 백모 김영숙과 갈등을 일으키게 된다. 이상은 당시 조선총독부 건축기사를 사직한 후 다방 '제비'를 운영하게 되면서 실질적으로 큰집과의 관계를 청산한다.

'추악한 화물'은 이상이 다방 '제비'를 운영하면서 금홍이와 동거하던 당시의 살림살이를 정리하던 과정을 그려 낸다. 3년에 걸친 동거 생활이 금홍이의 가출로 결판이 나게 된 직후의 상황이 상세하게 그려져 있다.

'불행의 실천'은 이상 자신이 그의 친가로 돌아와 칩거에 빠져들었던 상황을 그려 낸다. 이러한 고통의 시간을 보내던 이상은 구본웅의 주선으로 창문사에 입사하여 다시 글쓰기에 매달리게 된다.

이 글은 이상의 유고 가운데 첫 번째로 소개된 것이지만 이 유고가 어떤 경로를 거쳐 《매일신보》에 실리게 되었는지에 대해서는 아무런 정보가 없다. 1937년 4월 17일 동경에서 세상을 떠난 이상의 부음이 《매일신보》에 실린 것은 1937년 4월 20일이다. '학예왕래學藝往來'라는 단신란에 '이상 씨 17일 동경 객사에 장서長逝'라고 짤막하게 알렸다. 다음 날인 4월 21일 박상엽朴祥燁의 추도문 '상箱아 상箱아'를 실었다.

권태倦怠

1937년 5월 4일부터 5월 11일까지 모두 7회에 걸쳐《조선일보朝鮮日報》에 유고遺稿의 형태로 연재했던 글이다. 이 글의 말미에 '12월 19일 미명未明, 동경東京서'라는 표시가 있는 것으로 미루어 1936년 동경 체류 당시에 완성한 글임을 알 수 있다.《조선일보》는 다음과 같이 작품 게재 경위를 소개하고 있다. '〈종생기〉를 가지고 요절한 작가 이상은 그 타고난 품질稟質보담 그 남기고 간 바가 너무 적다. 이 일이 한 된다 하여 그의 지우인 박태원朴泰遠 씨가 유품을 뒤적이다가 마침 미발표의 이 유고遺稿 한 편을 얻었다고 전하기에 이제 그 유해가 고토故土에 돌아오는 날을 맞추어 싣게 된 것이다.'

수필 〈권태倦怠〉는 이상이 발표한 바 있는 〈산촌여정〉의 속편에 해당한다. 이 글에서 이상은 '권태'의 의미를 이렇게 적고 있다. '아무것도 생각할 수 없는 상태 이상으로 괴로운 상태가 또 있을까. 인간은 병석에서도 생각한다. 아니 병석에서는 더욱 많이 생각하는 법이다. 끝없는 권태가 사람을 엄습掩襲하였을 때 그의 동공은 내부를 향하여 열리리라. 그리하여 망쇄忙殺할 때보다도 몇 배나 더 자신의 내면을 성찰할 수 있을 것이다.' 그가 동경의 한복판에서 자신의 기억과 인상과 그 생생한 감각을 모두 동원하여 쓴 글이 평안도 성천成川을 여행했던 체험을 기록한 〈권태〉였다는 것은 참으로 의미심장하다. 이 글은 동경에서 비슷한 시기에 쓴 수필 〈동경〉의 경우와 특이하게도 짝을 이룬다는 점을 주목할 필요가 있다.

슬픈 이야기

1937년 6월 조선일보사에서 간행하던 종합지《조광朝光》에 유고遺稿의 형태로 수록된 글이다.

이 글이 어떤 연유로 잡지에 수록되었는지는 아무 설명이 없지만, 글 자체의 내용으로 보아 미완의 자전적 수필임을 알 수 있다. 이 글은 이상의 모든 글 가운데 쉬운 일상어의 활용과 감각적인 묘사를 통해 뛰어난 아름다운 문체를 자랑한다. 이 글이 완성된 형태가 아닌 미완의 유고로 남아 있다는 것이 안타깝다.

이 글을 쓴 날짜는 글 가운데 드러나 있는 '오늘이 11월 16일이고 오는 공일空日 날이 12월 1일이고 그렇다고'라는 구절을 통해 1935년 11월 16일로 추리해 볼 수 있다. 당시 1935년의 달력을 보면 앞의 설명대로 12월 1일이 일요일이다. 이 글을 쓰게 된 1935년 11월 16일은 이상이 금홍이와의 동거 생활을 청산하고 다방 '제비'를 폐업한 후 자신의 친부모가 살고 있는 경성 신당리 버티고개 집으로 돌아온 때가 아닌가 생각된다. 이 글에서 소개하고 있는 장소는 버티고개(현재 약수동 로터리에서 한남동 방향으로 넘어가는 언덕 지역을 말함)의 근처인 장충단 공원이다. 이 글에서 '시냇물을 따라 좀 올라가면 졸업기념으로 사진을 찍던 목교木橋가 있습니다'라는 구절을 보면 경성고공 졸업기념 사진첩 속의 장충단 공원 목교 위에서 찍은 사진 한 장과 그 배경이 그대로 일치한다.

　이 글은 이상이 저녁 무렵 집을 나와 장충단 공원에 서서 자신의 삶의 과정을 돌아보며 회한에 잠긴 모습을 그려 놓고 있다. 해가 지면서 가로 등에 불이 들어오고 하늘에 별들이 빛난다. 그러다가 구름이 몰려오면서 별빛이 사라지고 비가 내린다. 이러한 주변의 변화가 글 속에서 감각적 인 문체로 묘사되고 있다. 이상은 세 살 무렵 백부 김연필의 집으로 양자 처럼 보내져 거기서 성장했으며, 나이 스물여섯에 친가로 돌아온다. 이 런 사정은 가난한 가족들의 모습을 그려 낸 이 글의 전반부에 잘 드러나 고 있다. 이 글의 후반부는 한 여인과의 만남과 그 내면의 갈등을 그려 낸 다. 자살을 생각할 정도로 삶에 대한 깊은 고뇌에 빠져들었음을 확인할 수 있다. 친가로 돌아와 지낼 수밖에 없었던 개인적 신상에 관한 이야기 를 '슬픈 이야기'로 적어 놓고 있다.

문학과 정치

    1938년 7월 종합지《사해공론四海公論》에 유고遺稿의 형태로 수록된 글이다. 이 글이 어떤 연유로 '유고'라는 이름으로 이 잡지에 소개되었는지는 알 수 없다.

    이 글은 문학과 생활 현실 문제를 문제삼고 있는데, 문학을 통해 최소한의 삶을 이끌어가기 어려운 형편을 사회가 그대로 외면해서는 안 된다는 주장을 담고 있다. 이상이 발표한 산문 가운데 정론적 성격의 주제를 담고 있는 경우는 〈문학을 버리고 문화를 상상할 수 없다〉(조선중앙일보, 1935. 1)라는 글이 있는데 두 편의 글이 서로 주제 내용이 비슷하다. 이상이 지니고 있는 문학과 정치에 대한 태도는 '문학자가 정치에 참견한다거나 정치를 선행先行시키는 문학운동들이 범한 오류의 이론이 뭐 적확히 지적되었다고 할 수는 아직 없겠지. 그러나 정치가 목적으로 삼아지는 문학을 문학의 제일의第一義로 여기는 습관이 제법 안 유행流行하게 되어가는 감이 있는 것을 부정하기 어려우리라'라고 하는 구절 속에 잘 드러나 있다.

실낙원失樂園

1939년 2월 조선일보사가 발간하던 종합지《조광朝光》에 유고遺稿의 형태로 수록된 글이다. 이 글이 어떤 연유로 '유고'라는 이름으로 이 잡지에 소개되었는지는 알 수 없다. 이 글에는〈소녀少女〉,〈육친肉親의 장章〉,〈실낙원失樂園〉,〈면경面鏡〉,〈자화상自畵像〉,〈월상月傷〉이라는 6개의 작품이 포함되어 있는데, 일종의 연작 산문시의 형태로 볼 수도 있다. 그러나 이 작품은 전체적으로 완성된 작품이라기보다는 초고 단계의 원고 또는 습작으로 생각된다. 그 이유는 이 작품 속에 포함되어 있는〈육친肉親의 장章〉은 연작시《위독》에 포함되어 있는〈문벌門閥〉,〈육친肉親〉의 경우와 유사한 시적 모티프를 보여주고 있으며,〈자화상自畵像〉의 경우는 연작시《위독》에 포함된〈자상自像〉으로 개작된 것을 볼 수 있다. 그러므로 다른 작품들의 경우도 개작 과정을 거쳐 새로운 작품으로 발표될 수 있는 가능성을 생각할 수 있다.

소녀少女

1939년 2월 조선일보사가 발간하던 종합지《조광朝光》에 소개된 유고

遺稿《실낙원失樂園》가운데 포함되어 있는 글이다. 완성된 작품이라기보다는 초고 상태의 원고가 아닌가 생각된다.

이 글은 고도의 비유로 이루어져 있기 때문에 그 원관념과 보조관념을 정확하게 구분하기 어렵다. 이 글과 유사한 비유적 특성을 드러내고 있는 것은 이상이 일본어로 발표했던 시 〈광녀狂女의 고백〉이 있다. 〈광녀狂女의 고백〉에서는 인간의 눈을 '여자'라는 보통명사로 비유하여 그 특징을 묘사한다. 〈소녀〉의 경우에도 '少女는 短艇가운데 있었다─群衆과 나비를 避하야. 冷却된 水壓이─冷却된 유리의 氣壓이 少女에게 視覺만을 남겨주었다'라는 구절 등에서 '소녀'라는 일반명사를 통해 '눈동자'를 암시하고 있는 듯한 느낌을 준다.

육친肉親의 장章

1939년 2월 조선일보사가 발간하던 종합지 《조광朝光》에 소개된 유고遺稿《실낙원失樂園》가운데 포함되어 있는 글이다. 완성된 작품이라기보다는 초고 상태의 원고가 아닌가 생각된다.

〈육친肉親의 장章〉은 연작시 《위독》에 포함되어 있는 〈문벌門閥〉과 〈육친肉親〉이라는 두 편의 작품으로 개작된 것으로 보인다. 이 두 작품과 유사한 시적 모티프를 그대로 보여주고 있다. 두 작품의 원문은 다음과 같다.

크리스트에酷似한襤褸한사나이가잇스니이이는그의終生과殞命까지도내게떠맛기랴는사나운마음씨다.내時時刻刻에늘어서서한時代나訥辯인트집으로나를威脅한다.恩愛─나의着實한經營이늘새파랏게질린다.나는이육중한크리스트의別身을暗殺하지안코는내門閥과내陰謀를掠奪당할까참걱정이다.그러나내新鮮한逃亡이그끈적끈적

한聽覺을벗어버릴수가업다. (육친)

墳塚에게신白骨까지가내게血淸의原價償還을强請하고잇다.天下
에달이밝아서나는오들오들떨면서到處에서들킨다.당신의印鑑이이
미失效된지오랜줄은꿈에도생각하지안으시나요―하고나는으젓이대
꾸를해야겟는데나는이러케실은決算의函數를내몸에진인내圖章처럼
쉽사리끌러버릴수가참업다. (문벌)

실낙원失樂園

1939년 2월 조선일보사가 발간하던 종합지《조광朝光》에 소개된 유고
遺稿《실낙원失樂園》가운데 포함되어 있는 표제작이다. 완성된 작품이라
기보다는 초고 상태의 원고가 아닌가 생각된다. 더구나 암시와 비유적
표현이 많아서 그 대상을 정확하게 읽어내기 어렵다. 이 작품은 이상의
일본어 시 〈흥행물천사興行物天使〉와 유사한 시적 모티프를 사용하고 있
다. 이 글에 등장하는 '천사'의 의미를 〈흥행물천사興行物天使〉와 정밀하게
대조하여 볼 필요가 있다.

면경面鏡

1939년 2월 조선일보사가 발간하던 종합지《조광朝光》에 소개된 유고
遺稿《실낙원失樂園》가운데 포함되어 있는 글이다. 완성된 작품이라기보다
는 초고 상태의 원고가 아닌가 생각된다.
이 글에 나타나 있는 '거울'의 이미지는 연작시《오감도》의 마지막 작

품인 〈오감도 시제15호〉의 경우와 유사하다.

자화상自畫像 (습작)

1939년 2월 조선일보사가 발간하던 종합지《조광朝光》에 소개된 유고遺稿《실낙원失樂園》가운데 포함되어 있는 글이다. 완성된 작품이라기보다는 초고 상태의 원고가 아닌가 생각된다.

이 글은 '습작'이라는 표시가 있는데, 연작시《위독》에 포함된 〈자상自像〉으로 개작된 것으로 보인다. 〈자상自像〉의 원문은 다음과 같다.

여기는어느나라의떼드마스크다.떼드마스크는盜賊맞았다는소문도있다.풀이極北에서破瓜하지않던이수염은絶望을알아차리고生殖하지않는다.千古로蒼天이허방빠져있는陷穽에遺言이石碑처럼은근히沈沒되어있다.그러면이곁을生疎한손짓발짓의信號가지나가면서無事히스스로워한다.점잖던內容이이래저래구기기시작이다. (자상)

월상月傷

1939년 2월 조선일보사가 발간하던 종합지《조광朝光》에 소개된 유고遺稿《실낙원失樂園》가운데 포함되어 있는 글이다. 완성된 작품이라기보다는 초고 상태의 원고가 아닌가 생각된다.

이 글에서 '달'의 상징적 의미를 어떻게 이해할 것인지는 쉽게 설명하기 어렵다. 그러나 전체적으로 삶에 대한 인식 자체가 부정적이며 절망적인 느낌을 드러내고 있다는 것을 알 수 있다. 기존에 발표한 작품 가운데에서는 이 글과 유사한 시적 모티프를 활용하고 있는 경우를 찾아볼 수 없다.

병상 이후 病床 以後

1939년 5월 종합문예지《청색지青色紙》에 소개된 유고遺稿 형식의 글이다.《청색지》는 이상의 친구였던 화가 구본웅이 편집했던 문예지이다.

이 글의 말미에 '義州通工事場에서'라는 표시가 있다. 이상이 조선총독부 내무국 건축기사로 근무하던 당시 경성역 부근 의주통 연초공장 공사장의 감독으로 일하던 중에 쓴 것임을 미루어 짐작할 수 있다.

이상은 1931년 10월 26일 병원에서 폐결핵 중증 상태라는 사실을 처음 진단받게 된다. 이 글은 '그'라는 인물을 내세워 당시 자신을 진단했던 의사의 태도와 병원에서 느꼈던 병에 대한 공포와 죽음에 대한 두려움 등을 적어 놓고 있다. 글의 후반부에서는 삶에 대한 애착과 생명에 대한 의지를 드러낸다.

최저낙원最低樂園

1939년 5월 종합문예지《조선문학朝鮮文學》에 소개된 유고遺稿 형식의 글이다. 이 유고가 어떻게 하여《조선문학》에 실리게 되었는지에 대해서는 아무런 언급이 없다. 이 글은 완성된 작품이라기보다는 초고 상태의 원고가 아닌가 생각된다.

이 글은 전체 4부로 나누어져 있지만 텍스트의 내용을 자세히 검토해 보면 1, 2부의 내용을 일부 개작하여 3, 4부에 이어놓은 것처럼 보이기도 한다. 왜냐 하면 1, 2부의 내용과 3, 4부의 내용이 거의 서로 겹치고 있기 때문이다. 원작의 상태를 확인할 길이 없기 때문에 이런 식의 추단이 위험하기는 하지만 1, 2부의 글을 적어 두고 그것을 다시 고쳐 가면서 써 놓은 것이 아닌가 하는 생각이 든다. 만일 그런 추론이 가능하다면 이 글은 3, 4부만을 분리하여 놓고 보는 것도 가능할 것이다. 작품에 드러나 있는 고도의 비유와 생략의 기법은 산문시 〈가외가전〉의 경우와 유사한 부분들이 많다.

동경東京

1939년 5월 종합문예지《문장文章》에 소개된 유고遺稿 형식의 글이다. 이 유고가 어떻게 하여《문장》에 실리게 되었는지에 대해서는 아무런 언급이 없다.

이 글은 이상이 1936년 동경에 머물면서 제국의 중심지인 동경에 대한 자신의 느낌을 적은 것이다. 이상이 스스로 밝히고 있는 것처럼 동경은 그가 꿈꾸던 새로운 문명의 도시는 아니다. 이 글에서 주목되는 것은 동경이라는 대도회가 안고 있는 문명이라는 이름의 양면성에 대한 날카로운 지적이다. 그는 동경이라는 거대한 도회를 세기말적인 현대 자본주의의 모조품처럼 흉물로 그려 놓고 있다. '마루비루'의 높은 빌딩 숲을 거닐면서 그는 미국 뉴욕의 브로드웨이를 떠올리면서 환멸에 빠져들고, 신주쿠의 사치스런 풍경을 놓고 프랑스 파리를 시늉만 하는 그 가벼움에 치를 떤다. 그는 긴자 거리의 허영에 오줌을 깔겨 주면서 아무래도 흥분하지 않는 자신을 '19세기'라고 치부하기도 한다.

이상은 20세기 동양 최대의 도시 동경의 모습을 추상적으로 구성하거나 해체하려 하지 않는다. 그는 스스로 도회의 산책자가 되어 그가 꿈꾸었던 동경을 체험한다. 그는 동경을 보고, 만지고, 냄새 맡고, 발로 밟으면서 입맛을 다신다. 그러므로 이상의 동경에 대한 경험과 인식은 감각적

일 수밖에 없다. 그가 동경에 대해 쓰고 있는 것은 감각적인 주석 달기에 해당하는 셈이다. 그런데 이상은 현대적 대도시 동경을 상징하는 '마루노우치 빌딩'을 보고 상상했던 것보다 규모가 작다는 사실에 놀란다. 뉴욕의 브로드웨이에 가서도 그런 느낌을 받게 될까를 스스로 자문하기도 한다. 이 고층 빌딩의 거리에는 사람의 모습을 찾아보기 힘들다. 도회의 거리를 질주하는 것은 숱한 자동차들이다. 그 자동차들이 내뿜는 가솔린 냄새가 바로 동경의 냄새이다. 자동차의 매연을 호흡하면서 이상은 고층 빌딩과 자동차로 가득한 이 도시가 20세기를 유지하기 위해 야단들이라고 적고 있다.

동경에서 가장 유명한 환락가인 신주쿠를 두고 이상은 '박빙薄氷을 밟는 듯한 사치奢侈'라는 한 구절로 주석을 달고 있다. 얇은 얼음은 속이 드러나 보인다. 그러나 그것은 언제나 깨어질 듯 위태롭다. 속이 뻔히 드러나 보이는 이 도회의 사치를 두고 이상은 무언가 과장되고 과대 포장된 느낌을 어쩌지 못한다. '프랑스'를 '후란수'라고 말하는 이 특이한 흉내내기를 놓고 그 '귀화鬼火 같은 번영'을 자랑하는 신주쿠 3정목의 뒷골목에서 '오줌 누지 말라'는 경고문을 찾아낸다. 바로 여기에 더 이상 언급하지 않았지만 참으로 절묘한 비아냥이 담겨진다. 그리고 휴관 상태인 '축지소극장築地小劇場'의 시설을 돌아보면서 이상은 일본 신극운동의 본거지인 이곳을 '서툰 설계의 끽다점' 같다고 평가한다.

긴자의 거리를 두고 이상은 '한 개의 그냥 허영虛榮 독본讀本'이라고 쓰고 있다. '낮의 긴자'는 '밤의 긴자의 해골'이라서 추하다고 부기한다. 낮에 훤히 드러나 보이는 네온사인의 철골 구조물의 흉물스런 모습은 밤을 새운 여급의 퍼머 머리처럼 남루하다고 설명한다. 긴자의 거리를 별볼 일 없이 떠도는 사람들과 마주치면서 이상은 거리 곳곳에 나붙어 있는 '담啖을 뱉지 말라'라고 써붙인 경시청의 경고문을 찾아낸다. 침을 뱉어 주고 싶은 심정을 이런 식으로 말하고 있었던 것이다. 이상이 느낀 환멸은 '나는 경교京橋 곁 지하 공동변소에서 간단한 배설排泄을 하면서 동경 갔다 왔다고 그렇게나 자랑들 하던 여러 친구들의 이름을 한번 암송해 보았다'라는 문장에서 극치에 도달한다. 자본주의의 현대와 세기말의 허영을 동시에 보여주고 있는 동경이라는 대도시를 비예睥睨하면서 이상은 20세기를 유지하기 위해 부산스러운 이 도시의 풍경에 질린다. 그는 스스로를 낡은 19세기의 도덕과 윤리에 사로잡혔다고 말하면서도 동경에 대한 환멸을 감추지 못하고 있는 것이다.

〈동경〉이라는 이 짤막한 글에서 이상이 그려 내고 있는 동경은 대도시 동경 자체의 겉껍데기에 해당한다고 말할 수도 있다. 그러나 이 외관의 감각적 인식은 동경이라는 도회의 내부에 갇혀서 겉으로 드러나지 않는 현대성의 문제를 알레고리처럼 풀어낸다. 신주쿠의 환락을 눈으로 확인하고 긴자의 사치에 몸을 떨고 있는 이상의 내면 의식이 거기에 담겨져 있기 때문이다. 그는 파리의 우울을 몰고 다녔던 시인 보들레르처럼 긴자의 거리를 돌아보면서 19세기와 함께 운명해 버렸으면 더 좋았을 밤하늘의 달을 보게 되는 것이다. 하나의 거울에 또 다른 하나의 거울을 비춰보듯이 이상이 발견한 이 동경의 이미지는 문명의 화려한 꽃이 아니라 그 어슴프레한 그림자이다.

오감도烏瞰圖 작자作者의 말

　이상이 연작시《오감도烏瞰圖》의 연재가 중단된 후 자신의 소회를 밝히고자 쓴 짧은 글이다. 그러나 이 글은 지면을 얻지 못하여 그대로 숨겨져 있다가 이상이 세상을 떠난 후 박태원이 발표한 〈이상의 편모片貌〉(朝光, 1937.6)라는 추모의 글을 통해 공개되었다.

　이상의《오감도》는《조선중앙일보》에 연재하면서 시인으로서의 이상의 문학적 천재성을 유감없이 발휘하게 된 화제작이다. 연작시《오감도》는 〈오감도 시제1호〉가 1934년 7월 24일 처음 발표되었고, 이 시의 마지막 연재 작품이 된 〈오감도 시제15호〉는 1934년 8월 8일에 발표된다. 소설가 박태원과 이태준 등의 호의적인 주선에 의해 신문 연재의 방식으로 발표할 수 있게 된 이 작품은 특이한 시적 상상력과 사물을 보는 새로운 시각으로 인하여 시인으로서의 이상의 문단적 존재를 새롭게 각인시킨 화제작이 된다.

　이상은 이 작품에서 기존의 시법을 거부하고 파격적인 기법과 진술 방식을 통해 새로운 시의 세계를 열어 놓는다. 그렇기 때문에 이 작품은 시라는 양식에서 가능한 모든 언어적 진술과 기호의 공간적 배치를 통해 사물을 보는 새로운 시각의 가능성을 보여주게 된다. 그렇지만 이상의《오감도》는 그 실험적인 구상과 문제의식에도 불구하고 당시의 문단과 대중 독자로부터 철저하게 외면당한다. 이해에 발표된 어떤 평문에서도 《오감도》를 언급한 경우를 찾아볼 수 없으며 일반 독자들의 항의로 그 연재가 중단된다.

이상은 〈오감도 작자의 말〉에서 '남보다 수십 년씩 떨어져도 마음 놓고 지낼 작정이냐'고 한국 근대시의 후진성을 꼬집었다. 그리고 '신문이라는 답답한 조건을 잊어버린 것'을 자신의 실수라고 인정하면서도 글쓰기가 자신이 선택한 새로운 삶의 길임을 분명히 했다. 그는 《오감도》를 위해 2천 편의 작품에서 30편을 골랐다고 밝혔다. 그러므로 15편의 연재로 중단된 《오감도》는 작품의 완결에 이르지 못한 셈이다. 물론 《오감도》의 연재 자체가 실패로 끝난 것은 아니다. 비록 일반 대중 독자의 비난을 받기는 하였지만 《오감도》는 시인으로서의 이상의 문단적 존재를 알리게 된 계기를 만들어 주었다. 특히 《오감도》를 통해 이상 자신이 실험하고자 했던 새로운 예술적 구상과 그 기법은 한국 현대문학에서 문제삼게 되는 모더니티의 새로운 인식을 의미한다는 점에서 그 의미의 중요성을 인정할 만하다.

나의 애송시愛誦詩

1936년 1월 조선중앙일보사에서 발행하던 종합지《중앙中央》에 발표한 글이다. 편집부에서 요청한 '나의 애송시'라는 설문에 대한 답으로 작성한 것이다.

이 설문에 대하여 이상은 정지용의 시 〈유리창〉이 자신의 애송시라고 밝혔다. 그리고 정지용의 시 〈말〉에 나오는 '검정콩 푸렁콩을 주마'라는 구절이 매력 있는 발성이라고 답한 바 있다.

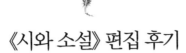

《시와 소설》 편집 후기

　이 글은 1936년 3월 창간한 '구인회九人會' 동인지 《詩와 小說》의 권말에 붙은 편집 후기이다. 이 책을 직접 편집한 이상이 동인지 출간을 전후한 동인들의 사정을 자세하게 소개하고 있다.

　이상은 1935년 후반부터 친구인 화가 구본웅(1906~1953)의 주선으로 구본웅의 부친이 운영하던 인쇄소 창문사에 입사하여 근무하면서 '구인회'의 동인지를 준비했다. '구인회'는 1933년에 결성된 문학 동인으로 당시 모더니즘 문학운동을 주도했다. 초기에는 김기림, 이효석, 이종명, 김유영, 유치진, 조용만, 이태준, 정지용, 이무영 등이 참여하였으며, 김유영, 이종명, 이효석, 유치진, 조용만 등이 중도에 탈퇴하면서 박태원, 이상, 박팔양, 김유정, 김환태 등이 새로이 가담했다.

　이 편집 후기를 보면 동인지 창간 직전에 소설가 김유정과 비평가 김환태가 구인회에 입회하게 되었음을 알 수 있다. 그리고 박태원이 첫 딸(설영)을 출산한 소식을 알리고 있다.

내가 좋아하는 화초花草와 내 집의 화초花草

1936년 5월 조선일보사에서 발행하던 종합지《조광朝光》에 발표한 글이다. 편집부에서 요청한 설문에 대한 답으로 작성한 것이다.

이 글에서 이상은 자기 집이 없으므로 집에 화초도 없다고 답하면서 '옥잠화'라는 꽃이 미망인 같아서 좋아한다고 밝혔다. 이상의 시와 소설에는 자연물 가운데 꽃에 대한 묘사가 거의 등장하지 않는다. 〈꽃나무〉라는 시가 있지만 이것도 관념적인 대상으로서의 꽃나무를 노래하고 있을 뿐이다. 일반 산문 가운데서 〈산촌여정〉과 같은 글을 보면 산골에서 보는 꽃과 나무 등에 대한 흥미로운 묘사가 많이 등장한다. 그런데 그 비유의 대상을 모두 도시적 사물에서 찾고 있는 것이 눈에 띈다.

아름다운 조선_{朝鮮} 말

1936년 9월 조선중앙일보사에서 발행하던 종합지《중앙_{中央}》에 발표한 글이다. 편집부에서 요청한 설문에 대한 답으로 작성한 것이다.

이상은 이 글에서 1935년 가을 평안남도 성천 지역을 여행했던 경험을 떠올리면서 그 지역에서 들었던 사투리의 매력을 소개하고 있다. '나그네'(나그네), '댕구알'(눈깔사탕), '엉야'(어서) 등의 정감을 잊을 수 없다는 것이다. 그리고 정지용의 시에 나오는 '검정콩 푸렁콩'을 다시 예로 들었다. 당시 성천에는 이상의 보성고보와 경성고공 동기였던 원용석이 산업기사로 취직되어 군청에 근무하고 있었다. 경성에서 태어나 줄곧 도회지 생활에만 익숙해 있던 이상은 이 낯선 산골 지역의 자연과 인심세태와 풍속에 깊은 감동을 받았다.

가을의 탐승처探勝處

1936년 10월 조선일보사에서 발행하던 종합지 《조광朝光》에 발표한 글이다. 편집부에서 요청한 설문에 대한 답으로 작성한 것이다.

이상은 가을 단풍이 아름다운 곳으로 우이동을 꼽는다. 우이동 골짜기의 벚나무가 단풍보다 더 붉게 물든 것이 인상적이었다고 말한다. 금강산의 단풍 구경을 두고 '백원짜리 지폐 수천만 장'을 목도하는 것과 비교한 대목도 특이하다.

사신私信 1

이상이 친구 김기림(시인, 비평가)에게 보낸 편지이며, 이상이 세상을 떠난 후 김기림이 잡지《여성女性》에 공개했다.

김기림은 이상보다 보성고보의 일 년 후배이지만, 문단 활동은 이상보다 훨씬 선배이다. 그는 이상을 쉬르레알리슴의 방법을 통해 새로운 시정신에 도전하는 젊은 시인으로 처음 소개(현대시의 발전, 조선일보, 1934. 7. 19)했던 적도 있으며, 이상을 '구인회'의 동인으로 받아들여 그 문학의 새로운 기법과 정신을 높이 평가했다. 김기림이 일본으로 유학하게 되면서 이상은 자기 문학의 중요한 지지자를 잠시 잃어버리게 된 셈이다.

이 편지의 내용 가운데 '아직 큰소리 못하겠으나 九月中에는 어쩌면 出發할 수 있을것 같소. 兄 渡東하는 길에 서울 들려 부디 좀 만납시다. 할 이야기도 많고 이 일 저 일 議論하고 싶소'라는 사연을 통해 미루어 본다면 이 편지를 쓴 시기는 1936년 여름 이전으로 판단된다. 김기림은 1936년 2월까지 경성에서 조선일보 사회부 기자로 근무했으며 조선일보사 장학금으로 이해 4월 일본 센다이〔仙台〕에 있는 동북東北제국대학 영문학과에 유학하게 된다.

그러므로 이 편지는 김기림이 일본으로 떠나기 직전에 이상이 보낸 편지일 가능성이 많다. 이 편지에서 처음으로 이상의 동경 여행에 관한 계획을 처음으로 친구인 김기림에게 전하고 있는 것이 특기할 만하다.

사신私信 2

이상이 일본 동북제대에 유학 중이던 친구 김기림(시인, 비평가)에게 보
낸 편지이며, 이상이 세상을 떠난 후 김기림이 잡지《여성女性》에 공개했다.
　이 편지는 이상이 창문사 인쇄소에서 근무하면서 직접 편집하여 만든
김기림의 시집《기상도氣象圖》의 교정지를 김기림에게 보내면서 쓴 것이다.
이 시집이 1936년 7월에 발간된 것을 보면 그 전에 쓴 편지로 짐작된다.
　'구인회'의 동인 활동이 부진하고 중간에 입회했던 박팔양이 동인에서
빠지게 된 사연도 밝히고 있다. 당시 출판 상황으로 본다면 대개 시집의
경우 500부 내외를 인쇄했던 것이 보통인데 1,000부를 발행하겠다고 밝
히고 있다. 저자 자신이 출판비의 일부를 부담했던 것으로 보인다.

사신私信 3

이상이 일본 동북제대에 유학 중이던 친구 김기림(시인, 비평가)에게 보낸 편지이며, 이상이 세상을 떠난 후 김기림이 잡지《여성女性》에 공개했다.

이 편지는 1936년 10월 초에 작성된 것으로 보인다. 이 편지의 사연 가운데 '요새 조선일보 학예란에 근작 시《위독》연재중이오. 기능어. 조직어. 구성어. 사색어로 된 한글문자 추구 시험이오. 다행히 고평을 비오. 요다음쯤 일맥의 혈로가 보일 듯하오'라는 구절이 들어 있는 것으로 보아 그 작성 시기를 미루어 짐작할 수 있다. 이상이 연작시《위독》을 연재한 것은 10월 4일부터 9일까지이다.

이 편지에서 이상은 9월 하순에 본정 경찰서 고등계로부터 '일본 도항 불가'라는 통보를 받았다고 적고 있다. 이상이 일본 여행을 위해 여행 허가를 신청했는데 도항 증명을 받지 못했다는 것을 알 수 있다. '구인회' 동인 가운데 김환태가 결혼한 사실(1936년 6월 1일)을 알렸고, 박태원과 정지용도 잘 지내고 있다는 안부도 알려 주고 있다. 이상 자신이 소설 〈종생기〉를 쓰고 있다는 것과《영화시대》라는 잡지에 소설 〈백병白兵〉을 쓰기로 약속했음을 밝히고 있다. 〈종생기〉는 동경에서 완성하여《조광朝光》(1937. 5)에 발표한다. 그러나 소설 〈백병白兵〉의 집필 여부는 확인하지 못하고 있다.《영화시대》라는 잡지를 찾지 못하고 있기 때문이다.

사신私信 4

이상이 일본 동북제대에 유학 중이던 친구 김기림(시인, 비평가)에게 보낸 편지이며, 이상이 세상을 떠난 후 김기림이 잡지 《여성女性》에 공개했다.

이 편지는 1936년 5월 6일 김기림에게 쓴 것으로 보인다. 편지 말미에 '6일'이라는 날짜를 적었는데 이 날짜가 5월 6일이라는 것은 몇 가지 사실로 미루어 짐작할 수 있다. 첫째는 이 편지가 일본 동북제대에 입학하여 무사히 자리잡았다는 김기림의 소식을 듣고 쓴 답장이라는 점, 둘째 '구인회' 동인지 《시와 소설》(1936. 3)의 출간 이후에 쓴 것이라는 점, 셋째 1936년 4월 29일 단성사에서 개봉한 영화 〈薔薇의 寢床〉을 며칠 전에 구경했다고 밝힌 점 등이다.

편지의 사연 중에는 김기림의 시집 《기상도》의 조판 완료와 교정 상황을 적어 놓았으며 자신도 동경행을 계획하고 있음을 밝혔다. '구인회' 기관지 《시와 소설》의 2호 간행 준비는 회사에 면목이 서지 않아서 할 수 없지만 대신에 자기 나름대로 책을 하나 준비하겠다는 포부도 적고 있다.

사신私信 5

　이상이 일본 동북제대에 유학 중이던 친구 김기림(시인, 비평가)에게 보낸 편지이며, 이상이 세상을 떠난 후 김기림이 잡지《여성女性》에 공개했다.

　이 편지를 쓴 날짜는 1936년 11월 14일이다. 이상이 일본행을 결행한 것은 1936년 10월 하순(10월 23일 또는 24일경)이다. 이 편지는 동경에 도착한 뒤에 바로 김기림에게 연락한 것임을 알 수 있다. 편지의 사연 중에 '기어코 동경 왔오. 와보니 실망이오. 실로 동경이라는 데는 치사스런 데로구려! 동경 오지 않겠오? 다만 李箱을 만나겠다는 이유만으로라도—' 라는 구절이 있다.

　이상은 동경에 도착한 후 당시 동경 유학생들이 주축을 이루었던《삼사문학》동인들과 접촉했던 것으로 보인다. 김기림의 주소를 잊어버리는 바람에 주소를 다시 확인하여 편지를 쓴다는 내용도 들어 있으며 김기림에게 동경으로 한번 오라고 청하고 있다.

사신私信 6

이상이 일본 동북제대에 유학 중이던 친구 김기림(시인, 비평가)에게 보낸 편지이며, 이상이 세상을 떠난 후 김기림이 잡지《여성女性》에 공개했다.

이 편지를 쓴 날짜는 1936년 11월 29일이다. 편지 말미에 '29일'이라는 날짜를 적었다. 이상의 〈사신 5〉(11월 14일)에 대한 김기림의 답장을 받은 후 다시 쓴 편지이다.

이 편지에는 동경이라는 도시에 대한 이상 자신의 느낌을 다음과 같이 피력해 놓고 있다.

'동경이란 참 치사스런 도십디다. 예다 대면 경성이란 얼마나 인심 좋고 살기 좋은「한적한 농촌」인지 모르겠읍디다. 어디를 가도 구미가 땡기는 것이 없오 그려! キザナ 표피적인 서구적 악취의 말하자면 그나마도 그저 분자식이 겨우 여기 수입이 되어서 ホンモノ 행세를 하는 꼴이란 참 구역질이 날 일이오. 나는 참 동경이 이따위 비속 그것과 같은 シナモノ인 줄은 그래도 몰랐오. 그래도 뭐이 있겠거니 했더니 과연 속빈 강정 그것이오.'

이상의 이러한 동경에 대한 인식은 그가 동경에서 집필한 수필 〈동경〉에 잘 나타나 있다.

이상은 이 편지에서 곧 경성으로 돌아가겠다는 계획을 말하고 있다.

일본에 오기 직전에 이상이 발표했던 소설 〈날개〉와 연작시《위독》에 대한 평단의 반응에 대해서도 적고 있으며, 일본 문화계의 침체에 대해서도 불만을 털어놓는다. 방학이 되면 꼭 동경에 오라는 당부도 적어 놓고 있다.

사신私信 7

이상이 일본 동북제대에 유학 중이던 친구 김기림(시인, 비평가)에게 보낸 편지이며, 이상이 세상을 떠난 후 김기림이 잡지《여성女性》에 공개했다.

이 편지를 쓴 날짜는 1937년 2월 10일이다. 편지 사연 중에 '오늘은 음력 섣달 그믐이오'라고 밝힌 데에서 이를 확인할 수 있다. 이 편지가 이상이 동경에서 김기림에게 쓴 마지막 편지이다. 이 편지를 쓴 직후에 이상은 일본 동경 니시간다〔西神田〕경찰서에 구금된다.

이 편지의 사연을 보면 이상의 동경 생활을 엿볼 수 있다. 음악에 대한 새로운 관심이라든지 1937년 2월에 발표된 소설 〈동해〉(조광, 1937. 2)에 대한 자기 소견 등도 적었다. 김기림은 동북제대에서 짧은 겨울방학 동안에는 동경에 오지 못했고, 봄방학에 동경에 들르겠다는 답장을 해온 것으로 보인다. 이상은 3월에는 꼭 만나자며 자신의 형편을 하소연하고 있다. 불면증에 시달리던 그는 자신이 무엇을 어떻게 해야 할지 고민 중이다.

사신私信 8

　이상이 일본 동경에 체류하던 중에 경성의 친구인 소설가 안회남의 안부 편지를 받고 쓴 답신이다. 이 편지는 임종국 편《이상전집》(1956)에 수록되면서 세상에 알려졌다. 편지의 사연으로 보아 대략 1937년 2월 초에 쓴 것으로 보인다. 소설가 안회남은 '구인회' 동인은 아니었지만 정인택, 김유정 등과 절친한 사이였기 때문에 이상과도 자연적으로 상당한 친분이 있었던 것으로 보인다. 이상의 아내 변동림이 안회남의 부인과 서로 알고 지내던 사이였던 것으로 보인다.

　이 편지의 사연 가운데에는 다음과 같은 부분이 있다.

　'저에게 주신 형의 충고의 가지가지가 저의 골수에 맺혀 고마웠읍니다. 돌아와서 인간으로서, 아니, 사람으로서의 옳은 도리를 가지고 선처하라 하신 말씀은 참 등에서 땀이 날 만치 제 가슴을 찔렀읍니다. 저는 지금 사람 노릇을 못하고 있읍니다. 계집은 가두에다 방매하고 부모로 하여금 기갈케하고 있으니 어찌 족히 사람이라 일컬으리까. 그러나 저는 지식의 걸인은 아닙니다. 5개 국어 운운도 원래가 허풍이었읍니다. 살아야겠어서, 다시 살아야겠어서 저는 여기를 왔읍니다. 당분간은 모든 제 죄와 악을 의식적으로 묵살하는 도리외에는 길이 없읍니다. 친구, 가정, 소주, 그리고 치사스러운 의리 때문에 서울로 돌아가지 못하겠읍니다.'

그 당시 이상의 심정이 잘 드러나 있는 편지이다.

사신私信 9

　이상이 일본 동경에 체류하던 중에 경성의 친동생인 김운경에게 쓴 엽서 편지이다. 이 편지는 임종국 편《이상전집》(1956)에 수록되면서 세상에 알려졌다.

　1937년 2월 8일에 쓴 것으로 표시되어 있다. 동생의 취직을 기뻐하는 형의 마음을 적고 있지만 형으로서의 도리를 제대로 하지 못하고 있는 자신의 처지를 자책하기도 한다. 사연 가운데 '울화가 치미는 때는 너에게 불쾌한 편지도 썼다. 그러나 이제는 마음을 놓겠다. 불민한 형이다. 인자人者의 도리를 못 밟는 이 형이다'라는 대목이 눈에 띈다. 부모님을 잘 모시라는 당부도 잊지 않고 있다.

사신私信 10

이상이 잡지 《삼천리》 편집부에서 일하던 여성작가 최정희에게 보낸 편지로 추정되었던 '사신 10'은 이상이 쓴 것이 아님이 밝혀졌습니다. 이 편지의 발신자는 이현욱(소설가 지하련)이며 편지 말미의 '李箱'은 '李弟'를 오독한 것임을 밝힙니다.

이상이 잡지《삼천리》편집부에서 일하던 여성 작가 최정희에게 보낸 편지이다. 최정희 선생의 유족이 보관하고 있던 편지글 가운데 하나이다. 이 편지는 권영민(필자)에 의해 2014년 7월 23일《동아일보》에 소개되면서 널리 알려졌다.

겉봉은 남아 있지 않지만 편지의 말미에 '李箱'이라는 자필 사인이 표시되어 있다. 최정희 선생이 생전에 여러 사람들에게 이상의 연서 이야기를 전한 바 있다. 이 편지를 쓴 시기는 이상이 금홍이와의 동거를 청산하고 다방 '제비'의 문을 닫게 된 무렵으로 추측된다. 이상은 최정희에게 구애하였지만 최정희는 당시 시인 김동환과 사랑하는 관계였기 때문에 이상의 청을 모두 거절한다.

이 편지는 이상이 보낸 마지막 연서라고 할 수 있다. 이 편지에서 만남을 약속한 '후루사토'는 1930년대 중반에 소공동 입구에 있던 카페이다. 이상이 쓴 소설 〈종생기〉의 여주인공 '정희'는 실제의 최정희 선생과의 관계를 패러디하여 그려 낸 인물로 생각된다. 편지의 내용은 다음과 같다.

지금 편지를 받엇스나 엇전지 당신이 내게 준 글이라고는 잘 믿어지지 안는 것이 슬픔니다. 당신이 내게 이러한 것을 경험케 하기 발서

두 번째입니다. 그 한번이 내 시골 잇든 때입니다.

이른 말 허면 우슬지 모루나 그간 당신은 내게 크다란 고독과 참을 수 없는 쓸쓸함을 준 사람입니다. 나는 닷시금 잘 알 수가 없어지고 이젠 당신이 이상하게 미워지려구까지 합니다. 혹 나는 당신 앞에 지나친 신경질이엿는지는 모루나 아무튼 점점 당신이 머러지고 잇단 것을 어느날 나는 확실이 알엇섯고…… 그래서 나는 돌아오는 거름이 말할 수 없이 헛전하고 외로윗습니다. 그야말노 모연한 시욋길을 혼자 거르면서 나는 별 리유도 까닭도 없이 작구 눈물이 쏘다지려구 해서 죽을번 햇습니다.

집에 오는 길노 나는 당신에게 긴 편지를 썻습니다. 물론 어린애 같은, 당신 보면 우슬 편지입니다.

"정히야, 나는 네 앞에서 결코 현명한 벗은 못됫섯다. 그러나 우리는 즐거윗섯다. 내 이제 너와 더불러 즐거윗던 순간을 무듬 속에 가도 니즐 순 없다. 하지만 너는 나 처름 어리석진 않엇다. 물론 이러한 너를 나는 나무라지도 미워하지도 안는다. 오히려 이제 네가 따르려는 것 앞에서 네가 복되고 밝기 거울 갓기를 빌지도 모룬다.

정히야, 나는 이제 너를 떠나는 슬픔을, 너를 니즐 수 없어 얼마든지 참으려구 한다. 하지만 정히야, 이건 언제라도 조타. 네가 백발일 때도 조코 래일이래도 조타. 만일 네 '마음'이—흐리고 어리석은 마음이 아니라 네 별보다도 더 또렷하고 하늘보다도 더 높은 네 아름다운 마음이 행여 날 찾거든 혹시 그러한 날이 오거든 너는 부듸 내게로 와다고—. 나는 진정 네가 조타. 웬일인지 모루겟다. 네 적은 입이 조코 목들미가 조코 볼다구니도 조타. 나는 이후 남은 세월을 정히야 너를 위해 네가 닷시 오기 위해 저 夜空의 별을 바라보듯 잠잠이 사러가련다……."

하는 어리석은 수작이엿스나 나는 이것을 당신께 보내지 않엇습니다. 당신 앞엔 나보다도 기가 차게 현명한 벗이 허다히 잇슬 줄을 알엇기 때문입니다. 그래서 단지 나도 당신처름 약어보려구 햇슬 뿐입니다. 그러나 내 고향은 역시 어리석엇든지 내가 글을 쓰겟다면 무척 좋아하든 당신이—우리 글을 쓰고 서로 즐기고 언제까지나 떠나지 말자고 어린애처름 속삭이든 기억이 내 마음을 오래두룩 언짢게 하는 것을 엇지 할 수가 없엇습니다. 정말 나는 당신을 위해—아니 당신이 글을 썻스면 좋겟다구 해서 쓰기로 헌 셈이니까요—.

당신이 날 맞나고 싶다고 햇스니 맞나드리겟습니다. 그러나 이제 내 맘도 무한 허트저 당신 잇는 곳엔 잘 가지지가 않습니다.

금년 마지막 날 오후 다섯시에 후루사토(故郷)라는 집에서 맞나기로 합시다.

회답주시기 바랍니다.

李箱

제2부

미술
작품

자화상 및 초상

1

자상自像

　1931년 조선총독부 주관 '소화 6년도 제10회 조선미술전람회' 서양
화 부문 입선작이다. 이상은 독학으로 미술 공부에 정진하여 1931년 서
양화 유화 〈자상自像〉이 드디어 입선하게 되었다. 이상의 입선 내용은 조
선총독부 관보 1322호(소화 6년 6월 4일)에 발표한 입선작 목록에 수록되
어 있다. 제10회 조선미술전람회에는 각 부문별로 동양화 41점, 서양화

196점, 조각 15점, 서예 67점 등의 입선작이 나왔다. 이상은 전문적으로 미술 공부를 하지 않았지만 조선미술전람회의 입선을 통해 미술에 대한 자신의 능력을 어느 정도 스스로 입증할 수 있게 되었다.

이상의 유화 〈자상〉의 원본은 현재 전해지지 않는다. 이 그림은 이상이 운영했던 다방 '제비'의 벽면을 장식했던 것으로 알려져 있지만 그 실물이 현재 어디에 있는지 알 수 없다. 이 그림은 〈제10회 조선미술전람회도록 朝鮮美術展覽會圖錄〉(조선사진통신사, 1931) 속에 작은 사진으로만 남아 있다. 제 10회 조선미술전람회에서는 서양화 부문에 나혜석의 〈정원庭園〉, 윤상렬 의 〈하얀 꽃〉, 이인성의 〈세모가경歲暮街景〉, 정현웅의 〈빙좌氷座〉 등 네 명의 조선인의 작품이 특선의 영예를 차지했다. 이상은 한국 근대미술의 성립기 를 주도했던 화가의 반열 속에 그의 이름을 올린 셈이다.

이상의 〈자상〉은 도록의 흑백 사진만을 보고서는 정확한 구도와 채색 을 자세하게 설명하기는 어렵다. 그러나 이상 자신이 자기 시각으로 포 착해 낸 자신의 모습을 화폭에 옮긴 것이라는 점을 주목하지 않을 수 없 다. 이 그림에서 눈에 띄는 것은 우측으로 약간 기울어진 얼굴의 윤곽과 각도를 달리하여 정면을 마주보고자 하는 눈동자의 시선이다. 이 시선의 각도 변화로 인하여 초상화의 얼굴은 마치 곁눈질하는 모습처럼 보인다. 사물을 정시하지 않는 듯한 얼굴의 무표정 속에서 진정으로 그가 욕망하 는 것이 무엇인가를 알아낸다는 것이 불가능하다. 이렇게 삐뚤어진 그의 시선은 그의 내면적 욕망 자체를 스스로 감춘다.

자상自像 2

　이상이 연필화로 그린 자화상이다. 그림이 제작된 시기는 알려져 있
지 않다. 여기서는 〈자상自像 2〉로 표시한다. 이 그림은 1939년 5월 이상
의 친구인 화가 구본웅(1906~1953)이 주재하던 문예지 《청색지青色紙》에
이상의 자화상으로 소개되었다. 이 잡지에 유고 형태로 소개된 수필체의
실명소설實名小說인 〈김유정〉과 함께 실린 것이다.

연필화로 되어 있는 이 그림은 얼굴 모습이 정면을 향하고 있는데, 텁수룩한 머리와 함께 입언저리에 수염을 그려 놓은 것이 특징이다. 경성고공 시절의 사진에서 볼 수 있는 고운 얼굴에 진지한 표정이 모두 사라졌다. 대신에 눈매에 우울이 담겨 있고 헝클어진 머리와 턱수염이 허수하게 느껴진다. 청년 이상의 맑은 모습을 여기서 다시 찾아보기는 쉽지 않다. 흐트러진 머리와 함께 어울리는 이 수염 난 초췌한 얼굴에 드러나는 것은 삶에 지친 어느 중년 사내의 표정이다. 매우 사실적으로 이상의 면모를 화폭 위로 옮겨 놓고 있다.

이 그림의 이미지와 유사한 내용이 그의 시 속에서도 특이한 감각으로 형상화된 적이 있다. 1936년 이상이 일본 동경으로 떠나기 직전《조선일보》에《위독危篤》이라는 표제로 연재했던 연작시 가운데〈자상自像〉(조선일보, 1936. 10. 9)이라는 작품이 있다. 이 작품은 언어로 그려 낸 자화상에 해당한다.

여기는어느나라의떼드마스크다. 떼드마스크는盜賊맞았다는소문도있다. 풀이極北에서破瓜하지않던이수염은絶望을알아차리고生殖하지않는다. 千古로蒼天이허방빠져있는陷穽에遺言이石碑처럼은근히沈沒되어있다. 그러면이곁을生疎한손짓발짓의信號가지나가면서無事히스스로워한다. 점잖던內容이이래저래구기기시작이다.

이 작품은 시인이 그려 내고 있는 그대로 자신의 얼굴 모습을 시적 대상으로 삼고 있다. 시의 화자는 자신의 얼굴을 '데드 마스크'에 비유함으로써, 얼굴을 통해 표현되는 생의 이미지를 제거한다. 표정이 없는 얼굴은 살아 있는 느낌을 주지 못한다. 이 시에서 얼굴의 표정을 묘사하면서 관심을 집중하고 있는 부분은 바로 귀밑과 입언저리에 돋아나 있는 '수염'이다. 이상의 시〈자상自像〉은 그림이라는 회화적 텍스트와 시라는 언

어적 텍스트를 함께 포함하면서 자기 집착과 거부의 충동을 동시에 드러
내 주고 있는 셈이다.

박태원의 초상

이상이 그린 연필화이며 제작 연대는 알 수 없다. 박태원을 모델로 그린 그림이다. 이 그림은 비평가 임종국이 1976년 잡지 《독서생활》(1976. 11)에 〈이상의 마지막 자화상〉으로 소개한 것이다.

이상 연구의 선봉에 섰던 임종국은 이 그림을 소개하면서 다음과 같은 설명을 덧붙였다.

　재미있는 책이 발견되었다. 이상의 자화상과 친필 사인과 낙서 한 구절이 적혀 있는 이상의 장서 한 권이다. 책 이름은 줄 르날의 「전원(田園)수첩(手帖)」이다. 동경 간다구(神田區) 진보정(神保町) 3정목(三丁目) 21번지 금성당(金星堂) 발행이며, 역자는 廣瀬哲士, 中村喜久夫 양인. 소화(昭和) 9년, 1934년 9월 10일 발행된 2백면의 책이다.

　이상이 이 책을 소유했던 시기는 첫째 국내 시장에 배부되는 시간을 계산해서 1935년 무렵으로 생각할 수 있다. 발행 1935년 9월인 책이 국내 시장에 배포되려면 아무래도 6개월 정도는 걸리지 않겠는가?

　둘째 1936년 10월~1937년 4월에 걸쳤던 동경 시절의 장서라고 생각할 수 있다. 근거는 그 책이 동경 간다구 진보정 3정목 21번지에 주소를 둔 금성당 발행이라는 점이다. 당시 이상의 동경 주소는 간다구 진보정 3정목 101-4 이사카와(石川)라는 사람의 집이었다. 몰후 이상의 유물은 부인의 손으로 일체 한국으로 옮겨졌다.

　이러한 경위는 어떻든 간에 이상의 지문이 어딘가에 남아 있을 손때 묻은 장서가 40년이 지난 오늘에 발견됐다는 것은 재미있는 일이다. 그 책을 1935년 무렵에 소유했다고 하면 다방 '제비'를 폐업하기 전후가 된다. 이때 이상은 '제비' 다방 뒷방에서 금홍이와 동거했으며 '제비'를 폐업한 후 '69', '무기(麥)' 같은 다방과 카페 '쓰루(鶴)' 등을 경영하다 모두 실패해 버린다. 그리고 재생을 기약하며 동경으로 탈출하는 것이다.

　반면에 동경 시절의 장서였다면 사상 혐의로 일경에 체포되기 직전이다. 까치 둥우리 같은 두발과 서가에서 발견된 불온한 몇 권 책으로 해서 이상은 서간다(西神田) 경찰서에 구금된다. 건강 악화로 보석된 지 1개월 미만에 그는 영면하고 말았다.

이 책에 적힌 다음의 낙서(원문 일어)는 그 어느 시기의 심경의 고백
이다.

이놈은 아주 패가 붙어버린 요시찰 원숭이
수시로 인생의 감옥을 탈출하기 때문에
원장님께서 심려한단 말이다.

이상의 경우라면 동경으로 갔다는 자체가 인생의 감옥을 탈출함이
었다. 세기말적 불안 속에서 이방인처럼 살다간 이상은 결국 그 자신
의 낙서가 고백하듯이 아주 고약한 패가 붙어버린 한 마리의 '요시찰
원숭이'가 아니었을까? 일상의 틀 속에서 수시로 탈옥을 감행하던 위
험하기 짝이 없는 원숭이……
　이 자화상은 이상의 가장 말기의 것이다. 그뿐 아니라 이상의 친필
사인은 필자가 아는 한 이것이 최초로 발견된 유일한 것이다. 지금까
지 이상의 필적은 있었지만 친필 사인 만큼은 발견된 것이 없었다. 따
라서 희한하고 소중한 서명이다. 「姜敏(시인) 씨 소장」

　위의 글은 〈자료〉라는 이름으로 이상의 그림 한쪽과 함께 잡지의 권두
에 수록되어 있다. 임종국의 설명에 따라 이 글과 함께 소개된 이상의 그
림은 의심할 여지없이 이상의 자화상으로 인정되어 널리 알려졌음은 물
론이다.
　임종국이 이 글에서 언급하고 있는 사실 가운데 줄 르나르의 《전원수
첩》에 관한 이야기는 이상을 추억하는 여러 사람들의 글에서도 확인된
다. 물론 이러한 사실 하나로 이 책의 소장자를 이상이라고 단정할 수는
없을 것이지만 책에 그려 놓은 그림에 붙인 '李箱'이라는 사인을 보면 이
책이 이상과 관련된다는 점을 부인하기는 어려운 일이다. 이상이 줄 르

나르의 《전원수첩》을 즐겨 보았다는 사실은 박태원이 쓴 〈이상의 편모〉(1937), 김기림이 쓴 〈이상의 편모〉(1949)와 같은 글에서도 확인된다.

그런데 문제는 이상의 마지막 자화상으로 소개한 그림 자체이다. 이 그림은 펜으로 그린 간단한 스케치에 불과하다. 그리고 그림의 왼쪽으로 일본어로 쓴 문구가 적혀 있고 우측 하단에는 이상의 자필 사인이 표시되어 있다. 이러한 여러 가지 내용으로 보아 이상 자신이 그림을 그리고 거기에 일본어 문구를 적어 넣고 자신의 사인을 표시했을 가능성을 충분히 인정할 만하다. 그러나 이 그림이 과연 이상의 자화상일까? 필자는 여기에 대해서는 동의하지 않는다. 이 그림은 이상의 얼굴 모습을 그린 것이 아니라고 생각된다.

이 그림의 대상 인물은 안경을 쓰고 있다. 이상은 시력이 약하긴 하였지만 안경을 낀 적이 없다. 이상과 가장 절친했던 친구 중의 하나인 문종혁의 증언에 따르면 이상은 '안경은 쓴 일은 없지만 강렬한 빛을 정시하지 못하였다. 시력이 약한 편'(몇 가지 이의, 문학사상, 1974. 4)이었다고 적고 있다. 그런데 이 그림의 주인공은 둥근 테의 안경을 끼고 있다. 여기저기 흩어져 있는 이상의 사진 가운데에도 안경을 낀 모습은 찾아볼 수 없다. 그러므로 이 그림의 주인공이 이상 자신이라고 추단한 것은 잘못된 것이 아닌가 한다.

필자는 이 그림의 인물이 이상의 절친한 문우였던 구보 박태원이라고 생각한다. 이 그림은 이상이 그린 박태원의 초상이다. 이를 확인하기 위해서는 그림의 왼쪽에 적어 넣은 일본어 문구를 좀 더 정밀하게 검토할 필요가 있다. 일본어 원문을 그대로 옮기고 이를 다시 풀어보면 다음과 같다.

これはこれ札つきの要視察猿
トキドキ人生ノ檻ヲ脱出スルノデ

園長さんが心配スルノテアル

아, 이거야말로 꼬리표가 달린 요시찰 원숭이
때때로 인생의 울타리[檻]를 탈출하기 때문에
원장님께서 걱정한단다

　여기 적어 넣은 문구는 그림의 대상이 되는 인물의 행태를 재미있게
묘사한 것이다. 특히 이 인물을 꼬리표 달린 '원숭이'라고 지칭한 것은 주
목을 요한다. 여기서 '원猿'은 박태원의 이름의 끝 글자인 '원遠'에서 유추
한 것으로 볼 수 있다. 이상 자신은 이미 삶의 일상적인 테두리를 벗어난
인물이다. 그러므로 때때로 인생의 울타리를 벗어나려고 한다는 설명은
이상에게 어울리지 않는다. 오히려 정상적인 가정을 이끌면서도 예술적
충동을 이기지 못했던 박태원의 경우에 이러한 설명이 붙을 법하다.
　그리고 원장님이 이러한 행태를 걱정한다고 적고 있는데 여기서 원장
은 박태원의 부친을 암시한다.
박태원의 집안에서 크게 운영하
고 있던 공애당 약방과 공애당
의원을 염두에 둔 것이라고 할
수 있다. 박태원의 일탈을 걱정
하던 부친의 이야기를 말한 것
이 아닌가 생각된다.
　옆의 사진은 이상이 인쇄소
창문사에서 일하고 있었던 때
(1935~1936) 찍은 것이다. 이상
과 김소운이 나란히 책상 앞에
앉고 뒤에 박태원이 서 있다. 여

기에 나온 박태원의 모습만을 떼어내어 보자. 둥근 테의 안경을 낀 표정, 더벅머리에 갸름한 얼굴, 뚜렷하게 드러나는 입술과 콧날과 인중의 윤곽, 이런 것들이 모두 그림 속의 인물과 흡사하다. 그림과 사진을 그대로 견주어 볼 때 이 그림의 주인공이 박태원이라는 사실을 부인하기 어렵다.

도안 및 삽화

2

경성고등공업학교 졸업기념 사진첩 표지

　이상의 경성고등공업학교 졸업기념 사진첩(1929)은 이상의 동기생인 친구 원용석(방직과 졸업)이 보관하고 있던 것을 (주)문학사상 자료실에 기증하였다. 이 사진첩은 '추억의 가지가지'라는 표제를 달고 있는데, 이 표지의 그림과 글씨는 모두 이상이 직접 도안한 것이다.

　검정색 천 위에 흰색으로 '추억의 가지가지'라는 글자를 고딕체로 썼고, 첨탑의 모양을 물결 위로 떠가는 요트의 돛과 같은 형상으로 덧붙였다. 판지 위에 도안한 뒤 글자를 오려내고 그것을 표지 위에 올려 찍어내는 수법을 사용한 것이 아닌가 생각된다. 이 사진첩을 만드는 데 필요한 모든 사진은 전문 사진관에서 촬영하였지만, 기성품 앨범을 사다가 거기에 사진을 붙여 만든 수제품이다. 이상은 이 사진첩의 모든 사진을 졸업생 전체에 맞춰 균형 있게 배열하여 붙였으며 주소록 작성 등도 직접 자신의 손으로 해냈다. 말하자면 이 사진첩은 이상이 만든 수제품이라고 할 수 있다. 1929년도 경성고공 전체 졸업생 가운데 한국인 학생 17명이 힘을 모아 자비自費로 만든 것이라서 더욱 소중하게 느껴진다.

이 졸업기념 사진첩에 수록되어 있는 여러 사진 가운데 중요한 것들은 몇 차례 잡지《문학사상》을 통해 소개된 바 있고, 일부는 영인문학관의 기획전 '2010 李箱의 房'에서 복제·소개하기도 하였다. ((주)문학사상 자료실 소장)

경성고등공업학교 졸업기념 사진첩 주소록

이상의 경성고등공업학교 졸업기념 사진첩(1929)에 실린 마지막 페이지의 주소록이다. 이 주소록은 이상이 직접 도안한 것이다.

'우리들의 일흠과 나휘 고향(우리들의 이름과 나이, 고향)'이라는 제목 아래 '一九二九'라는 연도를 적었다. 경성고공의 1929년도 조선인 졸업생 17명의 이름을 '가나다' 순서로 배열하고 이름 아래에 출생년과 주소를 특이한 도안문자로 표시했다. 이상의 이름은 좌측에서부터 다섯째에 '金

海卿 庚戌生 京畿 京城府 通洞 一五四'라고 적혀 있다.

그런데 이 졸업생 명단을 자세히 들여다보면 아주 흥미로운 사실을 확인할 수 있다. 조선인 졸업생 17인의 이름과 주소가 흐릿하게 그려 놓은 한반도의 지도 위로 펼쳐져 있는 것이다. 일본 식민지 시대 조선총독부에서 설립 운영했던 경성고등공업학교의 재학생이 대부분 일본인으로 채워져 있었다는 점을 생각한다면 이 졸업생 명단의 바탕 그림은 조선인으로서의 자부심을 드러내기 위한 하나의 고안이었음을 알 수 있다.

경성고등공업학교 졸업기념 사진첩 사인판

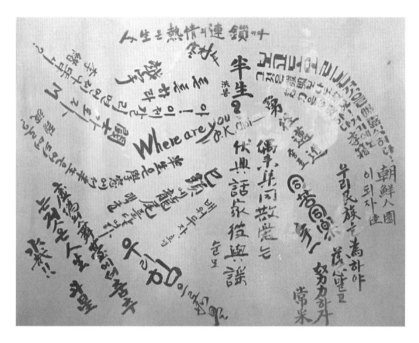

이상의 경성고등공업학교 졸업기념 사진첩(1929)의 주소록 바로 앞장에는 졸업생 17인 전원이 각자 자신이 소중하게 여기는 격언이나 남기고 싶은 말을 자기 필체로 적어 넣은 '마음과 손끝'이라는 이른바 '사인 sign' 지가 붙어 있다.

여기에 이상의 글도 남아 있다. '보고도 모르는 것을 曝露식혀라! 그것은 發明보다도 發見! 거기에도 努力은 必要하다 李箱'이라는 글귀다. 이 도안 글씨는 사진첩의 주소록을 쓴 글씨체와 똑같다. 모두 이상이 쓴 것임을 말해 준다. 특히 이 문구는 '이상'이라는 필명을 이미 경성고공 시절부터 사용하고 있었음을 말해 주는 중요한 근거가 된다.

'이상'이라는 필명에 대해서는 김기림이 "공사장에서 어느 인부가 '이상―' 하고 부른 것을 존중하여 '이상'이라고 해 버려두어도 상관없었다."(이상선집, 이상의 모습과 예술, 1949)라고 밝힌 이후 조선 총독부 건축기사 시절부터 사용한 것으로 알려졌지만, 이 사진첩의 자료를 통해 '이상'이라는 필명이 이미 경성고공 시절부터 사용했던 것임을 확인할 수 있게 되었다.

박태원 결혼식 피로연 방명록 휘호

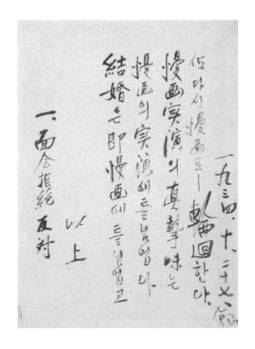

　　이상의 친구 소설가 박태원은 1934년 10월 24일 결혼식을 올렸고 결혼식의 피로연을 10월 27일에 가졌다. 신부는 박태원의 집안과 마찬가지로 한약국을 경영하던 경주 김씨 김하중과 이연사의 무남독녀인 김정애이다. 숙명여학교를 수석 졸업하고 경성사범학교 연수과를 수료한 후 진천에서 보통학교 교사를 하던 신여성이었다. 박태원은 김정애 여사와 사이에 모두 5남매(2남 3녀)를 두었다.

박태원은 결혼식을 올리고 사흘 뒤인 1934년 10월 27일 친지들을 초대하여 피로연을 가졌다. 이 피로연에는 주로 '구인회'의 동인들과 문단 친구들, 경성제일고보 동창생, 동경 유학 시절의 지인들 그리고 자신의 소설에 삽화를 그렸던 화가들을 초대하였다. 이들 가운데에는 박태원과 함께 '구인회'의 동인이었던 김기림, 이무영, 이상, 이태준, 정지용, 조용만, 조벽암, 김상용 등이 있다.

방명록의 첫 페이지를 장식한 것이 이상이다. 이상은 방명록에 이렇게 적었다.

一. 面會拒絶反對　　以上

結婚은 卽 慢畫에 틀님업고
慢畫의 實演에 틀님업다.
慢畫 實演의 眞摯味는
쏘다시 慢畫로―輪廻한다.

一九三四. 十. 二十七. 李箱

이 내용을 현대문으로 바꾸어 보면 '1. 면회 사절 반대 이상 / 결혼은 즉 만화에 틀림없고 / 만화의 실연에 틀림없다 / 만화 실연의 진지미는 / 또다시 만화로―윤회한다 / 1934. 10. 27. 이상'이다.

이상의 휘호에서 주목되는 것은 '면회 사절 반대'라는 말과 '결혼은 만화'라고 지목한 부분이다. 박태원과 늘 함께 나다녔던 이 자유로운 영혼 은 박태원이 결혼과 함께 바깥출입을 삼가고 집에 들어박혀 제대로 만나기 어려워질 것을 미리 걱정하고 있다.

결혼이라는 것을 '만화漫畫'에 비유하면서 이상은 '만화'라는 한자를 '만화慢畫'라고 고쳐 써 놓고 있다. 결혼이라는 것을 즐겁고 익살스러운 그림으로 보기보다는 모멸의 그림 정도로 생각하고 있었는지도 모르겠다. 이상은 결혼 자체에 과도한 의미를 부여하지 않으려는 태도를 갖고 있었던 것이 아닌가 생각된다. 이상이 자신의 필명인 이상을 '이상以上'으로 표기한 것은 그의 시와 소설 속에서도 두루 산견된다. (서울역사박물관 소장)

잡지《조선과 건축朝鮮と建築》의 표지

　이상은 1929년 3월 경성고등공업학교 건축과를 수석으로 졸업한 후 학교의 추천으로 조선총독부 내무국內務局 건축과建築課 기수技手로 취직하였다. 그리고 곧바로 조선건축회朝鮮建築會 정회원으로 입회(1929. 10)하였다.

　식민지 조선의 경영을 내세우면서 한반도에 나와 있던 일본인 건축기술자들이 주축이 되어 결성한 조선건축회는 1922년 3월 창립된 후부터 '조선에서의 건축에 대한 광범위한 연구 조사, 도시 계획 건축 법규 주택 정책, 건축 자재의 규격 통일' 등을 목표로 매월 학회지《조선과 건축朝鮮と建築》을 일본어로 발간하였다. 이 학회지는 1922년 6월 창간호에서부터 건축 기술에 대한 조사 연구 내용을 중심으로 건축 토목 관련 연구 논문論文과 평설評說, 잡보雜報와 만필漫筆, 학회 소식 등을 수록하였다.

조선건축회에서는 회원들의 참여 의욕을 북돋우기 위해 1926년부터 회원들을 상대로 학회지《조선과 건축》의 표지화 디자인을 현상 공모하는 행사를 매년 열고 있었다. 이상은 이 현상 공모에 2편의 표지 도안을 응모했다. 1930년 1월《조선과 건축》에 발표된 현상 모집 표지 도안 심사 결과 발표에서 이상의 작품이 1등과 3등에 각각 선정되었다. 심사평에서 이상의 표지 도안은 학회지의 성격에 맞춰 섬세하고 부드러우며 디자인 자체의 기교도 뛰어나다는 평가(조선과 건축 1930. 1, 22면)를 받았다. 이상의 표지 도안 1등 당선작은 1930년 1월부터 12월까지 매월 발행된 《조선과 건축》의 표지화로 활용되었다.

이상이 그린《조선과 건축》의 표지 도안을 보면 화면 전체의 균형과 조화를 느낄 수가 있다. 특히 '朝鮮と建築'이라는 제자題字의 경우 글꼴 하나하나가 건축의 어떤 부분을 추상화한 특이한 기호들을 조합하여 만들어낸 것임을 알 수 있다. 그리고 중앙에 그려 놓은 원형과 각의 모습이 현대식 건축의 특징을 집약적으로 제시하고 있는 점도 특징적이다. 이 표지 도안은 1930년도를 전후한 시기의 잡지《조선과 건축》의 표지 도안 가운데 가장 현대적인 감각을 보여주고 있는 것임은 두말할 필요가 없다.

아동잡지 《가톨릭少年》 표지 도안

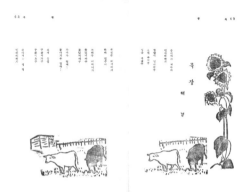

이상이 인쇄소 창문사에서 일하던 시절에 그린 아동잡지《가톨릭소년少年》의 표지 도안. 이 그림은 1936년 5월 만주 간도 용정 천주당의 가톨릭소년사에서 발행한《가톨릭소년》제1권 제2호의 표지화가 되었다.

서강대학교 최기영 교수의 노력으로 1930년대 아동잡지《가톨릭소년》의 발간과 창문사 시절의 이상이 특이하게도 연결되어 있다는 점을 확인하게 되었는데, 이상은 구본웅과 함께《가톨릭소년》제1권 제2호를 편집했고, 직접 그 표지 도안을 맡았다.

이 잡지에는 이상이 쓴 동시〈목장〉1편이 수록되어 있다. 이상이 어떤 경위로 이 잡지의 편집을 돕게 되었는지는 자세히 밝혀져 있지 않다. 특히 이상의 동시 한 편이 그의 삽화와 함께 발굴 소개된 것은 참으로 소중한 일이 아닐 수 없다. 이상의 동시〈목장〉과 그의 삽화와 잡지 표지 등은 이상 문학 속에 빈칸으로 남아 있던 아동 문학에 대한 관심을 확인할 수 있는 귀중한 자료로 평가할 수 있을 것이다.

김기림 시집《기상도氣象圖》표지 도안

《기상도氣象圖》는 이상의 표지 도안과 편집에 의해 1936년 출판사 창문사에서 발간된 김기림의 첫 번째 시집이다. 김기림이 발표한 연작 장시《기상도氣象圖》를 시집으로 발간한 것이다.

김기림은 이상이 창문사에 근무하던 시절에 이 시의 원고를 넘기고 일본으로 유학하여 센다이 동북제국대학 영문과에 입학한다. 시집《기상도氣象圖》의 표지 장정은 검정색 바탕의 표지에 두 개의 은백색 기둥이 중앙에 세로로 세워진 단순한 형태를 보여준다. 그러나 극단적인 흑백의 대조 효과가 강하게 드러나고 있으며 당시의 다른 시집과 확연하게 구별되는 파격적인 장정이다. 좌측 하단부에 한자로 '金起林 著 長詩 氣象圖'라는 제자가 동일한 크기로 인쇄되어 있다.

　이상이 김기림에게 보낸 편지에는 초판 1,000부를 인쇄한다는 내용이 포함되어 있다. 당시 대부분의 시집은 500부 이내로 초판을 발간했다.

단편소설 〈날개〉 삽화 1

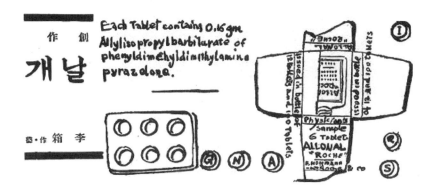

이상은 단편소설 〈날개〉를 조선일보사에서 발간하던 종합잡지《조광
朝光》(1936. 9)에 발표하면서 작품에 곁들여진 2편의 삽화를 직접 그렸다.
작품의 제목 '날개' 아래에 작자인 이상의 이름을 쓰고 그 뒤에 '作·畵'라
고 표시되어 있다. '삽화 1'은 작품 제목의 오른쪽에 붙어 있다.

  '삽화 1'은 화면 구성을 좌우로 구분해 볼 수 있다. 오른쪽의 그림은 직
육면체의 형상을 하고 있는 물체를 펼쳐 놓은 일종의 전개도이다. 일반
적으로 전개도는 3차원의 물체의 형태를 2차원의 평면에 나타내기 위한
기하학적 기법이다. 모든 물체는 정면에서 보는 경우 그 좌우와 후면의
형태를 알 수가 없다. 그러므로 전체적인 형태를 알 수 있도록 하기 위해
서는 평면위에 그 전개도를 그린다.

이것은 당시에 약국에서 취급했던 'Allonal'이라는 약을 포장한 약갑을 펼쳐 놓은 그림이다. 약갑 속에 들어 있는 약병의 모양이 전개도의 중앙에 드러나 있다. 전개도의 하단에 당시 이 약을 제조 판매했던 'Roche'라는 제약회사의 명칭이 나온다. 'Sample 6 Tablet Allonal'이라는 글씨도 뚜렷하다. 약갑의 양쪽 측면에는 한 병에 100정이 들어 있다고 표시하고 있다. 왼쪽에는 약의 성분을 설명한 글이다. 이 같은 사용설명서는 대개 약갑에 쉽게 알아볼 수 있도록 표시되어 있다. 그리고 여섯 개의 알약이 포장지에서 빼낸 상태로 흩어져 놓여 있는데, 이 알약에는 각각 'R, I, S, A, N, G'라는 영문 대문자가 박혀 있다. '이상'의 이름을 표시한 것이다. 약의 성분을 설명한 내용은 그대로 옮겨보면 다음과 같다.

Each Tablet contains 0.16gm

Allyl isopropyl barbiturate of

Phenyl dimechyl dimethylamine

Pyrazolone.

여기서 설명하고 있는 '아로날'이라는 약은 진정제의 일종이다. 그런데 이 약은 해열 진통의 효과를 가져오는 피라졸론 계통의 아릴 이소프로필이라는 진정제 성분이 포함되어 있다는 내용이다. 그런데 이 약은 중추신경계를 약화시켜 진통의 효과를 내면서 동시에 수면 제 또는 마취제와 같은 효과를 낼 수도 있다. 작품의 이야기 속에서 주인 공이 발견하게 된 아스피린이나 아달린이라는 약과는 서로 관계가 없지 만 당시 널리 알려진 수면제였기 때문에 이 삽화를 작품 제목과 함께 그 려 놓았던 것으로 보인다.

Roche는 1896년 스위스에 설립된 제약회사이며 이 회사 제품인 Allonal은 1930년대에 수면제로 널리 팔린 약품이다. 당시의 상품 광고 에 나왔던 제품의 병 모양이 이상이 그린 삽화의 중앙부에 드러나 있다.

단편소설 〈날개〉 삽화 2

이상이 단편소설 〈날개〉의 본문 사이에 삽입해 놓은 삽화이다. 조선일보사에서 발간하던 종합잡지 《조광朝光》(1936. 9)에 소설을 발표하면서 이 삽화를 직접 그렸다.

이 삽화의 내용은 크게 세 가지 요소로 구성되어 있다. 삽화의 상단부에는 'ASPIRIN', 'ADALIN'이라는 두 개의 단어가 각각 반복되도록 두 줄로 써 놓았다. 판각(음각)을 하여 글씨를 찍어 놓은 것처럼 보이도록 하기 위해 글자를 모두 흰색으로 하고 그 바탕은 검은색으로 처리했다. 그리고 그 오른쪽 끝에 'R S' 영문 약자는 '이상'이라는 이름을 표시해 놓은 것이다. Aspirin과 Adalin은 모두 독일 제약회사 바이엘이 개발한 약품이다. Aspirin은 주로 해열 진통제로 널리 복용하고 있는 약이며, Adalin은 수면·진정제로 복용한다.

하단부에는 누워 있는 작중 인물과 세워져 있는 13권의 책을 그렸다. 소설 속의 이야기에서는 아내가 감기약이라고 내준 아스피린이 사실은 수면제 아달린이었다는 것을 알게 된 장면에 해당한다. 그림 속에 누워 있는 인물과 그 인물이 머릿속으로 생각하는 것을 동시에 그린 점에서 환상적인 효과를 드러낸다.

단편소설 〈동해〉 삽화 1, 2

소설 〈동해童骸〉는 이상이 작고하기 직전 《조광朝光》(1937. 2)에 발표했다. 이 작품이 게재된 잡지의 지면에는 삽화에 대해서는 아무런 정보도 나와 있지 않다. 그렇지만 이상이 소설 〈날개〉에 그려 넣었던 삽화와 그 기법이 유사하고 그림 속의 영문 글자도 형체가 서로 닮았다.

이 삽화는 당시 전 세계의 애연가들이 널리 좋아했던 그리스의 담배회사 파파스트라토스Papastratos 제품인 '헤라스 스페셜HELLAS SPECIAL'이라는 담뱃갑 모양을 모자이크 방식으로 그려 낸 것이다. 담뱃갑의 전면 그림은 희랍의 신전의 거대한 기둥과 하늘에 떠 있는 둥근달이 중심을 이룬다. 진한 군청색 바탕에 황금색으로 그려져 있다. 하단에 제조회사인

파파스트라토스가 영문으로 표기되어 있다. 두 면에 걸쳐진 영문 설명은 담뱃갑의 후면에 쓰여 있던 설명서이다. 왼쪽 면에 눕혀진 상태로 그려진 건물 그림은 1930년 당시 그리스 아테네에 설립된 회사의 건물이다. 이 회사의 담배가 유명해지면서 독일 베를린과 이집트의 카이로 등지에 제조공장을 두기도 했다.

1930년대에 이 회사는 최고급의 시가 담배 'Papastratos'를 제조 판매하여 더욱 유명해졌다. 당시 이 회사에서 제조 판매했던 '헤라스 스페셜'의 담뱃갑 모양은 아래 사진과 같다.

박태원 소설
《소설가 구보 씨의 일일》
연재 삽화

《소설가 구보 씨의 일일》 연재 삽화

　　이상은 1934년 8월 1일부터 9월 19일까지 박태원이 《조선중앙일보》
에 연재한 소설 《소설가 구보 씨의 일일》에 '하융河戎'이라는 필명으로 삽화를 그렸다. 이 연재 삽화는 비록 신문 지면에 한 단段의 크기를 넘지 않는 작은 그림으로 그려진 것이지만 이상이 지니고 있던 예술적 재능과 도시 문명에 대한 새로운 감각을 확인해 볼 수 있는 중요한 자료가 되고 있다.

《소설가 구보 씨의 일일》에는 매회 연재 때마다 표제로 사용한 표제화가 2편이 따로 있다. 1회부터 8회까지의 연재분에 사용한 표제화에는 반쪽은 펼쳐져 있고 다른 반쪽은 접혀져 있는 특이한 형상의 우산 아래 소설의 제목이 세로로 적혀 있다. 1934년 8월 14일 이후 연재분 9회부터는 고목 아래 늘어진 가지 옆으로 소설의 제목을 세로로 적은 표제화를 사용하였다. 이상은 자신의 또 다른 필명인 하융河戎을 표시했다. '하융'이라는 필명은 이 삽화 이외에는 사용한 일이 없으며, 이 필명에 대한 이상 자신의 해명도 찾아볼 수 없다. 《소설가 구보 씨의 일일》은 모두 30회로 그 연재가 끝난다. 이 소설의 연재 내용에 따라 덧붙여진 이상의 삽화는 모두 27편이다. 8월 29일 19회 연재에는 삽화가 없으며 소설의 말미인 29회와 30회에도 삽화가 없다.

이상의 삽화는 일반적인 신문 연재소설의 삽화와는 그 성격이 판이하다. 대개 신문 연재소설 삽화는 연재되는 소설의 이야기 가운데 드러나는 특징적인 장면이나 등장인물의 모습을 사실적으로 그려 넣는 것이 보통이다. 그러나 이상은 이러한 통념에서 벗어나 이른바 초현실주의적 기법을 활용하여 작은 화폭을 채워 나간다. 이상의 삽화에서 두드러지게 드러나는 기법은 다양한 이미지의 통합을 시도하는 콜라주 기법이다. 그리고 일련의 이야기 내용을 이미지로 바꾸어 이를 결합시키는 일종의 몽타주 또는 모자이크 방법에 의해 서로 다른 시간과 공간 속에서 펼쳐지는 대상의 다양한 현상을 하나의 그림 속에 배치한다. 그러므로 그의 삽화 속에는 파편화된 이미지들이 뒤섞이고 다양한 각도에서 관찰할 수 있는 특징적인 이미지들이 하나의 평면 위에 서로 겹쳐 나타나기도 한다.

이상의 삽화는 마치 '숨은그림찾기'라도 하는 것처럼 그 속에 담긴 이미지들을 따라가면서 소설을 읽지 않으면 무엇을 대상으로 삼고 있는 그림인지 확인하기 어려운 경우도 있다.

이상의 삽화는 박태원의 소설과 서로 대비하여 읽어보면 그 특징이 잘 드러난다. 박태원은 이른바 '고현학考現學'이라는 이름으로 근대적 도시로 탈바꿈한 당대 경성의 모습을 두루 관찰하고 있다. 그리고 그가 보고 사유했던 모든 것들을 소설 속에서 묘사적으로 서술한다. 박태원이 소설 속에서 '이야기한 것'과 이상이 이에 맞춰 '그려 낸 것'의 관계를 놓고 본다면 1930년대 최고의 모더니스트가 벌이는 상상력의 현란한 대응관계를 이해할 수 있다. 특히 박태원이 이야기하고자 한 것과 이상이 보여주고자 한 것 사이의 간격을 통해 이 두 사람의 모더니티에 대한 인식의 차이를 확인해 볼 수 있을 것이다.

연재 삽화 1

이상이 소설《소설가 구보 씨의 일일》연재 1회분에 그려 넣은 삽화이다. 1934년 8월 1일《조선중앙일보》에 실렸다.

이 삽화는 화면의 바닥에 원고용지가 여러 장 서로 겹쳐 깔려 있고, 왼편으로 여인의 얼굴이 그려져 있다. 오른편으로는 남성용 구두 한 켤레와 그 사이에 단장短杖의 손잡이 부분이 교묘하게 감춰져 있다. 그리고 펜을 잡은 오른손이 원고지 위에 올려져 있다. 도회의 거리를 산보하는 주인공의 모습과 연관되는 구두와 지팡이를 그린 것이라든지 한 여인의 인상을 떠올리면서 펜을 잡은 손 모양을 그린 것은 앞으로 전개될 소설 속이야기의 방향을 암시한다.

이처럼 연재 첫 회의 삽화에서부터 이상은 다양한 이미지를 하나의 화폭에 끌어들여 공간적으로 배치하는 콜라주 기법과 몽타주 방식을 활용하고 있다.

[소설 원문 일부]

어머니는 아들이 제 방에서 나와, 마루 끝에 놓인 구두를 신고, 기둥 못에 걸린 단장을 떼어 들고, 그리고 문간으로 향하여 나가는 소리를 들었다.

"어디, 가니?"

대답은 들리지 않았다.

중문 앞까지 나간 아들은, 혹은, 자기의 한 말을 듣지 못하였는지도 모른다. 또는, 아들의 대답 소리가 자기의 귀에까지 이르지 못하였는지도 모른다. 그 둘 중의 하나라고 생각한 어머니는 이번에는 중문 밖에까지 들릴 목소리를 내었다.

"일찌거니 들어오너라."

역시, 대답은 들리지 않았다.

연재 삽화 2

　이상이 소설《소설가 구보 씨의 일일》연재 2회분에 그려 넣은 삽화이다. 1934년 8월 2일《조선중앙일보》에 실렸다.

　이 삽화는 그 바탕의 왼쪽에는 원고지를 오른쪽에는 여인의 치마를 그려 놓고, 그 위에 숫자를 손가락으로 셈하는 손을 두 개 그려 놓았다. 원고지 위에 그린 손은 손가락을 2개 집었고, 오른쪽 치마 위의 손은 손가락 3개를 집었다. 치마 값이 원고료에 비해 더 비싸다는 것을 암시한다. 치마가 일상적인 삶을 상징한다면, 원고지는 예술가로서의 글쓰기를 의미한다. 원고지에 글을 쓰는 일로는 치마 하나도 사기 어렵다는 것을 그림으로 말해 준다.

　《소설가 구보 씨의 일일》의 주인공 구보는 예술적인 삶과 일상적인 행복을 놓고 그 무게를 저울질하면서 하루 일과를 시작한다. 예술과 일상적인 생활의 가치를 두고 고심하는 구보의 내면을 대조적인 이미지로 그려 내고 있다.

[소설 원문 일부]

때로 글을 팔아 몇 푼의 돈을 구할 수 있을 때, 그 어느 한 경우에, 아들은 어머니를 보고, 무어 잡수시구 싶으신 거 없에요, 그렇게 묻는 일이 있었다. 어머니는 직업을 가지지 못한 아들이, 그래도 어떻게 몇 푼의 돈을 만들어, 자기에게 그런 말을 할 수 있는 것을 신기하게 기뻐하였다.

"어서 내 생각 말구, 네 양말이나 사 신어라."

그러면, 아들은 으레, 제 고집을 세웠다. 아들의 고집 센 것을, 물론 어머니는 좋게 생각 안 했다. 그러나 이러한 경우라면, 아들이 고집을 세우면 세울수록 어머니는 만족하였다. 어머니의 사랑은 보수를 원하지 않지만, 그래도 자식이 자기에게 대한 사랑을 보여 줄 때, 그것은 어머니를 기쁘게 하여 준다. 대체 무얼 사줄 테냐, 무어든 어머니 마음대루. 먹는 게 아니래두 좋으냐. 네. 그래 어머니는 에누리 없이 욕망을 말해 본다.

"너, 나, 치마 하나 해주려무나."

아들이 흔연히 응낙하는 걸 보고,

"네 아주멈은 무어 안 해주니?"

아들은 치마 두 감의 가격을 묻고, 그리고 갑자기 엄숙한 얼굴을 한다. 혹은 밤을 새우기까지 하여 아들이 번 돈은, 결코 대단한 액수의 것이 아니었다.

"그럼 네 아주멈이나 해주렴."

아들은, 아니에요, 넉넉해요. 갖다 끊으세요. 그리고 돈을 내놓았다.

연재 삽화 3

   이상이 소설《소설가 구보 씨의 일일》연재 3회분에 그려 넣은 삽화이다. 1934년 8월 3일《조선중앙일보》에 실렸다.

   이 삽화는 오른쪽에 약국의 처방전을 그대로 옮겼고, 왼쪽에는 사람의 귀를 그린 후 그 옆에 만성 습성慢性濕性 중이가답아重耳加答兒라는 문구를 적었다. 박태원의 소설 원문을 보면 처방전의 약은 '3B水'라고 적혀 있다. 현재도 이런 약이 사용되고 있는지 알 수 없지만 처방전에 써 놓은 취박臭剝, 취나臭那, 취안臭安은 모두 진정제로 쓰이는 약의 성분이다. 보통 브롬제라고 한다. '3B수'의 'B'가 브롬제의 약자로 보인다. 취박은 브롬화칼륨, 취나는 브롬화나트륨, 취안은 브롬화암모늄 계통의 약성분을 일본식 한자로 표기한 것이 아닌가 생각된다.

고정눔丁은 '고정차눔丁茶'의 쓴맛을 내는 성분으로 두통을 없애고 피로를 해소시키며 소화를 돕는 데에 효능이 있는 것으로 알려져 있다. 왼쪽 부분에 귀의 그림 옆에 써 놓은 '중이가답아'는 '중이카타르catarre'를 일본식 한자로 표시한 것이다. 귀의 중이 부분의 점막에 염증이 생겨 점액을 분비하게 되는 중이염의 일종이다.

[소설 본문 일부]

그가 다니는 병원의 젊은 간호부가 반드시 '삼비스이'라고 발음하는 이 약은 그에게는 조그마한 효험도 없었다.

그러자 구보는 갑자기 옆으로 몸을 비킨다. 그 순간 자전거가 그의 몸을 가까스로 피하여 지났다. 자전거 위의 젊은이는 모멸 가득한 눈으로 구보를 돌아본다. 그는 구보의 몇 칸통 뒤에서부터 요란스레 종을 울렸던 것임에 틀림없었다. 그것을 위험이 박두하였을 때에야 비로소 몸을 피할 수 있었던 것은 반드시 그가 '3B수(水)'의 처방을 외고 있었기 때문만이 아니었다.

구보는, 자기의 왼편 귀 기능에 스스로 의혹을 갖는다. 병원의 젊은 조수는 결코 익숙하지 못한 솜씨로 그의 귓속을 살피고, 그리고 대담하게도 그 안이 몹시 불결한 까닭 외에 아무 이상이 없다고 선언하였었다. 한 덩어리의 '귀지'를 갖기보다는 차라리 4주일간 치료를 요하는 중이염(中耳炎)을 앓고 싶다, 생각하는 구보는, 그의 선언에 무한한 굴욕을 느끼며, 그래도 매일 신경질하게 귀 안을 소제하였었다.

그러나 구보는 다행하게도 중이질환(中耳疾患)을 가진 듯싶었다. 어느 기회에 그는 의학사전을 뒤적거려 보고, 그리고 별 까닭도 없이 자기는 중이가답아(中耳加答兒)에 걸렸다고 혼자 생각하였다.

연재 삽화 4

이상이 소설《소설가 구보 씨의 일일》연재 4회분에 그려 넣은 삽화이다. 1934년 8월 4일《조선중앙일보》에 실렸다.

이 삽화는 소설가 구보가 화신상회 승강기 앞에 한 가족이 서 있는 모습을 보고 그 느낌을 서술한 소설 장면과 대응한다. 삽화의 오른편에는 엘리베이터의 모양을 그려 놓고 있다. 층수를 표시하는 계기판 아래로 엘리베이터의 쇠창살문이 있다. 가운데에는 검은 바탕에 별이 빙빙 돌아가는 모양을 그렸다. 그리고 왼편으로는 'PERI meter'라는 영어 단어를 써 놓았다. 'perimeter'는 원의 둘레 또는 주위라는 뜻을 가진다. 엘리베이터를 타고 고층으로 수직 상승할 때 느끼는 아찔한 느낌을 '머리가 빙빙 도는 듯한 느낌'이라고 표시하기 위해 이런 형상을 초현실주의적 기법으로 그려 넣은 것이 아닌가 생각된다.

이상이 이야기 속에 등장하는 인물을 그리지 않고 엘리베이터를 그린 것은 건축학을 전공한 전문가로서의 관점을 보여주는 것이라고 할 수 있다. 건축물의 높이를 극복하는 과정에서 발명한 엘리베이터는 1931년 뉴욕 맨해튼의 상징 건물인 102층의 엠파이어 스테이트 빌딩이 문을 열면서 그 성능을 자랑했다. 엘리베이터가 없었다면 이런 높이의 건축물은 가능하지 않았을 것이다. 일제 강점기의 상업용 건축물에 엘리베이터가 설치된 것은 미츠코시 백화점 경성 지점이 처음이었다. 그 뒤 화신상회에도 엘리베이터가 설치되면서 근대적 백화점으로서의 위용을 갖추었다.

[소설 본문 일부]

구보는 약간 자신이 있는 듯싶은 걸음걸이로 전차 선로를 두 번 횡단하여 화신상회 앞으로 간다. 그리고 저도 모를 사이에 그의 발은 백화점 안으로 들어서기조차 하였다.

젊은 내외가, 너덧 살 되어 보이는 아이를 데리고 그곳에가 승강기를 기다리고 있었다. 이제 그들은 식당으로 가서 그들의 오찬을 즐길 것이다. 흘낏 구보를 본 그들 내외의 눈에는 자기네들의 행복을 자랑하고 싶어 하는 마음이 엿보였는지도 모른다. 구보는, 그들을 업신여겨 볼까 하다가, 문득 생각을 고쳐, 그들을 축복하여 주려 하였다. 사실, 4, 5년 이상을 같이 살아왔으면서도, 오히려 새로운 기쁨을 가져 이렇게 거리로 나온 젊은 부부는 구보에게 좀 다른 의미로서의 부러움을 느끼게 하였는지도 모른다. 그들은 분명히 가정을 가졌고, 그리고 그들은 그곳에서 당연히 그들의 행복을 찾을 게다.

승강기가 내려와 서고, 문이 열리고, 닫히고, 그리고 젊은 내외는 수남(壽男)이나 복동(福童)이와 더불어 구보의 시야를 벗어났다.

연재 삽화 5

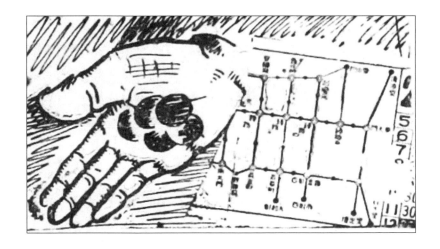

이상이 소설《소설가 구보 씨의 일일》연재 5회분에 그려 넣은 삽화이다. 1934년 8월 7일《조선중앙일보》에 실렸다.

이 삽화는 소설가 구보 씨가 종로 네거리에서 전차에 올라타고 있을 때 차장이 다가와 차표를 찍는 장면과 대응한다. 구보는 동전 다섯 개를 꺼내어 들고 자기 행선지를 생각하고 있다. 오른편으로는 전차의 노선도를 그려 놓았고 왼편으로는 손바닥 위에 동전 다섯 개가 얹혀 있는 모양을 그렸다. 콜라주 기법으로 두 가지의 서로 다른 대상을 하나의 화면 위에 병치시켜 놓고 있다.

1930년대 경성의 전차는 도시의 대중교통 수단으로 크게 각광을 받았다. 1899년 처음 개통된 경성전차는 1968년 노선이 폐지되고 차도를 철거하기까지 70년을 서울 시민의 사랑을 받았다. 경성전차는 동대문 근처에 세워진 동대문 차고지를 중심으로 사방으로 벋어 나갔다. 1898년 서대문에서 종로를 거쳐 청량리에 이르는 전차 노선이 개통된 후 동대문에서 종로, 남대문을 거쳐 원효로, 노량진까지 이어졌고 이 노선이 뒤에 영등포 신길동까지 연장되었다. 그리고 황금정(현재의 을지로) 길이 개통되고 난 후 여기도 전차 궤도가 깔렸는데, 돈암동에서 종로 4가, 을지로, 남대문으로 노선이 이어졌다. 서대문에서는 마포까지 노선이 연장되었다. 을지로 4가에서는 다시 신당리를 거쳐 왕십리로 연결되었다. 1930년대 경성은 이 같은 전차 노선의 정비와 그 확장으로 도시의 윤곽이 분명해졌고, 경성 교외 지역의 발전을 가능하게 하였다.

[소설 본문 일부]

구보는 눈을 떨어뜨려, 손바닥 위의 다섯 닢 동전을 본다. 그것들은 공교롭게도 모두가 뒤집혀 있었다. 대정(大正) 12년. 11년. 11년. 8년. 12년. 대정 54년—구보는 그 숫자에서 어떤 한 개의 의미를 찾아내려 들었다. 그러나 그것은 부질없는 일이었고, 그리고 또 설혹 그것이 무슨 의미를 가지고 있었다 하더라도, 그것은 적어도 '행복'은 아니었을 게다.

차장이 다시 그의 옆으로 왔다. 어디를 가십니까. 구보는 전차가 향하여 가는 곳을 바라보며 문득 창경원에라도 갈까, 하고 생각한다. 그러나 그는 차장에게 아무런 사인도 하지 않았다. 갈 곳을 갖지 않은 사람이, 한번, 차에 몸을 의탁하였을 때, 그는 어디서든 섣불리 내릴 수 없다. 차는 서고, 또 움직였다. 구보는 창밖을 내어다보며, 문득, 대학병원에라도 들를 것을 그랬나 하여 본다. 연구실에서, 벗은, 정신병을 공부하고 있었다. 그를 찾아가, 좀 다른 세상을 구경하는 것은, 행복은 아니어도, 어떻든 한 개의 일일 수 있다······.

연재 삽화 6

이상이 소설《소설가 구보 씨의 일일》연재 6회분에 그려 넣은 삽화이다. 1934년 8월 9일《조선중앙일보》에 실렸다.

이 삽화는 소설가 구보가 전차 안에서 우연하게도 일 년 전에 결혼 상대로 소개받아 한 번 만난 적이 있던 여인의 모습을 발견하게 된 대목과 연결된다. 승객들의 얼굴 틈 속에서 그 여인의 옆모습을 바라보는 시선을 이상은 그대로 삽화에 옮겨 그렸다. 일상적인 삶의 행복이라는 것을 여인과의 연애와 결혼 문제 등으로 연결시켜 생각하고 있던 구보의 내면 의식이 이 장면에서 잘 드러난다.

[소설 본문 일부]

그는 결코 대담하지 못한 눈초리로, 비스듬히 두 칸통 떨어진 곳에 앉아 있는 여자의 옆얼굴을 곁눈질하였다. 그리고 다음 순간, 그와 눈이 마주칠 것을 겁하여 시선을 돌리며, 여자는 혹은 자기를 곁눈질한 남자의 꼴을, 곁눈으로 느꼈을지도 모르겠다고, 그렇게 생각하여 본다. 여자는 남자를 그 남자라 알고, 그리고 남자가 자기를 그 여자라 안 것을 알고 있을지도 모른다. 이러한 경우에, 나는 어떠한 태도를 취하여야 마땅할까 하고, 구보는 그러한 것에 머리를 썼다. 알은체를 하여야 옳을지도 몰랐다. 혹은 모른 체하는 게 정당한 인사일지도 몰랐다. 그 둘 중에 어느 편을 여자는 바라고 있을까. 그것을 알았으면, 하였다. 그러다가, 갑자기, 그러한 것에 마음을 태우고 있는 자기가 스스로 괴이하고 우스워, 나는 오직 요만 일로 이렇게 흥분할 수가 있었던가 하고 스스로를 의심하여 보았다. 그러면 나는 마음속 그윽이 그를 생각하고 있었던지도 모르겠다고 생각하여 보았다. 그러나 그가 여자와 한 번 본 뒤로, 이래 일 년 간, 그를 일찍이 한 번도 꿈에 본 일이 없었던 것을 생각해 내었을 때, 자기는 역시 진정으로 그를 사랑하고 있는 것은 아닌지도 모르겠다고, 그러한 생각이 들었다. 만일 그렇다면 자기가 여자의 마음을 헤아려 보고, 그리고 이리저리 공상을 달리고 하는 것은, 이를테면, 감정의 모독이었고, 그리고 일종의 죄악이었다.

연재 삽화 7

　이상이 소설《소설가 구보 씨의 일일》연재 7회분에 그려 넣은 삽화이다. 1934년 8월 10일《조선중앙일보》에 실렸다.

　소설가 구보 씨가 전차를 타고 종로에서 동대문 차고지에 도착하자 전차의 행선지가 한강교로 바뀐다. 전차가 훈련원(구 동대문운동장 부근, 현재 디자인센터) 앞을 거쳐 황금정으로 돌아서 약초정(현재의 을지로 3가 부근)을 지날 때 소설가 구보 씨는 전차에서 내릴 준비를 한다. 그런데 좌석에 앉아 있던 어떤 여자 손님이 양산을 다리 사이에 끼어 넣고 있는 모습을 본다. 구보 씨는 이런 여인의 모습을 보고 남편이 있는 여자일 것으로 추측한다.

　이상은 이 대목을 흥미롭게 드러내기 위해 전차에 앉아 있는 손님들의 다리 모양만 그린다. 그리고 한 여인의 다리 가랑이 사이에 양산이 놓여 있는 모습을 놓치지 않고 있다.

[소설 본문 일부]

전차가 약초정(若草町) 근처를 지나갈 때, 구보는, 그러나, 그 흥분에서 깨어나, 뜻모를 웃음을 입가에 띠어 본다. 그의 앞에 어떤 젊은 여자가 앉아 있었다. 그 여자는 자기의 두 무릎 사이에다 양산을 놓고 있었다. 어느 잡지에선가, 구보는 그것이 비(非)처녀성을 나타내는 것임을 배운 일이 있다. 딴은, 머리를 틀어 올렸을 뿐이나, 그만한 나이로는 저 여인은 마땅히 남편을 가졌어야 옳을 게다. 아까, 그는 양산을 어디다 놓고 있었을까 하고, 구보는, 객쩍은 생각을 하다가, 여성에게 대하여 그러한 관찰을 하는 자기는, 혹은 어떠한 여자를 아내로 삼든 반드시 불행하게 만들어 주지나 않을까, 하고 생각하였다. 그러나 여자는—여자는 능히 자기를 행복되게 하여 줄 것인가. 구보는 자기가 알고 있는 온갖 여자를 차례로 생각하여 보고, 그리고 가만히 한숨지었다.

연재 삽화 8

이상이 소설《소설가 구보 씨의 일일》연재 8회분에 그려 넣은 삽화이다. 1934년 8월 11일《조선중앙일보》에 실렸다.

이 삽화는 소설가 구보 씨가 전차에서 내려 장곡천정(현재의 소공동)의 다방으로 들어서면서 잠깐 머릿속에 떠올렸던 어떤 소녀와 팔목시계에 관한 단상을 콜라주 기법으로 그린 것이 특징이다. 오른쪽에는 소녀의 얼굴과 팔목시계를 그려 넣었고 왼쪽으로는 일상적인 행복을 누리며 살아가는 부인과 아이의 얼굴을 대조적으로 그렸다.

[소설 본문 일부]

조선은행 앞에서 구보는 전차를 내려, 장곡천정(長谷川町)으로 향한다.

생각에 피로한 그는 이제 마땅히 다방에 들러 한잔의 홍차를 즐겨야 할 것이다.

몇 점이나 되었나. 구보는, 그러나, 시계를 갖지 않았다. 갖는다면, 그는 우아한 회중시계를 택할 게다. 팔뚝시계는—그것은 소녀 취미에나 맞을 게다. 구보는 그렇게도 팔뚝시계를 갈망하던 한 소녀를 생각하였다. 그는 동리에 전당(典當) 나온 십팔금 팔뚝시계를 탐내고 있었다. 그것은 사 원 팔십 전에 구할 수 있었다. 그리고, 그는, 그 시계 말고, 치마 하나를 해 입을 수 있을 때에, 자기는 행복의 절정에 이를 것같이 생각하고 있었다. 벰베르크 실로 짠 보일 치마. 삼 원 육십 전. 하여튼 팔 원 사십 전이 있으면, 그 소녀는 완전히 행복일 수 있었다. 그러나, 구보는, 그 결코 크지 못한 욕망이 이루어졌음을 듣지 못했다.

구보는, 자기는, 대체, 얼마를 가져야 행복일 수 있을까 생각해 본다.

연재 삽화 9

이상이 소설 《소설가 구보 씨의 일일》 연재 9회분에 그려 넣은 삽화이다. 1934년 8월 14일 《조선중앙일보》에 실렸다.

이 삽화는 다방의 내부 가운데 커피 잔과 음료수 컵이 놓여 있는 탁자와, 손님이 없는 의자를 조감의 기법으로 그린 그림이다. 등나무 의자의 형태가 어렴풋이 드러나 있다.

[소설 본문 일부]

다방의 오후 두시, 일을 가지지 못한 사람들이 그곳 등의자(藤椅子)에 앉아, 차를 마시고, 담배를 태우고, 이야기를 하고, 또 레코드를 들었다. 그들은 거의 다 젊은이들이었고, 그리고 그 젊은이들은 그 젊음에도 불구하고, 이미 자기네들은 인생에 피로한 것같이 느꼈다. 그들의 눈은 그 광선이 부족하고 또 불균등한 속에서 쉴 사이 없이 제각각의 우울과 고달픔을 하소연한다. 때로, 탄력 있는 발소리가 이 안을 찾아들고, 그리고 호화로운 웃음 소리가 이 안에 들리는 일이 있었다. 그러나 그것들은 이곳에 어울리지 않았고, 그리고 무엇보다도 다방에 깃들인 무리들은 그런 것을 업신여겼다.

연재 삽화 10

이상이 소설《소설가 구보 씨의 일일》연재 10회분에 그려 넣은 삽화
이다. 1934년 8월 15일《조선중앙일보》에 실렸다.

이 삽화는 구보 씨가 다방 안으로 들어가면서 우연하게도 지인을 발견
하게 되지만 서로 아는 체를 하지 않고 등을 돌린 채 앉아 있는 모습을 그
려 놓고 있다. 소설 속의 한 장면을 그대로 보여준다. 왼쪽에는 안경을 낀
구보 씨의 옆모습을 그려 놓았고, 그 옆으로 등을 돌린 자세로 앉아 있는
사람이 있다. 다방에서 흔히 일어날 수 있는 장면 하나를 보여주고 있는
셈이다.

그 사내와, 구보는, 일찍이, 인사를 한 일이 있었다. 그러나, 그것은 공교 롭게 어두운 거리에서이었다. 한 벗이 그를 소개하였다. 말씀은 많이 들었 습니다, 하고 그는 말하였었다. 사실 그는 구보의 이름과 또 얼굴을 전부터 알고 있었던 것임에 틀림없었다. 그러나 구보는, 구보는 그를 몰랐다. 모른 채 어두운 곳에서 그대로 헤어져 버린 구보는 뒤에 그를 만나도, 그를 그라 고 알아내지 못하였다. 그 사내는 구보가 자기를 보고도 알은체 안 하는 것 에 응당 모욕을 느꼈을 게다. 자기를 자기라 알고도 모르는 체하는 것이라 생각할 때, 그의 마음은 평온할 수 없었을 게다. 그러나 구보는, 구보는 몰 랐고, 모르면 태연할 수 있다. 자기를 볼 때마다 황당하게, 또 불쾌하게 시 선을 돌리는 그 사내를, 구보는 오직 괴이하게만 여겨 왔다. 괴이하게만 여 겨 오는 동안은 그래도 좋았다. 마침내 구보가 그를 그라고 알아낼 수 있었 을 때, 그것은 그의 마음에 암영(暗影)을 주었다. 그 뒤부터 구보는 그 사내 와 시선이 마주치면, 역시 당황하게, 그리고 불안하게 고개를 돌리는 수밖 에 없었다. 그것은 사람의 마음을 우울하게 하여 놓는다. 구보는 다방 안의 한 구획을 그의 시야 밖에 두려 노력하며, 사람과 사람 사이의 교섭의 번거 로움을 새삼스러이 느끼지 않으면 안 된다.

연재 삽화 11

이상이 소설《소설가 구보 씨의 일일》연재 11회분에 그려 넣은 삽화 이다. 1934년 8월 17일《조선중앙일보》에 실렸다.

이 삽화는 여름 한낮에 거리를 걷던 구보가 자신이 쇠약한 이유를 생 각하면서 머릿속에 떠오른 장면을 그대로 그려 냈다. 서로 다른 두 개의 장면을 좌우에 배치했다. 오른편에는 어린 시절부터 책 읽기를 좋아했던 구보가 책을 쌓아 놓고 엎드린 자세로 읽고 있는 모습을 그리고 있는데, 왼편에는 안잠자기(요즘의 가정부)가 조심스럽게 이야기책 가운데 '춘향 전'이 제일 재미있다고 말해 주는 장면을 보여준다.

[소설 본문 일부]

　구보는 다시 걷기로 한다. 여름 한낮의 뙤약볕이 맨머리 바람의 그에게 현기증을 주었다. 그는 그곳에 더 그렇게 서 있을 수 없다. 신경쇠약. 그러나 물론, 쇠약한 것은 그의 신경뿐이 아니다. 이 머리를 가져, 이 몸을 가져, 대체 얼마만한 일을 나는 하겠단 말인고―때마침 옆을 지나는 장년의, 그 정력가형 육체와 탄력 있는 걸음걸이에 구보는, 일종 위압조차 느끼며, 문득, 아홉 살 때에 집안 어른의 눈을 기어 『춘향전』을 읽었던 것을 뉘우친다. 어머니를 따라 일갓집에 갔다 와서, 구보는 저도 애기책이 보고 싶다 생각하였다. 그러나 집안에서는 그것을 금했다. 구보는 남몰래 안잠자기에게 문의하였다. 안잠자기는 세책(貰冊)집에는 어떤 책이든 있다는 것과, 일 전이면 능히 한 권을 세내 올 수 있음을 말하고, 그러나 꾸중 들우―그리고 다음에, 재밌긴 『춘향전』이 제일이지, 그렇게 그는 혼자말을 하였었다. 한 푼(分)의 동전과 한 개의 주발 뚜껑, 그것들이, 17년 전의 그것들이, 뒤에 온, 그리고 또 올, 온갖 것의 근원이었을지도 모른다. 자기 전에 읽던 애기책들. 밤을 새워 읽던 소설책들. 구보의 건강은 그의 소년시대에 결정적으로 손상되었던 것임에 틀림없다…….

연재 삽화 12

이상이 소설《소설가 구보 씨의 일일》연재 12회분에 그려 넣은 삽화이다. 1934년 8월 18일《조선중앙일보》에 실렸다.

이 삽화는 경성역 삼등 대합실에 빽빽하게 들어선 사람들의 모습을 그린 것이다. 구보 씨가 경성역 대합실에 들러 사람들의 행색을 둘러보게 되는 장면에 대응한다. 의자에 앉은 사람과 서 있는 사람들이 여기저기 많이 보인다.

[소설 본문 일부]

그는 눈앞에 경성역을 본다. 그곳에는 마땅히 인생이 있을 게다. 이 낡은 서울의 호흡과 또 감정이 있을 게다. 도회의 소설가는 모름지기 이 도회의 항구(港口)와 친하여야 한다. 그러나 물론 그러한 직업의식은 어떻든 좋았다. 다만 구보는 고독을 삼등 대합실 군중 속에 피할 수 있으면 그만이다.

그러나 오히려 고독은 그곳에 있었다. 구보가 한옆에 끼여 앉을 수도 없게시리 사람들은 그곳에 빽빽하게 모여 있어도, 그들의 누구에게서도 인간 본래의 온정을 찾을 수는 없었다. 그네들은 거의 옆의 사람에게 한마디 말을 건네는 일도 없이, 오직 자기네들 사무에 바빴고, 그리고 간혹 말을 건네도, 그것은 자기네가 타고 갈 열차의 시각이나 그러한 것에 지나지 않았다. 그네들의 동료가 아닌 사람에게 그네들은 변소에 다녀올 동안의 그네들 짐을 부탁하는 일조차 없었다. 남을 결코 믿지 않는 그네들의 눈은 보기에 딱하고 또 가엾었다.

연재 삽화 13

　이상이 소설《소설가 구보 씨의 일일》연재 13회분에 그려 넣은 삽화
이다. 1934년 8월 19일《조선중앙일보》에 실렸다.

　이 삽화는 구보 씨가 경성역 대합실에서 우연히 만나게 된 전당포집
둘째 아들을 따라 경성역에 있는 다방으로 들어가게 된 장면에 대응한
다. 그 사내는 한 여성을 데리고 함께 놀러 가려고 경성역에 나온 것이다.
그림 속에서는 다방의 탁자 위에 당시 다방에서 팔던 모든 음료를 포장
한 작은 상자들과 함께 찻잔이 놓여 있다. 영어 알파벳으로 표기된 것은
BRAZIL(커피), COCOA(코코아), LIPTON(홍차) 등이 있고 일본어로 표
기된 ガテマラ(과테말라, 커피 원두), カルピス(칼피스) 등이 보인다. 커피 잔
옆에 각설탕이 놓여 있다.

그 사내는 주머니에서 금시계를 꺼내 보고, 다음에 구보의 얼굴을 쳐다보며, 저기 가서 차라도 안 먹으려나. 전당폿집의 둘째아들. 구보는 그러한 사내와 자리를 같이 하여 차를 마실 생각은 없었다. 그러나, 그러한 경우에 한 개의 구실을 지어, 그 호의를 사절할 수 있도록 구보는 용감하지 못하다. 그 사내는 앞장을 섰다. 자아 그럼 저리로 가지. 그러나 그것은 구보에게만 한 말이 아니었다. 구보는 자기 뒤를 따라오는 한 여성을 보았다. 그는 한번 흘낏 보기에도, 한 사내의 애인 된 티가 있었다. 어느 틈엔가 이런 자도 연애를 하는 시대가 왔나. 새삼스러이 그 천한 얼굴이 쳐다보였으나, 그러나 서정시인조차 황금광으로 나서는 때다. 의자에 가장 자신있이 앉아, 그는 주문 들으러 온 소녀에게, 나는 가루삐스(칼피스), 그리고 구보를 향하여, 자네두 그걸루 하지. 그러나 구보는 거의 황급하게 고개를 흔들고, 나는 홍차나 커피로 하지.

음료 칼피스를, 구보는, 좋아하지 않는다. 그것은 외설(猥褻)한 색채를 갖는다. 또, 그 맛은 결코 그의 미각에 맞지 않았다. 구보는 차를 마시며, 문득, 끽다점(喫茶店)에서 사람들이 취하는 음료를 가져, 그들의 성격, 교양, 취미를 어느 정도까지는 알 수 있을 것이 아닌가, 하고 생각하여 본다. 그리고 그것은 동시에, 그네들의 그때, 그때의 기분조차 표현하고 있을 게다.

연재 삽화 14

이상이 소설《소설가 구보 씨의 일일》연재 14회분에 그려 넣은 삽화이다. 1934년 8월 21일《조선중앙일보》에 실렸다.

이 삽화는 고야Goya의 그림 〈옷을 벗은 마야〉의 패러디에 해당한다. 해변의 백사장에서 옷을 벗고 장의자에 기대고 있는 여인의 모습은 월미도月尾島라는 한자 표시와 돛단배가 없다면 그대로 고야의 그림과 일치한다. 소설가 구보 씨가 경성역 다방에서 만난 전당포집 둘째 아들은 함께 있던 여자와 함께 월미도로 놀러 가는 듯싶다. 구보는 교외로 데이트를 떠나는 남녀를 두고 그 여성의 미모를 생각하며 마음이 편치 못하다.

월미도로 놀러가는 듯싶은 그들과 헤어져, 구보는 혼자 역 밖으로 나온다. 이러한 시각에 떠나는 그들은 적어도 오늘 하루를 그곳에서 묵을 게다. 구보는, 문득, 여자의 발가숭이를 아무 거리낌 없이 애무할 그 남자의, 야비한 웃음으로 하여 좀더 추악해진 얼굴을 눈앞에 그려 보고, 그리고 마음이 편안하지 못했다.

여자는, 여자는 확실히 어여뻤다. 그는, 혹은, 구보가 이제까지 어여쁘다고 생각하여 온 온갖 여인들보다도 좀더 어여뻤을지도 모른다. 그뿐 아니다. 남자가 같이 '가루삐스'를 먹자고 권하는 것을 물리치고, 한 접시의 아이스크림을 지망할 수 있도록 여자는 총명하였다.

연재 삽화 15

이상이 소설《소설가 구보 씨의 일일》연재 15회분에 그려 넣은 삽화이다. 1934년 8월 22일《조선중앙일보》에 실렸다.

이 삽화는 소설 속에서 구보 씨가 다시 장곡천정 근처의 다방으로 돌아와서 다방 안에 있는 작은 강아지를 발견하고 그 강아지를 쓰다듬어 주려고 하는 장면을 그대로 그려 놓고 있다. 구보 씨의 내면에 깊이 자리하고 있는 고독감이 그대로 표출된 장면이라고 생각된다. 강아지에게 '캄 히어'라고 영어로 말해보고, '이리 온' 하고 말을 걸어도 강아지는 꿈쩍 않고 눈을 감는다.

　강아지의 반쯤 감은 두 눈에는 고독이 숨어 있는 듯싶었다. 그리고 그와 함께, 모든 것에 대한 단념도 그곳에 있는 듯싶었다. 구보는 그 강아지를 가엾다, 생각한다. 저를 사랑하는 사람이 단 한 사람일지라도 이 다방 안에 있음을 알려 주고 싶다, 생각한다. 그는, 문득, 자기가 이제까지 한 번도 그의 머리를 쓰다듬어 준다거나, 또는 그가 핥는 대로 손을 맡기어 둔다거나, 그러한 그에 대한 사랑의 표현을 한 일이 없었던 것을 생각해 내고, 손을 내밀어 그를 불렀다. 사람들은 이런 경우에 휘파람을 분다. 그러나 원래 구보는 휘파람을 안 분다. 잠깐 궁리하다가, 마침내 그는 개에게만 들릴 정도로 '캄, 히어' 하고 말해 본다.

　강아지는 영어를 해득하지 못하는지도 모른다. 머리를 들어 구보를 쳐다보고, 그리고 아무 흥미도 느낄 수 없는 듯이 다시 머리를 떨어뜨렸다. 구보는 의자 밖으로 몸을 내밀어, 조금 더 큰 소리로, 그러나 한껏 부드럽게, 또 한번, '캄, 히어.' 그리고 그것을 번역하였다. '이리 온.' 그러나 강아지는 먼젓번 동작을 또 한번 되풀이하였을 따름, 이번에는 입을 벌려 하품 비슷한 짓을 하고, 아주 눈까지 감는다.

연재 삽화 16

　이상이 소설《소설가 구보 씨의 일일》연재 16회분에 그려 넣은 삽화
이다. 1934년 8월 24일《조선중앙일보》에 실렸다.

　이 삽화는 일종의 평면도의 기법으로 다방 안의 장면을 그려 놓고 있
다. 소설 속에서 구보 씨가 기다리던 친구를 다방에서 만나 서로 마주 앉
게 된다. 다방 안의 천장에서 수직으로 아래를 내려다보는 각도를 그대
로 유지할 경우 이런 그림이 가능하다. 탁자를 사이에 두고 구보 씨와 친
구가 마주보고 앉아 있는 모습을 그린 것이지만 평면도의 기법으로 그렸
기 때문에 두 사람의 머리 모양만 드러나 있다.

마침내 벗이 왔다. 그렇게 늦게 온 벗을 구보는 책망할까 하고 생각하여 보았으나, 그보다 먼저 진정 반가워하는 빛이 그의 얼굴에 떠올랐다. 사실, 그는, 지금 벗을 가진 몸의 다행함을 느낀다.

그 벗은 시인이었음에도 불구하고, 극히 건장한 육체와 또 먹기 위하여 어느 신문사 사회부 기자의 직업을 가지고 있었다. 그것이 때로 구보에게 애달픔을 주지 않는 것은 아니다. 그래도, 그래도 그와 대하여 있으면, 구보는 마음속에 밝음을 가질 수 있었다.

"나, 소다스이(소다수)를 다우."

벗은, 즐겨 음료 조달수(曹達水)를 취하였다. 그것은 언제든 구보에게 가벼운 쓴웃음을 준다. 그러나 물론 그것은 적어도 불쾌한 감정은 아니다.

다방에 들어오면, 여학생이나 같이, 조달수를 즐기면서도, 그래도 벗은 조선 문학 건설에 가장 열의를 가지고 있었다. 그러한 그가 하루에 두 차례씩, 종로서와, 도청과, 또 체신국엘 들르지 않으면 안 되었던 것은 한 개의 비참한 현실이었을지도 모른다. 마땅히 시를 초(草)하여야만 할 그의 만년필을 가져, 그는 매일같이 살인 강도와 방화 범인의 기사를 쓰지 않으면 안 되었다. 그래 이렇게 제 자신의 시간을 가지면 그는 억압당하였던, 그의 문학에 대한 열정을 쏟아 논다.

연재 삽화 17

이상이 소설《소설가 구보 씨의 일일》연재 17회분에 그려 넣은 삽화이다. 1934년 8월 25일《조선중앙일보》에 실렸다.

이 삽화는 소설 속에서 구보가 다방을 나와 친구와 서로 헤어지는 장면에 대응한다. 친구는 집으로 가겠다고 하지만 구보는 황혼의 경성 거리에서 누구와 함께할 것인가를 고민한다.

[소설 본문 일부]

구보는 그저 「율리시즈」를 논하고 있는 벗을 깨닫고, 불쑥, 그야 제임스 조이스의 새로운 시험에는 경의를 표하여야 마땅할 게지. 그러나 그것이 새롭다는, 오직 그 점만 가지고 과중평가를 할 까닭이야 없지. 그리고 벗이 그 말에 대하여, 항의를 하려 하였을 때, 구보는 의자에서 몸을 일으키어, 벗의 등을 치고, 자아 그만 나갑시다.

그들이 밖에 나왔을 때, 그곳에 황혼이 있었다. 구보는 이 시간에, 이 거리에, 맑고 깨끗함을 느끼며, 문득, 벗을 돌아보았다.

"이제 어디로 가?"

"집으루 가지."

벗은 서슴지 않고 대답하였다. 구보는 대체 누구와 이 황혼을 지내야 할 것인가 망연하여한다.

연재 삽화 18

이상이 소설《소설가 구보 씨의 일일》연재 18회분에 그려 넣은 삽화이다. 1934년 8월 28일《조선중앙일보》에 실렸다.

이 삽화는 소설 속의 구보가 종로 네거리로 다시 와서 황혼 무렵 거리를 거닐고 있는 여인들의 모습을 보고 생각에 잠기는 장면을 그려 낸 것이다. 주로 여인들의 숙녀화를 신고 있는 다리 모양을 집중적으로 그렸다. 무릎까지 올라오는 짧은 스커트에 구두를 신고 있는 모습을 통해 당대 여성의 패션을 확인할 수 있다.

[소설 본문 일부]

하루의 대부분을 속무(俗務)에 헤매지 않으면 안 되었던 그는 이제 저녁 후의 조용한 제 시간을 가져, 독서와 창작에서 기쁨을 찾을 게다. 구보는, 구보는 그러나 요사이 그 기쁨을 못 갖는다.

어느 틈엔가, 구보는 종로 네거리에 서서, 그곳에 황혼과, 또 황혼을 타서 거리로 나온 노는 계집의 무리들을 본다. 노는 계집들은 오늘도 무지(無智)를 싸고 거리에 나왔다. 이제 곧 밤은 올 게요, 그리고 밤은 분명히 그들의 것이었다. 구보는 포도 위에 눈을 떨어뜨려, 그곳에 무수한 화려한 또는 화려하지 못한 다리를 보며, 그들의 걸음걸이를 가장 위태롭다 생각한다. 그들은, 모두가 숙녀화에 익숙하지 못한 것은 아니다. 그러나 그러함에도 불구하고, 그들은 모두들 가장 서투르고, 부자연한 걸음걸이를 갖는다. 그것은, 역시, '위태로운 것'이라고밖에 말할 수 없는 것임에 틀림없었다.

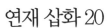

연재 삽화 20

　이상이 소설《소설가 구보 씨의 일일》연재 20회분에 그려 넣은 삽화이다. 1934년 8월 31일《조선중앙일보》에 실렸다. 8월 29일에 발표된 연재 19회분에는 삽화가 없이 소설 본문만 신문에 실렸다.

　이 삽화는 소설 속의 구보가 친구와 함께 대창옥 설렁탕집으로 가던 중 동경 시절에 만났던 여인의 모습을 떠올리는 장면과 그대로 대응한다. 여인의 모습과 함께 일본 도쿄 신주쿠의 유명한 영화관 무사시노간〔武藏野館〕의 전면이 그려져 있다. 구보는 그 여인과 영화관에 들러 함께 영화를 즐겼던 장면을 떠올리고 있다.

　그날은 일요일이었고, 여자는 마악 어디 나가려던 차인지 나들이옷을 입고 있었다. 통속소설은 템포가 빨라야 한다. 그 전날, 윤리학 노트를 집어 들었을 때부터 이미 구보는 한 개 통속소설의 작자이었고 동시에 주인공이었던 것임에 틀림없었다. 그는 여자가 기독교 신자인 경우에는 제자신 목사의 졸음 오는 설교를 들어도 좋다고까지 생각하고 있었다. 여자는 또 한번 얼굴을 붉히고, 그러나 구보가, 만일 볼일이 계시다면, 하고 말하였을 때, 당황하게, 아니에요 그럼 잠깐 기다려 주세요, 그리고 여자는 핸드백을 들고 나왔다. 분명히 자기를 믿고 있는 듯싶은 여자 태도에 구보는 자신을 갖고, 참 이번 주일에 무사시노칸(武藏野館) 구경하셨습니까. 그리고 그와 함께 그러한 자기가 할 일 없는 불량소년같이 생각되고, 또 만약 여자가 그렇게도 쉽사리 그의 유인에 빠진다면, 그것은 아무리 통속소설이라도 독자는 응당 작자를 신용하지 않을 게라고 속으로 싱겁게 웃었다. 그러나 설혹 그렇게도 쉽사리 여자가 그를 좇더라도 구보는 그것을 경박하다고 생각하고 싶지 않았다. 그것에는 경박이란 문자는 맞지 않을 게다. 구보는 자부심으로서는 여자가 초면임에도 불구하고 자기를 족히 믿을 만한 남자라 알아볼 수 있도록 그렇게 총명하다고 생각하고 싶었다.

연재 삽화 21

이상이 소설《소설가 구보 씨의 일일》연재 20회분에 그려 넣은 삽화이다. 1934년 9월 4일《조선중앙일보》에 실렸다.

이 삽화는 소설 속의 구보가 설렁탕을 먹고 나서 친구와 헤어지면서 문득 동경에서 여인과 만나 데이트를 즐기다가 히비야(日比谷) 공원 근처에서 헤어졌던 모습을 떠올리는 대목을 그대로 그린 것이다. 삽화 가운데 가장 사실적 풍경에 가깝게 그려져 있다.

[소설 본문 일부]

이곳을 나와, 그러나, 그들은 한길 위에 우두머니 선다. 역시 좁은 서울이었다. 동경이면, 이러한 때 구보는 우선 은좌(銀座)로라도 갈 게다. 사실 그는 여자를 돌아보고, 은좌로 가서 차라도 안 잡수시렵니까, 그렇게 말하고 싶었었다. 그러나, 순간에, 지금 마악 보았을 따름인 영화의 한 장면을 생각해 내고, 구보는 제가 취할 행동에 자신을 가질 수 없었을지도 모른다. 규중(閨中) 처자를 꼬여 오페라 구경을 하고, 밤늦게 다시 자동차를 몰아 어느 별장으로 향하던 불량청년. 언뜻 생각하면 그의 옆얼굴과 구보의 것과 사이에 일맥상통한 점이 있었던 듯싶었다. 구보는 쓰디쓰게 웃고, 그러나 그러한 것은 어떻든, 은좌가 아니라도 어디 이 근처에서라도 차나 먹고…… 참, 내 정신 좀 보아. 벗은 갑자기 소리치고 자기가 이 시각에 꼭 만나야 할 사람이 있음을 말하고, 그리고 이제 구보가 혼자서 외로울 것을 알고 있었으므로, 그는 미안한 표정을 지었다. 여자가 주저하며, 그만 집으로 돌아가야겠다고 구보를 곁눈질하였을 때에도, 역시 그러한 표정이었던 것임에 틀림없었다. 우리 열점쯤 해서 다방에서 만나기로 합시다. 열점. 응, 늦어도 열점 반. 그리고 벗은 전찻길을 횡단하여 갔다. 전찻길을 횡단하여 저편 포도 위를 사람 틈에 사라져 버리는 벗의 뒷모양을 바라보며, 어인 까닭도 없이, 이슬비 내리던 어느 날 저녁 히비야(日比谷) 공원 앞에서의 여자를 구보는 애달프다, 생각한다.

연재 삽화 22

이상이 소설《소설가 구보 씨의 일일》연재 22회분에 그려 넣은 삽화이다. 1934년 9월 5일《조선중앙일보》에 실렸다.

이 삽화는 연재 21회분에 그렸던 삽화와 내용상 이어진다. 소설 속의 구보가 동경 히비야 공원에서 여인과 헤어질 때의 뒷모습을 떠올리는 대목을 그대로 그린 것이다. 왼쪽에는 빗속을 걸어가는 여인의 뒷모습과 오른쪽에는 어둠 속에 서 있던 구보의 모습을 대비시켜 그려 놓고 있다.

[소설 본문 일부]

또다시 너무나 가엾은 여자의 뒷모양이 보였다. 레인코트 위에 빗물은 흘러내리고 우산도 없이 모자 안 쓴 머리가 비에 젖어 애달프다. 기운 없이, 기운 있을 수 없이, 축 늘어진 두 어깨. 주머니에 두 팔을 꽂고, 고개 숙여 내어디디는 한 걸음, 또 한 걸음, 그 조그맣고 약한 발에 아무러한 자신도 없다. 뒤따라 그에게로 달려가야 옳았다. 달려들어 그의 조그만 어깨를 으스러져라 잡고, 이제까지 한 나의 말은 모두 거짓이었다고, 나는 결코 이 사랑을 단념할 수 없노라고, 이 사랑을 위하여는 모든 장애와 싸워 가자고, 그렇게 말하고, 그리고 이슬비 내리는 동경 거리에 두 사람은 무한한 감격에 울었어야만 옳았다.

연재 삽화 23

이상이 소설《소설가 구보 씨의 일일》연재 23회분에 그려 넣은 삽화
이다. 1934년 9월 8일《조선중앙일보》에 실렸다.

이 삽화는 소설 속의 구보가 혼자 거리를 거닐다가 친구의 조카아이를
만나 길거리의 수박 장수한테 수박을 사서 주는 장면에 대응한다. 소설
속에서는 수박을 집에 가지고 가서 엄마에게 드리고 같이 나눠 먹으라고
아이에게 당부하는 장면이 나온다.

[소설 본문 일부]

구보는 아이들을 사랑한다. 아이들의 사랑을 받기를 좋아한다. 때로,

그는 아이들에게 아첨하기조차 하였다. 만약 자기가 사랑하는 아이들이 자기를 따르지 않는다면—그것은 생각만 하여 볼 따름으로 외롭고 또 애달팠다. 그러나 아이들은 그렇게도 단순하다. 그들은, 그들을 사랑하는 사람을 반드시 따랐다.

눈깔 아저씨, 우리 이사한 담에 언제 왔수. 바루 저 골목 안이야. 같이 가아 응. 가보고도 싶었다. 그러나 역시, 시간을 생각하고, 벗을 놓칠 것을 염려하고, 그는 이내 그것을 단념하는 수밖에 없었다. 어쩌할꾸. 구보는, 저편에 수박 실은 구루마를 발견하였다. 너희들 배탈 안 났니. 아아니, 왜 그러우. 구보는 두 아이에게 수박을 한 개씩 사서 들려주고, 어머니 갖다 드리구 노나 줍쇼, 그래라. 그리고 덧붙이어 썸 말구 똑같이들 노나야 한다. 생각난 듯이 큰아이가 보고하였다. 지난 번에 필운이 아저씨가 바나나를 사왔는데, 누나는 배탈이 나서 먹지를 못했죠, 그래 막 까시(놀림)를 올렸더니만…… 구보는 그 말괄량이 소녀의, 거의 울가망이 된 얼굴을 눈앞에 그려 보고 빙그레 웃었다.

연재 삽화 24

이상이 소설《소설가 구보 씨의 일일》연재 24회분에 그려 넣은 삽화이다. 1934년 9월 10일《조선중앙일보》에 실렸다.

이 삽화는 오른편에는 자전거를 타고 가는 전보 배달원을 그렸고, 왼편에는 인적이 드문 밤거리에 나와 있는 부녀자들의 모습을 그려 놓고 있다. 중앙에는 소설 속의 구보가 친구들에게 엽서를 여러 장 쓰는 모습을 상상하는 장면과 대응한다. 이 삽화 역시 콜라주 기법에 의해 서로 다른 장면들을 합쳐 놓고 있다.

[소설 본문 일부]

문득, 제비와 같이 경쾌하게 전보 배달의 자전거가 지나간다. 그의 허리에 찬 조그만 가방 속에 어떠한 인생이 압축되어 있을 것인고. 불안과, 초조와, 기대와…… 그 조그만 종이 위의, 그 짧은 문면(文面)은 그렇게도 용이하게, 또 확실하게, 사람의 감정을 지배한다. 사람은 제게 온 전보를 받아 들 때 그 손이 가만히 떨림을 스스로 깨닫지 못한다. 구보는 갑자기 자기에게 온 한 장의 전보를 그 봉함(封緘)을 떼지 않은 채 손에 들고 감동하고 싶은 충동을 느꼈다. 전보가 못 되면, 보통 우편물이라도 좋았다. 이제 한 장의 엽서에라도, 구보는 거의 감격을 가질 수 있을 게다.

흥, 하고 구보는 코웃음쳐 보았다. 그 사상은 역시 성욕의, 어느 형태로서의, 한 발현에 틀림없었다. 그러나 물론 결코 부자연하지 않은 생리적 현상을 무턱대고 업신여길 의사는 구보에게 없었다. 사실 서울에 있지 않은 모든 벗을 구보는 잊은 지 오래였고 또 그 벗들도 이미 오랜 동안 소식을 전하여 오지 않았다. 그들은, 모두, 지금, 무엇들을 하구 있을꾸. 한 해에 단 한 번 연하장을 보내 줄 따름의 벗에까지, 문득 구보는 그리움을 가지려 한다. 이제 수천 매의 엽서를 사서, 그 다방 구석진 탁자 위에서…… 어느 틈엔가 구보는 가장 열정을 가져, 벗들에게 편지를 쓰고 있는 제 자신을 보았다. 한 장, 또 한 장, 구보는 재떨이 위에 생담배가 타고 있는 것도 깨닫지 못하고, 그가 기억하고 있는 온갖 벗의 이름과 또 주소를 엽서 위에 흘려 썼다…… 구보는 거의 만족한 웃음조차 입가에 띠며, 이것은 한 개 단편소설의 결말로는 결코 비속하지 않다, 생각하였다. 어떠한 단편소설의—물론, 구보는, 아직 그 내용을 생각하지 않았다.

연재 삽화 25

　이상이 소설 《소설가 구보 씨의 일일》 연재 25회분에 그려 넣은 삽화이다. 1934년 9월 12일 《조선중앙일보》에 실렸다.

　이 삽화는 소설 속의 구보가 다방으로 들어가 자리를 잡고 앉으려 할 때 다방에 마주친 중학 시절의 선배인 보험회사 외교원의 호기 있는 행동을 보게 되는 대목을 그린 것이다. 등장하는 인물은 그리지 않고 다방의 탁자와 의자, 탁자 위에 놓인 맥주병과 그라스 그리고 커피 잔을 어지럽게 그려 놓고 있다. 당시 다방에서 맥주와 음료를 같이 판매하고 있었음을 알 수 있다.

　그는 맥주병을 들어 보고, 아이 쪽을 향하여 더 가져오라고 소리치고, 다시 구보를 보고, 그래 요새두 많이 쓰시우. 무어 별로 쓰는 것 '없습니다.' 구보는 자기가 이러한 사내와 접촉을 가지게 된 것에 지극한 불쾌를 느끼며, 경어를 사용하는 것으로 그와 사이에 간격을 두기로 하였다. 그러나 이 딱한 사내는 도리어 그것에서 일종 득의감을 맛볼 수 있었는지도 모른다. 그뿐 아니라, 그는 한 잔 십 전짜리 차들을 마시고 있는 사람들 틈에서 그렇게 몇 병씩 맥주를 먹을 수 있는 것에 우월감을 갖고, 그리고 지금 행복이었을지도 모른다. 그는 구보에게 술을 따라 권하고, 내 참 구포 씨 작품을 애독하지. 그리고 그러한 말을 하였음에도 불구하고 구보가 아무런 감동도 갖지 않는 듯싶은 것을 눈치채자, 사실, 내 또 만나는 사람마다 보고,

　"구포 씨를 선전하지요."

　그러한 말을 하고는 혼자 허허 웃었다.

연재 삽화 26

　이상이 소설《소설가 구보 씨의 일일》연재 26회분에 그려 넣은 삽화이다. 1934년 9월 13일《조선중앙일보》에 실렸다.

　이 삽화는 소설 속의 구보가 다방에서 친구를 만나 함께 자주 가는 술집을 찾아 밤거리를 걸으면서 여자에 대한 이야기를 나누게 되는 장면을 그린 것이다. 중앙에는 구보와 그의 친구가 서 있고, 오른쪽에는 소녀의 얼굴을, 왼쪽에는 여인의 얼굴을 그려 놓고 있다. 실제의 장면과 머릿속에 상상하던 일을 함께 그려 넣고 있다.

[소설 본문 일부]

"혹시 노형은 새로운 애인을 갖고 싶다 생각 않소."

벗이 휘파람을 마치고 장난꾼같이 구보를 돌아보았다. 구보는 호젓하게 웃는다. 애인도 좋았다. 애인 아닌 여자도 좋았다. 구보가 지금 원함은 한 개의 계집에 지나지 않는지도 몰랐다. 또는 역시 어질고 총명한 아내라야 하였을지도 몰랐다. 그러다가 구보는, 문득, 아내도 계집도 말고, 십칠팔 세의 소녀를, 만약 그럴 수 있다면, 딸을 삼고 싶다고 그러한 엄청난 생각을 하여 보았다. 그 소녀는 마땅히 아리땁고, 명랑하고, 그리고 또 총명하여야 한다. 구보는 자애 깊은 아버지의 사랑을 가져 소녀를 데리고 여행을 할 수 있을 게다──

연재 삽화 27

이상이 소설《소설가 구보 씨의 일일》연재 27회분에 그려 넣은 삽화이다. 1934년 9월 14일《조선중앙일보》에 실렸다.

이 삽화는 소설 속의 구보가 친구와 함께 낙원정의 카페를 찾아가 술을 마시면서 어울리던 장면에 대응한다. 카페 안의 어지러운 풍경을 그려 놓고 있다. 구보는 술을 마시면서 술버릇에 대한 현대의학대사전의 내용을 떠올린다.

[소설 본문 일부]

벗이 그와 둘이서만 몇 마디 말을 주고받고 하였을 때, 세 명의 여급은 다른 곳으로 가버리고 말았다. 동료와 친근히 하고 있는 듯싶은 객에게,

계집들은 결코 흥미를 느끼지 않는다.

"어서 약주 드세요."

이 탁자를 맡은 계집이, 특히 벗에게 권하였다. 사실, 맥주를 세 병째 가져오도록 벗이 마신 술은 모두 한 곱뿌나 그밖에 안 되었던 것임에 틀림없었다. 그러나 벗은 오직 그 곱뿌를 들어 보고 또 입에 대는 척하고, 그리고 다시 탁자에 놓았다. 이 벗은 음주불감증이 있었다. 그러나 물론 계집들은 그런 병명을 알지 못한다. 구보에게 그것이 일종의 정신병임을 듣고, 그들은 철없이 눈을 둥그렇게 떴다. 그리고 다음에 또 철없이 그들은 웃었다. 한 사내가 있어 그는 평소에는 술을 즐기지 않으면서도 때때로 남주(濫酒)를 하여, 언젠가는 일본주(日本酒)를 두 되 이상이나 먹고, 그리고 거의 혼도(昏倒)를 하였다고 한 계집은 이야기를 하고, 그리고 그것도 역시 정신병이냐고 구보에게 물었다. 그것은 기주증(嗜酒症), 갈주증(渴酒症), 또는 황주증(荒酒症)이었다. 얼마 전엔가 구보가 흥미를 가져 읽은 현대의학대사전 제23권은 그렇게도 유익한 서적임에 틀림없었다.

연재 삽화 28

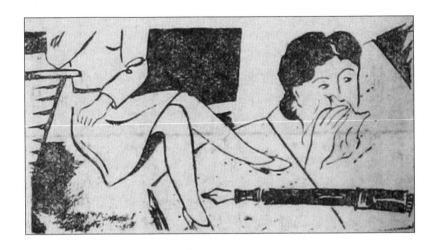

이상이 소설《소설가 구보 씨의 일일》연재 28회분에 그려 넣은 삽화
이다. 1934년 9월 15일《조선중앙일보》에 실렸다.

이 삽화는 소설의 마지막 삽화이다. 29회와 30회분 연재에는 삽화가
없다. 이 그림은 연재 1회분의 삽화와 내용상 서로 이어지는 것으로 볼
수 있다. 이 삽화에서는 손수건으로 입을 가린 얼굴 부분을 잘라 내어 펼
쳐진 노트 위에 얹어 놓은 것이 기발하다. 만년필이 펼쳐진 노트 위에 놓
여 있는데 글을 쓰던 손은 보이지 않는다. 이미 글이 모두 끝났음을 말해
준다. 이 삽화에서 여인의 얼굴 부분을 상반신에서 잘라 낸 것은 작은 화
폭이라는 제약에서 비롯된 것이라고 할 수도 있다. 그렇지만 책장 위에
머리 부분과 손수건을 들고 있는 손을 별도로 그려 놓은 것은 이야기의

내용을 시각화하는 효과까지 노리고 있다고 할 것이다.

[소설 본문 일부]

여성들의 나이란 수수께끼다. 그래도 이 계집을 갓스물이라 볼 수는 없었다. 스물다섯이나 여섯. 적어도 스물넷은 됐을 게다. 갑자기 구보는 일종의 잔인성을 가져, 그 역시 정신병자임에 틀림없음을 일러 주었다. 당의즉답증(當意卽答症). 벗도 흥미를 가져, 그에게 그 병에 대하여 자세한 것을 물었다. 구보는 그의 대학 노트를 탁자 위에 펴놓고, 그 병의 환자와 의원 사이의 문답을 읽었다. 코는 몇 개요. 두 갠지 몇 갠지 모르겠습니다. 귀는 몇 개요. 한 갭니다. 셋하구 둘하구 합하면. 일곱입니다. 당신 몇 살이오. 스물하납니다(기실 삼십팔 세). 매씨는. 여든한 살입니다. 구보는 공책을 덮으며, 벗과 더불어 유쾌하게 웃었다. 계집들도 따라 웃었다. 그러나 벗의 옆에 앉은 여급말고는 이 조그만 이야기를 참말 즐길 줄 몰랐던 것임에 틀림없었다. 특히 구보 옆의 환자는, 그것이 자기의 죄없는 허위에 대한 가벼운 야유인 것을 깨달을 턱 없이 호호대고 웃었다. 그는 웃을 때마다, 말할 때마다, 언제든 수건 든 손으로 자연을 가장(假裝)하여 그의 입을 가린다. 사실 그는 특히 입이 모양 없게 생겼던 것임에 틀림없었다. 구보는 그 마음에 동정과 연민을 느꼈다. 그러나 그것은 물론, 애정과 구별되지 않으면 안 된다. 연민과 동정은 극히 애정에 유사하면서도 그것은 결코 애정일 수 없다.

ㄱ

가브리엘Gabriel

히브리어로 신인神人이라는 뜻이며, 알려 주는 천사라고도 한다. 구약성서에서는 다니엘에게 세상의 끝날에 대해 알리는 일을 했고(단 8:16~19) 신약성서에서는 스가랴에게 세례자 요한의 출생을 알려 주었으며(눅1:5~25) 또한 성모 마리아에게 예수의 잉태를 알려 주었다(눅 1:26~36). 유대교 신학에서는 미카엘에 버금가는 대천사로 여겨지며, 이슬람교에서도 마호메트에게 계시를 한 천사로 받들고 있다.

[출전]

가브리엘천사균(天使菌)(내가 가장 불세출(不世出)의 그리스도라 치고) / 이 살균제(殺菌劑)는 마침내 폐결핵(肺結核)의 혈담(血痰)이었다(고?) (객혈의 아침)

고다 로한(幸田露伴, 1867~1947)

일본의 근대문학 초창기인 메이지 시대의 작가. 에도江戸 지방 태생으로 동경영학교東京英學校(뒤에 아오야마대학이 됨)를 중퇴하고 관립 전신수기학교電信修技學校를 졸업한 한 뒤 한때 전신기사로 일하기도 했다. 1887년부터 직장을 포기한 후 창작에 관심을 두면서 소설을 발표하기 시작했

다. 대표작으로 〈풍류불風流佛〉, 〈오중탑五重塔〉, 〈연외연緣外緣〉, 〈수염 난 남자ひげ男〉 등이 있다. 일본 근대문학 초기의 이상주의적 경향을 대표하는 작가로 알려져 있다. 일본 제국예술원 회원으로 활동했다. 고다 로한에 관한 기록은 수필 〈산촌여정〉에 짤막하게 소개되고 있듯이 특별하게 어떤 의미를 두고 있는 것은 아니다.

[출전]

밤열한時나 지나서 映畵鑑賞의밤은 「해피엔드」엿습니다. 組合員들과 映寫技士는 이村唯一의 飮食店에서 慰勞會를 열엇습니다. 나는 客舍로돌아와서 죽어가는 燈盞심지를 도두고 讀書를 始作하얏습니다. 그것은 이웃房에 묵고 게신 老神士쎄서 내懶惰와 憂蔚을訓戒하는쯧으로 빌녀주신 **幸田露伴**博士의 지은바 「人의道」라는 珍書임니다. 개가 멀니서 쓴일사이업시 니여 지저대임니다. 그윽한 「하이칼라」芳香을못니저 群衆은 아즉도 헤여지지안앗나 봄니다. (산촌여정)

고리키(M. Gorky, 1868~1936)

1868년 러시아의 볼가 강 상류에 있는 공업 도시 니즈니노브고로드 Nizhni Novgorod에서 출생했다. 가난한 목수의 아들로 태어났으며, 세 살 때 아버지가 사망하자 외가에서 자랐다. 초급학교도 가난으로 중퇴하였으며 돈벌이를 위해 구두 수선공 등을 하면서 각지를 방랑하였다. 타타르의 수도 카잔Kazan에서 우연하게 진보적인 혁명가들과 만나 지하조직에 가담하였고 독학으로 공부하면서 문학에 뜻을 두었다. 러시아 제국의 여러 지방을 떠돌며 당대 현실의 모순을 직접 목격한 그는 궁핍한 민중의 삶을 그려 내기 위해 글을 쓰기 시작했다. 그의 대표작은 자전적 소설 3부작 〈유년시대Detstvo〉(1914), 〈사람들 속에서V lyudyakh〉(1916), 〈나의 대학Moi universitety〉(1923)이 유명하다. 그의 희곡 〈밤 주막Na dne〉(1902)은 식민지 시대에 공연되어 널리 알려졌다. 혁명가의 전형으로 창조한 것으로 알려진 〈어머니Mat'〉(1907)도 대표작으로 손꼽힌다. 창작 방법으로서의 '사회주의 리얼리즘'을 주창하여 소비에트 문학의 대표 작가로 알려졌다. 이상이 막심 고리키를 언급한 것은 여러 글에서 찾아볼 수 있다.

〈나드네Na dne〉

러시아의 소설가 고리키가 1902년에 발표한 희곡 작품. 20세기에 접어들면서 혼란 속에 휩싸인 러시아의 사회 현실의 한 단면을 보여주고 있으며 전체 4막으로 구성되어 있다. 땅을 잃은 채 유랑하는 러시아 농촌의 하층민들의 궁핍한 삶과 물질적 탐욕 등을 비판적으로 그려 낸다. 볼가 지역의 허름한 주막의 지하실에는 도둑질을 일삼는 사람, 알코올 중독자, 매춘부, 늙은 장사꾼, 폐병 환자, 하역장의 인부 등이 궁핍에 허덕이며 살고 있다. 여기에 등장한 순례巡禮 노인 루카의 거짓말에 그들은 한때 희망에 들뜨기도 하지만 각박한 현실을 이겨 낼 수는 없다. 이에 대비되는 사기꾼 도박사의 인간에 대한 찬미도 있다. 삶의 현실에서 밀려난 밑바닥 인생들을 묘사하고는 있지만, 이들에게도 삶의 목표가 있다는 것을 보여주려 하고 있다. 이 작품은 1902년 모스크바 예술극장에서 초연이 성공을 거둔 이후 그 극장의 주요 레퍼토리가 되었으며 세계 각국에서 상연되었다. 1934년 경성에서도 〈밤 주막〉이라는 이름으로 상연된 바 있다.

〈四十年〉

러시아의 소설가 고리키의 장편소설. 원제는 《클림쌈긴Klim Samgin의 생애》이다. 러시아 혁명기의 격동의 시대를 살아가는 클림쌈긴 가의 3대의 이야기를 다루고 있는데, '40년'이라는 부제로 널리 알려져 있다.

[출전1]

또스토예쯔스키—나 **꼬리키**—는 美文을 쓰는 버릇이 없는 체했고 또 荒凉, 雅淡한 景致를 「取扱」하지 않았으되 이 의뭉스러운 어룬들은 직 美文은 쓸 듯 쓸 듯, 絶勝景槪는 나올 듯 나올 듯, 해만 보이고 끝끝내 아주 활짝 꼬랑지 를 내보이지는 않고 그만둔 구렁이 같은 분들이기 때문에 그 欺瞞術은 한층 더 進步된 것이며, 그런 만큼 效果가 또 絶大하야 千年을두고 萬年을 두고 네리네리 부즐없는 慰撫를 바라는 衆俗들을 잘 속일 수 있는 것이다. (종생기)

[출전2]

李箱! 당신은 世上을 經營할줄모르는 말하자면 병신이오. 그다지도 「迷惑」 하단말슴이오? 건너다보니 절터지요? 그렇다하드라도 「카라마조푸의兄弟」 나 「四十年」을 좀 구경삼아 들러보시지요. (종생기)

[출전3]

처녀가 아닌 대신에 **꼬리키**전집을 한권도 빼놓지 않고 讀파했다는 처녀 이 상의 보배가 宋군을 動하게 하였고 지금 宋군의 은근한 자랑꺼리리라. 결혼 하였으니 자연 宋군의 書架와 부인 순영씨(이 순영이라는 이름짜 밑에다 氏자를 붙이지 않으면 안되는 지금 내 가엾슨 처지가 말하자면 이 소설을 쓰는 동기지)의 서가 가 합병할 밖에—합병을 하고보니 宋군의 최근에 받은 **꼬리키**전집과 순영 씨의 고색창연한 **꼬리키**전집이 얼렸다. 결혼한지 한 달쯤 해서 宋군은 드듸 어 자기가 받은 新판 **꼬리키**전집 한질을 내다 팔았다. (환시기)

[출전4]

十二月의 麥酒는 선뜩선뜩하다. 밤이나 낮이나 監房은 어둡다는 이것은 **꼬- 리키**의 「**나드네**」구슬픈 노래, 이 노래를 나는 모른다. (실화)

고흐(Vincent van Gogh, 1853~1890)

네덜란드의 화가. 빈센트 반 고흐는 1853년 목사의 아들로 태어났다. 성직자를 지망하다가 미술 공부를 위해 파리로 가서 그림에 손을 대면서 초기에는 주로 노동자·농민 등 하층민의 생활과 풍경을 그렸다. 초기 걸작 〈감자 먹는 사람들〉(1885)은 이 무렵의 작품이다. 인상파의 밝은 그림과 일본의 우키요에[浮世繪] 판화에 접함으로써 밝은 화풍으로 바뀌었고 자화상이 급격히 많아진 것도 이 무렵부터였다. 그러나 곧 파리라는 대도시의 생활에 싫증을 느껴 1888년 2월 보다 밝은 태양을 찾아서 프랑스 아를로 이주하였다. 아를로 이주한 뒤부터 죽을 때까지의 약 2년 반 동안 그는 그곳의 밝은 태양에 감격하면서 〈아를의 도개교跳開橋〉, 〈해바라기〉와 같은 걸작을 제작했다. 새로운 예술촌 건설을 꿈꾸고 장 폴 고갱과의 공동생활이 시작되었으나 성격 차이가 심하여 순조롭지 못하였으며, 정신병 발작을 일으켜 고갱과 다툰 끝에 면도칼로 자신의 귀를 잘라버렸다. 1890년 권총 자살을 하였다. 그의 정열적인 작품이 생전에는 끝내 인정받지 못하였다. 그의 작품은 40점 가까운 자화상 이외에도 〈빈센트의 방〉, 〈별이 빛나는 밤〉, 〈밤의 카페〉, 〈삼杉나무와 별이 있는 길〉 등이 유명하다.

[출전]

건드리면손끝에묻을듯이빨간鳳仙花

너울너울하마날아오를듯하얀鳳仙花

그리고어느틈엔가南으로고개를돌리는듯한一片丹心의 해바라기—

이런꽃으로꾸며졌다는**고흐**의무덤은참얼마나美로우리까. (蜻蛉)

구르몽(Remy de Gourmont, 1858~1915)

프랑스의 시인. 소설가. 1858년 프랑스 노르망디에서 출생했다. 대학에서 법률을 전공한 후 파리로 이주하여 국립문서관리소에서 일했다. 1889년 문예지《메르퀴르 드 프랑스Mercure de France》를 창간해 상징주의를 옹호하는 비평과 미학 이론을 발표하면서 상징주의 운동을 주도하게 되었다. 1892년 간행된 시집《시몬La Simone》이 대표작이며 소설로는 《룩셈부르크의 하룻밤》, 평론집으로《프랑스어의 미학》,《문학 산책》등이 있다. 26세 때 병에 걸려 얼굴이 추해지자, 문밖 출입을 하지 않고 고독한 생애를 보낸 것으로 알려져 있다.

〈시몬La Simone〉

프랑스의 시인 레미 드 구르몽Remy de Gourmont이 1892년에 발간한 시집. 이 시집은 레미 드 구르몽이 34세 때에 출판한 것으로, 작가 특유의 독특한 감각과 상상으로 형상화된 '시몬'이란 영원의 여인에 대한 깊고 강렬한 애정을 표현하는 시들로 이루어져 있다. 가장 널리 읽히고 있는 시 〈낙엽〉은 낙엽을 시적 제재로 하여 삶에 대한 단상을 상징적으로 노래하고 있다.

[출전1]

그 외에는 족기에금시게줄을늘어트린 특색밧게는아모런특색도업는젊은신사한사람 쏘진흑투성이가된 힌구두를신은신사한사람 단것장사갓흔늙수구레한마나님이하나 가방을잔쪽끼고안자서 신문을보고잇는S 「쑤르몽」인 「시모오느」갓흔부인의 「푸로필」만 구경하고안저 잇는말나싸진나 이상과갓슴니다 (지광이 轢死)

[출전2]

내곁에는 내 女人이 그저 벙어리처럼 서있는채입니다. 나는 가만이 女人의 얼골을 처다보면 참 희고도 애처럽습니다. 이렇게 어듬침침한 밤에 몸時計

처럼 맑고도 깨끗합니다. 女人은 그前에 月光아래 오래오래놀든歲月이 있었나봅니다. 아―저런 얼골에―그러나 입맞출 자리가하나도 없읍니다. 입맞출 자리란 말하자면 얼골中에도 正히 아모것도아닌 자그마한 빈터전이여야만 합니다. 그렇것만 이女人의 얼골에는 그런空地가 한군데도 없읍니다. 나는 이태엽을 감아도 소리안나는 女人을 가만이 가저다가 내마음에다 놓아두는 中입니다. 텅텅뷔인 내母體가 亡할 때에 나는 이 「시모―느」와같은 女人을 滯한채 그러랍니다. 이女人은 내마음의 잃어버린 題目입니다. 그리고 未久에 내다버릴 내마음 暫間걸어두는 한개못입니다. 肉身의 各部分들도 이母體의 虛妄한것을 黙認하고 있나봅니다. (슬픈 이야기)

기싱(George Gissing, 1857~1903)

영국 소설가. 조지 기싱은 웨이크필드 지방에서 출생했다. 맨체스터 대학 시절에 매춘부와 사귀면서 그녀를 구하기 위하여 절도죄를 범하고 퇴학당한 경험을 갖고 있다. 1880년 〈새벽의 노동자Workers in the Dawn〉(1880)를 발표하면서 문단에 등단하였다. 〈군중Demos〉(1886), 〈밑바닥의 세계The Nether World〉(1889), 〈신 삼류문인의 거리New Grub Street〉(1891), 〈유랑의 몸Born in Exile〉(1892) 등이 대표작이다. 주로 하층민의 궁핍한 삶의 실상을 사실적으로 묘사하였고, 특히 가난한 지식인들의 내적 갈등과 비극적인 삶을 사실적으로 그려 냈다. 영국 자연주의 문학을 대표하는 작가 중 한 사람이다.

[출전]

妍이는 飮碧亭에 가든날도 R英文科에 在學中이다. 전날밤에는 나와맞나서 사랑과將來를 盟誓하고 그이튼날낮에는 **깃싱**과 호―손을 배우고 밤에는 S와같이 飮碧亭에가서 옷을버섰고 그이튼날은 月曜日이기때문에 나와같이 같은 東小門밖으로 놀러가서 베―제했다. S도 K敎授도 나도 妍이가 어쩌녁에 무엇을 했는지 모른다. S도 K教授도 나도 바보요, 姸이만이 홀로 눈가리고 야옹 하는데 稀代의天才다. (실화)

기쿠치 간(菊池寬, 1888~1948)

일본 소설가. 1888년 일본 가가와 현(香川縣)에서 출생했다. 1916년 교토제국대학 영문과를 졸업했고, 1918년 〈무명작가의 일기〉, 〈다다나 오경 행장기忠直卿行狀記〉 등을 《중앙공론中央公論》에 발표하면서 등단했다. 1920년 도쿄와 오사카의 두 일간지에 동시 연재된 〈진주부인眞珠夫人〉을 비롯한 50편에 이르는 장편 통속소설을 발표했으며 일본 근대문학에서 이른바 '신현실주의문학新現實主義文學'의 새로운 방향을 열어 놓은 것으로 평가받고 있다. 1923년 종합지 《문예춘추文藝春秋》를 창간하였고, 일본 최고의 권위를 자랑하는 문학상 '아쿠타가와상(芥川賞)', '나오키상(直木賞)' 등을 제정하여 일본 문학 발전에 크게 공헌하였다.

[출전]

朝鮮日報 某氏論文 나도 그後에 얻어 읽었소. 炯眼이 足히 남의 胸裏를 透視 하는가 싶습디다. 그러나 氏의 모랄에 對한 卓見에는 勿論 具體的提示도 없 었지만—若干 愁眉를 禁할수 없는가도 싶습디다. 藝術的 氣品 云云은 氏의 失言이오. 톨스토이나 菊池寬氏는 말하자면 永遠한 大衆文藝(文學이 아니라) 에 지나지 않는 것을 깜빡 잊어버리신 듯합디다. (사신6)

김기림(金起林, 1908~?)

시인. 비평가. 호는 편석촌片石村. 함경북도 성진에서 출생했으며, 보성 고등보통학교를 졸업했다. 이상보다 나이가 위였지만 이상의 보성고보 1년 후배이며, 김환태가 그의 동기였다. 일본으로 유학하여 1930년 니혼대학 문학예술과를 졸업했다. 《조선일보》 학예부 기자로 활동했고, 시

〈고대苦待〉(1931), 〈날개만 도치면〉(1931), 〈어머니 어서 일어나요〉(1932), 〈봄은 전보도 안치고〉(1932) 등을 발표하였다. 그는 1933년 이태준, 정지용, 박태원, 조용만 등과 '구인회'를 결성하고 그 동인으로 활동하면서 이상李箱 문학의 모더니즘적 성격에 주목하면서 이를 비평적으로 지지했다. 그의 초기 시는 한국의 전통시가 빠져들어 있는 감상성과 허무주의적 경향을 비판하면서 과학 문명의 발전을 긍정하는 밝고 건강한 시를 지향한다. 근대화 과정에서 드러나고 있는 자본주의 사회의 병폐에 대한 비판은 장시 〈기상도〉에서 보다 분명하게 드러나 있다. 1936년 《조선일보》의 후원을 받아 다시 일본으로 유학하여 동북제대東北帝大 영문과를 1939년에 졸업했다. 졸업 후 《조선일보》 학예부장을 지냈으나 신문 폐간 후 고향으로 내려가 함경북도 경성중학에서 영어를 가르쳤다. 해방 직후 상경하여 조선문학가동맹에 가담했으며 서울대에서 강의를 하기도 했다. 이 무렵 김기림은 문학의 정치 현실 참여를 중요한 역할로 꼽기도 했다. 시집으로 《기상도》(1936), 《태양의 풍속》(1939), 《바다와 나비》(1946), 《새노래》(1948) 등이 있으며, 수필집 《바다와 육체》(1948), 평론집 《문학개론》(1946), 《시론》(1947), 《시의 이해》(1949) 등이 있다. 1949년 이상의 작품들을 모아 《이상선집》을 펴내기도 했다. 한국전쟁 때 납북된 후 사망했다. 동북제대 재학 당시 이상과 주고받은 편지는 동경행을 꿈꾸었던 이상의 내면 풍경을 들여다볼 수 있는 좋은 자료다.

〈기상도氣象圖〉

1936년 출판사 창문사에서 발간된 김기림의 첫 번째 시집. 이 시집은 장시 〈기상도〉 한 편으로 이루어져 있다. 이상이 창문사에 근무하던 시절에 직접 편집하고 표지 도안도 담당했다. 장시 〈기상도〉의 내용은 1부 '세계의 아침', 2부 '시민행렬', 3부 '태풍의 기침시간', 4부 '자취', 5부 '병든 풍경', 6부 '올빼미의 주문', 7부 '쇠바퀴의 노래' 등으로 구분되어 있으며 전체 420여 행에 달하는 장시이다. 이 시의 시상의 전개 과정을 시간적 흐름으로 볼 때 1부~3부 태풍이 내습하기 직전, 4부~6부 태풍이 내습한 장면, 7부 태풍이 지나간 이후의 상황 등으로 나눌 수 있다. 1부에서는 열차와 여객기, 배 등에 의한 여행의 출발 장면을 그린 것으로, 경쾌함과 희망으로 가득차 있다. 특히 '비눌 / 돛인 / 海峽은 / 배암의 잔등 / 처럼 살아났고'라는 구절은 해협에 이는 물결을 시각적으로 표현하고 있다. 2부는 중국, 미국, 파리, 한국 등 전 세계를 배경으로 하여 불안하고 불길한 사회 정세를 희화적으로 묘사하고 있다. 3부는 태풍의 내습을 알리는 게시판의 공고와 함께 태풍의 발생 과정을 대화체로 표현하고 있다. 4부는 시적 텍스트의 길이가 가장 긴 부분으로서 태풍이 내습한 이후에 벌어지는 혼란한 상황을 예배당과 도서관, 화류계, 거리 등의 공간을 중심으로 묘사하고, 5부는 태풍이 몰아친 곳곳의 황폐상을 그리고 있다. 6부 역시 태풍이 지나간 후에 생겨난 파괴의 현장과 함께 절망과 탄식 등을 묘사하고 있다. 7부에서는 태풍이 통과한 뒤의 재생의 희망을 그리고 있는 부분으로서, 다시 떠오르는 태양을 소재로 해서 건강한 생명에의 의지를 노래하고 있다. 이 시는 태풍을 전후한 변화무쌍한 '기상도'를 당시의 불안한 국제 정세에 비유함으로써 문명 비판의 틀 안에서 김기림 자신의 시대 인식과 사회 비판 의식을 통합적으로 제시하는 데에 일정 부분 성공하고 있다. 이 시는 엘리어트T.S Eliot의 〈황무지〉나 스펜더A. Spender의 〈비엔나〉 등의 영향을 받은 것으로 추정된다.

[출전1]

起林兄

어떻소? 거기도 더웁소? 工夫가 잘 되오?

氣象圖 되었으니 보오. 校正은 내가 그럭저럭 잘 보았답시고 본 모양인데 틀린데는 고쳐보내오.

具君은 한 千部 박아서 팔자고 그럽디다. 당신은 五十圓만 내고 잠자코 있구
려. 어떻소? 그 對答도 적어 보내기 바라오.

참 體裁도 고치고 싶은대로 고치오.

그러고 檢閱本은 안보내니 그리 아오. 꼭 所用이 된다면 편지하오. 보내드리
리다.

이것은 校正刷이니까 삐뚤삐뚤한 것은 「간조」에 넣지 마오. 그것은 印刷할
적에 바로 잡아 할 것이니까 염려 없오. 그러니까 두장이 한장 세음이오. 알
았오? (사신 2)

[출전2]

암만해도 성을 안낼 뿐만 아니라 누구를 對할때든지 늘 좋은 낯으로 해야쓰
느니 하는 타잎의 優秀한 見本이 金起林이라. (김유정)

김유정(金裕貞, 1908~1937)

강원도 춘성 태생으로 서울에서 성장했다. 휘문고등보통학교를 졸
업하였으며, 부친 별세 후에 가세가 기울어 삼촌 집에 얹혀 살았다.
1930년 연희전문학교 문과에 입학했으나 바로 중퇴하였고, 이후 보성
전문학교에도 잠시 적을 두었던 것으로 알려져 있다. 한때 고향인 강원
도 춘성의 실레마을로 내려가 야학을 벌이고 〈농우회〉를 조직하는 등 농
촌계몽활동에 힘썼다. 1933년 서울로 올라와 《신여성》에 첫 작품 〈총
각과 맹꽁이〉를 발표하였다. 이해에 폐결핵 진단을 받았다. 1935년 《조
선일보》 신춘문예에 〈소낙비〉가 당선되었다. 이후 〈금따는 콩밭〉, 〈노다
지〉, 〈만무방〉, 〈산골〉, 〈봄·봄〉, 〈안해〉 등을 발표하였다. 이태준, 이상, 박
태원, 정지용, 김기림 등과 함께 '구인회'의 후기 구성원으로 참여하였으
며, 1936년 폐병이 악화되어 정릉 약사암에서 정양했다. 〈산골나그네〉,
〈동백꽃〉, 〈봄과 따라지〉, 〈봄밤〉, 〈슬픈 이야기〉 등의 단편을 발표하고,

미완으로 그친 장편〈생의 반려〉를 연재하였다. 그는 농촌 체험을 소설의 무대로 옮겨서 특이한 희화적인 수법과 해학의 관점을 통해 어둡고 삭막한 당대 농촌 현실과 그 속에서 살아가는 농민들을 오히려 밝고 건강하게 형상화하려고 노력하였다. 토속어의 언어 감각을 기반으로 하고 있는 그의 문학 세계는 본질적으로 희화적이고 골계적인 것으로 평가된다. 1937년〈따라지〉와〈땡볕〉을 발표한 후, 병이 악화되어 경기도 광주의 매형 집으로 옮겼으나 3월 29일 사망했다. 이상과 절친했고, 이상 소설 가운데〈실화〉에도 등장하며 실명소설〈김유정〉의 주인공이기도 하다.

[출전1]

밤이나낮이나 그의마음은 한 없이 어두우리라. 그렇나 俞政아! 너무 슬퍼마라. 너에게는 따로 할 일이 있느니라. / 이런 紙碑가붙어있는 책상앞이 俞政에게있어서는 生死의岐路다. 이 칼날같이 슨 한 地點에 그는 앉지도 서지도 못하면서 오즉 내가 오기를 기다렸다고 울고있다. (실화)

[출전2]

帽子를 홱 버서덙이고 두루막이도 마고자도 敏捷하게 턱버서덙이고 두팔 홀떡부르것고 주먹으로는 敵의 벌마구니를, 발길로는 敵의 사타구니를 擊破하고도 오히려 行有餘力에엉덩방아를찟고야 그치는 稀有의鬪士가있으니 金裕貞이다. (김유정)

[출전3]

九人會처럼 말많을수 참 없다. 그러나 한번도 대꾸를한일이없는것은말하자면 그런대구 일일이하느니 할일이 따로많으니까. 일후라도 黙黙부답채지낼게다. / 으쩌다 例會라고 뫃이면 出席보다缺席이 더많으니 변변이 이야기도 못하고 흐지부지 헤여지곤하는수가 많다. 게을은탓이겠지만 또 다 各各

매인일이 있고 역시 그도그럴수밖에 없다고 해서 會員을 너무동떨어지지안

는限에 맞어보자고 꽤오래전부터 말이있어왔는데 그도 또 자연 허명무실해

오든차에이번機會에 **金裕貞** 金煥泰 두군을맞었으니 퍽 좋다. 두군은전부터

會員들과 친분이없지않든터에 잘됐다. 《시와 소설》편집 후기)

ㄴ

노구치 히데요(野口英世, 1896~1928)

일본 의학자. 도쿄의 사이세이학사(濟生學舍)를 마친 뒤, 전염병연구

소에서 세균학을 전공하였다. 1900년 미국 록펠러 연구소원으로 가면

서부터 미국에 영주하였다. 독사毒蛇 및 사독蛇毒의 연구로 두각을 나타냈

고, 마비성치매瘋痺性痴呆 및 척수로脊髓癆 환자의 조직 내에서 스피로헤타

를 발견하여 이들 병이 매독에서 기인한다는 것을 규명하였다. 그 밖에

트라코마·오로야 열Oroya熱·파상풍破傷風·황열병黃熱病 등의 연구에도 종

사하였다. 서아프리카로 건너가 황열병을 연구하다가 감염되어 아크라

에서 급사하였다. 일본에서는 '일본의 슈바이처'로 추앙받는 인물이다.

[출전]

醫學의進步發達을爲하야 **노구찌**博士는 黃熱病에넘어지기까지도하야도 또

最近 어떤 學者는 虎列刺菌을 스스로삼켯다한다. 이와가튼例에 비긴다면 恥

部를 잠시 學生들에게 求景식혓다는것쯤 심술부릴거리조차 못될것이다. 차

라리 잠시의 아픔과 부끄러움을 참앗다는것이 眞摯한硏究의 한 도움이된것

을 光榮으로알아야할것이오 기쌔하여야할것이다. (추등잡필)

뉴턴(Isaac Newton, 1642~1727)

영국의 물리학자. 천문학자. 아이작 뉴턴은 1642년 영국 링컨셔 지역의 농촌에서 농부의 아들로 출생했다. 케임브리지대학에서 공부했고, 물리학, 천문학, 광학 등의 여러 분야에 대한 연구를 지속했다. 그 결과 뉴턴은 코페르니쿠스로부터 촉발된 17세기 과학혁명Scientific Revolution이라는 거대한 역사적 사건을 대표하는 인물이 되었다. 그는 1687년에 출판된《프린키피아》를 통해 근대 역학과 천문학을 확립했다. 그는 지구와 사과 사이에, 지구와 달 사이에, 태양과 목성 사이에 거리의 제곱에 반비례하는 인력이 작용한다는 점을 밝혔다. 그리고 이것과 자신의 3가지 운동 법칙, 즉 관성의 법칙, 힘과 가속도의 법칙, 작용 반작용의 법칙을 결합해서 행성의 타원 운동은 물론 지상계와 천상계의 여러 운동들을 수학적으로 설명했다. 뉴턴은 1660년대부터 빛과 색깔에 대한 독창적이고 근대적인 이론을 주창했고, 이를 1704년《광학》에 집대성했다. 그가 주장한 이른바 '만유인력(萬有引力, universal gravitation)'의 법칙은 세상의 모든 물체가 서로 끌어당기는 힘을 가지고 있다는 사실에 대한 수학적 증명으로 유명하다. 그러나 힘의 크기가 매우 작기 때문에 이 힘을 느낄 수 없다.

[출전]

市街에 戰火가닐어나기前 / 亦是나는 「뉴―톤」이 갈으치는 物理學에는 퍽 無智하얏다 // 나는 거리를 걸엇고 店頭에 苹果 山을보면은 每日가치 物理學에 落第하는 腦髓에피가무든것처럼자그만하다 // 계즙을 信用치안는나를 계즙은 絶對로 信用하려들지 안는다 나의말이 계즙에게 落體運動으로 影響되는일이업섯다 (보통기념)

ㄷ

다빈치(Leonardo da Vinci, 1452~1519)

이탈리아 르네상스기의 화가. 이탈리아 엔포리 근교 빈치에서 출생했다. 레오나르도 다빈치는 14살부터 공방에 들어가, 20세까지 일하면서 그림을 배웠다. 현존하는 〈수태고지〉(1473년경), 〈부노와의 성모〉(1478년경), 〈마기의 예배〉(1481)와 〈성 제롬〉(1482년경) 등은 초반기의 작품들이다. 1482년경에 밀라노로 이주하여 〈암굴의 성모〉(1483~1486년경), 산타 마리아 델 그라체 수도원의 〈최후의 만찬〉 벽화(1495~1498) 등을 통해 자신의 기량을 발휘하였다. 〈모나리자〉(1503~1506, 루브르 박물관), 〈성 안나〉(1510~1511) 등은 후반기의 작품이다. 그는 미술가로서 엄밀한 자연 탐구에서부터 인간 내부까지 스스로 발견하고 찾아낸 것을 보편적으로 시각화하였으며, 우주적 생명의 신비를 작품에 불어넣었다. 르네상스 최대의 거장으로 손꼽힌다.

〈모나리자〉

레오나르도 다빈치가 16세기 초에 그린 유채油彩 패널화. 크기는 세로 77cm, 가로 53cm이며, 프랑스 루브르미술관에 소장되어 있다. 라 조콘다 La Gioconda라고도 한다. 모나리자의 모나는 이탈리아어로 유부녀에 대한 경칭이고, 리자는 피렌체의 부유한 상인 조콘다의 부인 이름이다. 세계적인 미인도로 유명하며 특히 '모나리자의 미소'는 숱한 이야기를 만들어내면서 문학의 소재로도 널리 활용되고 있다.

[출전1]

醫師도단여가고 몇일後, 醫師에게對한 그의 憤恕도식고 그의意識에 明朗한

時間이 次次로 많아졌을때 어느時間 그는벌서 아지못할(根據) 希望에 애태우는人間으로 낱아났다. 「내가 이러나기만하면…」그에것는 「단테」의 神曲도 「다빈치」의 「모나리자」도 아모것도 그의 마음대로 나올것만같었다. 그러나 오즉 그의몸이 不健康한것이 한탓으로만녁여졌다. (병상 이후)

[출전2]

S는아아이것을 참쌈쌕니져버렷섯구나 이것은춤을배앗트리는구녕이라고 그리면서춤을한번배앗하보히드니 나다려도 정말인가거즛말인가어듸춤을 한번배앗허보라고그리길내나는그 「모나리사」압헤서춤을배앗기는좀마음에 쎄림적하야서 나는그만두겟다고 그리면서 참아가리가 여실히타구가티생겻구나그랫습니다 (지팡이 轢死)

단테(Alighieri Dante, 1265~1321)

1265년 이탈리아 피렌체의 겔프당 귀족 가문에서 출생하였다. 9세 때 동갑내기 베아트리체를 우연히 만나 연모하였는데, 그 뒤 베아트리체는 그의 작품에서 구원의 여인으로 등장한다. 단테는 라틴어 학교를 다녔으며, 볼로냐대학에서는 수사학과 철학 등을 교육받았다. 그의 작품에는 스콜라 철학과 아리스토텔레스 철학의 영향이 짙게 배어 있다. 1290년 피렌체의 정치에 참여하여 피렌체 시 협의회장으로 일하기도 하면서 피렌체의 독립을 지키려는 운동에 가담했다가 실패하였다. 당시 교황 충성파인 흑당이 정권을 장악하면서 단테는 2년간의 추방형과 벌금형에 처해졌다. 단테는 피렌체를 떠남으로써 벌금을 내지 않았지만 이 때문에 영구추방령과 함께 피렌체로 돌아올 경우 화형에 처한다는 선고를 받았다. 그는 결국 피렌체로 귀환하지 못한 채 이탈리아 각지를 유랑하며 살다가 1321년 라벤나에서 말라리아로 사망했다. '지옥', '연옥', '천국' 3편으로 짜여진 단테의 거작 〈신곡〉은 이 유랑 생활 동안 쓰여진 것이다. 단테는 이탈리아 르네상스의 선구자였으며, 그의 대표작은 〈신곡〉, 〈향연〉, 〈신생〉 등이 있다. 이 가운데 〈신곡〉은 단테가 베르길리우스와 함께 지옥과 연옥, 천국을 여행한다는 이야기를 담고 있다. 이 작품은 근세 문학의 한 전범을 제시하였다는 점에서 오늘날까지 인류 문명사에 길이 남을 대작으로 손꼽히고 있다.

〈신곡神曲〉

단테가 쓴 장편서사시. 1321년에 완성된 이 작품은 '지옥편地獄篇', '연옥편煉獄篇', '천국편天國篇'의 3부로 이루어져 있는데, 인간의 사후死後 세계를 중심으로 하는 환상적인 여행기의 형식을 취하고 있다. 물론 이 여행의 주인공은 단테 자신이다. 단테가 33살 되던 해 어느 날 길을 잃고 어두운 숲 속을 헤매며 하룻밤을 보낸 뒤, 빛이 비치는 언덕 위로 다가가려 한다. 그러나 세 마리의 야수가 지켜 서 있으므로 올라갈 수가 없었다. 그때 베르길리우스가 나타나 그를 구해 주고 길을 인도한다. 그는 먼저 단테를 지옥으로 안내하고는 그 다음 연옥의 산꼭대기에서 단테와 작별한다. 그 뒤로는 베아트리체에게 그의 앞길을 맡긴다. 베아트리체의 안내로 단테는 지고천至高天에까지 이르고, 거기서 순간적으로 신神의 모습을 우러러보게 된다는 것이 전체의 줄거리이다. 이 환상적인 여행 이야기는 죽음 뒤에 겪는 것으로 설정된 점에서 우의적寓意的이다. 그러나 실제로는 단테의 삶의 경험에서 얻은 인생의 참된 의미를 지향하는 인간 정신의 성장 과정을 표현한 것으로 볼 수 있다.

[출전]

醫師도단여가고 몇일後, 醫師에게對한 그의 憎惡도식고 그의意識에 明朗한 時間이 次次로 많아졌을때 어느時間 그는벌서 아지못할(根據) 希望에 애태우는人間으로 낱아났다. 「내가 이러나기만하면…」그에것는 「단테」의 神曲

도 「다빈치」의 「모나리자」도 아모것도 그의 마음대로 나올것만같었다. 그러
나 오즉 그의몸이 不健康한것이 한탓으로만녁여졌다. (병상 이후)

데밀(Cecil Blount De Mille, 1881~1959)

미국 영화감독·제작자. 세실 블룬트 데밀은 매사추세츠 주州 출생으로
육군대학에서 연극 아카데미로 방향을 바꾸어 1912년 영화계에 진입했
다. 오늘날 파라마운트의 기초를 쌓은 것으로 널리 알려져 있다. 무성영
화 시대에는 〈치트〉(1919), 〈우자愚者의 낙원〉(1921) 등 예술적 작품을 만
들었으나 1922년 할리우드 숙정肅正 이후 규모가 큰 성서극 〈십계十戒〉
(1923)의 성공에 힘입어 흥행적인 스펙터클 영화로 전향하였다. 제2차
세계대전 전의 작품 〈클레오파트라〉(1933), 〈왕중왕〉(1927), 〈평원아平原
兒〉(1936), 〈북서기마경찰대〉(1940)와 전후의 작품 〈정복되지 않는 사람
들〉(1947), 〈지상 최대의 쇼〉(1952), 〈십계〉(1956) 등이 있다. 우리나라에
서는 1929년 1월 〈왕중왕〉이 개봉되었고, 〈금색의 침상〉(1927) 등이 상
영된 적이 있다.

[출전]

수〻쌍울타리에 「어렌지」빗 여주가열렷습니다. 당콩넝쿨과 어우러저서 「세
피아」빗을背景으로하는一幅의屛風임니다. 이곳흐로는호박넝쿨 그素朴하
면서도大膽한 호박곳에「스파르타」式 쑬벌이 한머리안자잇슴니다. 濃黃色
에反映되어 「세실·B·데밀」의 映畵처럼 華麗하며 黃金色으로侈奢합니다.
귀를기우리면「르넷산스」應接室에서 들니는扇風機소리가남니다. (산촌여정)

도미에(Honoré-Victorin Daumier, 1808~1879)

프랑스의 미술가. 소년 시절부터 화가를 지망하여 석판화 기술을 습득
하였다. 1830년 잡지《카리카튀르》창간에 즈음하여, 이 잡지의 만화 기

고가로 화단에 데뷔하였고, 사회·풍속을 비판 풍자하는 만화를 통해 민중의 분노와 고통을 표현했다. 40세 이후부터 서민의 일상생활을 주제로 한 유화나 수채화 연작을 시도, 날카로운 성격 묘사와 명암 대조를 교묘히 융합시킨 이색적인 화풍으로 〈세탁하는 여인〉, 〈3등열차〉, 〈관극觀劇〉, 〈돈키호테〉 등 걸작을 남겼다. 석판화의 대표작은 〈로베르 마케르〉이다. 그의 유화나 수채화는 그가 죽을 때까지 아는 사람이 거의 없어, 죽기 1년 전인 1878년에야 첫 개인전을 열었으나 거의 주목을 끌지 못하였다. 게다가 만년에는 거의 실명 상태로 살다가 일생을 마쳤다.

[출전]

기차는 황해도(黃海道) 근처를 달리고 있는 모양이다. 가끔가끔 터널 속에 들어가 숨이 막히곤 했다. 도미에의 「삼등열차」가 머리에 떠올랐다. (첫번째 방랑)

도스토옙스키(Dostoyevsky, Fyodor Mikhailovich, 1821~1881)

러시아의 작가. 1821년 러시아 모스크바에서 가난한 의사의 아들로 출생했다. 페테르스부르크의 육군 기술학교를 졸업하고 육군성의 제도국製圖局에서 근무했으나 문학에 대한 열정을 가지고 바로 퇴직했다. 1846년 처녀작 〈가난한 사람들Bednye Lyudi〉을 발표하면서 유명해졌다. 이어서 〈이중인격Dvoinik〉(1946)을 발표한 후 사회주의 사상을 연구하고 있는 페트라셰프스키 등과 함께 체포되어 사형을 선고받았으나 특사特赦로 시베리아에 유형되고, 이어서 약 5년 반 군대에 복무했다. 그는 시베리아 유형 생활 중에 성서를 유일의 친구로 삼고, 신과 인간의 문제에 대하여 깊은 성찰을 가지게 되었다. 1861년 발표한 〈죽음의 집의 기록 Zapiski iz Myortvogo Doma〉(1861~1862)은 이 심각한 체험의 예술적 결정이다. 1857년 유형에 풀려나 페테르스부르크에 귀환한 뒤 다시 문학 활동을 시작하면서 1864년 〈지하실의 수기Zapiski iz poadpoliya〉를 발표했다.

1866년 발표한 대작 〈죄와 벌Prestuplenie i Nakazanie〉은 혁명의 과업 대신에 종교에서 구원을 구한다는 심오한 주제로 전 세계인들에게 큰 감동을 주었다. 드레스덴에 거주하면서 〈백치白痴, Idict〉(1868)에 이어 〈악령惡靈, Besy〉(1870~1872)을 발표했다. 1871년 러시아로 귀국하여 차츰 경제적인 안정을 얻고 필생의 대작 〈카라마조프의 형제Bratiya Karamazovy〉(1870~1880)를 집필했다. 당시 러시아의 사회적 실상과 가난한 노동자들의 착취 생활의 고통이 잘 그려져 있다. 1881년 페테르스부르크의 자택에서 폐기종肺氣腫으로 사망했다.

〈카라마조프의 형제Bratiya Karamazovy〉

도스토옙스키의 대표작으로 인간에게 있어서 가장 치명적이라고 할 수 있는 '부친 살해'라는 죄악을 소설적으로 형상화해 내고 있다. 아버지 표도르 카라마조프에게는 네 아들인 드미트리, 이반, 알료샤, 끝으로 사생아 스메르자코프가 있다. 맏아들 드미트리는 방탕아로서 아름다운 요부 그루셴카를 두고 아버지와 다투고 있다. 이반은 서구적이고 합리주의적인 사고의 개인주의자로서 거만하고 생에 대한 집착이 강하다. 알료샤는 어릴 때부터 수도원에 들어가 기독교적인 사랑의 정신을 배웠다. 넷째 스메르자코프는 거지 여인에게서 태어난 자기 운명을 저주하면서 늘 아버지를 살해할 기회만 노리고 있다. 어느 날 밤, 드미트리는 스메르자코프가 아버지를 살해하고 돈을 훔쳐 도망치는 것을 보게 된다. 그런데 오히려 드미트리가 의심을 받아 궁지에 몰리게 된다. 이반은 형을 의심하고 추궁하지만 단정할 증거가 없다. 그런데 재판이 열리게 된 전날 스메르자코프가 자살한다. 재판 날 이반은 없어진 돈을 주머니에서 꺼내 놓으며 스메르자코프가 범인임을 단언한다. 그리고 그를 사주하여 범행하게끔 만든 것은 자기 자신이라고 외친다. 재판정에서 드미트리에게 20년의 유형 선고가 내려진다. 드미트리는 이 판결을 그대로 감수하고 박애주의자인 동생 알료사는 추방되는 형을 따라 함께 유형의 길에 나서려고 결심한다.

〈악령惡靈**, Besy〉**

도스토옙스키의 장편소설. 1867년부터의 작자의 해외여행 동안에 탈고되어 1871~1872년에 잡지 《러시아 뉴스》에 연재되었다. 이 작품은 무신론 혁명사상을 '악령'으로 보고 그것에 이끌린 사람들의 파멸을 묘사한다. 러시아 혁명기에 실재했던 아나키스트 혁명가 S. G. 네차예프(소설에서는 표트르 베르호벤스키)가 전향자 V. I. 이바노프(샤토프)를 참살한 린치 사건에서 취재하였다. 소설의 이야기는 악마적인 초인 스타브로긴, 자살 필연론자 키릴로프, 독자적인 사회주의적 미래상을 말하는 시가료프, 이상주의적인 자유주의자 스테판 베르호벤스키, 거기에 또다시 투르게네프를 희화화한 작가 카르마지노프 등이 보여주는 복잡한 사상적 갈등과 정신적 방황을 극적으로 그려 내고 있다.

[출전1]

十九世紀는 될 수 있거든 封鎖하야 버리오. **도스토에프스키**精神이란 자칫하면 浪費인 것 같ㅅ오, 유―고―를 佛蘭西의 빵 한조각이라고는 누가 그랬는지 至言인 듯 싶ㅅ오 그러나 人生 或은 그 模型에 있어서 띠테일 때문에 속는다거나 해서야 되겠오? 禍를 보지 마오. 부디 그대께 告하는 것이니……. (날개)

[출전2]

또스토예쯔스키―나 꼬리키―는 美文을쓰는 버릇이 없는 체했고 또 荒凉, 雅淡한 景致를 「取扱」하지 않았으되 이 의뭉스러운 어룬들은 일직 美文은 쓸듯쓸듯, 絶勝景槪는 나올듯 나올듯, 해만보이고 끝끝내 아주 활짝 꼬랑지를 내보이지는 않고 그만둔 구렁이 같은 분들이기 때문에 그 欺瞞術은 한층

더 進步된 것이며, 그런 만큼 効果가 또 絶大하야 千年을두고 萬年을 두고 네리네리 부즐없는 慰撫를 바라는 衆俗들을 잘 속일 수 있는 것이다. (종생기)

[출전3]

이곳 34년대의 영웅(英雄)들은 과연 추호의 오점(汚點)도 없는 20세기 정신의 영웅들입디다. ドストイエフスキ―는 그들에게는 오직 선조에 지나지 않는다는 것을 그들은 생리를 가지고 생리하면서 완벽하게 살으오. (사신 6)

[출전4]

李箱! 당신은 世上을 經營할줄모르는 말하자면 병신이오. 그다지도 「迷惑」하단말슴이오? 건너다보니 절터지요? 그렇다하드라도 「카라마조웁의兄弟」나 「四十年」을 좀 구경삼아 들러보시지요. (종생기)

[출전5]

文學이 社會에압스는지 가티 것는것인지 뒤떨어저 따러가는지 그것은 如何間에 文學이업서진 社會―文化―를 想像하기는 어렵다 文學을 밋는作家는 그不利알에 모오팟상이 雜誌를 할적에 甘言利說로 트루게네프를꼬여서 『惡靈』의原稿를 어더실리고는 뒤구녁으로 막辱을하얏다는 꼬십이주는 豊富한 暗示에도빗처서 순대장사를 하면서 文藝記者로 지내면서 外交官노릇을하면서 黙黙히 大膽히 營營히 잇슬것이다 卽손몸소잡수실고 초장을 누구에게 가서 어더오라 하는것이냐. (文學을 버리고 文化를 想像할 수 없다)

디오스Dios의 여신

그리스 신화에 등장하는 제우스 신의 쌍둥이 아들인 Dioscuri를 낳은 레다. 디오스쿠리 형제는 제우스 신과 스파르타의 왕비 레다 사이에서 태어난 쌍둥이 아들이다. 이들은 말을 잘 탔고 격투에 능했는데, 죽은 뒤신과 같이 받들어졌다. 특히 용맹함과 기민한 전투술의 상징으로 여겨졌으며, 스파르타와 올림피아, 아테네 등 각지에서 널리 숭배되었다. 이들은 흔히 말을 탄 한 쌍의 남자로 표현되기도 한다. 이 쌍둥이 아들의 탄생에 얽힌 레다의 이야기는 소설 〈동해〉의 이야기를 이해하는 데에 어떤 실마리를 제공할 수 있다. 그리스 신화를 보면, 올림포스에서 인간 세상을 내려다보던 제우스가 아름다운 미녀를 보고 마음을 태우는데 그녀가 바로 스파르타의 왕비 레다이다. 제우스는 때를 기다리다가 마침 레다가 작은 연못에서 목욕하는 모습을 보게 된다. 목욕하는 레다 옆으로 하늘에서 백조 한 마리가 날아든다. 그리고 커다란 독수리 한 마리가 백조를 잡아먹기 위해 주위를 맴돈다. 레다는 백조를 가엾게 여겨 자기 품에 꼭 안아 숨긴다. 레다가 백조를 품은 사이 백조는 제우스로 변한다. 그리고 마침내 레다를 범하게 된다. 독수리로 가장한 것은 제우스의 아들 헤르메스다. 아들 헤르메스가 아버지의 욕심을 돕게 된 것이다. 얼떨결에 제우스와 일을 치른 그날 밤, 레다는 남편 틴다레오스와 잠자리를 갖는다. 그후 달이 차고, 레다가 출산한다. 그녀는 사람 대신 알을 두개 낳는다. 그 두 개의 알 가운데 하나는 제우스의 후손이요, 다른 알은 인간 틴다레오스의 후손이다. 알에서 각각 남녀 1명씩 2쌍의 쌍둥이가 태어난다. 제우스의 알에서 태어난 자식은 헬레네와 오빠인 폴룩스(폴리데우케스). 틴다레오스의 알에서 태어난 자식은 클리템네스트라와 오빠 카스토르이다. 이 가운데 남자 형제인 카스토르와 폴룩스를 디오스쿠로이(디오스쿠리, '제우스의 아들들')라고 부른다. 소설 〈동해〉에서 '임姙'이라는 여인이 두 남자와 관계를 가지는 대목은 신화 속의 레다의 경우를 패러디하여 표현하고 있는 것으로 볼 수 있다.

[출전]

지이가 **됴―스의 여신**입니다. 둘이 어디 모가질 한번 바꿔 붙여 보시지요.

안 되지요? 그러니 그만들 두시란 말입니다. 尹헌테 내애준肉體는 거기 該當
한貞操가 法律처럼 붙어갔든 거구요, 또 지이가 어저께 결혼했다구 여기두
여기해당한 정조가 딸아왔으니까 뽐낼것두없능거구, 嫉妬헐것두 없능거구,
그러지말구 겉은選手끼리 握手나허시지요, 네? (동해)

ㄹ

랄로(Édouard-Victoire-Antoine Lalo, 1823~1892)

프랑스의 작곡가. 에두아르 랄로는 1823년 프랑스 릴에서 출생했
다. 파리음악원conservatoire에서 바이올린과 작곡을 배웠으며, 한때 현악
4중주의 비올라 주자로 활동하였다. 1865년 이후 작곡에 전념하면서
1874년 바이올린 협주곡 Concerto for Violin in F major op.20을 '사
라사테Pablo de Sarasate'에게 헌정해 큰 성공을 거두었다. 그의 두 번째 바
이올린 협주곡 Symphonie Espagnole op.21도 사라사테에게 헌정했
다. 오페라 '이스의 왕Le Roi d'Ys', 발레곡 '나무나', '디베르티멘토', '첼로
협주곡', '현악 4중주곡' 등을 남겼다.

[출전]

오늘은 陰曆 섯달그믐이오. 鄕愁가 擡頭하오. O라는 內地人大學生과 コ-ヒ
를 먹고 온 길이오. コーヒ집에서 ラロ를 한 曲調 듣고 왔오. フ—ベルマン이
라는 提琴家는 참 너무나 耽美主義입니다. 그저 限없이 キレイ하다 뿐이지
情緖가 없오. (사신 7)

러브 퍼레이드The Love Parade

1929년 미국 파라마운트사에서 만든 뮤지컬 코미디 영화. 언스트 루비치Ernst Lubitsch 감독의 이 영화에는 모리스 슈발리에Maurice Chevalier와 자넷 맥도널드Jeanette MacDonald가 출연한 바 있다. 실바니아의 루이스여왕으로 등장하는 자넷 맥도널드와 여왕의 남편이 된 모리스 슈발리에 사이의 까다로운 로맨스를 그려 내고 있다. 루이스여왕이 나이가 들자 그 신하들이 그녀를 결혼시키고자 한다. 이때 파리에서 여성 스캔들로 소환된 대사(모리스 슈발리에 분)가 여왕의 배우자로 간택되어 두 사람은 결혼을 하게 된다. 그러나 고집이 강한 여왕의 배우자가 된 슈발리에는 점차 아무 하는 일 없이 여왕 곁에 들러리로 서 있어야 하는 자신의 처지에 염증을 느끼게 되면서 둘 사이에 갈등이 커진다. 슈발리에의 노래와 춤이 일품이다.

[출전]

LOVE PARRADE / 그는담보를게속하얏는데 페브멘트는후을훌날으는 초콜레에트처럼훌훌날아서 그의구두바닥밋흘밋그러히쪽쪽쌔저나가고잇는것이 그로하야금더욱더욱 담보를식히게한원인이라면 그것도원인의하나가 될수도잇겟지만 그원인의대부분은 음악적효과에잇다고안이볼수업다고 단정하야버릴만치 이날밤의그는음악에 적지안이한편애를 가지고잇지안을수업슬만치 안개속에서라이트는스포츠를하고 스포츠는그에게잇서서는 마술에갓가운기술로 밧게는안이보이는것이엿다. (地圖의 暗室)

룩셈부르크(Rosa Luxemburg, 1871~1919)

폴란드 태생으로 독일에서 활동했던 여성 혁명가이며 공산주의 운동가. 로자 룩셈부르크는 1895년 독일 사회주의 운동 때부터 이를 주도하였으며, 1905년 폴란드의 바르샤바에서 신문을 발행하며 러시아 혁명을 옹호하다 1906년 체포되었다. 그 후 출옥하여 독일로 돌아와서 1918년 독일 공산당을 결성하고 혁명운동을 주도하였다. 1919년 1월 15일 베를린에서 처형되었다. 〈자본축적론〉, 〈사회민주주의의 위기〉, 〈러시아 혁명〉 등의 저술을 남겼다.

[출전]

나는24歲. 어머니는바로이낫새에나를낳은것이다. 聖쎄바스티앙과같이아름다운동생·**로오자룩셈불크**의木像을닮은막내누이·어머니는우리들三人에게孕胎分娩의苦樂을말해주었다. (肉親의章)

□

마르크스(Karl Marx, 1818~1883)

독일 태생의 철학자. 마르크스주의의 이론적 창시자. 독일 라인 주 태생으로 본대학과 베를린대학에서 법률학, 철학과 역사를 연구했다. 1843년 경에 파리로 이주하여 그곳에서 엥겔스와 만났고 이후 우정이 깊어져 활동을 같이하게 된다. 이 두 사람은 계통적으로 새로운 세계관을 창조해 냈는데, 그 주요한 원리는 마르크스의 〈경제학·철학 초고〉(1844), 엥겔스와 공저한 〈신성가족〉(1845), 〈독일 이데올로기〉(1845~1846) 그리고 마르크스의 〈포이에르바하에 관한 테제〉(1845), 〈철학의 빈곤〉(1847)을 통해서 형성되었다. 독일 혁명운동에 참여했다가 추방당하여 런던에서 생애를 마쳤다. 마르크스는 경제학에 주요 노력을 기울이고 전 생애를 거쳐 〈자본론〉의 집필에 전념했다. 이 저작은 경제학에 관한 획기적인 저서로 공산주의를 기초하는 과학적 성과일 뿐만 아니라 유물론과 변증법에 있어 그 어느 것과도 비교할 수 없을 정도의 철학적 의의를 지닌다.

[출전]

그 속에서도 나는 번개처럼 아스피린과 아달린이 생각났다. / 아스피린, 아 달린, 아스피린, 아달린, **맑스**, 말사스, 마도로스, 아스피린, 아달린. (날개)

마키노 신이치(牧野信一, 1896~1936)

일본 소설가. 1896년 일본 가나가와〔神奈川〕현 태생. 1919년 와세다 대학 영문학과를 졸업했다. 학창 시절부터 문학에 뜻을 두고 습작 활동 을 하다가 소설 〈오이瓜〉(1919)와 〈투전승불鬪戰勝仏〉(1920)을 발표하면서 등단했다. 일본 자연주의 계보의 '사소설'을 주로 발표하였고, 특히 환상 적 경향의 단편소설에도 능했다. 대표작으로는 〈아버지를 팔아먹은 아들〉 (1924), 〈마을의 스토아 파派〉(1929), 〈귀루촌鬼淚村〉(1934) 등이 있다. 신경쇠 약으로 불면증에 시달리다가 1936년 자살했다. 이상은 일본 작가 아쿠다 카와 류노스케, 그리고 마키노 신이치의 자살에 관심을 보이고 있다.

[출전]

生―그 가운데만 오직 無限한 기쁨이 있는 것을 너무도 잘 알기 때문에 이 미 ヌキサシナラヌ程 轉落하고 만 自身을 굽어 살피면서 生에 對한 勇氣, 好 奇心 이런 것이 날로 稀薄하여가는 것을 自覺하오. 이것은 참 濟度할수 없는 悲劇이오! 芥川이나 **牧野**같은 사람들이 맛보았을상 싶은 最後 한 刹那의 心 境은 나 亦 어느 瞬間 電光같이 짧게 그러나 참 똑똑하게 맛보는 것이 이즈 음 한두 번이 아니오. (사신 7)

마호메트(Mahomet Mohammed, 570~632)

알라의 계시를 받고 이슬람교를 창시한 인물. 570년 메카 지역에서 유복자로 출생했다. 숙부의 손에서 자랐고 무역상으로 생활했다. 마흔 살이 되던 해에 신의 계시를 받아 예언자가 되었으며 이슬람을 창시했다. 그는 한 종교의 창시자인 동시에 이슬람 이전 시대의 고대 아랍 유목민 사회에 만연되어 있던 악습과 부도덕한 관습을 타파한 사회 개혁 운동가였다. 또한 모든 인간이 신 앞에 평등하다는 주장 하에 일생 동안 박애정신과 인도주의를 실천한 행동가이기도 했다. 그가 세상의 박해를 피해 622년 메카에서 메디나로 갔는데 이를 '헤지라'라고 한다. 메디나에서 신도들을 모아 630년 메카 함락에 성공했다. 이슬람 공동체 '움마Ummah'를 세우고, 이를 확장했으며, 이후 이슬람교는 아라비아 전역에 퍼졌다.

[출전]

그만해도 석달이 지났다. 刑吏의 心境에도 倦怠가왔다.

「싫다. 귀찮아졌다. 나는 한번만 平民으로 살아보고싶구나. 내게 정말 愛人을 다고.」

마호멭 것은 **마호멭**에게로 돌려보내야할 것이다. 一生을 犧牲하겠다든 壯圖를 나는 석달동안에 이렇게 蕩盡하고 말았다.

당신처럼 사랑한 일은 없읍니다라든가 당신만을 사랑하겠습니다 라든가 하는 그女子의 말은 첫사랑 以外의 어떤 男子에게 있어서도 「인사」程度에 지나지 않는다는 것을 잊어서는 않된다. (행복)

맥크리어(Joel McCrea, 1905~1990)

미국의 영화배우. 조엘 맥크리어는 1930~1940년대에 활동하였으며, 영화 〈The Jazz Age〉, 〈The Palm Beach Story〉 등에서 주연했다. 이상의 소설 〈실화〉의 한 장면에서 언급한 영화 〈Adventure in

Manhattan〉에서 주연을 맡았다.

ADVENTURE IN MANHATTAN에서 진─아더─가 커피 한잔 맛있게 먹드
라. 크림을 타먹으면 小說家 仇甫氏가 그랬다─쥐오좀내가 난다고. 그러나
나는 조─엘 마크리─만큼은 맛있게 먹을 수 있었으니─ (실화)

맨해튼의 모험ADVENTURE IN MANHATTAN

미국의 흑백영화. 1936년 에드워드 루드빅Edward Ludwig 감독 작품이다.
남아프리카 태생의 작가 메이 에딩턴May Edginton의 소설 〈Purple and Fine
Linen〉을 각색한 것으로, 진 아더Jean Arthur, 조 엘 맥크리Joel McCrea 등이 출
연했다. 일본에서는 1936년 11월 10일 〈マンハッタン야화夜話〉라는 제목
으로 개봉된 바 있다. 이상이 동경에 체류하고 있던 시기와 겹친다.

ADVENTURE IN MANHATTAN에서 진─아─더가 커피 한잔 맛있게 먹드
라. 크림을 타먹으면 小說家 仇甫氏가 그랬다─쥐오좀 내가 난다고. 그러나
나는 조─엘 마크리─만큼은 맛있게 먹을수 있었으니─ (실화)

맬서스(Thomas Robert Malthus, 1766~1834)

영국의 사회사상가, 경제학자. 케임브리지의 지저스 칼리지를 졸업한
뒤 동인도회사가 설립한 동인도대학 역사 및 경제학 교수를 맡았다. 당시
에 집필된 〈인구의 원리(인구론)〉(1798)는 식량은 산술급수적으로 증가하
는데 인구는 기하급수적으로 증가하는 경향을 지니기 때문에 바로 인구
를 제한하기 위해 전쟁·질병·기근 등에 따른 사망률의 상승, 낙태·유아
살해·매춘 등에 의한 출생률의 억제가 일어난다고 설파했다. 이러한 관점

에 의거하여 〈경제학 원리〉(1820)나 〈경제학에서의 정의들〉(1827) 등이 나왔다. 그의 경제학의 특징은 산업혁명의 진전 이후 생겨난 19세기 초반의 경제 불황을 급속한 자본축적=공업화에 따른 일반적 과잉생산, 즉 '유효수요'의 부족에서 찾았다는 데 있다. 농업의 보호에 의한 지대의 증대에서 불황을 극복하는 유효수요 창출력을 인정한 맬서스 경제학은 1930년대의 경제 불황 당시 유효수요 확대책을 중시한 케인스에 의해 높은 평가를 받았다.

[출전]

그 속에서도 나는 번개처럼 아스피린과 아달린이 생각났다. / 아스피린, 아달린, 아스피린, 아달린, 맑스, **말사스**, 마도로스, 아스피린, 아달린. (날개)

명상瞑想

안회남(安懷南, 1910~?)이 1937년 1월 〈조광〉에 발표한 단편소설. 이 소설은 작가의 부친 안국선의 삶에 대한 아들의 회한과 안타까움을 그려 낸다. 한때 개화 계몽기의 비판적 지식인으로서 〈금수회의록〉과 같은 풍자적 우화를 만들어내기도 했던 안국선은 식민지 상황 속에서 자신의 뜻을 접어 버린 채 고통스런 삶을 살아간다. 안회남의 본명은 필승必承이고 서울 출생이다. 개화 계몽 시대 〈금수회의록〉, 〈공진회〉를 썼던 안국선安國善의 아들이다. 휘문고등보통학교에서 수학했으며 소설가 김유정과 동기생으로 이상, 박태원 등과 친했다. 1931년 《조선일보》 신춘문예에 단편 〈발髮〉이 3등으로 입선하면서 문단에 등단했고, 작가의 신변과 가정사를 제재로 인물들의 심리 탐구를 주조로 한 〈연기〉(1933), 〈명상〉(1937) 등의 작품을 발표했다. 한때 개벽사의 기자로 일했으며 작품집 《안회남 단편집》(1939), 《탁류를 헤치고》(1942) 등을 발간했다. 일제 말기에 징용을 당해 일본 기타큐슈北九州 탄광으로 끌려갔으며, 그곳에서 광복을 맞은 후 귀국하여 다시 문필 활동을 했다. 작품집《불》(1947)에 수록된 단편들은 징용 체험을 바탕으로 한 것들이다. 〈폭풍의 역사〉(1947) 및 〈농민의 비애〉와 같이 역사의 흐름과 현실의 문제를 직시한 새로운 성향의 작품도 있다. 조선문학가동맹 소설부 위원장을 맡았으며, 1948년 월북했다. 한국전쟁 당시 종군작가단으로 남한에 내려왔던 것으로 알려져 있으며, 1950년대 말까지는 북한에서 활동했지만 그 후의 행적 및 사망 시기 등은 알 수 없다.

[출전]

兄의 「瞑想」을 잘 읽었읍니다. 唾棄할 生活을 하고 있는 現在의 저로서 啓發받은바 많았읍니다. 이것은 讚辭가 아니라 感謝입니다. (사신 7)

모차르트(Wolfgang Amadeus Mozart, 1756~1791)

오스트리아의 작곡가. 1756년 오스트리아의 잘츠부르크에서 태어났다. 그의 아버지인 레오폴트 모차르트는 잘츠부르크 궁정 관현악단의 음악 감독이었다. 모차르트는 어린 시절부터 음악의 신동으로 알려졌으며, 오페라 약 27곡, 교향곡 약 67곡, 행진곡 약 31곡, 관현악용 무곡 약 45곡, 피아노 협주곡 약 42곡, 바이올린 협주곡 약 12곡, 회유곡 약 40곡, 그 외 독주곡, 교회용 성악곡, 실내악곡 칸타타, 미사곡 등 다양한 장르를 아우르며 600여 곡을 작곡하였다. 그의 많은 작품들은 그 당시의 음악 형식에서 벗어나지 않지만, 피아노 협주곡만큼은 모차르트 혼자서 발전시켜서 대중화했다. 모차르트는 미사곡을 포함한 종교음악과 실내악곡, 그리고 디베르티멘토와 춤곡 같은 가벼운 곡도 썼다. 주요 작품으로는 〈교향곡 제38번 프라하〉, 〈교향곡 41번 주피터〉 등과 오페라 〈피가로의 결혼〉, 〈돈 죠반니〉, 〈마술 피리〉 등이 있다. 고전 음악을 완성한 것으로 평가받는다.

〈교향곡 41번 '주피터'〉

원제는 'Symphony No.41 "Jupiter" in C major, K.551'이다. 천지만물의 창조신創造神 주피터의 이름을 붙인 이 교향곡은 숭고하고도 전아한 사상과 맑고 아름다운 정서가 깊이 자리잡고 있다. 1788년 완성한 모차르트의 천재성을 가장 높이 발휘한 작품으로 제1악장 Allegro vivace, 제2악장 Andante cantabile, 제3악장 Menuetto. Allegretto—Trio, 제4악장 Molto Allegro로 구성되어 있다.

[출전]

MOZART의 四十一番은 「木星」이다. 나는 몰래 **모차르트**의 幻術을 透視하랴고 애를 쓰지만 空腹으로하야 저윽히 어지럽다. (실화)

모파상(Guy de Maupassant, 1850~1893)

19세기 후반의 프랑스 작가. 프랑스 노르망디 지역에서 출생했다. 파리에서 법률 공부를 하던 중 1870년 프로이센·프랑스 전쟁이 발발하자 지원 입대하여 참전했다. 어머니의 친구였던 G. 플로베르에게서 직접 문학 지도를 받으면서 E. 졸라를 알게 되었다. 1880년 졸라가 기획하여 여러 작가들이 참여한 프로이센·프랑스 전쟁 경험 중심의 단편 사화집에 〈비곗덩어리Boule de suif〉를 발표하면서 문단의 주목을 받았다. 1883년 발표한 장편소설 《여자의 일생Une vie》은 한 여인의 질곡의 삶의 과정과 그 환멸의 의미를 그려 넘으로써 플로베르의 《보바리 부인》과 함께 프랑스 사실주의 문학의 걸작으로 평가받았다. 장편소설 《벨아미Bel-Ami》(1885), 《몽토리올Mont-Oriol》(1887), 《피에르와 장Pierre et Jean》(1888), 《죽음처럼 강하다Fort comme la mort》(1889), 《우리들의 마음Notre cœur》(1890) 등을 발표했고, 300여 편의 단편을 썼다. 1892년 1월 2일 니스에서 자살을 기도하여 정신병원에 수용되었으나, 이듬해 7월 6일 43세의 나이로 일생을 마쳤다. 이상이 모파상을 인용한 것은 그의 소설 〈종생기〉에서이다. '비곗덩어리'라는 별명으로 불리는 창녀의 비천한 태생을 이야기하면서 소설 속의 주인공 '정희'의 태도를 비판하고 있다.

〈지방脂肪 덩어리〉

모파상이 1880년 발표한 단편소설 〈비곗덩어리Boule de suif〉를 말한다. 소설의 배경은 1870년 프랑스 루앙이다. 프랑스 군인들이 프러시아 군에 패퇴하자 프랑스는 위기에 직면한다. 사람들은 루앙을 떠나고자 한다. 노르망디 호텔에 열 사람이 한 마차에 나누어 타고 프러시아 사령관의 허가를 받아 루앙을 떠나게 된다. 마차에 탄 사람들은 세 쌍의 부부와 코르뉘데라는 공화주의자, 두 명의 수녀가 있다. 그리고 '비곗덩어리'라는 별명의 한 매춘부가 거기 끼어 있다. 모든 일행이 '비곗덩어리'를 경멸한다. 혹한 속에 긴 여행을 하게 되니 사람들은 모두 지친다. '비곗덩어리'는 자신이 준비해 온 음식 바구니를 사람들에게 풀어놓고 나누어 먹게 한다. 모두가 음식을 얻어먹는 순간은 '비곗덩어리'에게 친절하다. 일행이 한 여인숙에서 묵게 되고, 다음 날 출발하려는데 점령군인 프러시아 장교가 이들의 출발을 막는다. 장교는 '비곗덩어리'가 그와 하룻밤을 자면 출발을 허가하겠다는 것이다. 이런 어이없는 제안에 '비곗덩어리'와 함께 분노하던 사람들은 시간이 지나자 모두가 '비곗덩어리'의 눈치를 살피면서 그녀에게 장교의 요구를 들어줄 것을 요구한다. 사람들을 위해 '비곗덩어리'는 적군 장교의 제안을 받아들이고 만다. 일행은 그녀의 희생 덕분에 다시 출발할 수 있게 된다. 하지만 사람들은 그녀를 멸시하면서 가까이하려 들지도 않는다. 그리고 이번에는 자신들이 준비한 음식도 나누어주지 않는다.

[출전1]

胎生은 어길 수 없어 卑賤한 「타」를 감추지못하는 딸─(前記 侈奢한少女 云云은 어디 까지든지 이 바보 李箱의 好意에서나온 曲解다. 모─팟상의 「脂肪덩어리」를 생각하자. 家族은 未滿 十四歲의딸에게 賣淫식켰다. 두번째는 未滿 十九歲의 딸이 自進했다. 아─세번째는 그 나이 스물두 살이 되는 해 봄에 얹은낭자를 내리우고 게다 다홍당기를 들여 느러트려 편발妻子를 僞造하야는 大擧하야 强行으로 賣喫하야 버렸다.) (종생기)

[출전2]

文學이 社會에 압스는지 가티 것는 것인지 뒤떨어저 따러가는지 그것은 如何間에 文學이 업서진 社會─文化─를 想像하기는 어렵다 文學을 밋는 作家는 그 不利 알에 모오팟상이 雜誌를 할 적에 甘言利說로 트루게네프를 꼬여서 『惡靈』의 原稿를 어더 실리고는 뒤구녁으로 막辱을 하얏다는 꼬십이 주는 豊富한 暗示에도 빗처서 순대장사를 하면서 文藝記者로 지내면서 外交官 노릇을 하면서 默默히 大膽히 營營히 잇슬 것이다 卽손 몸소 잡수실 고초장을 누구에게 가서 어더 오라 하는 것이냐. (文學을 버리고 文化를 想像할 수 없다)

[출전3]

나는 얘기해서 그를 감격케 할 만한 아무것도 갖지 않았다. 나의 이야기는 그가 그저 괴상하다는 느낌만 들게 할 따름이리라. 첫째, 나는 나의 초라한 행색(行色)을 어떻게 변명해야 좋을는지를 알지 못한다. 그는 나의 이 빈약한 꼴을 비웃을 것에 틀림없다. 나로선 그것은 참기 어려운 노릇이다. 나의 여행(旅行)은 진실로 모파상 식이라는 것을 그에게 설명해 주고 싶다. 허나 나의 혼탁한 두뇌(頭腦)는 그것을 어떻게 설명해야 좋을지 엄두가 나지 않는다. 나는 입을 다물고 그저 무턱대고 초조해 하는 수밖엔 없다. (첫번째 방랑)

몽골피에 형제

1783년 6월 5일 프랑스의 조제프 몽골피에(Joseph Michel Montgolfiere, 1740~1810)와 자크 몽골피에(Jacques Etienne Montgolfiere, 1745~1799) 형제가 최초로 열공기 기구hot air balloon 실험 비행에 성공했다. 발명에 몰두하던 형 조제프는 불 위에서 말리던 세탁물이 위로 떠오르는 것을 보고 열기구를 착상했다고 한다. 이들이 만든 최초의 열기구는 1782년 12월 시험 비행을 한 후 겁을 먹은 농부들에 의해 망가졌지만, 다음 해 1783년 6월에는 삼베로 만들어 종이로 테를 두른, 79m^3의 공기를 포함한 무게 225kg의 두 번째 열기구를 제작해 공개 시험 비행을 할 수 있었다. 이 기구는 2km를 여행했으며 180m 높이까지 올라갔다.

[출전]

「**몽고르퓌에 兄弟**가 發明한 輕氣球가 結果로보아 空氣보다무거운 飛行機의 發達을희방놀것이다. 그와같이 또 空氣보다 묵어운 飛行機發明의 힌트의 出發點인 날개가 도리혀現在의 形態를가춘 飛行機의發達을 희방놀았다고 할수도있다. 즉 날개를 펄럭거려서 飛行機를 날르게하려는 努力이야말로 車輪을 發明하는대신에말의 步行을본떠서 自動車를 만들궁리로 바퀴대신 機械裝置의 네발이 달린 自動車를 發明했다는것이나 다름없다」(동해)

ㅂ

박태원(朴泰遠, 1910~1986)

소설가. 호는 구보仇甫. 1910년 1월 6일 서울에서 출생했다. 경성사

범부속보통학교를 거쳐 1929년 경성제일공립고등보통학교를 졸업하였다. 1930년 일본 호세이대학法政大學 예과를 중퇴하였다. 일본 유학 시절 현대 예술 전반에 대한 폭넓은 경험을 쌓았으며 귀국 후 단편소설 〈적멸寂滅〉(1930), 〈수염〉(1930), 〈꿈〉(1930) 등을 발표하면서 소설 창작에 주력하였다. 1933년 '구인회九人會'에 가입하면서부터 모더니스트로서의 특징을 보여주는 단편 〈사흘 굶은 봄 달〉, 〈피로〉, 〈오월의 훈풍薰風〉 등을 발표하였다. 중편《소설가 구보 씨의 일일》(1934)과 장편《천변풍경》(1936~1937)은 한국 모더니즘 소설의 최대 성과로 손꼽힌다. 1939년 이후로는 주로 자신의 체험에 토대를 둔 신변소설을 창작하는 한편 중국의 역사소설을 여러 편 번역하기도 하였다. 1945년 광복 직후 조선문학가동맹의 중앙집행위원으로 피선되었으나, 적극적으로 활동하지는 않았다. 이 시기에 단편 〈춘보〉(1946), 장편《임진왜란》(1949), 《군상》(1949~1950) 등을 발표하였다. 한국전쟁 중에 월북하였으며, 북한에서 역사소설 〈계명산천은 밝았느냐〉(1963~1964), 〈갑오농민전쟁〉(1977~1984)을 집필하였다. 이상李箱과 함께 1930년대의 대표적인 모더니스트 작가로 꼽힌다.

[출전1]

ADVENTURE IN MANHATTAN에서 진 아—더가 커피 한잔 맛있게 먹드라. 크림을 타먹으면 小說家 仇甫氏가 그랬다—쥐 오줌내가 난다고. 그러나 나는 조—엘 마크리—만큼은 맛있게 먹을 수 있었으니— (실화)

[출전2]

좋은 낯을 하기는해도 敵이 非禮를 했다거나 끔찍이 못난 소리를 했다거나 하면 잠잫고 속으로만 꿀꺽 없으 녁이고 그만두는 그러기 때문에 近視眼鏡을 쓴 危險人物이 朴泰遠이다. (김유정)

지난달에 泰遠이 첫따님을 나았다. 아주 귀애죽겠단다. 命名曰『雪英』—장내 기가 맥힌 모던껄로 꾸미리라는 父親 泰遠의 遠大한 企業이다.《시와소설》편집 후기)

베드로Petros

본명은 시몬, 예수에 의해서 베드로(반석)라고 이름 붙여졌다. 그리스도의 초기 제자 중의 한 사람이고, 야곱, 요한과 함께 가장 사랑받고 항상 그 옆에 있었다. 어부 출신으로서 바울처럼 교양이 있던 것은 아니었지만, 성격이 소박하고 정직했다. 그는 처음부터 그리스도에 의해 12사도의 우두머리가 되어, 교회의 기둥으로서 교회를 돌볼 사명을 부여받았다. 그리스도의 사후, 베드로는 예루살렘 교회의 중심인물로서 활동했고, 유태인뿐만 아니라 이방인들 또한 교화시켰다. 그리스도교의 주도적인 지도자가 되었으며 로마가톨릭교회를 세웠으나 로마의 왕 네로의 치하에서 순교하였다.

[출전]

하이한天使의펜네임은聖피—타—라고. (내과)

비너스Venus

고대 로마에서는 봄과 꽃밭의 여신이지만 희랍 신화에서 비너스는 사랑과 미의 신인 아프로디테Aphrodite와 동일시된다.

[출전1]

윈도오안에石膏—武士는 수염이 없고 쀄이너스는 분안발는살갈이 차즐길 없고 그리고 그 長황한姿勢에 斷念이없는 윈도오안에 石膏다. (산책의 가을)

[출전2]

水分이없는蒸氣하여왼갖고리짝은말르고말라도시원찮은午後의海水浴場近
處에있는休業日의潮湯은芭蕉扇과같이悲哀에分裂하는圓形音樂과休止符,
오오춤추려나, 日曜日의**뷔너스**여, 목쉰소리나마노래부르려무나日曜日의**뷔
너스**여. (LE URINE)

人

서부전선 이상 없다 Im Westen nichts Neues

독일 작가 레마르크(Erich Maria Remarque, 1898~1970)의 장편소설. 레
마르크는 18세 때 제1차 세계대전에 출전하였고 1929년 전장에서의 체
험을 소재로 한 〈서부전선 이상 없다 Im Westen nichts Neues〉를 발표하여 세
계적 인기 작가가 되었다. 이 작품은 한 병사의 눈으로 본 전쟁의 갖가지
참상에 대한 기록인데, 반전反戰 의식을 노골적으로 강조했다. 나치스는
그의 작품에 판금·분서焚書 처분을 내렸고, 아울러 그의 독일 시민권을
박탈하였다. 그는 미국으로 망명 후에도 파리를 무대로 한 망명가 소설
〈개선문〉(1946), 전쟁이 사랑을 앗아간 〈사랑할 때와 죽을 때〉(1954) 등
을 발표하였다. 〈서부전선 이상 없다〉는 특히 1930년대 카프 극단 '신건
설'에서 무대에 올린 적이 있다. 작가는 제1차 세계대전에 직접 참전했던
체험을 바탕으로 이 작품을 썼는데, 이 책의 서문에서도 밝히고 있듯이
'전쟁에 의해 파괴당한 세대의 이야기'를 말해 주고 있다. 전쟁이 보여주
는 끔찍한 학살과 파괴의 장면을 통해 평화의 소중함을 일깨워 준다. 열
아홉 살의 주인공은 최전방의 부대에 속해 있는 군인이다. 그에게 있어

서 전쟁의 경험은 영웅주의의 신화를 발가벗긴 채 공포, 고독, 그리고 인간의 분노만을 남긴다. 이 소설은 주인공이 전사했다는 보고로 끝난다.

[출전]

한篇의 敍情詩가 서로달착지근하면서 砂糖의分子式 研究만 못해보힐적이 꽤만흐니 이것은 엇저녁을굶은 悲哀와 東新株暴落때문인 落膽과有島武郎의 『우마레이즈루나야미』와 한作家의 窮상스러운 身邊雜事와 이런것들의 輕重을 무슨天秤으로도 論하기어려운것이나 恰似한 일이다. 文化를 擔當하는 職責이제各各달나서 그런것이니까 『西部戰線異狀업다』만큼 팔니지안흔 創作集을좀 出版해달나고졸느지도 말고 『밥버텀주』하는 村落에文藝講座를 열지도말고—그럼作家는 自身의 貧苦또는이런 가지가지 失望으로해서 文學悲觀에서 文學을 그만두겟다는생각까지를 結局은 일으키게되는것일가.

(文學을 버리고 文化를 想像할 수 없다)

세바스티앙

세바스티아누스(Sebastianus, 생몰 미상). 3세기경 로마의 그리스도교 순교자·성인聖人. 로마 디오클레티아누스 황제(재위 284~305)의 총애를 받던 근위장교였다. 그리스도교도에 대한 박해가 극심했던 때 로마인들 가운데 몰래 신자가 되었다가 사실이 발각되어 형장으로 끌려가는 신자들이 많았다. 그는 근위장교의 신분이었음에도 그 신자들을 격려하였기 때문에 신자들과 함께 말뚝에 묶여 화살을 맞았다. 그런데 기적적으로 살아나서 다시 황제 앞에 끌려가 그리스도의 복음을 전도하다가 그 자리에서 타살되었다고 한다. 그의 유해가 아피아 가도街道의 지하 묘소에 묻혔는데 뒤에 거기에 대성당이 세워졌다. 이 전설은 성화聖畵의 소재로도 자주 등장한다. '화살을 맞은 미남 청년'으로도 알려진 그는 사수射手 및 총공銃工, 또는 역병疫病에 대한 수호성인으로 추앙된다.

나는24歲. 어머니는바로이낫새에나를낳은것이다. **聖쎄바스티앙**과같이아름다운동생·로오자룩셈불크의木像을닮은막내누이·어머니는우리들三人에게孕胎分娩의苦樂을말해주었다. (肉親의章)

소년행少年行

당나라 시인 최국보崔國輔의 한시. 최국보는 당나라 오군 사람으로 생몰연대는 알려져 있지 않다. 개원開元 14년(726) 진사가 되어 산음위山陰尉와 허창령許昌令, 집현원직학사集賢院直學士와 예부원외랑禮部員外郎 등을 역임했으며, 천보天寶 11년(752) 왕홍王鉷의 사건에 연루되어 경릉군사마景陵郡司馬로 좌천되었다는 기록이 보인다. 시문에 능했는데 특히 5언절구를 잘 지었다. 그윽하게 원망하는 어조의 이른바 '유원체幽怨體'의 시로 유명하다. 그가 지은 〈소년행少年行〉이란 시의 원문은 아래와 같다.

> 遺郤珊瑚鞭(유극산호편)　산호 채찍을 잃고 나니
> 白馬驕不行(백마교불행)　백마가 교만해져 가지 않는다.
> 章臺折楊柳(장대절양유)　장대(지명, 유곽 있는 곳)에서 여인을 희롱하니
> 春日路傍情(춘일노방정)　봄날 길가의 정경이여.

이상은 소설 〈종생기〉에서 이 시의 내용을 패러디하여 한 여인과의 허망한 사랑을 그려 내고 있다. 소설 속에서는 이 시의 첫 구절 '遺郤珊瑚鞭'이라는 다섯 글자에서 앞의 두 글자를 순서를 바꾸고, '鞭' 자를 탈락시켜 버린 채 '郤遺珊瑚'라고 쓰고 있다. 그러면서 바로 뒤에 '다섯 자 동안에 나는 두 자 이상의 오자를 범했는가 싶다'라고 밝힌다. 글자의 순서를 바꾼 것과 글자 하나를 탈락시킨 것. 이것이 이 소설의 이야기를 이해하는 하나의 열쇠가 된다. '나'라는 화자는 뒤에 '산호편'을 절대로 놓지

않겠다고 말하고 있지만, 실상은 이 첫 대목에서 벌써 '산호편'에서 '편鞭'
자를 빼놓음으로써 이미 '산호편'을 잃어버린 것이나 다름이 없다. 이 소
설은 '나'라는 주인공이 체통을 잃고 〈소년행〉의 싯구 그대로 한 여인을
희롱하게 되는 봄날의 정경을 그려 내고 있다.

[출전]

郤遺珊胡—요 다섯 字 동안에 나는 두 字 以上의 誤字를 犯했는가 싶다. 이것
은 나 스스로 하늘을 우러러 부끄러워할 일이겠으나 人智가 발달해가는 面目
이 실로 躍如하다. 죽는 한이 있드라도 이 珊瑚채쩍을랑 꽉 쥐고 죽으리라 내
廢袍破笠 우에 退色한 亡骸우에 鳳凰이 와 앉으리라 (종생기)

슈트라우스(Johann Strauss, 1825~1899)

오스트리아의 음악가. 요한 슈트라우스는 평생 500여 곡의 왈츠곡과 함
께 16개나 되는 오페레타를 남겼다. 그는 간소한 관현악법으로 작품을 썼
는데 극히 효과적으로 처리하였다. 또 경쾌하고도 친밀감이 있도록 하여
대중의 오락성에 맞도록 했다. 청신하고 건강한 감각을 왈츠에 담아 왈츠
의 수준을 크게 높였는데, 〈아름다운 도나우 강〉, 〈빈 숲의 이야기〉 등이
유명하다. 1872년에 미국으로 건너가 보스턴에서 지휘하였다. 1874년 빈
에서 초연됐던 오페레타 〈박쥐〉는 빈 오페레타의 최고의 명작이 되었다.
슈트라우스의 오페레타 중에서는 〈박쥐〉와 함께 〈베네치아의 한밤〉과 〈집
시 남작〉이 지금도 애호되고 있다.

[출전]

퓌테간토톱프스의 너덧조각되는 骨片에서 爲先 風雨때문에 或은 敵의 來襲
에서 가젓슬陰森한 厭世思想의 第一號를 엿볼수잇고 그것이 漸漸 커짐으로
해서 人類가 自殺할줄 알게까지 墮落되고 進步되고하야 地上에서맨처음 이

것이 決行된 날字가 傳說에 不明하되 人間이라는 觀念이서고부터 빈대 血痕
點點한 담벼락에 기대안저서 **요한슈트라우스**翁의 肉聲을 듯게까지된데잇는
우리끼리 고자질하는 有像 無像의 온갖 苦로움이야말로 아담이브가 지즐는
過失에서부터 世襲이 始作된 永却末代의 烙刑이지 이鄕土만이 이鄕土라고 해
서 밧는 冤罪인것처럼 嘆息할 것이 되느냐 (文學을 버리고 文化를 想像할 수 없다)

신윤복(申潤福, 1758~?)

조선 후기의 화가. 자는 입보笠父, 호는 혜원蕙園. 도화서圖畵署의 화원으
로 벼슬은 첨절제사僉節制使를 지냈다. 풍속화를 비롯하여 산수화와 영모
화에도 능했다. 한량과 기녀를 중심으로 한 남녀 간의 낭만이나 애정을
다룬 풍속화에서 특히 이름을 날렸다. 그의 풍속화는 섬세하고 유려한
필선과 아름다운 채색을 즐겨 사용하였다. 그래서 그의 풍속화들은 매
우 세련된 감각과 분위기를 지니고 있다. 또한 그의 풍속화들은 배경을
통해서 당시의 살림과 복식 등을 사실적으로 보여주는 등, 조선 후기의
생활상과 멋을 생생하게 전하여 준다. 대표작으로는 〈미인도〉와 《풍속
화첩》이 있다. 《풍속화첩》에 수록된 주요 작품으로 〈단오도端午圖〉, 〈연당
蓮塘의 여인女人〉, 〈무무도巫舞圖〉, 〈산궁수진山窮水盡〉, 〈선유도船遊圖〉 등이 있
다.

[출전]

先祖가 指定하지아니한 「조셋트」 치마에 「외스트민스터」 卷煙을 감아 노은것
갓흔 都會의 妓生의 아름다움을 聯想하여봅니다. 薄荷보다도 훈훈한 「리그
레추윙썸」 내음새 둑거운帳簿를 넘기는듯한 그입맛다시는소리─그러나 아
마어기필妓生곳은 分明히 **蕙園** 그림에서 보는것갓흔─或은우리가少年時
代에 보든썰々이 人力車에 紅日傘받은 至今은 지난날의 揷畵인 妓生일것갓
습니다. (산촌여정)

ㅇ

아리시마 다케오(有島武郎, 1878~1923)

일본 소설가. 일본 도쿄에서 출생했다. 학습원 중등과를 거쳐 1896년 삿포로농업학교에서 수학하였으며 1903년부터 1906년까지 미국 유학길에 올라 하버드대학에서 수학하였다. W. 휘트먼, H. 입센, L. 톨스토이 등을 탐독하고 P. A. 크로폿킨의 무정부주의 사상에 관심을 가졌다. 1906년에 귀국하여 모교 교사가 되었으며, 1910년《시라카바[白樺]》지誌의 창간과 함께 동인이 되어 〈어떤 여인의 별견瞥見〉 등을 발표하였다. 1914년에는 도쿄로 이주하여 〈선언宣言〉(1915) 등을 집필했다. 그 후 〈카인의 후예〉(1917), 〈미로迷路〉(1917), 〈태어나는 고뇌〉(1918) 등의 역작을 발표하여 일약 인기 작가가 되었다. 1919년에 대표작 〈어떤 여인〉을 완성했다. 계급 분열 사회에 살고 있는 지식인의 모순에 대하여 고민하면서 허무주의적 절망감에 빠져들기도 하였는데, 1923년 유부녀인 하타노 아키코[波多野秋子]와 정사하였다.

〈태어나는 고뇌生れ出づる悩み〉

아리시마 다케오가 1918년에 발표한 소설. 大阪 每日新聞과 東京 日日新聞에 연재하다가 작가 자신의 병환으로 중단되었다가 단행본으로 간행하면서 결말 부분을 추가하였다. '나'라는 소설 속의 주인공이 '군君'이라고 호칭하는 인물이 등장한다. 미술을 그리며 예술의 가치에 대해 고뇌하는 '군'의 경우와 자신의 태도를 깊이 있게 대비시켜 놓고 있다.

[출전]

한篇의 敍情詩가 서로달착지근하면서 砂糖의 分子式 研究만 못해보힐적이

꽤만흐니 이것은 엇저녁을굶은 悲哀와 東新株暴落때문인 落膽과 有島武郎의 「우마레이즈루나야미」와 한 作家 의 窮상스러운 身邊雜事와 이런것들의 輕重을 무슨天秤으로도 論하기어려운것이나 恰似한 일이다. 文化를 擔當하는 職責이제各各달나서 그런것이니까『西部戰線異狀업다』만큼 팔니지안흔 創作集을좀 出版해달나고졸느지도 말고『밥버텀주』하는 村落에文藝講座를 열지도말고—그럼作家는 自身의 貧苦또는이런 가지가지 失望으로해서 文學悲觀에서 文學을 그만두겟다는생각까지를 結局은 일으키게되는것일가. (文學을 버리고 文化를 想像할 수 없다.)

아서(Jean Arthur, 1900~1991)

1930년대부터 1940년대까지 활동한 미국의 여배우. 진 아서는 프랭크 카프라Frank Capra의 〈너는 그것을 가질 수 없다You Can't Take It With You〉와 〈스미스 씨 워싱턴에 가다Mr. Smith Goes to Washington〉 등에서 주연했다. 이상의 소설 〈실화〉의 한 장면에서 언급한 영화 〈Adventure in Manhattan〉에서 주연을 맡았다.

[출전]

ADVENTURE IN MANHATTAN에서 진—아더—가 커피한잔 맛있게먹드라. 크림을 타먹으면 小說家仇甫氏가그랬다—쥐오좀내가 난다고. 그러나 나는 조—엘 마크리—만큼은 맛있게 먹을수 있었으니— (실화)

아쿠타가와 류노스케(芥川龍之介, 1892~1927)

아쿠타가와 류노스케는 1892년 일본 동경에서 출생했다. 동경제국대학 영문과를 졸업했다. 동경대학 재학 중에 나쓰메 소세키〔夏目漱石〕의 문하에 들어가 구메 마사오〔久米正雄〕, 기쿠치 칸〔菊池寬〕 등과《신사조新思潮》를 발간하고 처녀작 〈노년老年〉을 발표하였다. 이어서《신사조》

에 〈코〔鼻〕〉를 발표하면서 문단의 주목을 받았다. 역사적 소재를 바탕으로 인간의 존재와 삶의 의미를 추구하는 이지적 작풍을 유지했다. 시대적 상황의 변화와 새로운 경향에 제대로 적응하지 못하면서 심한 신경 쇠약에 빠져 고통을 겪다가 다량의 수면제를 먹고 자살하고 말았다. 대표작으로는 〈나생문羅生門〉(1915), 〈어떤 바보의 일생〉, 〈톱니바퀴〉, 〈갓파〔河童〕〉(1927), 〈서방인西方人〉 등이 있다. 일본 다이쇼〔大正〕 시대를 대표하는 소설가로 손꼽힌다. 이상은 아쿠타가와 류노스케의 천재적인 재능을 주목하면서도 그의 자살에 관심을 갖고 있었다.

[출전1]

그렇나 그 어느것을 집어내 보아도 다같이 **서른여섯 살에 自殺한 어느 「天才」**가 머리맡에 놓고간 蓋世의 逸品의 亞流에서 一步를 나서지 못했다. 내게 요만 재조밖에는 없느냐는 것이 다시없이 분하고 억울한 事情이었고 또 焦燥의 根元이었다. (종생기)

[출전2]

生―그 가운데만 오직 無限한 기쁨이 있는 것을 너무도 잘 알기 때문에 이미 ヌキサシナラヌ程 轉落하고 만 自身을 굽어 살피면서 / 生에 對한 勇氣, 好奇心 이런것이 날로 稀薄하여가는 것을 自覺하오. / 이것은 참 濟度할수 없는 悲劇이오! 芥川이나 牧野같은 사람들이 맛보았을상 싶은 最後 한刹那의 心境은 나 亦 어느 瞬間 電光같이 짧게 그러나 참 똑똑하게 맛보는 것이 이즈음 한두번이 아니오. (사신7)

아폴리네르(Guillaume Apollinaire, 1880~1918)

프랑스의 시인·소설가. 기욤 아폴리네르는 이탈리아 로마에서 사생아로 태어나 어린 시절을 보냈고, 파리로 이주하면서 문학에 눈을 뜨게 된다. 상징주의 이후의 새로운 문학적 경향을 받아들이면서 많은 시를 발표하였다. 파리에서 M. 자코브, A. 살몽 등의 시인과 피카소, 브라크 등의 화가와 함께 새로운 예술운동을 시작하여, 입체파·야수파 화가들과 친교를 맺고 여러 잡지에 시·평론·소설을 기고하였다. 소설 〈썩어가는 요술사妖術師〉(1909), 〈이교異敎의 교조敎祖와 그의 일파〉(1910), 〈암살당한 시인〉(1916) 등에서 그의 괴기怪奇 취미와 환상적 경향을 볼 수 있다. 시집으로는 《동물시집Le Bestiaire》(1911) 외에 《알콜Alcools》(1913), 《칼리그람Calligrammes》(1918)의 두 대표 시집이 있다. 새로운 예술과 정신을 앞장서서 실천했던 그의 시는 서정적 요소도 강하지만 시적 텍스트의 시각적 구성을 시도함으로써 새로운 시 형식에 대한 도전도 잘 드러나 있다. 그는 20세기의 새로운 예술의 선도자로서 그의 평론 〈입체파 화가Les Peintres cubistes〉(1913), 〈신정신新精神, L'Esprit nouveau〉(1918)은 모더니즘 예술을 발족시키는 데 큰 영향을 끼쳤다. 제1차 세계대전 당시 참전했다가 총상을 입고 입원 중 요절했다.

〈암살당한 시인Le poète assassiné〉

1916년 아폴리네르가 파리에서 발표한 단편소설. 위장된 자기 자신에 대해 이야기를 펼쳐 나가는 특이한 서사 구조를 보여준다.

[출전]

『세르빵』을 꺼낸다. 아뽈리네에르가 즐겨 쓰는 테에마 소설이다. 「암살당한 시인(詩人)」 나는 신비로운 고대(古代)의 냄새를 풍기는 주인공에게서 '벵께이'를 연상(聯想)한다. 그러나 그것은 시인이기 때문에, 낭만주의자(浪漫主義者)이기 때문에, 저 벵께이와 같이―결코―화려(華麗)하지는 못할 것이다. (첫번째 방랑)

엘만(Mischa Elman, 1891~1967)

바이올리니스트. 미샤 엘만은 러시아 태생으로 주로 미국에서 활약한 바이올리니스트이다. 1911년에 미국으로 이주하여 23년에 시민권을 얻었다. 1926년 '엘만 관악 4중주단'을 조직하여 실내악 활동도 했지만 주력했던 것은 물론 솔로였다. 1936년부터 이듬해에 걸쳐서는 카네기홀에서 연속 5회의 콘서트를 가져 합계 15곡 이상의 협주곡을 연주하기도 했다. 그의 감미로운 음색은 '엘만 톤'이라고 명명할 정도로 동양풍의 색조를 띤 벨 칸토의 아름다운 음을 자랑했다. 당대에 레코드가 200만 장 이상이나 팔릴 정도로 대단한 인기를 누렸다.

[출전]

오늘은 陰曆 섯달그믐이오. 鄕愁가 撓頭하오. O라는 內地人大學生과 コ―ヒ를 먹고 온 길이오. コ―ヒ집에서 ラロ를 한曲調 듣고 왔오. フ―ベルマン이라는 提琴家는 참 너무나 眈美主義입니다. 그저 限없이 キレイ하다 뿐이지 情緖가 없오. 거기 比하면 エルマン은 참 놀라운 人物입니다. 같은 ラロ 더욱이 最終樂章 ロンド의 部를 그저 막 헐어내서는 完全히 딴 것을 맨들어버립니다. / エルマン은 내가 싫어하는 提琴家였었는데 그의 꾸준히 持續되는 聲價의 原因을 이번 實演을 듣고 비로소 알았오. 所謂 エルマント―ン이란 무엇인지 斯道의 門外漢 李箱으로서 알 길이 없으나 그의 セラブ的인 굵은 線은 그리고 奔放한 デフォ―ルマシヨン은 驚嘆할만한 것입니다. 英國사람인줄 알았더니 나중에 알고보니까 亦是 イミグラント입니다. (사신 7)

예로센코(Vasili Yakovlevich Eroshenko, 1889~1952)

러시아의 시인. 아나키스트. 4살 때 실명하여 시각장애인으로 평생을 살았다. 모스크바에서 에스페란토를 공부하고 일본어를 익힌 후 1915년 일본 에스페란토협회 초청으로 도일한 후 아동문학 등에 힘쓰

면서 제2차 '씨 뿌리는 사람種蒔く人' 동인으로 사회주의 문화운동에 가담하다가 일본에서 추방되었다. 이후 버마, 인도, 중국 등지에서 시각장애인을 위한 교육 운동을 벌이면서 에스페란토 운동에 앞장섰다.

[출전]

그는에로시엥코를읽어도조타 그러나그는본다외나를 못보는눈을가젓느냐
차라리본다.먹은조반은 그의식도를거처서바로에로시엥코의뇌수로들어서
서 소화가되든지안되든지 밀려나가든버릇으로 가만가만히시간관렴을 그래
도안이어기면서압슨다 그는그의조반을 남의뇌에써맛기는것은견델수업다
고견데지안아버리기로한다음 곳견데지안는다 그는차즐것을것찻고도 무엇
을차잣는지알지안는다. (地圖의 暗室)

오스카 와일드(Oscar Wilde, 1854~1900)

아일랜드의 소설가 및 극작가. 1854년 10월 아일랜드 더블린에서 출생했다. 더블린대학 교수를 지낸 의사이자 고고학자였던 아버지와 시인으로 유명했던 어머니 사이에서 유복한 성장기를 보냈다. 옥스퍼드대학 재학 시절부터 시작 활동을 하면서 '예술을 위한 예술'을 내세운 유미주의를 주창하였다. 대학을 졸업한 후 본격적인 작가 생활을 시작하였다. 미국과 프랑스를 오가며 문학 강연과 연극 공연을 했다. 장편소설《도리언 그레이의 초상The Picture of Dorian Gray》(1889)은 청년 도리언이 쾌락주의의 나날을 보내다 악덕에 빠져들어 마침내는 파멸한다는 이야기이다. 중편소설집《아서 새빌 경卿의 범죄》와 예술론집《의향Intentions》등이 간행되었다. 희곡 〈보잘것없는 여인A Woman of No Importance〉(1893), 〈이상理想의 남편An Ideal Husband〉(1895), 〈진지함의 중요성The Importance of Being Earnest〉(1895)을 발표하였고, 1892년 괴기한 미와 환상의 요소를 결합시킨 시극 〈살로메〉를 발표하였다. 1895년 미성년자와 동성연애 혐의

로 유죄 판결을 받고 2년 동안 레딩 교도소에 수감되었다. 1897년 1월 19일 출옥하였으나, 영국에서는 영원히 추방되어 파리에서 빈궁하게 살다가 뇌수막염에 걸려 사망하였다. 이상이 쓴 최초의 국문 수필 〈혈서삼태血書三態〉의 첫 소절에 '오스카 와일드'라는 소제목을 붙였다.

[출전]

오스카 와일드

내가 불러주고 싶은 이름은 「旭」은 아니다. 그러나 그 이름을 욱이라고 불러두자. 1930년만 하여도 욱이 제 女形斷髮과 같이 한없이 순진하였고 또 욱이 예술의 길에 정진하는 태도, 열정도 역시 순진하였다. 그해에 나는 하마터면 죽을 뻔한 중병에 누웠을 때 욱은 나에게 주는 형언하기 어려운 애정으로 하여 쓸쓸한 동경생활에서 몇 개월이 못되어 하루에도 두장 석장의 엽서를 마치 결혼식장에서 花童이 꽃이파리를 걸어가면서 흩뜨리는 가련함으로 나에게 날려주며 연락선 갑판 상에서 흥분하였었느니라.

요코미쓰 리이치(橫光利一, 1898~1947)

일본의 소설가. 일본 후쿠시마 현〔福島縣〕 출생으로 와세다대학을 중퇴했다. 1923년 〈일륜日輪〉, 〈파리〉 등을 발표하면서 문단에 등단하였다. 1924년 가와바타 야스나리〔川端康成〕, 가타오카 뎃페이〔片岡鐵兵〕, 나카가와 요이치〔中河與一〕 등과 함께 《문예시대》를 창간하고, 이를 근거로 하여 '신감각파' 문학 운동을 일으켰다. 1930년대에 들어서면서 〈기계〉(1930), 〈시간〉(1931) 등의 작품으로 예술파의 주도적 위치를 차지하였다. 평론 〈순수소설론〉(1935)은 그의 문학관을 집대성한 논설이다. 제2차 세계대전 후에 발표한 〈밤의 구두〉(1947)는 전쟁 당시 소개疏開 생활을 배경으로 하고 있다.

〈기계機械〉

요코미쓰 리이치가 1930년에 발표한 단편소설. 현실 사회의 복잡한 관계성 가운데서 차츰 자신의 존재를 상실해 가는 주인공의 심리를 탁월하게 묘사한 작품으로 평가되고 있다. 소설 속의 주인공 '나'는 문패 제작소에 근무하게 된다. 이 공장의 주인은 호인이지만 공장의 모든 일은 부인이 챙긴다. 이 공장에는 매우 단순하고 상식적인 또 한 사람인 케이부가 있다. 모자라는 일손을 충당하기 위해 야시키라는 직원도 들어온다. 야시키는 케이부와는 달리 머리가 좋은 이론가이다. 그 두 사람이 일이 마무리되어 가는 어느 날 싸움을 시작한다. 야시키가 일손을 도우러 온 외에 이 공장의 특허를 훔쳐 내려 했다는 이유에서이다. 그 싸움에 '나'도 말려들어 결국 '나'는 두 사람으로부터 뭇매를 맞게 된다. 그런데 주인이 일의 대금을 전부 잃어버려서 급료를 받을 수 없게 된 세 사람은 횟술을 마신다. 다음 날 아침술에 취한 야시키가 중크롬산 암모늄 용액을 물로 오인하고 마시고는 죽는다. 야시키의 사망 원인을 생각해 가는 사이에 '아니 나라고 해서 죽이지 않았다고 어떻게 단언할 수 있는가'라고 생각하고 자신이 무엇을 어떻게 하고 있는 것인지 고민한다.

[출전1]

「一着選手여! 나를 列車가 沿線의 小驛을자디잔바둑돌 黙殺하고 通過하듯이 無視하고 通過하야 주시기(를)바라옵나이다」

瞬間 姓이 얼굴에 毒花가핀다. 응당 그러리로다. 나는 二着의名譽같은것은 요새쯤 내다버리는것이 좋았다. 그래 얼른 릴레를 棄權했다. 이경우에도 語彙를 蕩盡한浮浪者의 자격에서 恐懼 **橫光利**一氏의 出世를 사글세 내어온것이다. (동해)

이 이야기를 듯고 泰遠이 「거의 機械같소 그려」하였다. (勿論 이 세 동무는 그 있
흔날은 언제 그런일 있었드냐는듯이 繼續하야 情다웠다.) (김유정)

위고(Victor Marie Hugo, 1802~1885)

프랑스의 시인 소설가 극작가. 빅토르 위고는 1802년 프랑스 브장송
에서 태어나 파리에서 성장하면서 문학에 대한 꿈을 키웠다. 1817년 아
카데미 프랑세즈의 콩쿠르, 그리고 1819년 투르즈의 아카데미 콩쿠르
에서 그의 시詩가 입상하였다. 초기 작품으로는 시 〈오드와 발라드Odes et
ballades〉(1826), 〈동방시집Les Orientales〉(1829) 등이 있으며, 소설 〈아이슬
란드의 한Han d'Islande〉(1823), 희곡 〈크롬웰Cromwell〉(1827) 등을 발표하
였다. 희곡 〈크롬웰〉의 서문은 낭만주의 문학의 선언에 해당하는데, 고
전주의의 '삼일치三一致의 법칙'을 너무나 구차한 구속이라고 비판하였다.
1830년대에 들어서면서 불후의 걸작으로 꼽히고 있는 소설 〈노트르담
드 파리Notre Dame de Paris〉(1831)와 〈레 미제라블Les Misérables〉(1862) 등
을 발표하였다. 그의 문학 속에 담겨진 인간의 무한한 진보, 이상주의 사
회 건설에 관한 낙관적인 신념 등은 낭만주의의 핵심적인 요소라고 할
수 있다.

[출전]

十九世紀는 될수있거든 封鎖하야버리오. 도스토에프스키精神이란 자칫하
면 浪費인것같소, 유—고를 佛蘭西의 빵한조각이라고는 누가그랫는지 至
言인듯싶ㅅ오 그러나 人生 或은 그 模型에있어서 떠테일때문에 속는다거나
해서야 되겠오? 禍를보지마오. 부디그대께 告하는 것이니……. (날개)

유령 서쪽에 가다

프랑스의 영화감독 르네 클레르(René Clair, 1898~1981)가 1935년에 만든 영화. 르네 클레르 감독은 파리 태생으로 1923년 〈파리는 잠들어 Paris qui dort〉를 발표하면서 영화감독으로 알려지기 시작했다. 대담한 카메라 기교와 기발한 아이디어를 구사하여 전위영화풍의 작품을 만들었는데, 특히 〈막간Entr'acte〉(1924), 〈물랭루주의 유령〉(1925) 등이 유명하다. 첫 유성 영화인 〈파리의 지붕 밑Sous les toits de Paris〉(1930)에서는 훌륭한 음향 처리와 서민적 정서의 표현으로 흥행에 성공하였다. 〈백만장자 Le Million〉(1931)는 희극영화의 걸작이고, 〈자유를 우리에게À Nous 1a liberté〉(1931)는 문명 비평이고, 〈최후의 억만장자Le Dernier milliardaire〉(1934)는 파시즘에 대한 정치 풍자였다. 그 후 영국으로 건너가 미국 문명을 비꼬아서 그린 〈유령 서쪽에 가다The Ghost Goes West〉(1935)를 만들었다. 영화인으로서는 최초로 아카데미 프랑세즈 회원에 선정되었다. 〈유령 서쪽에 가다〉의 내용을 보면, 부유한 사업가의 딸이 아버지를 설득하여 스코틀랜드의 성을 하나 사서 미국의 플로리다로 옮기려고 한다. 안식을 취하기 위해서 성 안에 살고 있던 유령이 이를 방해한다. 르네 클레르 감독이 미국에 건너가 첫 번째로 만든 영어 영화이며 일종의 판타지 로맨스 코미디에 속한다.

[출전]

유령(幽靈) 西ヘ行く는 명작 「홍길동전(洪吉童傳)」과 함께 영화사상 굴지의 ガラワタ입니다. ルネ.クレ-ル. クソクラエ. (사신 3)

유클리드(Euclid Alexandreiae, BC 330 추정~BC 275 추정)

고대 그리스 수학자. 기하학幾何學의 창시자이다. 유클리드의 삶의 과정은 자세히 알려진 바 없다. 플라톤의 아카데미에서 배웠으며 유명한《기하학 원본Elements》(13권)을 저술했다고 전한다. 이 서적을 통해 이른바 '유클리드 기하학'이 완성되었다. 당시 수학은 플라톤적인 철학의 연구에 필요한 준비 과정으로 간주되었다. 이 서적도 그 목적에 부합하여 편찬되었기 때문에 추상적·형식적인 논리 방식이 채택되었으며, 실용적·응용적인 방면은 제외되어 있다. 이 책은 아라비아를 통하여 아라비아·라틴 기타 각 국어로 번역되어 후대에 전해졌다. 세계 각국에 거의 원형原形 그대로 교과서로 사용되었다.

[출전]

유우크리트는 死亡해버린오늘유우크리트의焦點은到處에있어서人文의腦髓를마른풀과같이燒却하는收斂作用을羅列하는것에依하여最大의收斂作用을재촉하는危險을재촉한다 (線에 關한 覺書 2)

이태백(李太白, 701~762)

중국 당나라 때의 시인. 이름은 백白, 자는 태백太白이고, 호는 청련거사青蓮居士, 적선인謫仙人이다. 당나라 때의 시인 두보와 함께 '이두李杜'라 불렸고, '시선詩仙'으로 존숭되었다. 중국 최고의 시인으로 수많은 시 작품을 남겼다.

[출전]

이 前後 萬古의 으리으리한 「華族」. 나는 李太白을 닮기도 해야한다. 그렇기 위하야 五言絶句 한줄에서도 한字가량의 泰然自若한 失手를 犯해야만 한다. 絢爛한 門閥이 풍기는 可히 犯할 수 없는 氣品과 勢道가 넉넉히 古詩 한節쯤 서슴ㅅ지않고 상차기를 내어놓아도 다들 어수룩한 체들하고 속느니 하는 교만한 迷信이다. (종생기)

ㅈ

장미신방薔薇新房

1936년 4월 29일 단성사에서 개봉한 영화. 독일 UFA사가 제작한 이 영화는 '장미의 침상'이라는 제목으로 소개되었다. 영화의 줄거리를 확인하지 못했다.

[출전]

사날 전(前)에 UFA 「**장미신방(薔薇新房)**」이란 영화를 보았소. 충분히 좋습디다. 'ささやかなる幸福'이 진정의 황금(黃金)이란 タイトル는 アーノルド フアング 영화에서 보았고 'ささやかなる幸福'이 인생을 썩혀 버린다는 タイトル는 **장미(薔薇)**의 **침상(寢床)**에서 보았소. 아— 哲學の限りなき無馱よ 그랬소. (사신 1)

장주(莊周, BC 369년~BC 289년경)

중국 고대 도가道家의 사상가. 이름은 주周. 송宋에서 태어나 맹자와 동시대에 노자를 계승한 것으로 알려져 있다. 그 사상의 기본은 이상적인 삶을 자기의 육체·정신을 버리고 '허정虛靜', '염담恬淡'의 심경에 도달하여 자연의 법칙에 따르고 어떠한 것에도 침해받지 않는 자유·독립을 얻어 세계의 밖에서 초연하게 노니는 것으로 설명한다. 이것을 실현한 사람이 '진인眞人'이다. 이 인생론의 근저에는 세계는 불가지의 실재인 '도道'의 표상이라는 세계관과, 개념적 인식과 가치판단은 불가능할 뿐 아니라 무의미한 것이고 철저한 무지無知만이 올바른 것이라고 하는 지식론이 깔려 있다.《장자莊子》라는 책 속에 이러한 사상이 집약되어 있다.

[출전]

莊周의 꿈과 같이······ 눈을 비벼 보았을 때 머리는 무겁고 무엇인가 어둡기
가 짝이 없는 것이었다. 그 짧은 동안에 지나간 그의 반생의 축도를 그는 졸
음 속에서도 피곤한 날개로 한번 휘거쳐 날아 보았는지도 몰랐다. 꿈을 기
억할 수는 없었으나 꿈을 꾸었는지도 혹은 안 꾸었는지도 그것까지도 알 수
는 없었다. 그는 어딘가 풍경 없는 세계에 가서 실컷 울다 그 울음이 다하기
전에 깨워진 것만 같은 모든 그의 사고의 상태는 무겁고 어두운 것이었다.
(12월 12일)

젊은 베르테르의 슬픔

독일의 문호 괴테(Johann Wolfgang von Goethe, 1749~1832)가 남긴 걸작.
괴테는 1749년 독일 프랑크푸르트에서 출생했다. 라이프치히대학에서
수학했고 스트라스부르대학에서 법학사가 되었다. 괴테는 독일 고전주의
의 대표자로서 바이마르 공국公國의 재상으로도 활약한 바 있다. 젊은 시절
에는 한때 법률가를 꿈꾸기도 하였으나 문학에 관심을 두면서 1774년에
쓴 소설 〈젊은 베르테르의 슬픔〉은 슈투름 운트 드랑(Sturm und Drang, 질
풍노도) 시대의 대표작으로서 독일뿐만 아니라 전 유럽에 알려졌다. 이 소
설은 샤를로테 부프에 대한 괴테 자신의 짝사랑과 그의 친구 카를 빌헬름
예루잘렘의 죽음을 그린 작품이다. 사회에 융화하지 못하고 일상적인 삶
에 적응하는 데 서투른 젊은 예술가의 마음을 감각적으로 그려 낸 이 작품
은 유럽 문학에 등장한 최초의 위대한 비극 소설로 평가받고 있다. 괴테는
총으로 스스로를 죽이는 베르테르의 모습을 통해, 죽음 또한 사랑의 열정
으로 승화시켜 버렸다. 비극적 결말, 청춘의 사랑, 아름다운 자연의 묘사
가 모두 어우러지면서 예술적으로 완성된 구도를 이룬 것은 물론 독일 서
구 소설의 한 원형을 이루었다. 문학 작품이 한 시대나 공간을 뛰어넘어
여전히 사랑받을 수 있다는 증거를 여실히 보여주는 작품이다.

新宿는 新宿다운 性格이 있다. 薄氷을 밟는듯한 侈奢──우리는「후란스야시끼」에서 미리 牛乳를 섞어 가저온「커피」를 한잔먹고 그리고 十錢식을 치를 때 어쩐지 九錢五厘보다 五厘가 더 많은것 같다는 느낌이었다.「에루테루」──東京市民은 佛蘭西를 HURANSU라고 쓴다. ERUTERU는 世界에서 第一 맛있는 戀愛를 한 사람의 이름이이라고 나는 記憶하는데「에루테루」는 조금도 슬프지않다. (동경)

정지용(鄭芝溶, 1902~1950)

시인. 1902년 충북 옥천에서 출생했다. 휘문고보를 졸업한 후 일본으로 유학하여 교토의 도시샤대학 영문과를 졸업하였다. 도시샤대학 재학 중에 학생 문예 서클에 가입하고 많은 일본어 시를 학생회지와 동인지《근대풍경》등에 발표했고, 1926년 유학생회지인《학조》에 시〈카페 프란스〉를 국문으로 발표하면서 시단에 알려지기 시작했다. 1931년 김영랑, 이하윤 등과 함께《시문학》동인으로 활동했으며, 1933년 이태준, 김기림, 조용만, 박태원 등과 '구인회'를 결성하고 순수문학운동에 앞장섰다. 정지용의 시 세계는 크게 세 단계의 변모 과정을 거친다. 1925년경부터 1933년경까지의〈유리창〉과 같은 감각적인 이미지즘의 시, 1933년〈불사조不死鳥〉이후 1935년경까지의 가톨릭 신앙을 바탕으로 하는 종교적인 시, 그리고〈옥류동〉,〈구성동〉이후 1941년에 이르는 동양적인 정신의 시 등이 그것이다. 일제 식민지 시대에는 휘문고보에서 영어를 가르쳤고 광복 후에는 이화여전 교수,《경향신문》주간 등으로 활동하면서 조선문학가동맹에도 참가하였다. 1950년 한국전쟁 당시 인민군에게 북한으로 끌려가던 중 사망한 것으로 알려졌다. 시집《정지용 시집》(1935),《백록담》(1941),《지용 시선》(1946), 산문집《문학독본》(1948),《산문散文》(1949)을 간행하였다. 정지용은 1933년 '구인회' 동인으로서 이상의 시《오감도》를 박태원과 함께 이태준에게 적극 추천하여 1934년 7월《조선중앙일보》에 연재할 수 있도록 주선하기도 했다. 이상은 자신의 애송시를 정지용의 〈유리창〉이라고 밝힌 적이 있다.

〈카페 프란스〉

정지용이 일본 교토 도시샤대학 재학 중에 유학생 잡지《學潮》1호 (1926.6)에 발표한 초기 작품으로 뒤에《정지용 시집》(1935)에 수록된다. 정지용의 초기 시작 활동을 대표하는 것으로 평가받고 있는 이 작품은 시인 자신이 교토에서의 학창 시절에 겪었던 생활의 한 단면을 보여준다. 교토에 가 있던 한국인 유학생들이 '프란스'라는 이름의 카페에 드나들며 술을 마시던 장면을 옮겨 놓고 있다. 작품의 전체적인 분위기가 퇴폐적이지만, 섬세한 감각적인 표현도 눈에 띈다. 이상은 이 작품을 소설 〈실화〉의 한 장면 속에서 패러디의 방식으로 인유하고 있다. 원문은 다음과 같다.

옮겨다 심은 종려나무 밑에
비뚜로 선 장명등.
카페 프란스에 가자.

이 놈은 루바슈카.
또 한 놈은 보헤미안 넥타이.
뼷적 마른 놈이 앞장을 섰다.
밤비는 뱀눈처럼 가는데
페이브먼트에 흐늑이는 불빛
카페 프란스에 가자.

이 놈의 머리는 빛 두른 능금.
또 한 놈의 심장은 벌레 먹은 장미.
제비처럼 젖은 놈이 뛰어간다.

*

「오오 패롵(앵무) 서방! 꾿 이부닝!」

「꾿 이브닝!」(이 친구 어떠하시오?)

울금향 아가씨는 이 밤에도
경사 커튼 밑에서 조시는구려!

나는 자작의 아들도 아무것도 아니란다.
남달리 손이 희어서 슬프구나!
나는 나라도 집도 없단다.
대리석 테이블에 닿는 내 뺨이 슬프구나!

오오, 이국종 강아지야
내 발을 빨아다오.
내 발을 빨아다오.

〈다시 해협〉

　정지용이 《朝鮮文壇》 24호(1935. 8)에 발표한 작품. 바다를 노래한 여러 편의 시 가운데 하나이며, 《정지용 시집》(1935)에 수록된다. 이 시는 한낮 갑판 위에서 눈앞에 펼쳐지는 바다의 변화무쌍한 모습을 감각적으

로 묘사하고 있다. 이상은 소설 〈실화〉의 한 장면 속에서 이 시의 마지막
구절을 패러디의 방식으로 인유하고 있다. 원문은 다음과 같다.

정오 가까운 해협은
백묵 흔적이 적력한 원주!

마스트 끝에 붉은 기가 하늘 보다 곱다.
감람 포기 포기 솟아오르듯 무성한 물이랑이여!

반마같이 해구같이 어여쁜 섬들이 달려오건만
일일이 만져 주지 않고 지나가다.

해협이 물거울 쓰러지듯 휘뚝 하였다.
해협은 업질러지지 않았다.

지구 위로 기어가는 것이
이다지도 호수운 것이냐!
외진 곳 지날 제 기적은 무서워서 운다.
당나귀처럼 처량하구나.

해협의 칠월 햇살은
달빛보다 시원타.

화통 옆 사닥다리에 나란히
제주도 사투리 하는 이와 아주 친했다.

스물 한 살 적 첫 항로에
연애보다 담배를 먼저 배웠다.

〈말〉

정지용이《朝鮮之光》69호(1927. 7)에 발표한 시이며 뒤에《정지용 시집》
(1935)에 수록된다. 발표 당시의 원문에는 '말'이라는 제목 아래 '마리―로
란―산에게'라는 부제가 함께 붙어 있다. 이 시에서 그리고 있는 시적 대
상으로서의 말은 아주 덩치가 크고(다락같은 말), 점잖은 모습이다. 그러나
왜 그런지 슬픈 표정이다. 말에게 먹이를 주면서 달래 본다. 이 시의 마지
막 연은 말의 외로운 처지를 '누가 난 줄도 모르고 / 밤이면 먼 데 달을 보
며 잔다'고 설명한다. 이상은 소설 〈실화〉의 한 장면 속에서 이 시의 마지
막 구절을 패러디의 방식으로 인유하고 있다. 원문은 다음과 같다.

말아, 다락같은 말아,
너는 즘잔도 하다마는
너는 웨 그리 슬퍼 뵈니?
말아, 사람 편인 말아,
검정콩 푸렁콩을 주마.

*

이 말은 누가 난 줄도 모르고
밤이면 먼 데 달을 보며 잔다.

〈유리창〉

정지용이《朝鮮之光》89호(1930. 1)에 발표한 시이며 뒤에《정지용 시집》

(1935)에 수록된다. '유리창 1'과 '유리창 2'가 있다. 이 시는 '새까만 밤'으로 표상되는 창밖의 무한의 세계와 유리창을 경계로 하여 거기에 대면해 있는 시적 화자의 내면 세계를 하나의 시적 공간 속에서 그려 낸다. 여기서 유리창은 무한의 세계를 끌어와 보여주는 하나의 신비로운 예술로 표상된다. 그러므로 유리창에 입을 대고 입김을 불어 보는 시적 화자는 지금 이곳의 세계와 저기 밤의 세계를 상상력의 힘으로 서로 연결한다. '열없이 붙어서서 입김을 흐리우니'에서 느껴지던 어색함과 거리감은 바로 뒤에 이어지는 '길들은 양 언 날개를 파다거린다'에서 쉽게 극복된다. 입김으로 흐린 창을 닦고 보니 창밖은 새까만 어둠뿐이다. 이 미지의 공간은 시적 화자와 일정하게 간격을 두고 있다. 시적 화자가 창밖 어둠 속에 발견하는 것은 빛나는 별빛이다. 밤하늘에 반짝 보석같이 박힌 별! 별을 보는 순간 시적 화자가 지니고 있던 자신의 슬픔과 열망 같은 것은 모두 소멸되고, 밀려오는 어둠 속으로 자신도 깊이 빠져든다. 물론 시적 화자는 자신의 감정 같은 것을 엄격하게 절제한다. 다만 유리창이라는 경계를 통해 섬세하게 통어되었던 별빛과의 심정적 거리를 유리창 밖으로 날아가 버린 '새'라는 시적 표상을 통해 극적으로 제시하고 있다. 시적 화자와 밤하늘의 별 사이의 거리는 도달하기 불가능하다. 그러나 이 거리는 산새처럼 날아가 버린 '너'라는 대상을 통해 심정적으로 헤아려지고 있는 것이다. 이상은 이 시를 자신의 '애송시'로 지목한 바 있다. 원문은 다음과 같다.

유리에 차고 슬픈 것이 어린거린다.
열없이 붙어서서 입김을 흐리우니
길들은 양 언 날개를 파다거린다.
지우고 보고 지우고 보아도
새까만 밤이 밀려나가고 밀려와 부딪히고,
물 먹은 별이, 반짝, 보석처럼 박힌다.

밤에 홀로 유리를 닦는 것은

외로운 황홀한 심사이어니,

고운 폐혈관이 찢어진 채로

아아, 늬는 산새처럼 날라갔구나!

[출전1]

마담은 루파시카. 노─봐는 에스페란토. 헌팅을 얹인놈의心臟을 아까부터 벌레가 연해 파먹어 들어간다. 그렇면 詩人芝鎔이어! 李箱은 勿論 子爵의 아들도 아무것도 아니겠읍니다그려! (실화)

[출전2]

新宿의 午前一時─나는 戀愛보다도 우선 담배를 피우고 싶었다. (실화)

[출전3]

「당신의텁석뿌리는 말(馬)을 聯想식히는구려. 그렇면 말아! 다락같은 말아! 貴下는 점잖기도 하다만은 또 貴下는 왜그리 슬퍼 보이오? 네?」(실화)

[출전4]

지용(芝鎔)의 「유리창」─ 또 지용(芝鎔)의 「말」 중간(中間) '검정콩 푸렁콩을 주마'는 대문이 저에게는 한량없이 매력(魅力)있는 발성(發聲)입니다. (나의 애송시)

죄罪와 벌罰

러시아의 소설가 도스토옙스키의 소설 〈죄와 벌〉(1867)을 영화화한 작품. 1936년 2월 경성극장에서 상영했다. 주인공인 라스콜니코프 Raskolnikov는 합리주의자이면서 무신론자인데 혼자 고독 속에서 추상적 사색에 몰두한다. 그는 이 고독의 사색에서 독창적 이론인 초인사상을 체계화시킨다. 그의 이론에 의하면 인류는 '나폴레옹'과 '이蝨'로 분류된다. 즉, 선악을 초월하고 나아가서 스스로가 바로 법률이나 다름없는 비범하고 강력한 소수인간과 인습적 도덕에 얽매이는 약하고 평범한 다수인간으로 분류한다. 그는 자신이 전자에 속하는 것으로 확신하고 그것을 입증하기 위해 한 마리의 이에 불과한 무자비한 고리대금업자인 노파를 죽인다. 그리고 또한 그 장면을 목격한 여동생 리자베타도 같이 죽이게 된다. 살인을 저지르고 난 라스콜니코프는 사회에 대해서 두려움을 갖게 된다. 그러다 자신을 죽여 생계를 유지하는 매춘부 소냐를 본 라스콜니코프는 자신이 그릇되었음을 깨닫고 소냐에게 자신의 죄를 솔직하게 고하게 된다. 소냐는 네거리 광장으로 나가 자신이 더럽힌 땅에 키스를 하고 사람들에게 자신이 노파를 죽였다고 알리라고 한다. 라스콜니코프는 그녀의 말을 즉각적으로 수용하게 된다. 결말에서 그녀의 감화에 의한 주인공의 종교적 갱생과 정신적 부활이 그려진다.

[출전]

길을 것자면 「저런 人間을낭 좀 죽어 업서젓스면」하고 골이 벌컥날만큼 이世上에 살아잇지안아도 조흘 산댓자 되려 가지가지 害毒이나 씨치는밧게 재조가입는 人生들을더러본다. 日前 映畵 「罪외罰」에서 어더들은 「超人法律超越論」이라는게 뭔지는몰으지만 進步된人類優生學的位置에서 보자면 가령遺傳性이確實히잇는不治의難治者 狂人 酒精中毒者, 遺傳의危險이업드라도接觸혹은空氣傳染이 쏙되는惡疸의所有者 또 도모지 엇더케도 손을 대일수업는絶對乞人등 다 自進해서 죽어야하든지 그럿치안으면 某種의權力으로 一朝一夕에 깨끗이掃蕩을 하든지하는게 올흘것이다. (조춘점묘―차생윤회)

지킬 박사와 하이드 씨
영국의 소설가 로버트 스티븐슨(Robert L. B. Stevenson, 1850~1894)이

1886년에 발표한 장편소설. 인간의 내면에 선과 악에 대한 충동이 자리하고 있으며 악에 대한 충동을 이기지 못하면 결국 악이 선을 누르게 되어 악의 구렁에 빠지게 된다는 사실을 그려 낸다. 그런데 여기서 소개하고 있는 것은 1931년 영화화되어 널리 흥행한 공포영화 〈지킬 박사와 하이드 씨〉를 말한다. 이 영화는 미국의 루벤 마물리안Rouben Mamoulian 감독의 작품으로 프레드릭 마치Fredric March가 출연하였으며 1932년 오스카상 남우주연상을 받았다. 1932년 7월 9일부터 서울 조선극장朝鮮劇場에서 상영되었다.

[출전]

매춘부에게 대한 사사로운 사상, 그것은 생활에서 얻는 노련에 편달되어가며 몹시 潛行的으로 진화하여 가는 것이었습니다. 그러기에 영화로 된 스티븐슨의 「지킬 박사와 하이드 씨」 1편이 그 가장 手段的인데 그칠 예술적 향기 수준이 퍽 낮은 것이라고 해서 차마 「옳다, 가하다」 소리를 입밖에 못내어놓는 것이 아니겠습니까. 사실에 소하의 경우를 말하지 않고 나에게는 가장 적은 「지킬 박사」와 훨씬 많은 「하이드 씨」를 소유하고 있다고 고백하고 싶습니다. 나는 물론 소하의 경우에서도 상당한 「지킬 박사」와 상당한 「하이드」를 보기는 봅니다마는 그러나 소하가 퍽 보편적인 열정을 얼른 단편으로 사사오입식 종결을 지어버릴 수 있는 능한 手腕이 있는데 반대로 나에게는 倫敦市街에 끝없이 계속되는 안개와 같이 거기조차 컴마나 피리어드를 찍을 재주가 없습니다. (혈서삼태)

ㅊ

채플린(Charles Chaplin, 1889~1977)

영국의 영화배우·영화 제작자. 1889년 영국에서 출생하여 고아원에서 어린 시절을 보냈다. 1914년 할리우드의 캐스턴 영화사에서 처음으로 영화에 출연했다. 이후 수많은 단편영화에 출연하며 대중의 우상이 되었다. 그는 직접 각본을 쓰고 영화를 제작하였는데, 사회적 풍자와 비판이 많아서 한때 정치적 시비에 휘말려 일시 미국을 떠나기도 했다. 〈키드The Kid〉(1921), 〈파리의 여인A Woman Of Paris〉(1923), 〈황금광 시대The Gold Rush〉(1925), 〈서커스The Circus〉(1928), 〈모던 타임즈Modern Times〉(1936), 〈독재자The Great Dictator〉(1940), 〈라임라이트Limelight〉(1952) 등에 주역으로 등장했다.

[출전]

집에 돌아와서 우표딱지만한 사진 한 장과 삼팔수건에 적힌 혈서 하나와 싹독 잘라내인 머리카락 한 다발을 신중한 태도로 나에게 보여주었다. / 사진은 너무 작고 희미하고 하야서 그 인상을 재현시키기도 어려운 것이었고 머리는 흡사 연극할 때 쓰는 **채플린**의 수염보다는 조금 클까말까한 것이었고 그러나 혈서만은 썩 미술적으로 된 것인데 욱의 예술적 천분이 충분히 나타났다고 볼 만한 가위 걸작의 부류에 들어갈 수 있었다. 물론 그것은 그 매춘부씨의 작품은 아니고 욱 자신의 自作自藏인 것이었다. 삼팔핸커치프 한복판에다가 선명한 隸書로 「罪」 이렇게 한 자를 썼을 따름 물론 落款도 없었다. (혈서삼태)

ㅋ

카인Cain

구약성서에 등장하는 아담과 이브의 맏아들. 동생 아벨을 죽인 죄로 에덴에서 추방된다. 형 카인은 농부였고 동생 아벨은 양치기였다. 카인은 사람이 낳은 최초의 사람이었지만, 동생 아벨을 죽임으로써 최초의 살인을 저질렀다.

[출전1]

「애드뻘룬」이 着陸한 뒤의 銀座하늘에는 神의 思慮에 依하여 별도 반짝이렷만 이미 이 「카인」의 末裔들은 별을 잊어버린지도 오래다. 노아의 洪水보다도 毒瓦斯를 더 무서워 하라고 敎育받은 여기 市民들은 率直하게도 散步歸家의 길을 地下鐵로 하기도 한다. 李太白이 노든달아! 너도 차라리 十九世紀와 함께 殞命하여 버렸었든들 작히나 좋았을가. (동경)

[출전2]

관은나려갓다 T씨와 그안해와 그리고 그의우름은이쌔일시에폭발하얏다 북망산석양천에는곡직착종(曲直錯綜)된곡성이처량히쎠올랐다엽의시체를이모양으로갖다파뭇고터덜ㄱ 가든 그길을도라드러오는 그들의모양은창조주에게가장저주바든것과도갓햇고 도주하든 「카인」의일행들의모양과도갓햇다. (12월 12일)

[출전3]

—고독(孤獨)한 기술사(奇術師) 「카인」은 도시관문(都市關門)에서 인력거(人力車)를 나리고 항용 이 거리를 완보(緩步)하리라 (파첩)

카포네(Alphonse Gabriel Capone, 1899~1947)

미국 시카고를 중심으로 조직범죄단을 이끌었던 갱단 두목. 알 카포네는 1899년 뉴욕에서 태어나 빈민가에서 살았다. 금주법이 발효된 1920년, 21세 때 시카고로 옮겨 밀주·밀수·매음·도박 등의 불법 산업으로 순식간에 돈을 벌었다. 특히 이탈리아계의 갱단(마피아)이 돈을 많이 벌었는데, 카포네는 그 대표적인 두목 자리를 차지하고 암흑계에 군림하였다. 뺨에 흉터가 있어 스카페이스Scarface라는 별명으로 유명하다. 1929년 2월 '성 밸런타인데이 대학살' 등 수많은 폭력·살인 사건을 배후에서 지휘하였다. 1932년 탈세 혐의로 투옥되었다가, 1939년 석방 후에는 마이애미에서 조용히 지냈다.

[출전1]

基督은襤褸한行色하고說敎를시작했다. / **아아**ㄹ·**카오보네**는橄欖山을山채로拉撮해갔다. // 一九三○年以後의일─. / 네온싸인으로裝飾된어느敎會의門간에서는뚱뚱보**카아보네**가볼의傷痕을伸縮시켜가면서入場券을팔고있었다. (鳥瞰圖, 二人…… 1……)

[출전2]

아아ㄹ·**카오보네**의貨幣는참으로光이나고메달로하여도좋을만하나基督의貨幣는보기숭할지경으로貧弱하고해서아무튼돈이라는資格에서는一步도벗어나지못하고있다. // **카오보네**가프렛상으로보내어준푸록·코오트를基督은最後까지拒絶하고말았다는것은有名한이야기거니와宜當한일이아니겠는가. (鳥瞰圖, 二人…… 2……)

코로(Jean Baptiste Camille Corot, 1796~1875)

프랑스의 화가. 프랑스 파리에서 출생했다. 상업에 종사하다가 미술 공부에 뜻을 품고 1825년부터 2년간 이탈리아에 유학, 자연과 고전 작품을 스승으로 한 정확한 색감에 의한 섬세한 화풍을 발전시켰다. 프랑스로 돌아온 후 파리 교외의 바르비종을 비롯한 여러 곳을 찾아다니면서 많은 뛰어난 풍경화를 남겼다. 〈샤르트르 대성당〉, 〈회상〉 등이 유명하며, 풍경화 이외에도 〈진주의 여인〉, 〈푸른 옷의 여인〉, 〈샤르모아 부인상〉 등이 있다. 자연을 감싸주는 대기와 광선의 효과에도 민감하여, 빛의 처리면에서 훗날 인상파 화가의 선구자적 존재였다.

[출전]

歷代의 에피그람과 傾國의 鐵則이 다 내에있어서는 내僞善을暗葬하는 한 스무—드 한 口實에지나지않는다. 實로 나는 내 落命의자리에서도 臨終의合理化를위하야 코로—처럼 桃色의팔렡을 볼수도없거니와 톨스토이처럼 嘆息해주 싶은 쥐꼬리만한 金言의追憶도 가지지않고 그냥 난데없이 다리를삐어 너머지듯이 스르르 죽어가리라. (종생기)

콕토(Jean Cocteau, 1889~1963)

프랑스의 시인. 1889년에 출생했다. 시뿐만 아니라 소설, 희곡에서도 많은 작품을 남겼으며, 영화감독으로 활동하면서 20세기 전반에 새롭고 다양한 예술 활동에 영향을 미쳤다. 피카소Picasso, 마티스Matisse, 미요Milhaud, 사티Satie, 스트라빈스키Stravinsky, 디아길레프Diaghilev 등과 협업하여 초현실주의를 표방하는 〈퍼레이드〉, 〈지붕 위의 황소〉 등과 같은 발레극, 오페라극을 시도하였는가 하면, 신화를 재해석하여 새로운 버전으로 〈오르페우스〉, 〈지옥의 기계〉, 〈앙티곤느〉 등을 발표하였다. 〈쌍두 독소리〉, 〈성스런 괴물들〉, 〈무서운 부모들〉 등 다양한 연극적 경험들도 보여주었다. 시집으로는 〈희망봉〉, 〈포에지〉 등이 있고, 소설 〈사기꾼 토마〉 등을 남겼다.

[출전1]

抑揚도 아모것도 없는 死語다. 그럴밖에. 이것은 **즈앙꼭도우**의 말인 것도.
(동·해)

[출전2]

(여기는 東京이다. 나는 어쩔 작정으로 여기 왔나? 赤貧이 如洗―**콕토**―가
그랬느니라―재조없는 藝術家야 부즐없이 네 貧困을 내 세우지 말라고―아
내게 貧困을 팔아먹는 재조 外에 무슨 技能이 남아 있누. 여기는 神田區 神保
町, 내가 어려서 帝展, 二科에 하가끼 注文하든 바로 게가 예다. 나는 여기서
지금 잃는다.) (실화)

[출전3]

才能업는 藝術家가 제 貧苦를 利用해 먹는다는 **콕또우**의 한 마데 말은 末期
自然主義文學을 업수녁인 듯도 시프나 그러타고 해서 聖書를 팔아서 피리
를 사도 稱讚받든 그런 治外法權性 恩典을 어더입기도 이제와서는 다 틀녀
버린 오늘 形便이다 맑스主義文學이 文學 本來의 精神에 빗초여 許多한 誤
謬를 指摘밧게까지쯤 되엿다고는 할지라도 오늘의 作家의 누구에게 잇서서
도 그 恐喝的 暴風雨的 經驗은 큰 試鍊이엇스며 敎唆어든 바가 만헛든 것만
은 事實이다. (文學을 버리고 文化를 想像할 수 없다)

콜레트(Sidonie Gabrielle Colette, 1873~1954)

프랑스의 여성작가로 1873년 프랑스 부르고뉴 지방 출생. 1893년 작가
인 윌리와 결혼한 후 남편과 공저로 된 연작 〈학교에서의 클로딘Claudine à
l'école〉(1900), 〈파리의 클로딘Claudine à Paris〉(1901), 〈가정의 클로딘Claudine en
ménage〉(1902), 〈클로딘이 떠나다Claudine s'en va〉(1903)를 발표하면서 등단했
다. 1906년 남편과 이혼하고 파리의 뮤직홀에서 무용을 하면서 창작을 계

속했고, 제1차 세계대전 중에는 보도기자로 활약하였다. 전후에는 자유분방한 상상력을 구사하여 남녀의 애욕의 미묘한 심리를 섬세하게 묘사한 〈신화Mythe〉(1919), 〈셰리Chéri〉(1920), 〈청맥靑麥, Le Blé en herbe〉(1923), 〈제2의 여인La Seconde〉(1929), 〈암고양이La Chatte〉(1933), 〈언쟁〉(1934) 등의 많은 명작을 발표했다.

〈빈묘牝猫〉

프랑스의 여성작가 콜레트가 발표한 소설 〈암고양이La Chatte〉를 말함. 1933년 발표작이다. 이 소설은 동물과 인간의 관계를 애욕의 문제와 연결시켜 미묘하게 설정해 놓은 화제작이다. 알랭과 카미유는 암고양이 사아와 함께 산다. 젊은 남편 알랭을 가운데 두고 카미유와 암고양이 사아가 서로 사랑 싸움을 벌인다. 물론 이 싸움의 승리자는 고양이다. 여성의 심리와 애욕의 내면을 섬세하게 그려 낸 작품으로 유명하다.

[출전]

夜陰을타서 새악시들은輕裝으로나슴니다. 얼골의 紅潮가 가르치는 方向으로—쑹나무에 優勝盃가 노혀잇슴니다. 그리로만가면 되는것임니다. 조밧흘 짓밟슴니다. 紫外線에맛잇게끄실는 새악시들의 발이 그대로 조이삭을뭇질느고 「스크람」임니다. 그리하야 하늘에다을至誠이 天高馬肥 蠶室안에잇는 聖스러운 貴族家畜들을 살씨게하는것임니다. 「코렛트」夫人의 「牝猫」를 생각게하는 말캉ㄴ한 「로맨스」임니다. (산촌여정)

큐피드Cupid

로마 신화에서는 '아모르'라고 하여 흔히 사랑의 신 또는 '에로스Eros'로 통한다. 신들과 인간을 모두 지배하는 위대한 신으로 혼돈 속에서 질서를 낳는 원동력, 남성과 여성을 결합시켜 새로운 세대를 낳게 하는 사랑의 법으로 알려졌다. 그의 계보系譜에 관해서는 여러 가지 설이 있으나, 그중에서도 아프로디테의 아들이라는 설이 가장 널리 알려졌다. 어느 날 에로스는 어머니 아프로디테의 노여움을 산 아름다운 프시케를 혼내주려고 갔다가 실수로 자신이 황금 화살에 찔려 마침내 프시케를 아내로 삼았다. 여기서는 의사를 '큐피드의 조부'로 지칭함으로써 인간에 대한 사랑을 실천하는 모습을 강조한다.

[출전]

하이한 천사(天使) 이 수염(鬚髥)난 천사(天使)는 **큐피드**의 조부(祖父)님이다 / 수염(鬚髥)이 전연(全然)(?)나지 아니하는 천사(天使)하고 흔히 결혼(結婚)하기도 한다. (내과)

크리스트Christ, Christus

히브리어 '메시아'의 그리스어 번역으로, 하느님의 아들이며 세상의 왕인 나사렛 예수님에 대한 칭호. '기름을 발라 축성된 임금, 대제관'이란 뜻을 지닌다.

[출전1]

크리스트에酷似한襤褸한사나이가잇스니이이는그의終生과殞命까지도내게떠맛기랴는사나운마음씨다. 내時時刻刻에늘어서서한時代나訥辯인트집으로나를威脅한다. 恩愛──나의着實한經營이늘새파랏게질린다. 나는이육중한**크리스트**의別身을暗殺하지안코는내門閥과내陰謀를掠奪當할까참걱정이다. 그러나내新鮮한逃亡이그끈적끈적한聽覺을벗어버릴수가업다. (육친)

[출전2]

基督은襤褸한行色하고說教를시작했다. / 아아르·카오보네는橄欖山을山채로拉撮해갔다. // 一九三〇年以後의일—. / 네온싸인으로裝飾된어느敎會의 門깐에서는뚱뚱보카아보네가볼의傷痕을伸縮시켜가면서入場券을팔고있었 다. (鳥瞰圖, 二人…… 1……)

[출전3]

基督에 酷似한 한사람의 襤褸한 사나희가 있었다. 다만 基督에比하여 訥辯 이요 어지간히 無智한것만이 틀닌다면 틀녔다. / 年紀五十有一. / 나는 이 模 造基督을 暗殺하지 아니하면 안된다. 그렇지아니하면 내 一生을 押收하랴는 氣色이 바야흐로 濃厚하다. (실락원)

E

톨스토이(Lev Nikolaevich Tolstoi, 1828~1910)

러시아의 소설가. 러시아 남부 툴라 근교의 야스나야 폴랴나에서 출 생했다. 명문 백작가의 4남으로 태어났지만 어려서 부모를 잃고 친척 집에서 자랐다. 카잔대학을 중퇴하고 향리에서 농민 운동에 나섰다가 군대에 들어가 사관후보생으로 복무했다. 군 복무 당시부터 소설 〈유 년시대Detstvo〉(1852), 〈소년시대Otrochestvo〉(1854), 〈세바스토폴 이야기 Sevastopoliskie Rasskazy〉(1854~1856) 등을 잇달아 발표하여 작가로서의 지위를 확립하였다. 1857년 서유럽 문명을 돌아본 후 귀국하여 1862년 소피아와 결혼했다. 이후 나폴레옹의 모스크바 침입을 중심으로 한 러시 아 사회를 그린 불후의 명작 〈전쟁과 평화Voina i mir〉(1864~1869)를 발표 했고, 이어 〈안나 카레니나Anna Karenina〉(1873~1876)를 완성하였다. 그는 타락한 그리스도교를 배제하고 사해동포 관념에 투철한 원시 그리스도교에 복귀하여 간소한 생활을 영위하고 사랑의 정신으로 전 세계의 복지에 기여하려는 이른바 '톨스토이주의'를 실현하고자 하였다. 장편소설 《부활Voskresenie》(1899) 이후 《신부神父 세르게이》(1898), 희곡 〈산송장〉(1900), 최후의 대작 〈인생의 길〉(1910) 등이 있다. 1910년 10월 29일 이른 아침 장녀와 주치의를 데리고 집을 떠나 방랑의 여행길에 올랐으나 도중에서 병을 얻어 아스타포보(현 톨스토이역)의 역장 관사에서 숨을 거두었다. 이상은 톨스토이의 문학을 대중문학이라고 간주하였고 그 문학적 태도와 도덕관을 중시하지 않았다.

[출전1]

그런데 우리들의 레우·오치카—愛稱톨스토이—는 괴나리보찜을 짊어지고 나슨 데까지는 기껏 그럴상싶게 꾸며가지고 마즈막 五分에가서 그만 잡았다. 자자레한 遺言 나부렝이로 말미암아 七十년 공든塔을 묺어트렸고 허울 좋은 一生에 가실 수 없는 흠집을 하나 내어놓고 말았다. (종생기)

[출전2]

歷代의 에피그람과 傾國의鐵則이 다 내에있어서는 내僞善을暗葬하는 한 스무—드 한 口實에지나지않는다. 實로 나는 내 落命의자리에서도 臨終의合理化를위하야 코로—처럼 桃色의팔렡을 볼수도없거니와 톨스토이처럼 嘆息해주고 싶은 쥐꼬리만한 金言의追憶도 가지지않고 그냥 난데없이 다리를삐어 너머지듯이 스르르 죽어가리라. (종생기)

[출전3]

朝鮮日報 某氏 論文 나도 그後에 얻어 읽었소. 炯眼이 足히 남의 胸裏를 透視하는가 싶습디다. 그러나 氏의 모랄에 對한 卓見에는 勿論 具體的 提示도

없었지만—若干 愁眉를 禁할수 없는가도 싶습디다. 藝術的 氣品 云云은 氏의 失言이오. **톨스토이**나 菊池寬 氏는 말하자면 永遠한 大衆文藝(文學이 아니라)에 지나지 않는 것을 깜빡 잊어버리신듯 합디다. (사신 6)

투르게네프(I. S. Turgenev, 1818~1883)

러시아의 소설가. 1818년 러시아 오룔 주州에서 출생했다. 어릴 때부터 외국인 가정교사에게서 영어·프랑스어·독일어·라틴어를 배웠다. 1833년 모스크바대학 문학부에 입학하고, 다음 해 페테르부르크대학 철학부 언어학과로 옮겨 졸업했다. 이후 독일 베를린대학에서 철학·고대어·역사를 배웠다. 1841년 귀국한 후 서사시 〈파라사Parasha〉(1843)를 발표하였고, 1847년 농노의 비참한 생활을 그린 연작 〈사냥꾼의 수기手記, Zapiski okhotnika〉를 발표하여 호평을 얻었다. 농노해방 전야를 배경으로 혁명적인 청년들을 그린 〈그 전날 밤Nakanune〉(1860), 니힐리스트 '바자로프'를 등장시켜 부자父子 2대의 사상적 대립을 묘사한 〈아버지와 아들Ottsy i deti〉(1862), 망명 혁명가들의 퇴폐를 고발한 〈연기Dym〉(1867), 나로드니키의 약점을 찌른 〈처녀지Nov'〉(1877) 등을 발표했다. 한 소년의 비정상적인 첫사랑을 묘사한 〈첫사랑〉(1860), 부자父子 2대의 사상적 대립을 묘사한 〈아버지와 아들〉(1862) 등은 그의 대표작으로 손꼽힌다.

[출전]

文學이 社會에압스는지 가티 것는것인지 뒤떨어저 따러가는지 그것은 如何間에 文學이업서진 社會—文化—를 想像하기는 어렵다 文學을 밋는作家는 그不利알에 모오팟상이 雜誌를 할적에 甘言利說로 **트루게네프**를꼬여서 『惡靈』의 原稿를 어더실리고는 뒤구녁으로 막辱을 하얏다는 꼬십이주는 豊富한 暗示에도빗처서 순대장사를 하면서 文藝記者로 지내면서 外交官노릇을하면서 黙黙히 大膽히 營營히 잇슬것이다 卽손몸소잡수실고 초장을 누구에게

가서 어더오라 하는것이냐. (文學을 버리고 文化를 想像할 수 없다)

II

파우스트

독일의 문호 괴테(Johann Wolfgang von Goethe, 1749~1832)가 남긴 걸작. 괴테는 독일의 최대 시인으로 고전파의 대표이다. 1749년 독일 프랑크푸르트에서 출생했다. 라이프치히대학에서 수학했고 스트라스부르대학에서 법학사가 되었다. 괴테는 독일 고전주의의 대표자로서 바이마르 공국公國의 재상으로도 활약한 바 있다. 젊은 시절에는 한때 법률가를 꿈꾸기도 하였으나 문학에 관심을 두면서 1774년에 쓴 소설 〈젊은 베르테르의 슬픔〉은 슈투름 운트 드랑(Sturm und Drang, 질풍노도) 시대의 대표작으로서 독일뿐만 아니라 전 유럽에 알려졌다. 〈들장미〉, 〈젊은 베르테르의 슬픔〉, 〈파우스트〉, 〈빌헬름 마이스터의 도제徒弟 시절〉 등 수많은 작품을 남겼다. 〈파우스트〉는 괴테가 평생에 걸쳐 집필한 대작이다. 제1부는 1808년에 완성했고, 제2부는 죽음 직전에 탈고했다. 이 작품에서 괴테는 전설의 인물 파우스트(중세 말의 마법사였음)를 현대적으로 재해석하여 제시하고 있다. 파우스트는 자연과 세계의 비밀을 알고 싶어 악마와 계약을 하고 방황하다가 결국 파멸하고 단죄를 받게 되는 것으로 그려진다. 중세의 종교적 세계관에서 본다면 이러한 파우스트의 행동은 신성에 대한 도전이 아닐 수 없다. 파우스트는 중세를 넘어서면서 근대로 이행하는 과정에서 종교의 권위에 맞서는 인간 중심적 태도를 표방한 문제적 인물형에 해당한다.

사람은다시한번나를맞이한다, 사람은보다젊은나에게적어도相逢한다, 사람은세번나를맞이한다, 사람은젊은나에게적어도相逢한다, 사람은適宜하게기다리라, 그리고파우스트를즐기거라, 메뤼스트는나에게있는것도아니고나이다. (線에 關한 覺書5)

끼쳐 오는 온기가 퍽 그 어린것의 피부에 쾌감을 주었던지 구름 한 점 없이 맑게 개어 있는 깊이 모를 창공을 그 조그마한 눈으로 뜻있는 듯이 쳐다보며 소리 없이 누워 있었다. 강보 틈으로 새어 나와 흔들리는 세상에도 조그맣고 귀여운 손은 1만 년의 인류 역사가 일찍이 풀지 못하고 그만둔 채의 대우주의 철리를 설명하고 있는 것인지도 모른다. / 그러나 그 부근에는 그것을 알아들을 수 있는 「파우스트」의 노철학자도 없었거니와 이것을 조소할 범인들도 없었다. (12월 12일)

프랑켄슈타인Frankenstein

1931년 제임스 웨일 감독이 연출을 맡고 미국 유니버설 영화사가 제작한 괴기 영화. 영국의 여성작가 메리 셸리(Mary Wollstonecraft Shelley, 1797~1851)가 1818년에 발표한 소설 〈Frankenstein, or the Modern Prometheus〉을 대본으로 하여 만들어진 영화이다. 천재 과학자 Henry Frankenstein 박사와 그의 조수인 꼽추 Fritz는 버려진 시계탑 속의 연구실에서 인간의 시체를 놓고 특수한 전기 자극을 통해서 생명을 불어넣는 위험한 실험에 몰두하고 있다. 한편 그의 약혼녀인 Elizabeth가 친구와 함께 연구실에서 비밀 연구에 푹 빠져 있는 박사를 설득하러 연구실을 찾아간다. 그들이 도착한 순간, 박사는 시체에 전기 충격을 가하는 최종 실험을 시작하게 되며, 그 순간 마침 엄청난 번개가 시계탑을 강타하면서 그의 실험 기계가 파괴된다. 하지만 전기 충격은 시체의 몸에 전류를 흐르게 하고 거대한 괴물은 몸을 일으키며 움직이기 시작한다. 이런 혼란 중에 박사가 잘못 건드린 기계로 인해서 괴물의 두뇌는 살인과 증오로 가득찬 위험한 상태가 된다. 그러자 박사와 그의 동료들은 이 괴물을 쇠사슬에 묶어 감옥에 가둬 버린다. 그러나 괴물은 의식을 회복하고 시계탑 감옥을 탈출하여 자신을 흉칙한 몰골로 창조한 박사에게 복수하기 위해서 박사의 집으로 향하게 된다. 프랑켄슈타인 박사의 집에 나타난 괴물은 박사를 일격에 기절시켜 끌어안고 집 근처의 풍차 방앗간으로 들어간다. 마을 사람들이 이 괴물을 쫓아가 박사를 구조하고 방앗간에 불을 질러 괴물을 죽게 한다. 이 영화 이후 '프랑켄슈타인'은 비유적으로 자기를 파멸시키는 물건을 만드는 사람, 자기가 만들어낸 저주의 씨 등을 뜻하게 되었다.

[출전]

映畵「후랑켄슈타인」에 나오는 地上最大의凶惡한容貌의所有者가 여기도잇다면 그胸裏에는 엇던 極惡의 犯罪計劃을 內含하고 잇다하드라도 다만그의 그容貌骨相이 凶惡하다는理由만으로는 法律이 그에게判裁나 處理를할수는 업스리라. 法律은 그런경우에 尾行을 부처서 차라리 이者의犯罪現場을 耽耽히 기다릴것이다. 疑訝한 者는 罰치안는다니 그럴法하다. (조춘점묘―차생윤회)

ㅎ

하디(Thomas Hardy, 1840~1928)

19세기 영국을 대표하는 소설가. 시인. 토마스 하디는 1840년 석공石工의 아들로 출생하여 건축사무소에서 건축을 배우면서 글을 썼다. 첫 장편 〈최후의 수단〉(1871)을 발표한 후 〈녹음 아래에서Under the Greenwood Tree〉(1872), 〈푸른 눈동자A Pair of Blue Eyes〉(1873), 〈광란의 무리를 떠나서Far from the Madding Crowd〉(1874) 등을 잇달아 발표하여 호평을 받았다. 대표작으로는 〈귀향The Return of the Native〉(1878), 〈캐스터브리지의 시장 The Mayor of Casterbridge〉(1886), 〈테스Tess of the d'Urbervilles〉(1891), 〈미천한 사람 주드Jude the Obscure〉(1895) 등이 있다. 19세기 말 영국 사회의 인습, 편협한 종교적 태도를 비판하면서 인간의 본능과 애욕을 대담하게 그려 냄으로써 비난을 사기도 했다. 대서사시극大敍事詩劇 〈패왕覇王, The Dynasts〉 (3부작, 1903~1908)이 있다.

〈테스Tess of the d'Urbervilles〉

토마스 하디의 장편소설. 1891년에 발표된 이 소설은 테스라는 한 여인의 운명적인 삶을 그려 낸다. 테스는 영국 시골의 가난한 집에서 태어났지만 귀엽고 똑똑했다. 그녀는 더버빌 가의 가정부로 취직하지만, 그 집 아들 알렉에게 처녀성을 빼앗기고 사생아까지 낳게 된다. 그녀는 주위의 비웃음을 견디면서 아이를 키우겠다고 결심하지만 그 불행한 아이는 곧 숨지고 만다. 그 뒤 테스는 집을 나와 고향에서 떨어진 농장에서 일을 한다. 그녀를 목사의 아들인 클레아가 사랑하게 되고 테스도 클레아를 사랑하여 둘 사이는 아주 가까워진다. 두 사람은 결혼식을 올리고 그 날 밤 클레아는 테스에게 서로의 죄를 고백하고 또한 용서하자고 제의한다. 클레아는 남성이라면 흔히 짓기 쉬운 자기의 죄를 고백한다. 테스는 자신의 고통스러웠던 과거를 들려준다. 테스의 고백을 듣고 클레아는 절망에 빠진다. 테스는 둘의 결혼 자체가 무리였다는 사실을 깨닫고, 스스로 클레아의 곁을 떠나게 된다. 그런데 테스의 가혹한 운명은 여기서 그치지 않는다. 그녀를 짓밟았던 알렉이 다시 나타난 것이다. 그가 끈질기게 테스를 설득하려 들자, 테스는 그의 말을 들어줄 결심을 한다. 바로 그때 클레아가 다시 찾아온다. 그는 자신의 잘못을 후회하고 테스를 찾아온 것이다. 클레아를 떠나보낸 뒤 테스는 자신을 괴롭히는 알렉을 찔러 죽이고 클레아의 뒤를 따라간다. 그러나 경찰관들이 그녀를 추적한다. 테스는 체포되어 사형을 판결받는다. 감옥 지붕 위에 테스의 죽음을 알리는 검정 깃발이 펄럭펄럭 나부낀다. 19세기 영국 사회를 지배하고 있던 도덕률과 여성에 대한 편견이 만들어낸 비극을 그린 작품이다.

[출전]

그리자 數三日前에 이 새악시를보앗다. 어머니를일흔크낙한 슯흠이 滿面에 形言할수 업는 愁色을비저내이는 새악시의 印象은 毒하기는커녕 어듸 한군데험잡을데조차업는 可憐한 溫順한 「하―디」의 「테스」갓흔 少女였다. 누이는 그냥 제 일갓치붓들고울고 하는것혜서 斷指에對한 그런 아포리즘과는 쌘 感激과슯흠을 늣기지 안을수업섯다. 奇跡으로傷處는 도오지지도안코 그냥 앙그럿스니하늘이無心치안쿠나햇다. (단지한 소녀)

해튼(Raymond Hatton, 1887~1971)

미국의 영화배우. 레이먼드 해튼은 1887년 미국 아이오와 주에서 출생했다. 1909년 이후 1960년대까지 500여 편의 영화에 출연하였으며, 〈Temptation〉(1915), 〈Salvage〉(1921), 〈The Thundering Herd〉(1925), 〈Murder on the Roof〉(1930) 등에서 주역을 맡았다. 1930년대

에 한국에서 상영된 영화 〈천국으로 가는 길Road to Paradise〉(1930) 등에도 출연했다. 1950년대에는 텔레비전 드라마에도 다수 출연했다.

[출전]

「자네 맛나면 헐말이 쏙 한마디 잇다데」/「어쩌라누」/「사생결단을 허겟대데」/「어이쿠」/ 나는몹시 놀래여보이고「**레이몬드·하튼**」가치 빙글빙글 우섯다. (공포의 기록)

햄릿Hamlet

1601년경에 영국의 셰익스피어가 쓴 희곡. 덴마크의 햄릿 왕이 급서하자 왕비 거트루드는 곧 왕의 동생 클로디어스와 재혼하고, 클로디어스가 왕이 된다. 햄릿 왕자는 너무 서둔 어머니의 재혼을 한탄한다. 마침내 선왕先王의 망령이 나타나, 동생에 의하여 독살毒殺되었다고 말한다. 햄릿은 복수를 위하여 거짓으로 미친 체한다. 햄릿은 왕의 본심을 떠보기 위하여 국왕 살해의 연극을 해 보이는데, 왕은 안색이 변하여 자리에서 일어선다. 그 후 햄릿은 재상 폴로니어스를 왕으로 잘못 알고 죽이고, 그가 가장 사랑하는 폴로니어스의 딸 오필리아는 미쳐서 죽는다. 왕은 햄릿을 잉글랜드로 보내어 죽게 하려고 하나 왕자는 도중에서 되돌아온다. 폴로니어스의 아들 레어티스는 햄릿을 독을 바른 칼로 죽이려고, 왕과 왕비 앞에서 펜싱 시합을 하게 된다. 그러나 왕비가 왕이 햄릿을 독살하려고 준비한 독주毒酒를 모르고 마셔 죽고, 레어티스와 햄릿은 독을 바른 같은 칼에 죽는다. 햄릿은 최후의 순간에 그 칼로 왕을 죽인 후 숨을 거둔다. 그리고 왕위는 노르웨이 왕자에게로 돌아간다. 〈오셀로〉, 〈리어왕〉, 〈맥베스〉와 더불어 셰익스피어 4대 비극의 하나이다. 햄릿의 사색적 성격은 19세기의 낭만주의에 의하여 더욱 높이 평가되어 이 비극을 셰익스피어의 대표작으로 간주하게 되었다.

『함렛트』의「유령」(幽靈)『오리―브』의「감람수의방향」『쌘로―드외이』의「경종」『맘모―톨』의「리―젤」『오페라』좌의「화문천정―」이렇케 / 허영!
그것들은 뒤가뒤를물고환상에저즌 그의머리를 슫치지안이하고지나가는것이엿다 방종(放縱)허영(虛榮)타락 이것은령리한두뇌의소유자인업이라도 반드시거러야만할과정이안일까 그들의가정이만들어내인 그들의교육방침이만들어내인 그러나 엉뚱한결과를가저오게한 예기못한긔적 업은과연지금에 그의가정혜성갓치낫하난한긔적덕존재인것이엿다. (12월 12일)

이런 내 粉裝은 좀 過하게 치사스럽다는 느낌은 없을까 없지 않다. / 그렇나威風堂堂 一世를風靡할만한 斬新無比한 함르렡(妄言多謝)을 하나 出世시키기위하야는 이만한 出資는 애끼지말아야하지않을까 하는 느낌도없지않다.
(종생기)

호손(Nathaniel Hawthorne, 1804~1864)

미국의 소설가. 호손은 보든대학에서 공부했으며 1828년 소설 〈판쇼〉를 발표하였다. 1837년 단편집 〈트와이스톨드테일스〉를 발표한 후 한때 보스턴 세관에서 일했다. 1850년 그의 대표작 〈주홍글씨〉를 발표하였다. 보스턴에서 일어난 간통 사건에 근거하여 만들어진 이 소설은 청교도의 엄격한 도덕률과 함께 인간 심리의 정교한 묘사 등으로 19세기 대표적인 미국 소설로 손꼽힌다. 1851년 〈일곱 개의 박공의 집The House of the seven Gables〉을 발표하였다. 그의 후반기 대표작은 목신(牧神)이 죄를 짓고 비로소 지성과 양심의 깨달음을 경험하는 〈대리석의 목신상〉(1860)이다.

姸이는 飮碧亭에 가든 날도 R英文科에 在學中이다. 전날밤에는 나와 맞나서 사랑과 將來를 盟誓하고 그이튼날 낮에는 깃싱과 **호─손**을 배우고 밤에는 S와같이 飮碧亭에 가서 옷을 버섰고 그이튼날은 月曜日이기때문에 나와같이 같은 東小門밖으로 놀러가서 베─제했다. S도 K敎授도 나도 姸이가 어쩌녁에 무엇을했는지 모른다. S도 K敎授도 나도 바보요, 姸이만이 홀로 눈가리고 야웅 하는데 稀代의 天才다. (실화)

화이브 타운의 안나Anna of The Five Towns

영국의 작가 아놀드 베넷(Arnold Benett, 1867~1931)의 장편소설. 아놀드 베넷은 중학 졸업 후 한때 부친의 상점에서 일하였지만 1889년 런던으로 이주한 후 문학에 심취하면서 글쓰기를 시작했다. 작품으로는 〈The Old Wive's Tale〉, 〈Human Machine〉 등이 있다. 이 소설은 아놀드 베넷의 대표작으로 1902년에 발표했다. 이 소설에서 베넷은 두 남자를 사랑하게 된 한 여인의 비극적인 운명을 그려 낸다. 어린 시절에 어머니를 여읜 안나Anna는 인색한 아버지 밑에서 성장한다. 그녀의 앞에 두 사람의 청년이 등장한다. 하나는 힘이 넘치고 매력적인 성공한 사내 헨리Henry Mynors이고, 다른 하나는 그녀 아버지의 사업을 돕고 있는 윌리Willie Price라는 청년이다. 안나는 매력에 넘치는 헨리와 결합한다. 그러나 안나의 마음 속 깊은 구석에는 언제나 묵묵히 일하고 있던 윌리가 자리 잡고 있었다. 이상은 이 소설의 내용을 단편소설 〈실화〉 속에서 특이한 방식으로 패러디하면서 자신의 처지에 비유하여 소개하고 있다.

「언더─더 윗취─시게 아래서 말이예요, **파이앤 타운스**─다섯개의 洞里란 말이지요─이靑年은 요 世上에서 담배를 제일 좋아합니다─다랗게 꾸브러

진 파잎에다가 香氣가 아주 높은 담배를 피어 빽— 빽— 연기를 풍기고 앉었
는것이 무었보다도 樂이었답니다.」

(내야말로 東京와서 쓸데없이 담배만 늘었지. 울화가 푹— 치밀을 때 저 肺까지 쭉— 연기
나 디리키지않고 이 發狂할 것 같은 心情을 억제하는 도리가 없다.)

「연애를 했어요! 高尙한 趣味—優雅한 性格—이런 것이 좋았다는 女子의 遺
書예요—죽기는 왜 죽어—先生님—저같으면 죽지 않겠읍니다—죽도록 사
랑할 수 있나요—있다지요—그렇지만 저는 모르겠어요.」(실화)

후베르만(Bronislaw Huberman, 1882~1947)

폴란드 태생의 바이올리니스트. 후베르만은 1882년 폴란드의 체스토
코바Czestochowa에서 태어났다. 베를린의 명인 요아힘Joseph Joachim의 인
정을 받아 그의 지도를 받았다. 1896년에는 브람스 앞에서 그의 〈바이
올린 협주곡 Op.77〉을 연주하여 작곡가로부터 대단한 호평을 받았으
며, 1896년 말부터 1897년에 미국에서도 순회공연을 가졌다. 그는 강
한 개성과 보다 정서적인 표현을 가진 연주자로서 베를린 필하모닉의
정기 연주회에 가장 많이 협연자로 초청될 정도로 절대적인 인기를 누
린 거장이었다. 나치의 유대인 핍박에 쫓겨 1935년 팔레스타인으로 이
주하여 나치에게 쫓긴 유대계 음악가들을 규합하여 팔레스타인 교향악
단Palestine Symphony Orchestra을 조직하였으며 1936년 12월 토스카니니
Arturo Toscanini의 지휘로 텔아비브에서 창단 공연을 가진 것으로 유명하
다. 제2차 세계대전 동안에는 미국에 머물다가 전후 스위스 제네바로 돌
아와 1947년에 세상을 떠났다.

[출전]

오늘은 陰曆 섯달그믐이오. 鄕愁가 撞頭하오. O라는 內地人大學生과 コーヒ
를 먹고 온 길이오. コーヒ집에서 ラロ를 한曲調 듣고 왔오. フ―ベルマン이

라는 提琴家는 참 너무나 眈美主義입디다. 그저 限없이 キレイ하다 뿐이지 情緒가 없오. (사신 7)

제4부

이상의
삶과
문학

이상의 출생(1910)

　이상李箱은 본명이 김해경金海卿이며 본관은 강릉江陵이다. 1910년 9월 23일(음 8월 20일) 경성부 북부 순화방 반정동 4통 6호에서 부 김영창金永昌과 모 박세창朴世昌의 2남 1녀 중 장남으로 출생하였다. 이상에게는 남동생 김운경金雲卿과 누이동생 김옥희金玉姬가 있다. 현재 서울 종로구청에 보관 중인 부친 김영창의 제적부 등본을 보면 다음과 같은 사항을 확인할 수 있다.

본적 : 경기도 경성부 통인정 154번지

전 호주 : 강姜씨

호주 : 김영창金永昌

부 김석호金錫鎬 모 최崔씨의 2남, 본관 : 강릉

출생 : 개국 493년(명치 17년, 1884) 8월 17일

전 호주 양조모養祖母 강씨 사망으로 인하여 대정 2년(1913) 11월 3일 호주가 됨

대정 2년 11월 5일 호주 변경신고에 의하여 변경

소화 11년(1936) 4월 1일 토지명칭변경으로 인하여 본적난중 통동을 통인정으로 경정

소화 12년(1937) 4월 16일 오전 10시 경성부 통인정 70번지에서 사망 동거자 김운경 계

출 동년 7월 6일 수부

소화 13년(1938) 1월 26일 김운경 호주 상속 계출로 인하여 본 호적으로 말소

서기 1947년 12월 13일 화재 소실로 1962년 12월 31일 본호적으로 재제

처 : 박朴씨

부 박학준朴學俊 모 최崔 씨의 3녀, 본관 : 밀양

출생 : 개국 496년(명치 20년, 1887) 12월 15일

장남 : 김해경金海卿

부 김영창 모 박씨의 장남

출생 : 명치 43년(1910년) 8월 20일

경성부 북부北部 순화방順化坊 반정동半井洞 4통 6호에서 출생

소화 12년(1937) 4월 17일 오후 12시 25분 東京市 本鄕區 富士町 1번지 동경제국대학

의학부 부의원附醫院에서 사망. 동거자 변동림卞東琳 계출 동월 22일 수부

2남 : 김운경金雲卿

부 김영창 모 박씨의 2남

출생 : 대정 2년(1913) 6월 29일

경성부 북부 순화방 반정동 4통 6호에서 출생

장녀 : 김옥희金玉姬

부 김영창 모 박성녀의 장녀

출생 : 대정 5년(1916) 11월 28일

경성부 통동 154번지에서 출생

앞의 기재 사항을 근거로 이상에 관한 사실을 정리하기로 한다. 이상

의 부친은 김영창金永昌이며, 모친은 박씨이다. 어떤 책에서는 이상의 부친을 김연창金演昌으로 소개한 경우도 있는데, 이 제적부의 공식 기록에 따라 김영창으로 바로잡을 필요가 있다. 김영창은 강릉 김씨 김석호金錫鎬의 차남으로 1884년 8월 17일 생으로 표시되어 있다. 이상의 모친 박씨의 이름은 박세창으로 알려져 있지만 앞의 제적부에는 '박씨' 또는 '박성녀朴姓女'로 표시되어 있다. 이름이 분명하지 않았기 때문에 제대로 표기하지 못했음을 말해 준다. 이 기록에 따라 모친의 성함도 근거가 불분명한 '박세창'을 버리고 '박씨' 또는 '박성녀'로 바로잡아야 한다. 김영창이 박씨와 결혼한 내용은 제적부의 사유란에 표기되어 있지 않지만 두 사람 사이에는 2남 1녀의 소생을 두었다.

이상(본명 金海卿)은 김영창과 박씨 사이의 장남으로 명치 43년(1910년) 8월 20일 경성부 북부北部 순화방順化坊 반정동半井洞 4통 6호에서 출생하였으며, 1937년 4월 17일 오후 12시 25분 동경시 본향구本郷區 부사정富士町 1번지 동경제국대학 의학부 부의원附醫院에서 사망하였다. 이상은 1936년 6월 변동림과 결혼한 것으로 알려져 있지만 호적상에는 결혼 사유가 표시되어 있지 않다. 혼인신고를 하지 않았기 때문이다. 사망신고는 동거자 변동림卞東琳에 의해 계출되어 동월 22일 접수되었다고 기록되어 있다.

차남 김운경金雲卿은 대정 2년(1913) 6월 29일 생이며, 1938년 호주 상속 당시 미혼 상태였다. 김옥희의 회고(나의 오빠 이상)에 의하면 김운경은 1950년 한국전쟁 당시 월북한 것으로 되어 있으며, 김운경의 호적은 2008년에 말소 처분되었다. 장녀 김옥희金玉姬는 대정 5년(1916) 11월 28일 생이다. 김옥희는 평안북도 선천군 심천면深川面 고군영동古軍營洞 713번지 문병준文炳俊과 1942년 6월 5일 혼인신고하였으며, 동월 29일 제적되었다.

이상의 부친인 김영창의 호적 사유를 자세히 검토해 보면 호주 상속 과정에 특이 사항이 드러난다. 일반적으로 차남은 결혼 후에 전 호주의 호적에서 분가되어 새로운 호주가 된다. 그러나 김영창의 경우는 결혼 후에 그의 형인 김연필의 호적에서 분가하여 새로운 호주가 된 것이 아니다. 그는 양조부養祖父 김학교金學敎의 후사로 입양되어 그 가계를 이었던 것이다. 이 과정에 대해서는 좀더 정확한 사실 관계의 확인이 필요하지만 더 이상의 기록 내용을 찾을 수 없다. 이 제적부의 기록에 따라 추정해 보면 이상의 증조부曾祖父 김학준은 아우 김학교金學敎와 형제지간이었다. 김학교는 이상에게는 종증조부에 해당한다. 김학준의 경우는 아들 하나를 두었는데 그가 바로 이상의 조부인 김병복金秉福이다. 김병복의 소생인 두 아들이 이상의 백부인 김연필과 친부 김영창이다. 그러나 종증조부인 김학교는 딸 하나만을 두게 되어 후사를 이어갈 수 없게 된다. 이런 연고로 이상의 부친 김영창은 김학교의 처인 강씨(김영창의 양조모)가 세상을 떠난 후 대정 2년(1913) 11월 3일 호주를 승계하여 종증조부의 가계를 잇게 된다. 결국 이상의 부친인 김영창이 종조부從祖父인 김학교의 양손養孫으로 그 호주를 승계한 셈이다. 이상의 나이가 네 살이 되던 해의 일이다.

이상의 성장 과정은 예사롭지 않다. 그는 두 돌을 넘기면서 친부모의 곁을 떠나 백부 집에서 자랐다. 이상의 친부는 궁내부활판소宮內部活版所에서 일하다가 손가락 셋을 잃은 후 직장을 그만두고 작은 이발소를 차려 간신히 생계를 꾸렸던 것으로 알려져 있다. 이상이 왜 백부의 집에서 자라나게 되었는지에 대해서는 누이동생 김옥희 씨의 증언이 신뢰할 만하다. 김옥희 씨는 생전에 몇 차례 자신이 기억하고 있는 '오빠 이상'에 관한 이야기를 남겼다. 김옥희는 큰오빠 이상이 세 살 적부터 백부 김연필金演弼의 집에 가서 살게 되었는데, 그 이유는 큰집에 소생이 없었기 때문이라고 밝히고 있다.

오빠와 나의 연차(年差)는 6년, 어느 가정 같으면 사생활의 저변까지 샅샅이 알 수 있는 사이겠습니다마는 우리는 그렇지가 못했습니다. 그것은 작은오빠 운경(雲卿)도 아마 그러할 것입니다(작은오빠는 통신사 기자로 있다가 6·25때 납북됨). 왜냐하면 큰오빠는 세 살 적부터 우리 큰아버지 김연필(金演弼) 씨 댁에 가서 살았기 때문입니다. 그러므로 큰오빠의 어린 시절 이야기는 지금도 생존해 계시는 큰댁 큰어머님이나 또 우리 어머님(이상의 생모)에게 들어서 알 뿐입니다.

오빠 이야기만 나오면 눈시울에 손이 가시는 어머님—의지 없으시어 지금까지 내가 모시고 있는—께 들은 오빠의 성장에 대한 이야기부터 적기로 하겠습니다.

오빠의 생활은 어쩌면 세 살 적 큰아버지 댁으로 간 일부터가 잘못이었는지 모릅니다. 〈공포의 기록〉이란 글에서 "그동안 나는 나의 性格의 序幕을 닫아버렸다"고 말한 것처럼, 오빠의 성격을 서막부터 어두운 것으로 채워준 사람은 우리의 큰어머니였다고 집안에서들은 다 그렇게 생각하고 있습니다.

처음 공업학교 계통의 교원으로 계시다가 나중엔 총독부 기술직으로 계셨던 큰아버지 김연필 씨는, 슬하에 자식이 없었기 때문에 큰오빠를 양자 삼아 데려다 길렀던 것입니다. 그런데 자식을 보겠다고 안간힘을 쓰시던 큰어머니께 작은오빠가 생겼으니 큰오빠의 존재가 마땅치 않은 것은 너무도 당연한 일입니다. (김옥희, 오빠 이상, 신동아, 1964. 12)

이상의 백부 김연필은 부 김병복金秉福과 모 최씨 사이에서 명치 15년(1883년) 12월 3일 장남으로 태어났다. 1914년 김병복의 사망으로 호주를 상속받게 되었고, 본적은 경성부 통동 154번지이다. 1932년 5월 7일 경성부 통동 154에서 사망하였으며, 이해 8월 4일 아들 김문경이 호주

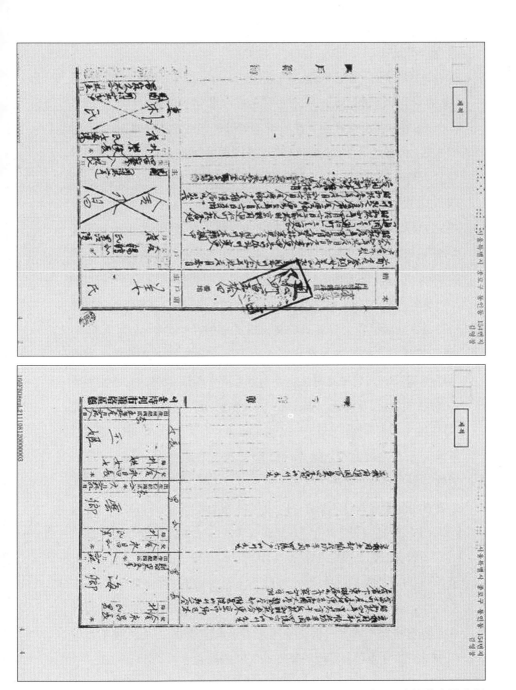

자료 1 : 이상 부친 김영창 제적부

를 상속하였다.

김연필의 처인 김영숙金英淑은 평안북도平安北道 자성군慈城郡 자하면慈下面 송암리松岩里 382번지 부 김준병金準柄과 모 김씨의 3녀로 명치 24년 (1892) 8월 9일에 태어났다. 그런데 김연필의 처로 입적하게 된 것은 대정 15년(1926) 7월 14일 경성지방법원의 허가 재판으로 인하여 취적했다고 기록하고 있다. 그리고 이들 사이에 장남으로 태어난 김문경金汶卿의 경우 대정 원년(1912년) 11월 11일 경성부 통동 154번지에서 출생하였다고 기록되어 있지만 실제로 호적에 입적한 것은 대정 15년(1926) 7월 23일 자임을 확인할 수 있다. 모친 김영숙이 재판에 의해 취적 허가를 받은 후에 그 아들 김문경이 호적에 입적했다는 사실을 미루어 알 수 있다.

이상의 성장 과정에서 가장 큰 영향을 미친 백부 김연필은 상공업에 종사하면서 재산을 모았고 하위직 관리로 일했던 중산층이었다고 할 수 있다. 김연필에 관한 공식적인 기록은 그의 제적부가 전부이다. 그런데 최근에 필자는 대한제국 관보를 뒤지다가 우연히도 김연필에 관한 기록을 하나 찾았다. 융희隆熙 3년 1909년 5월 26일자 관보의 '휘보' 가운데 '학사'란에 당시 관립 공업전습소工業專習所의 제1회 졸업생 명단 '金工科 專攻生 七人 金演弼 朴永鎭 李容薰 洪世煥 崔天弼 鄭致爕 李宗泰'의 맨 앞에 김연필이라는 이름이 적혀 있었다.

관립 공업전습소의 기원은 대한제국이 설립한 농상공학교(1904)에서 시작한다. 이 학교가 1906년 8월에 농과는 수원농림학교, 공업과는 관립 공업전습소로 분리되었다. 공업전습소는 1907년에 '관립 공업전습소 규칙'에 의거하여 한성부 동서 이화동에 설립되었는데 토목과, 염직과, 도기과陶器科 금공과金工科, 목공과, 응용화학과, 토목과를 두었다. 공업전습소는 실제 업무에 종사할 기술자를 양성하는 것을 그 주요 목표로 하여 보통학교나 소학교 졸업자들에게 입학 자격을 부여하였으며, 그 수업 연한은 2년이었다. 1912년 조선총독부 중앙시험소가 설립되면서 시험소의 부설 공업전습소로 귀속되었으며, 1916년 4월 '조선총독부 전문학교 관제'에 따라 경성공업전문학교가 설립되면서 기존의 공업전습소는 학교의 부속기관으로 흡수되었다. 1922년 3월 '조선총독부 제학교 관제'가 공포되자 경성공업전문학교가 경성고등공업학교로 개편되었다.

관립 공업전습소의 제1회 졸업생 명단에 포함되어 있는 김연필이 이상의 백부 김연필과 동일 인물이라는 사실은 '공업학교 계통의 교원으로 계시다가 나중엔 총독부 기술직으로 계셨던 큰아버지 김연필 씨'라는 김옥희의 증언을 통해 추측해 볼 수 있는 일이다. 특히 이상의 경성고공 입학이 백부의 뜻에 따른 것이었다는 점은 공업전습소 출신이었던 김연필의 경력으로 미루어 충분히 납득할 수 있는 일이다.

김연필은 결혼 후 본처(기록상으로는 전혀 드러나지 않음)와의 사이에 소생이 없었다. 강릉 김씨 양반을 자처하던 집안 장손의 후대가 끊어지게 되자 김연필은 아우 김영창의 장남 김해경(이상)으로 하여금 자신의 후사를 이어가게 할 계획을 세웠다. 마침 김영창이 종조부인 김학교의 양손으로 입적하여 호주를 상속하게 되어 지손支孫으로 분가하게 되자 김연필은 조카인 김해경을 그의 집으로 데려가게 되었다. 이상은 백부 김연필의 보호 아래 성장했고, 김연필이 사망한 뒤 큰집에서 벗어났다. 이상이 백부 김연필의 양자였다는 말이 나돌게 된 연유가 여기 있다.

그런데 이상의 누이동생 김옥희의 회고에 의하면, 총독부 하급직 관리로 일했던 김연필은 결혼 후 자식을 두지 못하자 김영숙을 소실로 맞았다는 것이다. 이 집안에 김연필의 본처가 살고 있는데 김영숙이 들어와 한동안 함께 지내게 되자 이상에게는 큰어머니가 두 분이 생긴 셈이다. 하지만 김연필은 본처를 내보내고 김영숙을 정식 재판을 거쳐서 처로 입적하였다. 이상이 경성고공에 입학했던 해의 일이다. 김영숙에게는 다른 사내와의 사이에 낳은 아들 하나가 딸려 있었는데, 김연필은 그를 자신의 아들로 입적시켰다. 그가 바로 김문경이다. 앞의 제적등본에서 김영숙이 대정 15년(1926) 7월 14일 경성지방법원의 허가 재판에 따라 취적했다고 기록되어 있고, 그 아들인 김문경이 바로 뒤를 이어 대정 15년 7월 23일자로 호적에 입적되었다는 사유를 보면 이 같은 회고 내용이 사실과 다름없음을 확인할 수 있다.

누이동생 옥희 씨의 이야기를 들어보자.

> '대부분의 사람들이 잘 모르고 있습니다만 큰어머니는 한 분이 아니라 두 분이 계셨습니다. 오빠가 처음 큰집으로 들어갔을 때는 집안에 자식이라곤 없었다고 들었습니다. 지금도 살아 있는 XX 씨는 나중에 들어온 새로운 큰어머니가 데리고 온 아들이지요.'
>
> 일찍이 몰락한 사대부 집안의 장남으로 태어나 상공업에 종사하면서 재빨리 신분의 변신을 꾀함으로써 집안을 일으켜 세웠던 연필 씨. 그는 총독부의 일을 그만두고 뛰어든 작은 사업의 일로 북지로 갔다가 애 하나 딸린 여자를 만난다. 그 여자가 바로 현재 살아 있는 이상의 사촌 동생 XX 씨의 어머니라는 게 김옥희 씨의 주장이다. (황광해, 큰오빠 이상에 대한 숨겨진 사실을 말한다―김옥희 인터뷰, 레이디경향, 1985. 11)

이 회고 내용 가운데 'XX 씨'가 바로 '김문경'을 지칭한다. 이상의 백부 김연필은 1926년 이상이 경성고공 건축과에 입학하던 해에 자식을 낳지 못하는 본처를 내보내고 소실인 김영숙을 자신의 처로 호적에 입적시켰다. 그리고 김영숙에게 딸려 있던 사내아이(김문경)도 둘 사이의 소생인 것처럼 호적에 올렸다. 이러한 법적 절차는 경성지방법원의 허가 재판으로 공식화되었다. 이상을 데려다 친자식처럼 키워준 큰어머니는 남편 김연필로부터 버림받자 갈 곳이 없어 이상의 친부모가 살고 있는 집으로 들어와 함께 지내게 되었다.

이상은 백부 집안의 가계의 변화를 보면서 엄청난 충격을 받았다. 그는 자신을 친아들처럼 키워준 큰어머니가 집에서 쫓겨나는 모습을 그저 지켜보아야만 했다. 그리고 새로 집안에 들어온 '작은 큰어머니' 김영숙이 재판 끝에 정식으로 백부의 호적에 백모로 입적되고 안방주인 노릇을 하는 것도 지켜볼 수밖에 없었다. 그 후 백부 김연필은 1930년 자신이 살고 있던 경성 통인동 154번지의 대지를 분할하여 그 일부를 처분한 뒤에 1932년 5월 7일 갑작스럽게 50의 나이로 세상을 떠났다. 김연필의 사망 직후 그 가계를 이어 호주를 상속받게 된 것은 양자처럼 자라온 장조카 이상이 아니라 김영숙이 데리고 들어온 김문경이었다. 이해 8월 4일 김문경이 호주 상속을 마쳤으며 자연스럽게 김연필의 가계를 법적으로 승계하였다.

이상의 성장 과정(1910~1926)

　이상은 백부의 집에서 서울 누상동樓上洞에 있던 신명학교新明學校에 입학하였다. 김연필의 집 근처에 있던 신명학교는 융희 2년(1908) 엄준원嚴俊源이 설립한 사립 소학교이다. 엄준원은 고종의 계비繼妃였던 순헌황귀비純獻皇貴妃 엄씨嚴氏의 친정 오빠이다. 엄 귀비는 민비가 시해된 후에 1901년 고종의 계비로 책립되었는데, 여성의 근대교육에 특별한 관심을 가져 1906년에 내탕금을 내려 숙명여학교淑明女學校와 진명여학교進明女學校를 설립하게 한 것으로 유명하다. 이때 엄 귀비의 뜻을 받아 교육 사업에 나선 이가 바로 엄준원이다. 구한말 무관으로 활동했던 그는 숙명여학교와 진명여학교 외에도 양정의숙養正義塾을 비롯한 여러 사립학교를 설립하여 한국 근대교육의 확대에 앞장섰다. 신명학교는 사립 소학교로서 출발하였는데, 설립 재단이 없이 개인이 운영해 왔기 때문에 항상 경영난을 겪어오다가 1919년 3·1운동 이후 폐교의 위기(조선일보, 1920. 8. 8 신명학교의 운명)에 직면하기도 했다. 1922년부터 조선불교종무원에서 그 운영을 맡았다.

　이상은 신명학교에서 소학교 과정을 거친 후 1921년 3월 이 학교를 졸업했다. 신명학교 재학 중에 이상은 구본웅(具本雄, 1906~1953)을 만나 함께 친구가 되어 그림 그리기에 열중했다. 이상의 신명학교 시절에 대해서는 아무런 기록을 찾을 수가 없다. 다음과 같은 진술 가운데 그 내용을 확인할 수 있을 뿐이다.

　이상과 구본웅은 어릴 때부터 경복궁 서쪽 동네에 이웃해 살던 초등학교 동기동창이다. 나는 즉각 두 분의 연보(年譜)를 도서관에서 확인해 보았다. 두 분 모두 신명(新明)학교 1921년도 졸업생이 틀림없었다. 나는 당숙의 아들들(具桓謨·相謨·橡謨)에게 전화를 걸었다. 특히 그의 셋째 아들은 서산과 신명학교 동기동창인 이상호(李相昊)라는 분으로부터 "우리 셋은 같은 반이었는데 구본웅은 글씨를 잘 썼고 김해경(金海卿·이상의 본명)은 말을 잘했고 나는 공부를 잘했다"는 말을 직접 들은 적도 있다고 확인해 주었다.

　이상보다 네 살 많은 구본웅은 몸이 불구이고 약해서 초등학교를 다니다말다 하는 바람에 이상과 같은 반이 되었다. 대부분의 학생들은 꼽추인 구본웅을 따돌렸다. 그러나 그에게 각별한 관심을 보이는, 조용하고 내성적인 학생이 있었다. 항상 외롭고 우울해 보이는 김해경(이상)이었다. 당시에 동급생 중에는 구본웅보다 몇 살이 더 많은 학생들도 있었다. 그래서 같은 학년에서 가장 나이가 어렸던 이상은 젖비린내 나는 아이로 취급받았으며 적지 않은 급우들에게 존대어를 쓰지 않을 수 없었다. 나이 많은 학생들이 그렇게 하라고 시켰기 때문이다. 졸업 후에도 이상은 구본웅에게 계속 존대어를 쓰며 4년 선배로 깍듯이 예우했다. 그래서 구본웅과 동갑인 이상호가 초등학교 졸업동기인 것은 주변 사람들이 다 알았지만, 이상과 구본웅이 동기동창이냐고 묻는 사람은 없게 되었다. (구광모, '友人像'과'女人像'―구본웅 이상 나혜석의 우정과 예술, 신동아, 2002. 11)

　이상은 신명학교를 졸업 후 동광학교로 진학했다. 이상이 1921년 4월 진학한 동광학교東光學校는 불교계에서 경영하는 사립학교이다. 조선 불교계가 1915년 30본산 연합사무소를 경성부 수송동 각황사에 두면서 체제를 정비한 후 불교교리의 연구를 위해 중앙학림을 설립하고 사회교육 방면에 기여하기 위한 목적으로 학교 설립을 계획하였다. 중앙학림과 동광학교는 1915년 11월 5일 개교하게 되었는데, 학교의 위치는 당시 숭일동(崇一洞, 지금의 명륜동)에 있는 북묘北廟와 그 기지基址였다. 북묘는 삼국지의 명장인 관우關羽를 모신 사당으로 고종 20년에 세워진 것인데, 1910년 관우를 동묘에서 합봉하게 됨으로써 비어 있던 곳이다. 불교계에서는 조선총독부의 허가를 얻어 이 건물을 임대하여 동광학교를 설립하면서 총독부에 정식으로 고등보통학교의 인가를 청원하였으나 조선 총독부는 학교 재단의 불비를 문제삼아 이를 인가하지 않았다. 그 결과로 동광학교는 관립 고등보통학교와 동등의 자격을 인정받지 못하는 '잡종학교雜種學校'로 인가받아 운영하였다.

이상이 동광학교에 입학하여 재학 중이었던 1922년 무렵 동광학교는 학교 운영의 중대한 고비를 맞았다. 학교 운영 주체였던 조선 불교계가 종단 내부의 반목과 분열로 제대로 역할을 하지 못하고 있었으며, 1922년 총독부가 발표한 '개정 조선교육령'이 동광학교의 정식 고등보통학교 인가를 더욱 어렵게 했기 때문이다. 당시 조선 불교계를 보면, 불교 개혁운동에 앞장섰던 조선불교청년회와 불교유신회가 중심이 되어 1922년 불교계의 단일기관인 불교총무원總務院을 설립하였다. 조선총독부는 1922년 5월 조선 불교 30본산 주지 회의를 개최하여 새로운 총무원 체제를 부정하고 별도의 단일기관인 '조선불교교무원朝鮮佛教教務院'을 설립하도록 종용하였다. 그리고 조선불교교무원을 1922년 12월에 재단법인으로 승인함으로써 불교총무원과의 갈등과 분열을 조장하였다. 이처럼 조선 불교 30본산의 조직이 와해되어 불교총무원과 불교교무원으로 분열되자, 불교 포교운동과 사회교육운동의 주도권을 놓고 두 조직

사이에 대립이 더욱 극심해졌다. 그런데 1922년 개정 조선교육령을 발표한 조선총독부가 동광학교에 대해 정식 고등보통학교 청원을 인가하지 않게 되자, 30본산 주지회의에서는 동광학교 폐교를 결의하였다. 이 소식을 들은 동광학교 학생들이 1923년 9월 학교가 폐교되기 전에 일제히 동맹휴학을 하기로 결정하고 농성을 벌이자 동광학교 문제를 둘러싼 불교계가 더 큰 소용돌이에 빠져들었다. 불교계 내분에서 비롯된 동광학교 사태는 불교중앙교무원이 재단법인으로 정식 인가되면서 수습의 단계에 접어들었지만, 이상의 동광학교 3학년 시절은 순탄하지 못하였다.

1924년 이상은 동광학교 3년을 수료한 상태에서 보성고등보통학교로 편입하였다. 이상의 학적 변경은 본인의 뜻에 따른 것은 아니었다. 보성고등보통학교는 원래 1906년 9월 5일 이용익에 의해 사립 보성중학교로 학부의 설립 인가를 받아 경성부 중부 박동 10통 1호(현 수송동 44번지)에 4년제 정식 학교로 개교하였다. 1910년 일제 강점 후에는 1910년 12월부터 천도교가 학교 운영을 맡게 되었고, 1922년 4월 신교육령에 의하여 보습과를 폐지하고 수학 연한을 5년으로 연장하면서 교명을 보성고등보통학교로 개칭하였다. 그러나 학교 운영이 어려워 새로운 운영 주체를 찾게 되었다. 1923년 6월 불교총무원은 대전大田에서 임시 총회를 열고 본래 천도교 측에서 운영하다가 재정난에 봉착한 보성고등보통학교를 인수 경영하기로 하였다. 불교총무원이 보성고등보통학교를 인수하기로 결정한 후 불교 교리를 전파하려는 총무원 측의 입장과 천도교 측에서 임용한 기존의 교원들 사이에 교리 문제로 갈등을 겪기도 하였다.

1924년 불교총무원과 불교교무원으로 분열되었던 불교계의 조직이 극적인 통합을 이루게 되었으며, 조선총독부는 재단법인 조선불교중앙교무원의 설립을 정식 인가하였다. 불교계의 조직이 통합되면서 오랫동안 잡종학교의 지위를 면하지 못하였던 동광학교 사태가 해결의 실마리를 찾게 되었다. 불교계에서는 보성고등보통학교가 조선총독부의 정식 인가를 받은 정규 고등보통학교인 점에 착안하여 동광학교를 보성고보에 복속시키고 그 운영주체를 조선불교중앙교무원으로 결정하게 되었다. 1924년 1월 재단법인 조선불교중앙교무원이 동광학교를 복속시킨 새로운 보성고등보통학교의 운영자가 되었으며 총독부도 이를 허가하였다. 조선불교중앙교무원은 보성고등보통학교의 시설 확장을 위해 1925년 5월 경성부 혜화동 1번지에 교사를 신축하게 되었으며, 1927년 5월 1일 전체 교사가 준공되자 새로운 교사로 학교를 이전했다. 이상은 1924년 4월 보성고보에서 4학년 생도로 학교생활을 시작했다.

이상은 보성고보가 혜화동의 신축 교사로 이전하기 직전까지 중구 박동의 보성고보에서 1926년 3월까지 2년간 수학하였다. 동광학교에서의 3년 수료 기간에 2년이 추가된 셈이다. 이상은 보성고보 재학 중 미술에 관심을 가진 화가 지망생이었다. 이상이 보성고보로 편입했을 당시 동기생으로 고유섭, 유진산, 이헌구, 임화 등이 있었으며 김기림, 김환태 등은 1년 후배였다. 보성고보 시절의 이상의 학교생활을 확인할 수 있는 기록은 남아 있지 않다.

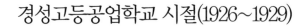

경성고등공업학교 시절(1926~1929)

    1926년 4월 이상은 경성고등공업학교京城高等工業學校 건축과建築科에 입학하였다. 경성고공은 일본 식민지 시대 한국 내에 설립된 최고의 이공계 관립 전문학교로서 1916년 경성공업전문학교京城工業專門學校로 출발하였다. 조선총독부는 1916년 4월 1일 '조선총독부 전문학교 관제'와 '경성공업전문학교 규정과 학칙' 등에 따라 경성공업전문학교를 설립하고 건축과, 염직과, 응용화학과, 요업과, 토목과, 광산과를 두어 3년 과정의 학생을 선발하였다. 경성공업전문학교는 1922년 제2차 〈조선교육령〉에 따라 그 명칭을 경성고등공업학교로 개칭하고 일본 내에서의 교육 내용이나 수준과 동일한 공업 교육을 실시하여 공학 위주 교육체계를 강화하게 되었다.

    이상이 입학한 경성고공 건축과는 매년 15명 이내의 학생을 선발하였다. 고등보통학교 졸업 이상의 학력을 가진 자를 대상으로 실시하는 입학시험은 일본어, 한문, 수학, 물리, 화학, 도화(자재화, 용기화) 등이었다. 이상과 함께 건축과의 입학시험에 합격한 학생은 모두 13명이었는데, 그 가운데 한국인은 2명뿐이었다. 나머지는 모두 일본에서 온 유학생들이었다. 그런데 한국인 학생이 중도 탈락하게 됨으로써 이상은 1926년도 건축과 입학생 가운데 유일한 한국인이 되었다.

이상의 경성고공 건축학과 시절을 확인해 볼 수 있는 여러 가지 기록 가운데에는 경성고공 '생도生徒 학적부學籍簿'가 공식 문서로 보관되어 있다. 그 전면에는 김해경金海卿이라는 이상의 본명과 함께 다음과 같은 일반 사항이 기록되어 있다.

본적 : 경성부 통동 154번지

거소 : 자택 동상

신분 : 장남, 명치 43년(1910년) 8월 20일 생.

입학 : 대정 15년(1926) 4월 11일

입학시험 성적 : 502점 석차 : 63인 중 23

입학 전의 학력 : 대정 15년 3월 보성고등보통학교 졸업

수업 :

소화 2년 3월 19일 1학년 수료

소화 3년 3월 19일 2학년 수료

소화 4년 3월 19일 3학년 수료

소화 4년 3월 19일 졸업

제1보증인 김연필金演弼 직업 : 관리官吏 관계 : 백부伯父 주소 : 통동 154

제2보증인 신명균申明均 직업 : 관리官吏 관계 : 지기知己 주소 : 가회동 23번지

후면에는 재학 중 상황을 기록하는 부분에 학과 성적, 인물, 체격 등을, 졸업 후의 사항을 기록하는 부분에는 근무처를 적어 놓고 있다.

(1) 성적

1학년

조행操行 81.8 (갑)

수신修身 85.0 (갑)

체조體操 76.0 (을)

국어國語. 조선어朝鮮語 84.0 (갑)

영어英語 93.0 (갑)

수학數學 71.3 (을)

물리학物理學 73.3 (을)

건축재료建築材料 86.7 (갑)

응용역학應用力學 75.0 (을)

건축구조建築構造 75.0 (을)

건축사建築史 81.0 (갑)

자재화自在畵 86.7 (갑)

제도製圖 및 실습實習 73.7 (을)

학년성적 : 79.6 (을)

근타勤惰 : 수업일수 223 출석일수 223

2학년

수신修身 83.3 (갑)

체조體操 76.7 (을)

영어英語 90.3 (갑)

응용역학應用力學 76.7 (을)

철근혼응토鐵筋混凝土 철골鐵骨 71.0 (을)

건축사建築史 92.5 (갑)

건축建築 계획計畵 87.7 (갑)

건축建築 장식법裝飾法 86.7 (갑)

측량학測量學 83.5 (갑)

자재화自在畵 85.3 (갑)

제도製圖 및 실습實習 70.3 (을)

학년성적 : 82.1 (갑)

근타勤惰 : 수업일수 219 출석일수 215

3학년

수신修身 90 (갑)

체조體操 74 (을)

영어英語 95 (갑)

철근혼응토鐵筋混凝土 철골鐵骨 86 (갑)

위생공학衛生工學 75 (을)

건축建築 계획計畵 87 (갑)

시공법施工法 85 (갑)

공업경제工業經濟 82 (갑)

공업工業 법령法令 82 (갑)

제도製圖 및 실습實習 72 (을)

학년성적 : 82 (갑)

근타勤惰 : 수업일수 216 출석일수 215

졸업 성적 : 81 (갑)

석차 12인 중 1석

(2) 인물

성질 : 온순

소행素行 : 양良

장소長所 : 주산, 의장意匠, 공히 양良

(3) 체격

신장 : 167.6

흉위胸圍 : 82.0

체중: 51.7

개평槪評 : 갑甲

(4) 졸업 후의 근무 장소 : 조선총독부 내무국 건축과

이상의 경성고공 학적부를 보면, 학업 과정은 비교적 순탄했던 것으로 보인다. 그는 경성고공 입학시험에서 총 502점을 얻었는데, 이 점수는 입학생 63명 가운데 23위의 성적이었다. 그런데 이상은 건축과에서 1학년부터 3학년까지 매년 수석을 차지하였고, 졸업 당시 성적도 평균 81점으로 평점 '갑甲'을 얻어 건축과를 수석으로 졸업하였다. 이상이 조선총독부 내무국 건축과에 취직하게 된 것은 1929년도 경성고공 건축과 수석 졸업자였기 때문에 가능한 일이었다. 이상이 경성고공에서 수학한 교과목은 수신, 체조, 국어, 영어 등 몇몇 기초 교양에 속하는 과목을 제외하고는 대부분 건축학과 관련되는 이공계 학문 분야에 속하는 것들이다. 1학년 때부터 수강한 영어 과목에서 매년 최고의 점수를 얻고 있는 점이 특이하다. 이상의 특기는 주산珠算과 의장(意匠, 디자인)이며, 재학 중 미술부에서 활동한 것으로 알려지고 있다.

이상의 경성고공 학창 시절에 관해서는 당시 동창생이었던 지인들의 회고담이 여럿 남아 있다. 이상과 함께 건축과에서 공부했던 일본인 오스미 야지로大隅彌次郎 씨는 원용석 씨와의 대담(문학사상, 1981. 6)에서 이상이 건축과를 지망한 것이 그림을 그리기 위해서였음을 말한 적이 있다고 밝혔다. 경성고공 건축과 미술부에서는 건축설계도를 그리기 위한 기초적인 화법을 별도로 공부하였는데, 이상은 이곳에서 자기가 그리고 싶은 그림을 마음대로 그렸다는 것이다. 하지만 이상이 학창 시절에 그린 그림은 현재 남아 있는 것이 없다. 다만 경성고공의 연례행사로 개최되었던 작품전시회에서 이상이 자신의 출품작인 유화油畵 앞에 서서 찍은 사진 속에 어렴풋하게 그 그림의 윤곽이 드러나 있을 뿐이다.

　그런데 이상은 미술에 대한 열정 못지않게 문학적 소질도 드러내고 있었다. 오스미 야지로 씨와 원용석 씨의 대담 중에서 원용석 씨는 경성고공 2학년 시절부터 3학년 초까지 이상이 매월 '난파선'이라는 학생 회람용 문예지를 몇몇 학생들과 함께 12, 3호까지 출간한 적이 있다고 밝혔다. 이상은 이 잡지의 편집을 도맡았는데, 특히 표지 그림과 목차의 글씨가 일품이었다는 것이다. 불행히도 이 잡지는 현재 전하지 않는다. 원용석은 다음과 같이 이 사실을 회고하고 있다.

　나는 그와 보성학교에서 2년, 경성고등공업에서 3년, 도합 5년 동안을 교우로 지냈다. 이상은 누구에게나 서먹서먹한 태도로 대하였으며, 어느 누구와도 사귀려 하지 않고 외롭게만 지냈다.

　우리들 동기동창 중에는 이상기(李庠基)·이헌구(李軒求)·장철수(張澈壽)·임화(본명 인식(仁植)) 등 이외에도 판검사나 의사가 된 사람들도 많았다. (중략)

　내가 많은 급우들 중에서도 이상을 잊지 못하는 것은 그가 짧은 세상을 살면서도 많은 사람들에게 여음을 남기고 떠났다는 생각이 항상 머리 속에서 맴돌고 있기 때문이다. 보는 듯하지만 보지 않고, 듣는 듯하지만 듣지도 않고, 슬픔도 기쁨도 없는 수목 인간인 양 학교에 다니던 이상은 선생님으로부터 칭찬받은 일도 없지만 잘못되었다고 꾸지람을 들은 일도 없었다. 그는 학과 성적의 석차도 좋은 편은 아니었고 급우들과 어울려 놀지도 않았다. '졸업 시즌'이 되어서 모두 제 갈 길을 찾기에 바빠서 급우들의 일에 관심을 가질 여유가 없었다. 이상은 평소에 문예작품 읽기를 좋아하고 교내 미술전람회에 입선하는 정도이니 인문이나 예술 계통에 진학하려니 생각하고만 있었다.

나는 담임선생의 권고에 따라 경성고등공업학교(현 서울공과대학)에 원서를 내고 시험을 치렀다. 발표하는 날 학교에 가서 합격자 발표를 보니 내 이름도 있었지만 김해경(金海卿, 이상의 본명)의 이름도 있었다. 동명이인인가 하고 생각도 해 보았으나 그렇지 않고 나의 급우 김해경이 틀림없었다.

이렇게 해서 이상은 건축공학과, 나는 섬유공학과에 입학하게 되었다. 이상은 고공에 다니는 3년 동안 석차 1번을 계속 유지하였고, 미술전람회에 입선하기도 했으며, 보성시대보다는 성격도 명랑해지고 건강도 향상되었다. 그러나 그는 보성에서나 고공에서 대부분의 학생들이 즐겨하는 테니스·축구·야구 등 어떠한 운동도 좋아하지 않았다. 그의 모습은 항상 야위어서 건강이 나빠 보였고, 그가 즐겨하는 유일한 운동은 휴일을 이용해서 산에 올라가거나 들로 나가는 것이었다.

매주 일요일에는 내가 그의 집(통인동 154)으로 가든가 그가 나의 집에 오든가 해서 등산을 즐겼다. 그는 항상 혼자 있었기 때문에 부담이 없어서 좋았다. 지금은 복개되어서 잘 알 수 없지만, 청계천을 따라 다동에서 체부동 쪽으로 거슬러 올라가다가 왼쪽으로 약 15미터가량 들어가면 막다른 집이 이상의 집이었다. 대문을 들어서면 좌우에 또 대문이 있는데 왼쪽 문은 안집으로 통하는 문이고 오른쪽 문으로 들어가면 이상이 먹고 자는 방이었다. 문을 들어서면 'ㄱ'자로 방 네 개가 있고 마당은 필요 이상으로 넓게 보였으나 항상 손질이 되어 있지 않아 지저분하였다. 이상은 굳이 들어오라고 하지도 않고 그러고 싶은 생각도 없는 모양이었다. 나는 그 집에 가서 차를 마시거나 과일을 깎아먹은 기억이 없다. 그는 항상 외롭고 쓸쓸해 보였고, 내가 가면 언제나 반갑게 대답하면서, 웃저고리를 어깨에 걸치고 밖으로 나와 산책하며 이야기를 나누었다. 이상은 나의 집을 찾아오는 것도 꺼려했다. 왜냐하면 나는 그 당시 3남 2녀를 거느린 부잣집에서 가정교사 노릇을 하며 학자금을 벌어 쓰고 있었기 때문이다. 아마도 그는 나에게 부담감을 주지 않으려고 그랬던 것 같다.

　하루는 둘이서 등산 갔다 오는 길에 한 가지 일에 뜻을 모았다. 한국인 학생들끼리 원고를 써 모아 '난파선(難破船)'이라는 이름으로 잡지를 발행하고 나누어 읽자는 것이었다. 나는 원고를 쓰도록 학우들에게 권고하고 완성된 원고를 모아서 이상에게 주면 그는 목차와 컷을 만들고 표지의 그림도 그려서 책을 만들었다. 고공 2학년에 올라가면서부터 시작하여 3학년 초까지 한 달에 한 번씩 10여 권을 발행하였다. 그의 글은 그때도 뛰어나서 여러 학우들의 눈에 돋보였었다.

(원용석, 내가 마지막 본 이상, 문학사상, 1980. 11)

　이상이 경성고공을 졸업한 1929년 3월 당시 졸업생 명단(관보 675호)를 보면 당시 경성고공은 방직학과(9명 졸업), 응용화학과(응용화학부, 요업부 10명 졸업), 토목학과(11명 졸업), 건축학과(12명 졸업), 광산학과 (9명 졸업) 등 5개 학과를 두고 있음을 확인할 수 있다. 이 가운데 조선인 졸업생은 다음과 같이 총 17명이다.

　강태홍姜澤洪 광산학과
　권상채權常采 방직학과
　김종섭金宗燮 응용화학과

김택균金宅均 방직학과

김해경金海卿 건축학과

김희영金喜永 광산학과

문일현文一賢 토목학과

박영섭朴榮燮 응용화학과

오석환吳石煥 토목학과

원용석元容奭 방직학과

윤호식尹浩植 응용화학과

이종서李鍾緒 응용화학과

이종표李鍾杓 응용화학과

정순모鄭順模 토목학과

정홍봉鄭洪鳳 방직학과

최병걸崔秉杰 토목학과

최호영崔浩英 응용화학과

이들이 함께 만든 경성고공 졸업기념 사진첩에는 17인 전원이 각자 자신이 소중하게 여기는 격언이나 남기고 싶은 말을 자기 필체로 적어 넣은 이른바 '사인sign' 지가 붙어 있다. 여기에 이상의 글도 남아 있다. '보고도 모르는 것을 曝露식혀라! 그것은 發明보다도 發見! 거긔에도 努力은 必要하다 李箱'이라는 글귀다. 도안체 글씨로 석 줄이나 차지하게 쓴 이 글귀의 끝에 '이상李箱'이라는 이름이 표시되어 있다. 이것은 '이상'이라는 필명을 이미 경성고공 시절부터 사용하고 있었음을 말해 주는 중요한 근거가 된다. '이상'이라는 필명에 대해서는 김기림이 '공사장에서 어느 인부가 '이상─' 하고 부른 것을 존중하여 '이상'이라고 해 버려두어도 상관없었다'(이상선집, 이상의 모습과 예술, 1949)라고 밝힌 이후 조선 총독부 건축기사 시절부터 사용한 것으로 알려졌지만, 이 사진첩의 자료를 통해 '이상'이라는 필명이 이미 경성고공 시절부터 사용했던 것임을 확인할 수 있게 되었다. 그러므로 구광모가 뒤에 밝힌 다음과 같은 진술에 무게가 더해진다.

동광학교를 거쳐 1927년 3월에 보성고보를 졸업한 김해경은 현재의 서울대학교 공과대학 전신인 경성고등공업학교 건축과에 진학했다. 그의 졸업과 대학 입학을 축하하려고 구본웅은 김해경에게 사생상을 선물했다. 그것은 구본웅의 숙부인 구자옥(具滋玉·당시 '조선 중앙 YMCA' 총무)이 구본웅에게 준 선물이었다. 해경은 그간 너무도 가지고 싶던 것이 바로 사생상이었는데 이제야 비로소 자기도 제대로 그림을 그리게 되었다고 감격했다. 그는 간절한 소원이던 사생상을 선물로 받은 감사의 표시로 자기 아호에 사생상의 '상자'를 의미하는 '상(箱)' 자를 넣겠다며 흥분했다.

김해경은 아호와 필명을 함께 쓸 수 있게 호의 첫 자는 흔한 성씨(姓氏)를 따오는 것이 어떠냐고 물었다. 기발한 생각이라고 구본웅이 동의했더니 사생상이 나무로 만들어진 상자니 나무목(木)자가 들어간 성씨 중에서 찾자고 했다. 두 사람은 권(權)씨, 박(朴)씨, 송(宋)씨, 양(梁)씨, 양(楊)씨, 유(柳)씨, 이(李)씨, 임(林)씨, 주(朱)씨 등을 검토했다. 김해경은 그중에서 다양성과 함축성을 지닌 것이 이씨와 상자를 합친 '李箱(이상)'이라며 탄성을 질렀다. 구본웅도 김해경의 이미지에 딱 맞으면서도 묘한 여운을 남기는 아호의 발견에 감탄했다. (구광모, '友人像'과 '女人像'—구본웅 이상 나혜석의 우정과 예술, 신동아, 2003. 2)

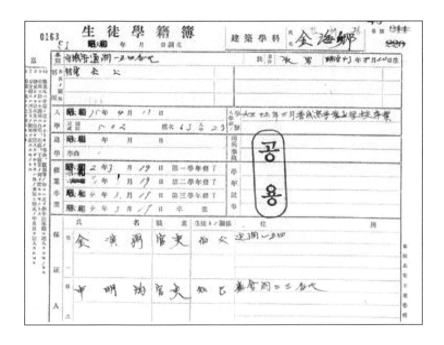

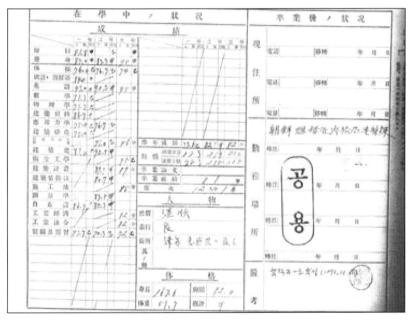

자료 2 : 김해경 경성고등공업학교 학적부

조선총독부 건축기사 시절(1929~1932)

　이상은 1929년 3월 19일 경성고등공업학교 건축과를 수석으로 졸업한 후 학교의 추천으로 이해 4월 조선총독부 내무국_{內務局} 건축과_{建築課} 기수_{技手}가 되었다. 이상이 조선총독부 건축과에서 어떤 역할을 했는지는 제대로 알려진 것이 없다. 그러나 일제 강점기 최고 권력기관이었던 총독부의 관리가 되었다는 것은 주목할 만한 일이다. 그는 자신의 특기를 살려 주로 건축 설계 도면을 그렸으며, 더러는 총독부가 직접 발주한 관급 공사의 현장 감독으로 공사장에 나가 일하기도 했다.

　이상의 총독부 시절 활동 가운데에 주목해야 할 것은 그가 1929년 5월 조선건축회_{朝鮮建築會} 정회원으로 입회하였다는 점이다. 조선건축회는 1922년 3월 8일 서울에서 결성된 일본인 건축 전문가들의 학회이다. 조선건축회의 취지문에는 '조선의 급속한 발전과 도시의 팽창에 대응하여 조선 건축계의 건실한 발전과 함께 과학적으로 조직화된 도시의 건설, 문화적 생활 개선, 기후 풍토에 적응할 수 있는 주택 건설 보급 등을 위해 건축 기술자의 책무를 다하기 위해 조선건축회를 조직한다'라는 설립 목표(朝鮮と建築 제1호, 2~5면)가 제시되어 있다. 그리고 건축에 대한 광범위한 연구 조사, 도시 계획 건축 법규 주택 정책, 건축 자재의 규격 통일 등을 실천적 과제로 내세우고 있다. 조선건축회의 창립 회원으로는 주로 서울을 중심으로 활동하던 일본인 건축 기술자 122명이 참여하고 있다. 이사장과 이사 전원이 일본인으로 구성되어 있으며, 한국인 가운데에는 명예회원으로 이완용, 송병준, 박영효 등의 친일 정치계 인사들이 추대된 바 있다. 조선건축회는 학회 결성 후부터 학회 회원들이 한국 내에서 벌이는 여러 가지 건축 활동과 국내외의 건축계 동향을 소개하기 위해 전문 학회지 성격의 기관지《조선과 건축朝鮮と建築》을 일본어로 발간하였다. 이 학회지는 그 창간호가 1922년 6월 25일 발간되었다. 조선건축회의 사업 취지와 관련되는 건축 기술에 대한 조사 연구 내용을 중심으로 건축 토목 관련 연구 논문論文과 평설評說, 잡보雜報와 만필漫筆 등과 함께 학회 소식 등을 수록하고 있다. 특히 이 학회지에 일제 강점기에 일본인들에 의해 건설된 중요 건축물의 설계 도면은 물론 건설 과정에 관한 모든 내역이 소상하게 기록되어 있기 때문에 한국 근대 건축사의 중요 자료가 되고 있다.

이상이 일본인 건축 기술자들을 중심으로 조직 운영되었던 조선건축회 정회원이 된 것은 조선총독부 건축과 기사가 된 그에게 자연스러운 일이었다. 그런데 조선건축회에서는 회원들의 참여 의욕을 북돋우기 위해 1926년부터 회원들을 상대로 학회지《조선과 건축》의 표지화 디자인을 현상 공모하는 행사를 매년 열고 있었다. 경성고공 시절 미술부에서 활동했던 이상은 조선건축회 정회원으로 입회하게 되자 1929년 연말에 이 현상 공모에 2편의 표지화 디자인을 응모했다.

자료 3 : 김해경 조선건축회 정회원 입회.《조선과 건축》(1929. 5)

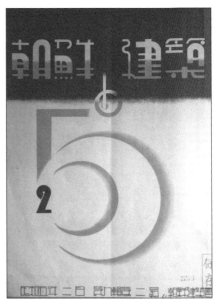

자료 4 : 1930년 현상 모집 표지 도안 결과
발표. 김해경 1등, 3등 당선《조선과 건축》
(1930. 1)

1930년 1월《조선과 건축》에 발표된 현상 모집 표지 도안 심사 결과가 발
표되었는데 이상의 응모작 두 편이 각각 1등과 3등에 선정되었다.

자료 5 : 소화 6년도 조선미술전람회 입선작 김해경 '자상'

이상은 조선총독부 시절에
도 여전히 화가의 꿈을 포기
하지 않았다. 그는 조선총독부
가 주관하여 매년 실시하고 있
던 조선미술전람회에 작품을
출품했는데, 1931년도 제10회
조선미술전람회에 그가 출품
한 유화 〈자상自像〉이 입선되었
다. 1931년 6월 6일 조선총독
부에서는 관보(제1322호)를 통
해 '소화 6년도 제10회 조선미
술전람회 입선작'을 발표하였

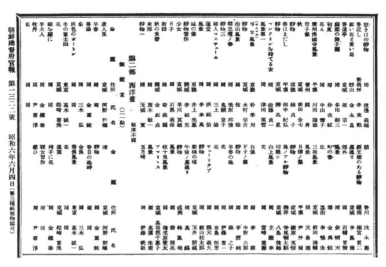

자료 6 : 소화 6년도 조선미술전람회 입선작 발표. 김해경 서양화 입선(관보 1322호)

다. 각 부문별로 동양화 41점, 서양화 196점, 조각 15점, 서예 67점 등의 수상작과 입선작 가운데 이상의 〈자상自像〉이 서양화 부문 입선작으로 명단에 올랐다. 이상은 전문적인 미술 공부를 하지 않았지만 조선미술전람회의 입선을 통해 미술에 대한 자신의 능력을 어느 정도 스스로 입증할 수 있게 되었다. 이상의 〈자상〉은 그 원본이 현재 전해지지 않는다. 이 그림은 이상이 운영했던 다방 '제비'의 벽면을 장식했던 것으로 알려져 있지만 그 실물이 현재 어디에 있는지 알 수 없다. 이 그림은 《제10회 조선미술전람회도록朝鮮美術展覽會圖錄》(조선사진통신사, 1931) 속에 작은 사진으로만 남아 있다. 제10회 조선미술전람회에서는 서양화 부문에 나혜석의 〈정원庭園〉, 윤상렬의 〈하얀 꽃〉, 이인성의 〈세모가경歲暮街景〉, 정현웅의 〈빙좌氷座〉 등 네 명의 조선인의 작품이 특선의 영예를 차지했다. 이상은 한국 근대미술의 성립기를 주도했던 화가의 반열 속에 그의 이름을 올린 셈이다.

이상은 조선총독부 건축기사로 일하는 동안 그림만이 아니라 글쓰기에도 관심을 기울였다. 그는 1930년 《조선朝鮮》에 장편소설 〈十二月十二

日〉을 국문으로 연재하면서 문학적 글쓰기를 시작하였다. '이상李箱'이라는 필명으로 1930년 2월부터 12월까지 연재된 이 소설은 1931년《조선과 건축朝鮮と建築》에 발표한 일본어 시 〈이상한 가역반응異常ナ可逆反應〉 등보다 시기적으로 앞서 있다. 이 작품은 이상 문학의 문제의식과 서사성의 단초를 확인할 수 있는 출발점에 해당한다는 점에서 일정한 의미를 지닌다. 이상의 첫 장편소설〈十二月十二日〉를 연재한 잡지《조선》은 조선총독부의 식민지 지배 정책을 대중적으로 선전하기 위해 발간했던 종합 홍보지이며, 일본어판과 국문판으로 간행되어 총독부 산하의 각 기관과 지방 관서에 배포되었다. 국문판《조선》은 1916년 1월에 창간된 후 월간지 형식으로 식민지 통치 기간 동안 계속 발간됨으로써 한국 근대 잡지 가운데 가장 오랜 역사를 지니게 된다. 식민지 한국내의 정치, 경제, 사회, 문화 등에 관한 다양한 논설 기사를 한국인 필자 위주로 편집한 이 잡지에는 소설, 시, 수필 등의 문예물이 독자의 읽을거리로 권말에 함께 수록된 바 있다. 이 잡지는 당시 문단권과 아무 연계도 갖고 있지 않았기 때문에, 이상이 시도한 소설 쓰기도 문단의 관심 대상이 되지 못했다.

장편소설〈十二月十二日〉은 이상의 처녀작이라는 한계를 넘어서지 못한 채 서사적 기법의 미숙성을 드러내고 있

자료 7 : 이상의 첫 장편소설〈十二月十二日〉《조선朝鮮》
(1930.2)

다. 특히 서술적 시각의 균형을 유지하지 못하는 데에서 오는 여러 가지 문제성이 그대로 노출되고 있다. 장편으로서의 서사 구조를 유지하고 있으면서도 그 삽화의 구성 자체를 풍부하게 살려내지 못하고 있으며, 인물의 설정도 도식적이며 이야기의 짜임새와 전개 방식도 단조롭다. 이 작품이 이상 소설의 원점 또는 그 기원의 형태로 존재한다는 점은 부인할 수 없는 사실이지만, 소설적 기법과 정신의 수준 자체를 문제삼기에는 여러 가지 문제성을 지니고 있는 셈이다.

이상은 1932년 첫 단편소설 〈지도地圖의 암실暗室〉도《조선》에 발표했다. 이 소설은 그 소설적 기법과 주제 의식 자체가 이상이 추구하게 되는 서사적 문법의 원점에 해당한다. 이 작품에서 비로소 이상 문학의 성격이 분명해지고 있으며, 그 특징적인 기법과 정신이 높은 수준의 형상성을 드러낸다. 첫 소설 〈十二月十二日〉에서 드러나고 있던 서술의 불균형도 상당 부분 극복되고 있다. 이 작품은 패러디의 기법을 활용한 소설 내적 공간의 확충, 도시적 공간을 배회하는 '산책자'라는 특이한 존재의 창조, 개인의 삶과 그 존재를 통한 내면 의식의 탐구, 일상성의 의미에 대한 새로운 천착 등을 골고루 보여준다. 이러한 문제적인 요건들은 이상의 소설 문학에서 반복적으로 실험되면서 그 주제 의식의 무게와 깊이를 더하게 된다.

이상의 또 다른 문학적 글쓰기는 조선건축회의 학회지《조선과 건축朝鮮と建築》에 발표한 일본어 시를 통해 본격화되었다. 이상의 시 창작이 일본어 글쓰기로부터 시작되고 있다는 것은 여러 가지 논란을 야기할 만하다. 이상은 소학교와 고등보통학교 시절의 일본어 교육을 통해 식민지 제국의 언어인 일본어를 '국어'라는 이름으로 습득한다. 그리고 그 제국의 언어를 통해 수용되는 새로운 문명과 지식에 눈을 뜬다. 특히 그가 수학한 경성고등공업학교의 교과 과정에는 1학년 이수 과목에만 '국어. 조선어'라는 강좌명이 하나 보일 뿐이다. 그는 자연과학이나 건축학에 관

련된 다양한 지식과 정보를 일본어를 통해 습득하고 이를 실제 현장에서 그대로 활용하게 된다. 이러한 이상의 학교 교육 경험을 놓고 본다면 그의 일본어 글쓰기가 식민지 교육이라는 제도에 의해 강제된 것임을 알 수 있다. 이상은 식민지 시대의 정규 학교 교육을 통해 과학과 예술에 관한 근대적 지식과 정보들을 일본어를 매개로 하여 수용한다. 그리고 자신의 상상력에 근거하여 이를 새로운 형태로 재생산해 낸다. 이것이 바로 일본어 글쓰기에 의한 시작詩作으로 남아 있다고 할 것이다. 이상의 일본어 시는 한국어와 일본어라는 두 개의 언어를 통한 동시적 소통 행위를 의미하는 이중언어적 글쓰기의 산물이다. 이상은 조선건축회의 정회원으로 입회한 후 1931년《조선과 건축》에 일본어 시 〈이상한 가역반응異常ナ可逆反應〉 등을 비롯하여 연작시의 형태로《조감도》와《삼차각설계도》등을 잇달아 발표하였고 1932년에도 같은 잡지에 일본어 연작시《건축무한육면각체》를 발표하면서 그의 특이한 시적 상상력의 진폭을 보여준다. 이상이 잡지《조선과 건축》을 통해 발표한 일본어 시는 모두 28편이다. 이 작품들은 잡지 안에서 모두 '만필漫筆'로 분류되어 있다. '만필'이라는 용어는 당시 일본에서 '자유롭게 써 놓은 수필'이라는 의미로 쓰이던 말이다. 이 잡지가 건축

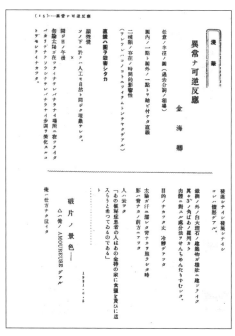

자료 8 : 김해경金海卿이라는 본명으로 발표한 일본어 시 〈이상한 가역반응異常ナ可逆反應〉《조선과 건축》(1931. 7)

전문지로서 문학과는 거리가 있었다는 점을 고려한다 하더라도, 이상의 작품들이 '만필'이라는 이름으로 분류된 것은 특이한 일이다.

이상의 일본어 시는 그 소재 영역과 기법에 따라 네 가지 내용으로 나누어 볼 수 있다.

첫째는 시인이 지니고 있던 근대 과학에 대한 특별한 관심을 표현한 것이다. 《삼차각설계도》라는 제목 속에 연작의 형태로 이어진 〈선에 관한 각서 1~7〉을 비롯하여, 〈이상한 가역반응〉, 〈운동〉 등 여러 작품들이 이에 해당한다. 이들 작품에는 수학이나 물리학 등에서 사용하는 일본어로 번역된 용어들이 그대로 활용되고 있으며, 근대 과학으로서의 기하학의 발전이라든지 상대성 이론과 같은 새로운 이론의 등장에 관한 특이한 상념을 이른바 '기하학적 상상력'에 기초하여 형상화하고 있다.

둘째는 시인 자신의 개인사적 경험과 관련하여 폐결핵을 진단받은 후 병으로 인한 정신적 좌절과 죽음에 대한 공포를 표현한 것들이다. 〈BOITEUX・BOITEUSE〉, 〈공복空腹〉, 〈진단 0 : 1〉, 〈22년〉 등이 이에 해당한다. 그리고 〈수염〉, 〈LE URINE〉, 〈얼굴顔〉, 〈광녀의 고백狂女の告白〉, 〈흥행물천사興行物天使〉 등의 경우는 대체로 육체의 여러 부위에 관한 특이한 관심을 과도하게 드러냄으로써 이른바 '병적 나르시시즘'의 세계를 시적으로 형상화하고 있다.

셋째는 당대의 사회 현실이나 현대 문명의 속성 등에 대한 비판적 인식을 시적으로 형상화하고 있는 것들이다. 〈AU MAGASIN DE NOUVEAUTES〉, 〈출판법〉, 〈열하약도 No. 2〉, 〈2인〉, 〈대낮〉 등의 작품이 이에 해당한다. 이 작품들은 현대 도시 문명의 비판적 인식과 함께 인간의 삶의 방식과 그 가치를 새로이 질문하고 있다.

넷째는 일상적인 생활 체험에서 얻어낸 특이한 시적 모티프를 중심으로 시적 형상화를 시도하고 있는 작품들이다. 〈파편의 경치破片ノ景色〉, 〈▽의 유희▽ノ遊戱〉, 〈신경질적으로 비만한 삼각형神經質に肥滿した三角形〉, 〈차

8씨의 출발且8氏の出發〉 등을 들 수 있다. 이 작품들은 일상의 삶에서 빼놓을 수 없는 촛불이라든지 자신의 친구를 소재로 하여 그의 예리한 시각과 판단을 시적으로 형상화해 내고 있다.

이상의 일본어 시 창작은 《조선과 건축》이라는 일본인 건축 기술자들이 중심을 이루었던 조선건축회의 학회지를 통해 이루어짐으로써, 1930년대 초반의 한국문단과는 직접적인 연관을 갖지 못하고 있다. 그리고 대중적인 문학 독자와도 거리를 두고 있었기 때문에 문학 독자의 수용과 그 기대 지평을 벗어난 고립적인 기호 공간에 자리하는 것이다. 그러나 이 작품들은 비록 일본어로 창작한 것이기는 하지만 당대 한국문학의 새로운 모더니즘적 경향과 무관하지 않다. 이 작품들을 통해 확인할 수 있는 이상의 시적 상상력은 개인적 실험으로 그친 경우도 있지만 모더니즘 문학이 안고 있는 현대성에 대한 문제의식과 함께 특이한 기법적 고안을 보여준다. 이들 작품 가운데에는 문학적 텍스트로서의 완결성을 갖추고 있다고 보기 어려운 경우도 많이 있다. 그러나 다양한 패러디의 방식에 의한 텍스트의 구성, 몽타주 기법에 의한 시상의 전개, 비약과 생략에 의한 시상의 변주 등을 통해 당대 시단의 경향에서 보기 드문 새로운 시적 실험성을 실천하고 있다.

1929년

경성고등보통학교 건축과를 수석으로 졸업하자 학교의 추천으로 조선총독부 내무국內務局 건축과建築課 기수技手로 발령을 받았다. 이해 11월에는 조선총독부 관방회계과官房會計課 영선계營繕係로 자리를 옮겼다. 조선에 진출해 있던 일본인 건축 기술자들을 중심으로 결성한 조선건축회(朝鮮建築會, 1922년 3월 결성)에 정회원으로 가입하였고, 이 학회의 일본어 학회지《조선과 건축朝鮮と建築》의 표지 도안 현상 모집에 1등과 3등으로 당선되었다.(12월)

1930년

조선총독부에서 일본의 식민지 정책을 일반에게 홍보하기 위해 발간하던 잡지《조선朝鮮》국문판에 1930년 2월호부터 12월호까지 9회에 걸쳐 처녀작이며 유일한 장편소설인 〈12월 12일十二月十二日〉을 '이상李箱'이란 필명으로 연재하였다.

1931년

제10회 조선미술전람회에 서양화 〈자상自像〉이 입선하였다.(6월)
《조선과 건축朝鮮と建築》에 일본어로 쓴 시 〈이상한 가역반응可逆反應〉 등 20여 편을 세 차례에 걸쳐 발표하였다.

〈작품 목록〉

일본어 시

이상한 가역반응異常ナ可逆反應(朝鮮と建築, 1931.7)

파편의 경치破片ノ景色(朝鮮と建築, 1931.7)

▽의 유희▽ノ遊戲(朝鮮と建築, 1931.7)

수염ひげ(朝鮮と建築, 1931.7)

BOITEUX · BOITEUSE(朝鮮と建築, 1931. 7)

공복空腹(朝鮮と建築, 1931. 7)

일본어 연작시《조감도鳥瞰圖》(朝鮮と建築, 1931. 8)

　2인⋯1⋯(二人⋯1⋯) / 2인⋯2⋯(二人⋯2⋯) / 신경질적으로

　비만한 삼각형神經質に肥滿した三角形 / LE URINE / 얼굴顏 / 운동運動 /

　광녀의 고백狂女の告白 / 흥행물천사興行物天使

일본어 연작시《삼차각설계도三次角設計圖》(朝鮮と建築, 1931. 10)

　선에 관한 각서 1線に關する覺書 1 / 선에 관한 각서 2線に關する覺書 2 /

　선에 관한 각서 3線に關する覺書 3 / 선에 관한 각서 4線に關する覺書 4 /

　선에 관한 각서 5線に關する覺書5 / 선에 관한 각서 6線に關する覺書 6 /

　선에 관한 각서 7線に關する覺書 7

이해 10월 공사장 감독으로 일하던 중 졸도하여 병원으로 이송된 후
폐결핵을 진단받았고 병의 증세가 점차 악화되었다.

1932년

이상의 성장 과정을 돌봐준 백부 김연필이 1932년 5월 7일 뇌일혈로
사망하였다.《조선과 건축朝鮮と建築》에《건축무한육면각체》라는 제목으
로 일본어 시〈AU MAGASIN DE NOUVEAUTES〉,〈출판법〉등을 발표하
였으며,《조선朝鮮》에 단편소설〈지도의 암실〉을 '비구比久'라는 필명으로
발표하고, 단편소설〈휴업과 사정〉을 '보산甫山'이라는 필명으로 잇달아
발표하였다.《조선과 건축朝鮮と建築》의 표지 도안 현상 공모에서 가작
4석席으로 입상하였다.

〈작품 목록〉

일본어 연작시 《건축무한육면각체建築無限六面角體》(朝鮮と建築, 1932. 7)

    AU MAGASIN DE NOUVEAUTES / 열하약도 No. 2熱河略圖 No. 2 (未定稿) / 진단診斷 0 : 1 / 22년二十二年 / 출판법出版法 / 차8씨의 출발且8氏の出發 / 대낮─或るESQUISSE─

    단편소설 〈지도의 암실〉(朝鮮, 1932. 3)
    단편소설 〈휴업과 사정〉(朝鮮, 1932. 4)

1933년

폐결핵으로 인하여 직무를 수행하기 어렵게 되자 조선총독부 기사직을 사직하고 봄에 황해도 배천온천에서 요양하였다.

다방 '제비' 시절(1933~1935)

　이상은 1932년 말에 병으로 인하여 조선총독부 기사를 사직했다. 그는 1931년 가을 총독부 관급 공사장에서 감독관으로 일하다가 졸도한 후 폐결핵이 중증 상태라는 것을 진단받게 된다. 그는 병의 고통과 죽음에 대한 두려움에 시달리다가 총독부 건축기사를 그만두고 가족들의 권유에 따라 황해도 배천온천으로 요양을 떠난다.

　이 요양지에서 만난 기생 금홍이라는 여인이 이상의 삶에서 중요한 한 부분을 차지한다. 금홍과의 만남과 사랑과 이별은 이상에게는 거의 치명적이었다고 말할 수 있다. 이상은 1933년 6월 종로 2가 반도광무소牛島鑛務所의 건물 아래층을 세내어 자신의 손으로 실내장식을 꾸미며 '제비'라는 다방의 간판을 내건다. 다방 '제비'는 당시 경성에서는 몇이 되지 않는 다방 가운데 하나로 세간의 관심사가 된다. 이상은 온천 요양을 마치고 서울로 올라온 후에 금홍을 서울로 불러올릴 계획을 세웠고, 이 운명적 투기를 구체적으로 실천에 옮기기 위해 다방 '제비'를 열었던 것이다.

　1934년 5월 당시 대중 독자에게 가장 인기가 높았던 잡지《삼천리三千里》(제6권 제5호)에는 '끽다점평판기喫茶店評判記'라는 흥미로운 기사가 실려 있다. 당시 경성 거리에 새로이 등장하기 시작한 '끽다점'은 '다방'이라는 새로운 이름으로 한담의 공간이 되어 경성이라는 도회의 일상 속에 자리

잡게 된다. 이 기사에서 '제비' 다방을 소개한 부분만 그대로 옮겨보면 다음과 같다.

제비

총독부(總督府)에 건축기사로도 오래 다닌 고등공업 출신의 김해경(金海卿) 씨가 경영하는 것으로 종로(鍾路)서 서대문(西大門) 가느라면 10여 집 가서 우편(右便) 페―부멘트 엽헤 나일강반(江畔)의 유객선(遊客船)가치 운치 잇게 빗겨 선 집이다.

더구나 전면 벽은 전부 유리로 깔엇는 것이 이색이다. 이러케 종로대가(鍾路大街)를 엽헤 끼고 안젓느니 만치 이 집 독특히 인삼차나 마시면서 밧갓흘 내이다 보느라면 유리창 너머 페이부멘트 우로 여성들의 구두빨이 지나가는 것이 아름다운 그림을 바라보듯 사람을 황홀케 한다. 육색(肉色) 스톡킹으로 싼 가늘고 긴―각선미의 신여성의 다리 다리 다리―

이 집에는 화가, 신문기자 그리고 동경(東京) 대판(大阪)으로 유학하고 도라와서 할 일 업서 양차(洋茶)나 마시며 소일하는 유한청년(有閑靑年)들이 만히 다닌다.

봄은 안 와도 언제나 봄긔분 잇서야 할 제비. 여러 끽다점(喫茶店) 중에 가장 이 땅 정조(情調)를 잘 나타낸 '제비'란 일홈이 나의 마음을 몹시 끄은다.

여기 소개되고 있는 '총독부에 건축기사로도 오래 다닌 고등공업 출신의 김해경 씨'가 바로 '제비' 다방의 주인 이상이다. 다방 '제비'는 이상 개인에게 있어서 하나의 새로운 사업이지만 사실은 서울에서도 흔치 않았던 영업이었음은 물론이다. 당시 경성은 일본 식민지 지배 상황에서 왜곡된 근대화의 과정을 겪으며 점차 현대적인 도시로 변모하고 있던 중이었다. 이런 가운데 들어서기 시작한 '다방'들이 경성의 새로운 풍속도를 만들기 시작한다.

이상이 다방 '제비'의 문을 열게 된 것은 고상한 예술적 취향과는 관계가 없다. 그는 병으로 실직한 건축기사에 불과했으며, 금홍이와의 살림을 위해 새로이 구상한 것이 다방 '제비'였던 것이다. 이 같은 상황에 대해서는 이상의 누이동생 김옥희의 다음과 같은 회고를 참조할 만하다.

종로 2가에 '제비'라는 다방을 내건 것은 배천온천에서 돌아온 그해 6월의 일입니다. 금홍 언니와 동거하면서 집문서를 잡혀 시작한 것이 이 '제비' 다방이었습니다. 그런데 오빠가 집문서를 잡힐 때 집에서는 감쪽같이 몰랐다고 합니다. 도시 무슨 일이고 집안과는 의논이 없던 오빠인지라 집문서 잡힐 때라고 사전에 의논했을 리는 만무합니다만 설령 오빠가 다방을 내겠다고 부모님께 미리 말했다고 하더라도 응하시진 않았을 것입니다.

오빠는 늘 돈을 벌어보겠다고 마음먹은 모양이지만 막상 돈벌이에는 소질이 없었던 것 같습니다. 더구나 장사 그것도 다방 같은 물장사가 될 이치가 없습니다. 돈을 모르는 사람이 웬 물장사를 시작했는지조차 의심스러운 일입니다만 거기다가 밤낮으로 문학하는 친구들과 홀 안에 어울려 앉아서 무엇인가 소리 높이 지껄이고 있었으니 더구나 다방이 될 까닭이 없었습니다. (중략)

큰오빠가 다방을 경영할 즈음 나는 이따금 우리집 생활비를 얻으러 그곳으로 간 일이 있습니다. 오전 열한 시나 열두 시 그런 시간이었는데 그때에야 부스스 일어난 방 안은 언제나 형편없이 어지럽혀져 있었습니다. 지금도 그 방 안이 기억에 선한데 그것은 방이라기보다 '우리'라고 할 정도로 그렇게 지저분하게 흩어져 있었습니다. '저게 너의 언니니라'고 눈짓으로만 일러줄 뿐 오빠는 금홍이 언니를 한번도 제게 인사시켜 준 일이 없습니다. 그래서 저는 금홍이 언니와는 가까이서 말을 걸어본 일이 없습니다. (김옥희, 오빠 이상, 신동아 1964. 12)

이상이 개업한 다방 '제비'는 여동생 김옥희의 회고대로 집문서를 저당 잡혀 이루어낸 사업이었지만 성공적인 '물장사'가 되지 못했다. 이상 자신도 '제비'의 운영에 크게 힘을 들이지 않았다. 더구나 배천온천에서 불러올려 함께 동거했던 기생 금홍과의 생활이 파탄에 이르게 되자, 종로 네거리에 인접하여 세간의 화제가 되었던 다방 '제비'는 2년을 제대로 넘기지 못한 채 문을 닫기에 이른다. 이러한 사실은 1935년 10월 잡지《삼천리》의 취재 기사인 '서울 다방' 속에 이미 그 이름이 사라졌다는 데에서 확인된다. 이 기사를 보면 바로 한 해 전과는 달리 새로운 다방으로 인사동의 '삐너스', 명치정의 '에리자'와 '따이나', 남대문통의 '보스통' 그리고 관철동의 '백합원百合園' 등이 들어서 있다. 이상의 다방 '제비'는 1935년 9월경에 문을 닫는다. 김옥희의 회고에 따르면 이상은 '제비'의 폐업 후에 인사동에 '스루鶴'라는 카페를 인수하였다가 손을 뗐고, 다시 종로에 '69'라는 다방을 설계하고는 개업도 하기 전에 남의 손에 넘긴다. 그리고 다시 명치정에 다방 '무기麥'를 열었지만 그도 또한 제대로 운영되지 못한다. 다방의 운영이라는 것이 당시 경성에서 그리 손쉬운 사업이 아니었음을 짐작할 수 있다.

이상의 다방 '제비'는 1930년대 경성의 풍속 가운데 가장 '슬픈 이야기'로 박태원에 의해 기록된다. 박태원이 이상이 세상을 떠난 후 발표한 〈유모어 콩트 다방 제비〉를 보면 다방 '제비'는 그가 손수 그린 삽화와 함께 하나의 희화戱畵처럼 남아 있다. 이 글 가운데 담겨진 이상의 어두운 삶의 내면이 지금도 짙게 배어나오는 듯하다.

유모어 콩트라지만 그러나 이것은 슬픈 이야기다. 그도 그럴밖에 없는 것이 이것은 죽은 이상과 그이 찻집 '제비'의 이야기니까. '제비'는 이를테면 이제까지 있었던 가장 슬픈 찻집이요 또한 이상은 말하자면 우리의 가장 슬픈 동무이었다.

'제비' 2층에는 광무소(鑛務所)가 있었다.

아니 그런 것이 아니다. 광무소 아래 '제비'는 있었다.

이것은 얼른 들어 같은 말인 법하되 실제에 있어 이렇게 따지지 않으면 안된다.

왜 그런고 하면 그 빈약한 2층 건물은 그나마도 이상의 소유가 아니요 엄연히 광무소의 것으로 '제비'는 그 아래층을 세 얻었을 뿐, 그 셋돈이나마 또박또박 치르지 못하여 이상은 주인에게 무수히 시달림을 받고 내용증명의 서류우편 다음에 그는 마침내 그곳을 나오지 않으면 안되었던 것이니까—.

'제비'—하얗게 발라놓은 안벽에는 실내장식이라고 도무지 이상의 자화상이 하나 걸려 있을 뿐이었다. 그것이 어느 날 황량한 벌판으로

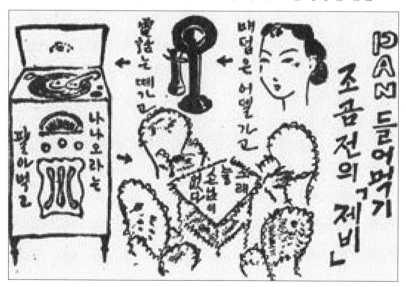

자료 9 : 박태원이 그려 넣었던 '제비' 다방의 모습

변하였다. '제비'가 그렇게 변하였다는 것이 아니라 그림말이지만 결국은 '제비'도 매 한가지다.

온 아무리 세월이 없으니 손님이 안 오느니 하기로 그처럼 한산한 찻집이 또 있을까?

언제 가 보아도 손님이란 별로 없었고 심부름하는 수영이란 녀석은 아직 열여섯 살이나 그밖에 안 된 놈이 때때로 그곳에 놀러오는 이웃 카페 여급을 상대로 손님 없는 점안에서 시시덕거리고 낄낄거리고 그러는 것이었다.

그래도 어쩌다가 찾는 손님이 있으면 이 소년은 그리 친절할 것은 없어도 매우 신속하게 꼭 '가배'와 '홍차'만 팔았다.

박태원이 그려 놓고 있는 다방 '제비'의 풍경은 어느 정도 희화화戱畵化된 것이지만 그 실체를 크게 과장한 것 같지는 않다. 이런 식의 '물장사'라면 까다로운 경성의 한량들에게 외면당할 것은 뻔한 이치다. 이상은 다방 '제비'의 경영에서 2년을 견디지 못하고 완전히 실패한다. 더구나 배천온천에서 불러올려 함께 동거했던 기생 금홍과의 생활도 파탄에 이르게 된다. 그는 자신이 계획한 새로운 사업들이 제대로 진척되지 못하자, 모든 일을 접어 두고 성천 등지를 떠돌기도 하지만 경제적 궁핍에서 벗어나지 못한다. 그가 정신적 좌절과 절망의 현실에서 벗어날 수 있게 된 것은 친구인 화가 구본웅의 도움을 통해서였다. 구본웅이 자기 부친이 운영하던 인쇄소 창문사彰文社로 이상을 끌어들였기 때문이다.

다방 '제비'는 한낱 서생에 불과한 이상을 경제적 곤궁으로 내몰았지만, 이 시련의 공간이 그의 새로운 문학적 산실이 되었다는 사실은 참으로 아이로니컬하다. 그는 다방 '제비'에서 자연스럽게 당대의 소설가 박태원과 만났고, 이태준, 정지용, 김기림 등과 접촉할 수 있는 기회를 얻었다. 그리고 이 같은 만남의 과정 속에서 연작시 《오감도》를 발표함으로써 자신의 존재를 한 사람의 문단인으로 내세울 수 있게 된다. 그리고 여기서 '구인회'에 참여하여 당대의 문사들과 어깨를 나란히 할 수 있게 된 것이다.

이상의 삶과 문학 속에는 다방 '제비'라는 공간과 그 공간을 공유했던 금홍이라는 여인이 큰 자리를 차지한다. 이상의 삶에서 금홍과의 만남과 사랑과 이별은 거의 치명적이었다고 말할 수 있다. 왜 금홍이가 문제인가에 답하기 위해서는 이상이 자신의 소설 〈봉별기逢別記〉에서 그려 낸 금홍이라는 여인상을 먼저 확인하는 작업이 필요하다. 〈봉별기〉는 잡지 《여성》(1936. 12)에 발표된 작품이다. 이 소설의 이야기는 '금홍'이라는 여성 주인공과 '나'와의 만남과 파탄의 과정이 중심을 이룬다. 특히 두 남녀의 관계는 간결한 문장을 통해 직설적으로 서술되고 있다. 이 소설에서 작중 화자를 겸하고 있는 남성 주인공은 결코 아내의 일탈과 부정을 원망하거나 증오하지 않는다. 모든 이야기는 절제된 감정으로 간략하게 서술되고 있을 뿐이다. '나'는 자신의 과거 행적을 한 여인과의 관계를 통해 보여주고 있는 것임에도 불구하고 서술적 주체로서의 자기 내면을 철저하게 감춘다. 그리고 어떤 감정적 굴곡도 드러내지 않고 담담하게 그 정황을 간략하게 서술한다. 이러한 서사적 전략이 소설 〈봉별기〉의 이야기를 사랑의 실패라는 고통스런 체험에 대한 고백으로 읽도록 유도하는 것이 아닌가 생각된다.

소설 〈봉별기〉 속의 '금홍'이라는 여인은 이상 자신의 사적 체험 영역에서 자신을 버리고 떠나 버린 여인이라는 특이한 모티프로 변용되어 시적 형상성을 획득한다. 이상이 시적 텍스트들을 통해 구축하고 있는 공간 속에서 '떠나 버린 여인'이라는 모티프는 하나의 원형적 패턴처럼 자리한다. 그리고 이것은 남성과 그 속박으로부터 벗어나고자 하는 여성적 본능을 암시하기도 하고 부조화의 관계 속에서 파탄에 이르는 남녀 관계로 발전한다. 그러므로 이상이 사랑한 여인 금홍에 대해서는 어떤 하나의 기준으로 설명하기가 불가능하다.

이 여인은 이상의 삶에서는 치명적이었던 것이 사실이다. 배천온천의 기생 금홍에게는 이상이라는 인물이 그녀를 거쳐간 많은 사내 가운데 하나였을 가능성이 크다. 그러나 숫된 도회의 청년 이상에게는 욕망의 대상으로서의 첫 여성이었음을 확인할 수 있다. 그러므로 이 두 사람의 만남은 운명적인 것이 될 수밖에 없다. 여기서 '운명적'이라는 말은 피할 수 없는 필연적인 굴레를 뜻하는 것이 아니라 그 시초와 결말이 당연히 그렇게 짜여질 수밖에 없음을 뜻하는 말이다. 금홍이라는 여인의 실체를 놓고 본다면 이상과 금홍이의 관계는 그녀가 스스로 원하든 원하지 않든 간에 그 파탄을 예비하고 있었던 것이다. 그런 의미에서 금홍이라는 여성은 하나의 '팜 파탈femme fatale'에 해당한다. 배천온천의 술집 기생에 불과하던 이 여성은 이상이라는 한 남성을 자신의 품안에서 벗어날 수 없게 만든 특이한 매력의 소유자였고, 이상이 보유하고 있는 이지와 정서를 모두 압도하는 강인한 성격의 소유자였던 것이다.

이상에게 있어서 다방 '제비'는 그의 젊음을 탕진했던 공간만은 아니다. 이 특이한 장소는 1930년대 중반을 살았던 경성의 문학인들에게는 하나의 '살롱'이 되었고, 여기에 모여드는 문인들과의 교류가 가능해지면서 이상은 그 자신의 욕망의 새로운 출구를 찾아갈 수 있게 되었다. 그 출구가 바로 문학적 글쓰기의 세계이다. 조선총독부 건축기사 시절부터 관심을 가지게 된 이상의 글쓰기는 당대의 문단과는 소통과 수용의 공간을 공유하지 못했던 것이 사실이다. 이상은 다방 '제비'를 운영하면서 당시 새로운 문학 동인으로 구성된 '구인회九人會'의 구성원들을 이 공간에서 자연스럽게 만날 수 있게 되었고 이들과 교류할 수 있는 계기를 만들게 되었던 것이다.

이상은 시인 정지용과 소설가 박태원, 그리고 이태준 등의 호의적인 주선에 의해 신문 연재의 방식으로 연작시《오감도》를 발표한다.

1934년 7월《조선중앙일보》연재가 시작된《오감도》는 특이한 시적 상상력과 사물을 보는 새로운 시각으로 인하여 시인으로서의 그의 존재를 새롭게 각인시킨 화제작이 된다. 이상은《오감도》에서 기존의 시법을 거부하고 파격적인 기법과 진술 방식을 통해 새로운 시의 세계를 열어 놓고 있다. 그는 사물에 대한 보다 직접적이고 감각적인 접근법을 채택함으로써 대상에 대한 인식뿐만 아니라 사물을 대하는 주체의 시각을 새롭게 변형시킬 수 있게 된다. 실제로 이 작품은 시라는 양식에서 가능한 모든 언어적 진술과 기호의 공간적 배치를 통해 사물을 보는 새로운 시각의 가능성을 보여주고 있다.

그러므로《오감도》는 1920년대까지 한국에서 유행하던 서정시의 시적 진술 방법으로는 이해할 수 없는 낯설음과 새로움이 넘쳐나고 있다. 그렇지만 이상의《오감도》는 그 실험적인 구상과 문제의식에도 불구하고 당시의 문단과 대중 독자로부터 철저하게 외면당했고 그 연재마저 중단된다. 당시의 상황은 박태원과 조용만의 술회 속에 잘 나타나 있다.

자료 10 : 1934년 7월《조선중앙일보》에 연재가 시작된《오감도》

(1)

어느 날 나는 이상과 당시《조선중앙일보》에 있던 상허(尙虛)와 더불어 자리를 함께하여 그의 시를《중앙일보》지상에 발표할 것을 의논하였다. 일반 신문독자가 그 난해한 시를 능히 용납할 것인지 그것은 처음부터 우려할 문제였으나 우리는 이미 그전에 그러한 예술을 가졌어야만 옳았을 것이다.

그의《오감도》는 나의《소설가 구보(仇甫) 씨의 일일》과 거의 동시에 《중앙일보》지상에 발표되었다. 나의 소설의 삽화도 '하융(河戎)'이란 이름 아래 이상의 붓으로 그려졌다. 그러나 예기하였던 바와 같이《오감도》의 평판은 좋지 못하였다. 나의 소설도 일반 대중에게는 난해하다는 비난을 받았던 것이나 그의 시에 대한 세평은 결코 그러한 정도의 것이 아니다. 신문사에는 매일같이 투서가 들어왔다. 그들은《오감도》를 정신이상자의 잠꼬대라 하고 그것을 게재하는 신문사를 욕하였다. 그러나 일반 독자뿐이 아니다. 비난은 오히려 사내에서도 커서 그것을 물리치고 감연히 나가려는 상허의 태도가 내게는 퍽이나 민망스러웠다. 원래 약 1개월을 두고 연재할 예정이었으나 그러한 까닭으로 하여 이상은 나와 상의한 뒤 오직 십수 편을 발표하였을 뿐으로 단념하여 버리지 않으면 안 되었다. (박태원, 이상의 편모, 조광, 1937. 6)

(2)

이상은 정지용(鄭芝溶)을 끼고 상허(尙虛)를 졸라대서 필경 중앙일보 학예면에《오감도》를 내었다. 조감도(鳥瞰圖)가 옳은 말이지만 이것을 비꼬아서 새 '조(鳥)' 자에 한 획을 뺀 까마귀 '오(烏)' 자를 만들어서 '오감도(烏瞰圖)'로 제목을 붙인 것이다. 이 괴상한 제목을 붙인 괴상한 시가 삼사일을 두고 나타나자 독자들이 전화와 투서로 중단하라고 야단을 쳤다.

"이게 시냐? 미친놈의 잠꼬대, 어서 집어치워라."

"무슨 개수작이냐? 그따위 시를 내면 신문 안 볼 테다."

이런 투서가 자꾸 들어오고 바깥 독자들뿐만 아니라 신문사 안에서도 반대소리가 시끄러워져서 학예부장인 상허가 견딜 수가 없었다. 그래서 상허는 이상과 가까운 구보(仇甫)를 불러 이것을 호소하고 중단할지도 모른다는 뜻을 이상에게 전하라고 하였다. 구보는 정인택(鄭人澤)을 불러 가지고 둘이서 '제비'로 가서 이상을 만난 것이다. (중략)

"박형, 당신도 알다시피 불란서의 보들레르는 지금부터 백년 전인 1850년에 《악(惡)의 꽃》을 발표해서 그 유명한 악마파(惡魔派)의 선언을 하지 않았소? 이것에 비하면 우리는 너무 떨어졌어요. 왜 우리나라는 불란서만 못합니까. 우리나라도 찬란한 시의 역사를 갖고 있지 않아요? 이번에 내《오감도》는《악의 꽃》에 필적할 세기적인 작품이라고 나는 감히 생각해요."

이상의 기고만장한 장광설은 그칠 줄 몰랐다. (조용만, 이상 시대 젊은 예술가들의 초상, 문학사상, 1987. 5)

이상의 《오감도》를 통해 1930년대 문단에 나서게 되었지만《오감도》 연재가 중단되면서 또 다른 좌절감을 맛본다. 앞의 인용에서 볼 수 있듯이 이 작품은 당초에 한 달 정도의 연재 기간을 예정하였지만 15편을 발표한 후 연재가 중단되었기 때문에 작품의 전모를 확인할 수 없는 미완의 상태로 방치된다. 그러므로《오감도》 연작은 작품의 완결성을 염두에 둘 경우 결코 성공한 작품이라고 할 수가 없다. 앞의 인용을 통해《오감도》의 등장에 얽힌 문단적 상황을 정리해 보면 다음과 같은 몇 가지 사실로 요약된다.

우선 이상의 문학적 재능을 발견하고 그의《오감도》를 세상 밖으로 끌어낸 인물이 박태원, 정지용, 이태준 등이라는 사실이 주목된다. 정지용은 1920년대 후반부터 시작 활동을 전개하였으며 동인지《시문학》(1930) 시대부터 선명한 심상과 절제된 감각의 언어로 시적 대상을 포착해 내면서 새로운 시의 경향을 주도하는 당대 최고의 시인으로 부각되었다. 그는 시를 통해 감정을 절제하고 시적 대상을 감각적으로 형상화하는 기법을 확립함으로써 1930년대 시단에서 이른바 모더니즘 시 운동의 중심에 서 있었다. 그는 박태원 등의 소개로 이상을 알게 되었지만 이상의 시〈꽃나무〉등을 1933년《가톨닉靑年》에 발표하도록 이끌었다.

박태원은 제일고보 출신으로 1930년 일본으로 건너가 동경의 호세이대학法政大學 상과에서 수학한 바 있다. 당대 일본의 새로운 예술적 분위기를 따라 문학만이 아니라 신흥 예술로 떠오르고 있던 영화라든지 서구 미술과 음악 등에 흥미를 느끼고 거기에 빠져든다. 그는 학업을 중단하고 귀국한 후 단편〈수염〉,〈피로〉등을 발표하면서 문단적 지위를 얻었고, 중편《소설가 구보 씨의 일일》과 장편《천변풍경》을 통해 소설적 모더니즘의 새로운 가능성을 열었다. '제비' 다방 시절부터 이상과 교유하면서 이상을 정지용, 이태준 등에게 소개하여 문단 진출을 도왔고, 특히 중편《소설가 구보 씨의 일일》을《조선중앙일보》에 연재하면서 그 삽화를 이상에게 그리도록 하였다.

이렇게 놓고 본다면 이상의 문학에 먼저 관심과 호감을 표시한 것은 소설가 박태원이었고, 시적 재능을 간파한 것은 당대 최고의 시인 정지용이었으며, 그의《오감도》의 신문 연재를 직접 결정한 것은《조선중앙일보》의 학예부장 이태준이었다. 이들은 1933년 결성한 '구인회'의 핵심 인물이었으며, '구인회'를 중심으로 이들이 추구했던 새로운 문학은 계급문단의 붕괴와 리얼리즘적 경향의 퇴조에 뒤이어 등장하면서 정치적 이념성을 거부하고 있었다는 점에서 문학적 순수주의 또는 순수문학의 경향으로 평가된 적도 있다. 이 새로운 문학이 집단주의적 논리와 역사에 대한 과도한 전망 자체를 부인하고 있는 것은 문학이 개인주의적 경향으로 회귀하고 있음을 의미하며, 문학적 주제 의식에서 일상성의 의미가 그만큼 중시되고 있음을 의미한다. 그리고 그것이 곧 한국적 모더니즘 운동의 출발이었던 것임은 물론이다.

이상이 《오감도》를 발표할 당시 문단에서는 《오감도》에 대해 냉담했고 독자 대중의 반응도 매우 비판적이었다는 점을 알 수 있다. 앞의 글에서도 확인할 수 있는 것처럼 신문사에는 매일같이 《오감도》의 연재를 항의하는 투서가 들어왔다. 독자 대중들은 이상이 추구하고자 했던 연작시 《오감도》의 새로운 상상력과 그 창조적 정신을 이해하려 들지 않았다. 그들은 《오감도》의 텍스트가 드러내고 있는 파격적인 기법의 실험과 거기서 비롯된 난해성을 두고 정신이상자의 잠꼬대라고 비판하면서 그런 원고를 게재하는 신문사의 무책임을 성토하였다. "이게 시냐? 미친놈의 잠꼬대, 어서 집어치워라.", "무슨 개수작이냐? 그따위 시를 내면 신문 안 볼 테다." 이런 항의가 빗발치듯 이어지자 신문사에서도 무시하기 어려웠다. 결국 《오감도》는 원래 계획의 절반 정도 연재가 진행되는 도중에 아무런 예고 없이 그 연재를 중단당하였다. 독자 항의로 작품 연재를 중단한 이 특이한 사건은 당시 문단에서는 보기 드문 일이었다.

하지만 이상은 자신의 시 《오감도》에 대해 상당한 자부심을 갖고 있었음을 확인할 수 있다. 이상은 《오감도》를 프랑스의 시인 보들레르의 《악의 꽃》과 견주고자 하였다. 보들레르의 시 100편을 수록한 《악의 꽃》은 1857년 발간되었다. 하지만 이 시집은 출간 직후 그 내용의 풍기문란을 언론이 들고 나서면서 비판하자 공안국이 경범재판소에 고발하여 책이 압류 처분을 받았고, 저자와 출판인은 '공중도덕 훼손죄'로 기소되었다. 그 당시 대부분의 사람들에게 보들레르는 공포와 혐오감을 불러일으키는 작품으로 공중도덕과 미풍양속을 해쳤다는 이유로 시집이 압수되고 뒤에 작품이 강제 삭제당하고 벌금형을 선고받은 필화사건의 주인공일 뿐이었다. 하지만 보들레르의 《악의 꽃》은 프랑스 상징주의의 출발점이자 모더니즘 문학운동의 거점이 되었다. 그리고 현대시의 새로운 기원을 보들레르의《악의 꽃》에서 찾는 것은 당연한 일이 되었다. 이상은 스스로《오감도》를 놓고《악의 꽃》에 필적할 만한 작품이라고 여겼던 것이다.

이상의《오감도》는 그 언어에 대한 탐구로부터 시적 상상력의 실험과 도전을 보여주고 있다. 이상은 사물을 보는 새로운 시각과 그 인식의 내용에 대한 새로운 명명법命名法에 골몰한다. 이것은 기성적인 관점을 거부하고 있다는 점에서 혁신적이며, 이미 관습화한 인식을 넘어서고자 한다는 점에서 혁명적이다. 이상 문학이 드러내는 전위성을 바로 여기서 찾아볼 수 있다. 이상은 언어를 통해 표현되는 것을 중시하기보다 언어로 표현할 수 없는 것에 관심을 기울인다. 이것을 달리 말한다면 언어로 표현할 수 없는 것에 대한 표현에 관심을 기울인다고 해도 좋다. 그는 사물을 구별짓고 그것을 명명하는 일에 유별난 관심을 보여준다. 그는 사물에 대한 자신의 인식을 언어로 명명하기 위해 새로운 언어를 찾아낸다. 이 작업은 일상적인 언어의 질서를 파괴하고 규범을 넘어서면서 언어가 만들어낸 의미체계를 교란시키기도 한다. 그러므로 이상의 언어는 투쟁이라고 할 만하다. 여기서 이상이 찾아낸 언어는 그 표현의 새로운 방법과 가치가 어떤 것인지를 말해 준다. 이상의 언어는 기표와 기의의 관습적 결합을 거부하고 새로운 조어법을 실험하면서 기존의 표현법과 충돌한다. 이상의 시 텍스트에는 언어가 아닌 기호들이 동원된다. 이것은 언어를 통해 표현하고자 하는 욕망과 그 표현의 불가능성을 동시에 보여준다. 여기에는 말하기와 말할 수 없음이 동시에 존재하며 언어 표현에 대한 고의적 지연이나 방해도 포함된다.

《오감도》연작의 시적 텍스트에는 외견상으로 볼 때 그렇게 말할 필요가 없어 보이는 진술 내용을 반복하는 경우도 많고, 언어적 진술 대신에 어떤 기호를 대체시키기도 한다. 이 기호들은 대개 어떤 도형이나 수식 같은 것들인데, 거기에는 말로써 설명하지 못함을 지시하는 기능까지 포함되어 있다. 언어를 포기하고 언어로 표현하는 것을 스스로 거부하고 있는 이런 태도는 이해하기 어려운 측면도 없지 않지만, 이것은 사회적 현실과 개인의 내면적 질서가 와해될 것 같은 불안과 당혹감의 결과가 아닌가 생각된다.

《오감도》 연작의 언어는 자연스런 구어체의 발화와는 달리 그 어투가 뒤틀리고 왜곡된 것들이 많다. 이러한 언어 표현법이 하나의 문체처럼 고정되어 시적 화자의 부조리한 관념과 생각들을 표현한다. 이것은 어떤 가공스러운 것 앞에서 말하지 못하는 것과 다를 바 없다. 그리고 단지 어떤 것을 통해서라도 암시하지 않을 수 없는 절망의 표지標識에 해당한다. 어떤 말로도 표현할 수 없는 것을 표현하고자 할 경우에 생기는 묵언黙言은 바로 그 상태에 대한 강한 부정에 다름 아니다. 바로 거기에 시인으로서 이상이 느끼는 자기규정의 비밀이 있다.

이상의 《오감도》가 보여주고 있는 중요한 특징은 모더니티의 시적 추구 작업이라고 할 수 있다. 언어적 감각과 기법의 파격성을 바탕으로 자의식의 시적 탐구, 이미지의 공간적인 구성에 의한 경험의 동시적 구현, '보는 시'의 새로운 가능성에 대한 도전 등은 이 작품이 모더니즘적 경향을 그대로 보여주고 있음을 말해 준다. 물론 이상은 여기에 머무르지 않고 자신의 시적 창작을 통해 그가 추구했던 모더니티의 초극에까지 나아가고자 한다. 그는 현대 과학 문명의 비인간화의 경향에 반발하면서 인간 존재와 그 가치에 대한 시적 추구 작업에 몰두하기도 하였고, 개인적 주체의 붕괴에 도전하여 인간의 생명 의지를 시적으로 구현하고자 하였다. 그렇기 때문에 이상의 《오감도》는 한국 모더니즘 문학운동의 중심축에 해당한다고 할 수 있다.

1933년

정지용의 주선으로 잡지《가톨닉靑年》에 〈꽃나무〉, 〈이런 시〉 등을 발표하였다.

〈작품 목록〉

꽃나무(가톨닉靑年, 1933.7)

이런 시詩(가톨닉靑年, 1933.7)

1933.6.1(가톨닉靑年, 1933.7)

거울(가가톨닉靑年, 1933.10)

1934년

〈작품 목록〉

연작시《오감도烏瞰圖》(朝鮮中央日報, 1934.7.24~8.8 연재)

시제1호詩第一號(7.24) / 시제2호詩第二號(7.25) / 시제3호詩第三號(7.25) / 시제4호詩第四號(7.28) / 시제5호詩第五號(7.28) / 시제6호詩第六號(7.31) / 시제7호詩第七號(8.1) / 시제8호 해부詩第八號解剖(8.2) / 시제9호 총구詩第九號銃口(8.3) / 시제10호詩第十號 나비(8.3) / 시제11호詩第十一號(8.4) / 시제12호詩第十二號(8.4) / 시제13호詩第十三號(8.7) / 시제14호詩第十四號(8.7) / 시제15호詩第十五號(8.8)

〈시〉

보통기념普通記念(月刊每申, 1934.6)

소영위제素榮爲題(中央, 1934.9)

〈단편소설〉

지팡이 역사轢死(月刊每申, 1934. 8)

〈수필〉

혈서삼태血書三態(新女性, 1934. 6)

산책散策의 가을(新東亞, 1934. 10)

《조선중앙일보》에 연재한 박태원의 소설《소설가 구보 씨의 일일》의 연재
삽화를 제작하였다.(조선중앙일보 1934. 8. 1~9. 19)

'구인회' 시절(1934~1936)

이상의 문학 활동은 1930년대 초기 문학 단체였던 '구인회九人會'와 직접적으로 연결되어 있다. 그의 연작시《오감도》는 '구인회'의 구성원이었던 박태원, 정지용, 이태준 등의 주선에 의해《조선중앙일보》에 연재된다. 그리고《오감도》발표 후 '구인회'에 가담하여 더욱 활발한 문필 활동을 전개할 수 있게 된다. 결국 이상의 문단 활동은 1934년부터 1936년까지 모두 '구인회'를 기반으로 이루어졌으며, '구인회'를 통해 자신의 문학적 경향을 이해하고 지지해 준 문단적 동지들을 얻었다고 할 수 있다. 그의 시는 당대 평단에서 제대로 그 가치를 인정받지 못하였지만 정지용과 김기림을 만남으로써 그 문학적 기법과 정신에 대한 지지를 얻게 되었고, 소설가 이태준과 박태원을 만남으로써 그의 소설이 보여주는 서사적 기법과 그 실험의 의미를 인정받았던 것이다.

1930년대 문단에서 '구인회'의 회원들이 추구했던 새로운 문학적 경향에 대해서는 여러 가지 평가가 엇갈리기도 하지만 대체로 한국 모더니즘 문학의 등장이라는 문학사적 성격을 부여하고 있다. '구인회'를 중심으로 하는 새로운 문학은 1920년대 중반 이후 지속된 계급 문학 운동의 붕괴와 리얼리즘적 경향의 퇴조와 함께 정치적 이념성을 거부하고 있었다는 점에서 문학적 순수주의 또는 순수문학의 경향으로 평가된 적도 있다. 이 새로운 문학이 집단주의적 논리와 역사에 대한 과도한 전망 자체를 부인하고 있는 것은 문학이 개인주의적 경향으로 회귀하고 있음을 의미하며, 문학적 주제 의식에서 일상성의 의미가 그만큼 중시되고 있음을 의미한다. 그리고 이러한 경향을 통해 한국 모더니즘 문학의 새로운 성격과 그 문학사적 위상을 확인할 수 있다.

'구인회'의 등장은 당시 문단에서 하나의 작은 '사건'으로 기록되고 있다. '구인회'가 그 결성에서부터 당대 문단의 관심사가 된 것은 여러 가지 측면에서 그 이유를 검토해 볼 수 있다. '구인회'는 하나의 문학 동인에 불과하지만 다른 문학 동인들과는 분명하게 구별되는 성격을 지닌다. 대개의 문학 동인은 그 출발이 문단 신인들로 이루어진다. 그리고 이들이 새로운 문단 활동의 기반으로 동인지를 간행하면서 면모가 드러난다. 1920년대의《창조》,《백조》등의 동인지가 바로 거기에 해당한다. 그러나 '구인회'는 기성 문인들이 모여 만들어낸 작은 단체다. 특히 당대 문단을 주도했던 계급 문학 운동의 정치성에 대해 무관심으로 일관하면서 그 구성원들 각자가 자신의 문학적 역량에 기대고 있었다는 점이 주목된다.

'구인회'의 기관지로 출간된《시詩와 소설小說》(1936)은 이 문제적인 문단 조직의 출현을 알리는 동인지로서보다는 오히려 하나의 사화집詞華集처럼 생각될 정도이다. 당시 '구인회'의 결성을 보도한《조선일보》의 학예면 기사는 '구인회 창립創立'이라는 제목으로 '純然한 研究的 立場에서 相互의 作品을 批判하며 多讀多作을 目的으로 하고 아래의 9명은 금번 九人會라는 社交的 클럽을 맨들었다. 이태준, 정지용, 이종명, 이효석, 유치진, 이무영, 김유영, 조용만, 김기림'(조선일보, 1933. 8. 30)이라고 기록하고 있다.

여기서 '구인회'라는 동인의 실체부터 살펴볼 필요가 있다. 조용만의 회고 '구인회 이야기'(1984)에 의하면 이 새로운 문단적 모임의 결성을 먼저 주장했던 인물로 소설가 이종명과 영화인 김유영을 지목하고 있다.

그러나 카프의 계급 문학 운동에 대항할 수 있는 새로운 문학 단체를 기획하였던 이종명과 김유영의 생각과는 달리 '구인회'는 아홉 명의 문학인이 모이는 소그룹의 동인 형태가 되고 말았다. 특히 동인의 결성 직후 그 구성원의 절반 가까이가 교체될 수밖에 없었다는 것도 문제였다. '구인회'가 출범 초기부터 동인으로서의 결속력을 보여주지 못하게 된 것은 그 조직의 목표 자체가 가지는 '사교적 모임'으로서의 성격에 기인하는 것이라고 할 수 있다.

카프의 계급 문학 운동에 참여했던 김유영이 카프 조직을 이탈하고 이에 대응하기 위한 새로운 문단 조직을 꿈꾸었다는 것은 모임의 초기부터 이미 짐작할 수 있는 일이었다. 그리고 김유영의 이 같은 의도에 이종명 또한 동조했던 것이 사실이다. 하지만 이태준이나 정지용 등은 애초부터 이념적 색채를 드러낸 문단 조직에 관심이 없었다. 그들은 하나의 사교적 모임 정도로 여겼을 뿐이었다. 실제로 '구인회'는 동인으로 참여하게 된 구성원들 사이에 이들의 결속력을 가능하게 하는 학연이나 지연地緣도 없었고, 이념적 성향의 공통점도 확인할 수가 없었다. 그야말로 자유로운 사교적 모임이었을 뿐이었다.

당시 임화 등과 함께 카프 조직에 깊이 관여하고 있던 백철은 '구인회'의 무정견성을 비판하면서 '구인회'와 같은 문단 조직이 등장하여 그 존재를 드러낼 수 있게 되기 위해서는 하나의 문단 유파적 성격을 가져야 할 것을 주문하고 있다. 이러한 태도는 '카프'라는 조직 자체가 지향하고 있었던 이념과 노선에 근거할 경우에는 어느 정도 수긍할 만하다. 그러나 '구인회'를 어떤 하나의 유파적 개념으로 인식한다는 것은 애당초부터 잘못된 관점이다. 그 이유는 '구인회' 자체가 하나의 기획에 동조하는 예술가들의 집단적 결의를 거쳐 나온 공식적인 성격의 조직체는 아니었기 때문이다. 게다가 구인회는 그들 스스로 명명하고 규정하고자 하는 어떤 경향을 드러내고 있는 집단도 아니었던 것이다.

이러한 이유 때문에 백철은 '구인회'의 등장을 놓고 당대 현실의 불안과 암담한 분위기에서 새로운 도피처를 구하고자 하는 일군의 문학인들의 도피 행각으로 치부하였다. 그는 '구인회'의 구성원들이 어느 곳을 향하여 어떻게 나아갈 것인지 아무런 지침도 없이 현실로부터 도피하는 데에만 급급한 '황혼黃昏의 사도師徒들'(사악한 예원의 분위기, 동아일보, 1933. 10. 1)이라고 규정했다. 그리고 '구인회'는 현실적으로 존재할 아무런 의미가 없으며, 자연 소멸될 것이라고 진단했다. 다만 객관적 정세의 불안으로 보아 이들이 추구하는 자유주의적 색채가 일정 부분 의미 있는 요소가 될 가능성이 있다고 평가하였다.

　이 같은 백철의 비판에 대해 '구인회'를 대변하게 된 것은 이태준이다. 이태준은 '구인회'의 구성원 가운데 연장자에 속했고 문단 경력 또한 10년 가까운 중진이었다. 그는 백철이 지적한 '무의지파'로서의 '구인회'의 성격에 대해서도 크게 반발하지 않았고 하나의 통일된 이념과 목표를 가지지 못하고 있는 '구인회' 구성원의 문학적 태도 문제에 대해서도 변명하지 않았다. '구인회' 구성원들의 다양한 문학적 관심과 자유주의적 성향 자체를 들어 '구인회'의 반유파적 성격을 해명하고자 하였다.

　　요즘 백철 씨가 평을 많이 쓴다. 이분도 자주 무겸손한 문구를 보여준다. 중앙일보에 구인회도 여지없이 눌러볼 셈을 차리었다. 씨는 원체 번쩍하면 악취미니 소독을 해야 하느니 하는 말을 금언처럼 즐기는 분이지만 구인회를 들춘 것도 평가의 태도에서 멀다. 구인회가 생겼으니 거기 대해서 무얼 쓰시오 해서 억지로 썼든 그렇지 않으면 소독광의 발증 밖에는 아무것도 아닌 것이 이효석과 이태준이 같지 않고 김기림과 정지용도 같은 데가 없고 그런데 어떻게 회가 성립되느냐고 하였다. 같은 사람만 모여야 회가 성립된다는 회학(會學)을 우리는 모르거니와 믿지도 않는다. 사회는 감옥이 아니거든 제복을 즐길 필요는 없는 것이다. 애초부터 우리는 문예 공부를 위해서 단순한 우의로 모인 것이다. 우리가 가끔 만나 문예 공부를 함에 조선 문단에 해독이 될 것은 무엇인가? 이야말로 천하의 불가사의다. (이태준, 평가여 좀 더 겸손하여라, 조선일보, 1933. 10. 14)

'구인회'의 조직적 성격에 대한 백철의 비판적 견해와는 달리, 이태준은 '구인회'가 가지는 문단적 사교성에 오히려 역점을 두어 그 가능성을 주장하고자 한다. 이러한 이태준의 주장 속에는 '구인회'라는 조직 자체의 이념적 속성보다는 이에 가담하고 있는 문인들의 개인주의적 성향에 대한 관심을 더욱 강조하고자 하는 의도가 담겨 있다. 그러므로 '구인회'는 그 구성원들을 결속시키면서 조직을 강화할 만한 구심점을 가지지 못한 것이 사실이다.

이상이 '구인회'에 참여하게 된 것은 시《오감도》의《조선중앙일보》연재가 중단된 1934년 8월 이후의 일로 추측된다. 이상의 이름이 '구인회' 구성원으로 공식 등장하고 있는 자료는 1935년 2월 18일부터 5일간 계속된 '구인회' 문예 강좌에 관한 신문 기사이다. 이 기사로 미루어 보면 이상은 1934년 하반기에 '구인회'에 가입했음을 알 수 있다. 하지만 그는 '구인회'에 참여하면서 문단적 활동 기반을 마련하게 되었지만 개인적으로 견디기 어려운 시련의 시기를 맞게 된다. 그가 경영하던 다방 '제비'는 적자에 허덕이다가 문을 닫게 되었고, 금홍이도 이상의 곁을 떠나가게 된 것이다. 그는 거의 제대로 된 집필 활동을 하지 못한 채 경제적 궁핍에 쪼들린다. 그런데 이상은 친구 구본웅의 도움으로 정신적 좌절과 절망의 현실에서 벗어날 수 있게 된다. 구본웅이 자기 부친이 운영하던 인쇄소 창문사彰文社로 이상을 끌어들였기 때문이다.

이상은 1935년 창문사 인쇄소에서 주로 원고 교정을 담당하면서 다시 마음을 다잡고 글쓰기에 매달리게 된다. 그가 창문사에서 일하는 동

안 '구인회'의 문단적 위상을 위해 기획한 것이 동인지 형태의 기관지 발간이다. 이상이 편집을 맡아 발간하게 된 '구인회'의 기관지는《시詩와 소설小說》이라는 이름을 내걸고 1936년 3월에 세상에 나온다. 이 새로운 잡지의 등장을 당시《조선일보》(1936. 3. 21)는 '구인회 동인지《시와 소설》창간'이라는 제목 아래 '구인회에서는 그 동인 잡지인《시와 소설》을 월간으로 창간해서 방금 반책頒冊 중인데 발행소는 시내 서대문통 창문사이고 반가頒價는 10전이라고 한다'라고 소개하고 있다. 이 기사의 내용으로 본다면《시와 소설》은 동인지의 형태임에도 불구하고 당초에는 월간으로 기획되었던 것임을 알 수 있다. 판매 가격이 10전에 불과하고 전체 50면을 넘지 않는 이 동인지는 전문 용어를 빈다면 일종의 '소잡지小雜誌'에 해당한다. 이 새로운 동인지는 이상 자신의 야심찬 기획에 의한 것이지만 제한된 발행 부수와 선별적인 유통 기획 자체의 비상업성 등으로 성공을 거두지 못한 채 창간호에서 더 이상 지속되지 못한다.

《시와 소설》의 창간은 1930년대 중반 한국 문단에서 '구인회'라는 동인의 존재와 그 문학적 성향을 분명하게 드러내어 보여주는 증거가 되고 있다.《시와 소설》의 창간호에 수록된 시는 정지용의 〈유선애상流線哀傷〉,

이상의 〈가외가전街外街傳〉, 김기림의 〈제야除夜〉, 김상용의 〈눈오는 아침〉, 〈물고기 하나〉, 백석의 〈탕약湯藥〉, 〈이두伊豆 국주가도國湊街道〉 등이 있고, 소설의 경우 박태원의 〈방란장芳蘭莊 주인〉, 김유정의 〈두꺼비〉 등을 수록하고 있다. 김기림의 〈걸작에 대하여〉, 이태준의 〈설중雪中 방란기訪蘭記〉, 김상용의 〈시〉, 박태원의 〈R씨와 도야지〉 등의 산문도 함께 실렸다. 구성원 가운데 박팔양과 김환태의 작품이 빠져 있는 대신에 '구인회'의 정식 회원이 아닌 백석의 시 두 편이 수록되어 있는 점이 특기할 만하다.

《시와 소설》에 수록된 작품 중에는 매우 특이한 논란의 대상이 되어 오고 있는 정지용의 〈유선애상〉과 이상의 〈가외가전〉이라는 시가 포함되어 있고, 박태원의 소설 〈방란장 주인〉도 끼어 있다. 이 작품들은 '구인회'가 지향했던 문학 정신과 그 기법적 실험을 유감없이 보여주고 있기 때문에 여전히 그 해석과 평가가 다양하다. 시적 이미지와 공간성의 의미에 대한 해석을 놓고 그 대상의 실체를 읽어내는 문제에서부터 논란을 빚어온 〈유선애상〉은 서로 다른 시간과 공간 속에서 하나의 대상이 어떤 이미지를 통해 인식될 수 있는가를 기법적으로 실험한다. 〈방란장 주인〉의 경우에는 서사에서 시간과 공간의 질서를 뛰어넘는 서술성을 확보하기 위해 하나의 문장 안에서 모든 등장인물의 행동을 묘사하고 상황을 진술하고자 하는 유별난 실험을 감행한다. 이른바 '동시성'의 문제에 대한 문학적 인식이 이들 작품에서 공통적인 관심사가 되고 있다는 것은 '구인회' 동인들이 서로 공유하고 있는 문학적 경향과 기법의 특성이 무엇인가를 말해 주는 요소가 된다.

이상이 그 편집을 주도하면서 발간한 '구인회'의 동인지 《시와 소설》은 창간호가 나온 후에 더 이상 지속되지 못한다. 《시와 소설》에 발표된 회원들의 작품 자체에서 확인할 수 있는 새로운 기법적 실험에도 불구하고 이 잡지는 대중적인 독자층의 지지를 받지는 못한다. '구인회' 자체의 동인 활동도 이 잡지의 창간 이후 실질적으로 중단되고 있다. '구인회'의 중심 인물이었던 김기림이 1936년 봄 일본 동북제대東北帝大로 유학을 결행하면서 동인 활동의 구심점이 약화되었고, 당초 월간지로 기획되었던《시와 소설》도 속간되지 못했기 때문이다.

이상은 창문사에서 근무하면서 생활의 안정을 찾고 자신의 문학적 글쓰기에도 활력을 되찾게 된다. 이 시기에 그는 자신의 문학적 재능을 과시하게 된 소설 〈지주회시䵆䵅會豕〉, 〈날개〉, 〈동해童骸〉 등을 잇달아 발표하였다. 〈지주회시〉의 서사는 소설에 등장하는 '그'와 아내를 중심으로 하는 거미의 세계와 친구인 '오'를 중심으로 하는 돼지들의 세계를 교묘하게 겹쳐서 보여준다. 개체로서의 삶에 자족하면서 자기 자신을 갉아먹고 살아가는 그의 부부는 약자에 대한 착취 구조를 근거로 하는 돼지들의 세계를 감당할 수 없다. 그러므로 이 작품에서 일반적인 가치 규범이나 보편적 윤리 의식을 찾아내려는 시도는 당치 않다. 이 작품에 그려진 주인공과 아내와의 관계, 돈을 둘러 싼 친구와 주인공의 내면적 갈등, 돈으로 모든 것을 해결보려고 하는 뚱뚱보 전무나 R회관의 뚱보 주인의 모습에서 가정과 사회의 퇴폐와 병리에 대한 작가의 조롱을 읽어내는 것만으로도 족하다.

소설 〈날개〉의 서두에서는 '나의 방'에 갇혀 있던 주인공의 무기력한 삶이 '박제'로 상징된다. 그러나 이 작품의 결말에서 '나의 방'을 벗어난 주인공은 한낮 거리에서 아예 하늘로 비상을 꿈꾼다. 이 탈출에의 의지가 '날개'로 상징된다. '날개야 다시 돋아라. 날자. 날자. 날자. 한 번만 더 날자꾸나'라는 절규가 그것이다. 하지만 이 탈출에의 의지는 미래로의 적극적인 투기라기보다는 결코 행동화될 수 없는, 자의식 속에서만 드러나는 간절한 내적 원망의 표백에 더 가까운 것이다. 〈날개〉의 서사 구조는 무의미한 삶과 자의식의 세계로부터 탈출하려는 욕망을 반복적인 행위의 패턴으로 구체화된다. 이야기의 발단은 외부적인 현실 공간과 격리되어 있는 내부 공간으로서의 '나의 방'에서 이루어진다. 이야기의 전개 과정은 닫힌 공간으로서의 나의 방으로부터 벗어나고자 하는 탈출의 욕망에 의해 단계적으로 형상화된다. 그 첫 단계가 '아내의 방'으로 나오는 일이며, 뒤에 '아내의 방'을 거쳐 바깥 세상에 발을 내딛는다. 반복적인 행위의 패턴화를 통해 구현되는 탈출의 욕망과 그 좌절의 과정은 모두 자아의 내면 의식의 복잡한 갈등 과정으로 채색되어 있다. 그러므로 서사 구조의 핵심을 이루는 공간성의 의미가 주체의 존재를 규정하는 데에 어떻게 작용하는가를 확인해 볼 필요가 있다.

이상의 단편소설이 지니고 있는 그 서사의 내용은 지극히 단순하다. 이 단순함은 소설 속에서 그려지는 모든 장면들이 일상적인 사소함에 얽혀 있음과도 연관된다. 그의 이야기 속에는 하찮은 일상들이 자리한다. 이것은 의미 있는 행동과 사건을 플롯의 원리에 따라 배치해야 하는 사실주의적 근대소설의 특성과 배치된다. 이야기 속의 하찮은 일들은 모두 도회의 시가지에서 일어나지만 그것이 필연적으로 야기하는 사건이란 당초에 존재하지 않는다. 그의 소설은 객관적인 현실에 대한 리얼리티를 제거한 대신에 주관성이라는 새로운 하나의 지표를 핵심으로 내세운다. 이 주관성에 근거하여 미궁 속의 인물이 보여주는 사소한 일들 속에서 형이상학적 사유도 가능해지며, 본능적인 충동의 단순성도 암시된다. 이상의 소설에서 볼 수 있는 새로운 충동은 삶을 예술 속에 종속시키려는 의욕이다. 휴머니즘적 사실주의의 간판을 내건 문학이 문단을 주도하던 때에 그 거만한 세속주의에 반기를 든 이상은 이미 절대적 가치라든지 역사적 전망이라든지 하는 '신神'적 존재가 사라져 버린 시대의 예술 철학의 가능성에 도전하고 있었던 것이다.

이상이 1936년 2월 잡지 《가톨닉靑年》에 발표한 연작시 《역단》은 《오감도》 연작의 제2부작에 해당한다. '역단'이라는 표제 아래 〈화로火爐〉, 〈아츰〉, 〈가정家庭〉, 〈역단易斷〉, 〈행로行路〉 등 다섯 편의 시를 연작의 형식으로 이어놓고 있다. 비록 작품의 제목은 다르지만 《역단》은 그 형식과 주제, 언어 표현과 기법 등이 모두 《오감도》의 경우와 그대로 일치한다. 연작시

《역단》의 작품들은 그 시적 주제 내용과 텍스트 자체의 구성법을 통해 연작으로서의 공통적인 특징을 지니고 있다. 각각의 작품들은 시적 텍스트가 어구의 띄어쓰기를 전혀 하지 않은 채 행의 구분 없이 단연單聯 형식의 산문체로 구성되어 있는데, 특히 모든 작품들이 공통적으로 '나'라는 주체를 시적 대상으로 삼고 있는 점도 《오감도》의 경우와 일맥상통한다. 이 가운데 〈화로火爐〉, 〈아침〉, 〈행로行路〉 등은 이상 자신의 투병 과정과 그 좌절 의식을 짙게 드러내고 있으며, 〈가정家庭〉의 경우에는 가족과의 불화 혹은 단절을, 〈역단易斷〉의 경우는 병으로 인하여 나락에 빠져들게 된 자신의 운명에 대한 깊은 고뇌를 보여준다. 이러한 형식상의 특징과 주제 내용의 상관성은 연작시 《역단》이 《오감도》와 시적 맥락을 같이하고 있음을 암시한다. 이것은 《오감도》의 연장선상에서 연작시 《역단》이 창작된 것임을 말해주는 특징이라고 할 수 있다.

이상이 동경행 직전에 1936년 10월 4일부터 9일까지 《조선일보》에 발표한 연작시 《위독危篤》은 《오감도》 연작의 제3부작이라고 할 수 있다. 이 작품에는 〈금제禁制〉, 〈추구追求〉, 〈침몰沈歿〉, 〈절벽絕壁〉, 〈백화白畵〉, 〈문벌門閥〉, 〈위치位置〉, 〈매춘買春〉, 〈생애生涯〉, 〈내부內部〉, 〈육친肉親〉, 〈자상自像〉 등 12편의 시가 이어져 있다. 이 작품들은 자아의 형상 자체를 시적 대상으로 삼아 다양한 시각을 통해 이를 해체하고 있는 경우가 많으며, 자신을 둘러싸고 있는 아내와 가족에 대한 자기 생각과 내면 의식의 반응을 그려 내는 경우도 있다.

연작시 《위독》에서 볼 수 있는 시인의 사물을 보는 시각과 판단은 《오감도》의 특이한 자기 투사 방식과 상호 연관성을 통해 그 의미가 더욱 분명하게 드러난다. 자신의 병과 죽음에 대한 절박한 인식, 자기 가족에 대한 책임 의식과 갈등, 좌절의 삶을 살아가는 자신에 대한 혐오 등을 말하고 있는 시적 진술 방법이 《오감도》의 연장선상에 놓여 있기 때문이다. 이상은 연작시 《위독》의 연재를 마친 후 동경행을 택함으로써 연작시 《위독》

을 통해 국내에서 이루어진 자신의 시적 글쓰기 작업을 마감한다. 결국 1934년에 발표한 미완의 연작시《오감도》는 1936년 연작시《역단》과《위독》을 통해 그 연작 자체의 완성에 도달한 셈이다.

1935년

〈작품 목록〉

〈시〉

정식正式(가톨닉靑年, 1935.9)

지비紙碑(朝鮮中央日報, 1935.9.15)

〈수필〉

문학文學을 버리고 문화文化를 상상想像할 수 없다(朝鮮中央日報, 1935.1.6)

산촌여정山村餘情(每日申報, 1935.9.27~10.11)

1936년
'구인회' 동인지《시詩와 소설小說》의 창간호를 편집했다.

〈작품 목록〉

〈시〉

지비紙碑─어디로갔는지모르는안해(中央, 1936.1)

연작시《역단易斷》(가톨닉靑年, 1936.2)

　　화로火爐 / 아츰 / 가정家庭 / 역단易斷 / 행로行路

가외가전街外街傳(詩와 小說, 1936.3)

명경明鏡(女性, 1936.5)

목장(가톨릭少年, 1936.5. 동시)

연작시《위독危篤》(朝鮮日報, 1936.10.4~10.9 연재)

　　금제禁制(10.4) / 추구追求(10.4) / 침몰沈歿(10.4) / 절벽絶壁(10.6) /

　　백화白晝(10.6) / 문벌門閥(10.6) / 위치位置(10.8) / 매춘買春(10.8) /

　　생애生涯(10.8) / 내부內部(10.9) / 육친肉親(10.9) / 자상自像(10.9)

I WED A TOY BRIDE(三四文學, 1936. 10)

〈단편소설〉

지주회시(中央, 1936. 6)

날개(朝光, 1936. 9)

봉별기(女性, 1936. 12)

〈수필〉

〈조춘점묘早春點描〉(每日申報, 1936. 3. 3 ~ 3. 26 연재)

　　보험保險 없는 화재火災 / 단지斷指한 처녀處女 / 차생윤회此生輪廻 /

　　공지空地에서 / 도회都會의 인심人心 / 골동벽骨董癖 / 동심행렬童心行列

서망율도西望栗島(朝光, 1936. 3)

여상女像(女性, 1936. 4)

약수藥水(中央, 1936. 7)

EPIGRAM(女性, 1936. 8)

동생 옥희玉姬 보아라(中央, 1936. 9)

추등잡필秋燈雜筆(每日申報, 1936. 10. 14~10. 28 연재)

　　추석秋夕 삽화揷話(10. 14~15) / 구경求景(10. 16) / 예의禮儀(10. 21) /

　　기여寄與(10. 22) / 실수失手(10. 27~28)

행복幸福(女性, 1936. 10)

가을의 탐승처探勝處(朝光, 1936. 10)

창문사에서 잡지《가톨릭少年》(1936. 5)의 표지와 김기림 시집《기상
도氣象圖》표지를 장정했다.

동경 시절(1936~1937)

　이상은 연작시《위독》의 신문 연재를 마친 직후 동경행을 결행한다. 그의 삶과 문학적 글쓰기가 여기서 끝이 난 셈이다. 이 부분에 한 가지 추가해야 하는 것은 이상이 1936년 여름 구본웅 등의 주선으로 변동림과 결혼하였다는 사실이다. 이상의 두 번째 여인이 된 변동림은 구본웅의 계모의 친정 동생이었기 때문에 따지고 보면 구본웅의 이모가 된다. 이 급작스런 결혼에 구본웅이 어떤 역할을 했는지 자세하게 밝혀진 바는 없다. 그러나 이상에게 가장 중요한 선택의 순간마다 거기에 구본웅이 있었다는 사실을 주목할 필요가 있다. 이상은 변동림과의 결혼 후 여름 한 철을 보낸 뒤에 혼자서 동경으로 떠난다. 이 동경행이 그에게는 돌아올 수 없는 길이 되었던 셈이다.

　이상이 동경으로 건너간 것은 1936년 늦가을의 일이다. 임종국林鍾國 편《이상전집李箱全集 3》(고대문학회, 1956)의 '이상 약력'을 통해 이를 확인해 볼 수 있다. 이 책의 편자는 이상이 1936년 음력 9월 3일 동경으로 '탈출'한 것으로 기록하고 있다. 이 날짜는 양력으로 환산할 경우 1936년 10월 17일 토요일에 해당한다. 그리고 일본에 도착한 이상이 '동경 간다구神田區 진보쪼神保町 3정목丁目 101-4번지 이시카와石川 방房'에서 기숙했다는 것도 이 책에서 밝혀 놓고 있는 사실 중의 하나다. 하지만 이상의 동경 주소 '동경 간다구神田區 진보쬬神保町 3정목三丁目 101-4번지 이시카와石川 방房'은 조사 결과 잘못 기록된 것으로 판명이 났다. '진보쬬神保町 3정목三丁目 101번지 4호'가 아니라 '진보쬬神保町 3정목三丁目 10-1번지 4호'였던 것이다. 진보쬬 3정목에는 1번지부터 29번지까지만 존재한다. 그리고 10번지가 10-1과 10-2로 지분 분할이 이루어져 있었다.

필자는 이상의 동경행을 소설 〈실화〉에 제시되어 있는 10월 24일로 추정하고자 한다. 이 작품의 주인공으로 등장하는 이상 자신이 동경 유학생 'C' 양의 집에 놀러와 'C' 양으로부터 학교에서 공부하고 있는 소설 이야기를 들으며, 두 달 전에 서울에서 있었던 '연姸'이라는 여인과의 갈등과 그 헤어짐의 과정을 떠올리는 장면이 있다. 소설 속의 주인공은 10월 24일 사랑하는 여인 '연'과 헤어지면서 자신의 동경행을 밝히고 있다. 소설

자료 12 : 진보정 상세도

자료 13 : 진보정 3정목 10-1번지 4호 일대의 현재 모습

〈실화〉의 이야기는 소설이라는 허구적 장치 속에서 전개되고 있지만, 이상 자신의 사적인 체험 영역을 상당 부분 그대로 보여주고 있는 것이 사실이다. 그리고 실제로 작품 속에서 경험적인 실제 날짜를 제시하기도 한다. 그러므로 소설 속의 주인공이 '연'이라는 여인과 경성에서 헤어져 동경으로 떠난 10월 24일이 바로 이상의 동경행이 실제로 이루어진 날이라는 추측도 가능하다. 그리고 이러한 추측이 사실 그대로라면 이상은 1936년 10월 27, 28일 경에 동경에 도착했을 것으로 짐작된다.

이상은 1936년 10월 24일 동경으로 떠난다. 그의 동경행은 경성京城으로부터의 탈출을 뜻하지만, 이 탈출이 그에게 있어서는 문명에의 길이 아니었음을 짐작할 수 있다. 일찍이 오스카 와일드는 문명에 도달할 수 있는 길이 오직 두 개가 있을 뿐임을 갈파한 적이 있다. 하나는 교양을 습득하는 길이요, 다른 하나는 퇴폐에 빠져드는 길이다. 문명의 의미에 이렇게 명징한 토를 달아 놓은 것을 필자는 달리 본 적이 없다. 이상은 동경으로의 탈출을 생의 전환으로 삼고자 욕망한다. 그러나 이 전환이 그를 안내한 것은 교양의 길도 퇴폐의 길도 아니다. 그것은 죽음의 길이었을 뿐이다.

1937년 일경에 의해 불령선인不逞鮮人으로 검거되어 2월 12일부터 3월 16일까지 구금되었다가 병세 악화로 풀려나 동경제국대학 부속병원에 입원했으나 4월 17일 사망했다. 이상은 자신의 죽음이 동경에서 자신을 기다리고 있다는 사실을 알아차리지 못한 채 혼자서 동경에 머물며 글을 썼다. 그의 사후에 공개된 소설 〈종생기〉, 〈실화〉 등과 수필 〈동경東京〉, 〈권태〉 등은 모두 동경에서 집필한 것이었다.

1930년대 식민지 조선의 젊은 지식인에게 동양 문명의 중심지로 떠오른 제국의 수도 동경은 지배자의 심장에 해당한다. 현해탄의 높은 파도를 넘어 한반도로 밀려 들어온 문명이라는 괴물을 놓고 내지內地 일본을 꿈꾸었던 젊은이들이 수도 없이 많다. 이광수가 문학의 춘원春園 시대를 열었던 것도 동경이요, 임화가 무산계급에는 국가가 없다는 신념을 키웠던 곳도 동경이다. 동경은 서로 다른 공간에 자리하면서도 동일한 시간의 질서 아래 식민지 조선을 옥죄던 제국의 힘의 중심이다.

이상은 동경에 도착한 후 곧바로 동경이라는 도시가 자신이 꿈꾸던 새로운 문명의 도시는 아니라는 것을 눈치챘다. 그는 동경의 비속성卑俗性을 알아차리고는 자신이 몸 둘 곳이 아니라는 사실을 깨닫는다. 그가 동경에서 쓴 수필 〈동경東京〉이야말로 식민지 예술가가 쓴 제국의 문명에 대한 가장 신랄한 비판적 에세이라고 할 만하다. 이 글에서 주목되는 것은 동경이라는 대도회가 안고 있는 문명이라는 이름의 양면성에 대한 날카로운 지적이다. 그는 이 글에서 동경이라는 거대한 도회를 세기말적인 현대 자본주의의 모조품처럼 흉물로 그려 놓고 있다. '마루비루'의 높은 빌딩 숲을 거닐면서 그는 미국 뉴욕의 브로드웨이를 떠올리면서 환멸에 빠져들고, 신주쿠의 사치스런 풍경을 놓고 프랑스 파리를 시늉만 하는 그 가벼움에 치를 떤다. 그는 긴자 거리의 허영에 오줌을 깔겨 주면서 아무래도 흥분하지 않는 자신을 '19세기'라고 치부하기도 한다.

이상은 20세기 동양 최대의 도시 동경의 모습을 추상적으로 구성하거나 해체하려 하지 않는다. 그는 스스로 도회의 산책자가 되어 그가 꿈꾸었던 동경을 체험한다. 그는 동경을 보고, 만지고, 냄새 맡고, 발로 밟으면서 입맛을 다신다. 그러므로 이상의 동경에 대한 경험과 인식은 감각적일 수밖에 없다. 그가 동경에 대해 쓰고 있는 것은 감각적인 주석달기에 해당하는 셈이다. 그런데 이상은 현대적 대도시 동경을 상징하는 '마루노우치 빌딩'을 보고 상상했던 것보다 규모가 작다는 사실에 놀란다. 뉴욕의 브로드웨이에 가서도 그런 느낌을 받게 될까를 스스로 자문하기도 한다. 이 고층 빌딩의 거리에는 사람의 모습을 찾아보기 힘들다. 도회의 거리를 질주하는 것은 숱한 자동차들이다. 그 자동차들이 내뿜는 가솔린 냄새가 바로 동경의 냄새이다. 자동차의 매연을 호흡하면서 이상은 고층 빌딩과 자동차로 가득한 이 도시가 20세기를 유지하기 위해 야단들이라고 적고 있다.

동경에서 가장 유명한 환락가인 신주쿠〔新宿〕를 두고 이상은 '박빙薄氷을 밟는 듯한 사치奢侈'라는 한 구절로 주석을 달고 있다. 얇은 얼음은 속이 드러나 보인다. 그러나 그것은 언제나 깨어질 듯 위태롭다. 속이 뻔히 드러나 보이는 이 도회의 사치를 두고 이상은 무언가 과장되고 과대 포장된 느낌을 어쩌지 못한다. '프랑스'를 '후란수'라고 말하는 이 특이한 흉내내기를 놓고 그 '귀화鬼火 같은 번영'을 자랑하는 신주쿠 3정목의 뒷골목에서 '오줌 누지 말라'는 경고문을 찾아낸다. 바로 여기에 더 이상 언급하지 않았지만 참으로 절묘한 비아냥이 담겨진다.

그리고 휴관 상태인 '축지소극장築地小劇場'의 시설을 돌아보면서 이상은 일본 신극운동의 본거지인 이곳을 '서툰 설계의 끽다점' 같다고 평가한다. 긴자〔銀座〕의 거리를 두고 이상은 '한 개의 그냥 허영虛榮 독본讀本'이라고 쓰고 있다. '낮의 긴자'는 '밤의 긴자의 해골'이라서 추하다고 부기한다. 낮에 훤히 드러나 보이는 네온사인의 철골 구조물의 흉물스런 모습은 밤을 새운 여급의 퍼머 머리처럼 남루하다고 설명한다. 긴자의 거리를 별 볼 일 없이 떠도는 사람들과 마주치면서 이상은 거리 곳곳에 나붙어 있는 '담痰을 뱉지 말라'라고 써붙인 경시청의 경고문을 찾아낸다. 침을 뱉어 주고 싶은 심정을 이런 식으로 말하고 있었던 것이다. 이상이 느낀 환멸은 '나는 경교京橋 곁 지하 공동변소에서 간단한 배설排泄을 하면서 동경 갔다 왔다고 그렇게나 자랑들 하던 여러 친구들의 이름을 한번 암송해 보았다'라는 문장에서 극치에 도달한다.

자본주의의 현대와 세기말의 허영을 동시에 보여주고 있는 동경이라는 대도시를 비예睥睨하면서 이상은 20세기를 유지하기 위해 부산스러운 이 도시의 풍경에 질린다. 그는 스스로를 낡은 19세기의 도덕과 윤리에 사로잡혔다고 말하면서도 동경에 대한 환멸을 감추지 못하고 있는 것이다.

모든 문명은 그 자체의 종말을 내부에 감추어 두고 있기 마련이다. 이상은 긴자 거리의 화려한 백화점들을 이렇게 묘사한다. '미스코시三越, 마쓰자카야松坂屋, 이또야伊東屋, 시로키야白木屋, 마쓰야松屋—이 7층 집들이 요새는 밤에 자지 않는다. 그러나 우리는 그 속에 들어가면 안 된다. 왜? 속은 7층이 아니요, 한 층식인 데다가 산적한 상품과 무성茂盛한「숍걸」때문에 길을 잃어버리기 쉽다. 특가품特價品, 격안품格安品, 할인품割引品, 어느 것을 고를까. 그러나 저러나 이 술어들은 자전字典에도 없다. 그러면 특가, 격안, 할인—품보다도 더 싼 것은 없다. 과연 보석 등속, 모피 등속에는「눅거리」가 없으니 눅거리를 업수이여기는 이 종류 고객의 심리를 잘 이해하옵시는 중형重形들의「슬로건」실로 약여躍如하도다.' 여기 열거된 긴자의 백화점 상가들은 소비를 유혹하는 온갖 구호들을 내세우며 연말 할인 세일에 바쁘다. 그렇지만 고객의 주머니를 노리는 이 놀라운 상술은 소비의 욕망을 부추길 뿐이다. 밤의 긴자 거리를 거닐면서 이상은 다방 '뿌라질'에서 진한 커피를 마신다. 그러나 단풍무늬가 있는 옷을 입고 있는 여급들의 모습에 전혀 열정을 느끼지 못한다. 「애드밸룬」이 착륙着陸한 뒤의 긴자 하늘에는 신의 사려思慮에 의하여 별도 반짝이련만 이미 이「카인」의 말예末裔들은 별을 잊어버린 지도 오래다'라는 구절은 그러므로 이 호사스런 문명의 종말을 암시하는 것처럼 들리기도 한다.

〈동경〉이라는 이 짤막한 글에서 이상이 그려 내고 있는 동경은 대도시 동경 자체의 겉껍데기에 해당한다고 말할 수도 있다. 그러나 이 외관의 감각적 인식은 동경이라는 도회의 내부에 갇혀서 겉으로 드러나지 않는 현대성의 문제를 알레고리처럼 풀어낸다. 신주쿠의 환락을 눈으로 확인하고 긴자의 사치에 몸을 떨고 있는 이상의 내면 의식이 거기에 담겨져 있기 때문이다. 사실 수필 〈동경〉은 비슷한 시기에 쓴 것으로 보이는 〈권태倦怠〉와 특이하게도 짝을 이룬다. 그가 동경의 한복판에서 자신의 기억과 인상과 그 생생한 감각을 모두 동원하여 쓴 글이 평안도 성천成川을 여행했던 체험을 기록한 〈권태〉였다는 것은 참으로 의미심장하다.

아무것도 생각할 수 없는 상태 이상으로 괴로운 상태가 또 있을까. 인간은 병석에서도 생각한다. 아니 병석에서는 더욱 많이 생각하는 법이다. 끝없는 권태가 사람을 엄습(掩襲)하였을 때 그의 동공은 내부를 향하여 열리리라. 그리하여 망쇄(忙殺)할 때보다도 몇 배나 더 자신의 내면을 성찰할 수 있을 것이다.

현대인의 특질이요 질환인 자의식(自意識) 과잉(過剩)은 이런 권태(倦怠)치 않을 수 없는 권태(倦怠) 계급(階級)의 철저한 권태로 말미암음이다. 육체적 한산(閑散) 정신적 권태 이것을 면할 수 없는 계급이 자의식 과잉의 절정(絶頂)을 표시한다.

이상은 자신의 의식을 짓누르고 있는 특이한 '권태'의 감각을 통해 20세기 동양 문명의 중심지인 동경을 비아냥대며 번득이는 천재성과 날카로운 비판력을 보여준다. 그는 파리의 우울을 몰고 다녔던 시인 보들레르처럼 긴자의 거리를 돌아보면서 19세기와 함께 운명해 버렸으면 더 좋았을 밤하늘의 달을 보게 되는 것이다. 하나의 거울에 또 다른 하나의 거울을 비춰보듯이 이상이 발견한 이 동경의 이미지는 문명의 화려한 꽃이 아니라 그 어슴프레한 그림자이다.

이상은 동경에서의 환멸을 견디지 못하고 스스로 절망감에 빠져 동경에서의 생활을 유지하기 어렵게 된다. 그는 이러한 '권태' 속에서 소설 〈실화失花〉를 쓴다. '꽃을 잃다'라고 풀이되는 이 소설의 제목은 이상의 동경 여행이 이미 돌이킬 수 없는 종말의 단계에 들어서고 있음을 말해 준다.

이상의 동경 체류 기간은 반년 정도의 짧은 기간에 불과하다. 이 기간 중에 이상이 동경 니시간다〔西神田〕 경찰서 유치장에 한 달 가량 구금당했고, 동경제국대학 부속병원에 몇 주간 입원해 있었다는 점을 계산에 넣는다면, 실제로 동경에서 활동했던 기간은 넉 달 정도에 지나지 않는다. 이 기간은 전위적인 성격의 이상을 교양의 길로 이끌기에도 충분하지 않고, 도덕을 거부한 이상을 퇴폐의 길로 끌고 가기에도 넉넉하지 않다. 이상의 동경 생활의 흔적은 남아 있는 것이 거의 없다. 그가 동경에서 무엇을 했는지 누구와 만났는지 등을 확인할 수 있는 자료도 별로 남아 있지 않다. 이상은 동경에서 어떤 날개를 꿈꾸었을까 하는 질문은 이상 문학의 궁극적인 지향점을 묻는 것에 해당한다.

1936년

〈작품 목록〉

봉별기逢別記(女性, 1936. 12)

1937년

〈작품 목록〉

〈시〉

파첩破帖(子午線, 1937. 11. 유고)

〈소설〉

동해童骸(朝光, 1937. 2)

종생기終生記(朝光, 1937. 5)

〈수필〉

19세기식十九世紀式(三四文學, 1937. 4)

공포恐怖의 기록記錄(每日申報, 1937. 4. 25 ~ 5. 15. 연재)

권태倦怠(朝鮮日報, 1937. 5. 4 ~ 5. 11. 연재)

슬픈 이야기(朝光, 1937. 6. 유고)

1938년

〈작품 목록〉

〈시〉

무제無題(貘, 1938. 10. 유고)

〈소설〉

환시기幻視記(靑色紙, 1938. 6. 유고)

〈수필〉

문학文學과 정치政治(四海公論, 1938. 7. 유고)

1939년

〈작품 목록〉

〈시〉

무제無題(貘, 1939. 2. 유고)

〈소설〉

실화失花(文章, 1939. 3. 유고)

단발斷髮(朝鮮文學, 1939. 4. 유고)

김유정金裕貞(靑色紙, 1939. 5. 유고)

〈수필〉

실낙원失樂園(朝光, 1939. 2. 유고)

　　소녀少女 / 육친肉親의 장章 / 실낙원失樂園 / 면경面鏡 / 자화상自畵像 /

　　월상月傷

병상 이후病床以後(靑色紙, 1939. 5. 유고)

최저낙원最低樂園(朝鮮文學, 1939. 5. 유고)

동경東京(文章, 1939. 5. 유고)

1940년

김소운金素雲의《젖빛 구름》에 이상의 시 〈청령蜻蛉〉, 〈한 개의 밤〉이 일본어로 소개되었다.

1944년

이상과 결혼했던 변동림이 화가 김환기와 재혼했다.

1949년

김기림의《이상선집李箱選集》이 백양당에서 발간되었다.

부록

이상의
사진 자료와
이상 연구
참고 문헌

경성고등공업학교 졸업기념 사진첩

이상의 경성고등공업학교 졸업기념 사진첩(1929)은 이상의 동기생인 친구 원용석(방직과 졸업)이 보관하고 있던 것을 (주)문학사상 자료실에 기증하여 보관 중이다. 이 사진첩은 '추억의 가지가지'라는 표제를 달고 있는데, 이 표지의 그림과 글씨는 모두 이상이 직접 도안한 것이다. 1929년도 경성고공 전체 졸업생 가운데 한국인 학생 17명이 힘을 모아 자비自費로 만든 것이라서 더욱 소중하게 느껴진다. 이 사진첩을 만드는 데 필요한 모든 사진은 전문 사진관에서 촬영하였지만, 이 사진첩은 기성품 앨범을 사다가 거기에 사진을 붙여 만든 수제품이다. 이상은 이 사진첩의 모든 사진을 졸업생 전체에 맞춰 균형 있게 배열하여 붙였으며 주소록 작성 등도 직접 자신의 손으로 해냈다. 말하자면 이 사진첩은 이상이 만든 수제품이라고 할 수 있다. 이 졸업기념 사진첩에 수록되어 있는 여러 사진 가운데 중요한 것들은 몇 차례 잡지 《문학사상》을 통해 소개된 바 있고, 일부는 영인 문학관의 기획전 '2010 李箱의 房'에서 복제·소개하기도 하였다.

사진첩 표지

남산 식물원에서 찍은 단체 사진 속의 이상

박물관 앞에서 찍은 단체 사진 속의 이상

세검정에서 찍은 단체 사진 속의 이상

한강에서 뱃놀이하며 찍은 단체 사진 속의 이상

남산 약수터에서 찍은 단체 사진 속의 이상

탑골 공원에서 찍은 단체 사진 속의 이상

낙산 송림에서 찍은 단체 사진 속의 이상

경회루에서 찍은 단체 사진 속의 이상(확대한 사진 오른쪽)

장충단 공원에서 찍은 단체 사진 속의 이상

눈 오는 날 낙산에서 찍은 단체 사진 속의 이상

병영 훈련을 마친 후의 이상

관악산에서 찍은 사진 속의 이상

탑골공원에서 찍은 단체 사진 속의 이상(확대한 사진 앞줄 중앙)

미술반 습작실의 이상

경성고공 졸업전시회장의 이상

각국 의상을 차려 입은 사진 속의 이상(확대한 사진 왼쪽)

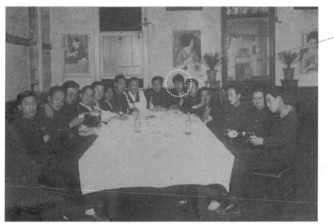

회식 자리에서 찍은 단체 사진 속의 이상(확대한 사진 왼쪽에서 두 번째)

개인별 사진

이상 관련 사진
—1930년대 초기의 이상

1935년의 이상(경성고공 동기생 원용석과 함께)

1936년 창문사 편집부의 이상(이상의 뒤가 소설가 박태원, 오른편이 수필가 김소운)

소설가 정인택 결혼식 피로연 기념사진
이상은 뒷줄 중앙, 오른쪽 한 사람 건너 박태원이 보인다.
신랑 정인택과 신부 권영희는 앞줄 중앙에 앉아 있다.

이상의 생모 박씨(박세창으로 알려짐)
1960년대의 모습으로 추측됨. 문학사상 자료실 소장

이상의 누이동생 김옥희 씨(1970년대 초). 문학사상 자료실 소장

보성고등보통학교 시절의 이상
문학사상 자료실 소장

1930년대 초의 이상(옆에 앉아 있는 여인이 '금홍'인지 알 수 없다)

이상 연구 참고 문헌

기본 자료

김기림 편,《이상 선집》, 백양당, 1949.

임종국 편,《이상 전집 제1권 창작집》, 태성사, 1956.

임종국 편,《이상 전집 제2권 시집》, 태성사, 1956.

임종국 편,《이상 전집 제3권 수필집》, 태성사, 1956.

이어령 교주,《이상소설전작집 1, 2》, 갑인출판사, 1977.

이어령 교주,《이상수필전작집》, 갑인출판사, 1977.

이어령 교주,《이상시전작집》, 갑인출판사, 1978.

이승훈 편,《이상문학전집 1 시》, 문학사상사, 1989.

김윤식 편,《이상문학전집 2 소설》, 문학사상사, 1991.

김윤식 편,《이상문학전집 3 수필》, 문학사상사, 1993.

김주현 주해,《이상문학전집 01 시》, 소명, 2005.

김주현 주해,《이상문학전집 02 소설》, 소명, 2005.

김주현 주해,《이상문학전집 03 수필 기타》, 소명, 2005.

권영민 엮음,《이상전집 1 시》, 뿔, 2009.

권영민 엮음,《이상전집 2 단편소설》, 뿔, 2009.

권영민 엮음,《이상전집 3 장편소설》, 뿔, 2009.

권영민 엮음,《이상전집 4 수필》, 뿔, 2009.

권영민 엮음,《이상전집 1 시》, 태학사, 2013.

권영민 엮음,《이상전집 2 단편소설》, 태학사, 2013.

권영민 엮음,《이상전집 3 장편소설》, 태학사, 2013.

권영민 엮음,《이상전집 4 수필》, 태학사, 2013.

단행본 연구서, 평전

강용운,《이상 소설의 서사와 의미생성의 논리》, 태학사, 2006.

고은,《이상평전》, 민음사, 1974.

권영민 편,《이상문학 연구 60년》, 문학사상사, 1998.

권영민,《이상 텍스트 연구―이상을 다시 묻다》, 뿔, 2009.

권영민,《이상문학의 비밀 13》, 민음사, 2012.

권영민,《오감도의 탄생》, 태학사, 2014.

김성수,《이상 소설의 해석―生과 死의 감각》, 태학사, 1999.

김승구,《이상, 욕망의 기호》, 월인, 2004.

김승희,《이상 시 연구》, 보고사, 1998.

김승희,《이상 평전―제13의 아해도 위독하오》, 문학세계사, 1982.

김유중 김주현 편,《그리운 그 이름, 이상》, 지식산업사, 2004.

김윤식,《이상문학 텍스트 연구》, 서울대출판부, 1998.

김윤식,《이상 소설 연구》, 문학과비평사, 1988.

김윤식,《이상 연구》, 문학과지성사, 1987.

김주현,《이상 소설 연구》, 소명, 1999.

蘭明 외,《李箱적 월경越境과 시의 생성: 『詩と詩論』 수용 및 그 주변》, 역락, 2010.

박현수,《모더니즘과 포스트모더니즘의 수사학: 이상문학연구》, 소명, 2003.

서영채,《사랑의 문법: 이광수, 염상섭, 이상》, 민음사, 2004.

수류산방 편집부,《13인의 아해가 도로로 질주하오―이상의《오감도》처음부터 끝까지 읽기》, 수류산방, 2013.

신범순 외,《이상문학 연구의 새로운 지평》, 역락, 2006.

신범순 외,《이상의 사상과 예술: 이상문학 연구의 새로운 지평 2》, 신구문화사, 2006.

신범순,《이상의 무한정원 삼차각나비: 역사시대의 종말과 제4세대 문명의 꿈》, 현암사, 2007.

신범순,《이상문학 연구》, 지식과 교양, 2013.

안미영,《이상과 그의 시대》, 소명출판, 2003.

양윤옥,《슬픈 이상》, 한겨레, 1985.

오규원,《날자, 한번만 더 날자꾸나》, 문장사, 1980.

윤태영 송민호,《절망은 기교를 낳고》, 교학사, 1968.

이경훈,《이상, 철천의 수사학》, 소명출판, 2000.

이상문학회,《이상 리뷰 제1호》, 역락, 2001.

이상문학회,《이상 리뷰 제2호》, 역락, 2003.

이상문학회,《이상 리뷰 제3호》, 역락, 2004.

이상문학회,《이상 리뷰 제4호》, 역락, 2005.

이상문학회,《이상 리뷰 제5호》, 역락, 2006.

이상문학회,《이상소설 작품론》, 역락, 2007.

이상문학회,《이상수필 작품론》, 역락, 2010.

이상문학회,《이상시 작품론》, 역락, 2009.

이승훈,《이상 시 연구》, 고려원, 1987.

이승훈,《이상─식민지 시대의 모더니스트》, 건국대학교 출판부, 1997.

이태동 편,《이상》, 서강대학교 출판부, 1997.

장석주,《이상과 모던뽀이들》, 현암사, 2011.

조용만,《구인회 만들 무렵》, 정음사, 1984.

조해옥,《이상 산문 연구》, 서정시학, 2009.

조해옥,《이상시의 근대성 연구─육체의식을 중심으로》, 소명출판, 2001.

단평 및 회고 그리고 자료 소개(발표순)

김기림, 현대시의 발전─난해에 대하야,《조선일보》, 1934. 7. 12~22.

최재서, 리얼리즘의 확대와 심화─《천변풍경》과 〈날개〉에 관하여,《조선일보》,

1936. 11. 31~12. 7.

최재서, 현대적 지성에 관하여,《조선일보》, 1937. 5. 15~20.

김기림, 고 이상의 추억,《조광》, 1937. 6.

이어령, 이상론―순수의식의 뇌성과 그 파벽,《문리대학보》, 서울대 문리대학생회, 1955. 9.

임종국, 이상론(1)―근대적 자아의 절망과 항거,《고대문화 1》, 고대문학회, 1955. 12.

이어령, 나르시스의 학살―이상의 시와 그 난해성,《신세계》, 1956. 10~1957. 1.

고석규, 시인의 역설,《문학예술》, 1957. 4~7.

이어령, 속 나르시스의 학살―이상의 시와 그 난해성,《자유문학》, 1957. 7.

이어령, 이상의 소설과 기교,《문예》, 1959. 11~12.

조연현, 이상의 미발표 유고의 발견,《현대문학》, 1960. 11~1961. 2.

김옥희, 오빠 이상,《현대문학》, 1962. 6.

윤태영, 자신이 '健談家'라던 이상,《현대문학》, 1962. 12.

이진순, 동경 시절의 이상,《신동아》, 1963. 1.

김옥희, 오빠 이상,《신동아》, 1964. 12.

원용석, 이상의 회고,《대한일보》, 1966. 8. 25.

김소운, 李箱異常,《하늘 끝에 살아도》, 동아출판공사, 1968.

문종혁, 심심산천에 묻어주오,《여원》, 1969. 4.

서정주, 이상의 일,《월간중앙》, 1971. 10.

문종혁, 몇 가지 이의―소설 〈지주회시〉의 인물 '吳'가 증언하는 이상,《문학사상》, 1974. 4.

문학사상자료조사연구실, 이상작품 및 관계문헌 목록,《문학사상》, 1974. 4.

이성미, 새 자료로 본 이상의 생애,《문학사상》, 1974. 4.

문학사상자료조사연구실, 이상은 공사장에서 주운 이름인가?,《문학사상》, 1975. 8.

백순재, 소경에 눈을 뜨게 만든 이상의 장편,《문학사상》, 1975. 9.

문학사상자료조사연구실, 이상 자화상 및 유품 파이프,《문학사상》, 1976. 3.

원용석, 내가 마지막 본 이상,《문학사상》, 1980. 11.

유정, 이상의 학창시절―大愚彌次郎과의 대담,《문학사상》, 1981. 6.

김향안, 이젠 이상의 진실을 알리고 싶다,《문학사상》, 1986. 5.

김향안, 이상과의 결혼,《문학사상》, 1986. 8.

김향안, 理想에서 창조된 이상,《문학사상》, 1986. 9 .

김향안, 헤프지도 인색하지도 않았던 이상,《문학사상》, 1986. 12.

김향안, 이상이 남긴 유산들,《문학사상》, 1987. 1.

조용만, 이상 시대, 젊은 예술가의 초상,《문학사상》, 1987. 4~6.

문학사상자료조사연구실, 이상의 동시 목장,《문학사상》, 2009. 11.

이상문학 대사전

1판 1쇄 2017년 8월 28일
1판 2쇄 2017년 9월 11일

지은이 권영민
펴낸이 임지현
펴낸곳 (주)문학사상
주 소 서울특별시 송파구 중대로 38길 17(05720)
등 록 1973년 3월 21일 제1-137호

전 화 02)3401-8540
팩 스 02)3401-8741
홈페이지 www.munsa.co.kr
이 메 일 munsa@munsa.co.kr

ⓒ권영민, 2017. Printed in Seoul, Korea

ISBN 978-89-7012-971-6 93800

이 도서의 국립중앙도서관 출판예정도서목록(CIP)은 서지정보유통지원시스템 홈
페이지(http://seoji.nl.go.kr)와 국가자료공동목록목록시스템(http://www.nl.go.kr/
kolisnet)에서 이용하실 수 있습니다. (CIP제어번호 : CIP2017019325)

"한국출판문화산업진흥원의 출판콘텐츠 창작자금을 지원받아 제작되었습니다."